SCIENCE FICTION

Herausgegeben
von Wolfgang Jeschke

Ein Verzeichnis weiterer Bände dieser Serie finden Sie am Schluß des Bandes.

DIANE CAREY

DIE LETZTE GRENZE

Roman

STAR TREK®
DIE ANFÄNGE™
Band 3

Deutsche Erstausgabe

WILHELM HEYNE VERLAG
MÜNCHEN

HEYNE SCIENCE FICTION & FANTASY
Band 06/4714

Titel der amerikanischen Originalausgabe
FINAL FRONTIER
Deutsche Übersetzung von Andreas Brandhorst
Das Umschlagbild schuf Boris Vallejo

5. Auflage

Redaktion: Rainer Michael Rahn

Printed in Germany 1995
Umschlaggestaltung: Atelier Ingrid Schütz, München
Satz: Kort Satz GmbH, München
Druck und Bindung: Ebner Ulm

ISBN 3-453-04299-9

Dem Forschungsgeist gewidmet.
Und der Würde, die er mit sich birgt.

VORWORT

Ein unbekannter Sektor, in dem viele Gefahren lauerten. Plötzlich erschien ein Raumschiff. Der Vulkanier schrie ...

Nun, vielleicht auch nicht.

Als mich Diane bat, das Vorwort zu *Die letzte Grenze* zu schreiben, erhob ich keine Einwände und tröstete mich mit dem Gedanken, daß sie rund 127000 Worte zu Papier bringen mußte, bevor es Zeit wurde, mein Versprechen einzulösen. Bestimmt fiel mir bis dahin irgend etwas ein.

Doch mein Optimismus ließ allmählich nach.

Jetzt trennen uns nur noch wenige Tage vom Ablieferungstermin des Manuskripts, und ich fühle mich in meine Zeit als Student zurückversetzt: Es ist nicht sehr angenehm, sich am späten Sonntagabend daran zu erinnern, daß am Montagmorgen eine wichtige Prüfung auf dem Programm steht. Nun, damals nahm ich bei solchen Gelegenheiten ein leeres Blatt Papier zur Hand und notierte darauf mehrere Themen, in der vagen Hoffnung auf eine Inspiration.

Ein Punkt auf der Auswahlliste lautet Rache. Ich könnte es Diane heimzahlen, mich in eine solche Lage gebracht zu haben, indem ich meine Situation als Ehemann und Mitarbeiter schildere. Aber bei ›Conventions‹ hört man so viele Geschichten über exzentrische Autoren, daß solche Beschreibungen nichts Neues hinzufügen können. Ich möchte mich daher mit wenigen Angaben begnügen. Psychologen vertreten die Ansicht, ein bedeutendes Kindheitstrauma führe dazu, daß die Betroffenen zu Dieben, Mördern, Drogenabhängigen, Prostituierten oder Schriftstellern werden. Normalerweise bin ich froh, daß sich Diane für die letzte Option entschieden hat. Doch wenn sie mitten in der Nacht aufsteht, weil ihr Captain Kirk irgend etwas ins Ohr flüstert, gewinnt die Vorstellung von Dieben und Mördern eine gewisse Attraktivität.

Natürlich gibt es auch die Möglichkeit, unser gemeinsames Phantasie-Universum aus einer humorvollen Perspektive zu betrachten. Ich könnte zum Beispiel irgend eine Szene aus den Fernsehfolgen oder Filmen nehmen und sie nach Belieben verändern. Welche Handlungssequenz käme dafür in Frage? Nein, vielleicht sollte ich besser auf so etwas verzichten. Echte Trekkies beschäftigen sich gern mit Star Trek-Parodien, aber wer nicht zur imaginären Föderation der Vereinten Planeten gehört (die ›Unreinen‹, sozusagen), versteht häufig nicht, was es damit auf sich hat.

Wie wäre es, auf einige der technischen und wissenschaftlichen ... Freiheiten einzugehen, die man sich bei der Fernsehserie nahm, um den Plot voranzubringen? Nein, dann besteht die Gefahr, daß dieses Vorwort länger wird als der Roman, der ihm folgt.

Versuchen wir's auf eine andere Art und Weise.

Häufig wird die Frage gestellt, wie eine inzwischen mehr als zwanzig Jahre alte, fürs Fernsehen entwickelte SF-Serie eine so große und treue Anhängerschaft gewinnen konnte. Selbst die Fans bieten verschiedene Antworten an. Einige von ihnen meinen, die Star Trek-Protagonisten — man bezeichnet sie oft als ›die Vier von der *Enterprise*‹ — verkörperten eine klassische und daher zeitlose Mischung aus Anteilnahme, Humor und Konflikt. Andere weisen darauf hin, die Serie sei weitaus anspruchsvoller als andere TV-Produktionen, die nur deshalb hohe Einschaltquoten erzielten, weil der Intelligenzquotient des entsprechenden Publikums nicht über den von gehirnoperierten Mücken hinausginge. Zwar bin ich gern bereit, solche Standpunkte zu teilen, aber meiner Meinung nach besitzt Star Trek noch einen anderen wichtigen Aspekt, der häufig übersehen wird.

Mehrere tausend Jahre lang behaupteten Philosophie und Religion, der Mensch sei im Grunde genommen ein bösartiges Tier. Als Star Trek in den sechziger Jahren entstand, schien alles auf eine Bestätigung solcher Thesen hinzudeuten. Immer wieder brachen lokal begrenzte Kriege aus. Rassenunruhen waren an der Tagesordnung; Umweltverschmutzung und Überbevölkerung führten zu weiteren Problemen. Hinzu kam die Gefahr eines weltweiten Atomkriegs. Selbst zuversichtliche Gemüter blickten ziemlich betroffen in die Zukunft und sahen eine überbevölkerte, verseuchte und arme Welt, in der Gewalt die moralische Bedeutung einer neuen Tugend gewinnt und ein täglicher Überlebenskampf stattfindet. Solche Aussichten sind natürlich sehr deprimierend. Star Trek bot jedoch keine neue Version der Apokalypse an, sondern vermittelte Hoffnung.

Genau das ist der springende Punkt. Star Trek zeigt, daß uns eine *erstrebenswerte* Zukunft bevorsteht. Ja, sie wird uns mit neuen Problemen konfrontieren, und einige von ihnen erwecken zunächst den Eindruck, als seien sie unlösbar. Doch die Menschheit ist eben nicht ein fehlgeschlagenes Experiment der Natur, sondern sie hat durchaus die Kraft, über sich selbst hinauszuwachsen. Star Trek teilt uns mit, daß wir einzigartig sind und unser Schicksal selbst bestimmen können. Die Konflikte der Gegenwart dürfen uns nicht dazu verleiten, die Zukunft aus den Augen zu verlieren. Diane und ich erachten es als Ehre, zum Star Trek-Universum zu gehören. Wir sind fest entschlossen, uns den Respekt der Menschheit gegenüber zu bewahren, der Star Trek zu einer außerordentlich stimulierenden Kraft im heutigen sozialen Bewußtsein macht.

Die letzte Grenze ist ein historischer Star Trek-Roman, der Ereignisse beschreibt, die fünfundzwanzig Jahre vor den Abenteuern des Captains James T. Kirk stattfanden. (Die James Kirk betreffenden Szenen sind kurz nach der Fernsehfolge ›The City on the Edge of Forever‹ angesiedelt, auf die sich der Leser beziehen mag.) Diane und ich haben uns Mühe gegeben, Technik und Philosophie zu einem

Punkt *zurück*zuentwickeln, der den Star Trek-Ursprung und die daraus folgenden Entwicklungen verdeutlicht. Dieser Roman spielt zu einem Zeitpunkt, als die von der *Enterprise* her bekannte Technologie gerade erst entstand, als der Föderationspolitik einheitliche Richtlinien fehlten, als Raumschiffkommandanten noch nicht wußten, wie sie auf das Fremde und Unbekannte reagieren sollten. Es geht dabei um die unausweichlichen Konfrontationen zwischen verschiedenen Philosophien und Zukunftserwartungen, um die manchmal unbarmherzig erscheinenden Auseinandersetzungen zwischen Intelligenz und Intelligenz. Es gibt viele Menschen, die das Leben nur für ein sinnloses Etwas zwischen Geburt und Tod halten, und wenn sie die von Star Trek übermittelte Botschaft verstehen, rufen sie vielleicht mit uns zusammen: »Da muß doch noch mehr sein!«

Gregory Brodeur

ERSTER TEIL

Der Weltraum …

PROLOG

Eine Vergangenheit, in der es keine Sternzeit gab. Und ein Captain nutzte sein Privileg, dorthin zurückzukehren.

Jim Kirk beobachtete weite Kornfelder, über denen sich der Himmel wölbte, und er nahm den Geruch von frischem Heu wahr. Doch das Summen seines Kommunikators wies ihn darauf hin, daß er der Realität nicht ganz entrinnen konnte. Aus einem Reflex heraus tastete er nach dem Instrumentengürtel, an dem Phaser und Kom-Gerät befestigt waren, wenn er sich nicht an Bord der *Enterprise* befand. Eine Sekunde später erinnerte er sich daran, daß er keine Uniform trug. »Kümmere dich um deine eigenen Angelegenheiten, Pille«, murmelte er, als er das kleine Instrument aus der Tasche einer Segeljacke zog und es mit einer Lässigkeit aufklappte, die fast widerstrebend wirkte. Nach kurzem Zögern hob er den Kommunikator vor die Lippen. »Kümmere dich um deine eigenen Angelegenheiten, McCoy. Ich habe Urlaub.«

»Offenbar hast du deinen Urlaub genutzt, um Hellseher zu werden«, erwiderte eine vertraut klingende Stimme.

»Wer außer dir ist so dreist, einen direkten Befehl zu mißachten?« Kirk nahm das Gerät in die linke Hand, und mit der rechten bemühte er sich, ein schmales Segment in der Scheunenwand beiseite zu schieben. Es fiel ihm nicht leicht. Wie lange war es her, seit er das Fach zum letztenmal geöffnet hatte? Er verzichtete darauf, die Jahre zu zählen, dachte an die Stromschnellen im Fluß der Zeit. Derzeit stellten die darin verborgenen Strudel eine nicht unerhebliche Gefahr für ihn dar ...

»Was willst du?« fragte er und griff durch die Öffnung im uralten Holz. McCoy gab nicht sofort Antwort, und Kirk hielt das für ein Anzeichen von Schuldbewußtsein.

»Ich dachte, vielleicht möchtest du Gesellschaft beim Abendessen.«

»Ein besserer Vorwand fiel dir nicht ein?«

»Nun, wenn man sich in einem Raumdock befindet, kann man wohl kaum auf einen Notfall an Bord hinweisen. Ich habe gehofft, dich mit einem gefüllten Truthahn in Versuchung führen zu können. Oder mit einem saftigen Steak. Himmel, ich bin Arzt und kein ... kein ... was weiß ich. Meine Phantasie gibt einfach nicht mehr her.«

»Dann solltest du deine Vorstellungskraft schleunigst erweitern«, erwiderte Jim scharf. »Im Augenblick liegt mir nichts an irgendwelchen Aufmunterungen. Kirk Ende.«

Er klappte den Kommunikator zu und ließ ihn zusammen mit all den Dingen, die er repräsentierte, in der Jackentasche verschwinden. Vor seinem inneren Auge beobachtete er, wie das kantige Gesicht McCoys eine Mischung aus Niedergeschlagenheit und Enttäuschung zeigte. Kirk wußte natürlich, daß er seinem alten Freund gegenüber unfair war, aber die bittere Wirklichkeit zeichnete sich ohnehin durch einen eklatanten Mangel an Fairneß aus. Wo stand geschrieben, daß Raumschiffkommandanten Ausnahmen bilden mußten? Nein, dieser Tag gehörte ihm allein, und er wollte ihn mit niemandem teilen. Sein Wunsch bestand nur darin, mit jenem Erinnerungsbild zu verschmelzen, das ihm einen schlanken, blonden Jungen mit großen Zukunftserwartungen und einer geradezu schmerzhaft pragmatischen Imagination zeigte. Er hatte das Gefühl, nur die Tür des Heubodens öffnen zu müssen, um seine Mutter zu sehen, die aus dem Fenster des Farmhauses blickte: Vermutlich fragte sie sich, welche Gedanken ihrem Sohn durch den Kopf gingen, und wie üblich brachte sie nicht den Mut auf, um die Scheune zu betreten und ihn zu fragen. Vielleicht schwieg sie auch nur deshalb, weil Taktgefühl in ihrem Wesen eine wesentlich größere Rolle spielte als in McCoys Charakter.

Pille brachte der Privatsphäre anderer Personen ebenso

großen Respekt entgegen wie Bakterien, die einen guten Nährboden witterten.

Kirk entschied sich dagegen, den Kopf zu drehen und in Richtung Haus zu starren. Statt dessen klappte er die metallene Schachtel im Wandfach auf. Behutsam entnahm er ihr ein zusammengeschnürtes Bündel aus fransigen und vergilbten Briefen. Wie in Trance betrachtete er es und entsann sich an den Knaben namens James, der das Starfleet-Briefpapier für einen kostbaren Schatz hielt. Seine Lippen zitterten kurz, als er mit dem Daumen über die blasse Tinte strich, deren gewölbte Linien handgeschriebene Buchstaben, Worte und Sätze bildeten.

»Botschaften aus einer Zeit der Träume und Hoffnungen«, murmelte er und brach sofort wieder ab, als ein Kloß in seinem Hals entstand. Kirk straffte die Gestalt — vor fünfundzwanzig Jahren war ihm das wesentlich leichter gefallen —, schritt zur Tür des Heubodens und ließ sich dort im Sonnenschein nieder.

Echtes Sonnenlicht fiel auf seine Wangen und verlieh ihnen einen rötlichen Glanz. Er spürte, wie die Farbe in seine Haut zurückkehrte und dachte daran, wie blaß man wurde, wenn man sich längere Zeit an Bord eines Raumschiffes befand, obgleich die künstliche Beleuchtung alle Spektralbereiche berücksichtigte. Kirk verglich sie mit Proteintabletten anstelle von Mahlzeiten. Sie versorgten den Körper mit allen notwendigen Kalorien und Vitaminen, aber dennoch fehlte etwas. Vielleicht war das der Grund, warum das Licht in einem Raumschiff keine Wärme vermittelte.

»Raumschiff«, wiederholte er leise. Aus welchem Grund klang das so düster? Die Tragödie, die ihn wie mit einem jähen Gravitationssog auf die Erde geschleudert hatte — sollte man die *Enterprise* dafür verantwortlich machen? Wohl kaum. Auch McCoy traf keine Schuld, obwohl seine Gefühle etwas anderes behaupteten. Selbst Spock brauchte sich nichts vorzuwerfen; er hatte versucht, seinen Freunden und Gefährten zu helfen — ohne Erfolg.

Also ist es meine Schuld, überlegte Kirk. *Es ist meine Schuld, weil ich der Captain bin. Und nun büßt du für deinen Ehrgeiz, Jim.*

Er zwinkerte im hellen Sonnenschein, öffnete das Bündel Briefe und bildete zwei Hälften daraus, um allein den Zufall bestimmen zu lassen. Dann nahm er einen Brief zur Hand und begann zu lesen.

10. Mai 2183

Lieber George, lieber Jim,

bestimmt wartet Ihr schon seit einer ganzen Weile auf Antwort, und das tut mir leid. Es dauerte ziemlich lange, bis ich Euren letzten Brief erhielt, weil er zunächst die falsche Starbase erreichte. Typisch Starfleet: Wir schicken Raumschiffe durch die ganze Galaxis, aber wenn es um die Zustellung von Briefen geht, sind wir noch immer im Postkutschenzeitalter.

Ich fühle mich nicht ganz wohl in meiner Haut, wenn ich an den vergangenen Monat denke, Jungs. Ich weiß, daß ich versprochen habe, Euch zu besuchen, aber Ihr sollt ruhig erfahren, daß Versprechen manchmal Probleme mit sich bringen. Gelegentlich können sie nicht einmal von Vätern eingelöst werden.

George, ich bin sehr stolz auf das grüne Band, das Du bei der Wissenschaftsmesse gewonnen hast. Du weißt bereits mehr über Biologie, als ich jemals in Erfahrung bringen konnte. Ich habe das Band über dem Zugang des hiesigen Freizeitdecks befestigt, so daß es jeder sehen kann, und ich soll Dir im Namen vieler Besatzungsmitglieder der Starbase gratulieren.

Was die andere Sache betrifft, Jimmy: Ich halte sie für keine besonders gute Idee. Der Weltraum ist ziemlich langweilig, wenn man ihn dauernd sieht. Eines Tages wird es Dir weitaus *lieber sein, auf einem Planeten zu stehen, während du die Sterne beobachtest. Nun, wahrscheinlich stellt Dich diese Antwort nicht zufrieden . . .*

»Damit hast du völlig recht«, murmelte Kirk und seufzte. »Aber das spielt keine Rolle. Damals war ich ohnehin zu jung, um gewisse Dinge zu verstehen.« Er lehnte sich an die Wand aus grauem Holz, überkreuzte die Beine und trank einen Schluck von dem Kaffee, den er mitgebracht hatte. Honig und Milch verliehen ihm den Geschmack einer flüssigen Zuckerstange — *so wie damals, als meine Tante glaubte, ich könne noch keinen schwarzen Kaffee vertragen. Der Geschmack der Nostalgie.*

Erneut griff er nach dem Brief, schob das alte Papier in den Schatten zurück und wandte sich an die stumme Handschrift: »Sprich weiter. Ich höre zu.«

KAPITEL 1

Der Sicherheitsoffizier ließ den Stift sinken, berührte den Kontrollsensor der visuellen Überwachung und sah zu den Monitoren auf. Jeder Bildschirm war so geneigt, daß er ihm ein klares Spiegelbild anbot. Es ärgerte ihn, ständig an einem Burschen mit rostrotem Haar und strenger Miene vorbeizusehen; das verschlossene, maskenhaft starre Gesicht erschien ihm wie ein wortloser Vorwurf. Er zwinkerte, um sich von diesem Eindruck zu befreien, konzentrierte sich auf die einzelnen Projektionsfelder. Sie zeigten verschiedene Bereiche der Starbase. Um zwei Uhr in der simulierten Nacht herrschte zumindest vorübergehende Ruhe.

Der Mann schaltete die automatische Kontrolle des Computers ein, hob den Stift und schrieb weiter.

Natürlich könnt Ihr mich besuchen, wenn die Schulferien beginnen, Jungs. Aber ein längerer Aufenthalt in Starbase Zwei kommt nicht in Frage. Immerhin hat auch Eure Mutter berufliche Verpflichtungen, und als Leiter der Sicherheitssektion könnte ich nicht genug Zeit für Euch erübrigen. Daher rate ich Euch dringend ab, mit dem Gedanken zu spielen, Euer von der Erde her gewohntes Leben aufzugeben. Hier gibt es keine Wiesen, Teiche, Frösche oder Rennbahnen, nur Laboratorien, Studienzimmer, Simulatoren und Sporthallen, die nicht einmal groß genug sind, um Baseball darin zu spielen.

Der Mann zögerte und dachte voller Unbehagen an die verhüllte Wahrheit seiner Formulierungen. Nein, dieser

Ausdruck traf nicht ganz den Kern der Sache. Es handelte sich um verhüllte Lügen, mit denen er das zarte, kindliche Vertrauen schützen wollte, dem seine Sätze galten. Inzwischen bedeutete dies ihm weitaus mehr als die Wahrheit. Seltsam: Ganz gleich, welche Lichtjahrdistanzen ihn von der Erde trennten – nie konnte er dem inneren Schmerz seiner Integrität entkommen.

Er begrüßte die Ablenkung, als er ein plötzliches Summen hörte, das von einem der Monitoren stammte. Sofort beugte er sich vor und betätigte eine Taste. Der linke Bildschirm reagierte wie ein Lügendetektor auf verdächtige physiologische Hinweise und zeigte das Billardzimmer. Die entsprechenden Sensoren registrierten eine Zunahme individueller Infrarot-Emissionen und stellten andere Streßfaktoren fest, die der Computer als eine mögliche Gefahrenquelle erachtete. Drei Männer standen an einem der Tische und umringten eine vierte Gestalt. Einer der drei Burschen – er war besonders kräftig gebaut – packte den vierten Typ recht unsanft am Kragen.

Der Sicherheitsoffizier spürte, wie sich etwas in ihm versteifte, und kniff die nußbraunen Augen zusammen. Er erkannte die drei Männer als freie Händler. ›Satan‹ Jones und seine rauhbeinigen Kumpane. Berüchtigte Unruhestifter, die das Gesetz sehr großzügig auslegten. Allerdings hüteten sie sich, die Grenze zur Illegalität offenkundig zu überschreiten, denn in einem solchen Fall hätten sie die Erlaubnis verloren, an der Starbase anzudocken, Treibstoff sowie Vorräte aufzunehmen und ihre fragwürdigen Dienstleistungen all denen anzubieten, die dafür bezahlten. Doch der Mann mit dem lohfarbenen Gesicht und umbrabraunen Haar, dem sie zusetzten, gehörte zur Besatzung der Starbase – und hatte um diese Zeit eigentlich gar nichts im Billardzimmer zu suchen.

»Seid doch vernünftig«, sagte er mit einem westindischen Akzent. »Zweimal mußte ich bereits eine Niederlage hinnehmen. Ich bin besser als ihr, habe heute nur einen schlechten Tag. Den schlechtesten seit langem. Wenn ich mir wirklich Mühe gebe, spiele ich euch glatt an die Wand.«

»Klar, Reed«, erwiderte einer der anderen Männer. »Das behauptest du dauernd, und langsam reicht's mir. Ich warte noch immer auf eine echte Herausforderung.«

Satan Jones schloß die Hände fester um den Kragen seines Opfers. »Wie wär's, wenn du endlich mal zeigst, was du drauf hast, hm? Ich schlage vor, du setzt einen Monatssold gegen unser Einkommen.«

»Das ist eine ausgezeichnete Idee, aber leider muß ich jetzt gehen. Wißt ihr, ich bin im Dienst. Wenn jemand sieht, daß ich hier mit euch 'ne ruhige Kugel schiebe, droht mir die Entlassung.«

»Er muß gehen«, brummte der dritte Händler. »Was für ein Zufall.«

»Wirklich bedauerlich«, knurrte Satan Jones.

Drake Reed versuchte, die hundert Kilo schwere Muskelmasse zu ignorieren, die ihn nach wie vor an den Billardtisch preßte, holte seinen Kreditchip hervor und legte ihn auf die Bande. Er hatte schon zwei Spiele verloren, und die Burschen vor ihm freuten sich bereits über einen hohen Gewinn, als sie ebenfalls in den Taschen kramten und ihren eigenen Einsatz hinzufügten. Er bestand aus diversen Schuldscheinen, Föderationsobligationen und elektronischen Verrechnungskarten.

Jones lächelte, ließ Reed los und nickte seinem bärtigen Gefährten zu. »Erteil ihm eine Lektion, Kettensäge.«

Reed zuckte mit den Schultern. »Mann, du brauchst ein Warp-Queue, um es mit mir aufzunehmen.«

»Halt den Schnabel und fang an.«

Reed schüttelte den Kopf und fing die Stange auf, die ihm Jones zuwarf.

Der Sicherheitsoffizier tastete unwillkürlich nach seinem Waffengürtel, während er auf den Monitor starrte und beobachtete, wie Reed unter dem roten Uniformpulli die Schultern straffte und sich über den Billardtisch beugte. »Jetzt steht den Amateuren eine Überraschung bevor«, brummte er leise. Reeds Queue zuckte plötzlich nach vorn, und einen Sekundenbruchteil später explodierte ein buntes Dreieck am anderen Ende des Tisches.

Satan Jones und seine Leute rissen verblüfft die Augen auf, als die Hälfte der Kugeln in den Löchern verschwand. Bisher hatte sich Reed nicht annähernd so geschickt angestellt, und der Sicherheitsoffizier wußte, daß sich daraus Schwierigkeiten ergeben mußten.

Das Klacken der Kugeln verklang, und Kettensäge wandte sich mit einem dumpfen Grollen an Reed. »Jetzt kannst du die Augen öffnen«, sagte er spöttisch.

Reed hatte sie keineswegs geschlossen, und in seinen braunen Pupillen funkelte es. Einmal mehr zuckte er betont unschuldig mit den Achseln. »Eine kurze Fluktuation im künstlichen Gravitationsfeld der Starbase«, erwiderte er. »Reines Glück.«

»Das hoffe ich für dich«, sagte Jones drohend. Er zog einen rigelianischen Dolch und drehte ihn wie beiläufig hin und her. »He, wir warten auf deinen nächsten Stoß ...«

Der Sicherheitsoffizier justierte den Bildschirm auf Automatik, verließ die Kontrollkammer und eilte zum Lift. Hinter ihm schloß sich das Schott mit einem leisen Zischen.

Nach den beiden nächsten Stößen rochen Jones und seine Freunde den Braten, aber jetzt war es zu spät: Der Einsatz lag am Rande des Tisches und harrte der Feststellung, ob Reed nur unverschämtes Glück hatte oder tatsächlich so gut war, wie er von sich behauptete.

Drake gab eine bemerkenswerte Vorstellung, mied die einfachen Stöße und stellte sein ganzes Können unter Beweise. Die weiße Kugel prallte an mehreren Banden ab, und mit einer an Magie grenzenden Zielsicherheit traf sie ihre farbigen Geschwister. Es dauerte nicht lange, bis sich auf dem Tisch nurmehr leeres Grün erstreckte. Die Art und Weise, in der Reed den Sieg errang, ließ nicht mehr den geringsten Zweifel an seiner Kompetenz: Der Stoßball berührte drei Banden und schickte die Nummern Drei und Sieben in gegenüberliegende Löcher.

»Der Kerl hat uns reingelegt, Satan«, sagte der dritte Händler.

»Ich habe euch gewarnt«, verteidigte sich Reed.

»Diese Sache stinkt nach Betrug«, brummte Jones, als Drake das Queue beiseite legte und seinen Gewinn in den Stiefelschäften verstaute. »He, nicht so hastig mit der Kohle. Auf den Tisch damit. Du schuldest uns eine Revanche. Und diesmal trittst du gegen *mich* an.«

Reed richtete sich auf und winkte vorsichtig ab. »Nein, nein, ihr Nieten, tut mir echt leid. Ich muß jetzt wirklich los. Himmel, ich bin im Dienst, erinnert ihr euch? Wenn man mich erwischt, sitze ich bis zum Hals in der Tinte.«

Er wich ein wenig unbeholfen zur Tür zurück, kam jedoch nicht sehr weit. Kettensäge sprang auf ihn zu, und erneut wurde er am Kragen gepackt.

Reed schnitt eine Grimasse. »Nicht so fest, Mann, sonst brauche ich eine neue Kehle.« Er wand sich hin und her.

»Hast du was dagegen, wenn wir gleich mit der Operation beginnen?«

Jones hob den rigclianischen Dolch dicht vor Reeds Augen. Hier und dort bildete geronnenes Blut häßliche dunkle Flecken auf der Klinge und erinnerte an eine andere Auseinandersetzung, die zumindest für einen der Beteiligten fatal geendet hatte. Ein Kampf. Und es spielte keine Rolle, wann, wie und wo er stattgefunden hatte. Jemand war gestorben; nur darauf kam es an.

Blut. Sehr wahrscheinlich stammte es von einem Menschen.

Der Dolch schien noch immer durstig zu sein.

Jones holte aus, und im gleichen Augenblick zischte etwas. Die Tür öffnete sich, und jemand stürmte herein, rammte Reed die Faust in die Rippen, drehte ihm den Arm nach hinten. Eine großkalibrige Projektilschleuder hielt Jones und die anderen Händler in Schach. »Wer sich von der Stelle rührt, schmeckt Blei!«

»Er hat uns betrogen!« platzte es aus Kettensäge heraus.

»Ich sehe nur ein Messer, das jemanden bedroht«, entgegnete der Sicherheitsoffizier scharf. »Wenn euch daran gelegen ist, daß ich diesen Anblick vergesse, solltet ihr die Starbase innerhalb der nächsten zehn Minuten verlassen!«

Reed drehte sich zur Seite und sah zu dem Neuankömmling auf. »Ich kann alles erklären ...«

»Ihr Name!«

»Francis Drake Reed, Sir. Ich ...«

»In der Arrestzelle haben Sie Zeit genug, einen ausführlichen Bericht zu verfassen. Es ist Ihnen gelungen, praktisch alle existierenden Vorschriften zu verletzen. Zur Tür!«

Jones trat einen Schritt vor. »Aber er hat unser ...«

Die Mündung der Projektilschleuder neigte sich ein wenig nach oben und erinnerte ihn deutlich genug daran, daß ein leichter Druck des Zeigefingers genügte, um in seiner Brust ein häßliches Loch entstehen zu lassen.

»Zehn Minuten!« wiederholte der Offizier. »Und keine Sekunde länger!«

Das Schott glitt auf, und Reed spürte, wie er grob in den Korridor gezerrt wurde. Hinter ihm schloß sich die Tür wieder. Satan Jones fluchte lautlos, hob ein Queue und zerbrach es wütend.

Reed schnappte erleichtert nach Luft, als ihn der Sicherheitsoffizier zum Turbolift führte. In der kleinen Kabine lehnte er sich an die Wand und betastete seine Rippen.

»Alles in Ordnung mit dir?« fragte der Commander.

»Bei allen Heiligen, George«, brachte Reed hervor und verzog das Gesicht. »Du hast mich geschlagen.«

George strich sich eine rote Strähne aus der Stirn und beugte sich ein wenig vor. »Alles – in – Ordnung?«

»Abgesehen davon, daß ich dich etwas eher erwartet habe ... Ich glaube schon.«

»Dann halt die Klappe. Und her mit meinem Anteil.«

Reed zuckte schmerzerfüllt zusammen, als er sich bückte und das Geld aus dem Stiefelschaft holte. George zählte es rasch. »Offenbar hatte Jones einen guten Monat«, sagte er und hob anerkennend die Brauen.

»Er ist ein typisches Beispiel dafür, daß Muskelkraft und Intelligenz einander ausschließen«, erwiderte Drake verächtlich. »Warum hast du so lange auf dich warten lassen, George? Der Kerl wollte mit einem Messer an mir herumspielen!«

»Hier ist deine Hälfte. Den Rest im anderen Stiefel kannst du ruhig behalten.«

Drake gab sich beleidigt. »Glaubst du etwa, ich hätte dir nicht alles gegeben?«

George versuchte, ein wissendes Lächeln von seinen Lippen zu verbannen. »Du bist nicht ehrlich, Drake.«

»Ach, komm schon. Es gibt verschiedene Arten der Ehrlichkeit. Zum Beispiel habe ich Jones von Anfang an die Wahrheit gesagt.«

»Ja, aber du hast sie so formuliert, daß er dir nicht glaubte.«

»Zu einer derartigen Heimtücke wäre ich gar nicht fähig. Ich bin ein Mann mit schlichtem Gemüt.«

»Du bist ein Opportunist, der sich hinter einer Unschuldsmiene verbirgt«, erwiderte George und klopfte Reed auf die braune Wange. »Du lügst, daß sich die Balken biegen.«

»Ich protestiere.«

»Du bist ein Gauner, der seinen Akzent geschickt als Werkzeug verwendet. Gib es ruhig zu. Du klingst wie ein Priester aus Trinidad, und das nutzt du voll aus.«

»Und das behauptet jemand, für dessen Brieftasche ich mein Leben riskiere.«

George betrachtete die Schuldscheine und die in der ganzen Föderation gültigen Kreditkarten. In einem entlegenen Winkel seines Selbst regte sich ein Gefühl der Schuld, und einige Sekunden lang bedauerte er es, das

Geld genommen zu haben. Doch die Zweifel verflogen rasch. Jones und seine Leute hatten wohl kaum auf ehrliche Weise eine solche Summe verdient. Wenigstens wurde sie jetzt nicht für billigen Fusel ausgegeben, sondern diente dazu, jemandem eine große Freude zu bereiten. »Danke, Drake. Dies bedeutet mir eine Menge. Ohne deine Hilfe hätte ich bis zum nächsten Monat nicht annähernd soviel Geld zusammenbringen können.«

»Schon gut, George. Eine Hand wäscht die andere. Wir sind ein tolles Team, nicht wahr? Als Profis könnten wir es sicher weit bringen.«

»Soll das ein Vorschlag sein? Meine Güte, ich bin Sicherheitsoffizier!«

»Um so besser.« Reed grinste. »Das gibt uns einige Vorteile.«

Die Lifttür öffnete sich, und die beiden Männer schritten durch den Gang, der zum Kontrollraum der Sicherheitssektion führte. Dort warf George sofort einen prüfenden Blick auf den Monitor, der das Billardzimmer zeigte. Die Händler hatten ihn ernst genug genommen, um tatsächlich zu verschwinden. Leute wie Jones wagten es nur selten, sich mit hochrangigen Angehörigen der Sicherheitsabteilung von Starfleet anzulegen. Wenn ihnen die Genehmigung entzogen wurde, an einer Starbase anzulegen, war der Verlust weitaus größer als das Monatseinkommen von drei Männern.

George seufzte zufrieden. »Ich rate dir, deine Uniform anzuziehen, bevor jemand hereinkommt und dich in dieser Aufmachung sieht«, sagte er.

»Und wenn schon«, gab Reed zurück. »Mein bester Freund ist Sicherheitsoffizier. Darauf hast du mich eben selbst hingewiesen.«

»Verlaß dich nicht zu sehr auf dein Glück, Raumpirat.«

Drake Reed ging zum Wandschrank und kleidete sich um, aber selbst mit dem Waffengürtel sah er noch immer wie ein karibischer Priester aus. »Du hast mir noch nicht verraten, wozu du das Geld brauchst, Geordie.«

George nahm in seinem Sessel vor den Bildschirmen Platz und griff nach der magnetischen Schreibtafel. Mattes Licht glühte durch mehrere Blätter, und er gewann den Eindruck, als sprängen ihm Worte und Sätze entgegen. »Ich beabsichtige, Jimmy ein Geburtstagsgeschenk zu kaufen. Das weißt du doch.«

»Ich erinnere mich vage daran, daß du davon gesprochen hast. Was für ein Geschenk?«

»Nun ...«

»Eine hübsche Frau?«

»Er ist noch kein Fähnrich«, entgegnete George und lächelte.

»Was möchte er dann zu seinem zehnten?«

George zögerte. »Ein Segelboot. Vermutlich ist es meine Schuld. Ich habe ihn in zu vielen Seefahrts-Museen herumgeführt.«

»In Iowa braucht er ein Pferd, um das Ding zu ziehen«, sagte Drake und setzte sich ebenfalls an die Konsole. »Hast du daran gedacht?«

George hob den Kopf. »Bestimmungsort ist nicht etwa Iowa, sondern Ontario. In jedem Sommer besuchen die Jungs ihre Tante an der Georgian Bay. Und in diesem Jahr, du Unschuldslamm, wird sie dort ein hübsches kleines Segelboot erwarten, das Jimmys Namen trägt.«

»Ich hoffe nur, daß auch der Besuch einer Segelschule auf dem Programm steht.«

George ließ die Schreibtafel sinken und blickte ins Leere. »Ach, was würde ich geben, um zur Stelle zu sein und die Leine zu halten, wenn meine beiden Söhne eintreffen ...«

»Die Leine?«

»Das Seil, Tau oder was weiß ich. Bring mich nicht durcheinander.«

Drake hob einen mahnenden Finger. »Für Inselbewohner sind solche Einzelheiten sehr wichtig. Übrigens: Was wird Geordie junior davon halten, hm?«

George wölbte die Brauen. »Was schon? Er braucht

sich nicht zurückgesetzt zu fühlen – immerhin trägt die ganze Bucht seinen Namen. Außerdem sind meine Jungen keine Rivalen. Geordie ist in erster Linie praktisch veranlagt, wie ich. Er hat überhaupt keine Phantasie und möchte nur immer feststellen, wie gewisse Dinge funktionieren. Der Idealist in unserer Familie heißt Jimmy. Seiner Ansicht nach muß alles im Universum seine Ordnung haben.« Die Erinnerungen fluteten zurück und veranlaßten George dazu, erneut nach dem Stift zu greifen. Stille herrschte, während er noch einmal die letzten Zeilen des Briefes las.

Drakes Stimme weckte ihn aus seinen Träumereien. »Warum machst du das?«

»Was meinst du?«

»Warum schreibst du Briefe? Wäre es deinen Söhnen nicht lieber, ihren Vater auf einem Videoschirm zu sehen, ihm direkt zuzuhören? Es kostet dich doch ein Vermögen, solche Botschaften zur Erde zu schicken. Warum fertigst du nicht einfach eine audiovisuelle Aufzeichnung an?«

George seufzte. »Ach, ich kann einfach nicht gleichzeitig denken und sprechen.«

Vielleicht erscheint es Euch seltsam, daß ich Briefe statt Speicherkassetten schicke, aber dafür gibt es einen guten Grund. Erinnert Ihr Euch an das Seefahrt-Museum, in dem wir das aus dem Jahre 1910 stammende Logbuch eines Handelsschiffes lasen? Wißt Ihr noch, wie nahe wir uns dem Kapitän fühlten, als wir seine Handschrift sahen? Wir konnten fast nachempfinden, was er damals empfand. Wer lange auf dem Meer unterwegs ist, wird von Einsamkeit begleitet und muß sich früher oder später seinen Emotionen stellen – ob ihm das nun gefällt oder nicht. Wer etwas schreibt, gewährt Einblick in seine private Welt. Ich entsinne mich an Euer fast ehrfürchtiges

Staunen. Vielleicht begegnet Ihr meinen Briefen irgendwann einmal mit einer ähnlichen Einstellung, selbst wenn ich nie von mir behaupten kann, den Ozean mit einer solchen Nußschale überquert zu haben. Vielleicht streicht Ihr dann mit den Fingern übers Papier und denkt daran, daß ich es ebenfalls angefaßt habe. Und ich werde wissen, daß Ihr es berührt ...

»Achte darauf, daß es kein trauriger Brief wird.«

George sah auf und blickte in Drakes Augen; sie glänzten unter dichtem, dunkelbraunem Haar, das deutlich auf seine Abstammung hinwies. Reed schlüpfte erneut in die Rolle des westindischen Priesters, doch diesmal wirkte sein Gesicht ernst.

»Wieso kommst du darauf, daß es ein trauriger Brief ist?« fragte George und schauderte plötzlich.

Drake beugte sich vor und musterte ihn eingehend. »Es steht in deinem Gesicht geschrieben.«

Auf den pfirsichblassen Wangen des Sicherheitsoffiziers bildeten sich Verlegenheitsflecken. »Zum Teufel mit dir.«

»Beende den Brief, bevor er traurig wird, George«, drängte Reed.

Lange Falten bildeten sich in Georges Stirn, und die Brauen bildeten ein angedeutetes V. Einige Sekunden lang bedachte er Drake mit dem gleichen drohenden Blick wie zuvor Jones. *Halt dich aus meinem Privatleben heraus,* warnten seine Pupillen. *Mehr ist mir nicht geblieben.*

»In Liebe, Vater«, beharrte Drake und deutete aufs Papier.

Die Erkenntnis, daß man so leicht in ihn hineinsehen konnte, erfüllte George mit Ärger und Scham. Er wandte den Blick von Reed ab und konzentrierte sich wieder auf die Tafel. Wenn es ihm doch nur möglich gewesen wäre, sich auch seiner Familie so offen zu zeigen ...

Mit sonderbar steifen Fingern schrieb er die letzten Worte.

Kümmere Dich um die Familie, George. Du bist mein Stellvertreter. Ich lasse von mir hören, wenn Ihr an der Georgian Bay eingetroffen seid. Und was Dich betrifft, Jim: Spiel nicht verrückt, wenn Dich Tante Ilsa ›Yiemie‹ nennt.

Mit herzlichen Grüßen
Euer Vater

Sofort faltete George das Blatt, und dann gleich noch einmal, als wolle er auf diese Weise eine gewisse Distanz zwischen sich und dem Bedeutungsinhalt der Sätze schaffen. Er spürte, daß Drake ihn beobachtete, als er den Brief in einen Starfleet-Umschlag schob, den er anschließend rasch adressierte und ins Postkom-Fach legte. Die Klappe schloß sich wieder, und ein leises Zischen deutete darauf hin, daß seine Botschaft ins Verteilersystem gelangte. Jetzt war es zu spät, den Brief zurückzuholen und Änderungen am Text vorzunehmen. Die Endgültigkeit machte ihn nervös. Eine Zeitlang starrte er betroffen ins Nichts und strich sich mit einer kühlen Hand über Wange und Lippen. Seltsam, wie erschöpfend es sein konnte, einige Sätze zu Papier zu bringen.

»Du wirst immer verdrießlich, wenn du deinen Söhnen schreibst, Geordie«, sagte Reed und verschränkte die Arme. »Du hast das Temperament eines dösenden Alligators. Warum gestehst du das nicht endlich ein?«

George warf ihm einen kurzen Blick zu und kämpfte gegen seine Verärgerung an. Stumm sah er auf die Monitoren, und nach einer Weile erwiderte er: »Eher stiege ich mit einer Romulanerin ins Bett.«

»Vielleicht hast du bereits ein solches Erlebnis hinter dir. Du weißt ja nicht einmal, wie Romulanerinnen aussehen.«

»Das ist mir auch völlig gleichgültig.«

»Ich fürchte, manchmal weißt du nicht, worauf du dich einläßt.«

»Da hast du vermutlich recht.«

Plötzlich glitt die Tür auf, und allein das war schon eine Überraschung. Nur Angehörige der Sicherheitsabteilung durften die Kontrollkammer betreten, und die drei Personen, die George und Reed nun sahen – zwei Männer und eine Frau –, trugen keine Codeplaketten, mit denen sich das elektronische Schloß entriegeln ließ. Wie hatten sie es geschafft, die Überwachungssensoren zu überlisten? George drehte seinen Sessel herum und sah die Frau an, die vor ihren beiden Begleitern stand. Ihm blieb gerade noch Zeit genug, jadegrüne Augen und schulterlanges Haar zu bemerken. Es glänzte so gelb wie ein Weizenfeld kurz nach dem Sonnenuntergang.

Selbstsicher kam sie herein, gefolgt von zwei unauffälligen Männern. Nach einigen Schritten blieb sie stehen und fragte: »George Kirk?«

Er reagierte instinktiv. »Ja?«

Einen Sekundenbruchteil später sprangen die Männer vor. Einer stürmte auf George zu, und der andere griff Reed an.

Drake war so verblüfft, daß er nicht rechtzeitig handelte. Der Gegner blockierte seine Arme, bevor er die Projektilschleuder ziehen konnte. Die Frau trat sofort näher und preßte ihm ein feuchtes Tuch auf Nase und Mund. Reed riß entsetzt die Augen auf und keuchte, als er einen strengen, beißenden Geruch wahrnahm. Unmittelbar darauf spürte er, wie seine Knie nachgaben. Vergeblich trachtete er danach, sich der Schwärze zu widersetzen, die nach seinen Gedanken tastete.

George nutzte die Gelegenheit, den Platz an der Konsole zu verlassen. Sein Fuß traf den Unterleib des Mannes, der es auf ihn abgesehen hatte, und unmittelbar darauf ließ er sich fallen. Rasch rollte er zur Seite, kam wieder auf die Beine, zerrte die Waffe aus dem Halfter, schwang sie in einer fließenden Bewegung herum und rammte ihren Kolben gegen das Kinn des Angreifers. Vielleicht wäre es George gelungen, mit den Eindringlingen fertig zu werden, aber Drakes Stöhnen lenkte ihn für einen Sekundenbruchteil ab. Als Reed zu Boden ging, wandte sich der zweite Mann zum Sicherheitsoffizier um, holte aus und versetzte ihm einen harten Schlag in die Nierengegend. George taumelte benommen, und um nicht das Gleichgewicht zu verlieren, mußte er sich mit der Waffenhand abstützen. Man packte ihn an den Armen, und aus den Augenwinkeln sah er, wie die Frau das Tuch hob.

Er wand sich hin und her, als ihm ein scharfer, ätzender Geruch in die Nase stieg, und während er sich zu befreien versuchte, wartete die Blondine einfach ab. Sie schien genau zu wissen, worauf es ankam, und ihr ruhiges Gebaren ließ den Schluß zu, daß sie ein Profi war. Gelassen beobachtete sie George, der immer wieder den Kopf von einer Seite zur anderen drehte, und schließlich streckte sie jäh die Hand aus. Das Tuch berührte den Sicherheitsoffizier an der Nase, und von einem Augenblick zum anderen erschlafften seine Muskeln. Farben wogten heran, und sein Blickfeld verwandelte sich in einen immer schmaler werdenden Tunnel. Er hatte das höchst unangenehme Gefühl, irgendwo zu versinken. Der feuchte Stoff wurde ihm fester auf den Mund gepreßt, und das Betäubungsmittel schleuderte ihn in einen Kosmos völliger Finsternis.

KAPITEL 2

George Kirk glitt durch eine Sphäre aus matten, konturlosen Visionen, die ihm keinen Halt boten. Er besann sich auf seine Empfindungen, die einzige Brücke zur Realität, und allmählich gewann der Traum soviel Substanz, daß er harten Boden unter den Schulterblättern fühlte. Ein seltsames Prickeln tastete an seinem Rückgrat entlang, und allein das Gewicht der Luft erschien ihm unerträglich.

Langsam kam er wieder zu sich. Er versuchte, die Arme zu heben, aber sie rührten sich nicht von der Stelle. Selbst die Lider gehorchten ihm nicht. Das feuchte Tuch ... Hatte ihn die Droge gelähmt?

Keine Panik, dachte er. *Mit Panik stellt man sich nur selbst eine Falle. Bleib kühl. Denk nach.* Er konzentrierte sich auf die rechte Schulter, den rechten Arm, die rechte Hand, besann sich auf seine ganze Willenskraft. Nach einer Weile geriet der Arm endlich in Bewegung und rutschte über etwas Hartes. Das Prickeln nahm zu, gewann eine fast schmerzhafte Qualität, aber George achtete nicht darauf. Einige Sekunden später stießen die Finger an einen festen Gegenstand, und behutsam schloß er sie darum. Ein Arm. Vielleicht auch ein Bein. Warm.

»Drake«, flüsterte er und bemühte sich, die Augen zu öffnen. Nichts geschah. In Gedanken schloß er sie wieder, und kurz darauf gehorchten ihm die Lider. Die Finsternis wich, und erste Umrisse formten sich. George glaubte, am Deckenrand den gelben Schein von Bordlampen zu erkennen. Das erklärte die Vibrationen des Bodens: Triebwerke.

Neuerliche Besorgnis regte sich in ihm. Man brachte ihn gegen seinen Willen fort. Das bedeutete, er mußte etwas unternehmen, und zwar so schnell wie möglich.

Das nächste Projekt bestand darin, den Kopf zu heben.

»Wenn ich mich umdrehe«, murmelte er und klammerte sich am Klang seiner Stimme fest, »kann ich die Arme benutzen. Vielleicht bin ich dann in der Lage aufzustehen.«

Er wandte den Blick vom gelben Glanz ab und begann mit der schwierigen Aufgabe, sich zur Seite zu rollen. Allein die Vorstellung strengte ihn an, und während er die trägen Muskeln spannte, hatte er das Gefühl, als müsse er das ganze Raumschiff bewegen, um seine Absicht zu verwirklichen. Keuchend schnappte er nach Luft und versuchte festzustellen, welche Position er nun einnahm. Ja, er lag tatsächlich auf der Seite. Er zwinkerte mehrmals und bemerkte einen rötlichen Streifen. Blut? Blut an seinem Auge?

George errichtete eine mentale Schutzmauer gegen die Panik und hob die Hand. Haar. *Ist mein Haar so rot?* Er drehte den Kopf zum Licht, und daraufhin konnte er den Streifen deutlicher erkennen. Ja, eine zimtfarbene Strähne seines Haars. Kein Blut.

Er brauchte also nicht zu befürchten, daß ihm der Kopf abfiel, wenn er aufstand. George winkelte die Arme an, neigte die Schulter zur Seite, streckte die Beine und stemmte sich ruckartig in die Höhe.

Sein Kopf erwies sich als sehr eigensinnig und entschied, doch vom Hals zu fallen.

George hielt ihn mit beiden Händen fest. »Lieber Himmel ... *Verdammt!*«

»George?«

»Verdammter ... Mist ...«

»George? Hörst du mich?«

»Ja«, ächzte der Sicherheitsoffizier. »Ja, klar und deutlich ... Ich rate dir dringend, ruhig liegenzubleiben und *nicht* aufzustehen.«

»George ...«, krächzte die Stimme. »Hast du mich schon wieder geschlagen?«

»Nein, verdammt. Nein, natürlich nicht. Irgend jemand hat uns betäubt. Beweg dich nicht. Warte einfach ab. Ich komme zu dir.«

George stützte die Hände auf den Boden und kroch vorsichtig los.

Mindestens zwanzig Kilometer schienen ihn von Drake zu trennen. Er hoffte inständig, daß er die richtige Richtung einschlug: Das gelbe Licht blendete ihn, und die Konturen vor seinen Augen zitterten und bebten, veränderten sich ständig. Tausend Nadeln schienen sich ihm in Arme und Beine zu bohren, aber allmählich wich die Taubheit aus ihnen. Langsam näherte sich George einem roten und schwarzen Schemen — Reeds Uniform. Er fand einen Brustkorb, tastete sich daran entlang und entdeckte auch eine Schulter. Der Lampenschein fiel auf eine Haut, deren westindische Bräune recht blaß wirkte. Dieser Anblick bewies, daß es sich wirklich um Drake handelte und nicht etwa um eine Leiche, die zufällig herumlag. Der Sicherheitsoffizier kam sich selbst mehr tot als lebendig vor.

»Also los«, brachte er hervor und griff nach Reeds Arm. »Versuch jetzt, dich aufzusetzen. Aber hab es nicht zu eilig damit.«

George zog Drake in die Höhe und half ihm dabei, sich an ein Schott zu lehnen. Die Anstrengung ließ einen Teil der Benommenheit zurückkehren, aber gleichzeitig erhöhte sich der Adrenalinspiegel in seinem Blut. Er ließ sich neben Reed zu Boden sinken, atmete schwer und spürte, wie der mentale Nebel zu zerfasern begann.

»Was hast du jetzt wieder angestellt?« fragte er.

»Wer? Ich?«

»Dies ist bestimmt deine Schuld.«

Drake drehte sich um. »Meine Schuld?« wiederholte er. »*Meine* Schuld? Als die Frau nach George Kirk fragte ... Habe ich da etwa Antwort gegeben?«

»Die Unbekannten hätten uns töten können, aber statt dessen ließen sie uns am Leben«, überlegte George laut. »Warum?«

»Mir ist es durchaus lieber so«, erwiderte Drake. »Ich frage mich nur, was man jetzt mit uns vorhat.« Er stöhnte leise. »Oooh ... Ich fühle mich wie ein ausgehöhlter Kürbis.«

George sah sich in der winzigen Kammer um, betrachtete das Schott und die Farbmuster. »Ein Starfleet-Schiff, aber ziemlich alt. Und nicht sehr groß. Vielleicht irgendein kleiner Personentransporter.«

»Ein interstellarer Hüpfer der Klasse Hubble VXT«, sagte Reed.

George blinzelte und bedachte ihn mit einem durchdringenden Blick. »Ein was?«

»Ein interstellarer Hüpfer.«

»Woher willst du das wissen?«

»Es steht hier an der Wand. Nummer des Konstruktionskontrakts: 116-B. Das Schiff wurde im Januar zweitausendeinhundertsechzig in Dienst gestellt und ...«

»Schon gut, schon gut.«

»Es ist mit einem Warptriebwerk der zweiten Generation ausgestattet ...«

»Das reicht, Drake. Auf die Beine.«

»Die fehlen mir leider, George. Ich habe sie gesucht. Vergeblich.«

George seufzte, stand auf und wankte an der Wand entlang. »Keine besonders hochentwickelte Sicherheitstechnik«, sagte er und überprüfte das Schott. »Offenbar soll die Verriegelung vor allen Dingen verhindern, daß Unbefugte diesen Raum betreten. Als Arrestzelle eignet er sich kaum. Wir sollten eigentlich in der Lage sein, unseren Kerker zu verlassen. Wenn wir die hydraulischen Anschlüsse in der Wand finden, brauchen wir nur die Verbindungen zu unterbrechen. Anschließend schieben wir die Tür einfach auf.«

»Und wenn das Schloß auch über Magnetschalter verfügt?« fragte Drake. »Was dann?«

»Das wird sich bald herausstellen. Steh auf und hilf mir.«

»Nicht so hastig. Inzwischen habe ich die Beine zwar wiedergefunden, aber ihre Knochen bestehen noch immer aus Gummi.«

George klopfte an die Wand. Hohl. Er nickte langsam. Ein eher unwichtiges Innenschott, das keinen sehr großen Belastungen standzuhalten brauchte. Der Sicherheitsoffizier rechnete nicht mit besonderen Problemen. »Vielleicht wurden beim Bau dieses Schiffes noch keine Magnetschalter verwendet. Ja, ich bin ziemlich sicher. Hast du irgendwelche Werkzeuge dabei?«

»Nur mein Gehirn.«

»Stehst du inzwischen?«

»Noch nicht, aber gleich. Das verspreche ich dir.«

»Ich benötige eine Art Brechstange.« George rieb sich letzte Benommenheitsreste aus den Augen und sah sich noch einmal in der Kammer um. »Dahinter befinden sich die Kontrollen.« Er preßte die Finger hinter eine Zugangsplatte und zerrte sie beiseite. Zum Vorschein kamen mehrere Schaltkreise und Kabelstränge, die irgendwo in der Wand verschwanden. »Gut. Keine molekularen Funktionskomponenten. Derart komplizierte Technik ist hier auch gar nicht notwendig. Wir müßten es schaffen.« Er streckte den Arm so weit wie möglich durch die Öffnung. »Komm her, Drake. Deine Hände sind kleiner als meine. Versuch mal, ob du den Arretierungsmechanismus erreichen kannst.«

Reed holte tief Luft und stemmte sich in die Höhe.

»Er muß sich irgendwo links unten befinden«, fügte George hinzu. »Ich habe die Kante gespürt. Mit solchen Dingen kennst du dich besser aus als ich, Drake. Los, beeil dich.« Er griff nach Reeds Arm und zog ihn heran.

»Ich höre und gehorche. Tritt zur Seite.« Drake straffte die Schultern und küßte seine Fingerspitzen, bevor er die Hände durchs Loch streckte. »Hm ... Ich fühle etwas ... Ja, ich glaube, das ist es.«

»Sei vorsichtig«, warnte George.

»Oh, natürlich. Ach, ich liebe den Erfolg.«

Reed schürzte die Lippen und konzentrierte sich. Irgend etwas ...

... machte *plink.*

Plötzlich herrschte Schwerelosigkeit.

»Drake!« entfuhr es George, als er den Halt verlor und durch die Kammer schwebte.

»Tja«, murmelte Reed. »Ich fürchte, das war der falsche Schalter.«

»Laß die Finger davon, bevor du auch das Lebenserhaltungssystem desaktivierst!«

»Du bist ein Mann voller Sorgen, Geordie«, erwiderte Reed. »Ein wenig Humor könnte dir gewiß nicht schaden.«

»Und bei dir wäre etwas mehr Ernst angebracht ...« George streckte den Arm zur Wand aus, aber dadurch glitt er noch etwas höher empor und stieß mit dem Kopf an den Leuchtkörper, der am Deckenrand glühte. Er drehte sich um und wollte sich abstoßen, zögerte jedoch und überlegte es sich anders. »Nun, da ich schon einmal hier oben bin ...« Er stemmte die Füße an die Decke, griff in den schmalen Zwischenraum, der die Lampe vom Schott trennte, und zog mit ganzer Kraft. Metall knirschte leise und schnitt in seine Hände, aber er ließ nicht locker. Die Muskeln in seinen Beinen zitterten. Das Blut schoß ihm ins Gesicht, und das Stechen in den Fingern nahm immer mehr zu. Doch dumpfes Knacken trieb ihn an.

Aus dem Knistern wurde ein lautes Kreischen. Schrauben sprangen aus ihren Einfassungen und sausten davon. Der Leuchtkörper gab erst an der einen Seite nach, dann auch an der anderen, und mit einem jähen Ruck löste er sich ganz. George ließ erleichtert den angehaltenen Atem entweichen — und schnappte gleich darauf erschrocken nach Luft, als er durchs Zimmer flog und an die rückwärtige Wand stieß. Dort prallte er ab, berührte kurz den Boden und schwebte erneut zur Decke hoch.

»George!« Drake schloß die Hand um einen Stiefel und zog daran, bis er nach Arm und Gürtel greifen konnte. »Ist alles in Ordnung mit dir?«

George schnitt eine Grimasse und versuchte, das Pochen in seinem Hinterkopf zu ignorieren. In der Schwerelosigkeit schienen sich seine Beine vom Rest des Körpers lösen zu wollen. »Das zahle ich dir heim. Ich *weiß,* daß wir durch deine Schuld in eine solche Lage geraten sind.«

»Meine Güte, eben hast du ausgesehen wie Peter Pan! Wirklich bemerkenswert. Hat dich deine Frau jemals in einer Null-G-Zone erlebt?«

George spannte vorsichtig die schmerzenden Schultermuskeln und schob die eine Seite der abgerissenen Leuchtplatte in das Loch in der Wand. »Na schön«, brummte er entschlossen. »Das Schott wird sich öffnen, ob es ihm gefällt oder nicht. Aufgepaßt.« Er füllte seine Lungen und bereitete sich darauf vor, den improvisierten Keil so tief wie möglich in das Konglomerat aus Schaltkreisen zu rammen. »Eins ... zwei ...«

»Hallo, Kinder.«

Die Brückenoffiziere lächelten, als sie den für ihren Captain typischen Gruß hörten. Zuerst hatte sie das fast übertrieben legere Gebaren des Kommandanten erstaunt und auch verwirrt, doch inzwischen sahen sie darin eine ungezwungene Herzlichkeit, die sehr ansteckend wirkte. Einige von ihnen schienen sich erst noch an die Umgebung gewöhnen zu müssen, und dieser Eindruck täuschte nicht. Sie befanden sich erst seit kurzer Zeit an Bord dieses Raumschiffes. Der interstellare Hüpfer diente nur dazu, sie von einem Ort zum anderen zu bringen, und das Ziel galt als streng geheim. Einzig und allein der Captain wußte, wohin sie unterwegs waren und was für eine Mission sie erwartete.

Der junge Mann an der Navigationskonsole wandte sich sofort um. »Wir sind im Warptransit, Captain«, sagte er. »Kontratransfer in neununddreißig Minuten.«

»Ah, gut«, erwiderte der Captain in einem melodischen Coventry-Akzent. »Danke, Carlos. Sie leisten immer hervorragende Arbeit.« Der Kommandant trug eine saloppe Strickjacke, die einen großen Teil seiner senfgelben Uniform bedeckte, und er widersprach allen Klischeevorstellungen von kühlen, spießigen Engländern. Das bewies er einmal mehr, als er dem Navigator die Hand auf die Schulter legte. »Schon zu Mittag gegessen? Nein? Sie sollten das jetzt nachholen.«

Carlos hob verwundert den Kopf, und als der Captain lässig nickte, sagte er: »Danke. Ich meine, vielen Dank, Sir.«

»Schon gut. Ab mit Ihnen.« Er wandte sich an den untersetzten Kommunikationsoffizier und winkte. »Das gilt auch für Sie, Kralle. Ich schätze, eine Zeitlang kommen Dr. Poole und ich auch allein zurecht.«

Die beiden Jungoffiziere nickten und verließen die Brücke. Auf der Backbordseite stand eine Frau mit dunkelblondem Haar; sie verschränkte die Arme und beobachtete den Captain stumm.

Er mochte gut vierzig Jahre alt sein und trug das braune Haar wie beiläufig zur Seite gekämmt. Die Frau sah glatte, fast zart wirkende Züge, eine leicht gekrümmte Nase und hellblaue Augen, in denen Intelligenz und Erfahrung glitzerten. Er schob die Hände tief in die Taschen seiner Strickjacke, die einen seltsamen Kontrast zur Umgebung bildete und keineswegs den Vorschriften entsprach. Einmal hatte die Frau jemanden gefragt, warum der Captain eine solche Jacke trug, und die Antwort überraschte sie. Er litt an einer seltenen Blutkrankheit, und deshalb war ihm die meiste Zeit über kalt. Irgendein anderer Starfleet-Offizier hätte vermutlich ein Thermohemd *unter* dem Uniformpulli getragen, aber dieser Mann zog sich eine Wolljacke über und hielt das Problem für gelöst. Im Verlauf mehrerer Jahre wurde die Jacke zu einem Markenzeichen, das ebensoviel Respekt verdiente wie der Captain selbst; sie gewann die gleiche Bedeutung wie eine Medaille, die den Träger für seine Leistungen auszeichnete.

Als die Junioroffiziere den Kontrollraum verlassen hatten, ließ sich der Kommandant auf den Platz des

Navigators sinken, anstatt im Sessel des Befehlsstands Platz zu nehmen. Die Frau musterte ihn noch immer; ihr Blick klebte geradezu an ihm fest.

Der Captain drehte den Kopf und seufzte. »Rolf sagte mir, Sie haben sie einfach außer Gefecht gesetzt.«

Die Frau zuckte mit den Schultern. »Andernfalls hätten sie Erklärungen verlangt, die ich ihnen nicht geben kann.«

Die Hände des Kommandanten verschwanden erneut in den Taschen der Strickjacke. »Wenn Sie Einzelheiten über die Mission erfahren möchten ...«

Die Frau hob abwehrend den Arm. »Nein, danke.«

»Früher oder später müssen Sie Bescheid wissen, Doktor.«

»Nein. Je weniger ich weiß, desto weniger habe ich mit der ganzen Sache zu tun. Ich möchte so schnell wie möglich die Kolonie erreichen, der ich zugeteilt wurde. Ich habe um eine solche Versetzung *gebeten,* und die Föderation *entsprach* meinem Wunsch.«

Der Captain schürzte amüsiert die Lippen und neigte kurz den Kopf. »Sie sollten es für eine Ehre halten, hier bei uns zu sein.«

Die Frau beugte sich ein wenig vor. »Das Gegenteil ist der Fall. Ich habe ein anderes Ziel, und dort wartet eine Menge Arbeit auf mich.«

»Begreifen Sie denn nicht, daß Ihre Präsenz in diesem Raumschiff beweist, wie kompetent Sie sind? Sie können stolz auf sich sein.«

»Ich bin sicher, daß sich auch an Bord von anderen großen Schiffen Ärzte aufgehalten haben«, erwiderte die Frau kühl und distanziert. »Ich weiß nicht, wie es Ihnen gelungen ist, meine Order zu revidieren, aber sobald wir zurück sind, gebe ich einen förmlichen Protest zu Protokoll.«

Der Captain lachte leise. »Einsatzbefehle sind nicht ehern, Sarah. Manchmal werden sie verändert. Immerhin haben wir es mit einem Notfall zu tun.«

»Sie wollen nicht zugeben, daß Sie die Hand im Spiel hatten, oder?« fragte die Frau scharf.

Der Kommandant wölbte die Brauen und schmunzelte. »Nach meiner Erfahrung ist es besser, nie etwas zuzugeben. Erst recht keiner hübschen Frau gegenüber, die auch noch Grips hat.«

Die Ärztin schnitt eine Grimasse. Die künstliche Beleuchtung vertrieb nicht alle Schatten von der Brücke, und das elfenbeinfarbene Gesicht der Frau wirkte blasser als sonst. Sie kniff die Augen zusammen, und in dem unvorteilhaften Licht schienen nur ihre Pupillen Substanz zu haben. Als sie den Kopf schüttelte, bewegte sich ihr Haar, das sie selbst einmal als ›unscheinbar‹ beschrieben hatte. »Versuchen Sie nicht, mir zu schmeicheln, Captain. Ich bin über dreißig. So etwas habe ich schon oft genug gehört.«

»Aber ich meine es ernst.« Der Captain lehnte sich noch weiter in dem weichen Sessel zurück und sah auf den großen Bildschirm. Sterne zogen mit Warp zwei vorbei. »Die zuständigen Stellen gaben mir die Möglichkeit, meine Crew selbst zusammenzustellen, und es blieb nur wenig Zeit. Sie kennen mich schon seit einer ganzen Weile, und daher wissen Sie, daß ich gern mit Leuten arbeite, die mir vertraut sind. Vielleicht ist das eine Schwäche, vielleicht auch nicht. Es wird sich bald zeigen. Nun ...« Er klopfte wie zärtlich auf die Navigationskonsole. »Ich erkläre Ihnen alles, sobald Kirk hier erscheint.«

Dr. Poole nahm an der wissenschaftlichen Station Platz. »Ich fürchte, Sie warten vergeblich auf Ihn. Ich habe ihn und seinen Begleiter eingesperrt.«

»Oh, *das* spielt keine Rolle.«

Die Ärztin blinzelte verwirrt. »Wie meinen Sie das?«

»Kirk ist ziemlich stur und hartnäckig.«

Stille folgte auf die letzten Worte, und der Captain blickte nachdenklich auf das Projektionsfeld. Das kleine Raumschiff raste mit einer Geschwindigkeit durchs All, an die man sich nur schwer gewöhnen konnte. Das Universum schien sich in einen langen Tunnel zu verwandeln, aber es verlor nichts von seiner natürlichen, mysteriösen Pracht. Der interstellare Hüpfer war nun ein Fremdkörper im Gefüge des Kosmos, angetrieben von einer Kraft, die ein einfallsreicher Intellekt nutzbar gemacht hatte. Es gab viele Wunder im Weltraum, aber dieses gehörte einzig und allein der Intelligenz.

Er seufzte und dachte an die anderen Wunder, die ihn im Verlauf der nächsten Tage erwarteten. Aus einem Reflex heraus ballte er die in den Jackentaschen verborgenen Hände, und eine seltsame Mischung aus Aufregung und Anspannung erfaßte ihn. Sein innerer Blick galt einem Horizont, an dem eine ganz besondere Art von Hoffnung schimmerte.

Es überraschte ihn nicht, als einige Sekunden später das Brückenschott aufschwang. Der Boden erzitterte kurz.

»Auf die Beine!«

Der Captain und Dr. Poole kamen der Aufforderung nach, drehten sich um und sahen zwei Angehörige der Starfleet-Sicherheitsabteilung. Der Mann mit dem rostroten Haar war mit einem Partikelschneider bewaffnet, der vermutlich aus der Notausrüstung des Hüpfers stammte. Die Ärztin erstarrte, aber der Kommandant breitete die Arme aus und lächelte. »George! Freut mich, dich wiederzusehen! Du siehst wirklich gut aus. Wie geht es deinen beiden Jungs?« Er trat näher, klopfte George auf den Arm und wandte sich dann zu Dr. Poole um. »Na, was habe ich Ihnen gesagt?« Aus seinem Lächeln wurde ein breites Grinsen. »Der Kerl ist mit allen Wassern gewaschen.«

George Kirk atmete zischend aus, holte wieder Luft und starrte den Captain fassungslos an. Er musterte die Ärztin, ließ seinen Blick durch den Kontrollraum schweifen und richtete ihn dann wieder auf den Kommandanten. »R...« Er räusperte sich und versuchte es erneut. »Robert!«

Hinter ihm hielt Drake die Leuchtplatte bereit, die ihnen dabei geholfen hatte, aus der improvisierten Arrestzelle zu entkommen. Die Freundlichkeit des Captains räumte sein Mißtrauen nicht aus.

Der Mann mit der Strickjacke wippte auf den Zehen, und in seinen Augen blitzte schelmischer Humor. »Das habe ich alles geschickt eingefädelt, nicht wahr?«

»Du ...«, begann George. »*Du* steckst hinter unserer Entführung?«

»Nun, leider hatte ich keine Gelegenheit, dir die Hintergründe zu erläutern.«

»Ich hoffe, daß wir jetzt Zeit genug dafür haben.«

»Oh, ja«, sagte der Captain und sah aufs Chronometer. »Uns bleiben noch acht oder zehn Minuten.«

George machte einige unsichere Schritte und blieb wieder stehen. »Dieses Raumschiff scheint praktisch leer zu sein. Wo sind die Besatzungsmitglieder?«

»Vermutlich sitzen sie in der Messe und nehmen eine ordentliche Mahlzeit ein. Wie dem auch sei: Außer uns befinden sich nur wenige Personen an Bord. Aus Sicherheitsgründen.«

George kniff die Augen zusammen. »Aus Sicherheitsgründen? Was hat das zu bedeuten?«

»Ich möchte, daß du dich freiwillig zu einer Mission meldest.«

»Um was für eine Mission geht es?«

»Darüber darf ich keine Auskunft geben.«

»Und der Einsatzort?«

»Geheim.«

»Und wie lange dauert die ganze Sache?«

Der Captain lächelte schief. »Tut mir leid.«

»Kannst du meine Fragen beantworten, nachdem ich mich freiwillig gemeldet habe?«

»Ja.«

»Du erwartest also von mir, daß ich dir blind vertraue?«

»Genau.«

»Na schön. Ich bin mit von der Partie.«

»Was ist mit Ihnen, Drake?« fragte der Captain und drehte den Kopf.

George trat auf ihn zu und gestikulierte fahrig. »Er meldet sich ebenfalls freiwillig. Und nun ... Um was geht es?«

Der Kommandant schmunzelte und sah Dr. Poole an. »Noch immer skeptisch?«

Die Ärztin zuckte unschuldig mit den Achseln. »Es war nicht meine Idee, sie zu betäuben.«

»Da wir gerade dabei sind ...« George wandte sich an den Captain. »Ich warte auf eine Erklärung.«

»Nun, weißt du, diese Mission ist die streng geheime Reaktion auf einen Notfall. Es mußten rasch einige Entscheidungen getroffen werden. Ich bekam die Erlaubnis, meine Offiziere selbst auszuwählen, und ...«

»Wer gab dir eine solche Genehmigung?«

»Starfleet Command.«

»Soll das heißen, Starfleet Command hat dir gestattet, uns ins Reich der Träume zu schicken und zu entführen?« George schüttelte den Kopf. »Ich würde gern die entsprechende Mitteilung lesen.«

Der Captain breitete die Arme aus. »Die Lamettaträger waren nur unter *diesen* Bedingungen bereit, ihre Zustimmung zu geben.« Der Zweifel in Georges Zügen amüsierte ihn, und aus seinem Lächeln wurde ein jungenhaftes Grinsen. »Oh, entschuldige bitte, ich vergesse meine Pflichten als Gastgeber.« Er deutete eine Verneigung an und zeigte auf die Frau. »Darf ich vorstellen? Commander George Kirk, Lieutenant Francis Drake Reed — Dr. Sarah Poole.«

George bedachte die Ärztin mit einem durchdringenden Blick und entsann sich an den kurzen Kampf im Sicherheitszentrum der Starbase. Als er dem Erinnerungsbild die grüne Uniform der medizinischen Abteilung hinzufügte, erkannte er die Frau.

»Wir sind uns schon einmal begegnet«, sagte er scharf.

Sarah hob kurz die Brauen. »Starren Sie mich nicht so an. Mir ist es kaum anders ergangen. Der Captain hat mich auf eine ähnliche Art und Weise hierher gebracht.«

George richtete seine Aufmerksamkeit wieder auf den Kommandanten. »Stimmt das? Und warum hast du auch Drake entführen lassen?«

Der Captain zuckte mit den Schultern, musterte Reed eine Zeitlang und ging dann zum Oberdeck. »Zwar wäre es weitaus einfacher, wenn du einen Teddybär oder eine Decke mit dir herumschleppen würdest, aber ich dachte mir, daß du nicht auf seine Gesellschaft verzichten möchtest.« Erneut schob er die Hände in die Taschen der Strickjacke, und plötzlich wirkte er wie ein Lehrer, der vor einer Tafel stand, seine Schüler beobachtete und mit einer Lektion begann. Er sah so harmlos und gutmütig aus, daß er sofort Sympathie weckte. »Na schön. Ich glaube, wir sollten jetzt mit den Erklärungen beginnen. Hört gut zu, Kinder.« Er verharrte vor einer Konsole und betätigte mehrere Tasten. »Computer ein«, sagte er.

»Aktiviert.«

»Hier spricht Captain Robert April. Ich bitte um Freigabe einer als geheim eingestuften Datei. Autorisierung durch Starfleet Command liegt vor. Grafische Darstellung.«

Es summte leise, und mehrere Sensorpunkte glühten. »Autorisierung akzeptiert. Ausgabemedium der Datei: Bildschirm.«

Die Projektionsfläche eines Monitors erhellte sich, zeigte Diagramme und Fotografien eines Kolonialtransporters, der zu den Langsprung-Schiffen der Seidman-Klasse gehörte. Alt, aber zuverlässig. Natürlich wußte nur Captain April, was es damit auf sich hatte. Er nickte knapp und deutete auf die Darstellung. »Ein Kolonialraumer der Föderation, die S.S. *Rosenberg*. Sie sollte Siedler zu einem Planeten bringen, der sich in einem gerade erst kartographisch erfaßten Sektor befindet. Vor fünf Tagen erreichte uns ein Notruf der *Rosenberg*. Das Schiff ist nicht mit einem modernen Sensorsystem ausgestattet, und deshalb hatte die Besatzung zunächst keine Ahnung, welche Gefahr drohte: Als der Ionensturm begann, war es bereits zu spät für eine Rückkehr. Der Raumer treibt manövrierunfähig im energetischen Chaos. Die Triebwerke sind ausgefallen, hinzu kommen Strahlungslecks in den Frachtbereichen und einigen technischen Sektionen. Die meisten Nahrungsmittelvorräte sind bereits verseucht. Aber selbst wenn der Besatzung genug unbedenklicher Proviant zur Verfügung stünde: Früher oder später muß die harte Strahlung bei allen lebenden Organismen zu irreparablen Zellschäden führen. Es ist nur eine Frage der Zeit. Und es sei hinzugefügt, daß der Zeitfaktor immer kritischer wird.« April seufzte kummervoll. »Nun, um nicht zu viele Worte zu verlieren: Die Kolonisten sterben dort draußen.«

George brach das betroffene Schweigen als erster. »Wie viele Menschen sind an Bord?«

April wandte sich halb zu ihm um. »Vierzehn Familien. Insgesamt einundfünfzig Personen. Siebenundzwanzig von ihnen sind nicht einmal fünfzehn Jahre alt. Junge Familien mit Kindern, ohne jede Erfahrung. Und ohne Lebensmittel.«

»O Gott ...«, hauchte Sarah und preßte sich die Hand auf den Mund.

»Natürlich wurde sofort ein Shuttle geschickt«, fuhr April fort. »Aber ein gewöhnliches Raumschiff kann erst dann Ionenzonen durchfliegen, wenn dort wieder Ruhe herrscht, und in diesem Fall dauert es vielleicht Jahre, bis der Sturm nachläßt. Die Rettungsmannschaft umfliegt den betreffenden Bereich, doch selbst mit Warp drei braucht sie vier Monate, um den havarierten Raumer zu erreichen. Die Vorräte der *Rosenberg* reichen nur für drei Wochen, und ich habe ja schon auf die Strahlungslecks hingewiesen.« Der Captain starrte auf die Diagramme. »Einundfünfzig Männer, Frauen und Kinder, denen der Tod droht, für die es praktisch keine Hoffnung gibt. Und was besonders tragisch ist: Wir können uns problemlos mit ihnen verständigen, denn die Kommunikationssignale werden mit Warp zwanzig übermittelt. Die ganze Föderation hört zu, während die Kolonisten sterben. Bei den Nachrichtenagenturen herrscht derzeit Hochbetrieb.«

April trat vom Oberdeck herunter und an seinen drei bestürzten Begleitern vorbei. Nach einigen Schritten spürte er, wie sich eine Hand um seinen Arm schloß und ihn herumriß. Er blickte in George Kirks Augen und sah darin zwei kleine Jungen, die durch ein Kornfeld tollten, auf einem Planeten, der plötzlich viel zu weit entfernt zu sein schien, um angenehme, friedliche Erinnerungen damit zu verbinden.

»Du hast irgend etwas vor«, sagte George scharf. »Was? Wir müssen unbedingt versuchen, den Leuten zu helfen.«

In Aprils Zügen zeigte sich grimmige, entschlossene Zufriedenheit, als er die betroffene Anteilnahme des Sicherheitsoffiziers bemerkte. Er wußte, daß er diesen Mann an seiner Seite brauchte. Er setzte zu einer Antwort an, doch das Summen der automatischen Navigationskontrolle unterbrach ihn. Er drehte sich zu der entsprechenden Konsole um und sah auf die Anzeigen. »Wir sind da. Drake, wissen Sie, wie man ein Raumschiff aus dem Warptransit in den Normalraum zurückbringt?«

Reed blinzelte, erwachte aus seiner Trance und offenbarte eine für ihn ungewöhnliche Bescheidenheit. »Nicht genau, Sir. Aber ich will's versuchen.« Er nahm vor den Navigationskontrollen Platz, und seine Fingerkuppen berührten einige Tasten.

April trat an den Wandschirm des interstellaren Hüpfers heran, starrte in den Weltraum hinaus und beobachtete den Kontratransfer des kleinen Schiffes. Einige Sekunden später sah er einen Asteroidenhaufen, hinter dem ein Raumdock schwebte.

George verließ das Oberdeck, den Blick starr auf seinen früheren Vorgesetzten gerichtet. Er dachte an die verschiedenen Ereignisse ihrer gemeinsamen Vergangenheit und glaubte, unerschütterliche Entschlossenheit im Gesicht des Captains zu erkennen. Sie wirkte anstekkend. Und verwirrend. »Was geht dir durch den Kopf, Robert?« fragte er. »Was planst du?«

»Denk mal darüber nach, George«, murmelte April. »Stell dir vor, es gelingt uns tatsächlich, die Kolonisten zu retten. Wir verkürzen eine Reise, die normalerweise vier Monate dauert, auf drei Wochen – und bewahren einundfünfzig hilflose Menschen vor dem Tod. Das wäre ein wahrer Triumph, nicht wahr?«

George trat um ihn herum und sah dem Captain direkt in die Augen. Niemand von ihnen achtete auf den Bildschirm, dessen rechte obere Ecke das Raumdock zeigte. Es wurde allmählich größer.

»Warum die Geheimniskrämerei?« erkundigte sich der Sicherheitsoffizier. »Weshalb hast du mir nicht gleich gesagt, worum es geht?«

»Ich durfte kein Risiko eingehen, alter Knabe.«

»Wieso nicht?«

April wandte sich von ihm ab, blieb neben der Navigationskonsole stehen und deutete auf den Wandschirm. »Dort siehst du den Grund.«

Positionslichter glühten und blinkten an den massiven Flanken des Raumdocks.

George beugte sich vor und riß unwillkürlich die Augen auf. Pulsierendes Glühen tastete über rötliche Wangen, fing seinen Blick ein und gab ihn nicht wieder frei. Eine Zeitlang staunte er wortlos.

»Lieber Himmel!« brachte er schließlich hervor. »Was ist *das* denn?«

»Mehr als nur ein Raumschiff«, erwiderte April leise. »Ein *Starship*.«

KAPITEL 3

Das All war schwarz, und im Innenraum herrschte die gleiche Finsternis wie in den Außensektoren oder im Bereich der Weite. Dort gab es keine Farben. Die Dunkelheit verschlang sie.

»Hier spricht Feldprimus Kilyle. Der Schwarm übernimmt die Patrouille.«

»Bestätigung. Der Große Primus läßt Sie grüßen. Er wünscht Ihnen Abenteuer.«

Jetzt summte das All. Ein gewaltiges, mit schwingenartigen Erweiterungen ausgestattetes Raumschiff durchpflügte das Nichts. Es war ebenso schwarz wie das All, doch es glänzte, und an den Flügeln klebten metallisch schimmernde, federähnliche Auswüchse. Nach und nach lösten sich die ›Federn‹ von der einen Schwinge, wie Schindeln, die der Sturm von einem Dach reißt. Jede einzelne von ihnen verwandelte sich in ein kleineres Schiff, und während sie sich langsam von ihrer großen Mutter entfernten, schienen sie sich zu entfalten und nahmen ihr Erscheinungsbild an.

Der Vorgang wirkte wie ein kontrolliertes Mausern. Der aus sechs Patrouilleneinheiten bestehende Schwarm verließ das Mutterschiff nach einem Transit mit Hyperlichtgeschwindigkeit. Die Triebwerke der kleineren Raumer zündeten, und sechs winzige Lichtnadeln rasten durch die ewige Dunkelheit des Innenraums. Nun, eigentlich gehörte der Sektor zum *Zentral*raum, eine solche Bezeichnung wäre weitaus angemessener gewesen. Und in diesem Zusammenhang konnte man den Gruß des Großen Primus nur als unverhohlenen Spott verstehen.

Die Kommandantin des Flaggschiffs – es hieß *Vernichter*, eine weitere Ironie –, stand auf der Brücke und ignorierte die verärgerten Blicke ihrer Offiziere. Es fiel ihr schwer, nicht darauf zu achten, aber sie wollte sich keine Blöße geben. Nach einer Weile spürte sie, wie sie aus dem Fokus der allgemeinen Aufmerksamkeit geriet, und eine gewisse Erleichterung ersetzte die Anspannung in ihr. Die Besatzungsmitglieder begannen mit einer subtilen, wortlosen Kommunikation, aber ihre Empfindungen waren so deutlich erkennbar, als glitten entsprechende Botschaften über die Rückflächen der vogelkopfartigen Helme. Plötzlich gaben sie sich viel zu sehr Mühe, ihre Kommandantin *nicht* anzusehen.

»Übernehmen Sie die Patrouille, Kai«, sagte die Frau und starrte auf den Hauptschirm. Das Mutterschiff raste mit Hyperlichtgeschwindigkeit weiter, schrumpfte innerhalb weniger Sekunden und verschwand, um die anderen Schwärme im Patrouillenraum auszusetzen. *Jetzt sind wir allein.* Ganz in der Nähe erklang eine vertraute Stimme. »Patrouillenbeginn *Kriegsdorn*«, sagte der Subcommander und behielt seine Instrumente im Auge. »Bestätigung, *Kriegsdorn.*«

»*Kriegsdorn* beginnt mit Patrouille«, tönte es aus dem Lautsprecher der externen Kommunikation. Der Bildschirm zeigte ein Schiff, das den Schwarm verließ und sich mit halber Sublichtgeschwindigkeit entfernte. Es verschmolz mit der Finsternis.

»Patrouillenbeginn *Verwegen*«, fuhr Subcommander Kai fort. »Bestätigung, *Verwegen.*«

»*Verwegen* beginnt mit Patrouille.«

Auch die drei übrigen Schiffe — die *Jäger*, *Erfahrung* und *Zukunftsfeuer* — sausten davon, und schließlich blieb die *Vernichter* allein zurück. Ihre schwarzen Schwingen trugen sie durchs All.

Nach einer Weile stand die Kommandantin wie beiläufig auf, und aus reiner Angewohnheit belastete sie das linke Bein. »Ich erstatte Primus Kilyle Bericht.«

Sie hatte fast den Korridorzugang erreicht, als sie eine Stimme hörte.

»Commander Idrys«, sagte ein junger Offizier, der neben dem Brückenpfeiler stand und sich viel zu lässig gab. Die Kommandantin sah farbloses Haar und Ohren, deren Spitzen sich ein wenig nach vorn neigten; einmal mehr spürte sie, wie Zorn in ihr zu brodeln begann. »Bitte übermitteln Sie dem Primus einen herzlichen Gruß von mir.«

Idrys zögerte lange genug, um den Mann mit einem stechenden Blick zu durchbohren. *Einen* herzlichen *Gruß?* dachte sie. »Ich bin sicher, darüber wird sich der Primus sehr freuen, Unterzenturio.« *Glaub bloß nicht, daß du ihn einfach um den Finger wickeln kannst. Kilyle ist nicht annähernd so dumm, wie du vielleicht hoffst.*

Als sie den Korridor betrat, hinkte sie ein wenig deutlicher und wies den Unterzenturio damit darauf hin, daß sie dem Reich einige sehr persönliche Opfer gebracht hatte.

An diesem Tag erschien ihr das Schiff kleiner als sonst. Die Kommandantin ging zu Fuß, verzichtete darauf, einen Lift zu benutzen. Während sie Leitern hochstieg, fühlte sie sich kräftiger und selbstbewußter. Außerdem verzögerte sie damit ihre Konfrontation mit Kilyle. Der Primus hatte eine enorme Ausstrahlungskraft; seine Präsenz versengte ihre Seele. Der Kommandoflur war bewacht, und Idrys schritt an den Soldaten vorbei, ohne ihnen Beachtung zu schenken. Erst als sie vor dem Quartier des Feldprimus verharrte, stellte sie sich der Realität von zwei bewaffneten Männern, die wie Statuen rechts und links neben der Tür aufragten. Einige Sekunden lang blieb sie stumm und betrachtete nur die am Schott glänzenden Buchstaben: T'CAEL ZANIIDOR KILYLE, FELDPRIMUS.

Jetzt wirkte die Aufschrift irgendwie töricht, obgleich Idrys während der vergangenen Jahre keinen solchen Eindruck gewonnen hatte. Inzwischen verzichteten die meisten Würdenträger auf die Verwendung solcher Namenshinweise — eindeutiges Anzeichen für die zunehmende Paranoia im Senat und auch die wachsende Nervosität des Prätors.

»Teilen Sie dem Feldprimus mit, daß ich ihn sprechen möchte«, sagte sie schließlich, ohne sich direkt an die beiden Wächter zu wenden.

Einer von ihnen betätigte einen kleinen Schalter neben der Tür. »Feldprimus, Commander Idrys ersucht um eine Audienz«, sagte er.

»Sie soll eintreten.«

Der Vorzenturio holte sofort einen Zugangschip hervor und befestigte ihn an Idrys' Uniform, während der andere Mann den Öffnungscode eingab.

Das Schott glitt beiseite.

Wer Kilyles Unterkunft betrat, hatte das Gefühl, durch eine völlig andere Welt zu wandeln. Die Luft war feucht, frisch und aromatisch; natürliches Chlorophyll sorgte für eine ständige Erneuerung. Im Rest des Patrouillenschiffes herrschte eine streng militärische Atmosphäre, aber diese Kammer überraschte mit bunten Farben. Dutzende von Pflanzen wuchsen so dicht an dicht, daß sie ein fast unentwirrbares Durcheinander bildeten. Die meisten Blätter schimmerten in einem saftigen Grün, doch hier und dort zeigten sich auch die gelben, purpurnen und blauen Töne von Gewächsen, die an andere Umweltbedingungen gewöhnt waren und daher besondere Pflege brauchten. Manche wirkten so exotisch, daß sie aus völlig fremdartigen Ambienten stammen mußten; wahrscheinlich gehörten sie zu den Biotopen von Welten, die der Primus im Laufe der Jahre besucht hatte. An einigen Stellen sah Idrys herunterhängende Zweige und dünne Stämme aus festem Holz: kleine Bäume.

»Kommen Sie, Commander«, sagte der Primus sanft und freundlich. Seine Stimme erklang irgendwo in dem Dickicht.

Idrys betrat das Zimmer, und hinter ihr schloß sich die Tür mit einem mechanischen Seufzen. Die Kommandantin bewegte sich sehr vorsichtig, um keine Pflanze zu beschädigen, mied die Nähe einiger intelligent aussehender Ranken, deren Spitzen sich neugierig — oder hungrig? — auf sie richteten. Ein muffiger, modriger Geruch stieg ihr in die Nase, und sie mußte sich sehr beherrschen, um nicht laut zu husten. Behutsam strich sie einen Schleier aus bernsteinfarbenen Blüten beiseite. »Primus?«

»Rechts von Ihnen. Hinter dem Dämonenbaum.«

Pflanzen mit solchen Namen verdienten es, daß man einen weiten Bogen um sie machte. Kurz darauf stand sie vor Kilyle, der ihre Unsicherheit bemerkte und lächelte. »Willkommen«, sagte er schlicht.

Inmitten der Pflanzen schien er völlig fehl am Platz zu sein. Sein pechschwarzes Haar glänzte nicht, und das dunkle, finstere Gesicht wirkte irgendwie beunruhigend. Die Augen waren groß, rund und ebenso schwarz wie das Haar. Idrys glaubte zu spüren, daß dieser Blick bis in die geheimsten Gewölbe ihres Ichs reichte. Er brachte eine gewisse Hartnäckigkeit zum Ausdruck — und eine Intelligenz, die außerordentlich gefährlich sein konnte. Über den Augen wölbten sich sichelförmige Brauen. Sie standen in einem auffallenden Kontrast zu den langen Ohren, die nach den ästhetischen Maßstäben der Rihannsu fast perfekt zu sein schienen. Die Kommandantin wußte, daß sich die Spitzen ihrer eigenen Ohren zu weit nach hinten neigten, um dem geltenden Schönheitsstandard zu genügen, und gelegentlich bedauerte sie es, einen höheren Rang zu bekleiden als jene Offiziere, die Helme tragen durften. Eigentlich spielte so etwas überhaupt keine Rolle, aber sie empfand häufig auf diese Weise, wenn sie den Primus sah.

Offenbar legte Kilyle Wert darauf, selbst in seinem privaten Bereich Aufmerksamkeit zu erregen. Er trug noch immer seine alte, indigoblaue Offiziersjacke; ihr einziger Schmuck bestand aus einem goldenen Fellstreifen, der vom rechten Arm herabbaumelte. Er lehnte es ab, eine der scharlachfarbenen und schwarzen Uniformen überzustreifen, die der Senat dem militärischen Personal zur Verfügung stellte. Gepolsterte Schultern und eine schmale Taille verliehen seiner hageren Gestalt zwar etwas Keilförmiges, aber trotzdem schien er einen Teil der Würde eingebüßt zu haben, die ihm sein Rang verlieh. Im Reich galten immer strengere Normen, die auch Mode und ähnliche Dinge betrafen, und dadurch wirkten Kilyles alte Insignien fast provinziell.

Nur das silberne Band am hohen gelben Kragen wies ihn anderen Rihannsu gegenüber als Feldprimus eines Schwarms aus.

»Wenn ich hierherkomme, befürchte ich häufig, Sie seien inzwischen einer Ihrer Pflanzen zum Opfer gefallen«, sagte Idrys.

Kilyle lächelte dünn und fuhr damit fort, einen hohen Busch zu beschneiden. »Es wäre kein schlechter Tod«, erwiderte er.

»Jemand wie Sie sollte während der Ausübung seiner Pflicht sterben, als Held«, murmelte die Kommandantin. Sie blieb neben einem seltsamen Auswuchs stehen, der aus einer kleineren Pflanze ragte. Am Ende des Stengels hing eine grotesk anmutende schwarze Kugel. »Was ist das?«

»Hmm? Oh, eine Art Blume.«

»Tatsächlich?« Idrys sah sich um und betrachtete die anderen Gewächse, die ihr vertrautere Blüten entwickelt hatten. Das Spektrum der Pracht reichte vom Atemberaubenden bis zum Schlichten, und nur mit Mühe widerstand sie der Versuchung, Kilyle auf seinen ›Garten‹ anzusprechen. Sie war nicht gekommen, um mit ihm über eigentlich unwichtige Dinge zu plaudern. »Primus ... Darf ich Sie noch einmal darum bitten, die Brücke aufzusuchen, wenn der Schwarm ausgesetzt wird?«

»Das dürfen Sie natürlich. Aber werde ich bei einem solchen Manöver gebraucht?«

»Sie sollten sich den Offizieren zeigen, um Ihrer selbst willen. Wenn Sie längere Zeit der Brücke fernbleiben, werden die anderen Commander unruhig.«

T'Cael Kilyle ließ die Schere sinken und nahm auf der

Kante eines großen Topfes Platz, aus dem ein Baum bis zur hohen Decke emporwuchs. Eine Zeitlang musterte der Primus seine Besucherin und bedachte sie mit einem besonders scharfen Blick. Das lange, braune Haar Idrys' bildete sorgfältig geflochtene Zöpfe, damit es nicht bei jeder Bewegung hin und her schwang, und es umrahmte ihr Gesicht auf eine Art und Weise, die Kilyle nur als stillos bezeichnen konnte. Die Jochbeine verbargen sich unter vollen Wangen, deren bronzefarbener Ton eher einer Klingonin zustand und keiner Rihannsu. Das war einer der Gründe, der Idrys veranlaßt hatte, die lange Karriereleiter mit besonderer Verbissenheit zu erklimmen, und während ihres beschwerlichen Aufstiegs lernte sie eine energische Direktheit, die der Primus sehr schätzte. Sie nahm selbst dann kein Blatt vor den Mund, wenn es Gefahren mit sich brachte, offen und unverblümt zu sprechen.

Kilyle wußte natürlich, worauf Idrys hinauswollte.

»Die *Vernichter* ist das Flaggschiff des Schwarms, und Sie sind ihre Kommandantin«, sagte er. »Es kann Ihrer beruflichen Laufbahn bestimmt nicht schaden, die Patrouillenschiffe ohne meine Hilfe loszuschicken.«

Idrys fühlte sich zwischen Schuld und Ehrgeiz hin und her gerissen. Nach einiger Zeit nickte sie. »Ich danke Ihnen für Ihr Vertrauen.«

»Fahren Sie fort.«

»Unterzenturio Ry'iak wird Sie bald besuchen, um Ihnen den Gruß des Obersten Prätors zu übermitteln«, sagte die Kommandantin. »Er versucht, Sie von der Crew zu entfremden, und unter den gegenwärtigen Umständen fällt ihm das sehr leicht.«

»Die Pflicht ist nicht immer angenehm«, entgegnete t'Cael hintergründig. »Wir sind im Innenraum.«

»Ja. Aber selbst im Innenraum gibt es Piraten, gegen die man sich verteidigen muß.«

»Diese Pflanzen stellen eine weitaus größere Gefahr dar als irgendwelche Piraten.«

Idrys preßte verärgert die Lippen zusammen. »Die anderen Kommandanten des Schwarms warten nur darauf, daß sich Ihre Position verschlechtert. Und der Senat würde sicher jeden Vorwand nutzen, um Sie zu versetzen.«

»Soll das eine Warnung sein?«

Idrys merkte plötzlich, daß sie an dem Primus vorbeistarrte, um den Blick der schwarzen Augen zu meiden. Sie sah ihn wieder an. »Nein, natürlich nicht. Ich hoffe nur, daß Sie zur Brücke zurückkehren.«

T'Cael rutschte vom Rand des Topfes, stand auf und prüfte einige Ranken. »Halten Sie das, bitte«, sagte er und hob das angeschwollende Ende eines dicken, lianenartigen Strangs.

Idrys griff widerstrebend danach. Das Material fühlte sich recht fest an, aber unter der obersten Schicht erahnte sie etwas Weiches. Gleichzeitig spürte sie, daß ihr die Ranke Widerstand leistete; offenbar gefiel es der Pflanze nicht, von ihr festgehalten zu werden. Idrys gab sich ruhig und gelassen, als sie langsam zurückwich, und vermied es, die ganze Hand um den Strang zu schließen. Der Primus hob ein Messer, das an ein Skalpell erinnerte, betrachtete die Fasern aufmerksam, wählte mit großer Sorgfalt eine Stelle, stieß die Klinge hinein und ritzte die Ranke der ganzen Länge nach auf.

Das Gewächs erzitterte heftig.

»Sir ...«, begann Idrys und mußte fester zugreifen, damit ihr der Strang nicht entglitt.

»Jedes Lebewesen setzt sich zur Wehr, wenn man es schneidet«, sagte Kilyle so belehrend, als spreche er zu einem Kind.

Wem gelten seine Worte? dachte Idrys. *Mir oder der Pflanze?*

Sie beschloß, nicht loszulassen, ganz gleich, was auch geschah. Unterzog sie der Primus irgendeinem Test? Sie kannte ihn schon seit Jahren, aber er blieb ihr ein Rätsel.

Einige Pflanzenfasern fielen zu Boden, und mehrere andere stopfte sich t'Cael ohne zu zögern in die Taschen —

ein weiterer Hinweis darauf, daß ihm die Uniform nicht mehr annähernd soviel bedeutete wie früher. »Halten Sie weiterhin fest.«

Idrys wollte Antwort geben, brachte jedoch nur ein Nicken zustande. Sie fühlte sich sonderbar fasziniert, als sie beobachtete, wie Kilyle das Gewächs verstümmelte. Er preßte die Finger in den schmalen Riß, den er geschaffen hatte, trachtete danach, ihn zu verbreitern. Erst widersetzte sich die Pflanze, doch dann platzte der Strang plötzlich auf. Idrys zuckte zusammen, als Dutzende von kleinen Stengeln aus der Öffnung sausten und vor t'Cael umhertanzten. Winzige Blätter entfalteten sich mit freudigem Eifer.

»Geburt«, sagte t'Cael leise. Mit sanftem Geschick half er den jungen Blättern und Ranken dabei, sich ganz zu entrollen.

Idrys nahm fliederartigen Duft wahr, der von den jungen Ranken ausging, und als sie den Kopf senkte, fiel ihr Blick auf den verschrumpelten, leeren Mutterstrang. Angewidert ließ sie ihn fallen.

T'Cael musterte sie interessiert und gab durch nichts zu erkennen, was er von ihrem Verhalten hielt.

Mit voller Absicht verzichtete er auf einen Kommentar.

»Ich bin mir durchaus der Anspannung bewußt, die Sie auf der Brücke wahrnehmen«, sagte er und strich noch immer zärtlich über die feuchten Pflanzenfasern. »Fünfundzwanzig Jahre lang mußte ich mir jedes Wort genau überlegen.«

»Das genügt jetzt nicht mehr. Ein Gesandter des Prätors ist an Bord, und das bedeutet, Sie müssen *handeln.*«

»Ich habe keine Angst vor Ry'iak.«

»Vielleicht ist das ein Fehler«, sagte Idrys, bevor sich ihre Zunge daran erinnerte, daß sie mit Primus Kilyle sprach, dem Helden des Weiten Krieges. »Als Senatsproktor hat er große Macht, obwohl er nur den Rang eines Unterzenturios bekleidet. Er ist wie ein Schwert über Ihrem Kopf.«

T'Cael lachte humorlos. »Was ich als Ehre empfinde, in gewisser Weise zumindest.«

»Ich rate Ihnen, vorsichtig zu sein. Es heißt, der Prätor fürchtet Sie.«

»Ry'iak ist zu jung, um seinen Posten durch eigene Leistungen verdient zu haben. Man ernannte ihn nur deshalb zum Senatsproktor, weil er zufälligerweise zur richtigen Familie gehörte — oder weil jemand seinem Vater einen Gefallen schuldete. Er hat nicht genug Erfahrung, um zu wissen, was echte Macht bedeutet. Daraus kann ich einen Vorteil für mich ziehen.«

»Sir, der Senat wird ihm zuhören, erst recht dann, wenn er seine Ausführungen in ein hübsches rhetorisches Gewand kleidet. Und was den Obersten Prätor betrifft ... Er mag gut klingende Lügen.«

»Selbst die Macht des Obersten Prätors genügt nicht, um mir einen Rang zu nehmen, der mir gebührt. Vergessen Sie nicht, daß ich nach wie vor Feldprimus bin, selbst hier im Innenraum.«

»Man hat uns diesen Patrouillensektor zugewiesen, um Sie zu strafen«, sagte Idrys, obgleich Kilyle sehr wohl darüber Bescheid wußte. So weit im Innern des Rihannsu-Raumgebiets konnte nichts geschehen, das irgend jemandem die Möglichkeit gab, Ehre zu erringen. Für einen Mann von t'Caels Status kamen derartige Missionen einer Demütigung gleich, und außerdem weckten sie den Groll all derjenigen Offiziere des Schwarms, die auf eine rasche Karriere hofften. Die Kommandantin zweifelte nicht daran, daß sich die Lage allmählich zuspitzte, und sie suchte nach den richtigen Worten, um den Primus zu überzeugen. »Ry'iak ist der Gesandte des Prätors«, wiederholte sie. »Und er befindet sich hier, bei uns, um mit seiner Präsenz Druck auf Sie auszuüben. Er braucht sich nur den Besatzungsmitgliedern zu zeigen, um sie an Ihren Ruf als Taube unter Falken zu erinnern. Sie glauben, ihre berufliche Zukunft sei bedroht, fühlen sich um Ruhm und Ehre betrogen.«

»Und Sie sind gekommen, um ...«

»Um Ihnen zu sagen, daß die Schande eines Kommandanten auf die Crew zurückfällt.«

Kilyle beobachtete ein winziges Raubinsekt auf seiner Hand und zerquetschte es. »Danke.«

Idrys lächelte scharf. »Es ist meine *Pflicht,* Sie darauf hinzuweisen.«

»Ja«, bestätigte t'Cael. Er ließ die jungen Ranken los und trat an eine andere Pflanze heran, ein gedrungenes Etwas mit dornenbesetzten Zweigen und dicken Samenbeuteln. Er betastete sie und setzte erneut sein Messer an. »Seien Sie unbesorgt, Idrys. Der Oberste Prätor wird nichts gegen mich unternehmen, solange ich ihm keinen direkten Ansatzpunkt biete. Wahrscheinlich hätte ich mir seinen Zorn zugezogen, wenn ich nicht bereit gewesen wäre, den Patrouillendienst im Innenraum zu akzeptieren. Aber statt dessen nahm ich das Angebot an, und nun sind wir hier.«

»Es ist alles andere als ehrenhaft, den Dienst in einem völlig sicheren und absolut ungefährlichen Raumsektor zu verrichten«, betonte Idrys noch einmal. »Der Oberste Prätor nutzt Meldungen über eine Zunahme des militärischen Potentials unserer Gegner, um seinen Einfluß zu erweitern. Die Föderation baut zwanzig Superraumer, und sie sollen gleichzeitig in Dienst gestellt werden, als eine Demonstration galaktischer Macht. Jedes Kampfschiff ersetzt eine ganze Flotte. Bestimmt wollen die Menschen einen Krieg beginnen, um das stellare Territorium der Rihannsu unter ihre Kontrolle zu bringen.«

T'Cael neigte den Kopf, sah zu Boden und runzelte die Stirn. »Sie glauben nicht im Ernst an so etwas, Idrys.«

»Wirklich nicht?«

»Solche Behauptungen sind maßlos übertrieben. Immerhin kenne ich die Menschen.«

»Auf diesem Gebiet sind Sie praktisch ein Experte«, gestand die Kommandantin ein. »Das streitet niemand ab. Dennoch deutet alles darauf hin, daß neue Konflikte bevorstehen. Derzeit fliegen viele unserer Schiffe die Außensektoren an, sondieren die Neutrale Zone und suchen nach einem Vorwand, die Föderation anzugreifen, bevor sie uns zu einem Kampf in unseren Raumbereichen zwingt. Gerade deshalb ist der Patrouillendienst im Innenraum so unangenehm für uns und gefährlich für Sie. Die Besatzungen der Schwarmeinheiten brennen darauf, an den ersten Vorstößen teilzunehmen. Sie wünschen sich nichts sehnlicher als eine Möglichkeit, uns den Gehorsam zu verweigern, ohne dadurch ihre Ehre zu verlieren. Früher oder später meutern sie bestimmt — das ist ebenso sicher wie der Krieg gegen die Föderation.«

T'Cael ließ die Hände sinken und spürte plötzlich, daß er seine Gefühle nicht mehr verbergen konnte. Früher einmal war er in der Lage gewesen, Gedanken und Empfindungen so gut abzuschirmen, daß niemand erriet, was ihm durch den Kopf ging. Nach dem Weiten Krieg hatten ihm selbst seine *weniger* radikalen Ideen das Mißtrauen des Senats eingebracht. Er schnaufte voller Abscheu und ließ das Messer sinken, so als fürchtete er sich davor, gerade jetzt einen scharfen Gegenstand in der Hand zu halten. Geistesabwesend schob er sich einige abgetrennte Samenbeutel in die Taschen.

»Einst galt persönliche Ehre mehr als persönlicher Ruhm«, sagte er niedergeschlagen. »Einst war Loyalität mehr wert als Verdienste in einer Schlacht. Die Erinnerung daran beschämt mich.«

Idrys schob sich durch das bunte, ekelhaft süß riechende Dickicht eines privaten Dschungels. »Sie brauchen nicht beschämt zu sein! Treffen Sie eine Übereinkunft mit dem Prätor, so daß wir diese lächerliche Patrouille beenden und an der glorreichen Konfrontation teilnehmen können. Es ist noch immer möglich, daß man Sie im prätorialen Alcazar rühmt, Primus; Ihre Heldentaten werden von hier bis ch'Havran Ehrfurcht wecken!«

T'Cael wich langsam von der Kommandantin fort, nahm erneut auf der Kante des großen Topfes Platz und begegnete dem leidenschaftlichen Wortschwall mit einem dünnen Lächeln. Für einen geheimnisvollen Mann, so fand Idrys, lächelte er ziemlich oft, und manchmal wirkte er dadurch noch mysteriöser.

Amüsiert schüttelte er den Kopf. »Von hier ist es nicht besonders weit nach ch'Havran«, erwiderte er trocken.

Er sah auf seine Hände herab, betrachtete die kleinen Brocken der gelbbraunen Erde und fragte sich, wie er der Frau vor ihm die Realität verdeutlichen sollte. »Als man uns in der Weite angriff, war ich zum Kampf bereit. Ich übernahm das Kommando eines Schiffes, und die Besatzung erwies sich als treu und loyal. Doch schon nach kurzer Zeit fand unser Volk zu der Verhaltensweise zurück, die es viele Jahre lang zeigte: Wir drangen in den Raumbereich der Menschen vor, schlüpften einmal mehr in die Rolle von Aggressoren. Wir nutzten unsere Siege, um große Teile des gegnerischen stellaren Territoriums zu annektieren, und auf diese Weise wurden Feinde zu Opfern. Ich fürchte, derzeit gelüstet es uns nach weiteren Opfern. Deshalb fliegen wir von der Weite zu den Außensektoren, beobachten die Föderation und suchen nach Gründen, in ihr Gebiet vorzustoßen. Ist es etwa richtig, so etwas als Ehre zu bezeichnen?« Er sah zu Idrys auf, und die Kommandantin gewann erneut den Eindruck, als reiche sein aufrichtiger, durchdringender Blick bis in ihr innerstes Selbst. »Seien Sie gewiß, Commander: Wenn ich wirklich glaubte, die Föderation stelle eine Gefahr für uns dar, würde ich nicht zögern, mich über alle Befehle hinwegzusetzen und in die Schlacht zu ziehen. Das versichere ich Ihnen.«

Idrys befeuchtete sich nachdenklich die Lippen. »Was hat es Ihrer Meinung nach mit den besorgniserregenden Meldungen auf sich?«

»Es sind Gerüchte, zumindest teilweise. Von den Eroberungswünschen des Senats in die Welt gesetzt.«

»›Zumindest teilweise‹?«

»Oh, ich zweifle nicht daran, daß die Föderation wichtige technische Fortschritte erzielt hat. Das ist auch bei uns der Fall. In einer Generation erreichen wir einen höheren technologischen Standard, und so geht es weiter. Wenn wir jedesmal angreifen, sobald wir irgendwelche Innovationen des Gegners fürchten, endet der Krieg erst mit unserem Tod. Und so etwas bringt nur wenig Ruhm.« Kilyle lachte leise und fügte hinzu: »Fortschritt ist ein natürlicher Prozeß für jede Zivilisation. Wer eine Gesellschaft angreift, nur weil sie sich weiterentwickelt, könnte genausogut jemanden umbringen, nur weil er atmet.«

Idrys spürte, wie sich Verwirrung in ihre Überlegungen stahl. T'Caels Worte klangen wahr, aber ... »Und wenn Sie sich irren? Es dauerte eine halbe Generation, bis wir uns von den Folgen des Föderationskrieges erholten. Diesmal bekommen wir vielleicht keine zweite Chance.«

T'Cael stand wieder auf und hob eine sichelförmige schwarze Braue. »Genau aus diesem Grund erfülle ich noch immer meine Pflicht.«

Die Kommandantin atmete tief durch. Auch diesmal gewann sie keine neuen Erkenntnisse. Der Primus hatte schon vor langer Zeit entschieden, sich in erster Linie an seine eigenen Prinzipien zu halten. Er konnte ihnen und sich selbst nicht entfliehen, solange auf allen Seiten Feinde lauerten. Wahrscheinlich brauchte er sich überhaupt keine Sorgen zu machen – wenn nicht die Nachrichten über eine zunehmende Anspannung zwischen dem ambitionierten Obersten Prätor und der Föderation gewesen wären. Es kam einer besonderen Ironie gleich, daß die Föderation noch gar nichts ahnte. So gefiel es dem Prätor – auf diese Weise fühlte er sich im Vorteil.

Idrys wollte sich umwenden, aber irgend etwas hielt sie am Haar fest. Vergeblich versuchte sie, den Kopf zu drehen. Ein seltsames Prickeln erfaßte sie an einem Ohr. Die Kommandantin klappte den Mund zu, um nicht laut zu schreien, und aus den Augenwinkeln bemerkte sie ein *Ding* mit Saugnäpfen, die über ihre Wange tasteten.

Einige Sekunden später schöpfte t'Cael Verdacht, sah auf und trat auf sie zu. Er hob sein Messer und griff nach Idrys' Haar, um den Kopf festzuhalten. Dann löste er die Saugnäpfe nacheinander. »Diese Pflanze muß ständig überwacht werden«, sagte er, als er den letzten Tentakel durchteilte. »Wenn sie nicht in regelmäßigen Abständen beschnitten wird, wickeln sich die Ranken um das nächste Lebewesen und zerquetschen es. Damit meine ich andere Gewächse, schlafende Tiere ... oder auch Rihannsu. Ich stutze sie immer, bevor ich mich zur Ruhe lege. So, alles in Ordnung. Sie sind wieder frei.« Wie in einem Ritual glättete er die beiseite gezogenen Zöpfe der Kommandantin und strich dann einige Erdkrümel fort. Schließlich drehte er sich um.

Idrys starrte eine Zeitlang auf seinen Rücken und wünschte, sie könnte sich in einen Kokon der Förmlichkeit hüllen – um nicht nur sich selbst zu schützen, sondern auch den Primus.

»Ich bin nur gekommen, um Sie über die Einstellung der Schwarm-Crew zu informieren. Wenn Ihnen das nichts nützt, so bitte ich um Verzeihung. Ich wollte einzig und allein vorschlagen, daß Sie eine gewisse Zurückhaltung wahren, solange der Gesandte des Prätors an Bord ist.«

T'Cael zeigte wieder sein sonderbares, unerschütterliches Lächeln. »Es ist gerade meine Zurückhaltung, die mich in Schwierigkeiten bringt«, sagte er.

Idrys seufzte. »Ry'iak wird Ihnen einen Besuch abstatten. Sie sollten darauf vorbereitet sein.«

Die Kommandantin kam sich wie die einzige Teilnehmerin an einem Bestattungszeremoniell vor, als sie sich einen Weg durch das dichte Durcheinander aus Blättern und Zweigen bahnte. Sie hatte erst einige Meter zurückgelegt, als erneut Kilyles Stimme erklang.

»Welchen Platz nehmen Sie in der Crew ein?« erkundigte er sich.

Diese Frage verletzte sie, aber ihre bronzenen Züge glätteten sich, bevor sie den Kopf drehte.

Der Primus sah sie gar nicht an. Er konzentrierte sich darauf, die Pflanzen zu beschneiden, und das Messer in seinen Händen schien sich dabei in ein eigenständiges Wesen zu verwandeln. Idrys dachte an das sanfte Geschick, mit dem er die Saugtentakel aus ihrem Haar gelöst hatte.

»Ich stehe auf Ihrer Seite«, antwortete sie. »Und das halte ich nicht nur für eine Pflicht meines Rangs.«

T'Cael entnahm ihrem Tonfall, was sie empfand, und er warf ihr einen versöhnlichen Blick zu. »Bitte entschuldigen Sie.«

Idrys wandte sich ganz zu ihm um. »Sie wissen, daß ich Ihren Posten anstrebe«, sagte sie offen. »Doch ich möchte ihn durch Ihre Beförderung bekommen, nicht deshalb, weil man Ihnen die letzte Würde aberkennt. Seien Sie vorsichtig, Sir. Vielleicht sind Sie selbst Ihr gefährlichster Gegner.«

Kilyle nickte. In diesem Punkt hatte Idrys vollkommen recht. »Wir befinden uns im Innenraum, weit von der Grenze des Reiches entfernt. Trotzdem habe ich das Gefühl, auf allen Seiten von Feinden umringt zu sein.«

Der Türmelder summte und bewahrte die Kommandantin vor der Notwendigkeit, eine Antwort zu geben. Die folgenden Worte verschlugen ihr geradezu die Sprache.

»Primus Kilyle, Unterzenturio Ry'iak ersucht um eine Audienz.«

T'Cael sah Idrys an, und diesmal brachte sein Lächeln so etwas wie kühle Genugtuung zum Ausdruck. »Ich schlage vor, wir lassen ihn ein wenig warten.«

Idrys biß sich auf die Lippe, und in ihren Augen funkelte es erheitert. »Es ist ein eher kindischer Streich, Sir«, sagte sie.

»Und wenn schon«, brummte Kilyle, schob sich an ihr vorbei und blieb vor der nächsten Kommunikationstafel stehen. »Der Unterzenturio möge sich ein wenig gedulden.«

»Ja, Primus.«

Als sich t'Cael zu Idrys umwandte, zeigte sich Schalk in seinem Gesicht. »Was meinen Sie? Wie lange bleibt er dort draußen zwischen den Wächtern stehen, die an ihm vorbeistarren?«

»Er hat seinen Besuch angekündigt, und jetzt wagt er es bestimmt nicht mehr, einfach zu gehen«, erwiderte die Kommandantin.

»In der Tat«, bestätigte t'Cael. »Ach, manchmal ist das Protokoll eine herrliche Sache.« Er hob die Arme, zog mehrere Pflanzen über eine metallene Schiene und wiederholte diesen Vorgang an anderen Stellen — bis sich der Weg zur Tür unter urwüchsigem Grün verbarg. »Mal sehen, welche Eigenschaften Ry'iak als Pfadfinder beweist.«

Idrys verschränkte die Arme und preßte ihre Fingerspitzen an den Mund, um nicht zu lachen. Sie stellte sich einen Ry'iak vor, der im Korridor stand, weder auf die Brücke zurückkehren noch ein zweitesmal den Summer betätigen konnte. Sie dachte an die beiden Wächter, die rechts und links neben ihm standen und ihn ignorierten. Nur selten war Gefahr so amüsant.

Als Kilyle alles zu seiner Zufriedenheit arrangiert hatte, sah er auf die fleischfressende Pflanze mit den Tentakeln und Saugnäpfen. Eine Zeitlang zögerte er und schien mit einem verlockenden Gedanken zu spielen. Schließlich schüttelte er den Kopf und schaltete erneut den Kommunikator ein. »Ich erwarte den Unterzenturio.«

Weder Idrys noch t'Cael sahen, wie sich die Tür öffnete. Sie hörten jedoch ein leises Zischen, dem das Rascheln von Blättern folgte, und sie verbargen ihre Belustigung hinter militärisch ernsten Mienen.

Das Schott schloß sich wieder, und sie vernahmen das Geräusch einiger zögernder Schritte. Das Rascheln wiederholte sich, und Idrys preßte die Finger fester auf den Mund. Ein dumpfes Pochen ertönte, als Ry'iak an eine Wandstrebe stieß, aber offenbar hatte er nicht die Absicht, um Hilfe zu rufen.

Die Pflanzen in ihrer unmittelbaren Umgebung erzitterten, und daraus schlossen sie, daß sich der Gesandte des Prätors näherte. T'Cael hatte die Gewächse so zurechtgerückt, daß es Ry'iak bei jedem Schritt mit Töpfen oder irgendwelchen Lianensträngen zu tun bekam, und seine Taktik funktionierte. Es dauerte eine ganze Weile, bis der Senatsproktor zu ihnen fand.

Idrys biß sich auf die Finger. Das helle, farblose Haar Ry'iaks war zerzaust, und kleine Blätter und Kletten hafteten darin fest. Er wirkte völlig verwirrt und zwinkerte mehrmals, um sich wieder zu fassen.

»Ah, Unterzenturio«, sagte t'Cael betont gleichmütig.

»Ich übermittle Ihnen die ... die Grüße des Obersten Prätors, Feldprimus«, brachte Ry'iak hervor. »Und die der Trikammer.«

»Ich nehme sie entgegen.«

»Die Luft hier drin ist ziemlich ... geruchsintensiv.«

»Ich halte sie eher für aromatisch, Unterzenturio.«

»Wie Sie ... meinen.« Ry'iak trat zur Seite, als einige Ranken nach seiner Schulter tasteten, blieb an einer Stelle stehen, von der aus er sowohl t'Cael als auch Idrys im Auge behalten konnte. »Mit allem Respekt, Feldprimus: Ich möchte Ihnen mehrere Vorschläge unterbreiten.«

»Ich höre.«

»Bei Ihrer Crew scheint es einige Meinungsverschiedenheiten zu geben«, begann der Gesandte des Prätors und versuchte, sich seinen Zorn nicht anmerken zu lassen. Er hatte sich einen großen Auftritt erhofft, doch jetzt kam er sich plötzlich wie ein Narr vor. Mit einer bewußten Anstrengung verwandelte er sein Gesicht in eine ausdruckslose Maske. »Der Patrouillendienst im Innenraum ist unrühmlich, und einige Besatzungsmitglieder erheben Vorwürfe gegen Sie.«

Diesmal nickte Kilyle nur.

»Wenn Sie mich mit der Personalführung beauftragen, kann ich die Disziplin im Schwarm wiederherstellen.«

T'Cael blieb stumm und ließ sich auf die Kante des großen Topfes sinken. Er neigte den Kopf und verschränkte gelassen die Arme.

»Zweitens ...«, fuhr Ry'iak fort. »Ich habe kein Vertrauen zu der Sicherheitsabteilung dieses Schiffes. Erlauben Sie mir, Sie von Wächtern schützen zu lassen, die ich selbst auswähle. Die entsprechenden Soldaten gehören zu meiner persönlichen Garde; daher besteht keine Gefahr, daß sie an einer denkbaren Meuterei teilnehmen.«

Als Idrys diese Worte hörte, versteifte sie sich unwillkürlich, wußte jedoch, daß sie weiterhin schweigen mußte. T'Cael schien die verhüllten Drohungen des Proktors überhaupt nicht zu bemerken. Ry'iak gab sich den Anschein, nur einige harmlose Vorschläge zu machen, aber sie erkannte sofort, worauf er hinauswollte. Plötzlich bedauerte sie ihren Rat zur Zurückhaltung. Tief in ihrem Innern zitterte das Verlangen, Ry'iak ganz deutlich ihre Empörung zu zeigen und ihn aufzufordern, die Ehre des Feldprimus nicht noch einmal mit seiner Präsenz zu beflecken. Sie starrte t'Cael an und hoffte inständig, daß er auf die verborgenen Beleidigungen reagierte.

»Der letzte Punkt ...«, sagte Ry'iak. »Ich werde mich an die Besatzungsmitglieder der anderen Schwarmeinheiten wenden und sie daran erinnern, daß der Dienst für den Prätor in jedem Fall ehrenhaft ist. Wer sich dieser Auffassung nicht anschließt, wird seines Postens enthoben. Ich bin sicher, das trifft Ihre Zustimmung. Skeptiker haben in einer loyalen Crew nichts zu suchen.«

Kilyle starrte ins Leere. »Da pflichte ich Ihnen bei.«

Idrys ballte die Fäuste und hätte sich am liebsten auf Ry'iak gestürzt. Der aufgeblasene Senatsproktor glaubte offenbar, daß t'Cael seine ›Vorschläge‹ gar nicht ablehnen konnte.

»Alle Unruhestifter werden in der *Vernichter* untergebracht, damit wir sie überwachen können, bis das Mutterschiff zurückkehrt«, schloß der Gesandte des Prätors.

T'Cael nickte und gab keinen Ton von sich.

Idrys kochte. Die letzte Bemerkung des Proktors lief auf folgendes hinaus: Man führe alle Gegner des Primus zusammen; dann ist eine Meuterei praktisch unabwendbar. Und selbst wenn es gelang, den Aufstand niederzuschlagen ... Er mußte als sicherer Beweis für das Versagen des Feldprimus gelten. Ganz gleich, was auch geschah, Kilyle war in jedem Fall erledigt. Wie es den Wünschen des Prätors entsprach.

»Gibt es sonst noch etwas?« fragte t'Cael ruhig.

Ry'iak straffte seine Gestalt und wirkte dadurch noch arroganter. »Sie werden mir eine private Kommunikation mit den nächsten Basen des Prätors gestatten, damit ich ihn ständig auf dem laufenden halten kann. Seine Exzellenz soll erfahren, daß Sie bei Ihrer Crew keine Nachlässigkeit dulden.«

T'Cael nickte erneut, und sein Gesicht blieb steinern. Er schien beschämt zu sein, und dafür fühlte sich Idrys schuldig. Es war besser für ihn, mit seinem Stolz zu sterben, anstatt sich jemandem wie Ry'iak zu unterwerfen. Sie bereute es sehr, sein Quartier aufgesucht zu haben.

Der Proktor wartete einige Sekunden lang, aber schließlich konnte er sich nicht länger beherrschen. »Wann geben Sie die notwendigen Anweisungen?«

Kilyle stand langsam auf und hielt die Arme weiterhin verschränkt. Er holte tief Luft, hob den Kopf und antwortete: »Wenn Sie Ihre ersten Blutsauger fressen!«

Die Selbstgefälligkeit verschwand aus Ry'iaks Zügen. Verblüfft riß er die Augen auf.

Er bekam keine Gelegenheit, den Schlag abzuwehren. Kilyles Arme entfalteten sich in einer gestenhaften Explosion, und eine Faust traf den Proktor, schleuderte ihn an die nahe Wand. Blätter raschelten. Ein schmaler Blutstreifen blieb auf dem dunklen Metall zurück. T'Cael trat an den Pflanzen vorbei, schloß die Hände um den Hals des jungen Mannes und drückte so fest zu, daß Ry'iak zu keuchen begann. Als die Stimme des Primus erklang, schauderte sogar Idrys.

»Sie sollten sich daran erinnern, mit wem Sie es zu tun haben«, knurrte Kilyle. »Sie irren sich gründlich, wenn Sie von mir die Erlaubnis erwarten, zwischen den Schiffen des Schwarms hin und her zu wechseln und ehrenhaften Männern gegenüber den prätorialen Schnüffler zu spielen. Ich halte nichts von Parasiten wie Ihnen. Sie sind ein einziger Schandfleck, und wenn Sie versuchen sollten, Ihre Fäule auch auf meine Besatzungsmitglieder zu erweitern, wird es mir eine Freude sein, Ihnen die Gedärme aus dem Leib zu reißen.« Kilyle zog Ry'iak noch näher heran, und seine Augen wurden zu zwei Dolchen, die sich in den Leib des Proktors bohrten. »Erstatten Sie dem Senat ruhig Bericht«, zischte er. »Wenn Sie überleben.«

Entsetzen glühte in Ry'iaks Pupillen. T'Cael zerrte ihn hoch, riß ihm den Zugangschip aus der Jacke und schleuderte den Gesandten des Prätors durch die geöffnete Tür.

Die Wächter rührten sich nicht von der Stelle, machten keine Anstalten, dem jungen Mann auf die Beine zu helfen.

Als sich das Schott wieder schloß, rückte sich t'Cael die Fellstreifen an der Schulter zurecht und sah Idrys an.

»War das zurückhaltend genug?« fragte er.

KAPITEL 4

Vielleicht lag es daran, wie April dieses Wort aussprach. Seine Stimme vermittelte dabei mehr als nur Ehrfurcht und Respekt: *Staaarship.*

Die Hülle schimmerte in einem elfenbeinfarbenen Weiß. Das riesige Schiff schwebte dicht neben dem Raumdock, im samtenen Schwarz des Alls, und der Rumpf wies weder dekorative Muster noch irgendwelche Hoheitszeichen auf. Dadurch wirkte es noch weitaus eindrucksvoller.

George wußte nicht, wie lange er auf den Bildschirm starrte, bevor er zischend Luft holte. Robert Aprils Stimme berührte irgend etwas in ihm, und ein empathisches Zittern erfaßte seine Gedanken. Gemeinsam beobachteten sie das Schiff.

Es stellte eine erhabene Mischung aus Masse und Eleganz dar, weckte Vorstellungen von enormer Geschwindigkeit — obwohl die Form in diesem Zusammenhang überhaupt keine Rolle spielte. Der weite Diskus, die beiden langen, zigarrenförmigen Triebwerksgondeln ... George sah eine Schönheit, die ihm irgendwie ätherisch erschien. Das Design war nicht völlig neu, aber es wirkte weitaus stromlinienförmiger als zuvor. Die gewaltige Scheibe deutete darauf hin, daß dieses Schiff nicht mit dem Gefüge des Raums verschmelzen sollte; es verkörperte vielmehr eine Herausforderung an das ganze Universum. Allein die Größe symbolisierte Macht — eine Macht, die Anmut mit majestätischer Würde verband und alle schwerfälligen, unbeholfenen Aspekte ausklammerte. George verglich das Starship mit einem Schwan, der auf das Tausendfache seiner ursprünglichen Größe gewachsen war, ohne etwas von seiner graziösen Ästhetik einzubüßen. Er hatte schon andere große Schiffe gesehen — Transporter, Frachter,

Starliner, Fregatten –, aber dieses Starship setzte ganz und gar neue Maßstäbe.

»Starship«, wiederholte er leise und kniff die Augen zusammen, bis das Raumschiff zu einem undeutlichen Fleck wurde. Sie näherten sich ihm von unten, und über ihnen spannte sich das Diskussegment wie ein weites Dach.

Neben ihm räusperte sich April.

»Es hat noch keinen Namen. Es ist nirgends in einem Katalog verzeichnet. Offiziell existiert es überhaupt nicht. Und das trifft auch auf uns zu, wenn wir an Bord gehen.«

Georges Stimme klang heiser, als er erwiderte: »Man vergißt uns einfach, wie?«

April beugte sich vor, und sein verträumter Blick reichte durchs All. »Es ist wundervoll, nicht wahr?« Er traf eine Feststellung, erwartete keine Antwort.

Das Brückenschott öffnete sich, und aus einem Reflex heraus drehte sich George um. Zwei Besatzungsmitglieder traten ein. Einer der beiden Männer löste Drake an der Navigationsstation ab, und das erfüllte den Sicherheitsoffizier mit einer gewissen Erleichterung – Andockmanöver erforderten Erfahrung und Geschick, und als Pilot gab Reed nicht viel her. Der zweite Mann schien indianischer Abstammung zu sein, und unter seinem Uniformpulli wölbten sich breite, muskulöse Schultern. Er trat sofort aufs Oberdeck, stellte eine Kom-Verbindung zum Raumdock her und bat um Anflugerlaubnis.

»Hallo, Jungs«, sagte April fröhlich. »Ich möchte euch einander vorstellen. Nun, hier haben wir Commander George Kirk und Lieutenant Reed. Der Navigator ist Carlos Florida.« Er nickte in Richtung Bildschirm, der noch immer das riesige Raumschiff zeigte. »Er wird das Ding dort drüben fliegen. An der Kommunikationsstation steht gerade unser Astrotelemeter Seelenkralle Sanawey. Hütet euch vor ihm. Er ist Mescalero-Apatsche und ziemlich gefährlich.«

Sanawey hob ein Kom-Modul zum Ohr und nickte. »Keine Sorge«, sagte er mit einer dumpfen, aber überraschend sanft klingenden Stimme. »Ich habe es nicht auf eure Skalps abgesehen.« Er lauschte einige Sekunden lang, sah dann April an und nickte. »Wir haben die Genehmigung, uns dem Dock zu nähern, Sir. Der Kommandant übernimmt die Verantwortung für den interstellaren Hüpfer und übergibt uns das Starship.«

»Ausgezeichnet«, erwiderte April. »Bestätigen Sie.«

»Wo docken wir an?« fragte George und richtete seinen Blick wieder auf das riesige Raumschiff. Es bot sich ihm als ein alabasterweißes Schimmern dar, das den größten Teil des Bildschirms beanspruchte.

»Ein solches Manöver ist überhaupt nicht notwendig.«

George drehte den Kopf. »Was?«

April musterte ihn und lächelte. »Wir beamen uns an Bord.«

George spürte, wie in seinem Hals ein dicker Kloß entstand. »Transporter?«

»Ja, und sie sind überhaupt nicht mehr mit denen an Bord von Schiffen der Baton Rouge-Klasse zu vergleichen. Sie verbrauchen wesentlich weniger Energie und arbeiten weitaus schneller. Der Transfer dauert keine Minuten, sondern nur wenige Sekunden.«

»Das verstehe ich nicht«, murmelte George. »Wie ist so etwas möglich? Es hieß doch immer, der Einsatz von Transportersystemen koste zuviel Zeit und lohne daher nicht. Was hat sich geändert?«

»Kennst du dich mit Duotronik aus?«

»Nein.«

»Oh. Nun, vor ungefähr zehn Jahren hat ein junger Mann namens Daystrom ein neues Computerkonzept entwickelt. Es führte zu einem enormen wissenschaftlichen Durchbruch, vergleichbar mit der Erfindung der Schrift. Es dauerte ziemlich lange, bis alle Fehler ausgebügelt werden konnten, aber inzwischen scheint die Sache bestens zu funktionieren. In dem Raumschiff dort drüben sind Tausende von duotronischen Komponenten installiert, und die Neuerungen betreffen natürlich auch die Transporter.

Sie verfügen nun über eine Computerverbindung, und dadurch beanspruchen Ent- und Rematerialisierungen nur noch wenige Sekunden. Das Elektronengehirn berechnet die molekularen Matrizen der transferierten Körper, und das ermöglicht eine sofortige Restrukturierung. Es wird dir bestimmt gefallen, George.«

»Das bezweifle ich.«

April lachte und klopfte ihm auf den Rücken. »Kopf hoch, alter Knabe.«

George straffte seine Gestalt und erstellte eine gedankliche Liste der Dinge, die ihn noch immer verwirrten. »Was hat das alles mit der *Rosenberg* zu tun?«

»Eine ganze Menge«, sagte April, als Dr. Poole zu ihnen trat und ebenfalls auf den Bildschirm sah. »Mit diesem Schiff werden wir die Kolonisten retten. Es ist ein Spitzenprodukt unserer Technologie. Zu seiner Ausstattung gehört ein Warptriebwerk der vierten Generation, und die verbesserten Materie-Antimaterie-Wandler erzeugen weitaus mehr Energie. Der Dilithiumfokus wurde überarbeitet und ermöglicht nun eine maximale Dauergeschwindigkeit von Warp sechs. Für kurze Zeit können wir auch bis auf Warp acht beschleunigen. Die Deflektoren sind leistungsfähiger, und ...« April seufzte. »Es würde Stunden dauern, alle Einzelheiten zu nennen.«

»Ich schlage vor, Sie verzichten auf einen detaillierten Vortrag«, murmelte Sarah.

»Mit dem Starship sind wir in der Lage, die *Rosenberg* rechtzeitig zu erreichen.«

»Aber du hast doch gesagt, selbst mit Warp drei sei es eine mindestens vier Monate lange Reise«, warf George ein. »Ein Warptriebwerk der vierten Generation verkürzt diese Zeit vielleicht auf einen Monat, aber bis dahin sind die Kolonisten tot.«

»Es wird keinen Monat dauern.«

George runzelte skeptisch die Stirn. Ganz gleich, wie groß und schnell und schön das weiße Raumschiff im Dock sein mochte: Es konnte wohl kaum den Raum krümmen und die Entfernung zur *Rosenberg* verringern. Er beobachtete den Captain argwöhnisch, als Aprils Lippen einen dünnen Strich bildeten. Einmal mehr schob er die Hände in die Taschen der Strickjacke.

»Mit den verbesserten Schilden und einer duotronischen Navigation haben wir die Möglichkeit, geradewegs durch den Ionensturm zu fliegen«, sagte er langsam.

George hörte, wie Drake nach Luft schnappte, und aus den Augenwinkeln sah er erstaunten Zweifel in den Zügen der Ärztin. Er zögerte einige Sekunden lang, trat näher an April heran und beugte sich über die Konsole. »*Durch* den Ionensturm? Hast du den Verstand verloren, Robert? Die energetischen Wirbel sind viel zu stark.«

April hob die Brauen und hielt Georges Blick stand. »Wir sollten imstande sein, die Kolonisten in einer Woche zu erreichen. In *einer Woche.*«

»Wir *sollten* dazu imstande sein? Bist du nicht ganz sicher?«

»Nun, ich neige zu optimistischen Einstellungen, was mich jedoch nicht daran hindert, mir einen Blick für die Realität zu bewahren. Endgültige Sicherheit gibt es nicht. Wie dem auch sei: Das Starship ist eine enorme Errungenschaft, die wir mehreren bedeutsamen technischen Neuentwicklungen verdanken. Es handelt sich um mehr als nur einige Innovationen, George, eher um ein Umschlagen von Quantität in Qualität.«

Der Sicherheitsoffizier schloß kurz die Augen und trachtete danach, das Chaos hinter seiner Stirn zu ordnen. Er starrte auf den Boden, als er an April vorbeiging und eine Zeitlang auf und ab marschierte. In Gedanken stellte er Verbindungen zwischen den einzelnen Informationen her, baute ein Gerüst, das ihm mehrere Schlußfolgerungen ermöglichte. Der Captain wartete schweigend und beobachtete ihn. George spürte seinen Blick auf sich ruhen, achtete aber nicht darauf.

Nach einer Weile blieb er stehen und nickte ruckartig. »Starfleet steckt dahinter, nicht wahr?«

»Natürlich«, bestätigte April und zuckte mit den Schultern. »Schließlich mußte der Bau des Schiffes irgendwie finanziert werden. Aber es gehört nicht in erster Linie Starfleet, sondern der ganzen Föderation, George. Was hältst du davon?«

»Warum fragst du mich das? Ich bin sicher, du kennst die Antwort.«

»Ich möchte sie trotzdem hören.«

George vollführte eine vage Geste. »Seit fünfundsiebzig Jahren überwachen wir die Neutrale Zone, weil wir mit einem Angriff der Romulaner rechnen. Weshalb könnte ihnen daran gelegen sein, Vorstöße ins stellare Territorium der Föderation zu unternehmen? Weil sie keinen Grund haben, uns zu fürchten. Sie respektieren uns nicht einmal.« Er hob die Hand und deutete auf den Bildschirm. »Das ist kein Rettungsschiff, sondern eine gewaltige Kampfmaschine!«

April trat an der Navigationskonsole vorbei, die sich zwischen ihnen befand. »Du siehst noch immer ein *Raum*schiff darin, George«, sagte er und betonte jedes einzelne Wort. »Aber es ist ein Starship, ein *Sternen*schiff!«

»Sternenschiff, Raumschiff«, brummte George und wußte, daß er damit nur Öl ins rhetorische Feuer goß. »Was macht das für einen Unterschied?«

»Weißt du es wirklich nicht, George? *Sterne.* Na, wie klingt das?« April sprach jetzt etwas leiser, doch seine Stimme klang noch immer eindringlich. »Sterne. So weit entfernt, daß sie wie kleine, glänzende Punkte wirken. Aber sie spenden Wärme und Licht, bilden die Grundlage für die Entstehung von Leben.«

»Sterne.« George nickte. »Ich weiß, was es damit auf sich hat. Ich halte sie keineswegs für winzige Löcher oder kleine Fenster am Himmelszelt. Das Zeitalter der Mythologie ist vorbei, Robert.«

»Aber dafür beginnt eine Epoche neuer Wunder. Sterne. Und jetzt füge die Bezeichnung ›Schiff‹ hinzu.« April hob die Arme, zeigte erst auf die breite Darstellungsfläche und ihren weißen Glanz, wölbte dann die Hände und führte sie zusammen. »Denk an die ersten Menschen, die mit Flößen und Ruderbooten aufbrachen, um das Unbekannte und Fremde herauszufordern. Seit damals ist ›Schiff‹ ein Synonym für Entdeckungen und Abenteuer.«

George schüttelte den Kopf, verblüfft von Aprils blindem Idealismus. »Offenbar fühlst du dich wie Magellan oder Kolumbus.«

»Warte ab, bis du das Schiff gesehen, es *gefühlt* hast.« Der Captain ließ die Arme wieder sinken. »Dann setzen wir unser Gespräch fort.«

George konnte sich kaum mit der Vorstellung anfreunden, von einer Maschine entstofflicht und in eine energetische Matrix verwandelt zu werden. Er kannte solche Erfahrungen nicht aus erster Hand, hatte jedoch schon vom Beamen gehört. Sein Unbehagen nahm immer mehr zu, als sie den interstellaren Hüpfer verließen und das Raumdock betraten. Adlerkralle – oder wie sein Name lautete – ignorierte die Nervosität des Sicherheitsoffiziers, stellte einen Kom-Kontakt zum weißen Raumschiff her und sagte: »Energie.« George hätte sich am liebsten irgendwo verkrochen, aber statt dessen holte er nur tief Luft und wartete auf den Tod. Zuerst nahm er ein insektenhaftes Brummen wahr, und unmittelbar darauf fühlte er sich von einem sonderbaren Prickeln erfaßt, so als krabbelten Hunderte von kleinen Käfern über seine Haut. *Irgendwie ist es mir gelungen, in einen Bienenstock zu kriechen,* dachte er sarkastisch. *Und jetzt finde ich keinen Ausgang.*

Die Konturen der Umgebung verschwanden in einem Strudel aus wogenden, schimmernden Farben, und plötzlich stellte George fest, daß er sich nicht mehr bewegen konnte. Er versuchte, die Arme zu heben, aber sie schienen sich vom Rest des Körpers gelöst zu haben. Seine inneren Organe erbebten heftig. Deutlich spürte er, wie feste Substanz fortwich, und ein flüsternder Wind tastete nach ihm, trug ihn fort. Eine Zeitlang schwebte er in einem Kosmos, der nur aus materieloser Strahlung bestand, und dann erfolgte eine subtile Veränderung. Graue Wände mit roten Streifen bildeten sich, und George sah eine breite Konsole, hinter der zwei Männer standen ... Er drehte langsam den Kopf, der nun wieder auf massiven Schultern ruhte, beobachtete verwundert ein Podest. Glitzerndes Glühen verblaßte, und kurzer Schwindel beeinträchtigte seinen Gleichgewichtssinn. Er schnappte unwillkürlich nach Luft und atmete gleich noch einmal tief durch, nur um ganz sicher zu sein.

»Alles in Ordnung?« Aprils Stimme hallte seltsam hohl durch die stille Kammer.

»Das Transfer-Verfahren ist noch nicht ganz perfekt, oder?« meinte Sarah Poole trocken. Sie befand sich irgendwo hinter Kirk.

»George?«

Er wagte es, den Boden zu betrachten, bemerkte eine matt glänzende Scheibe, auf der seine Füße ruhten. »Das war die scheußlichste Erfahrung meines ganzen Lebens«, sagte er und hielt nach Drake Ausschau. Reed blickte sich aus weit aufgerissenen Augen um, zitterte kaum merklich.

»Es wird noch an einer Verbesserung des Prozesses gearbeitet«, erwiderte April und trat von der Plattform herunter. »Atemberaubend, nicht wahr? Die Transferkapazität ist nicht mehr auf nur eine Person beschränkt. Wir können jetzt sechs gleichzeitig beamen. Auf diese Weise ist es möglich, ganze Landegruppen auf einem Planeten abzusetzen.«

»Wenn du dir soviel davon versprichst ...«, begann George und gesellte sich an die Seite des Captains. Seine Knie waren noch immer recht weich. »Warum gibt es hier dann ein Hangardeck?«

April zögerte. »Nun, wenn das Transportersystem gewartet werden muß oder aus anderen Gründen vorübergehend nicht einsatzfähig ist ...«

»Stehen keine zusätzlichen Transporter zur Verfügung, für alle Fälle?«

»Ja, schon, aber ...«

»Es scheint mir eine ziemliche Platzverschwendung zu sein, wenn man davon ausgeht, daß solche Transfersysteme Shuttles ersetzen sollen.«

April breitete die Arme aus. »Ach, George, ich bin einfach nur romantisch. Du weißt ja, wie Entwicklungsingenieure sind. Zwar lieben sie neue Ideen, aber sie trennen sich nicht gern von den alten.«

»Man darf ja wohl noch fragen, oder?«

»Und nun, Freunde ...« April deutete auf die Tür. »Zur Brücke.«

»Es befinden sich nur fünfundsiebzig Personen an Bord«, sagte April, als sie durch einen langen, schmucklosen Korridor gingen. Es fehlten Decksbezeichnungen, und an einigen Stellen sah George Streben und Stützgerüste anstelle von Wänden. »Alles sind Spezialisten, die bei der Konstruktion dieses Schiffes mitgewirkt haben, und jeder von ihnen hat Sicherheitsüberprüfungen hinter sich, die sogar Starfleet-Admirälen Probleme bereiten könnten. Es handelt sich um die besten Techniker, Ingenieure, Computerwissenschaftler und Triebwerksexperten der Föderation. Die Liste der Fachgebiete ließe sich natürlich fortsetzen. Alle Teile des Schiffes wurden einzeln und an verschiedenen Orten angefertigt, so daß niemand in Erfahrung bringen konnte, welchem Zweck sie dienen. Abgesehen von der Brücke, die wir gleich erreichen, gibt es in der Diskussektion zwei weitere fertiggestellte Decks. Der Maschinenraum ist zum größten Teil komplett. Es gibt noch keinen Freizeitbereich; in der Sektion sollen später die Kolonisten untergebracht werden.« April wandte sich an die Ärztin. »Ich schlage vor, Sie sehen dort sofort nach dem Rechten, Sarah. Sobald wir unterwegs sind, gibt es keine Möglichkeit mehr, irgendwelche Ausrüstungsgegenstände an Bord zu nehmen.«

»Das klingt so, als werde die Zeit bereits knapp«, erwiderte Dr. Poole und wich zur Seite, um zwei Technikern Platz zu machen. Sie schoben Antigravscheiben mit halb montierten Konsolen.

»Was ist fertig?« fragte George.

»Die Computerinstallationen, die Sensoren, das Warptriebwerk, obgleich noch ein Test aussteht ...« April überlegte. »Alle hermetischen Verriegelungen und ihre Schaltkreise, das Lebenserhaltungssystem in den meisten Abteilungen, die Waffen und Deflektoren ... Die Hilfskontrollen sind leider noch nicht funktionsfähig ...«

»Das hört sich ganz nach den Bedingungen für die erste Testphase an.«

April musterte George und nickte zustimmend. »Ja, da hast du völlig recht.«

»Was ist mit dem waffentechnischen Potential?«

»Schwere Laserbatterien und Partikelkanonen für kurze Entladungen«, antwortete der Captain. »Die energetische Stärke läßt sich in zehn Stufen justieren; man kann also genau bestimmen, welche Wirkung auf einen Feind erzielt werden soll. Nun, wir waren praktisch bereit, unter Raumbedingungen den ersten Test der Primärausstattung vorzunehmen: Schilde, Sensoren, Antriebssystem ... Als die *Rosenberg* in den Ionensturm geriet, hielten wir den Zeitpunkt für gekommen, das Schiff in den Einsatz zu schicken. Dies ist eine einzigartige Gelegenheit, um erst gar keine Vorurteile aufkommen zu lassen.«

»Vorurteile?« George wandte den Blick vom glänzenden Korridor und einigen türlosen Zimmern ab. Neugierig sah er April an. »Was meinst du damit?«

»Nun, dazu bleibt uns später noch genug Zeit. Zuerst die Besichtigungstour. Als Erster Offizier solltest du dieses Schiff gründlich kennenlernen.«

George blieb ruckartig stehen. Drake und der Astrotelemeter wichen im letzten Augenblick aus und stießen gegeneinander. »Als *was?* Robert, dazu bin ich überhaupt nicht qualifiziert!«

April drehte sich gelassen um und wischte Georges Einwände mit einer lässigen Geste beiseite. »Mach dir darüber keine Sorgen. Sieh dich nur um. Alle Personen an Bord sind qualifiziert. Ich benötige keinen weiteren Spezialisten, sondern einen Stellvertreter, der eine Art Gegengewicht zu mir darstellt. Nur auf diese Weise kann ich meinen eigenen Entscheidungen vertrauen.«

George nahm kein Blatt vor den Mund. »Du hast eine blödsinnige Wahl getroffen.«

April grinste, zeigte auf George und wandte sich an seine Begleiter. »Na, was habe ich gesagt? Genau der Mann, den ich brauche.«

George senkte verärgert den Kopf.

Der Captain lächelte nachsichtig. »Ach, komm schon, George. Du bist lange genug im All. Und wer zum Leiter der Sicherheitssektion einer Starbase wird, muß sich auch mit moderner Technik auskennen. Das ist mir durchaus klar, mein Lieber. Und wenn du trotzdem auf irgendwelche Schwierigkeiten stößt, wirst du bestimmt damit fertig. Du bist ein heller Kopf, George.«

April blieb in einem Lift stehen und wartete auf die anderen. Seine beiden Brückenoffiziere traten sofort ein, doch Dr. Poole folgte nicht ganz so bereitwillig.

George verharrte kurz im Gang. »Ich habe dich noch nie so schweigsam erlebt, Drake«, sagte er.

Reed rollte mit den Augen. »Tote reden nicht viel.«

»Was hat dich umgebracht?«

»Der Schock.«

»Gut. Wenigstens geht es nicht nur mir allein so.«

Die Transportkapsel des Turbolifts bewegte sich so schnell, daß Übelkeit in George entstand, aber gleichzeitig vermittelte ihm ihre Geschwindigkeit einen Eindruck von der Größe des Schiffes. *Dafür gibt es nur eine angemessene Bezeichnung,* dachte er. *Sie lautet ›verdammt groß‹.* Als sich die Tür öffnete, setzten sich Florida und Sanawey sofort in Bewegung, um ihre Posten einzunehmen.

Die Brücke bot sich George als ein runder Raum dar,

der noch immer recht eintönig wirkte, weil den Wänden Farbe fehlte. Er sah sich um und bemerkte handschriftliche Codezeichen dort, wo später bunte Isolierungsschichten angebracht werden sollten. Ein dünner, taubenblauer Teppich erstreckte sich auf dem Boden, aber wahrscheinlich diente er nur dazu, Geräusche zu dämpfen. Dicht unter der Decke befanden sich mehrere Monitoren, doch sie waren nicht annähernd so groß wie der breite Wandschirm weiter vorn. Alle Projektionsflächen glänzten in einem stumpfen Grau. Einige Techniker schlossen Verkleidungstafeln, hinter denen sich elektrische Alpträume verbargen.

Florida nahm an der Navigationsstation Platz und betätigte eine Taste. Leises, energetisches Summen erklang.

»Hier entlang«, sagte April, ging nach rechts und blieb vor einer glänzenden, schwarzen Konsole stehen. George betrachtete farbige Schalter und Sensorflächen, die noch nicht gekennzeichnet waren. Daneben befanden sich Interfaces für Datenmodule. »Darauf sind wir besonders stolz«, verkündete der Captain. »Es ist ein sogenannter ›Bibliothekscomputer‹. Wir können das Wissen der ganzen Galaxis speichern und jederzeit darauf zurückgreifen. Ein weiteres Beispiel dafür, was angewandte Duotronik ermöglicht. Die Analyse- und Abfragegeschwindigkeit wurde auf das Zehntausendfache gesteigert. Auf das Zehntausendfache! Die Vulkanier halfen bei Entwicklung und Programmierung, aber sie lehnten es ab, uns einen Fachmann zur Verfügung zu stellen, der mit dem Ding umgehen kann. Vermutlich haben die Spitzohren gekniffen, weil sie sich nicht auf den Umgang mit Menschen einlassen wollten.« April klopfte wie zärtlich auf die Konsole. »Nun, dies ist der Grund, warum wir auch während eines Warptransits navigieren können. Sogar bei Warp sechs. Und in einem völlig unbekannten Raumsektor. Die Sensoren und Navigationskontrollen tauschen praktisch ohne zeitliche Verzögerung Daten aus. Dieser Apparat versetzt uns in die Lage, durch Ionenstürme zu fliegen.«

Er musterte seine Zuhörer kurz, um sich zu vergewissern, daß er noch immer ihre Aufmerksamkeit hatte. »So etwas ist natürlich nicht einfach und gehört selbst bei einem Starship keineswegs zur normalen Routine. Aber in einem Notfall müßte es möglich sein.«

»Du machst da einen interessanten verbalen Rückzieher, Robert«, kommentierte George.

»Wozu ich mich auch verpflichtet fühle. Wie ich schon sagte: Es gibt keine absolute Sicherheit. Aber der Vorteil dürfte auch dir klar sein: Es sind keine Warpsprünge mehr nötig. Bisher kehren Raumschiffe in mehr oder weniger regelmäßigen Abständen zu Orientierungsmanövern in den Normalraum zurück. Dabei werden umfassende Sensorsondierungen vorgenommen, um sicherzustellen, daß man nicht zufällig in einen Planeten rast. Es folgen ein weiterer ÜL-Transfer, ein neuerlicher Kontratransit ... und so weiter. Nun, damit hat es nun ein Ende. Mit Hilfe des Bibliothekscomputers können wir die Grenzen des bisher bekannten Raums sprengen und uns auch in den unerforschten Regionen der Galaxis umsehen.«

»Warum die Geheimhaltung?«

»Bitte?« April drehte sich um und erinnerte sich an die Gegenwart. »Oh, ja ...« Nachdenklich beugte er sich über die Konsole und starrte auf das untere Deck herab, suchte nach den richtigen Worten, um die Hoffnungen zu beschreiben, die er mit dem Schiff verband. Der Captain ahnte, daß man seinen Traum in eine eher finstere Wirklichkeit verwandeln konnte, und solche Vorstellungen entsetzten ihn zutiefst. Es gab nur einen Verwendungszweck für die Sternenschiffe — daran durfte nicht der geringste Zweifel bestehen.

Er zögerte einige Sekunden lang, bevor er antwortete: »Wir müssen sehr vorsichtig sein, wenn wir dieses Schiff der Öffentlichkeit präsentieren«, begann er langsam. »Es dient nicht nur dazu, von einem Ort zum anderen zu gelangen, und man kann seine Bedeutung leicht mißverstehen. Viele Föderationswelten fürchten eine zentrale

Macht, und wenn sie ein solches Starship sehen ... Vielleicht glauben sie dann, es diene als demonstratives Druckmittel einer Institution, die wichtige Entscheidungen mit der Androhung von Gewalt durchsetzen will. Weißt du, George, die Förderation braucht eine Zentralisierung; sonst erstarrt sie irgendwann und verliert ihre politisch-kulturelle Flexibilität. Wenn wir mit dem nötigen Geschick vorgehen, wird eine Flotte aus diesen Schiffen ideologische Einheit symbolisieren.«

George ging übers Oberdeck, trat an die Navigationskonsole heran und beobachtete die Waffenkontrollen. Florida sah verwundert zu ihm hoch, gab jedoch keinen Ton von sich. Der neue Erste Offizier richtete einen so stechenden und durchdringenden Blick auf die Schaltkomponenten, als argwöhne er einen schlechten Einfluß, der von ihnen ausging. »Noch nie zuvor habe ich etwas Schrecklicheres gesehen«, sagte er nach einer Weile.

April kam näher und hielt sich an der Brüstung fest. »Wieso?« erkundigte er sich vorsichtig.

»Das fragst du noch? Ein solches Schiff ... Eins genügt bereits, aber eine ganze Flotte ... Wie viele sind geplant?«

»Insgesamt zehn. Aber ...«

»Begreifst du wirklich nicht?« unterbrach ihn George. »Oder sträubst du dich nur gegen die Erkenntnis? Stell dich endlich der Wirklichkeit, Robert. Der Computer, die Sensoren und Waffen, das energetische Potential ... All das verwandelt diesen Raumer in ein Schlachtschiff, das nicht nur Ionenstürme durchfliegen, sondern es auch mit jeder feindlichen Flotte aufnehmen kann. Jetzt sind wir zum erstenmal imstande, die Föderationsgrenze zu sichern und unsere Kolonialwelten zu schützen. Jetzt werden uns unsere Gegner endlich respektieren. Wir können die Romulaner, Klingonen und alle anderen *zwingen*, uns in Ruhe zu lassen.«

April winkte fast verzweifelt. »Aber hat das einen Sinn?«

»Etwa nicht?«

»Wie sollen wir uns rechtfertigen, wenn wir einerseits in die Galaxis vorstoßen, um neues Leben zu entdekken – und uns gleichzeitig isolieren?« Aprils Stimme klang beschwörend. »Dieses Schiff dient allein der Forschung, George. Für andere Zwecke darf es nicht eingesetzt werden.«

George Kirk trat auf ihn zu. »Eine Zivilisation entwickelt sich dann am besten, wenn sie sich zu schützen vermag.«

»Ja, aber der Unterschied zwischen defensiven und offensiven Waffen ist nicht auf den ersten Blick zu erkennen. Deshalb muß zunächst einmal die *philosophische* Frage geklärt werden. Die Aufgabe solcher Sternenschiffe besteht keineswegs darin, irgendwelche vermeintlichen Gegner einzuschüchtern.«

»Wirst du jetzt wieder romantisch, Robert?«

»Mag sein. Aber genau aus diesem Grund habe ich dich zu meinem Ersten Offizier ernannt.« April ging an Drake und Sarah vorbei, die noch immer schwiegen. Am Sessel des Befehlsstands blieb er stehen, und als er daran lehnte, wirkte er wie ein alter Soldat, der sich an seinem Pferd abstützt. Eine Zeitlang starrte er ins Leere, und seine Lippen zitterten kaum merklich. Ganz offensichtlich bemühte er sich, seine Ideen und Vorstellungen in möglichst einfache Worte zu kleiden.

»Versuch bitte, mich zu verstehen, George. Wenn das Schiff für eine militärische Kampfmaschine gehalten wird, kann es nicht mehr seine Funktion als Bote des Friedens erfüllen. In einem solchen Fall sät es nur Haß und Furcht. Wir hoffen, daß sich irgendwann einmal auch die Angehörigen von anderen Völkern den Besatzungen der Sternenschiffe anschließen – vorausgesetzt natürlich, es kommt nicht zu biologischen Inkompatibilitäten. Sobald die Starships ihre pazifistische Natur unter Beweis gestellt haben, akzeptiert sie der VFP-Kongreß bestimmt als echte interstellare Raumschiffe, die weder einzelnen Planeten noch lokalen Regierungen gehören. Das ist der erste Schritt zur Vereinigung der bekannten Galaxis. Wir müssen uns von der Paranoia befreien, die derart große Schiffe in uns wecken. Wir dürfen nicht in die alte militaristische Denkweise zurückfallen, die du eben angedeutet hast, George. Laß uns der Galaxis zeigen, daß die Starships Vorboten des Wachstums sind, daß sie uns schließlich eine bessere Lebensqualität bescheren. Wir dehnen die Zivilisation auf andere, bisher unbekannte Raumbereiche aus, bringen fremde Technologien und Ideen zurück, von denen wir nicht einmal zu träumen wagten. Auf diese Weise gelangen wir zu wahrhaftiger Weisheit.« April streckte die Hand aus, als biete er George ein Bündnis an. »Deshalb halte ich eine schwierige Rettungsmission als ersten Einsatz für ideal. Dies ist eben *kein* Schlachtschiff, George.«

»Wirklich nicht? Und die Laser- und Partikelkanonen? Was hat es damit auf sich? Hast du dich schon einmal gefragt, wie viele Sonnensysteme und Planeten allein durch die Präsenz eines solchen Schiffes geschützt werden können? Millionen von Menschen würden weitaus ruhiger schlafen.« George schritt übers Deck, ging mit weichen, federnden Schritten, so als erwarte er eine Reaktion des Starships. Mehrere Augenpaare beobachteten ihn und fürchteten, daß er ihrem Blick begegnete und einen Kommentar verlangte. Es dauerte eine Weile, bis er sich wieder an April wandte. »Du sprichst dauernd von Prinzipien und philosophischen Grundsätzen, Robert. Aber wer auf solche Dinge pocht, muß auch bereit sein, für sie einzustehen. Macht an sich ist nicht schlecht — solange sie benutzt wird, um das Recht zu verteidigen. Eins unserer Prinzipien besteht darin, daß man niemandem etwas wegnehmen darf, nur weil man dazu in der Lage ist.«

»Genau!« bestätigte April. »Gerade das müssen wir verdeutlichen! Dieses Schiff ist *nicht* dazu bestimmt, irgend jemandem etwas wegzunehmen. Es repräsentiert Ideale, George. Es versinnbildlicht Recht, keine Macht.«

»Es verkörpert sowohl das eine als auch das andere!« erwiderte George scharf und hielt auf den Turbolift zu. »Anders wäre es auch gar nicht möglich.«

Dicht vor dem Zugang blieb er stehen, drehte sich ruckartig um und sah Drake an. »Komm. Beginnen wir mit der Besichtigungstour.«

Er betrat die Kabine, und Reed folgte ihm hastig, hütete sich davor, einem der beiden Männer zu widersprechen.

Als die Doppeltür des Turbolifts mit einem leisen Zischen zuglitt, verschränkte Robert April die Arme, schüttelte den Kopf und seufzte.

»Himmel, ich bin froh, daß ich mich für ihn entschieden habe.«

KAPITEL 5

»Also los, Kralle. Übertragen Sie die Nachricht. Und schirmen Sie den Kom-Kanal sorgfältig ab.«

»Übertragung beginnt. Letzte Meldung der S. S. *Rosenberg* von Starbase Zwei vor einer solaren Stunde empfangen, Sir.«

Captain April wollte stehenbleiben, aber als er an die Lage der Kolonisten dachte, wurden ihm die Knie weich. Langsam sank er in den Sessel und starrte auf den Kom-Anschluß seiner Kabine.

George saß auf der anderen Seite des Tisches und lauschte dem leisen Knacken, das aus dem Lautsprecher drang. Er dachte an die Verzweiflung der Menschen an Bord des havarierten Raumschiffes, und plötzlich fühlte er sich vollkommen hilflos. Die Worte von Sterbenden überbrückten eine viele Lichtjahre weite Kluft ...

Statisches Rauschen verstümmelte die Botschaft.

»Hier ist das Forschungssch ... *Rosenberg*.« Die Stimme einer Frau, kühl und beherrscht; nur ein leichtes Vibrieren deutete auf die enorme Anspannung der Sprecherin hin. Sie hielt sich nicht damit auf, dramatische Pausen einzulegen. »Der Ionensturm dehnt sich aus und ... nun mit Stärke acht. Ich wiederhole: Stärke acht. Die energetischen Wir... umgeben uns auf allen Seiten. Strahlungslecks haben einen gro... Teil unseres Proviants verseucht. Wir nehmen das Kühlsystem ... Impulstriebwerke auseinander. Es funktio... ohnehin nicht mehr. Wichtige Information: Wir versuchen, genug Hibernationskapseln für alle Kin... unter acht Jahren zu bauen. Die Jungen und Mädchen glauben, sie wür... bald schlafen. Wir hoffen, die Energie reicht aus, bis ein Rettungs... eintrifft. Verstehen Sie, Starbase? Bitte erklären Sie ihnen, warum ihre Eltern nicht zuge... sind, wenn sie erwachen. Unsere einzige Hoffnung besteht darin, daß die Strahlung bei den Schläfern zu keinen Zellschäden führt, bevor Sie hier eintreffen. Wir wissen natür... daß die meisten von uns sterben werden, aber schicken Sie trotzdem eine Rettungsmannschaft. Bitte bestätigen Sie, Starbase. Lassen Sie unsere Kinder nicht im Stich. Ganz gleich, wie lange es dauert ... bringen Sie die Jungen und Mädchen in Sicherheit.«

Einige Sekunden lang herrschte Stille, und sie schien feste Substanz zu gewinnen, ein Gewicht, das schwer auf den beiden Männern in der Kabine des Kommandanten lastete. George spürte, daß seine Hände kalt und feucht geworden waren.

»Dies ist unsere letzte Nachricht. Es sei denn, Sie setzen sich mit uns in Verbindung. Wir müssen Energie sparen. Hier spricht Captain Anita Zagaroli von der S.S. *Rosenberg*. Ich schalte jetzt ab.«

April strich sich fahrig über die Lippen und starrte ins Leere. Viel zu deutlich hatte er den Schmerz in der Stimme gehört, die Pein des Mutes und einer letzten vagen Hoffnung.

George gewann plötzlich den Eindruck, als verstärke sich die künstliche Schwerkraft und presse ihn tiefer in den Sessel. Er dachte an Iowa, an seine beiden Söhne; Kummer und Niedergeschlagenheit erfaßten ihn.

Mühsam hob er den Kopf.

»Sag es ihnen«, brachte er hervor. »Sag ihnen, daß wir kommen.«

April saß wie erstarrt, und es vergingen einige Sekunden, bevor er ins Hier und Jetzt zurückfand.

Der Captain hielt noch immer die Hand vor den Mund, als er erwiderte: »Alles in mir drängt danach, eine entsprechende Antwort zu geben.« Er holte tief Luft und straffte die Schultern. »Aber das ist unmöglich. Du hast es selbst gehört ... Die technischen Ausrüstungen an Bord eines Kolonistenschiffes sind eher beschränkt, und ich halte es für praktisch unmöglich, daß es den Leuten gelingt, irgendwelche Hibernationskapseln zu konstruieren. Es grenzte an ein Wunder, wenn ihre Bemühungen zu einem Erfolg führten, George. Es befinden sich keine voll ausgebildeten Ingenieure unter ihnen. Nun, vielleicht schaffen sie es doch irgendwie, den einen oder anderen Tiefschlafkokon zu bauen, aber es ist zweifelhaft, ob jemand in ihnen lange genug überleben kann ...« April schüttelte verzagt den Kopf. »Die Kolonisten greifen nach dem sprichwörtlichen Strohhalm, um nicht überzuschnappen. Normalerweise müßte ihnen klar sein, daß ihre Versuche aussichtslos sind. Zumindest der Bordtechniker sollte Bescheid wissen. Ich nehme an, er hat keine Einwände erhoben, weil die Siedler irgendeinen Hoffnungsschimmer brauchen.«

»Aber ...«

»George, ich darf ihnen nicht sagen, daß wir die *Rosenberg* in einer Woche erreichen, weil ich nicht ganz sicher bin, ob das möglich ist. Es wäre nicht einmal richtig, den Kolonisten mitzuteilen, daß wir alles daransetzen werden, sie zu retten. Vielleicht stellt der Ionensturm selbst für uns ein unüberwindliches Hindernis dar, und ich ...« Er suchte vergeblich nach den richtigen Formulierungen, um zum Ausdruck zu bringen, daß selbst sein Vertrauen in das neue Raumschiff Grenzen hatte. »Wir müssen schweigen, so schwer es uns auch fällt.«

George sah sich außerstande, dem Captain zu widersprechen. Er überlegte, welche Worte er unter solchen Umständen an George jr. und Jimmy gerichtet hätte. Die Vorstellung, sie könnten sich in einer solchen Situation befinden, entsetzte ihn zutiefst.

Während er diesen Gedanken nachhing, hörte er ein leises Klicken vom Tischkommunikator. April betätigte eine Taste.

»Kralle«, sagte der Captain.

»Hier Brücke, Sanawey.«

»Stellen Sie einen Kontakt zur Starbase Zwei her.

Bitten Sie die Kommunikationsabteilung, die letzte Nachricht der *Rosenberg* in meinem Namen zu bestätigen und darauf hinzuweisen, daß wir nichts unversucht lassen, um ihnen zu helfen. Weisen Sie darauf hin, die Meldung mehrmals zu wiederholen, damit sichergestellt ist, daß sie auch empfangen wird. Die Kolonisten dürfen nicht den Mut verlieren und sollen wissen, daß sie nicht allein sind.«

»In Ordnung, Captain«, erwiderte der Kom-Offizier. George glaubte, in seiner dunklen Stimme einen Hauch von Zweifel zu hören. Vielleicht fürchtete er, daß eine solche Antwort falsch klang. »Sanawey Ende.«

»Ich kann dich erst dann den anderen Besatzungsmitgliedern vorstellen, wenn wir unterwegs sind«, sagte April nachdenklich, während er seine einzelnen Pflichten gegeneinander abwog. Als alles still blieb, hob er den Kopf und stellte fest, daß ihm George überhaupt nicht zuhörte. Sein Erster Offizier war aufgestanden und marschierte unruhig in der Kabine hin und her. »George?«

Kirk blieb stehen, drehte sich um und blinzelte. »Entschuldige. Ich kann einfach nicht mehr genug Geduld aufbringen. Wann geht es endlich los?«

»Ich verstehe, was du meinst.«

»Dann laß uns aufbrechen.« Er *sprang* regelrecht zur Tür.

April lächelte flüchtig und deutete auf den Sessel. »Nein, nein. Setz dich und hör zu. Die Materie-Antimaterie-Mischung hat gerade erst begonnen, und unsere Ingenieure fühlen sich verpflichtet, ständig alles zu erklären. Wir sollten darauf verzichten, sie zu stören, denn sonst verlieren wir noch mehr Zeit. Nimm Platz, George. Nimm Platz und sei ganz offen zu mir.«

Auf Georges Stirn bildeten sich dünne Falten. »Ich verstehe nicht ...«

»Ach, komm schon, George. Was ist los mit dir?«

»Was mit mir los ist?« platzte es verblüfft aus George heraus. »Nach der Botschaft, die wir gerade gehört haben ... Himmel, was soll schon mit mir sein? Ich ...« Er brach ab, und sein Blick kehrte sich nach innen.

»Ich bin ganz Ohr.«

George wußte, daß April ihn bewußt von der *Rosenberg* und den Kolonisten an Bord des havarierten Schiffes ablenken wollte. Er versuchte, die Anspannung zu lokkern – eine Anspannung, die unter den gegenwärtigen Umständen überhaupt nichts nützte. George konnte seine Gefühle nicht unter Kontrolle halten und spürte, wie er mehrmals hintereinander die Fäuste ballte. Er zwang sich zur Ruhe, doch es dauerte eine Weile, bevor er wieder seiner Stimme vertraute. »Ich ... ich hatte nur gehofft, rechtzeitig genug Urlaub zu bekommen, um Jimmy an seinem Geburtstag zu besuchen.« Er zeigte auf den Kom-Anschluß. »Anita Zagarolis Hinweise auf die Kinder ... Ich mußte an meine eigenen Söhne denken.«

»Steht es zwischen dir und deiner Frau noch immer so schlecht?«

George lehnte sich zur Seite und trachtete danach, Aprils Frage nicht als eine Einmischung in seine privaten Angelegenheiten zu erachten. Er fragte sich, ob ihm wirklich daran gelegen war, über diese Dinge zu sprechen.

»Es könnte kaum schlechter sein.«

»Bestimmt ist es ziemlich schwer für die Jungs«, sagte April und offenbarte dabei ebensoviel Anteilnahme wie zuvor bei der Nachricht vom Kolonistenschiff.

George nickte langsam. »Sie werden damit fertig. Ich versuche, meiner Rolle als Vater gerecht zu werden – trotz der großen Entfernung, die mich von meinen Söhnen trennt.«

»Nun, mit ein wenig Glück und dem einen oder anderen Wunder sollte es dir eigentlich möglich sein, Jimmy zu seinem Geburtstag zu gratulieren.«

Ein schiefes Lächeln zupfte an Georges Mundwinkeln. »Vielleicht. Ich hoffe es. Glaube ich. Als er sieben war, ließ ich mich zu einem Versprechen hinreißen, das ich inzwischen bedaure.«

April musterte ihn neugierig. »Ach? Worum ging es dabei?«

»Ich versprach dem Jungen, ihm am zehnten Geburtstag zu erklären, warum das T in seinem Namen für Tiberius steht.«

April neigte den Kopf zur Seite und schmunzelte. »Tiberius? Das hast du mir nie gesagt.«

»Ich dachte, er würde es vergessen.«

»Jimmy? Er vergißt nie etwas.«

»Ich weiß. Leider.«

»Nun?«

»Nun was?«

»Warum steht das T für Tiberius? Klingt ziemlich altertümlich, nicht wahr?«

George zuckte verlegen mit den Schultern. »Er wird sich daran gewöhnen. Als er sieben wurde, begann er zu ahnen, daß das T in seinem Namen irgend etwas zu bedeuten hat. Ich befand mich damals auf Starbase Vier, und Winn brachte nicht den Mut auf, Jimmys Fragen zu beantworten. Sie fürchtete seinen Zorn — immerhin übte er damals mit Pfeil und Bogen, und er konnte bereits ziemlich gut damit umgehen. Du kennst ihn ja, Robert: Er läßt nicht locker. Er hörte sich um und kam zu dem Schluß, sein voller Name laute Jimmy Toll Kirk. Das konnte ich doch nicht einfach ignorieren, oder?«

»Wohl kaum.« April hob erneut die Hand zum Mund, diesmal jedoch aus einem anderen Grund.

»Ich wies ihn immer wieder darauf hin, sich anderen Leuten gegenüber als ›James T. Kirk‹ vorzustellen — und versicherte ihm, das Rätsel an seinem zehnten Geburtstag zu lösen. Tja, jetzt ist es soweit.«

April ließ die Hand wieder sinken, preßte die Fingerspitzen aneinander und nickte nachdenklich. »Jetzt wirst du *mir* etwas versprechen.«

George sah auf. »Was?«

»Wenn wir die *Rosenberg* erreichen, ohne daß unser Schiff im Ionensturm zerplatzt ...« Der Captain zögerte kurz. »Dann erwarte ich von dir eine Erklärung dafür, warum du den Knaben ausgerechnet Tiberius genannt hast.«

Eine Zeitlang blickten sich die beiden Männer stumm an.

»Abgemacht«, entgegnete George schließlich, und sein Tonfall ließ keinen Zweifel daran, daß er es ernst meinte. Plötzlich fiel ihm etwas ein. »Übrigens: Wie heißt dieses Schiff, Robert? Es hat doch einen Namen, oder?«

»Noch nicht, George. Es fehlt auch eine Codebezeichnung. Alles ziemlich geheimnisvoll, nicht wahr?«

»Wie nennen wir es? Wie identifizieren wir uns anderen Raumschiffen gegenüber? Wir können wohl kaum die *Rosenberg* anfliegen und ihr mitteilen: Hier ist die S.S. *Anonym.*«

April schüttelte sofort den Kopf. »Die Bezeichnung stimmt nicht ganz. United Starship. USS *Anonym.*«

»Weich mir nicht aus, Robert.«

April nickte knapp, gab jedoch nicht sofort Antwort. »Dir dürfte klar sein, daß der Bau des Schiffes einige Zeit in Anspruch nahm, und natürlich ergab sich dabei auch die Frage des Namens.«

»Ja. Und?«

»Nun, ich schlug *Constitution* vor. Die Bezeichnung drückt all das aus, was mir am Herzen liegt. Sie symbolisiert Gerechtigkeit, Einheit, Pluralismus und so weiter.«

»Wurde bereits eine Entscheidung getroffen?«

April zuckte einmal mehr mit den Achseln. »Nein. Zumindest noch keine endgültige. Im Verlauf der Konstruktion kam es immer wieder zu Veränderungen der ursprünglichen Baupläne, und deshalb unterscheidet sich das Schiff vom ersten *Constitution*-Design. Die technischen Unterlagen in den Entwicklungsbüros zeigen ein ganz anderes Starship, und die Naval Construction Contract-Nummer muß dementsprechend modifiziert werden, aber ...«

»Also stellt dieses Schiff eine Klasse für sich dar.«

April seufzte und beschloß, die ganze Wahrheit zu sagen, bevor George Erkundigungen bei der Besatzung einholte. »Die *Constitution* entstand auf den Zeichenbrettern, bevor es zu den technologischen Durchbrüchen der letzten Jahre kam. Es änderten sich einige wichtige Voraussetzungen, noch bevor man mit dem eigentlichen Bau begann. Denk nur an die Duotronik. Oder die Verbindung zwischen Warptriebwerk und verbesserter Navigation. Starfleet sah sich mit der Notwendigkeit konfrontiert, die technische Struktur dem gehobenen Standard anzupassen, und daraufhin vereinbarte man einen neuen Konstruktionskontrakt. Dieses Schiff wurde mit der NCC-Nummer 1700 geplant, aber in Wirklichkeit lautet sie 1701.«

George brummte leise. »Wem steht die Entscheidung über den Namen zu?«

April zögerte und winkte unsicher. »Darauf gebe ich nur ungern Antwort«, sagte er und lachte verlegen.

»Dir?«

»Ja, ich fürchte schon. Man hat mich gebeten, mir etwas einfallen zu lassen. Die Föderation, meine ich. Offenbar vertraut sie meiner Phantasie.«

»Und mit der ist nicht viel los.«

»Wenn du eine Idee hast, George ... Ich nehme gern irgendwelche Vorschläge entgegen.«

George fühlte sich von den letzten Worten in die Enge getrieben. Er gehörte nicht hierher und hatte keine Ahnung, was für ein Name angemessen sein mochte. Andererseits: Er begann zu verstehen, welche Empfindungen April mit dem Starship verband.

»Laß mich darüber nachdenken«, sagte er ausweichend.

»Wie du willst. Nimm dir ruhig Zeit. Die Namensgebung ist so ziemlich die einzige Sache, mit der wir uns *nicht* beeilen müssen.« April stand auf und wandte sich noch einmal dem Tischkommunikator zu. »Maschinenraum, hier spricht der Captain. Statusbericht.«

»Es kann jederzeit mit der Initialisierungssequenz für das Impulstriebwerk begonnen werden, Sir. Wir warten nur auf Ihren Befehl.«

»Ausgezeichnet! Endlich ist es soweit. Fangen Sie an.«

»Aye, Captain. Maschinenraum Ende.«

»Komm, George, hilf mir dabei, ein neues Zeitalter einzuleiten.« Mit einer bedeutungsvollen Geste zeigte Robert April zur Tür. »Wir zünden jetzt zum erstenmal die Triebwerke des Sternenschiffes.«

Auf der Brücke herrschte rege Aktivität. Mehrere Techniker stellten letzte elektrische Anschlüsse her, und als Kirk und April eintrafen, verließen die Spezialisten den Kontrollraum. Sie kehrten in ihre Abteilungen zurück, um von dort aus die Bordfunktionen zu überwachen. Kurz darauf bestand die Brückencrew nur noch aus dem Captain, seinem Ersten Offizier, Sanawey am Kommunikationspult, Florida an den Navigationskontrollen, Drake Reed — er half Florida dabei, eine Verkleidungsplatte festzuschrauben — und einer kleinen, schmächtigen Frau, die an den Monitoren der Subsysteme saß und von April als Bernice Hart vorgestellt wurde. Offenbar gehörte sie zu den technischen Entwicklungsingenieuren.

»Normalerweise befinden sich mehr Personen auf der Brücke«, sagte April und nahm im Sessel des Befehlsstands Platz.

»Das will ich auch stark hoffen«, erwiderte George. Unter den Experten und diversen Genies fühlte er sich wie ein Mauerblümchen, das sich in einen Rosengarten verirrt hatte. Trotz der vielen Konsolen, Schalter und Anzeigeflächen, die ständig kontrolliert werden mußten, erschien ihm die Brücke seltsam leer. Er zuckte unwillkürlich zusammen, als einige Sensorpunkte aufleuchteten und das Summen vitaler Energie erklang. Unmittelbar darauf errötete er, verlegen über seine Reaktion. Rasch wandte er sich um, damit April nicht sah, wie ihm das Blut ins Gesicht schoß. Das leise Sirren von elektronischem Leben brachte Farbe auf die Brücke. Indikatoren glühten rot, blau und gelb; die Bildschirme und Dynoscanner zeigten Diagramme und bunte Muster, die für George unverständlich blieben. *Was mache ich hier? Die meisten Anlagen sind mir ein Rätsel. Himmel, an diesem Ort bin ich wie ein Dinosaurier, wie das Relikt einer primitiven Vergangenheit. Wenn mir irgend jemand eine Frage stellt, bin ich erledigt.*

Er verdrängte diese Überlegungen, als plötzlich der große Wandschirm sich erhellte und dem Beobachter ein wundervolles Panorama darbot: die dunkle Masse des Raumdocks, und jenseits davon die Sterne.

Aprils sanfte Stimme erklang und übertönte das allgemeine Summen.

»Maschinenraum, hier spricht der Captain. Wir sind bereit, auf Impulskraft zu gehen. Erhöhen Sie das energetische Niveau in den Materie-Antimaterie-Wandlern. Sorgen Sie dafür, daß sich niemand in den Jeffries-Röhren aufhält, wenn wir Fahrt aufnehmen. Zwar benutzen wir erst nur das Impulstriebwerk, aber ich möchte vermeiden, daß irgend jemand in Gefahr gerät.«

»Aye, aye, Sir. Bereitschaft zur Impulszündung.«

George näherte sich dem Befehlsstand. »Was hat das alles zu bedeuten?«

»Hmm? Oh, die Ingenieure kriechen derzeit durch die Zugangsschächte und überprüfen die Warpeinheiten. Dort sind sie nicht sicher. Und wenn uns das Warptriebwerk den Dienst verweigert, sitzen wir ohnehin in der Patsche.« Er fügte rasch hinzu: »Aber bestimmt klappt alles.«

»Wir leiten doch nicht sofort einen Warptransfer ein, oder?«

»Nein. Damit warten wir, bis wir die Asteroidenzone hinter uns gebracht haben. Nun, der Zeitfaktor spielt zwar eine wichtige Rolle, aber ich bin nicht geneigt, ein Risiko einzugehen. Das Warptriebwerk wird gerade auf Betriebstemperatur gebracht, und einige spezielle Schilde sorgen dafür, daß die Materie-Antimaterie-Annihilation unter Kontrolle bleibt, bis wir die freigesetzte Energie nutzen. In rund einer halben Stunde ist es soweit.«

»Woher stammt der elektrische Strom für die Konsolen und Instrumente?«

April lächelte schelmisch. »Eine gute Frage, George.«

»Captain ...«

»Schon gut. Die Antwort lautet: aus chemischen Batterien. Sie sind von den Generatoren des Docks aufgeladen worden und stellen uns genug Saft zur Verfügung. Sobald die Materie-Antimaterie-Wandler mit voller Kapazität arbeiten, haben wir natürlich weitaus mehr Energie als das Raumdock. Gedulde dich, George. Früher oder später ergibt auch für dich alles einen Sinn.«

Kirk klopfte April auf die Schulter. »Es ist deine Schuld, daß ich von diesen Dingen keine Ahnung habe. Du hättest mich rechtzeitig informieren sollen.«

April lächelte breit und nickte. »Wenn du dich dadurch besser fühlst, gebe ich dir gern recht.« Er wandte sich an Sanawey. »Kralle, verbinden Sie mich mit dem Dock.«

»Aye, aye, Sir. Kom-Kanal geöffnet.«

»Raumdock, hier ist April. Desaktivieren Sie alle externen Energiequellen.«

»Bestätigung, Starship. Keine Muttermilch mehr. Viel Glück.«

»Danke. April Ende.« Er richtete seinen Blick auf die Frau an den Subsystemkontrollen und räusperte sich. »Bernice, Batterieenergie für Impulszündungssequenz.«

»Zündungssequenz eingeleitet«, antwortete sie. »Impulskraft, Sir. Wir sind energetisch autonom.«

April schauderte erwartungsvoll. Er sah George an und versuchte, nicht zu begeistert zu wirken.

»Alle magnetischen Siegel schließen.«

»Siegel geschlossen, Sir.«

»Überprüfen Sie die Sicherheitssysteme.«

»Alle Sicherheitssysteme grün, Sir.«

»Carlos, übernehmen Sie das Ruder.«

Carlos Florida bedeutete Drake, sich ans Navigationspult zu setzen – dort war er völlig nutzlos, konnte jedoch keinen Schaden anrichten –, nahm dann den Platz des Steuermanns ein. Behutsam und fast zärtlich berührte er mehrere Tasten, widerstand der Versuchung, die notwendigen Schaltungen in aller Eile auszuführen. »Das Ruder reagiert, Sir«, sagte er mit nicht ganz verborgenem Stolz.

»Wundervoll«, hauchte April. Seine Hände schlossen sich fest um die Armlehnen des Kommandosessels. »Nun gut, Erster Offizier ... Bring uns auf den Weg.«

George drehte sich ruckartig um, und seine verblüfft starrenden Augen stellten eine stumme Frage.

»Bitte«, fügte April hinzu und deutete auf den Wandschirm. Seine Geste galt dem unendlichen All.

George musterte ihn einige Sekunden lang. Erst als April nickte, begriff er, daß es der Captain wirklich ernst meinte: Er überließ ihm die Ehre, den ersten Beschleunigungsbefehl zu geben. Mehr steckte natürlich nicht dahinter – weder der Kommandant noch sein Stellvertreter steuerten das Schiff; diese Aufgabe kam Florida zu. Aber im Logbuch als der Mann verzeichnet zu werden, der die Anweisung gab, zum erstenmal Fahrt aufzunehmen ... Es handelte sich um das Starfleet-Äquivalent einer Schiffstaufe, und George glaubte plötzlich, eine Champagnerflasche in der Hand zu halten, die er an einem imaginären Kiel zertrümmern sollte. Hinzu kam, daß es Aprils aufrichtigem Wunsch entsprach. Er brachte keineswegs ein Opfer dar.

George atmete tief durch und trat vor. »Na schön«, sagte er. »Mal sehen, ob die Königin fliegen möchte.«

Die Anspannung nahm schlagartig zu. Das erste Manöver des ersten Sternenschiffes.

George war kein offizieller Starfleet-Pilot, und er hatte nicht die geringste Ahnung, wie man ein solches Schiff flog. Er hoffte inständig, daß Florida falsche Anweisungen korrigierte, ohne auf die Fehler hinzuweisen.

Er bedachte April mit einem letzten, unsicheren Blick,

konzentrierte sich dann auf den Wandschirm und sagte: »Zwanzig Prozent Sublicht, Mr. Florida.«

»Zwanzig Prozent Sublicht, aye.«

Die Konsole des Steuermanns summte leise.

Vielleicht bildete sich George das Gefühl einer erhabenen Beschleunigung nur ein, aber die Mienen der anderen Anwesenden deuteten darauf hin, daß sie diesen Eindruck teilten. Sie verfügten über große Erfahrung und einen kühlen Intellekt, aber jetzt spürte George in ihnen eine fast kindliche Aufregung, die sich auf ihn übertrug, ihm das Gefühl vermittelte, in ihrer Mitte kein Fremder mehr zu sein. Wenn es um das Starship und all die Dinge ging, die es verhieß, empfanden sie ebenso wie er. Kirk erinnerte sich daran, daß er dieses Schiff erst seit kurzer Zeit kannte, wohingegen April und seine Gefährten schon seit Jahren mit dem Projekt vertraut zu sein schienen. Dennoch begriff er, daß seine innere Distanz zur weißen Königin immer mehr schrumpfte und einem direkten emotionalen Engagement wich. Jetzt gehörte er mit Körper und Geist dazu. *Dutzende von Kolonisten hoffen darauf, gerettet zu werden,* fuhr es ihm durch den Sinn. *Was meine eigene Familie betrifft, habe ich versagt, aber jetzt kann ich wenigstens einen Teil der Schuld abtragen, indem ich anderen Menschen helfe.*

Er versuchte, das Zittern seiner Hände zu unterdrükken, und beobachtete den Wandschirm. Das Raumdock wich langsam fort. *Die Königin fliegt.*

Dann plötzlich stöhnte das Schiff, und es klang fast so, als wimmere ein lebendes Wesen. *Brrrooooo* ...

Das Licht flackerte, und jähe Dunkelheit wogte heran. Nichts rührte sich mehr. George stand in der Finsternis und wagte es nicht, sich zu bewegen.

Eine Stimme erklang in der Schwärze, hatte ihren Ursprung offenbar im Bereich des Navigationspults. Drake.

»Ich habe nichts berührt, George. Ich schwöre dir, daß ich nichts berührt habe.«

Hinter George Kirk klickte das Interkom des Kommandosessels, und kurz darauf hörte er April.

»Brücke an Maschinenraum. Dr. Brownell? Hören Sie mich?«

Es verstrichen mehrere Sekunden, bevor ein dumpfes Krächzen antwortete.

»Die Energieversorgung ist vollständig unterbrochen.«

»Und die Batterien?«

»Es betrifft auch die Batterien. Was verstehen Sie unter ›vollständig‹?«

Der respektlose Tonfall überraschte George. Instinktiv drehte er sich zum Befehlsstand um, obgleich er in der Dunkelheit überhaupt nichts sehen konnte. »Wer spricht da?« fragte er.

Die Notbeleuchtung schaltete sich automatisch ein: mattes Glühen am Rande des Brückendecks, zwei kleine Leuchtkörper in der Decke, gespeist von separaten Batterien. Die Finsternis verwandelte sich in ein trübes, graues Zwielicht.

Aprils Züge blieben zum großen Teil im Schatten verborgen, als er sich über das Interkom beugte. »Was soll das heißen, Dr. Brownell?«

»Möchten Sie, daß ich mich damit aufhalte, Ihnen alle Einzelheiten zu erklären? Oder soll ich versuchen, die Sache in Ordnung zu bringen?«

Selbst April blinzelte verdutzt. Er setzte zu einer scharfen Erwiderung an, überlegte es sich dann aber anders. Eine halbe Sekunde später heulten Alarmsirenen und kündigten drohendes Verderben an.

George griff nach der Brüstung und drehte erschrocken den Kopf.

»Was ist das?« rief April. Seine Stimme verlor sich fast im Lärm. »Maschinenraum!«

»Verdammter und dreimal verfluchter Mist ...«

»Dr. Brownell! Was ist geschehen?«

Das Knistern und Knacken im Interkom-Lautsprecher war trotz der noch immer heulenden Sirenen zu hören.

Schließlich erklang eine andere Stimme. »Brücke! Wir haben es mit einem technischen Defekt zu tun! Wenn die Isolierkomponenten nicht innerhalb von fünfzehn Minuten mit Energie beschickt werden, müssen wir die Warpeinheiten absprengen!«

»Herr im Himmel!« stieß April hervor. Er sprang aus dem Sessel und stürmte zum Turbolift. »Komm mit, George!«

KAPITEL 6

Im Maschinenraum war es kaum heller als auf der Brücke. Techniker eilten umher und stießen immer wieder gegeneinander, obwohl das Deck, auf dem noch einige Wandsegmente fehlten, genug Platz bot. Der Captain und sein Erster Offizier liefen durch das allgemeine Durcheinander.

George folgte April und hatte das Gefühl, an einem Hindernisrennen teilzunehmen. Immer wieder mußten sie Containern und Maschinenteilen ausweichen, die noch darauf warteten, irgendwo installiert zu werden.

Schließlich erreichten sie einige Spezialisten, die an einer Zugangsnische standen. Dahinter erstreckte sich eine lange Schalttafel, die durch den ganzen Raum reichte; Kirk bemerkte eine Leiter, die zu weiteren Kontrollsegmenten emporführte.

»Dr. Brownell?« fragte der Captain.

Ein schmales, zerfurchtes und mindestens siebzig Jahre altes Gesicht ragte aus der Menge. George bemerkte einen dichten Schopf weißen Haars und eine geradezu anachronistisch wirkende Brille. Die Augen hinter den Gläsern funkelten. »Ja?« ertönte eine rauhe Stimme.

»Was ist mit dem Schiff los?«

»Was soll schon damit sein? Es muß repariert werden.«

»Könnten Sie mir das bitte etwas genauer erklären?«

»Oh, dazu wäre ich durchaus in der Lage, aber leider fehlt mir die Zeit«, erwiderte der alte Mann und wölbte schneeweiße Brauen. Er schob sich an eine geöffnete Schaltsektion heran, justierte ein Meßgerät und starrte auf die Anzeige. »Ich bin beschäftigt, wie Sie sehen.«

»Besteht Gefahr?« drängte April und beugte sich an den Technikern vorbei.

»Woody!« rief Dr. Brownell und ignorierte den Captain.

Einige Meter entfernt kam ein weitaus jüngerer Mann hinter einem Trenngitter zum Vorschein. Er bildete einen auffallenden Kontrast zu dem Greis, der ihn gerufen hatte, konnte kaum zwanzig Jahre alt sein. Blondes Haar und ein glattes Gesicht unterschieden ihn von den erfahrenen Ingenieuren. »Ja, Sir?«

»Komm her und erklär August alles.«

»Bin schon unterwegs, Sir.«

George zupfte an Aprils Arm. »Wer ist das, Robert? Weiß er überhaupt nicht, was Respekt bedeutet?«

April trat von den Technikern fort. »Dr. Leo Brownell von der Starfleet Akademie«, sagte er leise. »Er gilt als eine Art Institution, George. Ihm haben wir die Kombination aus Dilithiumfokus und duotronischer Steuerung zu verdanken, die uns einen kontinuierlichen Warpflug ermöglicht.«

»Ich dachte immer, diese Ehre gebühre Zefram Cochrane.«

»Nein. Cochrane entdeckte die Warpformel. In unbekannten Raumsektoren waren bisher keine längeren Warptransits möglich, weil der Datenaustausch zwischen Sensoren und Computer zu lange dauert. Brownell gelang es, die Sensorerfassung mit der duotronischen Technik um ein Vielfaches zu beschleunigen. Das versetzt uns in die Lage, auch durch noch nicht erforschte Quadranten zu fliegen, ohne immer wieder für Orientierungsmanöver in den Normalraum zurückkehren zu müssen. Verärgere ihn bloß nicht. Er ist ein echtes Genie.«

»Und unausstehlich.«

»Das eine schließt das andere nicht aus, oder? Wenn ich dir nun seinen Assistenten Anthony Wood vorstellen darf ...« April deutete auf den jungen Mann, der sich ihnen näherte. »Er hat ebenfalls einiges auf dem Kasten. Beendete sein Studium mit siebzehn. Jetzt ist er einundzwanzig.«

»Wo treibst du solche Leute auf, Robert?« fragte

George beeindruckt und musterte Wood, der vor ihnen stehenblieb. »Captain«, sagte Dr. Brownells Assistent.

»Woody, unser Erster Offizier George Kirk.«

Der junge Mann deutete eine Verbeugung an. »Sir.«

»Was ist los, Woody?« fragte April. »Warum brach die Energieversorgung zusammen?«

Wood atmete tief durch. »Durch einen schalttechnischen Defekt wurde Kühlflüssigkeit in einen Bereich geleitet, wo sie überhaupt nicht erforderlich war. An der betreffenden Stelle versagte die automatische Computerkontrolle, und dadurch kam es zu einer Überhitzung bestimmter Schaltkreise, die wiederum mehrere Kurzschlüsse bewirkte. Mit den Batterien und dem Impulstriebwerk ist soweit alles in Ordnung, aber derzeit gibt es keine Möglichkeit, die Isolierkomponenten mit Energie zu beschicken.« Als Wood sprach, erkannte George jene Stimme wieder, die er auf der Brücke gehört hatte. Er erinnerte sich an den Hinweis, die Warpeinheiten müßten eventuell abgesprengt werden.

»Sie erwähnten ein Zeitlimit«, sagte George.

»Ja. Uns bleiben jetzt noch dreizehn Minuten.« Wood wich beiseite, als zwei Techniker vorbeiliefen. Mit langen Schritten marschierte er übers Deck, zwang George und April, ihm zu folgen. Er überprüfte Anzeigen, betätigte Tasten und veränderte Justierungen. Gleichzeitig setzte er seinen Vortrag fort und warf seinen Zuhörern gelegentlich einen kurzen Blick zu. »Die Sicherheitsluken sind nicht dafür vorgesehen, ohne magnetische Siegel dicht zu bleiben, und außerdem haben wir bereits damit begonnen, das Warptriebwerk auf Betriebswärme zu bringen. Die Isolierkomponenten werden nicht mehr gekühlt, und ihre Temperatur steigt rasch. Wenn wir keine Möglichkeit finden, die energetischen Verbindungen wiederherzustellen, müssen die Warpeinheiten vom Schiff getrennt werden!«

April schnappte unwillkürlich nach Luft.

George runzelte die Stirn. »Ist damit das ganze Triebwerk gemeint?« vergewisserte er sich.

»Ja, die Gondeln«, bestätigte Wood. »Ohne funktionsfähige Siegel schmelzen die Warpeinheiten, und wir können überhaupt nichts dagegen unternehmen. Es tut mir leid, Sir, aber wenn Sie mich bitte entschuldigen würden ...« Der junge Mann eilte an George vorbei, kletterte eine Leiter hoch und streckte die Hand nach mehreren Schaltern aus. »Daß es ausgerechnet zu diesem Zeitpunkt geschehen mußte! Vor einer Viertelstunde wäre das Triebwerk noch nicht heiß genug gewesen, um eine solche Gefahr heraufzubeschwören. Und fünfzehn Minuten *später* hätten wir die notwendige Energie direkt aus den Warpeinheiten beziehen können. Ein Jahr Arbeit umsonst — nur weil wir nicht imstande sind, neue energetische Verbindungen herzustellen.« Verärgerung und Enttäuschung verliehen Woods Stimme eine gewisse Schärfe, und er schnitt eine Grimasse, als er einen neuerlichen Blick auf die Anzeigen warf.

»Warum schließen wir uns nicht wieder an die Generatoren des Raumdocks an?« fragte George.

»Ihr Output genügt nicht für das Isolierungssystem«, antwortete Wood. »Die Siegel brauchen weitaus mehr Energie, als uns das Dock zur Verfügung stellen kann.«

»Woody, komm da runter, du Blödmann!«

George und April drehten sich zu Dr. Brownell um, der seine schmutzigen Hände an einem völlig verdreckten Kittel abwischte. Er war mindestens einen Kopf kleiner als der Captain, doch der Größenunterschied hatte nicht den geringsten Einfluß auf sein arrogantes Gebaren. Der alte Mann trat auf die beiden Offiziere zu, während sein Assistent die Leiter herunterkletterte.

»Das erste Starship — und es ist hin«, knurrte Brownell. Hinter den Brillengläsern wirkten seine Augen unnatürlich groß, und dadurch gewann sein ganzes Gesicht etwas Karikaturhaftes.

»Halten Sie es tatsächlich für unmöglich, die Warpeinheiten vor einer fatalen Überhitzung zu bewahren?« fragte April gepreßt.

»Uns bleibt praktisch nichts anderes übrig, als darauf zu warten, daß die Dinger hochgehen«, krächzte Dr. Brownell und versuchte nicht, seine Enttäuschung zu verbergen. »Sie sollten sich besser darauf vorbereiten, die Gondeln abzusprengen. Damit retten wir wenigstens das Diskussegment.«

April erbleichte. »Verdammt«, flüsterte er. Und dann, etwas lauter: »Verdammt, *verdammt!*«

George gesellte sich an seine Seite. »Die Kolonisten an Bord der *Rosenberg* ...«

»Ich weiß«, sagte April. »Aber jetzt müssen wir an uns selbst denken. Es hilft den Siedlern nichts, wenn das Warptriebwerk explodiert und uns alle umbringt.«

»Du gibst also auf?«

»Es bleibt uns wohl kaum etwas anderes übrig.«

»Nein!« widersprach George heftig. »Nein!«

Aprils Hand schloß sich um die Schulter seines Ersten Offiziers. »Hast du eine Idee?«

»Ich habe die Idee, daß du *nicht* aufgeben darfst«, erwiderte George und stellte überrascht fest, wie hart seine Worte klangen. »Finde eine Alternative.«

Leo Brownell hob den Kopf, richtete seinen Zeigefinger auf George und sah April an. »Wer ist das?«

»Es stehen viele Leben auf dem Spiel«, fügte George hinzu. Erneut dachte er an die Kolonisten und stellte sich ihre Situation vor. Es lief ihm kalt über den Rükken. Anita Zagaroli und die anderen brauchten dringend Hilfe; sie durften nicht einfach im Stich gelassen werden. »Finde eine Alternative.«

Brownells Finger kam so nahe, daß er eine rostrote Strähne berührte. »Wer *ist* das? Ich möchte seinen Namen erfahren, bevor ich sterbe.«

George wandte sich an Wood. »Schaffen Sie eine energetische Verbindung zu den Isolierkomponenten.«

Der junge Ingenieur blinzelte. »Das geht nicht, jedenfalls nicht in zehn Minuten. Wir brauchen wesentlich mehr Zeit, um die durchgebrannten Schaltkreise zu ersetzen.«

George schnaubte wütend und beugte sich vor. »Mit einer solchen Auskunft begnüge ich mich nicht! Hören Sie mir gut zu. Vergessen Sie die defekten Schaltkreise. Vergessen Sie meinetwegen den ganzen Rest des Schiffes. Denken Sie nur an die Siegel! Wie können wir die Isolierkomponenten *allein* lange genug mit Energie beschicken, um eine Explosion des Warptriebwerks zu verhindern? Es genügen doch nur zehn oder fünfzehn Minuten, oder? Anschließend reicht das energetische Niveau der Warpeinheiten aus, um die Luken zu sichern.« Er griff nach dem Arm des jungen Mannes. »Was für eine Möglichkeit gibt es?«

»K-keine«, entgegnete Wood. »Das habe ich Ihnen doch schon gesagt. Die Schaltkreise sind völlig ...«

George drückte fester zu. »Die verdammten Schaltkreise interessieren mich nicht. Denken Sie nach. Gehen Sie davon aus, die Gondeln ließen sich nicht absprengen. Stellen Sie sich vor, uns allen drohe der Tod. Nun?«

Wood wich an die große Kontrolltafel des Maschinenraums zurück. Sein hilfloser Blick erweckte Mitleid, deutete jedoch gleichzeitig auf konzentriertes Nachdenken hin. Er zwinkerte nicht ein einziges Mal, starrte nur stumm in das zornige Gesicht des Ersten Offiziers und besann sich auf seine Phantasie. Als sie ihm plötzlich eine Idee einflüsterte, schnappte er nach Luft.

»Die Shuttles«, stieß er hervor.

Brownell schob April beiseite und musterte seinen Assistenten. »Was für Shuttles?«

Der Captain schnippte plötzlich mit den Fingern. »Natürlich! Doktor!«

George trat zur Seite, als Brownell mit einer Geschwindigkeit herumwirbelte, die einem Akrobaten zur Ehre gereicht hätte. »Aus dem Weg, August. Thompson! Kappen Sie alle Verbindungen zu den externen Aufnahmemoduln, mit Ausnahme der Leitungen zu den Siegeln. Chang! Bringen Sie ein Übertragungsgerät in den Hangar und nutzen Sie das Ergpotential der Shuttletriebwerke!

Transferieren Sie die Energie direkt zu den magnetischen Luken der Wandlerkammern. Woody, kümmere dich um den Rest. Und sag Marvick, er soll die Shuttlegeneratoren überwachen, bis sich das energetische Niveau in den Warpeinheiten stabilisiert hat. Worauf wartest du noch, Junge?« Als Wood loslief und den Maschinenraum verließ, hörte George plötzlich, daß er keuchte. Er versuchte sich zu beruhigen, während um ihn herum ein gut organisiertes Chaos ausbrach. Aprils Stimme klang geradezu verblüffend ruhig.

»Glaubst du noch immer, daß du nicht hierhergehörst?«

Rote Flecken bildeten sich auf den Wangen des Ersten Offiziers, und er fühlte eine seltsame Mischung aus bescheidener Verlegenheit und Ärger. Er zuckte mit den Schultern. »Solche Leute denken wie Ingenieure, und manchmal behindern sie sich damit selbst.« Er blickte in die Richtung, in der Wood verschwunden war. »Ich wollte ihn nicht erschrecken.«

»Du hast ihn dazu gebracht, das Schiff zu retten«, sagte April sanft. »Und dafür bin ich dir sehr dankbar.«

»Glaubst du, es funktioniert?«

»Nun, zumindest lange genug, um die durchgebrannten Schaltkreise zu ersetzen«, erwiderte der Captain. Nur ein dünner Schweißfilm auf der Oberlippe erinnerte an seine Besorgnis. Er wischte ihn mit dem Daumen fort und seufzte schwer. »Ich schlage vor, wir kehren jetzt zur Brücke zurück.«

Er schritt fort und schob die Hände wieder tief in die Taschen der Strickjacke – sicherer Hinweis darauf, daß er das Problem für gelöst hielt. Doch nach einigen Metern blieb er stehen und wandte sich um. Sein Erster Offizier hatte sich nicht von der Stelle gerührt. »George?«

Kirk gab keine Antwort und starrte nachdenklich auf die breite Kontrolltafel.

»George? Was ist los mit dir?«

»Mit mir? Nichts. Aber was das Schiff betrifft ... Es sind entschieden zu viele Zufälle im Spiel.«

»Was meinst du damit?«

George drehte ruckartig den Kopf. »Ein Defekt im Kühlsystem, ausgerechnet an einer Stelle, die nicht vom Computer kontrolliert wird. Und genau zum richtigen Zeitpunkt, um uns zu einer Aufgabe der Rettungsmission zu zwingen. Fünfzehn Minuten vorher oder fünfzehn Minuten später, und wir hätten den Schaden ohne große Schwierigkeiten beheben können. Das gefällt mir nicht, Robert.«

»Ach, George, jetzt übertreibst du«, sagte April. »Wem sollte daran gelegen sein, eine Rettung der Kolonisten zu verhindern?«

»Es geht nicht um die *Rosenberg*, sondern um eine Sabotage dieses Schiffes.«

»Das ist doch Unsinn, George. Es gibt Hunderte von Kühlaggregaten an Bord, und vermutlich sind einige von ihnen noch nicht in Betrieb. Hinzu kommen Tausende von Computerverbindungen, bei denen programmtechnische Fehler nicht auszuschließen sind ...«

»Und wenn schon. Mir gefällt es trotzdem nicht. Irgend etwas ist faul an der Sache.«

»Meine Güte, die Unterbrechung der Energieversorgung war nur deshalb gefährlich, weil wir es so eilig damit hatten, das Warptriebwerk auf Betriebstemperatur zu bringen.«

»Das ist es ja gerade«, brummte George. »Der richtige Schaltkreis zum richtigen Zeitpunkt.«

»Du witterst überall Verschwörungen, nicht wahr? Typisch Soldat.«

»Wenn ich mich recht entsinne, hast du mich aufgrund meiner militärischen Denkweise zu deinem Stellvertreter gemacht.«

»Nur zum Teil«, schränkte April ein. »Himmel, du bist paranoid.«

»Tatsächlich? Eine solche Fehlfunktion könnte dein ganzes Starship-Programm scheitern lassen, und das weißt du auch.«

»Nun, das stimmt wahrscheinlich. Trotzdem. Du ahnst nicht einmal, wie kompliziert die Technik in all diesen Konsolen ist ...«

»Ich bin froh, daß ich nichts davon weiß. Brownell und Wood dachten viel zu eingleisig, weil sie allein auf die technischen Aspekte konzentriert waren, und irgend jemand nutzte diesen Umstand gegen sie.«

April kratzte sich am Kopf und dachte kurz nach. »Ich bin sicher, du siehst Gespenster.«

Der Captain sprach so ruhig und vernünftig, daß George eine gewisse Verlegenheit spürte. Er befeuchtete sich die Lippen und versuchte, den Verdacht aus sich zu verbannen. Es gelang ihm nicht ganz: Seine skeptisch blickenden Augen übermittelten noch immer eine viel zu deutliche Botschaft.

»Welche Maßnahmen sollten deiner Ansicht nach ergriffen werden?« fragte April besänftigend und neigte den Kopf zur Seite.

»Wer leitet die Sicherheitssektion?«

»Was für eine Sicherheitssektion? Eine solche Abteilung gibt es hier überhaupt nicht.«

»Dann sollte schleunigst eine geschaffen werden. Und du ernennst mich zu ihrem verantwortlichen Offizier.«

April seufzte. »Das ist ausgeschlossen, George. Hast du vergessen, daß du bereits mein Stellvertreter bist?«

George zögerte. Er hatte tatsächlich nicht mehr daran gedacht, daß er an Bord dieses Schiffes den Rang des Ersten Offiziers einnahm. »Dann soll sich Drake um die Bordsicherheit kümmern.«

Der Captain nickte knapp, zog eine Hand aus der Tasche seiner Strickjacke und schaltete das nächste Interkom ein. »April an Brücke. Hören Sie mich, Drake?«

»Ich bin ganz Ohr. Womit kann ich Ihnen zu Diensten sein?«

George lächelte, als er den Eifer in Reeds Stimme hörte. *Vielleicht hofft er darauf, endlich eine Aufgabe zu bekommen,* dachte Kirk.

»Ich befördere Sie hiermit zum Leiter unserer Sicherheitssektion«, sagte April. »Sie unterstehen direkt dem Ersten Offizier.«

»Sir?«

»George wird Ihnen alles erklären. Herzlichen Glückwunsch. April Ende.« Er schaltete ab, drehte sich zu Kirk um und verneigte sich übertrieben tief. »Ist der Herr nun zufrieden?«

George verschränkte die Arme und runzelte die Stirn. »Ein wenig mehr Förmlichkeit könnte gewiß nicht schaden. Zumindest wenn es um solche Dinge geht.«

»Förmlichkeit? Was meinst du damit?«

»Ich biete dir einige Synonyme an: Protokoll, Achtung, Respekt. Der Kommandant eines Raumschiffes sollte seine Besatzungsmitglieder nicht mit dem Vornamen ansprechen. Das schadet der Disziplin.«

»Oh, jetzt verstehe ich dich. Disziplin. Nun, so etwas ist nur dann nötig, wenn zwischen verschiedenen Interessen ein Ausgleich geschaffen werden muß. Aber wir streben alle das gleiche Ziel an.« April wollte noch etwas hinzufügen, unterbrach sich jedoch, als das Interkom summte. Er wandte seinen Blick nicht von George ab, als er die Empfangstaste betätigte. »Hier April.«

»Sanawey, Sir. Dr. Brownell möchte mit Ihnen reden.«

»Stellen Sie eine Verbindung zu ihm her.«

»Aye, Sir.«

Kurz darauf erklang Brownells Stimme. »August? Wo stecken Sie?«

»Ich bin noch immer im Maschinenraum, Doktor«, antwortete der Captain. Ein dünnes Lächeln umspielte seine Lippen.

»Dort haben Sie nichts zu suchen. Sie machen nur meine Techniker nervös.«

»Höre ich einen gewissen Triumph aus Ihrer Stimme?«

»Sagen Sie dem rothaarigen Eindringling, daß er verdammtes Glück hatte.«

»Es klappt also?« fragte April. »Die Siegel halten?«

»Eigentlich ist es ein Witz«, erwiderte Dr. Brownell knurrig. »Ein Schiff dieser Größe, und es braucht die Energie von Shuttletriebwerken.« April schloß kurz die Augen und ließ den angehaltenen Atem erleichtert entweichen. »Wundervoll. Ausgezeichnet, Doktor! Wie lange dauert es, bis wir unsere Reise beginnen können?«

»Ich bin alt und nicht mehr so flink wie ihr jungen Burschen. Geben Sie mir zwei Stunden für die notwendigen Kontrollen.«

»Das sollte eigentlich möglich sein. Kann ich Ihnen sonst irgendwie helfen?«

»Ja«, tönte es aus dem Lautsprecher. »Gehen Sie mir nicht auf die Nerven.«

»In Ordnung«, bestätigte April. »Kein Problem. Viel Glück.«

»Sie gehen mir auf die Nerven.«

Der Captain lachte leise und nickte, als könne ihn Brownell sehen. »In Ordnung. April Ende.«

George deutete auf das Interkom. »Gehört er tatsächlich zu Starfleet?«

»Ja«, sagte April, verschränkte die Arme und lehnte sich an eine Konsole. »Und damit noch nicht genug. Er bekleidet den Rang eines Admirals. Überrascht dich das?«

»Das soll wohl ein Witz sein!«

»Er ist Admiral in den Bereichen Ingenieurwesen und Computerwissenschaften«, fügte April hinzu. »Es gibt nur wenige Leute, die in zwei verschiedenen Fachgebieten eine so hohe Stellung einnehmen.«

»Irgend jemand sollte ihm Manieren beibringen.«

»Wenigstens versteht er sein Handwerk.«

»Himmel, Robert, er ist kein Kommandooffizier. Was maßt er sich an, dir Anweisungen zu erteilen?«

»Sein Verhalten mir gegenüber interessiert mich nicht, solange er dafür sorgt, daß die Triebwerke funktionieren. Nun, George, uns bleiben zwei Stunden. Was möchtest du mit dieser Zeit anfangen — abgesehen davon, stolz auf dich zu sein?«

George Kirks Quartier verzichtete auf jeden Luxus. Mit seiner spartanischen, strengen Atmosphäre ähnelte es den vielen anderen Kabinen, die noch einer Fertigstellung harrten. Die Wände und Stützstreben bestanden nur aus grauem Stahl oder farblosem Kunststoff, und solange sie nicht mit bunten Isolierschichten versehen wurden, gab es kaum eine Möglichkeit, die verschiedenen Decks voneinander zu unterscheiden. Alles wirkte eintönig und monoton, und George hielt vergeblich nach Kabinennummern Ausschau. Als er den Turbolift verließ, mußte er die einzelnen Türen zählen, um sein Quartier zu finden. Vielleicht saß er jetzt in einem fremden Schlafzimmer. Vielleicht benutzte er den Computeranschluß und das Briefpapier eines anderen Besatzungsmitglieds.

»Wie ich mein Glück kenne, ist dies vermutlich Brownells Unterkunft«, murmelte er, als er weitere Informationen abrief und auf den Monitor blickte. Nach einer Weile summte der Türmelder.

»Herein«, brummte Kirk.

Das Schott glitt auf, und Drake trat über die Schwelle. Er nahm sofort Haltung an. »Sicherheitsoffizier Ich meldet sich zur Stelle, *Sär*.«

George sah nicht auf. »Jetzt weiß ich wenigstens, daß ich in der richtigen Kabine bin.«

»Ich glaube, es sind Glückwünsche angebracht«, sagte Reed und kam näher.

»Herzlichen Glückwunsch«, murmelte George. Seine Aufmerksamkeit galt nach wie vor dem kleinen Bildschirm.

»Damit meine ich nicht mich, sondern dich.«

Woraufhin George den Kopf hob. »Was soll das heißen?« Er erinnerte sich. »Oh, schon gut. Ist nicht weiter der Rede wert.«

Drake prüfte die Matratze einer schmalen Koje und stützte sich auf den Ellenbogen. »Du bist erst seit einem halben Tag an Bord und hast es bereits geschafft, das Schiff zu retten. Nicht übel für den Anfang.«

»Eigentlich habe ich gar nichts Großartiges geleistet. Die Techniker brachten mich nur in Rage. Sie beweinten ihre heißgeliebten Warpeinheiten, die kurz vor der Explosion standen, kamen nicht einmal auf den Gedanken, nach der Schippe zu greifen und den Schnee beiseite zu schaufeln. Ingenieure sind daran gewöhnt, sich Zeit zu lassen. Wenn sie durch irgend etwas unter Druck gesetzt werden, können sie nicht mehr klar denken. Ich habe ihnen nur auf die Sprünge geholfen, das ist alles.« George schaltete das Computerterminal ab, lehnte sich zurück und wirkte plötzlich müde.

»Was hat das alles mit Schneeschippen zu tun?«

»He, Drake, was bist du eigentlich? Ein Alien in der Maske eines Menschen? Eigentlich sollte man selbst auf Trinidad von Schnee gehört haben.«

»Oh, mir ist durchaus klar, was es damit auf sich hat. Kristallisiertes Wasser, nicht wahr? Aber ich verstehe deinen Vergleich trotzdem nicht.«

»Wenn es schneit, muß man nach draußen gehen und den Schnee wegräumen, bevor er eine zu hohe und dichte Masse bildet. Mit Problemen ist es ähnlich. Wenn man sie nicht schnell löst, wachsen sie einem über den Kopf.«

Drake lachte. »Zu hoch und zu dicht! Meine Güte, ich habe Schnee auf Bildern gesehen. Er besteht aus federleichten Flocken, die man ganz einfach mit der Hand fortwischen kann. Du solltest dir geeignetere Metaphern einfallen lassen.«

George bedachte ihn mit einem durchdringenden Blick. »Eins steht fest: Ich weiß, wo du deinen Winterurlaub verbringen wirst. Vor meinem Haus in Iowa erstreckt sich ein langer Weg, mit dem du Bekanntschaft schließen wirst. Vielleicht begreifst du dann, daß der Umgang mit einer Schaufel ziemlich anstrengend sein kann.«

»He, was sehe ich da?« Drake stemmte sich in die Höhe und deutete auf die Schreibtafel, die vor dem Computeranschluß lag. »Schon wieder ein Brief? Den letzten hast du gerade heute morgen verfaßt.«

George starrte befangen auf das Blatt mit seiner Handschrift herab und suchte nach einer passenden Antwort. Ohne Erfolg. Eine ganz besondere Art von Besorgnis erfaßte ihn. Wenn er jetzt aufsah und Drakes Blick begegnete, konnte er nicht mehr verbergen, was ihn bewegte. In einem solchen Fall entstanden in seinen emotionalen Barrieren breite Lücken, die sich nicht rechtzeitig schließen ließen.

»Warum bist du so unglücklich, George?«

Kirk zuckte unwillkürlich zusammen. Zu spät. Er beobachtete sein Spiegelbild auf der Schirmfläche des Monitors.

Drake setzte sich auf. »Nein, du brauchst gar nichts zu sagen. Ich weiß Bescheid.« Sein Akzent — eine Mischung aus westindischem Französisch, einem kreolischen Dialekt und gebildetem Englisch — verlieh den psychoanalytischen Ausführungen soviel Bedeutung, daß George unwillkürlich schauderte. »Der Captain weckte das Gefühl in dir, daß deine Karriere nicht annähernd so ehrenhaft ist, wie du bisher angenommen hast. Du beginnst zu befürchten, daß die militärischen Aspekte der Föderation ein Hindernis darstellen und du dazu beiträgst, den Fortschritt aufzuhalten. Du bist ein Soldat, der sich plötzlich mit Philosophen konfrontiert sieht. Nun, das trifft auch auf mich zu, aber im Gegensatz zu dir nehme ich gewisse Dinge nicht persönlich. Das ist der große Unterschied zwischen uns: Ganz gleich, was auch geschieht, du fühlst dich immer direkt betroffen.«

George blickte weiterhin auf den Monitor und glaubte zu erkennen, wie die Farbe aus seinen Wangen wich. Das Spiegelbild erschien ihm plötzlich fremd, schien einer ganz anderen Person zu gehören. Es hörte aufmerksam zu, erkannte die elementare Wahrheit in Drakes Bemerkungen, während der Mann vor dem Bildschirm wie erstarrt blieb.

»Dein Stolz ist verletzt«, fuhr Reed fort und klang sehr ernst. »Du glaubst, der Platz, den du dir in den letzten

Jahren geschaffen hast, könnte ein Grab sein. Als der Captain von den Sternen sprach, vom Starship und von aufregenden Forschungsunternehmen, fühltest du deine Würde in Frage gestellt.« Reed deutete auf den Brief. »Du fragst dich, ob du dein Leben verschwendet hast, und vielleicht überlegst du auch, ob deine Familie dafür büßt. Du hast die besten Dinge einer normalen Existenz aufgegeben, um das von Menschen besiedelte All zu schützen, und nun weist dich der Captain darauf hin, daß es noch mehr gibt. Die Föderation entwickelt sich und verwandelt Geordi Kirk allmählich in ein Relikt der Vergangenheit. Du läufst Gefahr, die Achtung vor dir selbst zu verlieren, und daraus ziehst du folgenden Schluß: Wenn du schon nicht ein Robert April sein kannst, so möchtest du wenigstens ein guter Vater werden.«

George spürte das substanzlose Gewicht von Worten. Sie erschienen ihm so schwer wie Stahlblöcke, und nacheinander fielen sie an ihm vorbei, prallten mit einem lauten metaphorischen Donnern aufs Deck.

Seine Lippen teilten sich. »Du bist ein verdammter Hurensohn«, flüsterte er. Er berührte die Schreibtafel, die daraufhin vom Tisch fiel und so liegenblieb, daß die Oberseite nach unten deutete — sogar der Brief wollte nichts mit ihm zu tun haben. Auch das Blatt wußte, daß er sich selbst gegenüber unaufrichtig war, daß er es nach wie vor ablehnte, sich der Realität seines Dienstes im All und der bitteren Wirklichkeit einer katastrophalen familiären Situation zu stellen. Er schwebte in einem fremden Nichts, das ihm überhaupt keinen Halt bot.

»George ...«, sagte Drake langsam. »Der Captain wollte dir keineswegs zu nahe treten.«

Kirk drehte seinen Sessel herum und warf Reed einen kurzen Blick zu, bevor er einmal mehr beschämt den Kopf sinken ließ. »Oh, ich weiß. April schnitte sich eher die Zunge ab, als die Selbstachtung einer anderen Person zu verletzen. Er hat mich ... unabsichtlich darauf hingewiesen, was für ein Narr ich bin.«

»Und obgleich keine Absicht dahintersteckt ... Es schmerzt, nicht wahr?«

»Vielleicht glaubt er, mir einen Gefallen zu erweisen. Vielleicht hat er mich deshalb hierhergeholt. Vielleicht bin ich nur an Bord dieses Schiffes, damit mich April zur Vernunft bringen, mir dabei helfen kann, aus den Ruinen meines Lebens etwas Neues und Dauerhaftes zu schaffen.«

»Ich bitte dich, George«, entgegnete Drake. »Du hast dieses Raumschiff gerettet und wirst auch dazu beitragen, die Kolonisten der *Rosenberg* vor dem Tod zu bewahren. Genügt das nicht?«

»Wie ich vorhin schon sagte: Mein einziges Verdienst besteht darin, daß ich die Techniker dazu zwang, sich etwas einfallen zu lassen. Und was die Siedler betrifft ... Sie sind noch immer dort draußen.«

»Du machst die Selbstunterschätzung zu einer persönlichen Tugend, Geordie.«

»Na schön, das genügt.« Kirk griff nach der Schreibtafel, zog das Blatt ab, faltete es zusammen und schob es in einen Umschlag. Er schloß ihn sofort und stand auf. »Komm mit. Ich möchte, daß du deine neuen Aufgaben als Sicherheitsoffizier wahrnimmst.«

»Wohin gehen wir?«

»Zur Krankenstation.«

»Sind wir krank?«

Es fiel George und Drake nicht leicht, die Krankenstation zu finden. Das Deck wirkte völlig verlassen, und nach einer Odyssee durch leere Kammern und Korridore ohne irgendwelche Kennzeichnungen und Markierungen erreichten sie schließlich ihr Ziel. Sarah Poole und einige Techniker rückten Diagnoseliegen zurecht und verbanden sie mit Anzeigeflächen. Die Ärztin wirkte attraktiver als an Bord des interstellaren Hüpfers, zeichnete sich jedoch noch immer durch eine gewisse bäuerliche Schlichtheit aus. Ihre blassen Wangen deuteten darauf hin, daß sie schon seit einer ganzen Weile auf echtes Sonnenlicht verzichtete. *Und vermutlich nicht aus freiem Willen*, dachte George.

»Was haben Sie hier verloren?« fragte Dr. Poole scharf, als sie die beiden Männer sah.

Drake blieb stehen, drehte sich um und machte Anstalten, das Zimmer zu verlassen. George griff nach seiner Schulter und zog ihn zurück. »Können Sie Lieutenant Reed beibringen, wie man mit einem Medo-Scanner umgeht?«

»Das ist wohl sehr wichtig, wie?«

»Möglicherweise schon«, erwiderte George.

»Nun, kommt ganz darauf an«, sagte Dr. Poole. »Hat Lieutenant Reed genug Grütze im Kopf, um meine Erklärungen zu verstehen?«

»Ich glaube schon. Vorausgesetzt natürlich, die Lehrerin ist intelligent genug, ihn auch ohne lateinische Fachausdrücke an ihrem Wissen teilhaben zu lassen.«

Dr. Poole starrte ihn finster an, fügte sich dem Unvermeidlichen und drehte sich zu einem Container um. »Na schön«, seufzte sie und griff nach einem Kasten, der handliche Medo-Scanner enthielt. »Was möchten Sie messen?«

»Nun, es geht mir nur um allgemeine Dinge«, erwiderte George. »Herzschlag, Atmungsfrequenz und so weiter.«

»Aha«, brummte die Ärztin und nickte. »Ihr Begleiter soll also nach Lügnern Ausschau halten.«

George trat auf sie zu. »Ist das so offensichtlich?«

Zufriedenheit und Genugtuung glühten in Dr. Pooles ungeschminkten grünen Augen, als sie die plötzliche Besorgnis des Ersten Offiziers bemerkte. Sie wandte den Blick nicht von ihm ab, während sie eins der Geräte justierte. »Für mich schon«, sagte sie nach einer Weile. »Was die anderen betrifft ...« Sie zuckte mit den Schultern und kam einer Antwort Kirks zuvor. »Na schön, Reed. Die Lektion beginnt.« Drake verneigte sich unterwürfig und blieb vor ihr stehen.

Dr. Poole strich mit den Fingerkuppen über die eine Seite des kleinen Instruments und erläuterte die Funktionen. »Ich habe eine normale Einstellung gewählt. Nun, die Anzeigen verändern sich natürlich von Mensch zu Mensch, aber die entsprechenden metabolischen Werte liegen meistens in einem gewissen Toleranzbereich. Sehen Sie die Lichtnadel hier? Wenn sie nach rechts zeigt, nimmt die Stoffwechselaktivität zu. Zeigt sie nach links, bedeutet das eine Verringerung. Nun die einzelnen Sensoren: Herz, Blutdruck, Atmung, Hirnstrom, Nerventätigkeit in den Gliedmaßen. Hier unten haben wir auch noch einen Muskelindikator.«

»Was hat es mit den Zahlen dort auf sich?« fragte Drake.

»Sie sind zu kompliziert für einen Arzt, dessen medizinisches Studium zehn Sekunden dauerte. Schenken Sie ihnen keine Beachtung und konzentrieren Sie sich statt dessen auf die übrigen Anzeigen.« Dr. Poole hob das Gerät und hielt es Drake vor die Augen. »Der Scanner ist auf den menschlichen Metabolismus justiert. Wenn Captain April getarnte Aliens an Bord geholt hat, was mich ganz und gar nicht überraschen würde ... Nun, in dem Fall funktioniert dieses Ding nicht richtig und warnt Sie mit einem roten Signal in der rechten Ecke. Sie müssen dann entweder die Einstellung verändern oder ein anderes, bereits vorbereitetes Gerät benutzen.«

»Madame, Sie sind ein Engel.«

»Das bezweifle ich. Außerdem: Esoterische Jobs liegen mir nicht.«

»Es geht los, Drake«, brummte George. »Und denk an meine Hinweise.«

»Deine Befehle haben sich regelrecht in mein Gedächtnis eingeätzt«, erwiderte Drake und verbeugte sich. Er trat in den Korridor und machte sich auf den Weg.

George blieb allein mit Sarah Poole zurück. Er spürte ihren durchdringenden Blick und empfand es plötzlich als Erleichterung, daß sie sich erst seit wenigen Stunden kannten. Die Ärztin ahnte nichts von den emotionalen Schlupfwinkeln tief in seinem Innern, die Robert und insbesondere Drake viel zu vertraut geworden waren.

Er drehte sich zu ihr um. »Ich habe den Eindruck, daß Sie nicht unbedingt freiwillig hier sind«, sagte er offen.

»Und Ihnen ergeht es offenbar ebenso«, antwortete Sarah Poole gelassen. »Glauben Sie wirklich, Mr. Reed sei in der Lage, die Crew zu kontrollieren, ohne daß irgend jemand Verdacht schöpft?«

»Drake kann weitaus taktvoller sein, als Sie ahnen. Darüber hinaus hat er einen guten Instinkt.«

Die Frau nickte knapp. »Was ist das?«

»Was meinen Sie?«

Sie deutete auf Georges Hand. »Das dort.«

Er senkte den Kopf und erinnerte sich erst jetzt wieder an den Umschlag. »Ein Brief an meine Familie«, sagte er und bemühte sich, in einem neutralen Tonfall zu sprechen.

Das kaum merkliche Zittern in seiner Stimme verriet ihn.

»Ich nehme an, Sie möchten jetzt lieber zu Hause sein, oder?« fragte Dr. Poole offen.

»Wie kommen Sie darauf?« entgegnete George scharf.

»Ich kenne nur wenige Leute, die sich die Zeit nehmen, Briefe zu schreiben.«

Ist meine Haut heute durchsichtig? fuhr es Kirk durch den Sinn. Er widerstand der Versuchung, den Kopf zu schütteln.

»An Ihre Frau adressiert?« fügte die Ärztin hinzu.

»Nein, an meine Söhne«, sagte George zu scharf. Einmal mehr glaubte er seine Privatsphäre verletzt, und neuerlicher Ärger brodelte in ihm.

»Sie haben keine Frau?«

»Ich *bin* verheiratet, Doktor.«

»Ich verstehe. Entschuldigen Sie bitte. Vergessen Sie die Frage einfach.«

»Ich werd's versuchen.«

»Wie alt sind Ihre Söhne?«

George preßte kurz die Lippen zusammen, holte dann tief Luft und rang sich zu der Erkenntnis durch, daß Sarah Poole aufrichtiges Interesse zeigte. Er wußte nur nicht, ob persönliche oder berufliche Gründe dahintersteckten. »Vierzehn und zehn.«

»Aha ...«

»Was hat Ihr ›Aha‹ zu bedeuten?«

Dr. Poole zuckte mit den Achseln. »In einem solchen Alter stehen sich Väter und Söhne besonders nahe. Ich meine die Phase zwischen Kindheit und Jugend. Ich vermute, Ihre Sprößlinge leben auf der Erde, nicht wahr?«

George wollte sich keiner zweiten Psychoanalyse stellen und beschloß, in die Offensive zu gehen. »Jetzt wissen Sie zumindest in groben Zügen über mich Bescheid. Was ist mit Ihnen? Warum hat Robert Sie entführt und hierher verschleppt?«

Die Ärztin seufzte, nahm auf der Kante des Containers Platz und griff nach mehreren Instrumenten. »Wahrscheinlich braucht er eine Veterinärin.«

»Drake würde jetzt wahrscheinlich sagen: ›echt tierisch‹«, kommentierte George.

Sarah Poole hob die Brauen und beugte sich ein wenig vor. »Ich habe es keineswegs scherzhaft gemeint, Mr. Kirk. Man erwartet mich in einer Farmkolonie.«

George starrte sie an und rechnete jeden Augenblick damit, daß die Frau lächelte, aber nach einigen Sekunden begann er zu begreifen, daß sie es ernst meinte. »He, einen Augenblick«, brachte er schließlich hervor. »Sie sind Roberts Ärztin, oder?«

»Ich kümmere mich um seinen *Hund,* Commander.«

George schwieg verdutzt, wandte sich ab und schritt ziellos umher. Nach einer Weile kehrte er zum Container zurück. »Wenn Sie mir die Frage gestatten ...«, sagte er vorsichtig. »Warum sind Sie hier?«

»Das weiß nur der Captain«, erwiderte Dr. Poole sofort. »Ich habe ihn mehrmals um Auskunft gebeten und darauf hingewiesen, daß mir nichts an dieser Mission liegt. Aber das ist ihm völlig gleich. Nun, Sie kennen ihn ja. Der Fluß namens April rauscht nur in eine Richtung.«

»Und wir sind in die Stromschnellen geraten. Wie dem auch sei: Robert ist bestens mit der menschlichen Natur vertraut. Niemand, der noch alle seine Sinne beisammen hat, würde sich weigern, bei der Rettung von einundfünfzig Kolonisten zu helfen.«

»Das mag für Sie gelten. Ich sehe die Sache ein wenig anders und wäre sofort bereit, dieses Schiff zu verlassen, wenn man mir die Möglichkeit dazu gäbe. Ich habe kaum Erfahrung in der Behandlung von Zellschäden, die durch Strahlungslecks entstanden, und außerdem muß ich mich erst noch an die speziellen Bedingungen im All gewöhnen. Hinzu kommt, daß wir nicht wissen, in welchem Zustand wir die Siedler vorfinden werden. April hätte einen anderen, kompetenteren Arzt wählen sollen.«

Zum Beispiel einen, der Menschen behandelt und keine Tiere, dachte George und hätte sich fast dazu hinreißen lassen, diese Worte laut auszusprechen. *Lieber Himmel, wir sind schon in Schwierigkeiten, obgleich unsere Reise noch nicht einmal begonnen hat.*

»Wir müssen uns eben Mühe geben«, sagte er. »Es bleibt uns gar nichts anderes übrig.«

»Das fürchte ich auch«, murmelte Dr. Poole.

George glaubte, in ihrem Tonfall so etwas wie Bereitschaft zur Meuterei zu erkennen, und das weckte dumpfen Zorn in ihm. Er hegte einen gewissen Groll gegen Robert, aber gleichzeitig fühlte er sich ihm verpflichtet: Immerhin war er der Captain. Wenn man schon für jemanden arbeitete, so sollte man in jedem Fall sein Bestes geben. George hatte nicht die geringste Absicht, im Verlauf der Mission immer wieder Roberts Verhalten in Frage zu stellen. Er verdiente in erster Linie Unterstützung, auch von der Bordärztin.

Kirk kam nicht mehr dazu, sich eine passende Antwort einfallen zu lassen. April betrat das Zimmer, sah ihn in Begleitung Dr. Pooles und winkte einen lässigen

Gruß. »Oh, ihr lernt euch besser kennen. Ausgezeichnet. Eigentlich überrascht es mich ein wenig, dich hier anzutreffen, George. Ich dachte, du ruhst dich ein wenig aus. Sarah, Ihr medizinischer Sachverstand wird benötigt. Ein Fall von Säureverbrennung im Maschinenraum. Ich habe den Jungs versprochen, Sie zu benachrichtigen. Es ist nichts Ernstes, aber Sie sollten sich trotzdem darum kümmern.«

Dr. Poole schürzte mißbilligend die Lippen, griff in den Container und holte antiseptisches Verbandsmaterial sowie eine Sprühdose hervor. »Der erste Stallbesuch.« Sie bedachte Robert mit einem vorwurfsvollen Blick und ging.

April sah ihr mit einem zufriedenen Lächeln nach und schob die Hände tief in die Taschen seiner Strickjacke. »Sie ist wunderbar, nicht wahr?« sagte er, als Sarah im Korridor verschwand.

George räusperte sich. »Würdest du mir bitte erklären, warum sich unsere Bordärztin in erster Linie mit der Behandlung von Tieren auskennt?«

»Oh, sie hat dir also davon erzählt.«

»Ihre Ausführungen waren nicht falsch zu verstehen.«

»Laß dich nicht täuschen. Sie hat alle Qualifikationen, die ein guter Allgemeinmediziner braucht. Nach ihrem ersten Studium erwarb sie einen zusätzlichen akademischen Grad in Tierheilkunde. Mit anderen Worten: Sie hat dir nicht die ganze Wahrheit gesagt. Sie *möchte* sich vor allen Dingen mit Tieren befassen und vergessen, daß sie auch bestens mit der menschlichen Physiologie umgehen kann.«

»Wenn sie bei Operationen ebenso denkt ...«

Der Captain lächelte. »Sei unbesorgt, George.«

»Sie ist Veterinärin, Robert!«

April schüttelte den Kopf. »Sie eignet sich bestens für diese Mission, George. Wenn's kritisch wird, kann man sich voll und ganz auf sie verlassen. Wir kennen uns schon seit einer ganzen Weile — sie weiß also, was ich von ihr erwarte. Genau darum geht es mir. Aus dem gleichen Grund habe ich dich zu meinem Stellvertreter gemacht. Ich möchte nicht mit fremden Leuten zusammenarbeiten. Nicht bei dieser Mission. Nicht an Bord dieses Schiffes.«

George versuchte, sich seine Skepsis nicht anmerken zu lassen. Er sah keine Möglichkeit, den Standpunkt des Captains in Frage zu stellen, und deshalb schwieg er.

»He, was hast du da?« fragte April und wechselte damit das Thema. »Einen Brief? Sehr lobenswert.« Er ignorierte die Privatsphäre Kirks, der immer mehr den Eindruck gewann, seine Seele stecke in einem gläsernen Kokon, und nahm George den Umschlag aus der Hand. »Du fühlst dich immer mit deiner Familie verbunden. Wirklich anerkennenswert.«

George starrte zu Boden. »Findest du? Nun, vielleicht irrst du dich.«

Robert musterte ihn voller Anteilnahme. »Was ist los?« fragte er sanft.

»Nichts weiter«, brummte George.

»Möchtest du nach Hause? Ich kann dafür sorgen, daß du Urlaub bekommst, sobald wir unsere Mission beendet haben. Kein Problem.«

George Kirk horchte in sich hinein, doch das Unbehagen blieb. Roberts Worte stellten keine Lösung seines Problems in Aussicht. Sie erfüllten ihn nicht mit neuer Hoffnung, ganz im Gegenteil: Die Bürde aus Niedergeschlagenheit und Kummer wurde noch schwerer.

»Du kannst ganz offen zu mir sein«, sagte April nach einer Weile.

George zuckte mit den Schultern. »Wenn ich zu Hause bin, wird die Anspannung fast greifbar«, erwiderte er langsam. »Solange ich im All bleibe, können sich meine beiden Jungen ein Idealbild von mir bewahren.«

April nickte väterlich. »Ich verstehe.« Er drehte den Brief hin und her. »Wenn du möchtest, sorge ich dafür, daß dieser Brief weitergeleitet wird.«

George hob abrupt den Kopf. »Jetzt sofort? Was ist mit den Sicherheitsbestimmungen? Bisher gelang es Starfleet, nichts von diesem Projekt durchsickern zu lassen, und bestimmt gilt es nach wie vor als streng geheim, oder?«

»Das schon. Aber was hat es für einen Sinn, Captain zu sein, wenn man dadurch nicht in den Genuß einiger Privilegien gelangt? Bevor wir aufbrechen, lasse ich den Brief der Starbase zustellen, und von dort aus wird er zur Erde geschickt. Die Sicherheitssektion von Starfleet sieht bestimmt keine Gefahr in einem Schreiben, das an zwei Kinder in Iowa gerichtet ist.«

George vergaß seine Schwermut und spürte neue Wärme in seinem Herzen. »Das ist verdammt großzügig von dir, Robert.«

April winkte mit dem Brief und klopfte seinem Ersten Offizier auf die Schulter. »Ganz und gar nicht, George. Wozu sind Freunde da?«

KAPITEL 7

Hallo, Jungs,

wie ist das Wetter bei Euch? Sonnig und warm? Im All gibt's zwar jede Menge Sterne, aber echter Sonnenschein, so wie er durch Atmosphären filtert und sich auf Seen widerspiegelt, ist absolute Mangelware. Die Starbase bietet kaum Abwechslung, und wir fühlen uns alle wie eingesperrt. Wenn ich Euch das nächstemal besuche, müßt Ihr mir bestimmt das Reiten beibringen. Es heißt, so etwas vergesse man nie, aber Ausnahmen bestätigen die Regel, nicht wahr?

Nach den ersten Tagen gefiele es Euch hier bestimmt nicht. Die meisten Leute sind allein auf ihre Arbeit und sich selbst konzentriert. Warum auf herrliches Sommerwetter verzichten und statt dessen in einer langweiligen Starbase herumzuhocken, umgeben von kalter, ewiger Nacht? Außerdem, Jimmy: Hier fehlen kleine Mädchen, die Du ärgern kannst.

Ich werde die Starbase Zwei für eine Weile verlassen. In einem anderen Raumsektor gibt es ein Sicherheitsproblem, und ich habe mich freiwillig zu einer Mission gemeldet, um endlich einmal etwas anderes zu sehen. Ich weiß nicht, wie lange ich unterwegs bin und ob Euch dieser Brief erreicht. Streicht mich also nicht gleich aus Eurem Gedächtnis, wenn Ihr einige Wochen lang keine Nachricht von mir erhaltet, in Ordnung? Ich bin sehr stolz darauf, daß ich mich auf Euch verlassen kann.

Ausflüchte und eher banale Entschuldigungen. Wie die Blütenblätter einer verwelkenden Blume lösten sie sich von dem Brief, der jetzt eine völlig neue Botschaft übermittelte. Der Captain James T. Kirk sah die Dinge aus einer anderen Perspektive als der Knabe namens Jimmy. Aus irgendeinem Grund verzichteten die vergangenen Jahre auf eine Vergoldung der Erinnerungsbilder, die an Kirks innerem Auge vorbeizogen, während er den Brief betrachtete. In der Handschrift entdeckte er etwas, das der Aufmerksamkeit des zehnjährigen Jungen entgangen war.

Die stummen Worte berichteten von einer stabilen, unverbrauchten und nicht in Routine erstarrten Liebe, aber gleichzeitig kapselte sie sich ein, blieb halb verborgen.

Kirk kannte dieses Gefühl nur zu gut. Er konnte sich kaum mehr an das Gesicht seines Vaters entsinnen, und selbst die Briefe beschworen nur einen verschwommenen Eindruck. Er sah nicht die kantigen Züge eines Mannes, sondern eine schlicht gekleidete Frau, die in zeitloser Leere schwebte. Und er spürte eine emotionale Bindung zur Vergangenheit, die keine Versäumnisse duldete.

»Ist jemand an Bord?«

Eine rauhe, vertraute Stimme blies die farblosen Reminiszenzen davon. Kirk ließ die zerknitterten Blätter sinken und lehnte sich an die Heuschoberwand. »Ich hätte es mir denken sollen.«

»Lebst du noch?«

Kirk drehte den Kopf und runzelte die Stirn. »Was droht mir, wenn ich darauf keine Antwort gebe?«

»Mund-zu-Mund-Beatmung«, lautete die Antwort. Die Sprossen der Leiter knarrten.

»O nein, besten Dank.« Kirk wandte sich um und beobachtete himmelblaue Augen im Gesicht einer personifizierten Einmischung.

»Deine Mutter sagte mir, wo du bist«, brummte McCoy, zog sich hoch und schlenderte durchs Heu. Geistesabwesend klopfte er sich Staub von der Hose.

Kirk runzelte die Stirn. »Als wir das letztemal miteinander sprachen, warst du in der Umlaufbahn. Was machst du hier unten?«

McCoy wölbte die Brauen. »Bin nur zufällig vorbeigekommen.«

»Niemand kommt zufällig hierher, Pille. Wir sind in Iowa, falls du das vergessen haben solltest.«

Die Brauen kletterten noch höher. »Dann bin ich eben auf der Durchreise, wenn du gestattest.« Er nahm auf der anderen Seite der Tür Platz, gab sich so gelassen und gleichmütig, als sei er an diesem Ort zu Hause.

Kirk musterte ihn, und eigentlich war er gar nicht überrascht. »Ja, ich hätte es wissen müssen«, brummte er. »Der Befehl, mich in Ruhe zu lassen, hat nur deinen psychologischen Ehrgeiz geweckt, oder?«

McCoy ging nicht darauf ein und wechselte das Thema. »Was ist das?«

Kirk starrte auf die vergilbten Umschläge, auf das alte Starfleet-Briefpapier. Er überlegte kurz, ob sich McCoy mit einer Lüge abfand oder auf der Wahrheit bestand. »Es sind Briefe.«

»An wen?«

»Sie sind an mich adressiert. An Sam und mich.«

»Von wem stammen sie?«

Kirk zögerte kurz. »Von unserem Vater.« McCoy lehnte sich zurück, ließ ein Bein über den Rand des Heubodens baumeln. »Und ich dachte, du bist hier oben allein.«

Kirk beobachtete den Arzt eine Zeitlang. Pille war nervös und versuchte, seine Unruhe zu verbergen. Vielleicht war er nicht einmal aus freien Stücken gekommen. Vielleicht hatte ihn irgend etwas *gezwungen,* diesen Ort aufzusuchen. Kirk verglich ihn mit einem Eisenspan, der von einem Magneten angezogen wurde — ob es ihm nun paßte oder nicht. Kirk spürte die Vorsicht des Mannes ihm gegenüber, so als rechne McCoy jeden Augenblick damit, für die Mißachtung einer Order zur Rechenschaft gezogen zu werden.

Kirk blickte wieder auf die Briefe und wußte, daß ihn McCoy nicht aus den Augen ließ. Er erschien ihm wie ein auf ihn justierter Geigerzähler, der emotionale Strahlung maß und darauf mit eigenen Gefühlen reagierte: mit Besorgnis, Neugier und auch Schuld. Schuld ...

»Wie alt warst du damals?« fragte McCoy.

»Dieses Bündel erhielten wir im Sommer, als ich zehn wurde.«

»Also im Jahre zweitausendeinhundert... zweiundachtzig.«

»Dreiundachtzig.«

»Und dein Vater war etwa in dem Alter wie du jetzt? Vierunddreißig? Fünfunddreißig?«

Kirk schöpfte Verdacht und kniff die Augen zusammen. »So ungefähr«, erwiderte er ausweichend.

Eine leichte Brise wehte vom Kornfeld, und das Rascheln der Blätter in seinen Händen erschien Kirk wie ein Ruf aus der Vergangenheit. Erneut sah er auf sie herab. Eine Kluft aus Jahren und Erfahrungen trennte ihn von damals. Als Knabe hatte er angenommen, sein Vater wolle ihm ausreden, die Sommerferien in der Starbase Zwei zu verbringen; doch nun entstanden Zweifel in ihm. Vielleicht waren George Kirk ganz andere Dinge durch den Kopf gegangen. Vielleicht begriff er, was er zurückgelassen und dem Leben im All geopfert hatte: Ehefrau, Söhne, seine Familie. Jimmy empfand die Antworten seines Vaters in erster Linie als enttäuschend, denn er dachte und fühlte wie ein zehnjähriger Junge.

Aber Captain James Kirk teilte die Gefühle des Mannes, von dem die Briefe stammten. Er wuchs in sie hinein.

»Als Junge war ich so stolz auf ihn«, sagte er, und nach der Stille klang seine Stimme unnatürlich laut. »Er leitete die Sicherheitsabteilung einer ganzen Starbase. Ich sah in ihm fast so etwas wie den erhabenen Regenten eines Königreichs.«

McCoy verlagerte sein Gewicht. Heu knisterte leise. »Und jetzt?«

»Jetzt glaube ich, einen Hauch von Langeweile zu erkennen, der mir damals entging. Diese Briefe sind praktisch eine Entschuldigung. Es kommt nicht direkt in den Worten zum Ausdruck, sondern eher zwischen den Zeilen. Vermutlich war er nicht annähernd so stolz auf sich wie ich auf ihn.«

»Das würde mich kaum überraschen«, kommentierte McCoy. »Manche Söhne neigen dazu, ihre Väter zu idealisieren.«

»In diesem Zusammenhang trifft mich eine gewisse Schuld.«

»Ach, tatsächlich?« McCoy musterte ihn kurz. »Jetzt wird's interessant. Könntest du das bitte genauer erklären?«

»Ich habe ihn immer gebeten, ihn in der Starbase besuchen zu dürfen oder gar dorthin umzuziehen. Vielleicht entstand dadurch das Gefühl in ihm, er vernachlässige mich und Sam. Obwohl mir natürlich nichts daran lag, daß er sich irgendwelche Vorwürfe machte.« Kirk blinzelte, als die Sonne hinter einer Wolke zum Vorschein kam. Er klopfte auf die Briefe, und das Knistern des Papiers klang ... frisch und neu. So als sei es erst gestern beschrieben worden. »Ich glaube, ich bin ein wenig eifersüchtig.«

»Auf deinen Vater?«

»Er hatte wenigstens ein Zuhause, das ihm eine *Rückkehr* ermöglichte. Ruhm und Abenteuer sind nicht mehr ganz so erstrebenswert, wenn man begreift, was man dafür aufgibt. Ich habe keine Familie wie mein Vater. Mir wird erst jetzt klar, welchen Preis ich für das Leben im All bezahlen mußte.«

McCoy strich mit den Fingern durchs Heu und vermied es, den Kopf zu heben. Er wußte von dem Kummer, der in Kirks nußbraunen Augen glänzte. »Es gibt bereits Grund genug für uns, besorgt zu sein, Jim. Es hat keinen Sinn, in der Vergangenheit gefällte Entscheidungen zu bereuen.« Er zögerte kurz. »Die Geschichte hat uns mißbraucht. Einen solchen Preis zahlen wir für die Möglichkeit, gleich in zwei Richtungen durch die Zeit zu reisen. Laß die Vergangenheit ruhen und konzentrier dich statt dessen auf die Zukunft.«

Langsam, unwissend und gleichgültig glitt die Sonne dem Horizont entgegen. Wolken zogen wie träge über den Himmel. Eine Zeitlang starrten die beiden Männer ins Leere.

»Es ist das Schiff, Pille«, sagte Kirk im Tonfall eines Augenzeugen, der sich bei seiner Aussage vor Gericht plötzlich daran erinnerte, was er am Tatort gesehen hatte. »Ja, daran liegt es. Die Droge namens Raumschiff macht süchtig und zerstört echtes, persönliches Glück.«

Diesmal drehte McCoy den Kopf, doch die Antwort blieb ihm im Hals stecken. Er öffnete den Mund, aber kein Laut entrang sich seiner Kehle.

Kirk beobachtete das goldene Kornfeld. »Ich habe immer nur für die *Enterprise* gelebt, und es wird höchste Zeit, daß ich mich auf mein eigenes Selbst besinne. Ja, es wird Zeit, die Uniform auszuziehen und ganz neu anzufangen.«

ZWEITER TEIL

Dies sind die Reisen…

KAPITEL 8

Simulierte Nacht herrschte an Bord der *Vernichter.* Am nächsten Morgen stand die Kontrolle einer kleinen Handelsflotte auf dem Dienstplan. Langeweile und Eintönigkeit.

Idrys versuchte, sich von quälenden Gedanken an den Feldprimus zu befreien. Kilyle war selbstsicher und schien zumindest zu ahnen, was die Zukunft für ihn bereithielt. Er wußte aus Erfahrung, daß sich Regierungen und Personen ständig veränderten wie die Gezeiten, die von keinem Damm aufgehalten werden konnten. Doch in t'Caels Augen hatte Idrys eine seltsame Mischung aus Zorn und Entschlossenheit gesehen: Irgend etwas zwang ihn dazu, den Veränderungsprozeß immer wieder in Frage zu stellen, und in diesem Zusammenhang mußte er einen Mißerfolg nach dem anderen hinnehmen. Damit brachte er sich selbst in eine letztendlich ausweglose Lage.

Die Kommandantin konnte es kaum mehr abwarten, sich in ihre Kabine zurückzuziehen. Sie sehnte sich nach Stille und einer militärisch-nüchternen Atmosphäre. Die schmucklosen Wände und matten Farben erinnerten sie an nichts, und darin lag geistiger Frieden.

Doch als sie die Brücke verlassen wollte, wurden ihre Hoffnungen auf Ruhe und Besinnlichkeit nachhaltig zerstört: Vor ihr öffnete sich das Schott, und Unterzenturio Ry'iak betrat den Kontrollraum. Idrys preßte die Lippen zusammen, um nicht zu grinsen. Mehrere dunkle Striemen zeigten sich auf der Stirn des Senatsproktors — deutlich sichtbare Erinnerungen an die Konfrontation mit dem Primus. Dieser Anblick erfüllte die Kommandantin mit Zufriedenheit. Es war sicher ehrenhaft, die Medaillen des Sieges zu zeigen, aber es bereitete noch weitaus mehr Genugtuung, wenn der Feind gezwungen wurde, die Zeichen der Niederlage zu tragen.

»Commander«, grüßte Ry'iak.

»Unterzenturio«, erwiderte Idrys. »Ich bin überrascht, daß Sie so spät noch auf den Beinen sind. Immerhin haben Sie einen anstrengenden Tag hinter sich.«

Der Proktor schnaufte leise, als er auf diese Weise an die erlittene Demütigung erinnert wurde. Als er kurz den Kopf neigte und lächelte, spürte Idrys mentalen Frost, und ihre Schadenfreude wich Argwohn.

»Überraschungen gehören zu unserem Dienst, Commander«, sagte er. »Sie sollten ebenfalls auf sie vorbereitet sein.«

Er nickte knapp, drehte sich um und verließ den Kontrollraum.

Idrys sah ihm nach, konnte jedoch nicht feststellen, wohin er unterwegs war. Warum das selbstgefällige Grinsen? T'Cael hatte seine Würde gründlich zerstört. Warum gab er sich trotzdem arrogant und überheblich?

Vielleicht lag es an seiner Jugend, vermutete die Kommandantin, obwohl sie es eigentlich besser wußte. Ry'iak plante etwas, und es fehlte ihm an Erfahrung und Intelligenz, um sie nicht schon im voraus zu verhöhnen. Idrys spielte mit dem Gedanken, dem Senatsproktor zu folgen und ihn zur Rede zu stellen, entschied sich dann aber dagegen. Wenn sie unbegründete Vorwürfe gegen ihn erhob, lief sie Gefahr, ihr Kommando zu verlieren. Damit ermöglichte sie dem Gesandten des Prätors einen leichten Sieg.

Idrys wanderte nachdenklich durch den Korridor und glaubte zu spüren, wie sich eine Schlinge um ihren Hals schloß.

Ry'iak kicherte fast, als sich dicht hinter ihm das Schott der Hilfsbrücke schloß. Er atmete die gefilterte, wiederaufbereitete Luft tief ein, um Kraft zu schöpfen.

Der diensthabende Offizier drehte sich um und erstarrte förmlich, als er den Proktor sah. Er wußte, was Ry'iaks Besuch bedeutete.

»Ich bringe Ihnen die Grüße des Senats, Vorzenturio«, sagte der Gesandte des Prätors und verbannte das Lächeln von seinen Lippen.

Der Offizier nickte und begriff, daß Ry'iak ihn auf diese Weise an seine Macht erinnern wollte. Er bezweifelte, ob der Senat Interesse daran hatte, einen einfachen Vorzenturio zu grüßen.

»Es ist soweit«, sagte Ry'iak.

Ein neuerliches Nicken.

Der Proktor trat an eine Konsole heran. »Ich möchte eine geraffte und codierte Kom-Depesche zum ch'Rihan-System schicken. Man erwartet meine Nachricht im Alcazar des Obersten Prätors.«

Der Vorzenturio erhob sich steif. »Es ist alles vorbereitet, Sir. Doch Ihnen steht nur wenig Zeit zur Verfügung, bis zur blauen Markierung. Wenn Sie länger brauchen, erfährt die Brücke von der Öffnung des Kom-Kanals, und dann geht es uns beiden an den Kragen.«

Diesmal konnte Ry'iak das Lächeln nicht länger unterdrücken. »Sie brauchen sich keineswegs wie ein Verräter zu fühlen, Moyu. Die dem Prätor geltende Loyalität ist weitaus wichtiger als die Treue zu einem Feldprimus, der uns alle mit seinem Pazifismus beschämt.«

Der Vorzenturio versuchte, die komplexe Ethik dieser Worte zu verstehen. »Man kann Primus Kilyle nicht gerade als einen Feigling bezeichnen, Sir. Es steht in dem rechtmäßigen Rang eines Provinzprätors, und ich habe Respekt vor ihm.«

»Was ich durchaus verstehe«, erwiderte Ry'iak besänftigend. »Aber selbst ein Mann wie Kilyle hat seine Schwächen.«

Der Vorzenturio verbarg seine Skepsis nicht, senkte jedoch den Kopf und verließ die Hilfsbrücke. Ry'iak nahm sofort am Pult Platz und begann damit, seinen Plan in die Tat umzusetzen.

In den Augen des Proktors funkelte boshafte Freude, als er die Nachricht formulierte und sendete.

An Bord der *Vernichter* bestand der Unterschied zwischen Nacht und Morgen nur darin, daß mehr Besatzungsmitglieder im Dienst waren und das Halbdunkel in den Korridoren etwas hellerem Licht wich. Neben dem kleinen Patrouillenschiff wölbte sich der gewaltige Rumpf eines Transporters, und Idrys hatte bereits eine Gruppe ausgeschickt, die feststellen sollte, ob der große Handelskreuzer Schmuggelware beförderte. Niemand rechnete damit, daß die Kontrolleure irgend etwas fanden.

Neben dem riesigen Raumschiff mochte die *Vernichter* wie ein Zwerg wirken, aber das Flaggschiff des Schwarms war dennoch beeindruckend. Eine einzige Salve hätte genügt, um den Transporter zu vernichten.

Die Brückenoffiziere verschwendeten keinen Gedanken daran, als sie eine Kom-Verbindung zu den Angehörigen der Ermittlungsgruppe hielten und an ihrer üblichen Langeweile litten. Es kam erst zu einer gewissen Anspannung, als der Gesandte des Prätors die Brücke betrat.

Einige Minuten lang blieb Ry'iak vor dem Wandschirm stehen und beobachtete das Handelsschiff. Sein Rumpf schien so nahe, daß man nur die Hand auszustrecken brauchte, um ihn zu berühren. Das Projektionsfeld zeigte nur einen Teil des Transporters – ein gutmütiger, ungefährlicher Gigant, der darauf wartete, seinen Weg durchs All fortzusetzen.

Ry'iak geduldete sich, bis Subcommander Kai der Versuchung nachgab, ihm einen kurzen Blick zuzuwerfen. Daraufhin seufzte er demonstrativ.

»Es ist wirklich bedauerlich, daß so fähige Offiziere wie Sie zu einem derart banalen Dienst gezwungen sind. Auf diese Weise läßt sich wohl kaum Ruhm gewinnen.«

»Pflicht ist Pflicht«, erwiderte Kai vorsichtig und vermied es, den Unterzenturio anzusehen. »Wer dem Reich dient, erwirbt in jedem Fall Ehre.«

»Damit haben Sie natürlich recht«, pflichtete ihm Ry'iak bei. »Aber es gibt unterschiedliche Arten von Ehre. Eine Mission der Schande ... Sie haben mein Mitgefühl.«

»Diese Kontrollen sind notwendig«, sagte Kai und versuchte, möglichst überzeugt zu klingen.

»Ein prätorialer Schwarm, der zweckentfremdet im Innenraum patrouilliert, anstatt Feinde aufzuspüren? Was für eine Verschwendung von militärischem Potential.« Der Proktor schüttelte den Kopf. »Solche Aufgaben werden nur von Leuten begrüßt, die Gefahren scheuen und sich auf ihren alten Lorbeeren ausruhen wollen. Wahre Soldaten und Krieger bevorzugen die Außensektoren, wo sie ihre Tapferkeit beweisen können.«

Ry'iak sah weiterhin auf den Wandschirm, aber aus den Augenwinkeln bemerkte er, daß seine Worte genau die beabsichtigte Wirkung erzielten. Die Brückenoffiziere wechselten verstohlene Blicke, und er spürte deutlich den wachsenden Zorn der Männer und Frauen. Eine Wut, die nicht in erster Linie ihm galt, sondern ihrem Schicksal.

Kai straffte die Schultern und schloß die Hände fest um den Rand seiner Konsole. »Wir schützen diesen Quadranten vor Schmugglern und Piraten.«

»Wir *schützen* ihn? Vor Schiffen, die nicht einmal bewaffnet sind? Wenn Sie das für eine Herausforderung halten ... Nun, Sie haben mehr Zeit als ich im Innenraum verbracht. Ich nehme an, daher kennen Sie die hier drohenden Gefahren weitaus besser.« Der Gesandte des Prätors schob sich am Pult vorbei und blieb dicht dahinter stehen, so daß ihn Kai ansehen mußte. »Oder Sie glauben sich bereits am Ziel Ihrer Wünsche. Es ist sicher keine geringe Stellung, Subcommander eines Schwarmschiffes zu sein. Ich kenne viele Leute, die sich damit zufriedengäben.« Kai spürte, wie er innerlich zu zittern begann. Er rümpfte die Nase, als er den Gestank von Ry'iaks Worten wahrnahm. Er fühlte die Blicke der anderen auf sich ruhen, sah das Blitzen in ihren Augen: Mitleid, Ärger, Verbitterung und Enttäuschung.

Dumpfer Schmerz erfaßte Kais Beine, und er trachtete danach, die verkrampften Muskeln zu entspannen. Nach wie vor saß er halb über die Konsole gebeugt. Wenn er sich zurücklehnte oder zur Seite wandte, zeigte er sein Gesicht.

»Ich bin froh, daß dieses Schiff mit der Autorität der Trikammer unterwegs ist«, sagte Ry'iak, hob den Kopf und starrte erneut auf den Wandschirm. Er sprach laut genug, um die Aufmerksamkeit der Brückencrew auf sich zu ziehen. »Schmugglern und Piraten muß das Handwerk gelegt werden.«

Kai schloß die Augen. Die übrigen Offiziere gaben keinen Ton von sich, spürten vermutlich das imaginäre Gewicht des Rangs, den Ry'iak einnahm – und der Macht, die hinter ihm stand. Die Temperatur in dem kleinen Kontrollraum schien plötzlich zu steigen; Schweiß perlte auf mehreren Stirnen.

Einige Sekunden später glitt das Zugangsschott beiseite, und Idrys trat ein. Sie näherte sich dem Befehlsstand, und erst als sie ihn erreichte, sah sie den Proktor, der sich halb hinter einem Stützgerüst verbarg. Abrupt blieb sie stehen und musterte ihn. Nur mit enormer Selbstdisziplin gelang es ihr, sich von ihm abzuwenden und ihre Aufmerksamkeit auf den Wandschirm zu richten. Während sie das Handelsschiff beobachtete, fragte sie sich, was Ry'iaks Anwesenheit zu bedeuten hatte.

»Wann ist die Inspektion abgeschlossen?« fragte sie und nahm im Kommandosessel Platz.

Kai räusperte sich. »Die Ermittlungsgruppe kehrt gerade zur Luftschleuse zurück, Commander.«

»Gut. Abkopplung vorbereiten. Übermitteln Sie dem Transporter die Erlaubnis, sein Ziel anzufliegen. Nach der Rückkehr unserer Inspektoren möchte ich die Frachtliste sehen.«

»Ja, Commander.«

»Sorgen Sie dafür, daß der Kommandant des Handelsschiffes ...«, begann Idrys und unterbrach sich.

Kai beugte sich über das Kommunikationspult und hörte ihr gar nicht mehr zu. Tiefe Falten bildeten sich in seiner Stirn, als er eine Nachricht entgegennahm. Er richtete einige geflüsterte Worte an den Offizier, der neben ihm saß, und kurz darauf kam auch der Erste Ingenieur hinzu. Ein leises, rhythmisches Piepen des Decoders deutete darauf hin, daß die Mitteilung nicht von einem Schiff des Schwarms stammte.

»Was ist los, Kai?« fragte Idrys.

»Ich ...« Der Subcommander blinzelte und starrte auf die Kontrollen. »Die Nachricht kommt von der Zitadelle des Obersten Prätors. Ich werde aufgefordert ...« Kai erhob sich, und Idrys sah nur seinen Rücken, den steifen Hals. Sie beobachtete, wie ihr Stellvertreter die Fäuste ballte. Wortlos nickte er zwei anderen Offizieren zu.

Die drei Männer drehten sich ruckartig um. Idrys vernahm eine innere Stimme, die sie davor warnte, ebenfalls aufzustehen. *Kai könnte darin eine Herausforderung sehen,* flüsterte ihr Instinkt. *Außerdem soll er begreifen, daß nur du das Recht hast, in diesem Sessel zu sitzen.*

»Commander ...«, begann Kai.

»Sprechen Sie!« sagte die Komandantin scharf.

Kai räusperte sich. »Commander, man wirft Ihnen vor, an der Ermordung des Altsenators Illiat d'Yn mitgewirkt zu haben. Ich muß Sie unter Arrest stellen.«

Idrys war mit einem Satz auf den Beinen und hielt sich an der Armlehne des Befehlsstands fest. »Mein Onkel!« entfuhr es ihr. »Er wurde umgebracht?«

Die Brückenoffiziere sahen sich entsetzt an. »Der Befehl, Sie zu verhaften, stammt vom Senatsrat. Die Anklage lautet: Beihilfe zum Mord. Und das Opfer ist ein Mitglied Ihrer eigenen Familie.«

»Kai!« Idrys wankte auf den Subcommander zu.

Er wich zurück und schauderte voller Abscheu. Seine Augen blickten plötzlich eisig.

Eine andere, kühle Stimme erklang. »Bestimmt handelt es sich um ein Mißverständnis«, sagte Ry'iak.

Idrys wirbelte um die eigene Achse und musterte den Proktor. Sein Gesicht zeigte nicht die geringste Überraschung.

»Zenturio«, knurrte Kai. »Eskortieren Sie die Gefangene zur Arrestzelle. Ihr dürfen keine Privilegien gewährt werden.«

Der Brückenzenturio rief zwei Wächter herbei und blieb mit ihnen vor Idrys stehen.

Die Kommandantin holte tief Luft und setzte sich langsam in Bewegung. Vor dem Schott verharrte sie noch einmal und drehte sich um. »Kai ...«

»Commander?«

»Benachrichtigen Sie Primus Kilyle.«

»Das ist völlig ausgeschlossen, Commander.«

»Er muß von diesem Vorfall erfahren. Ich fordere Sie auf, meinem Anliegen absolute Priorität zu geben.« Ihre Blicke flehten regelrecht und baten Kai, sich über die Arrestvorschriften hinwegzusetzen und ihr noch einen letzten Gefallen zu erweisen.

Er neigte kurz den Kopf, versprach ihr jedoch nichts. Als er beobachtete, wie man Idrys abführte, wurde er sich seiner neuen Rolle bewußt. Er war nun Kommandant des Schiffes und bot somit ein größeres Ziel dar.

Der Gesandte des Prätors trat in die Mitte des Kontrollraums und blickte zum geschlossenen Schott. »Die Kommandantin ist sentimental — und gleichzeitig fähig, die Ermordung eines Verwandten zu planen. Selbst ich hätte so etwas nicht für möglich gehalten.«

Kai ignorierte den jüngeren Mann und wandte sich an seinen Adjutanten. »Übermitteln Sie Primus Kilyle die Nachricht des Obersten Prätors und informieren Sie ihn von Commander Idrys' Verhaftung.«

Ry'iak drehte sich um. »Es könnte gefährlich werden, sich nicht an die Vorschriften zu halten«, sagte er behutsam. »Ihre Pflicht als Kommandant des Flaggschiffes besteht zunächst darin, die Commander der anderen Schwarmschiffe zu unterrichten. Anschließend ...«

»Meine Pflicht als amtierender Kommandant besteht darin, dem letzten Befehl des abgelösten Commanders zu gehorchen«, warf Kai scharf ein. Er sah das Gleißen in den Augen des Senatsproktors und wartete, bis völlige Stille herrschte. Erst dann sagte er zum Adjutanten: »Halten Sie sich an Ihre Anweisungen.«

Der Mann nickte und stellte eine Kom-Verbindung zum Quartier des Feldprimus her.

Idrys saß völlig reglos und versuchte, das emotionale Magma in ihr abkühlen und erstarren zu lassen. Auf der anderen Seite des Energiefeldes standen Wächter, und wenn sie ihren Kummer zeigte, würden sie ihn bestimmt für Schwäche halten. Deshalb rührte sie sich nicht von der Stelle, hockte auf einer kalten Metallkoje und starrte stumm an die Wand. Abgesehen von dem Pochen ihres Herzens hörte sie nur das leise Zischen der energetischen Barriere.

»Idrys.«

Benommen hob sie den Kopf, blinzelte erstaunt und stand auf. »Primus!«

Das Kraftfeld verzerrte die Konturen seiner Gestalt und verlieh t'Caels blauem Umhang einen grünlichen Ton, aber Idrys empfand den Anblick der geisterhaft verschwommenen Erscheinung als große Erleichterung. Sie mußte sich beherrschen, um nicht zu versuchen, den Ergschild zu durchdringen.

»Sind Sie wohlauf?« fragte Kilyle.

»Wie man's nimmt«, erwiderte die Gefangene. »Es geht mir den Umständen entsprechend.«

Der Feldprimus nickte langsam und wandte sich dann an den ranghöchsten Wächter. »Lassen Sie die Commander frei und übergeben Sie Idrys meiner Obhut.«

Der Soldat nahm Haltung an. »Unmöglich, Lord Primus«, entgegnete er steif.

»Warum?«

»Für die Freilassung der Verhafteten ist folgendes erforderlich: eine schriftliche Bevollmächtigung aller Commander des Schwarms, eine bestätigte Order des Senats und eine Erklärung des Obersten Prätors, in der es ausdrücklich ...«

»Das reicht«, sagte t'Cael scharf. Er fand es erstaunlich, wie schnell das prätoriale System lernte, sich selbst die Hände zu fesseln und die Stricke immer fester zu ziehen. Kilyle verschränkte die Arme, hob den Zeigefinger an die Lippen und trat wieder vor die Energiebarriere. »Ich fürchte, Sie müssen dort drin bleiben«, sagte er.

»Meine Inhaftierung richtet sich auch gegen Sie«, antwortete Idrys betroffen. Ihre Hände zitterten. »Beihilfe zum Mord. Und das Opfer ein Mitglied meiner Familie ... Allein der Vorwurf genügt, um für immer einen Schandfleck in meiner Personalakte zu hinterlassen.«

»Bestimmt hat man die Anklage gut gewählt«, sagte t'Cael. »Eine verabscheuungswürdige Sünde – und gleichzeitig ein politisches Verbrechen. Eine gute Taktik für jemanden, der Sie im Schwarm so rasch wie möglich in Mißkredit bringen will.«

Idrys schob sich näher an das Kraftfeld heran. »Mein Onkel«, murmelte sie. »Glauben Sie, er ist wirklich ...?«

Mitgefühl regte sich in Kilyle, und er senkte kurz den Blick. »Ja, man hat ihn umgebracht. Da bin ich ziemlich sicher.«

Wut und Verzweiflung ließen die Lippen der Kommandantin erzittern. »Nur um Ihren Einfluß zu schmälern?« brachte Idrys ungläubig hervor. Sie konnte es einfach nicht fassen.

»Ja, in gewisser Weise schon«, bestätigte t'Cael. »Aber vermutlich steckt noch mehr dahinter. Ich schätze, meine Gegner verbündeten sich mit den Leuten, denen Ihr Onkel im Senat ein Dorn im Auge war. Früher hatte der Clan-Rat eine größere Bedeutung als das Prätoriat, aber inzwischen kann der Oberste Prätor nicht mehr vom Rat abgesetzt werden. Andererseits: Noch fehlt es dem Prätor an Macht, um den Rat ganz offen herauszufordern. Deshalb die Verschwörungen hinter den Kulissen. Und gelegentlich brauchen beide Seiten Sündenböcke, denen man die Schuld geben kann. Ich bin sicher, die Ermordung Ihres Onkels dient gleich mehreren Zwecken.«

»Offenbar wurde alles gut eingefädelt«, kommentierte Idrys bitter. »Ry'iak, nicht wahr?«

T'Cael nickte. »Ich denke schon. Er ist ein verdammter Intrigant.«

»Aber wie hat er das alles fertiggebracht? Die zeitliche Abstimmung erscheint mir perfekt.«

»Gutes Planen. Und zwar im voraus. Irgendwie gelang es ihm, alles ins Rollen zu bringen, und anschließend brauchte er nur noch das Stichwort zu geben.« Der Primus wanderte am Rande der Barriere auf und ab. »Ich hätte damit rechnen sollen.«

»Wie denn?« klang Idrys' Stimme durch das leise Zischen. »Ich verstehe nicht ...«

»Ry'iak ist ein junger Bursche mit guten Beziehungen. Er redet viel vom Ruhm der Schlacht, aber er hat noch keinen eigenen Kampf bestritten. Er hätte es unmöglich aus eigener Kraft zum Senatsproktor bringen können. Mit anderen Worten: Jemand im Alcazar des Obersten Prätors greift ihm unter die Arme. Wahrscheinlich ist er kaum mehr als eine Marionette, wovon er natürlich nichts ahnt. Vermutlich sind seine Hintermänner auf alles vorbereitet und haben alternative Pläne entwickelt.«

»Für die Ermordung meines Onkels?« fragte Idrys brüchig.

»Durch seinen Tod erringen die Unbekannten gleich drei Siege. Über Ihren Onkel, über Sie und über mich.«

»Ich begreife noch immer nicht ganz, worauf Sie hinauswollen.«

»Ry'iak schaffte es nicht, mich einzuschüchtern«, erklärte t'Cael geduldig. »Ich habe ihm einen Schrecken eingejagt, doch seine Verschlagenheit überraschte mich. Seine Absicht besteht jetzt darin, Sie um Ihren Posten zu bringen.«

»Weil er weiß, daß ich auf Ihrer Seite stehe«, murmelte Idrys bestürzt.

»Ja. Er hat längst erkannt, daß ich von Ihnen abhänge. Ihr Arrest bringt mich in eine sehr schwierige Situation. Die Besatzung ist Ihnen treu ergeben, aber sie mißtraut mir, und genau an dieser Stelle will Ry'iak ansetzen. Er sah sich mit dem Problem konfrontiert, daß er nicht annähernd so gut Einfluß auf die Crew nehmen kann wie Sie, und deshalb mußte das Hindernis namens Idrys aus dem Weg geräumt werden. Der Proktor will nun seinen Rang nutzen, um den Schwarm auf seine Seite zu bringen; der Prätor soll Ihren Platz einnehmen.«

Die Gefangene konnte das Gefühl ihrer Hilflosigkeit kaum mehr ertragen. Mit langen Schritten marschierte sie in ihrer Zelle umher und ballte die Fäuste. »Ich habe Sie mehrmals gebeten, auf die Brücke zu kommen«, preßte sie hervor. »Jetzt büßen Sie für Ihre Zurückgezogenheit.«

»Das stimmt«, gestand Kilyle ein und überlegte. »Nun, fassen Sie sich ein wenig in Geduld. Vielleicht gelingt es mir, zumindest eine vorübergehende Freilassung zu erwirken.«

Erneut trat Idrys an die Energiebarriere heran und spürte statische Elektrizität, die an ihren Haaren zupfte. »Sie müssen sehr vorsichtig sein«, sagte sie eindringlich. »Wenn Ry'iak damit beginnt, die Besatzung zu manipulieren, läßt Ihre Autorität schnell nach. Seien Sie auf alles gefaßt; nur dann können Sie eine Meuterei verhindern. Wenn Ihnen jetzt ein Fehler unterläuft, ist es um uns beide geschehen.«

T'Cael nickte ernst. »Wir treiben auf einem Strom der Unabwendbarkeiten, Commander. Vor uns tost ein Wasserfall, der eine Katastrophe im Reich symbolisiert. Sie und ich ... Wir sitzen in einem kleinen Ruderboot und versuchen, das Ufer zu erreichen, bevor es zu spät ist.« Der Primus seufzte. »Wenn ich wenigstens wüßte, wer Ry'iak als Werkzeug benutzt ...«

Er drehte sich grußlos um.

»Wohin gehen Sie?« rief Idrys und sah ihm durch die Energieschlieren nach.

T'Cael bedachte sie noch mit einem letzten Blick.

»Zur Brücke. Und es wird nicht lange dauern, bis Sie mir dort Gesellschaft leisten.«

KAPITEL 9

»Alles klar, Kinder. Los geht's.«

Captain April betrat die Brücke und ging so forsch zum Befehlsstand, daß seine Strickjacke wie ein Umhang wehte. Plötzlich herrschte Stille, und erwartungsvolle Aufregung erfaßte die Anwesenden, funkelte selbst in den Blicken derjenigen, die sonst immer ruhig und kühl blieben. Sanawey saß an der Astrotelemetrie-Station, Florida am ›Ruder‹. Hart und zwei Ingenieure vom Impulskraft-Deck überwachten die Kontrollen des Maschinenraums. George stand hinter dem Captain und beschränkte sich darauf, das allgemeine Geschehen zu beobachten. April drehte langsam den Kopf, stellte einen Blickkontakt zu seinen Gefährten her und bestätigte die von ihnen geleisteten Beiträge.

Schließlich wandte er sich zu Kirk um und lächelte dünn.

»Ich überlasse es dir, George.«

Die Hände des Ersten Offiziers schlossen sich um die Brüstung, und in seinen Mundwinkeln zuckte es kurz, als er erwiderte: »Denk daran, was beim letztenmal passiert ist.«

Hier und dort erklang ein leises Kichern. Offenbar hielt die Brückencrew George keineswegs für einen Unglücksraben.

»Ich habe dich hierhergeholt, damit du uns Glück bringst«, sagte April. Er nickte Carlos Florida zu, der auf Anweisungen wartete. »Also los, Erster Offizier. Laß die Königin fliegen.«

George blieb neben Florida stehen und legte die Hände auf den Rücken. Sie fühlten sich seltsam kalt an. »Zwanzig Prozent Sublicht.«

»Zwanzig Prozent Sublicht, aye.«

Ein dumpfes Summen ertönte, und der große Wandschirm zeigte ein Raumdock, das langsam zurückwich. Das weiße Raumschiff glitt durch leere Schwärze.

Vor ihnen erstreckte sich die unbelebte Schönheit eines Sonnensystems. Das Zentralgestirn gleißte in der Ferne, und in seinem Schwerkrafttrichter kreisten drei unbewohnbare Planeten sowie Tausende von Asteroiden.

»Ein Sensortest, George«, hauchte April.

Kirk blinzelte, sah sich um und verstand. Ein Test. Natürlich. Sie mußten wissen, ob alle Systeme funktionierten.

»Mr. Sanawey, stellen Sie die chemische Zusammensetzung der Asteroiden fest«, sagte er etwas steifer als beabsichtigt.

»Aye, Sir«, bestätigte Sanaweys hohler Baß. Der große Mann beugte sich über den Sichtschlitz eines Scanners und betätigte mehrere Tasten des Bibliothekscomputers. »Die Asteroiden bestehen hauptsächlich aus Eisen, Titan, Nickel, ein wenig Gold und anderen inaktiven Substanzen. Die größte Masse beträgt zweitausend Tonnen, und bei den kleinsten Brocken reduziert sie sich auf ein halbes Kilogramm. Keine Besonderheiten feststellbar. Die übliche Geschichte. Ziemlich langweilig.«

April lehnte sich in seinem Sessel zur Seite. »Wie fühlen sich die Instrumente an, Kralle?«

»Als wüßten sie genau, worauf es ankommt, Sir. Sie zeigen sowohl den Erzgehalt als auch die Dichte an. Wir bekommen alle Angaben, die wir brauchen, bis zu den letzten Details.«

»Ausgezeichnet.« Der Captain konzentrierte sich wieder auf den Wandschirm. »George ...«

»Berechnen Sie einen Kurs, Mr. Florida«, fuhr Kirk fort. »Steuern Sie uns quer durch den Asteroidenhaufen und dann wieder zurück. Im Zickzack von Backbord nach Steuerbord. Und benutzen Sie dabei allein die manuellen Kontrollen.«

Florida hob den Kopf. »Im Ernst?«

»Ja, sicher. Prüfen Sie die Manövrierbarkeit im Sublichtbereich.«

»In Ordnung«, bestätigte April. »Achten Sie gleichzeitig auf die Funktionen der Gravitationskompensatoren.«

Florida wölbte die Brauen, gab jedoch keine Antwort. Es dauerte fast zwei Minuten, bis er alle Kursdaten eingegeben hatte, und während dieser Zeit hielt George seinen Blick starr auf das Projektionsfeld gerichtet.

»Kurs berechnet«, meldete Florida nach einer Weile. »Glaube ich.«

»Sind Sie nicht sicher?« fragte George.

»Die Asteroiden sind in ständiger Bewegung, Sir. Ihre relativen Positionen verändern sich dauernd. Es gibt zu viele Variable, um sie alle in einer Kursgleichung zu berücksichtigen.«

»Ich verstehe«, brummte George. »Nun, um so besser.«

»Meinen Sie wirklich?«

»Wie sollen wir sonst herausfinden, ob das Schiff genau genug auf die manuelle Kontrolle reagiert? Immerhin dürfen wir uns nicht immer und unter allen Umständen auf den Computer verlassen, oder?«

Florida zögerte, sich diesem Standpunkt anzuschließen.

April schaltete das Interkom ein, und seine Stimme hallte durch die Korridore und Sektionen: »An alle Besatzungsmitglieder: Wir testen nun die Manövrierbarkeit des Schiffes, und dabei werden auch die Gravitationskompensatoren belastet. Treffen Sie alle notwendigen Vorbereitungen.« Er nickte Florida zu. »Es kann losgehen.«

Die Finger des Steuermanns huschten über die Konsole, und das Schiff reagierte sofort, drehte ab und raste in den Asteroidenhaufen hinein.

George hielt sich an der Brüstung fest, als das Deck ruckartig zur Seite kippte. Er spürte, wie sich sein Körpergewicht veränderte, als die künstliche Gravitation einen Ausgleich zu schaffen versuchte, und die Zentrifugalkraft weckte Übelkeit in ihm. Das weiße Schiff flog an pokkennarbigen Asteroiden vorbei, schwenkte von einer Seite zur anderen. Florida zwang es jäh nach ›unten‹, und der Wandschirm zeigte Felsbrocken, die wie kosmische Geschosse über das Diskussegment hinwegsausten. Die Kompensatoren reagierten um einen Sekundenbruchteil zu spät, und einige Personen verloren den Halt, wurden aus ihren Sesseln gerissen.

Die weiße Königin begann zu tanzen, doch die für sie bestimmte Choreographie verzichtete auf Eleganz und Anmut. Das Schiff neigte sich immer wieder von einer Seite zur anderen, als Florida es durch den weiten Asteroidenhaufen steuerte. Neue, bisher noch nicht getestete Schotten, Streben, Stützsegmente, Verschalungen, die übrigen Strukturen – alles wurde großen Belastungen ausgesetzt.

George biß die Zähne zusammen, und seine Hände schlossen sich noch fester um das Geländer. »Beschleunigen Sie auf vierzig Prozent Sublicht!« rief er, um das protestierende Heulen der Kompensatoren zu übertönen.

»Vierzig Prozent«, bestätigte Florida. Seine linke Hand umklammerte die Armlehne des Sessels, und mit der rechten führte er eine kurze Schaltung durch. Das Schiff wurde noch schneller, und auf dem Wandschirm war ein Chaos aus umherwirbelnden Felsbrocken zu sehen.

»Achten Sie auf die Gyrostate!« sagte Ingenieur Hart, die den Monitor der Subsysteme im Auge behielt.

George wußte nicht, an wen sie ihre Worte richtete. Er hoffte nur, daß die Bemerkung nicht ihm galt, denn er hatte keine Ahnung, was Gyrostate darstellten und wo sie installiert sein mochten. Seine Arme und Beine verwandelten sich in Blei, als das Raumschiff einem großen Asteroiden auswich und an zwei kleineren vorbeiraste. Die Manöver wurden immer schwieriger und gewagter. Wer es nicht besser wußte, nahm vermutlich an, die Gravitationskompensatoren funktionierten nicht richtig. Aber *ohne* die Ausgleichssysteme wären die Menschen an Bord längst von den ungeheuren Andruckkräften zerquetscht worden.

»Gehen Sie auf fünfundsiebzig Prozent Sublicht«, sagte George. »Verlassen Sie den Haufen und fliegen Sie den Gasriesen an. Bringen Sie das Schiff zwischen die Ringe!«

Einmal mehr tasteten Floridas Finger wie selbständige Wesen über die Kontrollen. »Null Komma fünf ... Komma sechs ...«

Der Wandschirm konfrontierte die Beobachter nun mit einer neuen Darstellung: ein heller Fleck im All, der innerhalb weniger Sekunden zu einem Riesenplaneten anschwoll. Seine bunten Ringe wirkten wie Sicheln, die auf das Raumschiff zielten.

»Komma sieben ... fünf.«

George wünschte sich plötzlich, in einem Sessel zu sitzen und einen Sicherheitsharnisch angelegt zu haben. Unsichtbare Fäuste hämmerten auf ihn ein, als Florida mit außerordentlich riskanten Manövern zwischen den Ringen begann. Das Trägheitsmoment zerrte an Kirks Leib und trachtete danach, ihn von der Brüstung fortzuziehen. Das Heulen der Kompensatoren verschmolz mit dem Dröhnen der Impulsgeneratoren, und George hoffte inständig, daß sich die Triebwerksgondeln nicht vom Rumpf lösten. Aber das Kreischen klang keineswegs klagend. Ganz im Gegenteil: Die Königin schien den gefährlichen Flug zu genießen.

Plötzlich übertönte Aprils Stimme den Lärm. »Notfall! Voller Gegenschub!«

Florida beugte sich ruckartig vor und berührte farbige Tasten.

Der überraschte George wählte genau den falschen Zeitpunkt, um sich zum Captain umzudrehen und festzustellen, was es mit dem ›Notfall‹ auf sich hatte. Irgend etwas riß ihn vom Geländer fort und schleuderte ihn nach vorn, als das Bremsmanöver begann. Kirk rollte übers Deck und fand sich schließlich neben dem Wandschirm wieder. Um ihn herum donnerte alles.

Ein seltsames, pulsierendes Wimmern erklang und wich wenige Sekunden später einem neuerlichen Heulen, das jedoch rasch leiser wurde. George glaubte sich in einem akustischen Alptraum gefangen, als dem Kreischen ein dumpfes Stöhnen folgte, an das sich ein gleichmäßiges Summen anschloß.

Langsam rollte er zur Seite.

Einige andere Personen richteten sich auf. Selbst April saß nicht mehr im Kommandosessel, sondern hockte auf dem Deck.

George hielt den Atem an, stemmte sich in die Höhe und überlegte verwirrt, worin der von April erwähnte Notfall bestehen mochte. Er war der Erste Offizier. Eigentlich sollte er über solche Dinge Bescheid wissen.

Niemand gab einen Ton von sich. Kirk hörte nur das leise Piepen verschiedener Systeme; hier und dort blinkten Kontrollampen.

April blickte sich um, sagte jedoch kein Wort.

Florida stand zögernd auf und beobachtete die Anzeigen seiner Konsole. »Es hat geklappt ...«, flüsterte er. Er zog sich ganz in die Höhe, drehte den Kopf und rief: »Das Starship hat den Test bestanden!«

Jubelnde Stimmen ertönten.

George hob verwundert die Brauen und versuchte zu verstehen, was jetzt geschah. Die übrigen Angehörigen der Brückencrew schüttelten sich die Hände und gestikulierten begeistert. Kirk sah ihre Freude und begriff, wie wichtig dieser Augenblick für Florida und die anderen war. Viele Monate lang hatten sie an dem Projekt gearbeitet, und nun wurden sie endlich für ihre Mühen belohnt. Aufregung, Zufriedenheit, der Wunsch nach mehr – solche Gefühle wirkten sehr ansteckend.

April spürte, daß George ähnlich empfand und am liebsten ebenfalls gefeiert hätte. Der Captain ließ sich nichts anmerken, als er am Befehlsstand vorbeiging, vor seinem Ersten Offizier stehenblieb und ihn mit einem strahlenden Lächeln bedachte. Er half Kirk hoch und klopfte ihm auf die Schulter. »Das war wirklich gut, George. Herzlichen Glückwunsch! Mein Gott ...« Er schnappte nach Luft und wandte sich zu den anderen um. »Was für ein Raumschiff!«

Das Interkom summte und unterbrach den Jubel. Der Kommandant kehrte zu seinem Sessel zurück. »Ja, hier April ...«

»August! Was ist eigentlich los?«

April sah George an und grinste. Brownells Stimme klang zornig und empört, aber im Hintergrund hörten sie die freudigen Rufe der Techniker. »Wir haben nur einige Tests durchgeführt, Doktor.«

»Sind Sie total übergeschnappt, Mann? Wenn ich meinen Mageninhalt verliere, können Sie hier alles saubermachen.«

»Wie Sie meinen, Doktor.«

»Ich bin ein alter Mann!«

April beugte sich zu George vor und flüsterte: »Das ist er schon seit vierzig Jahren.«

»Wahrscheinlich haben Sie bei Ihren Kapriolen vergessen, auch unser peripheres Schutzsystem zu testen, oder?«

George runzelte die Stirn. »Unser was?«

»Die Schilde, Mann!«

April rieb sich das Kinn. »Wir sollten tatsächlich feststellen, ob sie richtig funktionieren, nicht wahr?«

»Der Meinung bin ich auch«, knurrte Dr. Brownell.

»Na schön. Möchten Sie, daß wir auch die Warptriebwerke testen, bevor unsere Reise beginnt?«

»Nein«, erwiderte Brownell scharf. »Das dauert zu lange, und wir dürfen nicht noch mehr Zeit verlieren. Es geht darum, die Kolonisten zu retten, erinnern Sie sich?«

»In der Tat«, sagte der Captain. »In Ordnung. Wir machen uns bald auf den Weg. April Ende.«

»Da bin ich platt«, murmelte George. »Selbst Brownell denkt an die *Rosenberg*.«

»Natürlich«, entgegnete April leise. »Weißt du, Starfleet wollte ihn erst gar nicht an dieser Mission teilnehmen lassen. Er ist noch wichtiger als das Schiff. Aber er ließ seine Beziehungen spielen, um uns zu begleiten. Praktisch alle Repräsentanten von Starfleet Command waren seine Studenten, und sie haben noch immer gehörigen Respekt vor ihm.«

»Kann ich mir denken. Der Kerl hat das Temperament eines Nashorns mit Zahnschmerzen.«

Eigentlich hatte George gar nicht beabsichtigt, so deutlich zum Ausdruck zu bringen, was er von Brownell hielt. Das Lachen der Brückencrew belohnte seine Offenheit.

April lächelte, straffte dann die Schultern und sagte: »Die Schilde, George.«

Kirk drehte sich um. »Mr. Sanawey, aktivieren Sie die Deflektoren.«

»Deflektoren ein, Sir.«

Stille folgte, und George spürte eine gewisse Verlegenheit. Er begriff, daß er überhaupt nicht wußte, wie man die Schilde eines Raumschiffs testete. Nach kurzem Zögern wandte er sich an den Captain. »Und jetzt?«

April beugte sich vor. »Die Sonne«, hauchte er. »Energietoleranz.«

»Na schön. Sind Sie bereit, Mr. Florida? Steuern Sie das Zentralgestirn an. Kurs acht Komma neun acht.«

»Das ist ziemlich nah, George«, warnte April.

Ihre Blicke begegneten sich. »Willst du wirklich herausfinden, was dieses Schiff zu leisten vermag?« fragte Kirk leise. »Oder fürchtest du eine Enttäuschung?«

Der Captain lehnte sich im Kommandosessel zurück.

George richtete seine Aufmerksamkeit wieder auf den Wandschirm, beobachtete die bunten Ringe des Gasriesen und das ferne Glühen der Sonne. »Mr. Sanawey, kontrollieren Sie die energetische Absorptionsfähigkeit der bugwärtigen Schilde, während wir uns nähern. Achten Sie nach dem Vorbeiflug auf die Heckdeflektoren. Mrs. Hart, sorgen Sie dafür, daß uns die Triebwerke nicht im Stich lassen.«

»Aye, Sir.«

»Aye, aye, Sir.«

»Mr. Florida, drei Viertel Sublicht.«

»Null Komma sieben fünf, aye.«

Das elfenbeinfarbene Raumschiff drehte ab und flog in einem weiten Bogen, der kurz darauf zu einer Geraden wurde. Im Zentrum des Projektionsfeldes gleißte die Sonne, und plötzlich schien sie gar nicht mehr so weit entfernt zu sein.

Das Summen wurde ein wenig lauter, als das Schiff beschleunigte und in den Gravitationsschacht des Zentralgestirns fiel. Das Strahlen des natürlichen Fusionsreaktors im All wurde heller und heißer, und Unbehagen regte sich in George, als er daran dachte, auf was sie sich einließen. Wenn sich aus irgendeinem Grund Strukturlücken in den Schilden bildeten ... Dann verwandelten sich die Königin und ihre Besatzung in einen Haufen Schlacke.

Die Helligkeitsfilter genügten nicht, um den grellen Glanz abzuschirmen. Nach einer Weile wandte auch Kirk den Blick ab, um nicht geblendet zu werden.

Die automatischen Navigationssysteme übernahmen die Kontrolle, als die Distanz zur Sonne weiter schrumpfte. Die Temperatur auf der Brücke schien zu steigen. Zwar wußte George, daß die Hitze nur in seiner Einbildung existierte, aber er begann dennoch zu schwitzen und dachte mit zunehmender Besorgnis an die Schilde, die nun mit einer enormen Strahlenflut fertig werden mußten.

Schließlich verblaßte das Funkeln, und die samtene Schwärze des Alls kehrte ins Projektionsfeld zurück.

Das Raumschiff fiel an der Sonne vorbei, und Florida gab mehr Schub, um den Schwerkraftsog auszugleichen.

April räusperte sich. »Kralle? Was sagen die Anzeigen?«

»Die Schilde sind stabil, Sir.« Der große Mann blickte auf die Konsole und drehte sich dann um. »Wie eine diamantene Barriere.«

George wußte nicht, was damit gemeint war, aber die Techniker nickten zufrieden und lächelten.

»Strahlungsniveau der Außenhülle normal, Captain«, meldete Hart, die nach wie vor am Monitor der Subsysteme saß. »Keine Fehlfunktionen feststellbar.«

»Scheint alles in Ordnung zu sein«, murmelte George.

April holte tief Luft. »Nun, trotzdem sollten wir auf Nummer Sicher gehen. Carlos ...«

Florida musterte den Captain kurz und verstand.

»Suchen Sie einen hübschen Brocken aus«, fügte April hinzu.

George sah die beiden Männer nacheinander an und fragte sich, was die letzten Bemerkungen zu bedeuten hatten. Aus irgendeinem Grund hielt er es für besser, sich nicht danach zu erkundigen.

Die Anspannung kehrte zurück, doch diesmal war sie nicht ohne Zuversicht. Nur in George krampfte sich etwas zusammen, und er richtete einen nervösen Blick auf den Wandschirm.

Sie flogen noch immer mit fünfundsiebzig Prozent Sublicht. Eine solche Geschwindigkeit konnte man nicht gerade als Schneckentempo bezeichnen.

Als George schon glaubte, sie verließen das Sonnensystem, änderte Florida den Kurs, und das Schiff kehrte in die Asteroidenwolke zurück. Beängstigend schnell näherten sie sich dem kosmischen Schutt, und die Felsen rasten in immer kürzeren Abständen vorbei. Schließlich sauste eine mittelgroße Masse heran, und diesmal wich Florida nicht aus.

Kirk duckte sich unwillkürlich.

»Robert!«

»Kurs halten«, sagte April gerade laut genug, damit ihn der Steuermann hörte.

George griff nach der Rückenlehne des Kommandosessels und spannte die Muskeln. Der Asteroid füllte inzwischen das ganze Darstellungsfeld des Wandschirms aus – ein braunes Etwas, das Unheil verkündete.

Der Aufprall klang dumpf, wie die Explosion in einer Höhle. Das Raumschiff erzitterte. Kirk fühlte sich nach vorn gezogen, doch das Zerren ließ abrupt nach, als die dunkle Masse auf dem Schirm auseinanderplatzte.

Das Starship erbebte erneut — *oder spielt mir meine Phantasie einen weiteren Streich?* dachte George — und verließ den Asteroidenhaufen.

»Geschwindigkeit reduzieren«, sagte April ruhig.

Hart beugte sich über ihr Pult. »Captain, ich registriere eine unwesentliche Verringerung des energetischen Niveaus in den Bugdeflektoren, aber ansonsten ist die kinetische Absorptionsquote erstaunlich hoch. Sie geht weit über die gewöhnliche Sicherheitstoleranz hinaus.« Sie richtete sich auf und strahlte. »Das Schiff hat auch diesen Test bestanden. Mit Auszeichnung.«

April lehnte sich zurück und nickte langsam. »Ja«, murmelte er. »Die Königin fliegt. Und sie trotzt dem All und seinen Gefahren.« Er erwachte wie aus einem Traum, zwinkerte und seufzte. Schließlich sah er George an. »Es gab keine andere Möglichkeit, um ganz sicher zu sein.«

Kirk starrte den Captain stumm an. *Und wenn es schiefgegangen wäre?* fuhr es ihm durch den Sinn. *Wie konntest du ein solches Risiko eingehen?*

Er behielt diesen Gedanken für sich und fragte statt dessen: »Hast du nicht etwas vergessen?«

»Vergessen? Nein, ich glaube nicht. Ich würde auch gern die Hilfssysteme testen, aber da die entsprechenden Installationen noch fehlen, müssen wir leider darauf verzichten. Ansonsten ...«

»Die Waffen, Captain.«

Aprils Lächeln verflüchtigte sich. »Bei dieser Mission brauchen wir sie nicht, George.«

Kirk fühlte die Blicke aller Anwesenden auf sich ruhen und senkte die Stimme. »Woher willst du das wissen? *Teste* die Waffen, Robert.«

George spürte die tiefe Enttäuschung des Captains, sah sie in seinen Augen, aber er beharrte auf seinem Standpunkt. April hatte ihn zum Ersten Offizier ernannt, und er wollte allen seinen Pflichten gerecht werden, selbst wenn er dadurch die Freundschaft mit Robert in Gefahr brachte. Er hatte sich nie voll engagiert, dachte daran, immer nur halber Ehemann, halber Vater und halber Offizier gewesen zu sein. Jetzt bekam er die Gelegenheit, endlich einmal konsequent zu sein.

Aprils Lippen bildeten einen dünnen Strich, und seine Augen starrten plötzlich ernüchtert und desillusioniert. Er seufzte, und es klang fast schmerzvoll und zornig.

Der Captain schauderte kurz, und mit offensichtlichem Widerstreben antwortete er: »Na schön. Wenn du es unbedingt für notwendig hältst ...«

George widerstand der Versuchung, sich ruckartig umzuwenden und dadurch zu zeigen, wie sehr ihm der vorwurfsvolle Blick mißhagte. Er sah keinen Sinn darin, seine Einstellung zu verdeutlichen. Das Böse war so alt wie die Menschheit selbst, und wahrer Frieden blieb nur ein Wunsch, solange es Aggression gab. April hätte sicher nicht gezögert, für seine Ideale zu sterben, aber er übersah dabei, daß er damit auch das opferte, wofür er eintrat.

George trat hastig an Floridas Seite und ahnte, daß Robert in seinem Gebaren militaristischen Eifer erkannte. »Zielübungen unter Flugbedingungen«, wandte er sich an den Steuermann. »Wählen Sie einen Asteroiden, der etwa so groß ist wie dieses Schiff und sich am Rand der Laserreichweite befindet. Zuerst testen wir einphasiges Feuer. Mehrere Strahlenschübe dicht hintereinander, mit voller Intensität.«

»Aye, Sir«, bestätigte Florida. »Ziel erfaßt.«

»Erhöhen Sie die Geschwindigkeit auf null Komma sechs.«

»Komma sechs, aye.«

Das Raumschiff flog am Rande des Asteroidengürtels entlang, drehte zum freien Raum hin ab und kehrte kurz darauf zurück.

»Feuer!« befahl George.

Ein rhythmisches, dumpfes Surren ertönte. Orangefarben glänzende Energiestrahlen zuckten in rascher Folge aus den Projektoren und trafen den Asteroiden. Fels verdampfte, und einen Sekundenbruchteil später brach die steinerne Masse in der Mitte auseinander. Das Schiff sauste durch die Lücke zwischen den beiden Hälften.

»Heckwärtige Partikelkanonen, Salvenfeuer!«

Florida betätigte einige Tasten, und das Bild auf dem Wandschirm wechselte, zeigte nun den Raumbereich, der sich hinter dem Starship erstreckte. Drei Partikelstrahlen lösten sich vom Rumpf und zerschnitten ein Felsfragment. Einer traf das größte Bruchstück, das sich um die eigene Achse drehte und in der Schwärze verschwand.

»Geschwindigkeit herabsetzen«, sagte George und merkte erst jetzt, daß er sich über die Konsole beugte. Er richtete sich auf. »Hätte besser sein können«, sagte er. Die Brückencrew schwieg unsicher. »Aber nicht viel.«

Florida reichte ihm die Hand, und Hart deutete mit dem Daumen nach oben. Sanawey und die beiden Ingenieure applaudierten. Zum erstenmal spürte George so etwas wie Kameradschaft, und plötzlich fühlte er sich mit den anderen Leuten auf der Brücke verbunden. Er kam sich nicht mehr wie ein Außenseiter vor, gewann statt dessen den Eindruck, daß man ihn als kompetenten Ersten Offizier erachtete, der die richtigen Befehle gab. Die neugewonnene Autorität weckte Stolz in ihm.

Dann drehte er sich um und sah Aprils Gesicht.

Drake wanderte durch das riesige Raumschiff, und schließlich fand er den richtigen Ort. Tief im stählernen und elektronischen Leib der weißen Königin brodelte die Energie für das Sublicht-Triebwerk. Reed blieb kurz vor der Tür stehen und betrachtete rubinrote, frisch aufgetragene Buchstaben:

I. M. Pulstriebwerk-Maschinenraum
Zugangserlaubnis erforderlich

Drake hatte keine spezielle Genehmigung, aber das Schott glitt dennoch beiseite. Als er eintrat, stellte er seinen unschuldigsten Gesichtsausdruck zur Schau. Die ersten beiden Personen, die er sah, waren eigentlich nur anderthalb. Von einer sah er nur die Beine; der Rest verbarg sich in der halbhohen Wartungsnische eines Aggregats, das bis zur Decke emporreichte. Der andere Mann reichte seinem Kollegen Werkzeuge und Instrumente.

»Hallo«, grüßte ihn der Techniker. Er schien nur wenig älter zu sein als Captain April, brachte dafür aber doppelt soviel Gewicht auf die Waage. Sein grau werdendes Haar wirkte zerzaust, und hoch auf den blassen Wangen zeigten sich rote Flecken. Er sah aus wie der Weihnachtsmann ohne Bart.

»Gleichfalls«, erwiderte Drake jovial, warf einen kurzen Blick in die Nische und rollte mit den Augen, als er dicke Kabelstränge und Tausende von Schaltkreisen sah. »Drake Reed.« Er deutete in die Öffnung. »Sie sind vermutlich Mister Graff und Mister Saffire, stimmt's?«

»Falsch getippt«, sagte der Dicke. »Ich bin Graff, und der Bursche dort ist Saffire.«

Eine Hand ragte aus der Nische und winkte kurz. »Gruß Ihnen.«

»Ebenso«, antwortete Drake. »Passen Sie bloß auf, daß Sie von dem Ding nicht verschlungen werden. Ich schätze, inzwischen sind Sie völlig steif.«

»Kann man wohl sagen. Wenigstens tut jetzt nichts mehr weh – es ist alles taub. Achtung, zieht die Rüben ein!« Die Beine rutschten zur Seite, und Graff stieß Drake gerade noch rechtzeitig zurück. Ein Gerät fiel herab, prallte auf den Boden und zerbrach in drei Einzelteile. »Entschuldigt bitte«, brummte Saffire.

»Damit ist die Arbeit eines ganzes Tages hin«, klagte Graff.

»Hab Vertrauen«, antwortete der andere Techniker.

Graff preßte die Lippen zusammen, starrte kummervoll auf das geborstene Modul herab und schob es mit der Stiefelspitze fort. »Haben Sie eigentlich die Erlaubnis, diesen Ort aufzusuchen? Es gibt hier viele Kabel, die noch nicht isoliert sind, aber bereits unter Strom stehen. Passen Sie bloß auf.«

»Ich komme von der Krankenstation und soll eventuelle Kontaminationen feststellen.«

»Kontaminationen?« Saffires Kopf erschien in der Öffnung, und Drake musterte den Mann. Er mochte ungefähr fünfunddreißig Jahre alt sein und hatte eine krumme Nase. Auf seinem Kopf zeigten sich einige kahle Stellen. »Was soll das heißen? Besteht irgendeine Gefahr?«

»Nein, ich glaube nicht. Es ist nur eine Routinekontrolle. Was bedeutet ›I. M.‹?« Während er diese Frage stellte, holte Drake wie beiläufig den Medoscanner hervor, justierte ihn auf Gewicht und Alter Graffs und hielt nach metabolischen Anomalien Ausschau.

»Wie bitte?«

Drake deutete über die Schulter zur Tür. »Die beiden Kürzel I und M.«

»Ach, Sie meinen ›Impuls‹? Haben Sie wirklich keine Ahnung?«

»Leider bin ich nicht mit einer solchen Weisheit gesegnet.«

»Die Abkürzung bedeutet intern-modulares Pulstriebwerk. Wir sagen einfach Impuls. Ist einfacher.«

»Das leuchtet mir ein.«

»Impulstriebwerke sind nicht neu«, sagte Graff. »Wieso wissen Sie nicht darüber Bescheid?«

Drake zuckte mit den Schultern und beobachtete die Anzeigen des Medoscanners. »Geradezu Blasphemie, nicht wahr?«

Graff deutete auf den Scanner. »Versuchen Sie, äh, meine Biowerte zu erfassen?«

»Keine Angst, Sie spüren überhaupt nichts davon.«

Der Techniker rieb sich die Nase. »Ich schlage vor, Sie drehen das Ding um. Derzeit untersuchen Sie sich selbst.«

»Was, im Ernst?« Drake blinzelte und schlug sich mit der flachen Hand an die Stirn. »Himmel, ich muß wirklich noch eine Menge lernen!«

Reed wollte seine gespielte Ignoranz voll ausnutzen, als sich das Schott öffnete und der junge Mann aus dem Maschinenraum hereinkam. Er schob einen Servierwagen. Wie hieß der Bursche noch? Drake glaubte sich daran zu erinnern, daß der Name irgend etwas mit Holz zu tun hatte. Wood, genau. Ein blonder Typ, kaum erst den Kinderschuhen entwachsen. Und ziemlich helle.

»He, Impulsleute!« rief Wood. »Mittagessen.«

»Wird auch Zeit«, brummte Saffire. »Ich habe schon mit dem Gedanken gespielt, einige Kabel anzunagen.«

Drake gesellte sich den Ingenieuren hinzu, als sie mitten auf dem Deck ein Picknick veranstalteten. Wood teilte Plastikteller und Rationspakete aus.

»Wie ich hörte, hätte der Test des Impulstriebwerks gar keine besseren Resultate liefern können«, sagte der junge Mann, als er Graff eine Tüte mit Orangensaft in die Hand drückte.

»Allerdings«, bestätigte Graff und reichte die Tüte an Drake weiter.

»Jetzt sind bald die Warpeinheiten dran«, warf Saffire ein. »Alle Luken dicht?«

Wood lächelte. »Dicht, verriegelt und mehrmals überprüft.« Er griff nach seinem eigenen Teller und setzte sich neben Drake. »Wir haben uns schon kennengelernt, nicht wahr?«

»Unter eher unangenehmen Umständen«, antwortete Reed.

»Messen Sie noch immer Puls und Atemrhythmus?«

»Ja. Wenn ich mich daran erinnere, dieses Ding richtig herum zu halten.« Drake hob den Medoscanner.

Graff lachte leise. »Und wir wollten ihm gerade erklären, wie das Impulstriebwerk funktioniert.«

»Vierzig Prozent Magie und sechzig Prozent Glück«, sagte Saffire.

»Bei mir zu Hause kennt man sich mit Magie aus«, entgegnete Drake und musterte sein Gegenüber. »Was machen Sie da mit Ihrem Essen?«

Saffire war damit beschäftigt, die einzelnen Speisen auf seinem Teller sorgfältig zu trennen: hier die Kartoffeln, dort Schinken, Bohnen und so weiter. Er schien großen Wert darauf zu legen, daß sich die verschiedenen Dinge nicht berührten. Erst aß er die Bohnen — er schlang sie praktisch in sich hinein. Anschließend begann er mit den Kartoffeln und ignorierte zunächst den Schinken.

»Ein religiöses Ritual?« fragte Drake.

Saffire zuckte mit den Achseln. »Vielleicht. In meiner Heimat nehmen wir die Mahlzeiten nur so ein. Um die Wahrheit zu sagen: Ich weiß nicht, worauf diese Tradition zurückgeht. Sie hat irgend etwas mit Gesundheit zu tun. Möglicherweise kam es kurz nach der Besiedlung des Planeten zu Kontaminationsproblemen, die eine Trennung der unterschiedlichen Speisen erforderten.«

»Es ist eine Art von ›koscher‹«, behauptete Graff.

»Mag sein.«

»Lieber Himmel!« platzte es aus Drake heraus. »Im Vergleich dazu müssen Ihnen die irdischen Eßgewohnheiten barbarisch erscheinen. Wir stopfen einfach alles in uns hinein, und die Reihenfolge lassen wir dabei völlig unberücksichtigt.«

»Nun, ich achte nicht darauf.«

»Sie haben keine Ahnung, was Ihnen entgeht«, sagte Wood. »Der gemeinsame Geschmack von Fleisch und Kartoffeln ... Köstlich. Ich bin sicher, Sie sind nur ein wenig exzentrisch.«

Saffire hob die Gabel. »Unterbrecht mich nicht dauernd. Ich wollte gerade mit einem wichtigen Vortrag beginnen.« Er sah Drake an. »Hören Sie gut zu.«

»Ich bin ganz Ohr«, versicherte ihm Reed.

»In Ordnung. Die Energie für die Impulstriebwerke stammt aus hochenergetischer Fusion. Soweit alles klar? Gut. Die Fusion wiederum wird durch einige gut aufeinander abgestimmte Laser bewirkt, die an der Reaktionsmasse angeordnet sind. Der erste Feuerung — wir sprechen in diesem Zusammenhang vom ersten Impuls — zündet die Masse und führt zu einer nuklearen Fusion, bei der ein schwereres Element entsteht.«

»Sogar gleich mehrere«, warf Wood ein.

»Dann folgt der nächste hochenergetische Laserimpuls, und durch die zweite Fusion bekommen wir hundertzwanzig Prozent mehr Energie als bei der ersten. Dieser Vorgang wiederholt sich immer wieder ...«

»Und zwar innerhalb einer Mikrosekunde«, sagte Graff und ignorierte das demonstrative Entsetzen in Drakes Zügen.

»Daher der Begriff intern-modulares Impulstriebwerk«, fügte Saffire hinzu.

Reed nickte. »Ganz einfach. Ich hätte Ingenieur werden sollen.«

Seine drei Begleiter lachten.

»Nun«, sagte Wood, »wenn es wirklich so einfach wäre, müßten wir kurz nach der Initialzündung mit einer Explosion des Schiffes rechnen.«

»Glücklicherweise passiert so etwas nicht«, sagte Drake und sah wie gedankenverloren auf den Medoscanner herab.

»Der Trick besteht darin, die gesamte Energie für den Antrieb zu nutzen«, erklärte Graff. »In diesem Zusammenhang gibt es nur zwei Möglichkeiten.«

»Und die wären?«

»Die primitive Lösung des Problems bestünde darin, nutzbare Energie und Partikelstrahlung durch eine Öffnung im Heck freizugeben.«

»Oh, ich verstehe«, brummte Reed. »Rückstoß.«

»Genau. Beschleunigung durch raketenartigen Schub. Nun, allerdings zeichnen sich solche Methoden durch einen nur geringen Wirkungsgrad aus.«

»Obgleich man sie vor hundert Jahren für eine gute Idee hielt«, meinte Graff.

»Was mich angesichts des damaligen technischen Standards auch nicht wundert«, sagte Saffire, nachdem er die letzten Kartoffeln gegessen hatte. »Wie dem auch sei: Mit einem solchen Antriebssystem dauert es Tage oder sogar Wochen, bis man auch nur halbe Lichtgeschwindigkeit erreicht.« Er betrachtete den Schinken und vergewisserte sich, daß er nicht mit den Bohnen oder Kartoffeln in Berührung gekommen war. Erst dann spießte er eine Scheibe auf und führte sie zum Mund.

»Ganz zu schweigen davon, daß man mit derartigen Triebwerken ausgerüstete Raumschiffe nicht in Deflektoren hüllen kann«, sagte Wood. »Schilde hielten die Energie zurück, und dann käme es innerhalb weniger Sekunden zu einer fatalen Kettenreaktion.«

»Worin besteht das zweite Wunder?« fragte Drake, als er den Scanner hob und ihn auf Graff richtete. Der dicke Ingenieur schien das Gerät überhaupt nicht zu bemerken, blieb in erster Linie auf seine Mahlzeit und die technischen Erklärungen konzentriert. Reed beobachtete, wie sich die Anzeigen veränderten. Übergewicht, der Atemrhytmus ein wenig unregelmäßig, ausgeprägte Muskelstruktur ...

»Das zweite Wunder findet in unserem Triebwerk Anwendung«, sagte Saffire.

Wood trank einen Schluck Orangensaft. »Wir nutzen eine seltsame Laune der Natur, indem wir die *ganze* Energie zurückhalten und sie mit einem künstlichen Schwerkraftfeld auf sich selbst fixieren.«

»Dadurch schaffen wir ein kleines schwarzes Loch«, pflichtete ihm Graff bei.

»Aber die Energie verschwindet doch nicht einfach«, stieß Drake wie ungläubig hervor.

»Da haben Sie völlig recht«, sagte Saffire. »Selbst ein Physikstudent im ersten Semester könnte Ihnen mitteilen, woraus das Resultat besteht: Strukturverzerrung im Raum.«

»Und zwar in Wellenform«, fügte Wood hinzu. »Jeder Impuls erzeugt neue Wogen aus verzerrtem Raum.«

»Und wir reiten auf den Wellen«, schloß Graff und unterstrich seine Worte mit entsprechenden Handbewegungen.

Drake nickte und runzelte dann die Stirn. »Entschuldigen Sie bitte, wenn ich erneut meine Unwissenheit zeige, aber für mich klingt das ganz nach dem Warpantrieb.«

»Oh, nein, nein, nein«, widersprach Graff.

»Das Warptriebwerk unterscheidet sich völlig von den Impulsmotoren«, sagte Saffire. »Ebensogut könnte man gemütliche Spaziergänge mit Sublichtflügen vergleichen.«

»Ist das Funktionsprinzip des Warptransits einigermaßen verständlich?«

»Nur für Leute, die bereits übergeschnappt sind«, behauptete Saffire und zeigte, was er damit meinte: Ruckartig beugte er sich vor und biß Anthony Wood in die Schulter.

»He!« Der junge Mann wich zurück. »Bei Ihnen scheint wohl eine Sicherung durchgebrannt zu sein, wie?«

»Vielleicht auch zwei.«

Graff grinste; er schien an ein solches Verhalten gewöhnt zu sein. Wo steht geschrieben, daß Ingenieure unbedingt vernünftig sein müssen? Er wandte sich wieder an Drake. »Beim Warptransfer kommt es nicht nur zu räumlichen, sondern auch zu dimensionalen und zeitlichen Verzerrungen. Wir sind gerade erst dabei, eine theoretische Grundlage für den überlichtschnellen Flug zu schaffen. Die ganze Sache ist ebenso kompliziert wie bizarr.«

Wood rieb sich die Schulter. »Bisher heißt es, Warp neun sei die höchste denkbare Geschwindigkeit.«

»Ja«, brummte Graff. »Und vor zehn Jahren glaubte man, mehr als Warp vier seien nicht drin.«

»Läster nicht darüber«, warf Saffire ein. »Denk mal an die Piloten der ersten Düsenflugzeuge, denen man sagte, ihnen drohe der Tod, wenn sie die Schallmauer durchstießen. Manchmal muß man erst ein wenig klüger werden, um zu begreifen, wie dumm man war.«

»Ja ...« Drake schnitt eine Grimasse und starrte auf den Medoscanner. »Könnten Sie nicht mit ein bißchen Kontamination aufwarten? Ich verabscheue die Vorstellung, mit leeren Händen zur Krankenstation zurückzukehren.«

»Ich schlage vor, wir bringen Sie für eine Stunde im Lasertank unter«, meinte Saffire. »Anschließend haben die Dekontaminierungsspezialisten genug Arbeit mit Ihnen.«

Drake seufzte, schlug die Beine übereinander und erweckte den Anschein, als sei die Untersuchung damit beendet. Niemand schöpfte Verdacht, als er den Scanner auf Saffire richtete und sagte: »Na schön. Erzählen Sie mir ein wenig von sich.«

Diesmal herrschte eine andere Art von Anspannung auf der Brücke. Alle nahmen sie wahr, aber niemand ließ sich etwas anmerken. Glücklicherweise blieben die meisten Personen beschäftigt, als das Raumschiff mit Impulskraft flog und sich dem Rand des Sonnensystems näherte. Nur die beiden Männer im Zentrum einer vagen Nervosität – der Captain und sein Erster Offizier – konnten sich nicht ablenken.

»Bereiten Sie sich auf den Warptransit vor, sobald wir das System verlassen haben«, sagte April, der wieder im Sessel des Befehlsstands saß.

Bernice Hart nickte und blickte auf die Anzeigen der Instrumente, die sie selbst entwickelt hatte. »Alle Kontrollen grün. Die Computerverbindungen sind dreimal überprüft worden. Der Rechner bestätigt Bereitschaft, und mit der duotronischen Navigation ist ebenfalls alles in Ordnung. Captain, ich schlage vor, wir fliegen mit Warp vier bis zum Ionensturm.«

»Einverstanden. Wann treffen wir dort ein?«

»In ungefähr einer halben Stunde, Sir.«

»Ausgezeichnet. Danke, Bernice. Kralle, justieren Sie Ihre Sensoren auf Ionenaktivität. Wenn wir in den Normalraum zurückkehren, möchte ich sofort wissen, wo wir sind.«

Der hochgewachsene Indianer nickte. »Ja, Sir. Sensor auf Maximalerfassung für Ionensturm.«

April aktivierte das Interkom und wandte sich an alle Besatzungsmitglieder des Schiffes. »Hier spricht der Captain. Warpmanöver steht unmittelbar bevor.«

Seine Stimme drang aus Dutzenden von Lautsprechern, belohnte die Wissenschaftler und Techniker für ihre Bemühungen und verhieß gleichzeitig die Rettung der Kolonisten.

»Na schön. Mal sehen, wie gut Dr. Brownells Computer navigieren kann.« Er zögerte einige Sekunden lang und versuchte, mit seiner eigenen Aufregung fertig zu werden. Dann sah er Hart an. »Gehen Sie auf Warpfaktor eins.«

»Warpfaktor eins«, wiederholte die junge Frau.

Carlos Florida beugte sich zu seiner Konsole vor und drückte einige Tasten. »Transit beginnt.«

April und seine Gefährten hatten sich so sehr ans Summen des Impulstriebswerks gewöhnt, daß sie es kaum mehr wahrnahmen, aber jetzt hörten sie, wie es sich veränderte. Auf dem Wandschirm war zu sehen, wie die Sterne erzitterten: Ihr Licht schillerte bunt und bildete plötzlich Streifen. Vielleicht wurden irgendwann einmal Zusatzgeräte entwickelt oder Verbesserungen am Warptriebwerk vorgenommen, um die Besatzung vor den desorientierenden Folgen des Transfers zu bewahren, aber derzeit mußten sich April und die anderen damit abfinden. Sie spürten ein seltsames Prickeln, gewannen plötzlich den Eindruck, daß sich ihre Existenz auf die von nulldimensionalen Entitäten reduzierte. Es fühlte sich keineswegs angenehm an.

Dann ging die Übergangsphase zu Ende, und das Schiff setzte seine Reise mit unglaublicher Geschwindigkeit fort.

April nickte Hart zu. »Warpfaktor zwei.«

Der Vorgang wiederholte sich. Diesmal spürte der Captain die Veränderungen nicht ganz so deutlich, und das Ziehen und Zerren existierte nurmehr in seiner Vorstellung, im menschlichen Intellekt, der versuchte, das Geschehen rational zu verarbeiten.

»Warp zwei«, bestätigte Florida, als Hart ihm mit mehreren Schaltungen die notwendige Energie zur Verfügung stellte. Die Computerüberwachung gewährleistete eine sorgfältige Kanalisierung.

April winkte. »Warpfaktor drei.« Eine dritte Transitphase, dann die vierte — gefolgt von tiefer Erleichterung, dem Gefühl, sich von einer Bürde der Besorgnis befreien zu können. Bernice Hart sah auf die Kontrollen ihres Pultes und meldete einen vollen Erfolg. »Reisegeschwindigkeit Warp vier, Sir. Alle Systeme stabil.«

Der Captain erhob sich und trat aufs Oberdeck. »Herzlichen Glückwunsch. Es ist wundervoll. Das heißt, eigentlich merkt man überhaupt nichts.«

»So soll es auch sein, Sir«, erwiderte Hart. »Wir erreichen den Ionensturm in etwa sechsundzwanzig Minuten. Ich halte es für besser, wenn wir den Transit vor den ersten Ionenwirbeln unterbrechen, mit Impulskraft in die Störungszone vordringen und erst eine gründliche Überprüfung aller Systeme vornehmen, bevor wir den Warpflug fortsetzen.«

»Klingt durchaus vernünftig«, kommentierte April. »Danke für Ihren Rat, Bernice.« Er ging an ihr vorbei, drehte sich nach einigen Schritten um und fügte hinzu: »Übrigens ... Haben Sie die aufgezeichnete Nachricht an Ihren Mann abgeschickt? Er soll doch nicht glauben, Sie hätten sich einfach so aus dem Staub gemacht.«

Hart lächelte. »Ja, Sir. Das Speichermodul ist auf dem Weg. Danke dafür, daß Sie bei der Sicherheitsabteilung ein gutes Wort für mich einlegten.«

»Die Pflicht des Captains«, sagte April, legte die Hände auf den Rücken und schlenderte weiter.

Nach einer Weile erreichte er George Kirk und überlegte, ob er zum Befehlsstand zurückkehren sollte. Es lag ihm nichts an einer verbalen Auseinandersetzung mit seinem Ersten Offizier.

George kam ihm zuvor.

»Ich wollte keineswegs deine Autorität untergraben«, sagte er. Er sprach leise, betonte jedoch jedes einzelne Wort. »Aber ein solcher Test mußte durchgeführt werden. Du kannst die Waffen nicht einfach ignorieren, Robert.«

April schüttelte den Kopf. »Du hast den falschen Zeitpunkt gewählt, George. Und den falschen Ort.«

»Glaubst du wirklich?«

»Ja.«

»Robert, du mußt endlich begreifen, daß du ein militärisches Raumschiff befehligst.«

April hob den Kopf und begegnete Kirks Blick. »Ich hielt es nicht für notwendig, die Waffen ausgerechnet vor dem Beginn einer Rettungsmission zu testen.«

George setzte sich auf die Kante des Bibliothekscomputers, ein wenig abseits der beiden Techniker, die Daten miteinander verglichen. Eine Zeitlang musterte er den Captain und versuchte, seine Gedanken zu erraten. »Es ist keineswegs profan.«

April schob die Hände tief in die Taschen seiner Strickjacke. »Es kommt ganz darauf an, wie man Profanität definiert«, murmelte er und starrte zu Boden.

»Dann möchte ich mich genauer ausdrücken, Robert: Du solltest realistischer sein.«

Der Captain sah wieder auf und hob die Hand. »George, die Romulanischen Kriege liegen mehr als siebzig Jahre zurück, und seitdem ist die Föderation nicht mehr bedroht worden. Die militärische Aktivität unserer Gegner hat erheblich nachgelassen. Und daraus folgt: Dies ist eine perfekte Gelegenheit, um ein großes Raumschiff zu bauen, dem eine ganz andere Philosophie zugrunde liegt. Dieses Starship verkörpert viele Ideale, und ich möchte nicht, daß man sie einfach vergißt.«

»Wer sich der Wirklichkeit stellt, braucht deshalb seine Ideale nicht aufzugeben«, erwiderte Kirk und sprach noch immer so leise, daß ihn nur April hörte. »Man muß die

Wahrheit so akzeptieren, wie sie sich einem darbietet; Wunschdenken allein ändert sie nicht. Die Romulaner sind noch immer dort draußen, ebenso die Klingonen. Hinzu kommt, daß die eine Hälfte der Föderation der anderen mißtraut. Der Grund: Es fehlt ein ausreichender Schutz. Wir müssen bereit sein, die von uns repräsentierten Planeten zu verteidigen. Und es ist unerläßlich, eine solche Bereitschaft zu *zeigen.*«

April schloß kurz die Augen, und als er sie wieder öffnete, blieb sein Blick aufs Deck gerichtet. »Wie engstirnig, George«, hauchte er.

»Wenn du nicht nur Idealist wärst, sondern auch Historiker, sähest du die Dinge bestimmt aus einer anderen Perspektive«, sagte Kirk. »Du möchtest dieses Schiff *Constitution,* also Verfassung, nennen; aber weißt du eigentlich, was es mit einer Verfassung auf sich hat? So etwas bedeutet, daß man Rechte garantiert und für sie eintreten muß, wenn sie nicht nur auf dem Papier stehen sollen.«

Auch April lehnte sich an die Konsole, und einige Sekunden lang schwieg er nachdenklich. »Glaubst du etwa, das sei mir nicht klar? Hältst du mich für so naiv?«

George drehte sich um. »Verdammt, Robert.« Er stützte die Hände aufs Pult, ließ den Kopf hängen und beobachtete bunte Kontrollampen. »Ich fühle mich an meine Ehe erinnert. Es hätte gar nicht erst dazu kommen dürfen.«

Irgend etwas in seiner Stimme öffnete die Tür, die zwischen ihm und Robert ins Schloß gefallen war. Der Captain schüttelte den Kopf. »Nein, George ...«

»Es stimmt. Je länger ich zu Hause bin, desto schlimmer wird die Anspannung. Winn und ich passen einfach nicht zueinander. Vielleicht bilden wir beide kein richtiges Kommandoteam.«

April nahm diese Worte mit Betroffenheit zur Kenntnis. »Warum seid ihr zusammengeblieben, George?«

»Aus reiner Gewohnheit. Schon als Sechzehnjährige gingen wir gemeinsam aus. Eins führte zum anderen. Nun, mit neunzehn fühlt man sich großartig, wenn man eine Ehefrau vorweisen kann. Tja, und dann machten wir eine schreckliche Feststellung.«

April wartete.

»Zwischen achtzehn und zweiundzwanzig verändert man sich stärker als in jeder anderen Phase des Erwachsenenlebens. Wir entdeckten völlig neue Interessen und entfremdeten uns voneinander, doch als wir das merkten, war es bereits zu spät.«

»Zu spät?« wiederholte April. »Warum habt ihr euch nicht scheiden lassen?«

»Keine Ahnung«, sagte George rauh. »Vielleicht waren wir einfach zu dumm. Vielleicht glaubten wir, unsere Differenzen irgendwann zu überwinden. Schließlich kamen die Kinder, und zunächst hofften wir, damit erhielte unser gemeinsames Leben wieder eine feste Basis. Ein Irrtum, wie sich herausstellte. Wir bewegten uns ständig auf Glatteis: Wer nicht aufpaßte, rutschte aus und holte sich blaue Flecken. An der Seele.«

»Auf deine Jungen kannst du stolz sein«, warf April ein.

»Ja, das bin ich auch«, bestätigte George. »Aber andererseits weiß ich, daß sie Opfer sind. Weil Winn und ich nicht den Mut aufbrachten, einen endgültigen Schlußstrich unter unsere gescheiterte Ehe zu ziehen.«

Schweigen folgte diesen Worten, und in der Stille klang das leise Summen und Piepen der Brückensysteme seltsam laut. Die beiden Männer achteten nicht auf das erhabene Weltraumpanorama des Wandschirms. Sie sahen sich an, und keiner von ihnen war bereit, seinen Standpunkt aufzugeben. Sie wußten um den eigentlichen Zweck der Mission und dachten daran, was ein Erfolg für die Föderation – sogar für die ganze Galaxis – bedeuten mochte. Die Rettung der Kolonisten sollte einer Botschaft gleichkommen.

Nach einer Weile seufzte April. »Nein, George.«

»Ich möchte den Fehler nicht wiederholen, Robert.«

»Es ist kein Fehler.«

»Verzichte auf mich.«

»Nein.«

»Robert ...«

»Nein. Der Vergleich mit einer Ehe hinkt, George. Ich habe dich nicht etwa gewählt, weil ich glaube oder hoffe, daß du zu mir paßt.«

»Wenn zwischen uns keine Art von Symbiose entsteht, schaffen wir nur zusätzliche Probleme«, beharrte George. »Himmel, bisher wurden wir noch nicht mit einer echten Krise konfrontiert, und doch geraten wir schon aneinander.«

»Nein. Tut mir leid. Wir müssen eben lernen, Kompromisse zu schließen.«

»Kompromisse könnten Zugeständnisse erfordern, die dir nicht gefallen, Robert.«

»Ich bin bereit, ein Risiko einzugehen.« April verschränkte die Arme und gab damit zu erkennen, daß er zumindest diesen Punkt für geklärt hielt. »Um ganz ehrlich zu sein: Ich bin der falsche Captain für dieses Schiff. Ich möchte nur für einen guten Anfang sorgen. Anschließend überlasse ich meinen Platz einem anderen Kommandanten.«

In Georges Augen blitzte es, und er schnitt eine Grimasse. »Das spielt überhaupt keine Rolle für mich. Und das weißt du ganz genau.«

»Genau darum geht es«, widersprach April sanft. Er neigte den Kopf, und ein melancholisches, fast trauriges Lächeln umspielte seine Lippen. »Es steht nicht mir zu, über das Schicksal dieses Schiffes zu bestimmen. Das ist mir durchaus klar. Die Königin braucht einen Mann, der sich keine Fesseln anlegen läßt, jemanden, der allem und jedem die Stirn bietet, wenn er es für notwendig erachtet.« Aprils Blick kehrte sich nach innen. »Ich meine die Einzelgänger, für die es in einer komplexen Gesellschaft kaum mehr einen Platz gibt, jene Menschen, die sich in erster Linie ihren eigenen Prinzipien verpflichtet fühlen und nicht zögern, Entscheidungen zu treffen, die maßgeblichen Einfluß auf die Zukunft nehmen. Nein, ich bin nicht aus solchem Holz geschnitzt.«

Erneut musterten sie sich gegenseitig, und George begriff plötzlich, daß er Robert mit seinen Vorwürfen verletzt hatte. Er kam nicht mehr dazu, sich zu entschuldigen: Drake betrat die Brücke und näherte sich ihnen. »George, Sir«, brummte er. »Ein Wort *avec vous*, wenn du nichts dagegen hast.«

Georges dunkler Blick verharrte noch einige Sekunden lang auf April, bevor er sich Reed zuwandte. »Was hast du herausgefunden?«

»Daß sich eindeutig zu viele Techniker an Bord dieses Raumschiffes befinden. Hast du jemals versucht, ein interessantes Gespräch mit Technikern zu führen? Worüber reden sie die ganze Zeit? Richtig getippt: über Technik und sonst nichts. Wirklich *sehr* interessant.«

»Und ihre Reaktionen?«

»Oh, sie sind glücklich und zufrieden. Jeder einzelne.«

»Keine metabolischen Anomalien? Alles völlig normal?«

»Normaler geht's gar nicht.«

Enttäuscht und skeptisch strich sich George eine Strähne aus der Stirn. »Na schön. Halt weiterhin die Augen offen.«

April sah an Kirks Schulter vorbei. »Was hat das zu bedeuten?«

»Nichts weiter«, sagte George und drehte sich um. »Robert ...«

»Nein, bitte.« April hob die Hand. »Laß uns nicht den Teufel an die Wand malen ...«

George seufzte erneut. »Einverstanden. Wir haben eben über Schicksal gesprochen ...«

»Ja.«

»Über Abenteuer ...«

April nickte.

»Und auch über Schutz ...« George zögerte und fühlte sich von seinen eigenen Worten in die Enge getrieben. »Was den Namen des Schiffes betrifft ...«

»Ich höre«, sagte April erwartungsvoll.

»Enterprise.«

Einmal mehr schloß sich Stille an, und der Captain starrte ins Leere. Es schien eine Weile zu dauern, bis er verstand, was sein Erster Offizier meinte. Schließlich hob er den Zeigefinger an die Lippen und nickte langsam. »Oh ...«, machte er. »Klingt ein wenig nach finanziellen Transaktionen und dergleichen, findest du nicht?«

George schnaufte leise. »Ich dachte an die Marinetradition von Schiffen namens *Enterprise.*«

»Aha. Nun ...«

»Schon gut, schon gut. War nur so eine Idee.«

»Oh, sie interessiert mich, das versichere ich dir. Erläutere mir die Hintergründe.«

George fragte sich, ob April seine wahren Empfindungen vor ihm verbarg. Er beobachtete, wie der Captain erneut auf der Kante des Bibliothekscomputers Platz nahm und seinen Blick mit ausdruckslosem Gesicht erwiderte.

Drake lehnte sich an die nahe Brüstung und wartete ebenfalls.

George spürte, wie Unbehagen an seiner Selbstsicherheit nagte, und er besann sich auf die Informationen, die er extra für diesen Zweck eingeholt hatte. *Diese Chance ist so gut wie jede andere,* dachte er.

Er nahm seinen ganzen Mut zusammen und gelangte zu dem Schluß, daß er jetzt keinen Rückzieher mehr machen konnte.

»Die erste *Enterprise*«, begann er, »war eine mit zwölf Kanonen ausgestattete Korvette während des Amerikanischen Unabhängigkeitskrieges. Zwei Jahre lang segelte sie für die Patrioten. Sie griff den Feind an, als er versuchte, den Staat New York zu erobern, und im Jahre 1777 wurde sie verbrannt, damit sie nicht den Briten in die Hände fiel.« George legte eine kurze Pause ein und fuhr fort: »Die nächste *Enterprise* war ein mit acht Kanonen ausgerüstetes Kaperschiff. Der Kontinentalkongreß kaufte es, um die Chesapeake Bay zu schützen. Danach kam ein großer Schoner, ein fast dreißig Meter langes Kriegsschiff, das man ›Lucky Little *Enterprise*‹ nannte. Für ein Vierteljahrhundert trug es mit zum ausgezeichneten Ruf der Marine der Vereinigten Staaten bei. Während des Krieges mit Frankreich ... Lachst du über mich, Robert?«

April legte die Hand aufs Herz und schüttelte heftig den Kopf. »Ob ich über dich lache? George, das käme mir nie in den Sinn! Ganz im Gegenteil: Du flößt mir enormen Respekt ein. Bitte setze deinen Vortrag fort.«

»Ja«, fügte Drake hinzu. »Ich bin ebenfalls gespannt.«

Kirk kniff mißtrauisch die Augen zusammen und bedachte seine beiden Zuhörer mit finsteren Blicken. Er ging um Robert April herum und fragte: »Wo war ich stehengeblieben?«

»Beim Krieg mit Frankreich«, warf Drake ein.

»Ich habe mir das alles keineswegs ausgedacht«, sagte George scharf, und in seinen Augen glühte Ärger.

»Das ist uns klar«, versicherte ihm April. »Lassen Sie ihn in Ruhe, Drake. Nutzen Sie die Gelegenheit, etwas zu lernen. George, bitte ...«

Kirk schürzte die Lippen und gab nach.

»Jene *Enterprise* zerstörte acht französische Kaperfregatten, und es gelang ihr, elf US-Handelsschiffe unter amerikanische Kontrolle zurückzubringen. Sie gehörte zum Mittelmeergeschwader an der nordafrikanischen Küste und kämpfte dort gegen Piraten. Während des Krieges von 1812 errang sie den Sieg über eine britische Brigg. In der karibischen See legte sie vielen Schmugglern und Sklavenhändlern das Handwerk, bevor sie auf Grund lief und aufgegeben werden mußte. Dann ...«

»Halt, warte«, sagte April. »Von der nächsten *Enterprise* habe ich selbst gehört. Ein Flugzeugträger im Zweiten Weltkrieg. Ein berühmtes Schiff mit vielen Auszeichnungen. Man nannte es ›Big E‹, nicht wahr?«

George kratzte sich an der Schläfe und seufzte zum drittenmal innerhalb weniger Minuten.

Drake beugte sich zu April vor und kommentierte in

einem melodramatischen Tonfall: »Bringen Sie ihn nicht aus dem Konzept.«

»Oh«, machte April. »Entschuldige bitte, George. Ich konnte der Versuchung nicht widerstehen.«

»Ist nicht weiter schlimm«, antwortete Kirk. »Nun, der Flugzeugträger *Enterprise* war in gewisser Weise das Arbeitspferd des Zweiten Weltkriegs. Er bekam mehr Battle Stars*) als alle anderen Schiffe in der Flotte.« Er hoffte inständig, daß ihn niemand fragte, was es mit einem ›Battle Star‹ auf sich hatte. »Er nahm an fast allen Schlachten im Pazifik teil, und im Jahre 1947 wurde er zur größten Farce in der ganzen Marinegeschichte: Man stellte ihn außer Dienst und verkaufte ihn zum Schrottwert. Und wißt ihr an wen? Ausgerechnet an die Japaner, den Feind.«

»Den früheren Feind«, berichtigte April. »Du solltest die Dinge aus der richtigen Perspektive sehen.«

»Gerade darum geht es mir: um Perspektive!« erwiderte George leidenschaftlich. »Der Krieg war ein historischer Wendepunkt. Die Frage lautete damals: Gelingt es der Menschheit, mehr Freiheit zu erringen, oder beginnt ein neues Zeitalter der Tyrannei? Zum erstenmal wurde eine solche Entscheidung weltweit getroffen und setzte völlig neue Maßstäbe. Letzteres trifft auch auf dieses Schiff zu. Und die nächste Big E. Es handelte sich um den ersten Flugzeugträger mit Atomantrieb. Siehst du die Parallele? Dies ist das erste Raumschiff mit einem Warptriebwerk, das den kontinuierlichen ÜL-Flug erlaubt – ein Meilenstein in bezug auf Technologie und Wissenschaft. *Enterprise* ist genau der richtige Name; damit wird eine lange und ruhmreiche Marinetradition fortgesetzt.«

»Er klingt so militaristisch«, wandte April ein. »So kriegsorientiert. Alle deine Ausführungen stehen mit irgendwelchen Schlachten in Zusammenhang, und du weißt ja, was ich ...«

---

*) Battle Star: amerikanisches Erinnerungsabzeichen für die Teilnahme an einer Schlacht; Anmerkung des Übersetzers.

»Ja, deine entsprechenden Einstellungen sind mir bekannt. Allerdings übersiehst du einen wichtigen Punkt: Bei den von mir erwähnten Schlachten wurden die Prinzipien verteidigt, die dir soviel bedeuten. Das kannst du nicht leugnen.«

»Ich versuche es auch gar nicht.«

»Die erste Raumfähre hieß ebenfalls *Enterprise*, und sie diente keinen militärischen Zwecken. Ein Testshuttle mit begrenzter Manövrierfähigkeit, kaum mehr als eine stählerne Hülle, die das Überleben der damaligen Astronauten gewährleistete. Aber die ganze Welt war stolz darauf und wußte, was sie für die Menschheit bedeutete. Die Fähre repräsentierte jene Hoffnung, von der du dauernd sprichst.«

»Das stimmt ...«

»Das nächste Schiff namens *Enterprise* war der erste interstellare Starliner. Er führte die Völker der Föderation enger zusammen, indem er die Reisezeiten zwischen den einzelnen Sonnensystemen erheblich verkürzte. Ein Beweis dafür, was eine freie Wirtschaft in Friedenszeiten zu leisten vermag.«

»In Friedenszeiten?« fragte Drake und lachte leise. »Eigentlich findet ständig ein Krieg statt, zumindest auf ökonomischer Ebene. ›Freie Wirtschaft‹ bedeutet Wettbewerb und erbitterte Rivalität.«

»Und dadurch wird schöpferische Kraft freigesetzt«, betonte George.

»Ich verstehe, worauf du hinauswillst«, sagte April. »Und ich verspreche dir, gründlich darüber nachzudenken.«

Kirk hob die Arme. »Es ist nur ein Vorschlag, Captain.«

»Dein Enthusiasmus gefällt mir, und deshalb bedaure ich, ihn ein wenig dämpfen zu müssen«, fügte April hinzu. »Ich hoffe nach wie vor, daß dieses Schiff von der Tradition des Konflikts verschont bleibt.«

George schwieg und lehnte eine Beurteilung der letzten Bemerkung ab.

»Keine weiteren Argumente?« fragte April.

Kirk verzichtete auf eine Antwort.

»George?«

»Ich habe alles gesagt.«

Wieder folgte eine Pause, und die Stille wurde immer unangenehmer.

»Woher weißt du das alles, George?« fragte Drake schließlich, und dadurch verflüchtigte sich ein Teil der Anspannung.

Kirk zuckte mit den Schultern. »Die Daten stammen aus dem Bibliothekscomputer.«

Die Reaktion bestand nicht etwa aus dem erwarteten Nicken. Statt dessen grinsten Reed und April.

George spürte, wie sich Ärger in ihm regte, aber ein plötzliches Summen bewahrte ihn vor einem Kommentar, den er später vielleicht bereut hätte. Sie drehten sich um, als Florida verkündete: »Warptransit beendet, Captain. Wir haben den Ionensturm erreicht.«

Im Maschinenraum war es relativ ruhig. Vor dem Start des Schiffes hatte hier rege Aktivität geherrscht: Mechaniker, deren Aufgabe darin bestand, die grobe Arbeit zu erledigen, einfache Konsolen zu installieren und Wandverkleidungen zu verschrauben. Jetzt befanden sich nur noch die Spezialisten an Bord, Ingenieure und Techniker, die den Anschein erweckten, als wüßten sie über jeden einzelnen Schaltkreis Bescheid. Aber dieser Eindruck täuschte. Kaum jemand von ihnen kannte alle Geheimnisse der neuen Technologie.

Saffire sah sich auf dem fast leeren Deck um. In einem Raumschiff, das Hunderte von Besatzungsmitgliedern aufnehmen sollte, wirkten die wenigen Personen klein und winzig. Der Mann nickte. Eine gute Gelegenheit, die es zu nutzen galt. Die Zeit wurde allmählich knapp.

Er ging in Richtung Vorzimmer, in dem sich der Hauptanschluß des Computers befand — das Nervenzentrum des Schiffes, in dem alle Anweisungen von der

Brücke verarbeitet und elaboriert wurden. Bevor Saffire die Kammer betrat, prüfte er einen Schaltkasten neben der Tür. Er sah auf, als eine vertraute Stimme erklang.

»Saffire!« rief jemand und verließ den Turbolift. Hinter ihm schloß sich das Schott mit einem leisen Zischen.

Wood. Genau zum richtigen Zeitpunkt.

Der junge Mann schlenderte heran und drückte Saffire mehrere Speichermodule in die Hand. »Das wär's. Es fehlt keine einzige Kassette. Hat eine Weile gedauert, um alle Daten zusammenzutragen, die Sie brauchen. Sie sollten dankbar sein.«

»Oh, das bin ich auch, Junge«, erwiderte Saffire. »Mehr als du ahnst. Der Computer ist ziemlich hungrig, nicht wahr?«

»In der Tat«, bestätigte Wood. Er sah sich kurz um und senkte die Stimme. »Was halten Sie von unserem Ersten Offizier?« Saffires dunkle Pupillen weiteten sich. »Was soll schon mit ihm sein?«

Der junge Ingenieur zuckte mit den Schultern. »Ich weiß nicht. Er erscheint mir irgendwie seltsam. Oh, sicher, er hat das Warptriebwerk vor einer Explosion bewahrt, aber er ... er ...«

»Er geht einem auf die Nerven?«

»Ja. In gewisser Weise. Ich meine ... Was machen wir bloß, wenn er sich dauernd in unsere Angelegenheiten einmischt?«

Saffire dachte kurz nach. »Dann stellen wir uns auf die Hinterbeine«, schlug er vor. »Und sagen ihm, daß er gefälligst auf der Brücke bleiben soll.«

Wood lehnte sich an die Wand. »Er macht mich nervös.«

Saffire lächelte. »Du wirst dich daran gewöhnen.«

»Vielleicht. Aber derzeit können wir niemanden gebrauchen, der uns dazwischenfunkt. Es ist schon gefährlich genug, dieses Schiff zu fliegen.«

»Sei unbesorgt, Junge. Wie wär's, wenn du Mr. Kirk für mich im Auge behältst. Wenn er zu neugierig wird, kümmere ich mich um ihn.«

»Sie wollen sich um ihn ›kümmern‹? Wie denn?«

»Du solltest besser keine Erklärung von mir verlangen. Sie klänge zu schrecklich.«

Wood lächelte, als Saffire ein betont grimmiges Gesicht schnitt. »Wir sind jetzt unterwegs. Vielleicht hat der Erste zuviel zu tun, um uns zu stören.«

»Schieb einfach dein unschuldiges Gesicht zwischen ihn und den Maschinenraum. Nach einer Weile vergißt er sicher, daß wir hier sind.«

»Hoffentlich. Äh, ich muß jetzt wieder los. Brownell wirft mich in den Materie-Antimaterie-Wandler, wenn ich ihm nicht schleunigst die neuesten Werte der Energiematrix vorlege.«

»Nimm's nicht so schwer, Junge. Laß es ruhig angehen.«

»Ich wünschte, ich könnte diesen Rat beherzigen. Bis dann. Und viel Glück mit den Speichermodulen. Es dürfte eine Weile dauern, die Datenflut zu sortieren.«

»Keine Sorge, ich komme schon zurecht.«

Wood eilte fort und kehrte in die Transportkabine des Turbolifts zurück. Saffire lachte leise vor sich hin, und das Blitzen in seinen Augen verstärkte sich kurz, als er das Computerzimmer betrat.

Er legte die Kassetten neben das komplexe Terminal, das aus mehreren Monitoren und einer Eingabekonsole bestand, die so breit war wie ein Sofa. Saffire zögerte nicht, denn er wußte, daß der Zeitfaktor eine immer größere Rolle spielte. Er griff nach einem ganz bestimmten Speichermodul, schob es ins Lesegerät und gab einen Code ein. Der mittlere Schirm erhellte sich. NAVIGATIONSKONTROLLE – ZWEITSYSTEM.

Saffires Finger huschten über die Tasten, und daraufhin kam es zu einer Reaktion, die ihn kaum überraschte: DATENZUGRIFF VERWEIGERT.

Der Mann lächelte süffisant. »Das behauptest *du*. Nun, mal sehen, wie dir das gefällt.« Er tippte eine neue Folge aus Zahlen und Buchstaben ein – kein Problem für einen Techniker, der den Entwicklungsingenieuren bei ihrer Arbeit geholfen hatte. Geduldig wartete er, während der Computer den Befehl mit den Anweisungen seines Programmspeichers verglich und versuchte, die verschiedenen Order aufeinander abzustimmen. Nach einer Weile zeigte der Schirm eine neue Botschaft: GEFAHR.

Saffire befeuchtete sich die Lippen. »Oh, ja, damit liegst du genau richtig.« Er wußte um die Gefahr. Rasch drückte er weitere Tasten und berührte einige Sensorpunkte, woraufhin die Warnmeldung verschwand. Er mußte eine Verbindung zum Zentralcomputer herstellen, dem außerordentlich leistungsfähigen Elektronengehirn der Brücke, um die Änderungen am Navigationsprogramm vorzunehmen. Mit anderen Worten: Er kam nicht umhin, den schlafenden Riesen zu wecken. Zwar kannte er sich gut damit aus, aber trotzdem erwartete ihn eine sehr schwierige Aufgabe. Das System beinhaltete Dutzende von Sicherheitsbarrieren, die es zu neutralisieren galt, und hinzu kam ein ständiger Datenkontakt mit dem Kontrollraum. Wenn die Befehle sich widersprachen, erhielt die Brücke automatisch den Vorrang. Um so etwas zu verhindern, mußte das Basisprogramm durch ein anderes ersetzt werden. Einige Sekunden lang summte der Computer leise, und dann gab er Antwort: WARNUNG. DER ZUGRIFF AUF DEN ENTSPRECHENDEN BEREICH DES ARBEITSSPEICHERS IST VERBOTEN.

Das letzte Wort blinkte in elektronischer Panik, um unmißverständlich auf seine Bedeutung hinzuweisen.

Saffire schüttelte kurz den Kopf, wählte zwei andere Kassetten und führte sie in den Datenscanner der großen Konsole ein. Die Entwicklungsingenieure hatten vermutlich nie daran gedacht, daß die Module in dieser Kombination benutzt werden konnten.

Einige zusätzliche Codes, gefolgt von der Betätigung weiterer Tasten, schließlich ein Wechsel zur Maschinensprache — und der Computer antwortete mit seinem Äquivalent von benommener Zufriedenheit. Jetzt verstand er den Mann am Terminal.

Und damit begannen die Schwierigkeiten. Saffire mußte das neue Programm eingeben, bevor der Computer die Brücke benachrichtigte.

Die Maschine reagierte mit besonderem Eifer, als Saffire apexdezimale Daten eingab. Jetzt konnte er einen numerischen Dialog mit ihr führen, ohne auf ein Transkriptionsprogramm angewiesen zu sein. Saffire verglich diesen Vorgang mit einer direkten Verbindung zum Gehirn einer anderen Person, um die Denkweise des betreffenden Individuums zu modifizieren. Interpreterprogramme nahmen eine automatische Aufzeichnung des Gesprächs vor, doch die unmittelbare Kommunikation mit dem Computer hinterließ keine solchen Spuren. Die Maschine ›begriff‹ überhaupt nicht, daß jemand mit ihr kommunizierte, und dadurch bekam Saffire die Möglichkeit, die Wurzeln des logischen Verarbeitungsprozesses zu manipulieren. Diese Methode war weitaus sicherer. Und sie gefiel dem Computer. Der schlafende Riese rollte sich auf die Seite und stöhnte voller Wonne.

Der Mann am Terminal begann zu schwitzen. Seine Finger tanzten noch schneller über die Kontrollen, und er mußte sich ausschließlich auf die Tasten konzentrieren, damit ihm kein Fehler unterlief. Es blieb ihm nichts anderes übrig, als in aller Hast zu arbeiten; wenn er sich zuviel Zeit ließ, wurden die Sicherheitsalgorithmen aktiv und benachrichtigten die Brücke.

Elektronischer Verdacht regte sich tief in der Maschine. Bestimmte Schaltkreise wurden mit Strom beschickt; Register öffneten sich, warteten auf Bytes. Prozessoren tauschten Bit-Informationen aus und versuchten, sich ihren Brüdern auf der Brücke mitzuteilen. *Irgend etwas stimmt nicht mit uns,* lautete ihre Botschaft. *Jemand versucht, unser Programm zu verändern. Wir brauchen Hilfe.*

Saffire wußte, daß der Computer bemüht war, sich vor ihm zu schützen. Er unterdrückte das Zittern seiner Hände, setzte die Arbeit fort. Es kam nicht nur darauf an, die Datenmuster im Arbeitsspeicher seinen Wünschen gemäß zu verändern; er mußte gleichzeitig verhindern, daß der Rechner eine Möglichkeit fand, die Brücke zu alarmieren. Das zunehmende Mißtrauen des Giganten brachte Saffire in Gefahr: Eine einzige falsche Taste, und die Rufe um Hilfe erreichten den Kontrollraum.

Die Finger des Mannes spannten ein digitales Netz, das die Verwirrung des Computers einfing, als sich die verschiedenen Programme einander widersprachen. Vom Terminal im Maschinenraum gingen Signale aus, die eine völlig neue Struktur bildeten. Die veränderte Matrix erfaßte das ganze elektronische Gedächtnis, alle Sicherheitsschleifen und Warnsysteme, beeinflußte die bisher so stabilen Komponenten, deren Funktion darin bestand, derartigen Manipulationen vorzubeugen. Das Licht des Argwohns trieb durch die Knochen und Nerven des Raumschiffes, überprüfte alle Möglichkeiten, sich gegen Anweisungen zu wehren, die mit den ursprünglichen Programmen in Konflikt gerieten und doch auf eine vertraute Art und Weise übermittelt wurden.

Die Sensoren des Computers erzitterten unter der Wucht neuer Daten. Zuerst bildete sich ein Spalt im allgemeinen Überwachungssystem, eine winzige Lücke, die dafür sorgte, daß die Kontrollanlagen der Brücke die Aktivität an Saffires Terminal ignorierten. In gewisser Weise handelte es sich um eine Umkehrung des normalen Informationsstroms, um eine Projektion falscher Sicherheit. Innerhalb weniger Sekunden gelang es dem Mann, jene Bereiche der Maschine zu ›betäuben‹, die Anweisungen nach ihrer jeweiligen Prioritätsstufe einordneten und weiterleiteten.

Sofort nahm sich Saffire die Codes der Gravitationskompensatoren vor, und dabei wurde er mit neuerlichen Problemen konfrontiert — er stieß auf Widerstand. Die Lebenserhaltungssysteme verlangten Auskunft. Der Mann leckte sich einen dünnen Schweißfilm von der Oberlippe und spürte, wie der schlafende Riese erwachte und Erklärungen verlangte. Er mußte sich beeilen, wenn er nicht seine bisherigen Erfolge in Frage stellen und riskieren wollte, daß sich der Computer gegen weitere Eingaben sperrte und Alarm gab. Mit überaus komplizierten heliodezimalen Codefolgen fügte er Erläuterungen hinzu. Vorsichtig drang er in das Datenlabyrinth vor, und sein Ziel bestand in den Navigationsmatrizen, in den elementaren Formeln, die das Fundament eines großen Gebäudes aus Gleichungen bildeten. Das von Saffire ausgeschickte Licht des Wissens glitt tiefer hinab, und schließlich fand es die gesuchte Matrix. Sie setzte sich aus fünfunddreißig verschiedenen Variablen zusammen, und die Sonde glitt an ihnen vorbei, hielt nach der richtigen Ausschau. Kurz darauf zeigte der mittlere Bildschirm des Terminals eine weitere Warnmeldung: Es bestand die Gefahr eines Datenüberlaufs.

Saffire stöhnte leise und biß sich auf die Lippe. Wenn es wirklich zu einem Überlauf kam, hatte er keine Möglichkeit mehr, Einfluß auf den Computer zu nehmen, und dann erfuhr die Brücke sofort, was in den letzten Minuten geschehen war. Er wischte sich einige Schweißperlen vom Kinn und starrte nervös auf die Eingabeeinheit.

Behutsam gab Saffire die Veränderung ein. Achtundachtzig dort, wo das Register den Wert dreiundzwanzig enthielt. Der Mann zögerte, stützte den Ellenbogen aufs Pult und runzelte die Stirn. Achtundachtzig, so lautete sein Befehl. Aber die Folge mußte aus einer wahrhaft drastischen Zunahme der Gravitation bestehen.

»Zum Teufel mit meinen Anweisungen«, brummte Saffire. Er löschte die Modifikation und ersetzte sie durch den Wert einundfünfzig. »Schon besser«, murmelte er rauh. Er klang irgendwie besorgt. »Und jetzt ...«

Die Sonde wartete geduldig auf weitere Eingaben. Zerstör das Steuerungsprogramm des Warptriebwerks, klickten die Tasten. Aber nicht sofort. Später. Wenn die Sensoren der Außenhülle *solche* Daten übermitteln. Und schick das Schiff in *diese* Richtung.

Der Computer versuchte nach wie vor, die unterbrochene Verbindung zur Brücke wiederherzustellen, Alarm zu geben. Aber Saffire fing die Warnsignale ab, bevor sie die Kom-Leitung erreichen konnten. Er neutralisierte das Bestreben der Maschine, um Hilfe zu rufen, und die elektronischen Schreie blieben auf das Nervensystem des Raumschiffes beschränkt. Niemand hörte sie. Niemand ahnte etwas.

Die Eliminierung des Steuerungsprogramms für die Warpeinheiten erwies sich als besonders schwer. Das ganze Starship widersetzte sich Saffire. Der Riese schauderte und erzitterte innerlich. Die Prozessoren und Chips trotzten zunächst den neuen Ordern, und die Sicherheitsbarrieren sträubten sich wie lebende Wesen. Aber ihnen fehlte eine eigene, autonome Elaborationskapazität, und daher konnten sie die falschen Anweisungen nicht mit der notwendigen Genauigkeit von den richtigen unterscheiden.

Saffires Herz klopfte so heftig, als wolle es ihm die Brust zerreißen, als teile es den inneren Konflikt, der nun alle Komponenten des Computers erfaßte. Der Mann hielt gespannt den Atem an. Wenn er den schlafenden Riesen endgültig geweckt hatte ...

Rasch konzentrierte er sich wieder auf die Konsole und berührte Tasten. Er streichelte die Maschine wie ein Tierbändiger, der einen Tiger zu besänftigen versuchte. Die große Katze knurrte und grollte, schnappte nach seinem Arm und versuchte, ihn zu Fall zu bringen. Doch wenige Sekunden später begann sie zu schnurren und gab sich der falschen Sicherheit hin, die Saffire zuvor programmiert hatte.

Schließlich blieb dem Riesen nichts anderes übrig, als sich zu fügen — letztendlich mußte jede Maschine gehorchen. Stille verdrängte die Byte-Aufregung aus dem elektronischen Kosmos, und es wurden keine weiteren Warnsignale ausgesandt. Überhitzte Schaltkreise kühlten sich langsam ab.

Saffire lehnte sich erschöpft in seinem Sessel zurück und ließ den angehaltenen Atem entweichen. Er hatte es geschafft.

Das Licht des Wissens im Computer trübte sich und wich dem normalen Status. Das System reduzierte seine Energieaufnahme und ging auf Bereitschaft.

Der Riese schlief wieder.

»Schalten Sie den Wandschirm auf normale optische Erfassung, Kralle«, sagte April und trat in die Mitte der Brücke. Sanawey drückte einige Tasten, und daraufhin zeigte das breite Projektionsfeld den Ionensturm. Das Wallen und Glitzern wirkte fast prachtvoll, obgleich es eine große Gefahr für alle Raumschiffe darstellte. »Setzen Sie den Flug mit halber Impulskraft fort.«

»Null Komma fünf Sublicht, aye.«

»Volle Energie auf die Schilde.«

»Deflektoren ein, aye, Sir.«

Das Funkeln kam näher, und kurz darauf füllte es den ganzen Schirm aus, umhüllte das Schiff. Die weiße Königin erzitterte, hielt jedoch den energetischen Wirbeln stand und glitt tiefer hinein. April gewann fast den Eindruck, als wisse das Starship über die Bedeutung der Mission Bescheid, als sei es bestrebt, dem Vertrauen der Menschen an Bord gerecht zu werden.

Die elektrischen Entladungen des Ionensturms führten zu Kurzschlüssen an Bord. Hier und dort knisterte und knackte es. Sanawey und die anderen eilten hin und her, nahmen Messungen vor und justierten Instrumente. April wartete einige Minuten, bevor er sagte:

»An alle Decks, Statusbericht.«

Hart holte tief Luft. »Die Zündungslaser des Impulstriebwerks arbeiten asynchron, und dadurch kommt es zu Unregelmäßigkeiten im Energieniveau. Aber dieses Problem läßt sich innerhalb kurzer Zeit lösen; ansonsten ist alles in Ordnung.«

»Die Schilde?«

»Stabil«, antwortete Florida, ein wenig überrascht darüber, eine solche Auskunft geben zu können. »Die Bordsysteme schaffen einen automatischen Ausgleich für den Energieverlust.«

»Was glauben Sie, Bernice?« April nahm im Kommandosessel Platz und sah die junge Frau an. »Können wir es wagen, wieder in den Warptransit zu gehen?«

Sie wölbte die Brauen. »Ich bin mir nicht sicher, Sir. Der Sturm belastet uns nicht zu sehr, aber wir müssen damit rechnen, daß die energetischen Störungen stärker werden.«

»Was meinst du, George?«

Kirk erwachte wie aus einer Trance, starrte jedoch weiterhin auf den Wandschirm, zutiefst beeindruckt von der schrecklichen Schönheit des Ionensturms. Er überlegte einige Sekunden lang, bevor er erwiderte: »Ich bin kein Techniker, aber ich sehe kaum einen Sinn darin, noch mehr Zeit zu verlieren. Wenn wir auf ein Warpmanöver verzichten, können wir die *Rosenberg* nicht rechtzeitig erreichen.«

»In der Tat«, bestätigte April, und zum erstenmal erklang ein Hauch von Unsicherheit in seiner Stimme. Er schaltete das Interkom an. »An alle Besatzungsmitglieder, wir leiten einen neuerlichen Warptransfer ein. Treffen Sie alle notwendigen Vorbereitungen. Wir müssen damit rechnen, ordentlich durchgeschüttelt zu werden.«

April stand auf – offenbar wollte er nicht sitzenbleiben, während seine Gefährten standen. Sein Blick galt dem Wandschirm, und er starrte direkt ins Herz des Ionensturms, in eine Zone aus brodelnder Energie. Blitze zuckten in den Wirbeln, und hier und dort flakkerte es. George beobachtete, wie der Captain das Kinn vorschob, eine stumme Herausforderung, die dem energetischen Chaos vor ihnen galt. »Warpfaktor eins, Mr. Florida.«

Die Hände des Steuermanns zitterten ein wenig, als sie einige Schalter berührten.

Das Schiff summte. Und die Schlieren des Ionensturms im Projektionsfeld verzerrten sich.

Die Luft schien plötzlich dicker zu werden. George versuchte, die Beine zu bewegen und zu atmen, aber von einem Augenblick zum anderen verlor er die Kontrolle über seinen Körper. Dies konnte unmöglich Warpfaktor eins sein; die Geschwindigkeit des Raumschiffes war viel zu hoch. Kirk wollte den Mund öffnen, um eine Warnung zu rufen, aber kein Laut entrang sich seiner Kehle

Irgend etwas riß ihn mit unbarmherziger Gewalt vom Deck und schleuderte ihn an die Kommunikationskonsole. Überall um ihn herum flogen Gestalten. Aus den Augenwinkeln sah er Florida, der über den Befehlsstand hinwegsauste und an die Brüstung stieß. April prallte ans Schott des Turbolifts. Drake rollte über die Stufen des unteren Decks, und Sanawey fiel über die Kante des Bibliothekscomputers.

George streckte mühsam die Hand aus und tastete übers Kommunikationspult. Jede Bewegung kam einer Qual gleich. Ein gewaltiges Gewicht preßte sich auf ihn herab und schien fest entschlossen zu sein, ihn zu zerquetschen. Schwärze wogte heran und zerrte an seinen Gedanken.

Der Erste Offizier verlor das Bewußtsein.

Und das Raumschiff gehorchte dem letzten Befehl, raste mit Warpgeschwindigkeit durchs All. Niemand konnte den Transit unterbrechen.

KAPITEL 10

Die Offiziere mieden t'Caels Blick, als der Primus die Brücke betrat, und daraus schloß er, daß sie mit seinem Eintreffen gerechnet hatten. Das leise Zischen des Schotts schuf eine fast greifbare Anspannung, und sie schien noch zuzunehmen, als die Tür wieder zuglitt.

Schließlich konnte Kai die Stille nicht länger ertragen und wandte sich an den Feldprimus des Schwarms.

Er trat auf ihn zu, nahm Haltung an und berücksichtigte damit beide Möglichkeiten: Protokoll und Offenheit. »Lord Primus«, sagte der Subcommander schlicht.

»Wie ist der Status des Schwarms?« fragte t'Cael.

»Die Kommandanten sind von Commander Idrys' Verhaftung informiert worden und warten darauf, daß Sie die Änderungen in der Kommandostruktur des Schwarms bekanntgeben. Die *Kriegsdorn* und die *Jäger* setzen unterdessen die Kontrolle von Handelsschiffen fort. Die Patrouilleneinheiten sind derzeit ungefähr einen Lichttag von uns entfernt.«

T'Cael nickte, sah sich auf der Brücke um und versuchte, die allgemeine Stimmung zu erfassen. Ry'iak war noch zugegen, was ihn nicht weiter erstaunte. Kilyle stellte zufrieden fest, daß die Offiziere an ihrer Disziplin festhielten. Aber vielleicht ließ das Chaos nicht mehr lange auf sich warten. »Weisen Sie die Kommandanten an, alle weiteren Informationen über Idrys zu ignorieren, solange sie nicht von mir persönlich bestätigt werden.«

»Ja, Primus.«

»Von jetzt an übernimmt dieses Schiff alle Kommunikationsaufgaben des Schwarms. Sorgen Sie dafür, daß ohne meine ausdrückliche Erlaubnis keine Signale gesendet werden.«

»Verstanden, Primus.«

»Und entlassen Sie Idrys aus ihrer Haft. Ich übernehme die Verantwortung für sie.«

Kai klappte den Mund auf, gab jedoch keinen Ton von sich. Er war wie erstarrt, sah sich zwei verschiedenen Autoritäten gegenüber, die Gehorsam von ihm verlangten. Seine unmittelbare Loyalität galt natürlich dem Primus, aber Kilyle stand nicht mehr in der Gunst des Obersten Prätors ... Der Prätor wiederum intrigierte gegen den Senat und das Prätoriat ... Außerdem kursierten Gerüchte über bevorstehende militärische Auseinandersetzungen mit der Föderation. Es hatte gerade die erste Runde des Machtkampfs begonnen, und noch ließ sich nicht absehen, wer den Sieg errang. Kais Gedanken rasten. Wie sollte er unter solchen Umständen seine Ehre wahren, ohne zu riskieren, die Karriere in Gefahr zu bringen?

Persönliche Befürchtungen spielten eine nicht unerhebliche Rolle. Aber wichtiger war die Sorge um das Reich. Was die Probleme mit der Föderation betraf ... Vielleicht handelte es sich nicht nur um Gerüchte. Vielleicht steckte mehr dahinter.

Primus Kilyle beobachtete ihn aus großen, dunklen und geduldig blickenden Augen. T'Cael drängte nicht auf eine rasche Entscheidung; er wartete geduldig.

»Lord Primus ...«

Kilyle hob stumm die Brauen.

In Kais Hals entstand ein Kloß. »Lord Primus, ich wage es nicht, ihren letzten Befehl auszuführen.«

Eine Braue kam wieder herab, während die andere nach wie vor einen buschigen Bogen bildete. »Warum nicht?«

Die Antwort fiel dem Subcommander schwer. Erneut öffnete er den Mund, ohne daß er einen Ton hervorbrachte.

Ry'iak wählte genau diesen Augenblick, um sich einzumischen. »Ich bitte Sie, Subcommander Kai«, sagte er. »Denken Sie genau darüber nach. Commander Idrys hat während ihrer Laufbahn viele Verdienste erworben. Das dürfen wir nicht vergessen, selbst wenn sie ein so gräßliches Verbrechen wie Verwandtenmord begangen hat.«

T'Cael drehte den Kopf, musterte den Proktor und runzelte unwillkürlich die Stirn. Er wußte natürlich, worum es Ry'iak ging. Der Gesandte des Prätors hatte die Brükkencrew gerade in aller Deutlichkeit daran erinnert, was man Idrys zur Last legte.

Ry'iak trat hinter dem Stützgerüst hervor, das ihm als Versteck diente. Er erinnerte t'Cael an ein ebenso furchtsames wie heimtückisches Tier, das aus seinem Bau kroch.

»Wahrscheinlich hoffte sie, durch die Ermordung ihres Onkels einen höheren Rang in der Familie einzunehmen, aber ich bezweifle, ob sie sich auch gegen den Schwarm verschworen hat«, sagte der Senatsproktor glatt. »Ist dieser Dienst denn so abscheulich? Nein, ich kann mir kaum vorstellen, daß Commander Idrys nach angeblich besseren Posten strebte.«

T'Caels Blick durchbohrte den jüngeren Mann, und er macht kein Hehl aus seiner Verachtung. »Ja«, sagte er und kochte innerlich. »Eine solche Vorstellung fällt auch mir schwer.«

Er wußte ebensogut wie Ry'iak, daß sich alle Offiziere auf der Brücke nach Beförderung sehnten. Jede Bemerkung des Proktors verstärkte das Mißtrauen, das sie Idrys entgegenbrachten. Andererseits: T'Cael durfte nicht sofort etwas gegen Ry'iak unternehmen, denn sonst verlor er das Vertrauen der Crew. Er konnte nur ihre Treue gewinnen, wenn er bewies, daß mehr für ihn sprach als nur der Rang des Feldprimus.

Unter diesen Umständen ist Aufrichtigkeit die beste Taktik, dachte t'Cael und wandte sich wieder an Kai.

»Subcommander ...«, begann er. »Glauben Sie an Commander Idrys' Schuld?«

Kai runzelte die Stirn. »Sir?«

»Halten Sie Ihre Kommandantin für fähig, ein solches Verbrechen zu begehen?«

»Ich erfülle nur meine Pflicht«, erwiderte Kai zurückhaltend.

»Jedes intelligente Wesen macht sich Gedanken, Subcommander«, sagte t'Cael. »Ich frage Sie nicht als Ihr Vorgesetzter, und ich erwarte auch keine Soldatenantwort von Ihnen, Kai. Sie haben eng mit Idrys zusammengearbeitet und ihr treue Dienste geleistet. Ich möchte einfach von Ihnen wissen, ob die Kommandantin Ihrer Meinung nach in der Lage wäre, einen Verwandten zu ermorden.«

Die Frage war weitaus komplexer, als es zunächst den Anschein hatte. T'Cael wußte, daß er die Dinge vereinfachte und sich in erster Linie auf die guten Beziehungen zwischen Kai und Idrys verließ. Er zwang den Subcommander dazu, über die Reputation der Kommandantin nachzudenken, über die Erfahrungen, die er mit ihr gesammelt hatte.

Kai überlegte konzentriert. Unter den gegenwärtigen Umständen durfte er sich zu keiner voreiligen Reaktion hinreißen lassen. Er ahnte, daß es Primus Kilyle nicht nur um eine schlichte Auskunft ging, und außerdem hörte auch der Gesandte des Prätors zu.

»Ich bin davon überzeugt, daß ein Veteran nicht vor drastischen Maßnahmen zurückschreckt, um seine Ehre zu wahren«, sagte er vorsichtig. »Das trifft auch auf mich zu.«

Die letzte Bemerkung zeigte t'Cael, wie sehr Idrys' angebliche Schande Kai bestürzte; außerdem wußte der Subcommander, daß ihm diese Angelegenheit sowohl zum Vorteil als auch zum Nachteil gereichen konnte. Die Worte vermittelten eine Warnung, und der Primus beschloß, sie nicht auf die leichte Schulter zu nehmen.

»Und es ergeht auch vielen anderen so«, warf Ry'iak gerade laut genug ein, damit ihn alle hörten. »Commander Idrys ließ sich zu einem solchen Verbrechen hinreißen, weil sie einem Patrouillensektor zugeteilt werden wollte, der mehr Ruhm verspricht. Aber sie wählte den falschen Weg, um ihr Ziel zu erreichen. Schande ist unverzeihlich.« Erneut erinnerte er die Offiziere an die Anklage. »Wenn sie das Reich verraten hätte, wäre alles viel leichter. Aber die Ermordung eines Verwandten ...« Er schauderte demonstrativ.

T'Cael sah weiterhin Kai an. Wenigstens wußte er jetzt, daß der Subcommander die Patrouille in diesem Sektor für schmählich hielt, und damit kam er einen wichtigen Schritt weiter.

»Ihre Loyalitäten sind eher widersprüchlich«, sagte der Primus. »Sie müssen sich für oder gegen Ihre Kommandantin entscheiden. Sonst lassen Ihnen die Ereignisse bald keine Wahl mehr.«

Kai stand völlig reglos. Eine entsetzliche Wahrheit: Ihm blieb nur dann eine gewisse Kontrolle über seine Zukunft, wenn er sich zu einer Entscheidung durchrang. Ob sie richtig oder falsch war, spielte in diesem Zusammenhang kaum eine Rolle.

T'Cael senkte die Stimme. »Ich möchte, daß Idrys freigelassen wird.«

Der Tonfall des Primus ließ Kai erzittern.

»Was hat es eigentlich mit dem Haftbefehl auf sich?« fuhr t'Cael fort und gab Kai damit keine Möglichkeit zu einer Antwort. »Man wirft Idrys ein nichtmilitärisches Verbrechen vor. Kann man sie an Bord eines militärischen Schiffes, das sie auch noch selbst befehligt, unter Arrest stellen? Oder hat ihre Dienstpflicht einer zivilen Anklage gegenüber den Vorrang? Darüber hinaus sollten wir daran denken, daß sie noch nicht verurteilt wurde.« Er verschränkte die Arme und schritt umher, um die volle Aufmerksamkeit der Brückencrew auf sich zu lenken. »Welche Vorschriften gilt es zu berücksichtigen?« Er hob einen Finger an die Lippen. »Ah, ja. Wenn ein Offizier der Reichsflotte verhaftet werden soll, muß der entsprechende Befehl von einer militärischen Instanz stammen.

In diesem Fall kam die Anweisung vom Senatsrat, nicht wahr?«

Kai zögerte. Erst als er ganz sicher war, daß er sich keine Blöße gab und niemanden beleidigte, bestätigte er Kilyles Frage. »Ja, Primus.«

»Und der Senatsrat ist keine militärische Institution.«

»Da muß ich Sie korrigieren, Lord Primus«, warf Ry'iak ein. T'Cael drehte sich langsam um.

Der Gesandte des Prätors wich rasch zwei Schritte zurück und versuchte, seine Furcht zu verbergen. Doch Kilyles Nähe schüchterte ihn nicht so sehr ein, daß er schwieg. »Der Senatsrat gilt inzwischen als prätoriale Autorität und gehört damit auch zum Militär.« Er blickte sich um und vergewisserte sich, daß man ihm zuhörte. »Aber vielleicht sollten wir die Kommandantin trotzdem freilassen. Immerhin kann sie nicht aus dem Schiff fliehen, oder?« Er lachte nervös und vollführte eine umfassende Geste. »Ich bin sicher, daß so tapfere und standfeste Offiziere all die Strafen ertragen können, mit denen wir rechnen müssen, wenn wir Idrys ohne Erlaubnis aus der Haft entlassen. Nun, niemand braucht eine Exekution zu fürchten. Folter, mehr nicht.« Ry'iak spielte damit auf Formen der Bestrafung an, die weitaus schrecklicher sein mochten als der Tod. Er zögerte einige Sekunden lang, um seinen Ausführungen eine noch größere Bedeutung zu verleihen. Dann wandte er sich wieder an t'Cael. »Lord Primus, vielleicht gibt es eine Lücke in den Vorschriften, die wir zugunsten der Kommandantin ausnutzen könnten. Gestatten Sie mir die Ehre, alle betreffenden Gesetze für Sie zu prüfen.«

Kilyle schwieg und näherte sich Ry'iak.

Der Senatsproktor starrte auf die verschränkten Arme des Primus und erinnerte sich an das Erlebnis in t'Caels Quartier. Nervös trat er einen Schritt zurück, begriff jedoch, daß er einen wichtigen Vorteil verlor, wenn er noch weiter fortwich. Mühsam zwang er sich dazu, an Ort und Stelle zu verharren.

T'Cael blieb wie eine gestaltgewordene Drohung vor ihm stehen.

»Ich gestatte Ihnen höchstens, sich an Ihren Genitalien aufzuhängen. Diese eine Ehre gestehe ich Ihnen zu.«

Kilyle stand so unbeweglich wie eine Statue und zwinkerte nicht einmal. Sein dunkler Blick bohrte sich tief in den jüngeren Mann hinein, und schließlich blieb Ry'iak gar nichts anderes übrig, als den Kopf zu senken. Er versuchte, sich möglichst beiläufig abzuwenden, aber die Offiziere wußten, daß der Proktor floh, als er hinter dem Stützgerüst verschwand.

Ein spöttisches Lächeln zuckte in den Mundwinkeln des Ersten Ingenieurs. Navigator und Brückenzenturio musterten sich eine Zeitlang, und als sie zu dem Schluß gelangten, daß sie ähnlich empfanden, grinsten sie hämisch.

T'Cael sah Kai an. »Ich verspreche Ihnen folgendes, Subcommander. Wenn Idrys dem ihr zur Last gelegten Verbrechen tatsächlich irgendwie Vorschub geleistet hat, wird meine Hand sie richten.«

Niemand zweifelte daran, daß er es ernst meinte.

Der Primus unterstrich seine Worte, indem er die Hand erhoben hielt, bis Kai überzeugt war.

Ein warnendes Pfeifen erklang, gefolgt vom Heulen einer Sirene. Rote Alarmlichter blinkten, und die verblüfften Offiziere eilten an ihre Posten.

»Subcommander!« rief der Brückenzenturio und beugte sich über die Anzeigen seiner Konsole.

»Was ist los?« donnerte Kai.

»Ein Eindringling! Irgend etwas befindet sich in diesem Sektor ...«

»Ein Handelsschiff?«

»Nein, Sir. Die Orte registrieren starke energetische Emissionen!«

»Kampfstationen besetzen!« befahl Kai.

Der Zenturio betätigte eine Taste, und daraufhin veränderte sich das Heulen der Sirene.

»Wie groß ist die Entfernung zum fremden Objekt?«

»Es befindet sich fast in Reichweite unserer visuellen Erfassung, Sir.«

»Woher kam es so plötzlich?«

»Offenbar aus dem Hyperraum.«

T'Cael trat an das Navigationspult heran. »Richtungsvektor?«

Der Navigator sah erst Kai an und richtete seinen Blick dann auf Kilyle. Vermutlich fragte er sich, von wem er seine Anweisungen entgegennehmen sollte. »Das läßt sich nicht feststellen, Primus.«

»Gibt es keine Spur aus Restenergie?«

»Nein, Primus. Und das ist mir ein Rätsel.« Er starrte in den Sichtschlitz des Scanners, hob dann den Kopf und beobachtete die Darstellung des Hauptschirms. »Visueller Kontakt«, murmelte er.

Alle drehten sich um. In der Mitte des Bildschirms schwebte das größte Raumschiff, das die Rihannsu jemals gesehen hatten. Es kam rasch näher, und mit jeder verstreichenden Sekunde schwoll es an.

Kai schnappte unwillkürlich nach Luft, beugte sich vor und riß die Augen auf.

Der weiße Riese glitt durch die Schwärze des Alls und drehte sich dabei langsam um die eigene Achse. Die gewaltige Masse schien aus den Symbolen des Kampfes zu bestehen: Schild, Keule und Lanze. Zwar war die Distanz noch immer recht groß, aber trotzdem bemerkte der Subcommander Laserprojektoren, eine dicke Sensorscheibe und Triebwerksgondeln, die normalen Raumschiffen genug Platz geboten hätten. Gleichzeitig brachte der Eindringling einen Stolz zum Ausdruck, den Soldaten wie Kai nur zu gut verstanden.

Selbst t'Cael schien überaus beeindruckt zu sein und konnte nicht der Versuchung widerstehen, näher an den Schirm heranzutreten. Seine Erfahrung nährte kleine Ahnungen in ihm, und es fehlte nur die Bestätigung in Form eines einzelnen Wortes auf der weißen Hülle des fremden Schiffes: *Invasion.*

Als sich Kilyle umwandte, sah er ähnliche Befürchtungen in den Mienen der Offiziere.

»Kai«, begann er.

»J-ja, Primus?«

»Benachrichtigen Sie den Schwarm.«

»Ja, Primus.«

»Und noch etwas, Kai ...«

»Sir?«

»Entlassen Sie Idrys unverzüglich aus der Arrestzelle.«

»Sofort, Primus.«

KAPITEL 11

Der gewaltige Eindringling wies keinerlei Kennzeichen auf. Abgesehen vom elfenbeinernen Weiß bestand die einzige Farbe aus dem schimmernden Rot der Sensorscheibe. Hier und dort blinkten einige Docklichter am Rumpf. Nirgends ein Hoheitszeichen. Keine Flaggen, Nummern oder Symbole. Kein Hinweis auf die Konstrukteure des Schiffes. Nur Größe, aggressive Schönheit und Präsenz in diesem Sektor deuteten darauf hin, welche Absichten die Unbekannten an Bord verfolgten. Wer schickte ein Raumschiff ohne Kennzeichen? Nur Invasoren, die einen Eroberungsfeldzug planten. T'Cael versuchte, sich möglichst gerade zu halten. »Energieanzeige?« fragte er, und seine Stimme klang seltsam hohl.

Kai beugte sich über die wissenschaftliche Station. »Geringfügige Ionenpulsationen — Emissionen eines Hyperlicht-Triebwerks. An der Außenhülle starker Magnetismus, der jedoch rasch schwächer wird.« Der Subcommander richtete sich wieder auf und beobachtete die Darstellung des Wandschirms. »Wenn die dunklen Öffnungen im Rumpf auf Laserprojektoren und andere Waffen hinweisen, ist die Feuerkraft des fremden Schiffes mindestens zwanzigmal so groß wie unsere.«

T'Cael zog seine dunklen Brauen zusammen. »Geringe Emissionen eines Hyperlicht-Antriebs«, murmelte der Primus. »Haben die Unbekannten ihr Triebwerk desaktiviert?«

»Vielleicht wollen sie genau diesen Eindruck erwekken«. Idrys trat auf Kilyle zu, und ihre Stimme erfüllte ihn mit einer gewissen Erleichterung. Die Kommandantin kam genau zum richtigen Zeitpunkt. T'Cael brauchte ihre Treue und Erfahrung, ihre Zuverlässigkeit.

Nachdenklich wanderte er in dem kleinen Kontrollraum umher. »Irgendwelche Anzeichen von Kampfschäden?«

»Es lassen sich nicht die geringsten Beschädigungen feststellen, ganz gleich welcher Art«, antwortete Kai, der noch immer an der wissenschaftlichen Station stand. Das Glühen der Monitoren gab seinem Gesicht einen grünlichen Ton. »Alle Systeme des Eindringlings scheinen einwandfrei zu funktionieren.«

»Gefechtsbereitschaft!« befahl t'Cael. »Energieraketen laden.«

»Raketen geladen«, bestätigte der Steuermann.

»Deflektoren ein.«

»Schilde stabil.«

»Heck- und bugwärtige Geschützstellungen besetzen. Hilfssensoren auf Fernerfassung justieren; vielleicht ist das fremde Schiff nicht allein gekommen. Alle zusätzlichen Waffenstationen mit Energie beschicken; Reservesysteme aktivieren. Energetisches Niveau des Triebwerks erhöhen — möglicherweise sind rasche Flugmanöver notwendig.«

»Kampfsituation«, sprach Idrys ins Mikrofon der internen Kommunikation. »Ich wiederhole: Kampfsituation.« Dann gab sie alle Autorisierungscodes ein, um das ganze Arsenal der *Vernichter* für den Einsatz vorzubereiten.

T'Cael kniff die Augen zusammen und beobachtete das alabasterweiße Raumschiff. Schon seit vielen Jahren hielt er sich an das Prinzip, erst vorsichtig zu sein und nur dann zu vertrauen, wenn es für Argwohn keinen Grund mehr gab. »Bringen Sie uns in Angriffsposition.«

Kai drehte sich um. »Wir hätten kaum eine Chance gegen den Riesen dort draußen.«

T'Cael zögerte einige Sekunden lang und spürte, wie sich die Stille verdichtete. »Wir sind allein und können erst mit Unterstützung rechnen, wenn der Schwarm eintrifft«, sagte er ruhig. »Möchten Sie lieber fliehen und sich irgendwo verstecken?«

Kai senkte betroffen den Kopf, und unmittelbar darauf nahm er Haltung an. »Nein, Lord Primus.«

»Angriffsposition.«

»Sofort, Primus.« Kai nickte und führte den Befehl aus. Seine Lippen zitterten; offenbar befürchtete er, daß man ihn für einen Feigling hielt.

Kilyle ging vor dem Hauptschirm auf und ab, und sein Blick klebte an dem fremden Schiff fest, als hoffe er, auf diese Weise alle Geheimnisse des weißen Eindringlings ergründen zu können. »Achten Sie darauf, dem Unbekannten nur unser schmalstes Profil darzubieten«, sagte er und sah aus den Augenwinkeln, daß die Offiziere seine Anweisungen unverzüglich ausführten. »Vergleichen Sie das Schiff mit allen bekannten Konstruktionstypen. Wir müssen unbedingt herausfinden, mit wem wir es zu tun haben.«

»Es handelt sich um Feinde«, antwortete eine Stimme, die Zorn in t'Cael weckte. Der Gesandte des Prätors sprach wie jemand, der langjährige Erfahrungen im Umgang mit Feinden gesammelt hatte. *Aber bestimmt nicht auf dem Schlachtfeld,* dachte Kilyle. *Höchstens hinter den Kulissen von Intrigen und Verschwörungen.*

Er ignorierte Ry'iaks Bemerkung und fuhr fort: »Kontrollieren Sie die Baumuster aller uns bekannten Völker, und gehen Sie dabei bis fünfzig Jahre zurück, nach der ch'Havran-Zeitrechnung.«

»Bestätigung, Primus«, sagte Kai und ließ sich seine Nervosität viel zu deutlich anmerken.

T'Cael warf der Kommandantin einen kurzen Blick zu, um festzustellen, ob er Kais Reaktionen richtig interpretierte. Ihre zusammengepreßten Lippen bestätigten seine Annahmen. Dem Subcommander gefiel es ganz und gar nicht, daß sich Idrys wieder auf der Brücke befand. Er schien davon überzeugt zu sein, daß mit ihrer Freilassung einige wichtige Vorschriften verletzt wurden, und die Vorstellung, daß sie tatsächlich ein schändliches Verbrechen wie Verwandtenmord begangen hatte, erfüllte ihn mit Abscheu. Außerdem verwies ihn Idrys' Präsenz auf den dritten Platz der Kommandohierarchie — vermutlich hatte er bereits gehofft, ihre Stelle als Commander einnehmen zu können. Andererseits: Das fremde Schiff erfüllte ihn mit einer Mischung aus Unbehagen und gespannter Erwartung. Er sah in dem weißen Eindringling nicht nur eine mögliche Gefahr, sondern auch eine Chance.

T'Cael nickte kaum merklich. Von jetzt an konnte praktisch alles geschehen.

»Primus«, sagte Kai und faßte sich wieder.

»Ich höre.«

»Die Überprüfung ist beendet. Wir kennen keine Raumschiffe, die einer solchen Konfiguration auch nur entfernt ähneln. Das Diskussegment und die Triebwerksgondeln lassen sich leicht identifizieren, aber sie scheinen sich aus dem Nichts entwickelt zu haben.«

Kilyle schloß die Augen und täuschte über seine Verärgerung hinweg, indem er die Arme verschränkte. »Damit erweist sich einmal mehr, wie ungeheuer klug es ist, in den Computern unserer Kriegsschwalben nur Flugmanöver zu speichern«, kommentierte er ironisch.

»Erst durch einen Kontakt mit dem Mutterschiff können wir in Erfahrung bringen, ob unsere Spione Informationen über solche Giganten übermittelt haben«, warf Idrys ein.

»Das Reich fürchtet sich, die Offiziere an seinem Wissen teilhaben zu lassen«, erwiderte t'Cael leise und kummervoll. Erneut wanderte er vor dem Bildschirm auf und ab und beobachtete den weißen Glanz. »Vielleicht weiß der Senatsrat längst über dieses Schiff Bescheid, aber wir haben nicht die geringste Ahnung. Wie sollen wir uns jetzt verhalten? Möglicherweise stellen die Unbekannten überhaupt keine Gefahr dar. Vielleicht sind sie sogar potentielle Verbündete.«

»Oder Feinde, die dem Obersten Prätor solche Angst einjagen, daß er nicht auf ihre Existenz hinweist«, fügte Idrys hinzu.

Ry'iak zitterte vor Wut und verließ sein Versteck hinter dem Stützgerüst. »Der Prätor hat vor nichts Angst!

Und wer könnte ein so großes Schiff geheimhalten?« Er zeigte auf den Hauptschirm, und t'Cael konnte nicht leugnen, daß die Worte des Proktors eine gewisse Wahrheit zum Ausdruck brachten. Selbst das Prätoriat wäre nicht in der Lage gewesen, ein so gewaltiges Schiff auch nur für kurze Zeit zu verbergen.

Idrys trat an t'Cael heran. »Zwar sind wir allein, aber wir müssen uns trotzdem stark zeigen«, sagte sie leise, achtete jedoch darauf, nicht zu flüstern. Wer flüsterte, erweckte sofort Verdacht. »Sollen wir das Feuer eröffnen? Eine Warnsalve?«

»Geben Sie mir einen solchen Rat?« fragte der Primus.

Die Kommandantin überlegte, und nach einigen Sekunden schüttelte sie den Kopf. »Nein. Ich schlage Kommunikation vor. Wir müssen herausfinden, mit welchen Intentionen die Unbekannten kommen und warum sie so plötzlich in diesem Raumsektor erschienen.«

»Der Meinung bin ich auch«, pflichtete ihr t'Cael bei. »Bereiten Sie eine Nachricht vor. Verlangen Sie eine Identifizierung und fragen Sie, welche Absichten die Besatzung jenes Schiffes verfolgt.«

»In welcher Sprache, Sir?«

Ein weiteres Problem. Wußte der Eindringling, daß er sich tief im Raumgebiet der Rihannsu befand? Im Umkreis von mehreren hundert Lichtjahren sprach man allein die Dialekte der Heimatwelten. Hinzu kam: Die *Vernichter* war auf den ersten Blick als ein Schwarmschiff zu erkennen; an *ihrem* Konstruktionsmuster gab es nicht den geringsten Zweifel.

T'Cael schürzte die Lippen und traf eine Entscheidung. »Basis-Rihannsu«, sagte er. »Und beeilen Sie sich.«

Es fiel George nicht leicht, sich vom dunklen Nebel der Bewußtlosigkeit zu befreien. Er nahm das dumpfe Pochen des Schmerzes wahr, konnte es jedoch nicht lokalisieren. Für eine Weile fand er sich damit ab und hatte das Gefühl, von einem Traum in den nächsten zu gleiten.

Schließlich aber hörte er Geräusche – ein leises Stöhnen. Stammte es von ihm selbst? Dann das Wimmern des Raumschiffes: sphärenhaftes Piepen und Summen, ab und zu ein mechanisches Klicken, das allmählich lauter zu werden schien.

Mehrere Sekunden verstrichen, und schließlich reagierten die Netzhäute und übermittelten dem erwachenden Verstand erste Informationen. George sah ein dunstiges, verschwommenes Etwas, in dem er langsame, schemenhafte Bewegungen zu erkennen glaubte. Der Schmerz kehrte zurück, stach in der rechten Schulter. Er konzentrierte sich darauf und versuchte, die Muskeln zu spannen. Sofort wurde aus dem Stechen ein heißes Feuer, das seine Gedanken verbrannte und ihn in die Schwärze zurückzuschleudern drohte. Er atmete einige Male tief durch, und allmählich klärte sich das Bild vor seinen Augen.

Ein Teppich, nur wenige Zentimeter entfernt. Bisher hatte er angenommen, flach auf dem Rücken zu liegen, doch nun stellte er fest, daß er auf Händen und Knien hockte. Vorsichtig hob er den Kopf.

Auf der anderen Seite des Kontrollraums bemühte sich Ingenieur Hart, Florida auf die Beine zu helfen, aber es fehlte ihr an Kraft. Ihr Beispiel erfüllte George mit Entschlossenheit, und er richtete sich auf.

Die Bewegung lichtete den Benommenheitsdunst, der nach wie vor hinter der Stirn des Ersten Offiziers wallte. Mit der Brücke schien soweit alles in Ordnung zu sein. Nichts brannte, und die Konsolen wirkten unbeschädigt. Aber der große Wandschirm ... Er zeigte nur gestaltloses Grau.

Kurz darauf bemerkte er Drake, der neben dem Befehlsstand lag. George stemmte sich in die Höhe, griff nach der Brüstung und wankte die Stufen zum unteren Deck hinunter.

Dort sank er erneut auf die Knie und verschnaufte. Jeder Atemzug brachte mehr Kraft in seinen gepeinigten Leib zurück, und es dauerte nicht lange, bis er den Weg fortsetzte. Er ergriff Drake an den Schultern, zog ihn ein wenig in die Höhe und sah besorgt auf ihn herab. »He, Kreole, wie fühlst du dich?«

Reed hielt sich an Kirk fest, zwinkerte verwirrt und schnappte nach Luft. »Miserabel ...«, brachte er hervor. »Als hätte mir irgend jemand das Gehirn aus den Ohren gezogen.« Trotz der dunklen Haut offenbarten die Wangen eine fahle Gräue, doch die Farbe kehrte bereits in sie zurück. Drake sah George an und schnitt eine Grimasse. »Du solltest mit diesem Schiff etwas sanfter umgehen. Sonst bockt es wie ein wildes Pferd.«

George spürte, wie Drake erzitterte. Erneut schöpfte er Atem.

»Wir sollten jetzt aufstehen«, sagte George und lachte leise, als er den Klang dieser banalen Worte vernahm. Seine Stimme war noch immer rauh und heiser — und das Lachen kaum mehr als ein Krächzen.

»Ja«, erwiderte Drake und rang sich ein Nicken ab. »Ich helfe dir.«

Er schloß die Hände um Georges Arme und stützte sich auf ihn. Kirk verlagerte sein Gewicht, um sowohl sich selbst als auch Drake gerade zu halten. Er schwankte unsicher, und auch Reeds Knie gaben nach.

Der Erste Offizier taumelte zum Befehlsstand und ließ Drake in den Kommandosessel sinken. Plötzliche Erschöpfung verdrängte die neugewonnene Kraft aus seinen Muskeln, und einige Sekunden lang klammerte er sich an der Armlehne fest, um nicht erneut zu Boden zu sinken.

Als er seinen Blick durch den Kontrollraum schweifen ließ, erstarrte er unwillkürlich.

Blut bildete einen langen, schmierigen Streifen auf der perlmuttweißen Wand neben dem Turbolift. Der rote Striemen wirkte wie das Schreckensgemälde eines Dämons, neigte sich nach unten und endete bei einem reglosen Körper.

»Oh, nein!« keuchte George. »Robert ...«

Er stieß sich vom Befehlsstand ab, eilte aufs Oberdeck und kniete neben dem Captain. Kirk ignorierte die Stimme, die zur Vorsicht gemahnte, drehte April langsam zur Seite.

Das Gesicht des Kommandanten war kalkweiß, und die Lippen bildeten zwei farblose Striche. Blut strömte aus einer klaffenden Wunde am Kopf und verklebte das Haar.

Aprils Lider zitterten und hoben sich um einige Millimeter.

Hart und Drake kamen herbei und knieten neben George. Beide wirkten mitgenommen und gleichzeitig zutiefst besorgt. Nur Kirk brachte den Mut auf, April zu berühren.

»Robert«, sagte er, biß die Zähne zusammen und versuchte, die Panik aus sich zu verdrängen. Er griff nach der Hand des Captains. »Es ist alles in Ordnung ... Beweg dich nicht.«

Sanawey beugte sich über die Kommunikationskonsole und sagte drängend: »Brücke an Krankenstation. Medizinischer Notfall. Ich wiederhole: Wir haben hier einen Notfall.«

Sarah Pooles gepreßt und verärgert klingende Stimme drang aus dem Lautsprecher. »Himmel, das ganze Schiff ist ein einziger medizinischer Notfall. Ich habe keine Zeit, irgendwelche Verletzten abzuholen.«

Von einem Augenblick zum anderen brodelte Zorn in George. Er wirbelte um die eigene Achse, sprang ans Pult heran und erwiderte: »Zum Teufel mit Ihnen, Doktor, Sie haben es nicht mit Vieh zu tun! Der Captain braucht Hilfe! Kommen Sie gefälligst hierher!«

Dr. Poole gab nicht sofort Antwort. Als erneut ihre Stimme ertönte, klang sie steif, fast monoton.

»Was ist mit ihm geschehen?«

»Er hat eine Kopfverletzung erlitten.«

»Eine offene Wunde?«

»Ja.«

»Bewegen Sie ihn nicht. Ich bin unterwegs.«

»Das will ich auch hoffen«, knurrte George und kehrte zu April zurück.

Die Hände des Captains zuckten, und er stöhnte leise. »George ...« Er schauderte heftig, verausgabte seine ganze Kraft, indem er dieses eine Wort aussprach.

»Ich bin hier, Robert. Rühr dich nicht von der Stelle. Bleib ganz ruhig liegen.« Kirk schloß die Finger fester um die Hand des Captains – vielleicht sogar zu fest – und drehte den Kopf. »Hart, kehren Sie an Ihre Station zurück. Finden Sie heraus, was passiert ist und ob die Bordsysteme funktionieren. Florida, wo sind Sie?«

»Hier«, antwortete der Steuermann und wankte hinter einer Konsole hervor. »Ich bin hier, Sir.«

»Helfen Sie Hart.«

»Ja, Sir.«

»Sanawey, aktivieren Sie das Sensorsystem und stellen Sie fest, in welchem Raumsektor wir uns befinden.«

»Sofort, Sir«, antwortete der hochgewachsene Mann, und selbst seine Stimme vibrierte.

George beobachtete, wie die Brückencrew mit ihrer Arbeit begann, überhörte jedoch das Summen und Surren der Schaltpulte und wandte sich wieder April zu. Er starrte auf den Captain herab, hielt in den nur halb geöffneten Augen nach dem charakteristischen Schimmern Ausschau. Doch der Blick des Verletzten blieb trüb. »Robert?« fragte er leise.

»Das Schiff ...«, hauchte April und schauderte erneut. Das Sprechen strengte ihn sehr an.

»Sei unbesorgt. Hast du mich verstanden? Mach dir keine Sorgen. Es ist alles in Ordnung. Und Sarah müßte jeden Augenblick eintreffen.«

Die letzten Worte beruhigten April. George sah, wie das Zittern nachließ. Der Captain entspannte sich, und kurze Zeit später verlor er das Bewußtsein.

Die Tür des Turbolifts glitt zischend auf, und Sarah Poole betrat die Brücke, gefolgt von zwei medizinischen

Assistenten. Rote Flecken zeigten sich auf ihren Wangen, und in den Augen glänzten Tränen. George dachte an ihre mürrische Stimme, die solche Wut in ihm geweckt hatte. Auf dem Weg zur Brücke hatte sich die Frau auf eine erstaunliche Art und Weise verändert, offenbarte nun wesentlich mehr als nur die berufliche Anteilnahme eines Arztes. Mit einigen raschen Schritten kam sie heran und klopfte George auf die Schulter. »Machen Sie Platz!«

Drake zog George beiseite; Sarah ignorierte beide, ging neben dem Captain in die Hocke und untersuchte die Kopfwunde. Verstohlen wischte sie eine Träne fort. Einer ihrer beiden Helfer blickte auf die Anzeigen eines Medo-Scanners, während der andere eine Bahre brachte.

George beobachtete Dr. Poole fasziniert und verblüfft. Sie wirkte jetzt völlig anders. Ihr Gesicht war gerötet, und die feuchten Wimpern sahen weitaus länger aus. Sie schürzte die Lippen, und ihre dünnen Brauen zogen sich zusammen, als sie eine erste Diagnose erstellte.

»Ist es schlimm?« fragte Kirk vorsichtig.

»Schlimm genug!« erwiderte Sarah scharf. Sie konnte die Tränen nicht länger zurückhalten, schluchzte leise und legte einen Verband an. »Überlassen Sie ihn mir«, fügte sie brüchig hinzu.

George fühlte Drakes neugierigen Blick auf sich ruhen und bemerkte auch die Aufmerksamkeit der anderen Anwesenden, aber er achtete nicht darauf. Es spielte keine Rolle, welchen Tonfall Dr. Poole ihm gegenüber benutzte. Wichtig war nur, daß sie sich um April kümmerte. Nur darauf kam es an. Nach dem Anlegen des Verbands bedeutete Sarah ihren beiden Assistenten, April auf die Bahre zu legen. Wenige Sekunden später ruhte der Verletzte auf einer weichen Unterlage, und Sarah breitete eine Thermodecke über ihm aus. »Worauf warten Sie noch?« fuhr sie die beiden Männer an, deutete zum Turbolift und folgte den Pflegern.

»Halten Sie mich auf dem laufenden, Doktor!« rief ihr George nach.

Die Ärztin drehte sich ruckartig um und hielt sich am Rand der Bahre fest. »Lassen Sie mich in Ruhe! Lassen Sie *ihn* in Ruhe!« Das Liftschott schloß sich wieder.

»Lieber Himmel«, murmelte Drake verdutzt und riß die Augen auf. »Was ist denn bloß mit ihr los?«

George trachtete danach, sich von seiner Anspannung zu befreien. »Keine Ahnung«, sagte er. »Es ist mir auch völlig gleich. Hauptsache, sie behandelt Robert.« Vorsichtig massierte er seine noch immer schmerzende Schulter und sah die junge Ingenieurin an. »Wo bleibt der Statusbericht, Hart?«

Bernice Hart stand an den Kontrollen der Subsysteme, und als sie sich umdrehte, zuckte sie schmerzerfüllt zusammen. Offenbar hatte sie sich einen Fuß verstaucht. Sie verlagerte das Gewicht aufs andere Bein. »Ich bin noch nicht soweit, Mr. Kirk. Allem Anschein nach ist es in den Gravitationskompensatoren zu einer Fehlfunktion gekommen. Das erklärt sowohl die Schwerkraftverschiebungen, durch die wir umhergeschleudert wurden, als auch den plötzlichen Druckverlust, der uns allen das Bewußtsein raubte. Derzeit werden die Kompensatoren mit Bereitschaftsenergie gespeist.«

»Können wir dem System vertrauen?«

»Ich glaube schon. Die Anzeigen sind grün.«

»Was ist passiert? Warum geriet das Schiff plötzlich außer Kontrolle?«

»Sir«, meldete sich Florida. Er hatte eine Bodenplatte des Decks gelöst und überprüfte Schaltkreise. »Es geschah unmittelbar nach der Einleitung des Warptransits.

»Ja«, knurrte George. Er trat an den Befehlsstand heran und schaltete das Interkom ein. »Maschinenraum, hier spricht Kirk. Wie ist die Lage bei Ihnen?«

Eine Zeitlang antwortete niemand, und dann erklang eine Stimme. Offenbar gehörte sie Wood. »Hier Maschinenraum. Äh, wir sind noch immer ziemlich durcheinander. Bitte geben Sie uns einige Minuten Zeit, damit wir eine Analyse vornehmen können.«

»Ich brauche zumindest einige erste Informationen«, sagte George.

»Die Triebwerke haben sich automatisch abgeschaltet, Sir«, erwiderte Wood. »Derzeit steht uns keine Warpenergie zur Verfügung.«

»Warum nicht?«

Der junge Mann zögerte. »Ich glaube, es kam zu einer energetischen Überladung, und die Sicherheitssensoren reagierten, indem sie eine Desaktivierung aller Antriebseinheiten veranlaßten.«

»Wo steckt Dr. Brownell?«

»Äh, er kann uns leider nicht helfen.«

George schluckte. »Ist er tot?«

»Nein, nur arbeitsunfähig«, entgegnete Wood.

»Bringen Sie ihn wieder auf die Beine«, grollte George. »Und zwar schnell!«

»Ja, Sir. Wir bemühen uns, Sir.«

»Brücke Ende! Hart!«

Die Technikerin drehte sich nahezu verzweifelt zum Ersten Offizier um. »Ja?«

»Warum sind alle Systeme ausgefallen?«

»Mich trifft keine Schuld, Sir«, verteidigte sich Bernice Hart, als befürchtete sie, George würde persönliche Vorwürfe gegen sie erheben. »Wenn es tatsächlich zu einer energetischen Überladung kam ... Das Schiff schützte sich selbst, indem es alle gefährdeten Anlagen stillegte.«

»Welche Bereiche sind betroffen?«

»Nun, die Sensoren, das Warptriebwerk, alle Deflektoren, die Lebenserhaltungssysteme auf den Decks H, I und L ...«

»Verdammt! Hält sich dort unten jemand auf?«

»Nein, niemand.«

»Riegeln Sie die Sektionen ab. Dadurch sparen wir Energie. Wie viele Besatzungsmitglieder sind verletzt?«

»Darüber kann Ihnen nur die Krankenstation Auskunft geben.«

George ignorierte das Pochen in der Schulter und

lehnte sich an den Befehlsstand. »Ich sollte wohl besser auf eine entsprechende Anfrage verzichten, um mir nicht Dr. Pooles Zorn zuzuziehen.« Er zuckte zusammen, als er jähen Schmerz im Nacken spürte, holte tief Luft und wartete, bis das Stechen nachließ. »Na schön ... Helfen Sie den Leuten im Maschinenraum bei der Reparatur des Warpantriebs. Sanawey, was ist mit den Sensoren?«

Dicke Muskelstränge spannten sich unter dem Uniformpulli des Indianers, als er sich halb umwandte. »Einige Schaltkreise sind durchgebrannt, Sir. Ich stelle neue elektrische Verbindungen her. In einigen Sekunden müßte zumindest eine visuelle Erfassung möglich sein.«

George preßte sich die Fingerknöchel an die Lippen und schloß kurz die Augen. »Die Sache gefällt mir nicht. Irgend etwas ist faul.«

Drake gesellte sich an seine Seite. »Entspann dich, Geordie«, sagte er leise. »Inzwischen scheint wieder alles unter Kontrolle zu sein. Und mach dir keine Sorgen um den Captain – Unkraut vergeht nicht.« Reed lächelte dünn. »Die Königin scheint genau zu wissen, worauf es im Notfall ankommt. Sie hat den Warpflug rechtzeitig unterbrochen, bevor wir eine andere Galaxis erreichten, nicht wahr?«

»Warptriebwerke sind keineswegs intelligent«, erwiderte George. »Ganz abgesehen davon: Selbst in einem Ionensturm hätte sie nicht verrückt spielen dürfen. Eine automatische Desaktivierung, ja. Aber kein spontaner Transit. Nein, ich bin sicher, es steckt mehr dahinter.«

»Sir«, sagte Sanawey und runzelte verwirrt die Stirn.

George drehte sich um.

Der Indianer hielt sich ein Kom-Modul ans Ohr, und die Falten über seinen Brauen bildeten tiefe Täler. »Sir, ich ...«

»Ja?« drängte George.

»Ich empfange Signale. Sie werden im oberen Bereich der Grußfrequenzen übermittelt. Es handelt sich um eine fremde Sprache, die erst übersetzt werden muß.«

»Eine Nachricht?« George ging übers untere Deck und hielt sich am Geländer vor der Kommunikationsstation fest. »Von wem könnte sie stammen?«

Sanawey betätigte einige Tasten der astrotelemetrischen Kontrollen und richtete seinen Blick auf den Wandschirm, als ein dumpfes, energetisches Summen erklang.

George drehte sich um; Drake, Florida und Hart folgten seinem Beispiel.

Das Projektionsfeld zeigte einen dunklen Schemen, dessen Konturen sich vor den Sternen abzeichneten, einen Geier, der dicht vor dem Fenster ins All schwebte.

Die Menschen auf der Brücke erkannten sofort den Schrecken der Vergangenheit. Er bot sich ihnen in Form von federartigen Symbolen dar, die auf einem schwarzen, vogelartigen Rumpf glänzten.

KAPITEL 12

Aprils Gedanken tasteten durch die Dunkelheit und fanden allmählich in die Wirklichkeit zurück. Zuerst hörte er das gleichmäßige *Bumm-bumm-bumm* des Kardio-Monitors an der Wand über seinem Kopf. Solange er lebte, setzte sich das leise Pochen fort. Wenn es verklang, wurde es Zeit, sich Sorgen zu machen.

Er atmete tief durch, um die Dunkelheit der Ohnmacht vollständig zurückzudrängen, schlug dann die Augen auf. Einige Sekunden lang sah er nur verzerrte Konturen, doch kurz darauf bemerkte er ein vertrautes Gesicht: Sarah.

Ihre Mimik entsprach nicht unbedingt der einer Ärztin. Die Züge wirkten noch immer angespannt, und ihre Wangen offenbarten Spuren getrockneter Tränen. »Wie geht es Ihnen?«

April dachte darüber nach. »Ich bin mir nicht ganz sicher«, erwiderte er und spürte einen Hauch Verlegenheit. Das Sprechen bereitete ihm einige Probleme. Er mußte ständig darauf achten, daß ihm die Zunge nicht im Weg war. »Schwach. Und ... ich habe enorme Kopfschmerzen. Was ist eigentlich geschehen?« Er tastete nach dem Verband.

Sarah hielt seine Hand fest. »Sie beschlossen, Ihren Schädel als Knüppel zu verwenden und damit an die Wand zu schlagen. Das Gehirn hielt nicht viel davon.«

»Blut?« brachte April hervor und fühlte eine feuchte Strähne.

»Ja. Aber jetzt nicht mehr. Wir haben Ihnen das Haar gewaschen. Deshalb ist es so feucht.« Dr. Poole seufzte. »Seien Sie ein braver Junge und bleiben Sie ruhig liegen.«

Der Captain versuchte, den Kopf zu heben. »Wie viele Besatzungsmitglieder wurden verletzt?«

Sarah seufzte erneut, ging nicht sofort auf Aprils Frage ein und sah auf die Anzeige eines tragbaren Enzephalographen. »Blaue Flecken und Hautabschürfungen, einige wenige Knochenbrüche, weiter nichts«, murmelte sie ausweichend.

»Und George?«

»Was soll schon mit ihm sein?«

»Hat es ihn ebenfalls erwischt?«

»Nein. Ihr Neonazi-Freund führt inzwischen das Kommando.«

April entspannte sich. »Oh, gut. Dann ist ja alles in Ordnung.«

»Hoffentlich«, brummte die Ärztin.

»Wie konnte so etwas geschehen? Sind bereits Statusberichte eingetroffen?«

»Ich schlage vor, Sie ruhen sich aus, Robert. Alles andere hat Zeit.«

April bedachte sie mit einem jungenhaften Lächeln. »Ach, kommen Sie, Sarah. Ich *muß* solche Fragen stellen.«

Dr. Poole wischte sich die Tränenspuren von den Wangen und straffte ihre Gestalt. Sie versuchte, in den Kokon zurückzuschlüpfen, der sie vor allen Dingen schützte, die ihr seelische Schmerzen bereiten konnten. »Irgend jemand erwähnte eine Schwerkraftverschiebung.«

April runzelte nachdenklich die Stirn und blinzelte. »Oh, ja ... Wahrscheinlich ein Ausfall der Gravitationskompensatoren. Das würde eine Menge erklären. Meine Güte, es hätte weitaus schlimmer kommen können.« Er rollte sich auf den Rücken. Die Bewegung desorientierte ihn, und sein ganzer Körper erschlaffte.

Sarah beugte sich über ihren Patienten und berührte Aprils Gesicht. »Robert?«

»Bin noch immer hier«, flüsterte er. »Zumindest teilweise.«

Dr. Poole ließ den angehaltenen Atem entweichen und schluckte. »Jagen Sie mir nicht noch einmal einen solchen Schrecken ein.«

»Wie lange liege ich schon hier?«

»Seit einigen Minuten.«

»Seit *wie vielen* Minuten?«

Die Ärztin griff nach einem handgroßen Enzephalostat, hielt es an Aprils Schläfe und justierte ein Kraftfeld, das Infektionen vorbeugen sollte. »Darüber gebe ich Ihnen keine Auskunft.« Sie spürte eine eigentümliche Kälte in den Fingern und versuchte, ein verräterisches Vibrieren aus ihrer Stimme zu verbannen. Nur mit Mühe widerstand sie der Versuchung, dem Captain alles zu sagen. Es hatte sich innerhalb kurzer Zeit im Schiff herumgesprochen: Sie befanden sich im stellaren Territorium der Romulaner, und zunächst schien es keine Möglichkeit zu geben, in den Raumbereich der Föderation zurückzukehren.

»Geben Sie mir irgendein Mittel, das mich wieder auf die Beine bringt«, sagte Robert.

»Kommt überhaupt nicht in Frage.« Es blitzte in Sarahs Augen, und auf ihren Wangen bildeten sich rote Flecken. »Sie haben mich aufgefordert, Kirk für Sie zu schnappen – damit Sie jemand vertreten kann. Soll er sich um alles kümmern!«

»Sarah«, erwiderte April sanft und griff nach ihrer Hand. »Ich sollte auf der Brücke sein, das wissen Sie.«

»Na schön«, sagte Dr. Poole scharf. »Gehen Sie ruhig. Wenn Sie können. Sie haben mich an Bord geholt, damit ich bei einer besonderen Mission eine besondere Besatzung behandle. Und das schließt Sie mit ein.« Ihr Kinn bebte, als sie plötzlich schwieg. Einige bedeutsame Sekunden lang sah sie April nur an, und dann öffneten sich ihre Lippen von ganz allein. »Sie sind der wichtigste Teil dieser Mission.«

April preßte Sarahs Hand an seine Brust. »Ich bin froh, daß Sie hier sind.«

Ihre Schultern versteiften sich. »Nun, *ich* nicht. Es gibt viele Ärzte, die für ein solches Unternehmen weitaus qualifizierter sind. Dies ist einfach nicht fair, Robert. *Sie* sind nicht fair zu mir.«

»Ich vermeide es, mit Fremden zusammenzuarbeiten«, antwortete er und erinnerte sich daran, daß er ähnliche Worte an George gerichtet hatte. »Ich möchte Leute um mich herum haben, denen ich vertrauen kann, die ich nicht erst kennenlernen muß. Ich weiß, wie sehr du es verabscheust, jemanden leiden zu sehen ...« Er ging plötzlich zum Du über. »Und du hast recht: Ich kenne andere Ärzte, die für unsere Mission geeigneter wären, wenn man rein medizinische Maßstäbe anlegt. Aber ich wollte sie nicht. Ich wollte jemanden, den ich kenne und der mich kennt. Ich wollte dich, Sarah.« Seine Stimme wurde noch leiser, und das gleichmäßige Pochen des Kardio-Monitors klang wie ein Taktgeber. In den blauen Augen des Captains schimmerte emotionale Wärme, und durch den Kopfverband wirkte er sowohl hilflos als auch tapfer. Er zog die Hand der Frau höher, bis sie fast sein Kinn berührte. »Um ganz ehrlich zu sein ... Ich liebe dich, Sarah.«

George marschierte auf der Brücke umher und wandte den Blick nicht von dem geierartigen Raumschiff ab. Jeder Muskel in seinem Leib war gespannt.

»Übersetzen Sie die Nachricht«, sagte er.

Sanaweys dicke Finger tanzten über die Konsole, und kurz darauf berührte er das Kom-Modul. »Wir werden aufgefordert, uns zu identifizieren und unsere Absichten zu erklären. Die Fremden verzichten auf irgendwelche Höflichkeitsfloskeln.«

Bernice Hart sah von ihren eigenen Kontrollen auf. »Stellen sie sich nicht vor?«

»Das brauchen sie gar nicht.« George gab seinem inneren Drängen nach und eilte zur Backbordseite. »Florida, setzen Sie sich mit dem Maschinenraum in Verbindung. Ich brauche jemanden, der sich mit dem Bibliothekscomputer auskennt.« Er deutete auf das Terminal. »Ich möchte, daß eine Analyse des Konstruktionsmusters vorgenommen wird.«

»Ja, Sir.«

»Sanawey, vielleicht können Sie meine Vermutungen bestätigen. Um was für eine Sprache handelt es sich?«

Der Indianer holte tief Luft, bevor er Antwort gab, und er sprach in einem fast entschuldigenden Tonfall. Er wußte, was seine Worte bedeuteten. »Das Transkriptionsprogramm hat aus dem Romulanischen übersetzt, Mr. Kirk.«

George schlug mit der Faust auf die Kommandokonsole. »Was machen Romulaner im Raumgebiet der Föderation? Wollen sie einen neuen Krieg beginnen?«

»Äh, Sir ...«, warf Sanawey ein.

»Ja?«

»Wir werden erneut aufgefordert, uns zu identifizieren und unsere Absichten zu erklären. Außerdem, äh ...«

»Heraus damit!«

»Nun, die Romulaner fragen, warum wir in ihr stellares Territorium vorgestoßen sind.«

George starrte ihn groß an, und sein Zorn verwandelte sich in Verblüffung. Bedrückende Stille herrschte.

In Kirks Augen funkelte es kalt, und mit gedämpfter Stimme fragte er: »Können Sie das bestätigen?«

Sanawey wandte sich dem Bibliothekscomputer zu und bemühte sich, das elektronische Archiv mit den Sternkarten zu finden. Einige lange Sekunden verstrichen, bevor sich der Bildschirm erhellte.

George wartete und verfluchte die Vulkanier. Erst programmierten sie den Computer, doch dann lehnten sie es ab, Starfleet jemanden zur Verfügung zu stellen, der mit dem Ding umgehen konnte. Er zwang sich zur Ruhe, während Sanawey zu schwitzen begann und mit dem Gerät rang.

Schließlich richtete sich der Indianer auf. »Ich kann unsere Position nicht feststellen, Sir. Es gibt keine einzige Sternkarte, die den Konstellationen in diesem Sektor entspricht. Aber eins steht fest«, fügte er düster hinzu. »Wir befinden uns außerhalb der Föderation.«

»Sind wir in der Neutralen Zone?« fragte George.

»Nein, Sir. Die Neutrale Zone wurde bereits kartographisch erfaßt, doch dieser Sektor ist uns unbekannt.«

Drake stand ein wenig abseits und räusperte sich demonstrativ. »Sieht ganz danach aus, als seien *wir* die Eindringlinge.«

George rieb sich die Schläfe und knirschte mit den Zähnen. »Oh, Mann«, stöhnte er und sah Hart an. »Was macht das Warptriebwerk?«

»Noch immer funktionsunfähig«, erwiderte die bleiche Technikerin.

Hinter ihnen öffnete sich der Turbolift, und zwei Ingenieure betraten die Brücke.

»Graff«, sagte einer der beiden Männer. »Melde mich zur Stelle, Mr. Kirk.«

»Ich bin Saffire, Sir«, stellte sich der andere vor.

»Wissen Sie über den Bibliothekscomputer Bescheid?« fragte George knapp.

Saffire zuckte mit den Schultern. »Wir kennen in erster Linie seine Verbindungen zum Warp-Navigationssystem, aber es sollte uns eigentlich gelingen, gezielt Daten abzufragen.«

»In Ordnung. Bestimmen Sie die Konstruktionsstruktur des Schiffes dort draußen.«

Als die beiden Ingenieure an der Kommunikationskonsole vorbeigingen, sagte Sanawey: »Mr. Kirk, die Fremden wiederholen ihre Nachricht, und diesmal drohen sie, das Feuer auf uns zu eröffnen, wenn wir nicht antworten.«

George näherte sich dem Befehlsstand. »Was für eine Überraschung«, erwiderte er ironisch. »Nun gut. Strapazieren wir ihre Geduld nicht länger. Ich schlage vor, wir antworten auf Romulanisch. Sind Sie dazu in der Lage?«

»Was diese Sprache betrifft, sind die Transkriptionsprogramme nicht mit allen erforderlichen Daten ausgestattet, aber einige einfache Sätze lassen sich bestimmt zusammenstellen.«

»Benutze keine zu komplizierten Formulierungen, George«, riet Drake.

»Sir?« Graff sah vom Bibliothekscomputer auf. »Es liegen nur wenige Informationen über dieses besondere Baumuster vor, aber unsere Korrelationen deuten auf folgendes hin: Das fremde Schiff ist ähnlich strukturiert wie die sieben Kampfeinheiten vom Typ Kriegsschwalbe, die Starbase Eins und die USS *Patton* angriffen. Der Überfall erfolgte im Jahre ...«

»Das genügt mir«, sagte George scharf. »Identifizieren Sie uns nicht, Sanawey. Teilen Sie den Romulanern mit, wir seien ein Forschungsschiff, dessen Navigationssensoren versagten. Fügen Sie hinzu, wie brauchten einige Stunden, um die Schäden an Bord zu reparieren, und anschließend seien wir gern bereit, diesen Raumsektor zu verlassen.«

»Und welchen Kurs setzen wir, solange uns Navigationsmarken fehlen?« warf Florida ein.

»Was soll das heißen?« fragte George verwundert. »Der Computer kann doch sicher einige bekannte Sterne lokalisieren und sie als Bezugspunkte benutzen.«

»Mit den Fernsensoren wäre es durchaus möglich, cinc solche Peilung vorzunehmen«, sagte Sanawey. »Aber leider funktionieren sie nicht.«

»Wann sind sie wieder einsatzfähig?«

»Wir müßten schon recht bald zu ersten Nahbereichsortungen in der Lage sein, aber die Reparatur der Fernsensoren könnte noch einen ganzen Tag dauern.«

George starrte den Indianer so finster an, als sei dies alles seine Schuld. Dann richtete er den Blick wieder aufs Projektionsfeld, und hinter seiner Stirn formten sich die ersten Konturen einer Idee. »Sagen Sie ihnen, daß wir es begrüßen würden, wenn sie uns aus ihrem Raumbereich eskortierten.«

»Bestimmt wollen sie dann wissen, wohin sie uns begleiten sollen«, entgegnete Sanawey skeptisch.

»Geben Sie darüber keine Auskunft.« George beobachtete das vogelartige Raumschiff, die dunklen Schwingen mit ihren farbigen Symbolen. »Weisen Sie darauf hin, daß wir keine feindlichen Absichten verfolgen, jedoch bereit sind, uns wirkungsvoll zu verteidigen, wenn man uns angreift.« Er sah den Kommunikationsoffizier an. »Lassen Sie am letzten Punkt keinen Zweifel.«

»Ich werde versuchen, möglichst diplomatisch zu sein, Sir.«

»Drücken Sie sich deutlich genug aus.« Kirk starrte weiterhin auf den Schirm. »Bei Romulanern darf man kein Risiko eingehen.«

»Es trifft eine Antwort auf unsere Nachricht ein, Primus«, sagte der Brückenzenturio.

T'Cael, Idrys, Ry'iak und Kai drehten sich synchron um – die einzige Harmonie, die sie teilten.

»Sprache?«

Der Zenturio neigte den Kopf zur Seite, und das Flackern der Kontrollampen spiegelte sich auf seinem Helm wider. »Die Unbekannten antworten auf Basis-Rihannsu. Die Botschaft wird jedoch nicht von einer Stimme übermittelt, Sir, sondern von einem Computer.«

»Also wissen wir noch immer nicht genau Bescheid.« T'Cael seufzte.

»Wenn die Fremden unsere Sprache beherrschen ...«, begann Idrys.

»*Wenn.* Warum antworten sie dann nicht selbst? Warum überlassen sie das einem Computer? Sprechen sie Rihannsu, oder müssen sie übersetzen?« Der Primus trat an den nächsten Monitor heran. »Zeigen Sie mir die Mitteilung.«

Idrys und Kai gesellten sich ihm hinzu, wahrten jedoch einen gewissen Abstand. Neugierig beobachteten sie die Buchstabenfolge auf dem Schirm.

Es kam zu einem Navigationsfehler. Wir sind ein Forschungsschiff. Sie können uns aus Ihrem Raumgebiet eskortieren, sobald die Reparaturen beendet sind. Kommen Sie nicht näher. Wir verfolgen keine feindlichen Absichten, aber wir gehen zum Gegenangriff über, wenn Sie zuerst auf uns schießen.

»Das ist alles?« fragte Idrys, und in ihrem bronzefarbenen Gesicht zeigte sich Verwirrung.

»Ja, Commander«, bestätigte der Zenturio.

Kai wich ruckartig vom Monitor fort. »Die Unbekannten fordern uns heraus! Sie wollen, daß wir das Feuer auf sie eröffnen!«

Ry'iak wandte sich von einem anderen Bildschirm am Pult des Zenturios ab. »Sie identifizieren sich nicht und erwarten ganz offensichtlich, daß wir uns zum Kampf stellen«, sagte er. »Wir müssen angreifen!«

»Nein.« T'Caels kühle Stimme schuf sofort Ruhe auf der Brücke. »Sehen Sie sich die Formulierung an. Sie wirkt irgendwie schwerfällig. Basis-Rihannsu ist gewiß nicht die natürliche Sprache der Fremden. Vielleicht ahnen sie nicht einmal, was in diesen Worten zum Ausdruck kommt.«

»*Wir* wissen es!« fauchte Kai.

»Wir kennen die Sätze, aber nicht ihre *Bedeutung*. Wenn die Fremden wirklich auf einen Kampf aus sind ... Warum haben sie uns dann nicht einfach angegriffen?«

»Sie wollen, daß wir sie provozieren«, sagte Ry'iak fest. »Wenn wir zuerst das Feuer eröffnen, haben sie einen Vorwand.«

»Die Unbekannten befinden sich in unserem stellaren Territorium, Unterzenturio«, erwiderte t'Cael und betonte den Rang des Senatsproktors. »Anders ausgedrückt: Es ist bereits zu einer Provokation gekommen.«

»Jenes Schiff dürfte in der Lage sein, es relativ problemlos mit einer einzelnen Patrouilleneinheit wie der *Vernichter* aufzunehmen«, meinte Idrys. »Wir haben erst dann eine Chance, wenn der Schwarm eintrifft. *Wir* müssen versuchen, Zeit zu gewinnen.«

Der Gesandte des Prätors knurrte wütend und konnte

sich kaum mehr beherrschen. »Sie vernachlässigen Ihre Dienstpflichten, wenn Sie nicht die Chance nutzen, den Eindringling zu vernichten. In der Antwort werden Reparaturen erwähnt. Die Fremden können also nicht ihr ganzes Potential nutzen.«

T'Cael straffte seine Gestalt. »Die Zerstörung eines gegnerischen Schiffes ist nicht immer die beste Lösung. Von einer Eliminierung des Eindringlings hat das Reich nicht den geringsten Nutzen.«

»Und wenn er uns angreift?«

»Welche Verdienste erwerben wir, indem wir die Unbekannten zwingen, diese Patrouilleneinheit zu vernichten?« erwiderte t'Cael und konfrontierte Ry'iak mit seiner eigenen Logik. »Bevor wir uns auf ein Gefecht einlassen, sollten wir prüfen, welchen Vorteil wir erringen können.«

»Die Fremden haben selbst zugegeben, daß ihr Raumschiff nicht voll einsatzfähig ist«, beharrte der Proktor. »Wir müssen jetzt zuschlagen, bevor sie wieder kampffähig sind!«

Die Brückenoffiziere hörten aufmerksam zu. Gespannt folgten sie der Auseinandersetzung zwischen zwei wichtigen Machtfaktoren.

T'Cael verschränkte die Arme und nickte langsam.

»Wenn die Manövrier- und Kampffähigkeit der Unbekannten tatsächlich eingeschränkt ist, sollten wir erst recht auf den Schwarm warten — um die Gelegenheit zu nutzen, das weiße Schiff unter Kontrolle zu bringen.« *Damit könnte ich auf einen Schlag alle meine Probleme lösen,* dachte t'Cael. *Durch einen solchen Erfolg würde ich zum Helden und bekäme die Möglichkeit, dem Obersten Prätor wirkungsvollen Widerstand zu leisten.* Er musterte Ry'iak. »Sie möchten das Reich doch nicht um eine solche Trophäe bringen, oder?«

Die beiden Männer starrten sich an. T'Cael wußte genau, daß der Proktor das riesige Raumschiff nur aus einem Grund zerstören wollte: um zu verhindern, daß der Primus neuen Ruhm errang. Vermutlich bestand Ry'iaks

Befehl darin, den Einfluß des Feldprimus zu schmälern und ihn schließlich ganz von seinem Posten zu verdrängen. Doch nun warteten die anderen Offiziere darauf, daß er sich ganz offen eine Blöße gab, indem er weiterhin auf einer Vernichtung des Eindringlings – und damit der Trophäe des Prätors – bestand.

T'Cael wartete einige Sekunden, und als die Stille andauerte, begann er vorsichtig: »Wenn Sie trotzdem versessen darauf sind, die Fremden anzugreifen ... Ich stelle Ihnen gern einen dreisitzigen Nestling zur Verfügung. Damit können Sie Ihr Vorhaben in die Tat umsetzen.« Kilyle hob die Hände. »Bitte verzeihen Sie mir, daß ich nicht sofort daran gedacht habe. So etwas entsprach schon immer Ihrem Wunsch, nicht wahr? Ein glorreicher Tod im Namen des Prätors. Kai! Bereiten Sie einen Nestling Drei vor. Weisen Sie Ry'iak zwei Männer zu ...«

»Nein!« entfuhr es dem Proktor. Er gestikulierte fahrig. »Nein, ich ... ich beuge mich Ihrer ... Weisheit. Ich halte es ebenfalls für notwendig, auf den Schwarm zu warten. Das Reich muß die Chance erhalten, das fremde Schiff aufzubringen ...« Er brach ab und schnappte nach Luft.

Einmal mehr verschränkte t'Cael die Arme und trat dicht an Ry'iak heran. »Sie haben sehr hart gearbeitet. Vielleicht wird es jetzt Zeit für Sie, sich ein wenig auszuruhen. Sie dürfen die Brücke verlassen, wenn Sie möchten.«

Der Senatsproktor ballte die Fäuste und hielt den Blick gesenkt. »Offenbar gefällt es Ihnen, mich der Crew als einen Narren zu präsentieren«, preßte er zwischen zusammengebissenen Zähnen hervor.

Ein spöttisches Lächeln umspielte t'Caels Lippen, und er schob sich noch etwas näher. »Wenn Sie es mir nur nicht so leicht machen würden ...«

Er unterstrich seine Worte mit einem durchdringenden Blick, hob verächtlich die Brauen und wandte sich um. Kurz darauf sah er aus den Augenwinkeln, wie sich Ry'iak an ein Schott lehnte und keine Anstalten machte, den Kontrollraum zu verlassen. T'Cael verzichtete darauf, seinen neuerlichen verbalen Sieg über den Gesandten des Prätors zu gefährden, indem er ihn noch mehr unter Druck setzte und erneut von ihm verlangte, die Brücke zu verlassen. Selbst feige Tiere bissen und kratzten, wenn man sie in die Enge trieb.

Kilyle richtete seine Aufmerksamkeit auf die Offiziere. »Wir stellen keine Forderungen mehr, bis sich die Lage zu unseren Gunsten verändert hat. Erst wenn der Schwarm eingetroffen ist, können wir unseren Drohungen Nachdruck verleihen.« T'Cael hielt den Blick aufs Deck gerichtet. »Sobald die anderen Patrouillenschiffe hier sind, haben wir die Möglichkeit, dem Eindringling Bedingungen zu stellen.« Langsam hob er den Kopf. »Bis dahin beschränken wir uns auf einen ganz normalen Kom-Kontakt und verhalten uns friedlich.«

Er gab den Anwesenden Gelegenheit, über seine Ausführungen nachzudenken. Niemand widersprach ihm. Idrys ahnte den Zweck der Pause, die t'Cael einlegte, und sie geduldete sich eine Zeitlang, bevor sie fragte: »Wie lauten Ihre Befehle, Primus?«

»Bitten Sie um weitere Informationen«, sagte Kilyle. »Erkundigen Sie sich nach dem Heimatplaneten der Unbekannten. Und bieten Sie unsere Hilfe an.«

Die Offiziere musterten ihn verblüfft.

Selbst Idrys blinzelte überrascht. »Unsere Hilfe?«

»Ja. Vielleicht nehmen die Fremden das Angebot ernst und geben daraufhin Auskunft über die Lage an Bord, über Schäden, die Anzahl der Verletzten und so weiter. Wir müssen ihre schwachen Stellen finden.«

Zufrieden stellte t'Cael fest, daß die Offiziere anerkennende und respektvolle Blicke wechselten. Bestimmt glaubten sie jetzt, eine der bereits legendär gewordenen Kriegslisten des Feldprimus kennengelernt zu haben. Niemand von ihnen durchschaute t'Cael. Niemand von ihnen ahnte, welche Hoffnungen er mit dem Kontakt verband.

»Ausgezeichnet, Primus«, hauchte Idrys. »Ein genialer Plan.«

Er nickte bescheiden. »Senden Sie die Nachricht, Commander.«

Sarah Poole schmollte und wirkte plötzlich wie ein kleines Mädchen. Eine Locke fiel ihr über die Wimpern, aber sie hob nicht die Hand, um sie zurückzustreichen. Tief in ihrem Innern erzitterte etwas und wich zurück. Sie wußte nur zu gut, daß sie dem Bann namens April erlag, wenn sie jetzt dem Blick des Mannes begegnete, doch sie konnte sich einfach nicht von dem Leuchten in seinen Augen abwenden.

Er musterte sie mit einer Hoffnung, die sie schon einmal gesehen hatte.

»Manchmal neigen Patienten dazu, sich in eine Ärztin zu verlieben«, sagte sie und senkte den Kopf.

»Ich kenne das Syndrom«, sagte April sofort, als habe er mit einer solchen Antwort gerechnet. »Glaub mir, Sarah, ich meine es ernst.«

Daraufhin zog Dr. Poole die Hand zurück und legte eine Thermodecke auf die Beine des Captains. »Im Weltraum ist Liebe unmöglich«, behauptete sie. »Liebe braucht Kerzenlicht.«

April lachte leise. »Wie wär's mit schimmernden Sternen? Davon haben wir jede Menge.«

»Bitte hör auf damit«, erwiderte Sarah und ging ebenfalls zum Du über. »Du machst mich ganz verlegen ...«

April streckte den Arm aus, und seine Finger schlossen sich so sanft um Dr. Pooles Hand, daß sie nicht zurückwich. »Ich bin ein einsamer Mensch, Sarah.«

In ihren Augen blitzte es, und plötzlich verflüchtigte sich die Unsicherheit. Sie klopfte auf die Hand des Captains. »Robert April, du bist noch nie in deinem Leben einsam gewesen! Du hast mehr Freunde als sonst jemand. Die ganze Galaxis möchte dein Kumpel sein! Von wegen Einsamkeit!«

»Himmel«, murmelte April. »Ich hasse es, bei einer Lüge ertappt zu werden ...«

»Du kannst gar nicht lügen«, widersprach Sarah. »Dabei fiele dir die Zunge aus dem Mund.« Sie zögerte, gefangen in Roberts zärtlichem Blick, der ihren inneren Widerstand zu brechen drohte, wenn sie nicht zornig blieb. »Ich will nichts mehr davon hören, klar? Die Besatzung weiß inzwischen, daß man mich an einem ganz anderen Ort erwartet, daß ich mich eigentlich um die Tiere einer Farmkolonie kümmern sollte. Wenn jemand erfährt, welche Worte du an mich gerichtet hast ... Deine Gefährten sind ohnehin der Ansicht, daß du auf einen qualifizierten Raummediziner verzichtest, weil du in mich verknallt bist. Hör endlich auf damit, Robert! Alle lieben dich, und es gibt keine Entschuldigung dafür, daß du mich so in die Enge treibst. Ich bin sicher, selbst die Romulaner fänden dich sympathisch. Du kannst eben nicht über deinen eigenen Schatten springen ...«

April hob den Kopf. »Was für Romulaner?«

Sarah unterbrach sich, und einige Sekunden lang starrte sie verwirrt und erschrocken auf den Mann herab. Dann klappte sie den Mund zu und gestikulierte vage. »Nur eine Redensart.«

Erst als sie versuchte, ihren verbalen Ausrutscher zu vertuschen, begriff sie das ganze Ausmaß ihrer Furcht. Nur eine angespannte und gefährliche Situation hielt George Kirk davon ab, sich nach Aprils Zustand zu erkundigen — und der Erste Offizier hatte sich schon seit einer ganzen Weile nicht mehr gemeldet. Der Captain stützte sich auf den Ellenbogen und griff erneut nach Sarahs Hand. »Was für Romulaner?« wiederholte er.

Dr. Poole versuchte, sich nichts anmerken zu lassen, aber er bemerkte das besorgte Schimmern in ihren Augen und wußte, daß sie etwas vor ihm verbarg. Bei jemand anders hätte er die subtilen Anzeichen vielleicht übersehen, doch er kannte die Ärztin und wußte um die Bedeutung des kurzen Funkelns in ihren Pupillen. Plötzlich ergab es einen Sinn, daß er sich weigerte, mit fremden Personen zusammenzuarbeiten.

Er griff fester zu und zog sich langsam in die Höhe. »Was ist passiert, Sarah?«

»Das spielt keine Rolle«, entgegnete sie scharf. »Du hast ohnehin nichts mehr damit zu tun. Zwing mich nicht dazu, dir ein Sedativ zu verabreichen, Robert ...«

April rutschte über die Kante der Liege und wäre fast zu Boden gestürzt.

Dr. Poole lehnte es ab, ihm zu helfen. Während sie noch überlegte, wie sie den Captain aufhalten sollte, erreichte er die Tür der Behandlungskammer und öffnete sie. Wie erstarrt blieb er stehen, schnappte nach Luft und riß die Augen auf.

Vor ihm erstreckte sich die Krankenstation. Ein Dutzend hastig zurechtgerückte Diagnoseliegen — und keine von ihnen war leer.

Hier und dort erklang leises Stöhnen. Quetschungen und schmerzhafte Knochenbrüche — das Ergebnis einer Gravitationsverschiebung während des Warptransits.

April klammerte sich am Türrahmen fest und keuchte. »O mein Gott ... mein Gott ...«

Sarah rührte sich nicht von der Stelle, hielt die Hand auf den Mund gepreßt. Tränen quollen ihr in die Augen.

Schließlich ertönte wieder die Stimme des Captains. »Bring mich zur Brücke.«

Sarah begleitete ihn selbst, obwohl sie in der Krankenstation gebraucht wurde. Als das Schott des Turbolifts beiseite glitt, führte sie April in den Kontrollraum.

George bemerkte sie sofort. »Zum Teufel auch, was machst du hier, Robert?«

April gab keine Antwort, konzentrierte sich statt dessen auf den Wandschirm.

George sah Dr. Poole an. »Ist alles in Ordnung mit ihm?« fragte er.

Sie schüttelte den Kopf. »Ganz und gar nicht.«

Kirk kam näher, griff nach Aprils Arm und stützte ihn, als er die beiden Stufen zum Kommandodeck heruntertrat. »Setz dich wenigstens.«

April beobachtete noch immer das geierartige Raumschiff. »Mit wem haben wir es zu tun?«

»Mit Romulanern«, erwiderte George.

»Ist das bereits bestätigt?«

»Eigentlich kann kein Zweifel mehr daran bestehen. Sprache und Konstruktionsstruktur entsprechen Informationen, die wir während der Romulanischen Kriege gewannen.«

»Lieber Himmel, George. Du hättest mich benachrichtigen sollen. Befinden wir uns in ihrem Raumgebiet?«

George verlagerte sein Gewicht. »Darauf deutet alles hin. Der spontane Warptransfer brachte uns tief in ihr stellares Territorium, und das macht mir mehr Sorgen als alles andere.«

April schwankte ein wenig und musterte seinen Ersten Offizier. »Was meinst du damit?«

»Es sind zu viele Zufälle. Oh, ich kann durchaus verstehen, daß die neuen Systeme an Bord noch nicht ganz einwandfrei arbeiten, aber Warptriebwerke benutzen wir schon seit vielen Jahren. Nun, der erste sogenannte Defekt hätte fast unsere Mission verhindert und das ganze Schiff zerstört. Kurze Zeit später kam es zu einer zweiten Fehlfunktion, die uns *zufälligerweise* hierherbrachte ...«

April rang um sein Gleichgewicht und lehnte sich schwer an den Befehlsstand. »Ich weiß, worauf du hinauswillst, aber ...«

»Den Romulanern würde es sicher sehr gefallen, unsere neue Technik gründlich zu analysieren.«

»George ...«

»Hinzu kommt, daß unsere Fernsensoren ausgefallen sind. Wir haben also keine Bezugspunkte für die Navigation und sitzen hier fest. Behauptest du noch immer, ich sei paranoid, Robert?« In Kirks Augen glühte bernsteinfarbenes Feuer.

Offenbar blieb der Zorn nicht ohne Wirkung auf April. Er zögerte, bevor er antwortete: »Nein. Ich würde sagen, du bist ein ausgezeichneter Offizier.«

»Versuch bloß nicht, mich zu beschwichtigen.«

»Na schön. Ich will ganz offen sein: Ich glaube, du fällst in deine Rolle als Soldat zurück und machst dir erneut eine militaristische — und auch paranoide — Denkweise zu eigen. Dies ist ein völlig neues Starship, das noch nicht getestet wurde. Wir müssen also mit Fehlfunktionen rechnen.« Er beobachtete das romulanische Raumschiff und spürte, wie ihm die Knie weich wurden. Seine rechte Hand kam von ganz allein in die Höhe, doch bevor sie den Kopfverband berührte, ließ April den Arm wieder sinken. Ein dünner Schweißfilm glänzte auf seiner Stirn.

»Es ist die Art der Fehlfunktionen, die mich so sehr besorgt, Captain«, sagte George dumpf. »Die erste hätte uns fast Kopf und Kragen gekostet, und die zweite führt zu einer verdammt ernsten Krise. Für die Romulaner ist unser Schiff ein kostbarer Schatz. Wenn es ihnen gelungen ist, Starfleet zu infiltrieren ...«

»Spione? Nein, ausgeschlossen.«

»*Wenn* sie eine fünfte Kolonie bei uns untergebracht haben«, beharrte George, »wissen sie bereits über das Starship Bescheid. Und in einem solchen Fall würden sie bestimmt alles daransetzen, um es in ihre Gewalt zu bekommen. Das kannst du wohl kaum abstreiten.«

»Nein. Aber die Entwicklungsingenieure, Mechaniker, Techniker und alle Spezialisten, die am Bau des Schiffes beteiligt waren ... Sie wurden immer wieder überprüft. Und zwar gründlich. Selbst bei dir und Drake sind umfassende Sicherheitskontrollen vorgenommen worden.« April deutete erst auf Kirk, dann auf Reed. »George, wir haben keine Zeit, uns mit irgendwelchen Mutmaßungen aufzuhalten. Es gibt weitaus drängendere Probleme.«

»Ich habe dir gerade zu erklären versucht, daß alles *ein* Problem ist.«

April schnitt eine Grimasse, bedachte George mit einem Jetzt-hör-aber-auf-Blick und nahm im Sessel des Befehlsstands Platz. Schwäche zitterte in ihm, und der Schmerz kehrte zurück, erfaßte nicht nur den Kopf, sondern auch Rücken und Beine. Er schloß eine schweißfeuchte Hand ums Knie und kämpfte gegen die Benommenheit an. »Carlos, wie ist unser Status?«

»Warptriebwerk inaktiv. Bisher liegen noch kcine Meldungen darüber vor, wie groß die Schäden sind und wie lange eine Instandsetzung dauert. Sensoren und Deflektoren werden gerade repariert. Nahbereichserfassung begrenzt einsatzfähig.« Florida legte eine kurze Pause ein. »Die Romulaner verlangten, daß wir uns identifizieren und unsere Absichten erklären.«

»Was haben wir ihnen geantwortet?«

»Über unsere Identität gaben wir keine Auskunft«, sagte der Steuermann. »Wie wiesen nur darauf hin, daß wir uns aufgrund eines Navigationsfehlers in ihrem Raumbereich befinden und ihn verlassen, sobald alle Schäden behoben sind. Außerdem ließen wir keinen Zweifel daran, daß wir bereit sind, uns mit allen Mitteln zu verteidigen.«

April lehnte sich zurück und seufzte schwer.

»Ach, George«, stöhnte er.

»Unter den gegebenen Umständen hielt ich eine Warnung für angebracht, Captain«, sagte Kirk fest. »Wir kennen die Romulaner.«

»Unser Wissen über sie ist mehr als siebzig Jahre alt, George, begreifst du das denn nicht? *Sieben* Jahrzehnte sind vergangen ...«

»Captain«, warf Sanawey ein. »Eine Nachricht vom romulanischen Schiff.«

April drehte den Kopf, obgleich in seinem Nacken heißer Schmerz brannte. »Übersetzen Sie.«

»Ja, Sir.« Der Astrotelemeter und Kommunikationsoffizier betätigte einige Tasten seiner Konsole und hob ein Kom-Modul ans Ohr. »›Achtung, Besucherschiff ... Wir haben Ihre Meldung verstanden ... Wir sind bereit, Ihnen bei Reparaturen oder der Behandlung von Verletzten zu helfen. Um die Kommunikation zu erleichtern, erbitten wir Angaben über Ihre Herkunft.‹ Sie bleiben auf Empfang, Sir.«

»Na also«, brummte April zufrieden. »Es klingt ganz freundlich. Was sagst du nun, George?«

Kirk runzelte die Stirn und hatte nicht die geringste Absicht, seine Meinung zu ändern.

April musterte George und ahnte, was ihm durch den Kopf ging. »Nun, an ihrer Stelle würden wir ähnliche Formulierungen wählen, nicht wahr?«

George trat etwas näher und nickte. »Genau das gibt mir zu denken.«

»Carlos, haben wir wirklich keine Möglichkeit, ohne romulanische Hilfe zur Föderation zurückzufinden?«

Florida überlegte kurz. »Leider nicht, Sir. Selbst mit einsatzfähigen Fernsensoren dauert es eine Weile, unsere Position zu berechnen. Und ich fürchte, die Geduld der Romulaner hat ihre Grenzen.«

April schürzte die Lippen. »Dann bleibt uns keine Wahl. Wir müssen ihnen sagen, wer wir sind.«

»Robert!« brachte George erschrocken hervor. »Das dürfen wir nicht! Es wäre ein schwerer Fehler.«

»Warum?«

»Weil ich mir vorstellen kann, welche Erinnerungen die Romulaner mit der Föderation verbinden: Sie begannen einen Krieg, der ohne eine echte Entscheidung endete. Und du weißt, welchen Eindruck dieses Schiff erweckt, Robert!«

»Ja, es sieht nach Rache aus. Aber genau darum geht es mir, George. Der Krieg fand vor vielen, vielen Jahren statt. Vielleicht ist dies unsere Chance, die Vergangenheit zu begraben. Wir stellen uns den Romulanern als Forschungsschiff vor, das mit einer Rettungsmission beauftragt wurde ...«

»Hoffst du wirklich, daß sie uns das abnehmen?« platzte es aus George heraus. »*Ich* würde so etwas nicht glauben.«

April schwieg eine Zeitlang, und als er wieder sprach, klang seine Stimme heiser. »Was kann es schaden, wenn die Romulaner wissen, wer wir sind?«

George beugte sich über die Armlehne des Kommandosessels und sah Aprils Schwäche. Irgend etwas in ihm krampfte sich zusammen. »Das will ich dir sagen. Erstens: Die Roms sähen feindliche Eindringlinge in uns und ließen sich vielleicht dazu hinreißen, sofort das Feuer zu eröffnen. Zweitens: Sie hätten den Vorteil, unsere Physiologie zu kennen. Sie brauchen nur in ihren elektronischen Archiven nachzusehen, um in Erfahrung zu bringen, welche Luft wir atmen, wieviel Druck wir ertragen können, wie wir denken, wovor wir uns fürchten ...«

»Das stimmt vermutlich«, gestand April ein. »Aber es steht keineswegs fest, daß sie über solche Informationen verfügen. Seit damals unterhalten wir keine Kontakte mehr mit ihnen. Wir wissen nicht, wie sie aussehen, und wahrscheinlich ergeht es ihnen ebenso.«

George ging um den Befehlsstand herum, fühlte die Blicke aller Anwesenden auf sich ruhen und spürte die Anspannung, mit der Sanawey und die anderen auf seine nächsten Worte warteten. Er behielt weiterhin April im Auge, als er sagte: »Ich weigere mich, von einer solchen Vermutung auszugehen. Ich nehme vielmehr an, daß sie uns weitaus besser kennen, als wir glauben.«

»Wenn niemand bereit ist, Vertrauen zu schenken, wächst der gegenseitige Argwohn«, erwiderte April. Er wollte auf keinen Fall eine neuen galaktischen Konflikt riskieren. »Carlos?«

Florida erwachte wie aus einer Trance. »Sir?«

»Wenn die Sensoren wieder funktionieren ... Verzichten Sie darauf, das fremde Schiff zu scannen. Ich möchte nicht, daß die Emissionen falsch interpretiert werden. Ohne die Deflektoren läßt sich unser energetisches Niveau genau anmessen.« April zögerte und dachte über seine Strategie nach. Das Sprechen strengte ihn noch immer sehr an. »Schalten Sie die Ladeeinheiten der Laser ab.«

Georges Hand zuckte nach vorn und schloß sich um den Unterarm des Captains. »Nein.«

Die beiden Männer verstanden sich auch ohne Worte. Kirks durchdringender Blick fragte April, warum er solchen Wert darauf gelegt hatte, ihn zu seinem Stellvertreter zu machen.

»Nein«, wiederholte der Erste Offizier, und diesmal flüsterte er nur.

April starrte ihn einige Sekunden lang an, und dann nickte er kaum merklich. »Ich nehme den letzten Befehl zurück, Carlos.«

Florida zog die Schultern hoch und seufzte erleichtert. »Laser noch immer einsatzbereit, Sir.«

Der Captain wischt sich den Schweiß von der Stirn und sah George an. »Vergiß nicht, daß *wir* die Eindringlinge sind. Es ist also verständlich, daß uns die Romulaner mißtrauen. Wir haben kein Recht, uns aggressiv zu verhalten.«

»Aber wir müssen bereit sein, uns zu verteidigen«, beharrte Kirk. »Die Roms sind gerissen und hinterhältig. Himmel, Robert, wir haben es mit den Leuten zu tun, die eine wehrlose Starbase angriffen und zweitausend Menschen umbrachten. Sie metzelten *zweitausend* unschuldige Männer und Frauen nieder, Captain!«

»Das geschah vor langer Zeit, George. Vorurteile bringen uns nicht weiter ...«

Kirk rollte mit den Augen und schlug mit der flachen Hand auf die Armlehne des Sessels.

»Verdammt, Robert: Du denkst in erster Linie mit deinem Herzen!«

Ruckartig wandte er sich vom Befehlsstand ab und schloß die Hände krampfhaft fest um die Brüstung. Drake und Sarah Poole standen auf dem Oberdeck und beobachteten ihn wortlos.

»Kralle«, sagte April leise. »Bereiten Sie eine Nachricht auf Romulanisch vor.«

»Das ist nicht nötig, Sir. Der Computer übersetzt für Sie.«

»Danke.« April straffte die Schultern und spürte, wie seine Hände erneut feucht wurden. »Hier spricht Captain Robert April von der Vereinten Föderation der Planeten ...«

KAPITEL 13

»Wir warten auf Ihre Antwort. Captain April Ende.«

Die Stille im Kontrollraum des Schwarmschiffes *Vernichter* dauerte einige Sekunden lang, und sie roch nach Verblüffung und Furcht.

Die Brückenoffiziere starrten mit einer Mischung aus Erstaunen und Entsetzen auf den Hauptschirm.

Kai brach das Schweigen als erster. »Terraner!« keuchte er. »Unser alter Feind!«

Idrys saß im Kommandosessel und beobachtete das weiße Schiff, von dem die Nachricht stammte. »Dann stimmt es also«, hauchte sie. »Sie wollen das Reich angreifen.«

Ry'iak stürmte auf sie zu. »Wir müssen sofort etwas unternehmen! Eröffnen Sie das Feuer, solange die Menschen nicht ihr ganzes Potential einsetzen können!«

Idrys' Befehle kamen einer beginnenden Panik zuvor »Kanoniere! Das Bordarsenal vorbereiten. Zielen Sie auf die Triebwerke des irdischen Schiffes. Aktivierung der Waffensensoren. Erste Salve ...«

»Nein!« donnerte t'Cael.

Kai und der Zenturio waren bereits unterwegs, um die Anweisungen der Kommandantin auszuführen. Sie begriffen die Entschlossenheit des Feldprimus erst, als er sie von der Waffenkonsole fortstieß. »Nein!« wiederholte er scharf. »Haben Sie nicht verstanden?«

In Ry'iaks Augen brannten Zorn und Empörung. »Das ist unerhört!« platzte es aus ihm heraus. »Wir werden von einem Feind bedroht, den wir gut kennen, und wir müssen ihn sofort angreifen! Subcommander, feuern Sie auf den Eindringling!«

T'Cael wandte sich von den beiden Männern ab und

näherte sich dem Gesandten des Prätors. »Idiot! Sie wagen es, mich auf der Brücke meines Flaggschiffes herauszufordern?«

Kai erbebte am ganzen Leib. »Lord Primus«, sagte er mit vibrierender Stimme, »die Präsenz des Kampfraumers deutet darauf hin, daß eine große Kriegsflotte der Föderation nur auf den Einsatzbefehl wartet, um in unseren Raumbereich vorzustoßen. Es gibt keine andere Erklärung!«

»Es sind Terraner«, warf Idrys behutsam ein. »Menschen von der Erde. Unsere Feinde ...«

»In der Nachricht wurde die Erde mit keinem Wort erwähnt«, erwiderte t'Cael. Er starrte nach wie vor den Senatsproktor an.

»Die Föderation, Primus!« schnaufte Kai. »Und die Erde ist ihre Basis. Es kann kein Zweifel daran bestehen, daß es sich um ein irdisches Schiff handelt.«

»Woher wollen Sie das wissen?« zischte t'Cael und richtete seinen glühenden Blick auf den Subcommander. »Seit dem Krieg mit der Föderation sind viele Jahrzehnte vergangen, und der Captain jenes Schiffes wies nicht auf einen bestimmten Heimatplaneten hin. Offenbar vertritt er die Ansicht, daß das Raumschiff keiner einzelnen Welt gehört.«

Kais Miene verdunkelte sich. »Primus, ich beschwöre Sie! Der menschliche Kommandant spricht von Frieden, Rettungsmissionen und Navigationsfehlern, aber das ändert nichts daran, daß er sich tief in unserem stellaren Territorium befindet. In einem Sektor, von dem aus er unsere Zentralwelten angreifen kann! Er versucht, uns zu täuschen. Sein Schiff ist beschädigt, und nun will er Zeit gewinnen, bis die Invasion beginnt. Wir dürfen ihm keine Chance lassen!«

Ry'iak nickte wütend. »Noch haben wir einen Vorteil. Noch ist das Schlachtschiff der Menschen nicht voll kampffähig. Wir müssen sofort zuschlagen.« Aufgeblasen und arrogant marschierte er an t'Cael vorbei und wandte sich an die Brückenkanoniere. »Führen Sie Ihren Befehl aus und bereiten Sie die Waffen vor. Wir werden das Reich gegen seine Feinde verteidigen.«

»Sie sind ein einfacher Unterzenturio«, sagte t'Cael eisig. »Und *ich* bin der Feldprimus des Schwarms.« Er schaltete die interne Kommunikation ein, und seine Stimme hallte durch die Korridore und Kammern der *Vernichter.* »Hier spricht Feldprimus Kilyle. Ich berufe mich auf den Reichskodex sowie die Absoluten Kommando-Pandekten und erkläre hiermit den militärischen Notstand. Von jetzt an müssen alle Befehle des Kommandanten ohne Widerspruch befolgt werden. Wer sich weigert, eine Anweisung auszuführen, gilt als Verräter und wird unverzüglich hingerichtet. Jeder Offizier, der die Order eines Vorgesetzten mißachtet, muß mit der Todesstrafe rechnen. Als oberster Kommandeur des Schwarms beanspruche ich das Recht, gegebenenfalls Unruheelemente aus den Besatzungen der einzelnen Patrouillenschiffe zu entfernen. So lautet das Gesetz des Reiches.« Die Pandekten verliehen ihm praktisch unbegrenzte Macht, und t'Cael zögerte nicht, sie zu nutzen. Er richtete den Zeigefinger auf Ry'iak. »Verlassen Sie die Brücke.«

Der Proktor riß die Augen auf und gab keine Antwort. T'Caels Wissen um die Notstandgesetze schockierte ihn, und er begriff, daß er gehorchen mußte, wenn er nicht riskieren wollte, im Namen der Schwarmsolidarität erschossen zu werden. Er zitterte vor Wut. Kilyle konnte jedes Wort von ihm als Insubordination werten und daraufhin seine unverzügliche Exekution veranlassen.

Ry'iak rang mit sich selbst, kapselte seinen Zorn ein, preßte die Lippen aufeinander und ging steifbeinig davon.

Idrys sah ihm nach, und t'Cael ignorierte den Gesandten des Prätors. Als sich das Schott hinter ihm schloß, drehte sich die Kommandantin voller Genugtuung um und betätigte eine Taste des Interkoms. »Sicherheitsstation, schicken Sie vier Wächter zur Brücke. Es gelten die Absoluten Kommando-Pandekten.«

Primus Kilyle blickte wieder auf den Hauptschirm, beobachtete das Föderationsschiff und schien Ry'iak völlig vergessen zu haben. Vielleicht sah er in ihm nur ein lästiges Insekt, das er gerade verscheucht hatte und das keine Aufmerksamkeit mehr verdiente. Idrys musterte ihn eine Zeitlang, und ihr Respekt wuchs.

»Subcommander«, sagte sie zu Kai. »Bereiten Sie eine Nachricht für die anderen Einheiten des Schwarms vor. Identifizieren Sie den Eindringling und informieren Sie die Kommandanten vom Alarmstatus der Pandekten.«

»Nein«, warf t'Cael ruhig ein.

Idrys runzelte die Stirn. »Primus?«

»Keine Kommunikation mit anderen Raumschiffen. Es sei denn, ich gebe den ausdrücklichen Befehl dazu.«

»Aber wenn uns eine Anfrage vom Mutterschiff oder von den übrigen Patrouilleneinheiten erreicht ...«

»Habe ich mich nicht klar genug ausgedrückt, Commander?«

Idrys versteifte sich. »Doch, Primus. Ich verstehe.« Sie wandte sich wieder an Kai und nickte. »Schließen Sie alle Kommunikationskanäle. Halten Sie nur Verbindung zum ... Föderationsschiff.« Die Kommandantin atmete tief durch und begriff, daß sie fast ›irdisches Schiff‹ gesagt hätte. Derartige Formulierungen stellten Kilyles Autorität in Frage.

Der Primus schien ihr Unbehagen zu spüren und trat gelassen auf sie zu. »Wenn die Menschen unsere Kommunikation überwachen, so wissen sie, daß wir allein und ihnen gegenüber im Nachteil sind«, erklärte er. »Wir dürfen nicht den Eindruck erwecken, uns zu fürchten. Selbst ein kleines Tier kann sich vor einem Thrai schützen, indem es den Anschein erweckt, keine Angst zu haben. Der Schwarm ist unterwegs. Unsere Signale bringen ihn nicht schneller hierher.«

Kai kam zögernd näher und blieb neben Idrys stehen, achtete darauf, daß sie sich wie eine Art Puffer zwischen ihm und dem Primus befand. »Darf ich respektvoll darauf hinweisen, daß dieses Schiff beauftragt sein könnte, von einem Angriff der Föderation auf unsere Außensektoren abzulenken?«

T'Cael betrachtete weiterhin das weiße Schimmern im Projektionsfeld des Hauptschirms. »Es wäre möglich«, gestand er nach einer Weile ein. »Aber warum haben sie dann noch nicht das Feuer auf uns eröffnet? Warum bleiben die Menschen hier und verhandeln mit einem einzelnen Schiff, obgleich sie nur einige Lichtjahre vom Herzen der Rihannsu-Zivilisation trennen? Warum nehmen sie nicht die Chance wahr, unsere Zentralplaneten zu verheeren?«

»Sie erwähnten Beschädigungen ihrer Bordsysteme.«

»Ja«, brummte t'Cael nachdenklich. »Vielleicht stimmt das auch. Nun, ich kann nicht glauben, daß dieses Schiff eine Invasion vorbereiten soll. Angreifer verhalten sich anders.« Die Brückenoffiziere behielten ihre Meinungen für sich. Sie dachten an die Pandekten, und niemand von ihnen wollte es riskieren, den Primus herauszufordern. Das eigene Leben war ein ziemlich hoher Preis ...

»Sie sind nicht sicher, oder?« fragte Idrys leise.

»Völlige Sicherheit gibt es nicht. Das menschliche Wesen ist sehr komplex, und man braucht eine Menge Erfahrung, um es zu deuten.« Er ging zum größten Bildschirm und beobachtete das riesige Schiff. »Die Angehörigen der Föderation nennen uns Romulaner.«

Eine Bezeichnung, die in der Rihannsu-Sprache gräßlich klang. Einige Offiziere verzogen das Gesicht.

»Wenn ich etwas vorschlagen darf ...«, begann Kai vorsichtig.

»Ja?«

»Wir sind allein, und wenn die Terraner tatsächlich beschädigte Bordsysteme reparieren müssen ...«

Die letzten Reste von t'Caels Zorn lösten sich auf. Er warf dem Subcommander einen kurzen Blick zu und drehte sich dann ganz zu ihm um. »Wenn das stimmt, haben wir eine einzigartige Chance.«

»Ja, Primus!« bestätigte Kai und nickte eifrig.

»Sie verstehen nicht«, brummte Kilyle. Er verbarg seine Erheiterung, als Kai die Lippen zusammenpreßte und sich alle Mühe gab, weder furchtsam noch trotzig zu wirken. »Sehen Sie sich das Schiff an. Wir dürfen es nicht zerstören. Wir sollten versuchen, es *aufzubringen.* Wenn den Menschen eine ganze Flotte solcher Giganten zur Verfügung steht ... In welche Lage brächte uns das? Bekommen wir noch einmal eine so gute Gelegenheit, die Geheimnisse der neuen Föderationstechnologie zu lüften? Sehen Sie nur!« T'Cael deutete auf den Schirm. »Wir alle könnten zu Helden werden! Ist das nicht ein Risiko wert? Stellen Sie sich den Ruhm vor, den wir erringen. Darüber hinaus: Was nützt es, einen solchen Kampfraumer zu vernichten, wenn uns die Föderation mit anderen Schlachtschiffen dieser Art angreift? Falls es wirklich zu einem Krieg kommt, brauchen wir Kenntnisse über die Technik des Feindes, um uns zur Wehr zu setzen.«

Er gab der Brückencrew Gelegenheit, über seine Argumente nachzudenken.

Idrys beobachtete Kilyle, während die Blicke der Offiziere dem Bildschirm galten. Der Primus plante weitaus mehr, als in seinen Worten zum Ausdruck kam. Aber was? Durfte sie es wagen, eine entsprechende Frage zu stellen?«

»Bereiten Sie eine Nachricht für das Mutterschiff vor«, sagte t'Cael. »Senden Sie die Botschaft jedoch erst, wenn ich Sie dazu auffordere.« Er verschränkte die Arme und trat einmal mehr an den Wandschirm heran. »Menschen sind naiv. Sie neigen dazu, erst zu vertrauen und später Verdacht zu schöpfen. Sie haben sich identifiziert, und dadurch gaben sie uns einen wichtigen Vorteil.«

»Sie wissen alles über die Terraner«, pflichtete ihm Idrys bei.

T'Cael lächelte bescheiden. »Niemand weiß alles über irgend etwas, Commander. Aber ich habe einige Erkenntnisse über die menschliche Natur gewonnen, und daraus können wir nun Nutzen ziehen. Um nur ein Beispiel zu nennen: Direkte Begegnungen wecken ihr Vertrauen.«

Die Offiziere wandten sich neugierig um, aber niemand von ihnen gab einen Ton von sich.

»Direkte Begegnungen?« wiederholte Idrys schließlich.

T'Cael bestätigte mit einer knappen Geste. »Ich werde den Terranern anbieten, mich mit ihrem Captain zu treffen. Ich lade ihn zu uns ein. Auf diese Weise kann ich genug Zeit gewinnen, bis der Schwarm eintrifft. Ich spreche über Frieden – und versuche gleichzeitig, mehr über die Absichten der Menschen zu erfahren.«

»Der terranische Kommandant ist bestimmt nicht bereit, hierherzukommen«, warf Kai verdutzt ein.

»Vielleicht doch«, widersprach t'Cael. »Es kommt ganz darauf an, wie ich mein Angebot formuliere. Hoffnung ist ein starkes Motiv.«

Er schwieg erneut und schätzte die Stimmung im Kontrollraum ein.

Nach einer Weile fügte er hinzu: »Außerdem haben wir dann eine Geisel.«

Die Offiziere lauschten dem Klang dieser Worte, und ihre Verwirrung verwandelte sich schon bald in Ehrfurcht und Anerkennung. Loyalität galt zwar als ehrenhaft und spielte eine wichtige kulturelle Rolle, aber gerade die ehrgeizigen Rihannsu hatten längst Abstand zu solch traditionellen Werten gewonnen. Dennoch wußte t'Cael, daß er sich zumindest zeitweise auf die Crew verlassen konnte – lange genug, um seinen Plan in die Tat umzusetzen.

»Wenn Sie soweit sind, Commander ...«, sagte er.

Idrys nickte und unterdrückte ein Lächeln. »Zenturio, stellen Sie einen Kom-Kontakt zum Föderationsschiff her.«

»Es trifft eine Nachricht ein, Captain.«

Sanawey klang nervös.

»Nehmen Sie bitte eine Transkription vor, Kralle«, erwiderte April.

»Das ist nicht nötig. Einer der Romulaner bittet um einen direkten Kontakt, und er ... er spricht Englisch, Sir.«

April drehte sich um und musterte den Astrotelemeter verwundert. »Na schön. Öffnen Sie einen Kanal.«

Sanawey berührte mehrere Tasten und nickte.

Der Kommandant richtete sich auf und beobachtete die Darstellung des romulanischen Schiffes. »Hier spricht Captain April. Ich höre.«

»Ich bin der Kommandeur und beherrsche Ihre Sprache. Bitte erlauben Sie mir, Ihnen meine Grüße zu übermitteln.«

»Danke, Kommandeur. Haben Sie irgendwelche Vorschläge in Hinsicht auf unsere unangenehme Situation?«

»Ja. In meiner Kultur gelten akustische Verständigungen als unzureichend. Ich möchte eine direkte Begegnung zwischen uns anregen, als Zeichen des guten Willens und der Bereitschaft, eine Freundschaftsbasis zwischen uns zu schaffen. Was halten Sie davon, wenn wir uns an Bord meines Schiffes treffen? Ich werde den Obersten Prätor in Ihrem Namen grüßen, und ich bitte Sie, Ihrer Regierung eine ähnliche Botschaft zu überbringen. Sind Sie bereit, persönlich mit mir zu sprechen, Captain?«

April warf George einen fast triumphierenden Blick zu. Der Erste Offizier stand etwas abseits und wirkte wie das verkörperte Mißtrauen, aber er ging mit keinem Wort auf den seltsamen Vorschlag ein. Die anderen Personen auf der Brücke schwiegen ebenfalls, und das mimische Spektrum reichte von Überraschung bis zu sprachloser Verblüffung. April lehnte sich unsicher zur Seite. »Ihr Angebot ist sehr ... interessant, Kommandeur. Es erscheint mir vernünftig. Bitte geben Sie mir fünf Minuten Zeit, damit ich es mit meinen Offizieren erörtern kann.«

»Selbstverständlich, Captain. Ich bleibe auf Empfang.«

April bedeutete Sanawey, die Verbindung zu unterbrechen, musterte seine Gefährten und richtete den Blick schließlich auf George. »Nun?«

»Nun was?« erwiderte Kirk.

»Was hältst du davon?«

»Willst du das wirklich wissen?«

»Deshalb frage ich.«

»Die Romulaner sind zu freundlich«, brummte George. »Sie weisen viel zu deutlich auf ihren Friedenswillen hin.«

»Witterst du eine Falle?«

Kirk zuckte mit den Schultern. »Ja. Die Burschen haben irgend etwas vor.«

Aprils Gesicht war noch immer blaß, und hinter seiner Stirn pochte nach wie vor dumpfer Schmerz. Sarah beobachtete ihn besorgt, trat vom Oberdeck herunter und näherte sich dem Befehlsstand. Sie griff nach seinem Handgelenk, um den Puls zu fühlen, fing Roberts Blick ein. »Du hast doch wohl nicht vor, den Vorschlag des Kommandeurs anzunehmen, oder?« murmelte sie. »Nein, so dumm bist du nicht.«

Der Captain lächelte schief. »Nein, ich bin nicht ›dumm‹«, entgegnete er. »Ich hoffe nur. Was ist, wenn es die Romulaner ernst meinen, Sarah? Es geht uns in erster Linie darum, unsere eigene Haut zu retten, aber vielleicht haben wir auch die Möglichkeit, die Kluft zwischen der Föderation und den Romulanern zu überbrücken. Diese Sache ist enorm wichtig, und dadurch werde ich entbehrlich.«

»Das stimmt nicht, Captain«, brummte George.

»Doch, es ist wahr«, beharrte April. »Die Ingenieure und Techniker brauchen sicher noch einige Stunden, um das Warptriebwerk und die Deflektoren zu reparieren, und ich kann genug Zeit gewinnen.«

»Warum ausgerechnet du?« fragte Sarah.

»Soll ich etwa jemand anders schicken?« hielt ihr April entgegen. »Verlangst du von mir, ganz bewußt ein anderes Besatzungsmitglied einer solchen Gefahr auszusetzen? Nein, derzeit bin ich die unwichtigste Person an Bord.«

»Das kann doch nicht dein Ernst sein!« entfuhr es Kirk.

»Denk doch mal nach, George. Wenn mich die Romulaner gefangennehmen, kannst du mich hier vertreten. Du bist ein weitaus besserer Soldat als ich. *Du* wirst hier gebraucht. Ich handle auf der Grundlage meiner Ideale, und dafür muß ich die Konsequenzen tragen.«

Darauf fiel George keine Antwort ein. Er fragte sich betroffen, ob er ebensolchen Mut aufbringen würde, um die eigenen Prinzipien zu verteidigen.

Ideale, dachte er. *Vielleicht ist das die Würze, an der es meinem Leben fehlt. Vielleicht besteht meine Schuld darin, daß ich George jr. und Jimmy nur die Philosophie der Konfrontation vermittelt habe.*

April nutzte das Schweigen seines Ersten Offiziers und fügte hinzu: »Außerdem bin ich den Leuten dort draußen verpflichtet.«

»Verpflichtet?« fragte Sarah verwirrt. »Was meinst du damit?«

»Wir sind die Eindringlinge. Wir stellen die Bedrohung dar. Ich bin den Romulanern eine Erklärung schuldig. Um zu verhindern, daß unsere derzeitige Situation zu einem interstellaren Zwischenfall mit unabsehbaren Folgen führt.«

»Meine Güte, die Roms wollen doch nur eine Geisel«, sagte die Ärztin. »Das ist selbst mir klar.«

»Schlüpf jetzt bitte nicht in Georges Rolle, Sarah.« Die Schmerzen wurden so stark, daß April erzitterte und nach Luft schnappte. Seine Hände schlossen sich wie in einem Krampf um die Armlehnen des Sessels.

»Sie hat recht«, knurrte Kirk. »Warum schlägst du kein Treffen an Bord unseres Schiffes vor? Mal sehen, wie der Kommandeur darauf reagiert.«

April schloß kurz die Augen und nickte. »Ja, eine gute Idee.«

George schob sich an den Kommandosessel heran. »Bist du solchen Belastungen wirklich gewachsen?«

»Ja, es ist alles in Ordnung mit mir«, antwortete der Captain und trachtete danach, den Rücken möglichst gerade zu halten. Aus dem Pochen hinter seiner Stirn wurde ein dröhnender Trommelschlag. Als er Sarahs skeptischen Blick spürte, stemmte er sich in die Höhe – um zu beweisen, daß er nicht gleich zusammenbrach. »Jetzt hör mir mal gut zu, George«, sagte er und griff nach Kirks Arm. »Wenn mich die Romulaner als Geisel benutzen, wirst du mich einfach vergessen, klar? Versuch auf keinen Fall, mich zu retten. Dadurch geraten nur noch mehr Leben in Gefahr. Die Vorstellung, daß irgend jemand stirbt, weil *ich* ein Risiko eingehe ... So etwas könnte ich nicht ertragen. Bitte, George. Versprich es mir.«

Kirk hätte nicht gezögert, einem Befehl zuwiderzuhandeln: Anweisungen ließen sich unterschiedlich interpretieren. Aber mit Versprechen sah es ganz anders aus. Erst recht dann, wenn sie einem Mann wie Robert April gegeben wurden, der gerade mit aller Deutlichkeit unter Beweis gestellt hatte, daß er um die Gefahr wußte, der er sich aussetzte. Der Captain ließ sich von seinem Idealismus leiten, aber er war keineswegs ein Narr.

George kochte innerlich und nickte widerstrebend.

Offenbar gab sich April damit zufrieden. Er klopfte Kirk beschwichtigend auf den Arm und drehte den Kopf zur astrotelemetrischen Station. Die Bewegung brachte erneut sein Gleichgewicht in Gefahr, und er hielt sich an der Rückenlehne des Befehlsstands fest. »Kralle«, sagte er möglichst fest, »verbinden Sie mich noch einmal mit unseren Freunden dort draußen. Ich unterbreite Ihnen Georges Vorschlag, und dann ... O Gott ...«

Von einem Augenblick zum anderen wurden seine Wangen kalkweiß, und der Blick trübte sich. April hob die Hand an den Kopf, während die Konturen verschwammen und alles zu wirbeln begann. Seine Knie gaben nach.

»Robert!« George fing ihn auf, bevor er zu Boden sank. »Robert, verdammt ...« Kirk hielt den Captain unbeholfen fest, und aus den Augenwinkeln sah er, wie Florida aufsprang, um ihm zu helfen. Auch Drake eilte herbei. Vorsichtig ließen sie April aufs Deck herab.

»Ich *wußte* es«, stieß Sarah hervor und ging zwischen den Männern in die Hocke. »Ich habe ihn gewarnt ...«

»Es steht schlimm um ihn, nicht wahr?« fragte George besorgt. »Ich meine, *wirklich* schlimm.«

»Das ist mein Problem«, erwiderte die Ärztin, diesmal klang Mitgefühl in ihrer Stimme. »Sie haben Ihre. Wenn mir jemand helfen könnte, ihn zur Krankenstation zu bringen ...«

George sah sich um und stellte fest, daß Graff und Saffire noch immer neben dem Bibliothekscomputer standen. Derzeit hatte er keine Verwendung für die Techniker, und deshalb winkte er sie herbei. »Sie haben Dr. Poole gehört. Kehren Sie anschließend hierher zurück.«

Die beiden Männer traten wortlos näher und hoben den Captain behutsam hoch.

»Seien Sie vorsichtig«, sagte George und beobachtete, wie April zum Turbolift getragen wurde. Bevor sich das Schott schloß, warf ihm Sarah Poole noch einen rätselhaften Blick zu.

Der Erste Offizier starrte einige Sekunden lang ins Leere.

»Es sind bereits sechs Minuten vergangen, Mr. Kirk«, erinnerte ihn Sanawey. »Die Romulaner warten auf eine Antwort.«

Georges Blick blieb auf die Tür des Turbolifts gerichtet.

Gespannte Stille herrschte auf der Brücke.

»Mein Gott«, flüsterte George schließlich und rührte sich nicht von der Stelle. »Was soll ich bloß machen, Drake?«

»Du bist jetzt der Captain, Geordie«, erwiderte Reed ebenso leise.

»Ich kann unmöglich seinen Platz einnehmen. Meine Güte, ich bin ein Elefant im Porzellanladen der Diplomatie. Wenn ein Krieg droht, so kannst du sicher sein, daß er durch meine Schuld tatsächlich ausbricht.«

Drake zuckte kurz mit den Achseln und nickte voller Anteilnahme. »Wird Zeit für dich, erwachsen zu werden, Peter Pan. Du mußt zum einen Teil Geordie Kirk sein, und zum anderen Robbie April. Nur Mut, Kumpel. Sorg dafür, daß der Captain stolz auf dich ist.«

George spürte die Furcht der anderen Personen im Kontrollraum. Es waren Ingenieure und Wissenschaftler, keine Soldaten. Sie hatten nie damit gerechnet, in eine solche Situation zu geraten. Sie bauten Raumschiffe und kämpften nicht gegen Feinde im All.

Ich bin allein, dachte Kirk. *Allein im Territorium der Romulaner. Ohne eine Möglichkeit, zur Föderation zurückzukehren.*

Er griff nach der Armlehne des Kommandosessels, rang um seine Fassung und versuchte, sich an die Gespräche vor dem Kollaps des Captains zu erinnern. Plötzlich erschien ihm jedes Wort überaus bedeutungsvoll.

»Mr. Kirk?« drängte Sanawey.

George hob fast verwundert den Kopf.

Florida und die übrigen erwarteten eine bestimmte Bemerkung von Sanawey, aber er überraschte sie, indem er sagte: »Sir, wenn Sie die Nahbereichssensoren brauchen ... Sie sind jetzt wieder voll funktionsfähig.«

George schluckte mehrmals und wandte sich wieder dem Wandschirm zu. »Wenigstens etwas«, brummte er. »Scannen Sie das romulanische Schiff, Mr. Florida.«

Der Steuermann zögerte. »Die Anweisungen des Captains ...«

»Ich weiß. Vertrauen Sie mir. Führen Sie eine Sondierung durch.«

Florida nahm vor seiner Konsole Platz und akzeptierte das Unvermeidliche. Seine Finger huschten über die Kontrollen, und als sich die Anzeigen veränderten, runzelte er die Stirn. »Sie hatten recht, Mr. Kirk. Die Romulaner haben ihre Waffensysteme mit voller Energie beschickt.« Er drehte sich zu George um und wirkte überrascht, aber nur ein wenig. »Eine Desaktivierung der Laser-Ladeeinheiten hätte sie in Versuchung führen können, unser Schiff in Schlacke zu verwandeln.«

George hörte die Anerkennung in der Stimme des Steuermanns, nickte knapp und schaltete das Interkom ein. »Kirk an Maschinenraum. Wie ist die Lage bei Ihnen?«

»Hier Brownell.«

Der Erste Offizier fühlte sich seltsam erleichtert, als er die mürrische Stimme des alten Mannes hörte. »Freut mich, daß Sie wieder auf den Beinen sind, Doktor. Wie lange dauert es, bis wir wieder volle Deflektorenergie haben?«

»Noch eine ganze Weile. Sie können von Glück sagen, wenn uns in einer halben Stunde fünfundzwanzig Prozent der normalen Kapazität zur Verfügung stehen.«

»Was ist mit den Partikelkanonen?« fragte George.

»Die Laser genügen Ihnen wohl nicht, wie?«

»Vielleicht sind wir gezwungen, im wahrsten Sinne des Wortes schwereres Geschütz aufzufahren.«

»Vergessen Sie nicht etwas?«

George zögerte. »Was meinen Sie damit?«

»Sie haben sich nicht nach dem Warptriebwerk erkundigt.«

»Ich brauche in erster Linie einsatzfähige Waffensysteme.«

Brownells Stimme veränderte sich ein wenig, so als trete er näher ans Interkom heran. »Wir sind nicht unterwegs, um einen Krieg zu gewinnen, Kirk. Unsere Aufgabe besteht darin, Familien zu retten. Wie wär's, wenn wir schleunigst von hier verschwinden und unsere Mission fortsetzen, hm? Wenn Sie unbedingt die Muskeln spielen lassen wollen ... Dazu haben Sie später noch Gelegenheit, in der Sporthalle.«

George begriff plötzlich, daß er den wichtigsten Punkt übersehen hatte. Die *Rosenberg* und ihre Kolonisten, denen im Ionensturm ein langsamer, qualvoller Tod drohte.

»Haben Sie irgendeine Ahnung, was die Fehlfunktion des Warpantriebs und der Gravitationskompensatoren verursachte?« fragte er.

»Nein, nicht die geringste.«

»Gehen Sie der Sache auf den Grund. Wir müssen sicher sein, daß sich so etwas nicht wiederholt.«

»Eigentlich ist ein solcher Ausfall der Bordsysteme völlig ausgeschlossen. Verdammt, Kirk, hören Sie auf, mich mit Fragen nach den Gründen zu nerven. Wir sind erst einmal bemüht, die Schäden zu reparieren. Dann sehen wir weiter.«

»Das genügt mir nicht, Dr. Brownell«, sagte George scharf. »Ich will über die Ursachen Bescheid wissen.«

»Dann sollten Sie uns bei der Überprüfung aller Systemkomponenten helfen. Sie kennen sich ja bestens damit aus, oder?«

Ärger vibrierte in George, doch er zwang sich zur Ruhe. »Nun gut«, knurrte er. »Halten Sie mich auf dem laufenden.« Er kam sich noch immer fehl am Platze vor und überlegte, welche Entscheidungen es zu treffen galt. »Wir sind in Schwierigkeiten«, sagte er.

»Bitte?« Drake sah ihn groß an.

»Brownell hat mich nicht ein einziges Mal beleidigt.«

Reed schürzte die Lippen. »Wenn du unbedingt einige Kraftausdrücke hören möchtest ...«, bot er sich an. »In dieser Hinsicht hab' ich einen recht großen Wortschatz.«

George schüttelte sich und befreite sein Bewußtsein von allem Ballast. »Nein, danke«, sagte er, holte tief Luft und beobachtete das romulanische Schiff. »Ich muß Zeit gewinnen, damit Brownell und seine Leute die notwendigen Reparaturarbeiten durchführen können. Mit anderen Worten: Es bleibt mir gar nichts anderes übrig, als mich mit dem Kommandeur zu treffen. Sanawey ...«

»Sir?«

»Stellen Sie die Verbindung her.«

Der Indianer betätigte eine Taste. »Erledigt, Sir.«

»Hier ... spricht der Erste Offizier. Hören Sie mich?«

»Ja, ich höre Sie«, erwiderte der Romulaner. »Ich habe mich mit Ihrem Captain unterhalten.«

»Ich weiß«, sagte George. »Er wurde verletzt, als während unseres Navigationsfehlers gewisse Bordsysteme versagten, und deshalb kann er Ihr Angebot leider nicht wahrnehmen. Er hat mich gebeten, ihn zu vertreten und die Föderation zu repräsentieren. Ich hoffe, Sie sind damit einverstanden.«

In der folgenden Stille wechselten Drake und George einen nervösen Blick. Das Schweigen des romulanischen Kommandeurs bedrückte sie beide. Nach einigen langen Sekunden erklang erneut die Stimme des Fremden.

»Ich habe nichts dagegen, Erster Offizier. Sind Sie bereit, ein Risiko einzugehen und an Bord meines Schiffes zu kommen?«

Seltsam. Tiefe Falten bildeten sich in Georges Stirn. Warum sprach der Romulaner von einem Risiko? Lief dieser Hinweis auf eine Warnung hinaus? Kirk strich sich mit den Fingerknöcheln über die Lippen und beschloß, es mit einer anderen Taktik zu versuchen.

»Sie verstehen sicher unser Problem«, sagte er. »Vor vielen Jahren griff Ihr Volk eine unserer Außenbasen an, und dadurch wurde Mißtrauen zwischen unseren beiden Kulturen geschaffen. Wie können wir sicher sein, daß sich Ihre Einstellungen seit damals verändert haben?«

»Ich weiß, was Sie meinen. Nun, die Tatsache, daß sich solche Zwischenfälle nicht wiederholten, sollte unsere guten Absichten beweisen.«

George nickte, erinnerte sich dann daran, daß ihn der Romulaner gar nicht sehen konnte. »Ich nehme an, ein neutraler Treffpunkt wäre uns beiden dienlich.«

Eine neuerliche Pause.

»In Ordnung.«

Diese Antwort überraschte George, und er fragte sich, was für einen neutralen Treffpunkt sie mitten im Nichts vereinbaren konnten. Er preßte die Lippen zusammen und legte sich die nächsten Worte zurecht.

»Was schlagen Sie vor?«

»Es gibt zwei Planetoiden in der Nähe, und einer von ihnen weist erträgliche Umweltbedingungen für uns beide auf: atembare Luft und so weiter. Unsere Schiffe bleiben in der Nähe, und falls irgend etwas geschieht, können sie jederzeit eingreifen. Verstehen Sie?«

»Ja, die Bedeutung Ihres Hinweises ist mir klar. Wie gehen wir vor?«

»Ich nehme ein Beiboot und lande auf dem Planetoiden. Sie folgen mir in einem Shuttle. Sie verfügen doch über Raumfähren, oder?«

»Ja«, sagte George. »Woher soll ich wissen, daß Sie mich nicht in eine Falle locken?«

»Steuern Sie den Planetoiden vor mir an, wenn Sie möchten. Oder ich lande zuerst, und Sie scannen den entsprechenden Bereich. Ich richte mich ganz nach Ihnen.«

George überlegte gründlich, hob dann den Kopf, musterte die anderen Personen im Kontrollraum und versuchte festzustellen, ob irgendein Gesicht Zweifel zeigte. Er sah seine ursprüngliche Einschätzung der Brückencrew bestätigt: Wissenschaftler, keine Taktiker. Sanawey und die übrigen hatten nicht die geringste Ahnung, wie sie die Bemerkungen des Romulaners interpretieren sollten. *Ich bin nach wie vor auf mich allein gestellt,* dachte er.

Nun, nicht ganz. George griff nach Drakes Arm und zog ihn zu sich heran. »Was hältst du davon?« flüsterte er.

»Ich würde am liebsten den Kopf in den Sand stecken und warten, bis alles vorbei ist«, raunte Reed. »Wir sind nur auf Vermutungen angewiesen, George. Die ganze Angelegenheit stinkt so sehr, daß einem übel davon werden könnte. Verlaß dich auf deinen Riecher.«

George beugte sich wieder vor. »Na schön«, sagte er laut. »Ich folge Ihnen zum Planetoiden, und Sie landen zuerst. Wenn mir die Sache nicht gefällt, kehre ich zu meinem Schiff zurück.«

»Ich werde auf Sie warten.«

George sah Sanawey an und bedeutete ihm mit einem Wink, die Verbindung zu unterbrechen.

»Kom-Kanal geschlossen«, bestätigte der Indianer.

Erneut schloß sich Kirks Hand um Drakes Arm. »Ich

mache mich auf den Weg. Solange ich fort bin, hast du das Kommando.«

»Was, *ich?*«

»Ja, du. Abgesehen von mir bist du der einzige an Bord, der eine militärische Ausbildung genossen hat. Du kommst bestimmt zurecht. Denk an Roberts Worte — sie gelten auch für mich. Von jetzt an bin ich vollkommen entbehrlich, klar?« George bedachte Drake mit einem durchdringenden Blick. »Wenn ich das Schiff verlassen habe und in Schwierigkeiten gerate, wirst du auf keinen Fall versuchen, mich zu retten. Warte ab, bis die Roms angreifen. Und dann zeig's ihnen. Anschließend laß nichts unversucht, um die Königin heimzubringen.«

»Warum soll ich erst abwarten?«

»Weil Robert recht hat«, sagte George langsam und betonte jede einzelne Silbe. »Wir sind die Eindringlinge. Wenn es zu Feindseligkeiten kommt, dürfen wir nicht den Anfang machen.« Drake lehnte sich zurück und lächelte. »Robbies Einstellungen sind ansteckend, wie?«

Kirk drückte noch einmal zu und ließ dann Reeds Arm los. »Wenn ich nicht zurückkehre ... Sprich mit George jr. und Jimmy.« Daraufhin blieb selbst Drake ernst. George wandte sich von ihm ab und ging zum Turbolift. Dicht vor der Tür verharrte er noch einmal und drehte den Kopf. »Bitte helfen Sie Drake«, sagte er zu Florida und den anderen. »Nutzen Sie alle Möglichkeiten, um zur Föderation zurückzukehren. Ich versuche, Zeit für die Reparaturarbeiten zu gewinnen.«

»Viel Glück, Mr. Kirk«, erwiderte Sanawey.

Bernice Hart deutete mit dem Daumen nach oben. »Unsere Hoffnungen begleiten Sie, Sir.«

»Danke.« George betrat die Liftkabine, zögerte und verließ sie wieder. »Hat irgend jemand eine Ahnung, wie man von hier zum Hangar gelangt?«

»Soweit ich das feststellen kann, beherrschen Sie ihre Sprache recht gut«, sagte Idrys.

Sie mußte sich beeilen, um mit t'Cael Schritt zu halten, als er sie und zwei Wächter zur Nestling-Kammer führte.

»Ein interessantes Idiom«, erwiderte der Primus. »Vor vielen Jahren arbeitete ich als Kulturforscher. Im Verlauf einer geheimen Mission flog ich durch die Neutrale Zone, um mehr über die Föderation herauszufinden. Damals überlegte man, ob diplomatische Beziehungen zu den Terranern hergestellt werden sollten. Der Senat wollte sich ein Bild von der politischen Lage in der Föderation machen – um festzustellen, ob sich die Menschen auf einen Angriff vorbereiteten. Ich bekam den Auftrag, möglichst viele Informationen zu sammeln. Nun, ich konnte Englisch lernen, indem wir die terranische Kommunikation abhörten und analysierten. Wir nannten diesen Vorgang ›Frequenzlauscherei‹.«

»Waren die entsprechenden Signale nicht codiert?« fragte Idrys.

»Nein«, sagte t'Cael. »Ein weiterer Beweis für das elementare Vertrauen der Menschen. Sie vertreten die Ansicht, Wissen sei ein Allgemeingut. Unseren Spionen fiel es nicht weiter schwer, sich Englischkenntnisse anzueignen. Die Menschen teilen ihre Informationen ohne irgendwelche Vorbehalte und sind bereit, alle sich daraus ergebenden Konsequenzen zu tragen.«

»Wie närrisch«, kommentierte Idrys.

Der Primus warf ihr einen kurzen Blick zu. »Ganz im Gegenteil. Ich begegne einer solchen Einstellung mit Respekt und halte es für besser, das Recht auf Wissen zu gewährleisten, anstatt die Erkenntnisse anderer Personen zu fürchten. Wenn Informationen irgendwelchen Beschränkungen unterlägen, wäre es den Menschen sicher nicht möglich gewesen, ein solches Raumschiff zu konstruieren.«

Die Kommandantin nickte widerstrebend, hinkte ein wenig schneller und blieb schon nach wenigen Metern abrupt stehen, als sie das Schott des Hangars erreichten.

Sie war viel zu sehr in Gedanken versunken gewesen, um auf ihre Umgebung zu achten.

Ein Vorzenturio gab den Entriegelungscode ein, und kurz darauf betraten die vier Rihannsu eine kleine Nische zwischen dem Korridor und der Startsektion. T'Cael sah die beiden Wächter an. »Bereiten Sie den Nestling vor«, sagte er.

Sie salutierten und eilten durch den Hangar.

Sofort wandte sich Kilyle an Idrys. »Die nächsten Stunden sind entscheidend. Achten Sie in erster Linie darauf, die Disziplin zu wahren. Denken Sie daran, daß Ihre Befehle ohne den geringsten Widerspruch zu befolgen sind, und zögern Sie nicht, die Macht der Pandekten einzusetzen. Der Gesandte des Prätors könnte diese Gelegenheit nutzen. Wenn die Besatzung meutert, während ich mit den Terranern verhandele, kann Ry'iak die Rolle des Helden spielen. Und dann stehen wir beide wie Verräter da.«

Idrys hielt dem dunklen Blick stand. »Wenn der Senatsproktor auch nur einen Ton von sich gibt, stelle ich ihn unter Arrest.«

»Lassen Sie ihn hinrichten«, schlug t'Cael vor. »Das ist wesentlich eindrucksvoller.«

Die Kommandantin nickte. »Sind Sie wirklich sicher, daß die Menschen nicht bluffen?«

»Ich bin davon überzeugt, daß sie es ernst meinen«, entgegnete Kilyle. »Selbst wenn wir sie mit uns vergleichen: Sie sind nicht so friedfertig, wie wir vielleicht glauben. Sie wissen genau, worauf es bei einer Invasion ankommt. Und deshalb gehe ich davon aus, daß sie wirklich durch einen Navigationsfehler hierherkamen.«

»Was planen Sie, Primus?« fragte Idrys und bemerkte seinen nachdenklichen Blick, der dem Nestling galt. Die *Vernichter* war nicht sehr groß, doch im Vergleich zu ihr wirkte das Beiboot winzig und fragil.

T'Cael beobachtete es, und als er die Frage der Kommandantin beantwortete, fehlte es seiner Stimme an jener Schärfe, mit der er zuvor die Brückenoffiziere eingeschüchtert hatte. Sie klang jetzt offen und ehrlich.

»Ich muß dem Rat zeigen, daß die Föderation keineswegs beabsichtigt, einen Krieg gegen uns zu beginnen. Der Prätor nutzt solche Gerüchte, um mehr Macht zu gewinnen und den Einfluß der Trikammer zu schmälern. Wenn ich beweisen kann, daß die Föderation überhaupt nicht daran denkt, Rihannsu-Welten zu erobern, wenn es mir gelingt, die Menschen von der Notwendigkeit zu überzeugen, einen Repräsentanten zum Senat zu schikken ... In einem solchen Fall wäre es möglich, die Position des Rats zu verstärken und den Prätor zum Rücktritt zu zwingen. Die nächsten Stunden entscheiden darüber, ob wir es schaffen, eine neue Diktatur zu verhindern.« Er stützte die Hand gegen das Schott. »Es kommt darauf an, das Vertrauen der Menschen zu gewinnen.«

Idrys musterte ihn und begriff, daß er überhaupt nicht versuchen wollte, das Föderationsschiff aufzubringen. Bei Kilyles Plänen ging es um weitaus mehr als nur die Sicherheit des Reiches. T'Cael wünschte sich eine Gelegenheit, das Prätoriat zu stürzen. Die Kommandantin spürte, wie sie zu schwitzen begann. Der Primus fragte sie nicht, ob sie bereit war, ihm zu helfen — oder ob sie es vorzog, persönliche Risiken zu meiden. Er ging einfach davon aus, daß sie seine Ansichten teilte. Idrys sah darin ein enormes Kompliment und verabscheute sich für die Furcht, die tief in ihr zu prickeln begann. Dennoch: Wenn sie zwischen t'Cael und dem Obersten Prätor wählen mußte, entschied sie sich in jedem Fall für den Feldprimus. Sie zweifelte kaum daran, daß die Menschen Kilyle Vertrauen schenken würden. Bestimmt erlagen sie seiner Überzeugungskraft — so wie sie selbst.

Einige Sekunden später erwachte t'Cael wie aus einer Trance und drehte sich zu Idrys um. »Sie müssen sicherstellen, daß wir das Vertrauen der Terraner verdienen. Behalten Sie die *Vernichter* und den Schwarm fest unter Ihrer Kontrolle. Das ist keine leichte Aufgabe.«

»Ich weiß«, bestätigte Idrys. »Sie haben sich auf die Pandekten berufen und mir damit eine mächtige Waffe gegeben. Ich verspreche Ihnen, sie unverzüglich zu verwenden, wenn man mich provoziert.«

Ein humorloses, grimmiges Lächeln zuckte in t'Caels Mundwinkeln — ihm war nur zu deutlich klar, mit welchen Problemen er die Kommandantin konfrontierte. Er berührte einen dünnen Zopf, der auf Idrys' Schultern herabreichte, drehte ihn zwischen den Fingern hin und her. »Achten Sie darauf, daß Ry'iak keine Munition für jene Waffe findet. Man wirft Ihnen noch immer Verwandtenmord vor. Der Proktor wird die Anklage zu seinem Vorteil nutzen.«

Idrys seufzte. »Wir hätten ihn sofort unter Arrest stellen sollen. Nun, ich kümmere mich um ihn. Unter den gegenwärtigen Umständen sollten wir sicher sein, daß von ihm keine Gefahr droht.«

»Da haben Sie völlig recht«, sagte t'Cael. »Ich wünsche Ihnen Macht.«

Idrys neigte höflich den Kopf. »Und ich wünsche Ihnen, daß Sie Ihr Ziel erreichen.«

Der Primus verbeugte sich ebenfalls und wandte sich ab.

Die Kommandantin sah ihm nach, als er zum Nestling ging, dessen Triebwerk inzwischen warmlief. Kilyle stieg ein und nahm hinter den beiden Wächtern Platz, offenbarte die natürliche Eleganz eines erfahrenen Kriegers.

Ein leises Summen, und eine transparente Wand separierte die Wartenische vom Rest des Hangars. Pumpen surrten, saugten die Luft ab, und kurz darauf öffnete sich das Außenschott. Das kleine Beiboot hob ab, schwebte durch die Öffnung und glitt ins All.

Kurz darauf schloß sich das Schott wieder.

Es erfüllte Idrys mit Erleichterung, daß sich t'Cael nicht mehr an Bord der *Vernichter* befand. Jetzt konnten sie gleichzeitig an zwei Fronten tätig werden und sich gegenseitig unterstützen.

Sie schaltete das nächste Interkom ein. »Sicherheitsstation, hier spricht Commander Idrys.«

»Sicherheitsstation bestätigt. Welche Anweisungen haben Sie für uns?«

»Ich bin auf dem Weg zum Kontrollraum. Verhaften Sie Unterzenturio Ry'iak und bringen Sie ihn zur Brücke.«

»Sofort, Commander.«

Idrys unterbrach die Verbindung und lächelte zufrieden. Sie kannte ihre Crew und wußte, daß sie sich normalerweise auf sie verlassen konnte. Die Offiziere blieben bestimmt loyal, wenn der Senatsproktor keine Möglichkeit mehr bekam, Zweifel in ihnen zu wecken. Sie seufzte, verließ den Hangar und ging durch den Korridor.

Ein wuchtiger Hieb traf sie und preßte ihr die Luft aus den Lungen. Idrys taumelte und krümmte sich zusammen, tastete nach etwas Festem und berührte eine andere Hand. Als sie den Kopf hob, sah sie das ausdruckslose Gesicht Ry'iaks.

Er packte sie an der Schulter und rammte ihr die *Hazdja* tiefer in den Unterleib. Offenbar verwendete er eine solche Waffe nicht zum erstenmal, denn er stieß sie von der Seite her in den Körper seines Opfers. Idrys schnappte entsetzt nach Luft und fühlte, wie die Kraft aus ihr herausströmte. Der Gesandte des Prätors ließ sie los und beobachtete, wie die Kommandantin aus einem Reflex heraus nach dem Schaft der Waffe griff. Bevor er zurückwich, löste er den Strahler aus Idrys' Gürtelhalfter und ließ ihn in einer Tasche seines Umhangs verschwinden.

Die Frau starrte ihn groß an, und ihr Mund stand weit offen. Sie wankte an die Korridorwand, beide Hände um die schreckliche Waffe geschlossen, die aus ihrem Bauch ragte. Verzweifelt versuchte sie, die Stange aus der klaffenden Wunde zu ziehen, doch die krummen Widerhaken zerfetzten ihre Eingeweide. Es handelte sich um eine *Hazdja*-Lanze, eine traditionelle und erbarmungslose Waffe, deren Spitze sich in Idrys' Leib geöffnet hatte. Jede Bewegung verursachte weitere innere Verletzungen.

Ry'iak achtete darauf, eine gewisse Distanz zu Idrys zu wahren, blieb jedoch nahe genug, um ihren Todeskampf zu genießen. Sie wand sich hin und her, und zweimal mußte er rasch beiseite treten. Sein Gesicht blieb maskenhaft starr, denn er hielt den Mordanschlag für eine Pflicht. Hämische Freude und höhnischer Triumph kamen erst später, nach dem Tod der Kommandantin.

Idrys durchbohrte den Gesandten des Prätors mit haßerfüllten Blicken. Eine Hand umklammerte nach wie vor den Schaft der *Hazdja,* und mit der anderen schob sie sich an der Wand entlang. Ihr Ziel war ein Interkomanschluß: Die Betätigung einer Taste genügte, um die Sicherheitsstation zu alarmieren.

Ry'iak spielte mit dem Gedanken, sie aufzuhalten, entschied sich aber dagegen. Er errang einen weitaus größeren Sieg, wenn die Kommandantin starb, bevor sie das Interkom erreichte, wenn es ihr nicht mehr gelang, Wächter herbeizurufen.

Seine Erwartungen erfüllten sich. Idrys verlor das Gleichgewicht und fiel zu Boden. Der Proktor glaubte sich bereits am Ziel seiner Wünsche, doch einige Sekunden später stemmte sich die Frau in die Höhe. Allein mit Willenskraft gelang es ihr, wieder auf die Beine zu kommen. Alles in ihr sträubte sich dagegen, ausgerechnet diesem Mann zum Opfer zu fallen.

Ry'iak wich erneut einige Schritt zurück, verhielt sich nicht so sehr wie ein Mörder, sondern schlüpfte in die Rolle eines makabren Voyeurs. Er wollte Idrys nicht noch einmal berühren, wenn es sich vermeiden ließ, aber die Entschlossenheit, mit der sie sich dem Tod widersetzte, bestürzte ihn. Sie schaffte es tatsächlich, sich ganz aufzurichten, trotzte dem sengenden Schmerz, der in ihr tobte.

Der Proktor schürzte enttäuscht die Lippen und schnitt eine Grimasse, als er das Feuer des Hasses in Idrys' Augen sah. Er bedauerte es, die Kommandantin nicht beobachten zu können, ohne daß sie ihn sah.

Als die Finger der Frau die Kante des Interkoms berührten, hielt er ein Eingreifen für notwendig. Ry'iak trat heran, griff nach der *Hazdja* und drehte den Schaft mit einem Ruck.

Idrys erbebte und krümmte sich jäh zusammen, als heiße Pein in ihr explodierte. Mit einem heiseren Keuchen wankte sie auf Ry'iak zu und holte zum letztenmal in ihrem Leben Luft.

Der Gesandte des Prätors wich ihr aus und wartete.

Die Kommandantin der *Vernichter* sank auf die Knie, verharrte einige Sekunden lang in dieser Haltung und kippte dann zur Seite. Das Gewicht ihres Körpers trieb den Schaft noch tiefer in die Wunde.

Idrys' Blick trübte sich.

Ry'iak zögerte, beobachtete die letzten Zuckungen und ließ den angehaltenen Atem entweichen, als sich die Frau nicht mehr rührte. Eine Zeitlang überlegte er, ob er die Lanze aus dem Leib der Toten ziehen sollte, beschloß dann aber, sie dort zurückzulassen, wo sie ihm einen wichtigen Dienst erwiesen hatte. Er ging an Idrys vorbei, und der Saum seines Umhangs strich über ihr Gesicht, berührte einen Zopf.

Der Proktor machte sich auf den Weg zur Brücke und wußte bereits, welche Worte er an Kai richten würde: *Subcommander, Idrys ist tot. Ich glaube, wir sollten einige Dinge besprechen.*

[illegible]

[illegible]

Die Conquista des Landes [illegible]

[illegible]

[illegible]

[illegible]

DRITTER TEIL

Fremde Welten...

KAPITEL 14

Kummer verdrängte einen Teil des Mitgefühls aus McCoys Zügen, und hinzu kam Schuld. War es richtig, den Captain zu bewegen, seine Meinung zu ändern? Hatte irgend jemand das Recht, von ihm zu verlangen, sein ganzes Leben zu opfern, es in den Dienst einer ›Sache‹ zu stellen? Ein Teil von Jim Kirk blieb für immer Kommandant der *Enterprise*, doch ein anderer Aspekt seines Selbst verharrte in der Vergangenheit und litt. McCoy stellte sich ein gesplittertes Ich vor, dessen einzelne Fragmente über Zeit und Raum verteilt waren, bei den Personen verweilten, deren Existenz Kirk durch Entscheidungen verändert hatte — indem er die Bürde einer großen Verantwortung getragen und sich nicht nur darauf beschränkt hatte, seine Pflicht zu erfüllen.

McCoy schloß den Mund und blieb stumm. Unter anderen Umständen hätte er vielleicht das Selbstmitleid verspottet, das er in den Augen des Captains erkannte, ihm vorgeworfen, er sähe die Dinge nicht aus der richtigen Perspektive. *Die übliche Reaktion,* fuhr es ihm durch den Sinn. *Bring Jim einen Drink und rate ihm, bis zwanzig zu zählen und solche Gedanken aus sich zu verbannen.* Aber in diesem besonderen Fall erschien sie ihm unangemessen.

Kirk saß nach wir vor am Rand der Heubodentür und kam McCoys Einwänden zuvor.

»Es geht nicht nur um diesen einen Zwischenfall«, sagte er. »Aber er hat mir verdeutlicht, daß ich mir selbst ausweiche. Seit ich das Kommando übernommen habe, stolpere ich von Problem zu Problem, und nicht immer finde ich die richtigen Lösungen. Es ist nur eine Frage der Zeit, bevor mir das Schicksal einen Streich spielt. Und die Folgen? Vielleicht eine irreparable Modifikation der Geschichte. Oder das Ende einer Zivilisation. Wann unterläuft mir ein Fehler, den ich anschließend nicht korrigieren kann?« Er schüttelte den Kopf und zwinkerte im Sonnenschein. »Nein, ich muß einen Schlußstrich ziehen.«

In plötzlichem Ärger deutete McCoy auf die Blätter in Kirks Händen. »Was steht in den verdammten Briefen, Jim? Was veranlaßt dich zu solchen Überlegungen?«

Kirk blickte auf das zerknitterte Papier herab, und die geschriebenen Worte erwachten zu neuem Leben. Er las dort weiter, wo er innegehalten hatte, stellte sich vor, daß sein Vater zu ihm sprach.

Inzwischen seid Ihr alt genug, um zu verstehen, und deshalb möchte ich einige Dinge erklären. Es wäre mir lieber, ein direktes Gespräch mit Euch zu führen, aber manchmal ist so etwas sehr schwer, und außerdem habe ich gar keine Gelegenheit dazu. Der Dienst im All bringt viele Gefahren mit sich, und vielleicht bekomme ich nie die Möglichkeit herauszufinden, was Ihr von Eurem Vater erwartet. Ich bin also auf Vermutungen angewiesen.

Ich habe Euch sehr gern, und ich wünschte, wir könnten ständig zusammen sein. Aber um ganz offen zu sein: Ich liebe auch den Weltraum, und das wißt Ihr. Denkt jedoch daran, daß ich hier eine Pflicht erfülle. Ich arbeite und werde dafür bezahlt. So ist das eben.

Manche Aufgaben verlieren ihren Reiz, sobald man sich an sie gewöhnt, aber sie müssen trotzdem wahrgenommen werden. Ich weiß nicht, ob ich noch immer mit der gleichen Begeisterung bei der Sache bin wie früher. Erinnert Ihr Euch daran, als wir versuchten, das Modell der Sea Witch in einer Flasche unterzubringen? Man muß das Schiff irgendwie durch den

Flaschenhals schieben, ohne daß es dabei beschädigt wird. Ich fühle mich in einer ähnlichen Situation. Gelegentlich bleibt einem nichts anderes übrig, als Kompromisse zu schließen, mit sich selbst und seinen Erwartungen. Ab und zu gelingt nicht alles so, wie man es sich erhofft.
Überlegt Euch gut, was Ihr liebt. Bevor Ihr Euch emotional engagiert, solltet Ihr sicher sein, daß Eure Liebe erwidert wird.

Ein seltsamer Brief, voller Botschaften, die nicht auf den ersten Blick klar wurden. Kirk gewann den Eindruck, daß sein Vater versucht hatte, alle seine zukunftsorientierten Gefühle in einem einzigen Umschlag unterzubringen. Was bedeutete der letzte Hinweis?

Er sah die Worte nun aus der Perspektive eines Erwachsenen und glaubte, einen Unterschied in der Handschrift zu erkennen. Sie wirkte ein wenig nachlässiger. Oder kühner? Vielleicht gab George Samuel Kirk dem Drang nach, die Sätze möglichst schnell zu Papier zu bringen — weil sie ihm in der Seele brannten. Vielleicht verzichtete er deshalb auf gestalterische Sorgfalt. Andererseits: Als Soldat hatte Jims Vater immer großen Wert auf Gewissenhaftigkeit und einen leicht verständlichen Ausdruck gelegt. Dieses Schreiben stellte eine Ausnahme dar.

Es war keineswegs schlicht und einfach. Der Brief erfüllte nicht nur den Zweck, Kontakt mit zwei Jungen auf der Erde zu halten. Kirk entdeckte eine vage Eindringlichkeit, als er die Sätze las. Die Worte bildeten ein Labyrinth, in dem sich zwei Kinder leicht verirren konnten, wenn sie nicht wußten, worauf es zu achten galt. Jim versuchte sich daran zu erinnern, ob er und sein Bruder vor fünfundzwanzig Jahren einen Unterschied zu den anderen Briefen ihres Vaters entdeckt hatten, doch sein Gedächtnis ließ ihn im Stich. Damals begnügten sie sich mit der Aufregung, Nachrichten von einem Mann zu bekommen, den sie nur selten sahen und sehr verehrten.

Aber dieser besondere Brief ...

Er ist anders, dachte Jim. *Befandest du dich damals in Schwierigkeiten? Drohte Gefahr?*

»War dein Vater mit einer Mission betraut, Jim?« fragte McCoy. Kirk blinzelte im hellen Licht der Sonne, die ihm nun die Beine wärmte. Er gab keine Antwort, wurde immer nachdenklicher und konzentrierte sich auf eine Vergangenheit, die ihm sonderbar fremd erschien. Er glaubte sich mit einem Rätsel konfrontiert, das ihm immer neue geheimnisvolle Aspekte zeigte.

»Keine Ahnung«, sagte er schließlich.

McCoy saß knapp zwei Meter entfernt auf der anderen Seite der Heubodentür, und er sprach ein wenig lauter, als er hinzufügte: »Kann nicht einmal deine Mutter Auskunft darüber geben?«

Kirk drehte ansatzweise den Kopf. »Diese Briefe trafen praktisch gleichzeitig ein, und anschließend kam nichts mehr. Wir wußten nur, daß unser Vater ganz plötzlich Starbase Zwei verließ. Unter mysteriösen Umständen. Ich habe meine Beziehungen spielen lassen, doch Starfleet Command stellte sich dagegen und schwieg.« Er sprach langsam, lauschte dem Klang seiner Worte, hatte das eigentümliche Gefühl, einer anderen Person zuzuhören. Eigentlich widersprach es der Ethik eines mehrmals ausgezeichneten Starfleet-Offiziers, seinen Einfluß für persönliche Angelegenheiten zu nutzen.

»Vielleicht haben die Lamettaträger überhaupt keine entsprechenden Informationen«, sagte McCoy und hielt sich nicht damit auf, nach besseren Formulierungen zu suchen.

Kirk sah ihn an. »Wie bitte?«

McCoy zögerte, und seine Brauen wölbten sich. Stammten diese Worte wirklich von ihm? »Wäre es möglich?« fuhr er fort und beugte sich ein wenig vor. »Wissen die Admiräle wirklich nichts?« Er rutschte zur Seite, blickte übers Kornfeld und runzelte die Stirn. »Starfleet-Angehörige verschwinden nicht einfach so von ihren Posten. Und falls doch so etwas geschieht, werden zumindest Ermittlungen eingeleitet.«

»Es fand keine Untersuchung statt.«

»Das meine ich ja. Irgend jemand muß gewußt haben, was vor sich ging. Gibt es keine Unterlagen?«

»Nein.«

»Nun, vielleicht ist das der Grund. Vielleicht gingen die Informationen durch einen personellen Wechsel im Kommandostab verloren.«

»Die Sache liegt noch nicht *so* lange zurück, Pille. Es sind erst fünfundzwanzig Jahre vergangen.«

»Für manche Leute reicht das, um gewisse Dinge zu vergessen«, beharrte McCoy und lächelte schief. »Genug Zeit, um einen Zwischenfall unter den metaphorischen Teppich zu kehren. Typische Denkweise der Flotte: Was nicht ausdrücklich für die Öffentlichkeit freigegeben ist, gilt als geheim. Wie dem auch: *Irgend jemand* muß Bescheid wissen, verdammt!«

Auch Kirk starrte aufs Kornfeld und sehnte sich plötzlich danach, mehr über seinen Vater zu erfahren. »Warum muß man manchmal einen so hohen Preis bezahlen?« murmelte er und sah zum blauen Iowa-Himmel hoch.

McCoy beobachtete ihn und dachte über die Frage nach. Stammte sie von Jim Kirk oder seinem Vater? Er ahnte, was den Captain bewegte, und eine jähe Erkenntnis ließ ihn schaudern.

»Es ist das Prestige, Jim«, erwiderte er leise und versuchte, möglichst klug zu klingen, während sich in seinem Innern etwas zusammenkrampfte.

Kirks Hände schlossen sich etwas fester um den Brief. Alles verlangte einen Preis. Es gab nichts, das man einfach nehmen und genießen konnte. Folgen und Konsequenzen, die gelegentlich eine sehr schwere Bürde waren. So wie in diesem Fall. Er zahlte nun einen ganz persönlichen

Preis für die Möglichkeit, in die Vergangenheit zu reisen. Viele Leute hätten darin vermutlich ein Privileg gesehen, aber Jim fühlte sich vom Schicksal betrogen.

»Ich werde nie Spocks Gesicht vergessen, als er mir alles erklärte«, sagte er leise und sah über die Landschaft. »Selbst er spürte den Verlust.«

McCoy neigte sich zurück, und Unbehagen zitterte in ihm, als er begriff, wovon der Captain sprach.

»Spock meinte, sie habe den richtigen Standpunkt vertreten — aber leider zur falschen Zeit«, fuhr Kirk fort und dachte dabei an seinen Ersten Offizier. Noch einmal sah er Widerstreben und echte Anteilnahme in einem vulkanischen Gesicht, das eigentlich maskenhaft starr bleiben sollte. »Zeit ...« Er flüsterte dieses Wort und betrachtete das Erinnerungsbild der Frau. Trübe violette Spitzen einer längst überholten Mode bedeckten schmale Schultern und Brüste, die er nicht zu berühren wagte. Er bekam keine Gelegenheit, sich solchen Vorstellungen hinzugeben: Er erstarrte innerlich, als Spock herausfand, daß Edith Keeler sterben mußte, um die ›richtige‹ historische Struktur zu gewährleisten, und noch immer herrschte Kälte in ihm.

Kirk lehnte sich mit der Schulter an altes Holz und blickte nach unten. Als zehnjähriger Junge erlitt er Schwindelanfälle, wenn er aus dieser Höhe auf den Boden herabstarrte, und jetzt ließen die Launen des Schicksals ein ähnliches Gefühl in ihm entstehen. War es möglich, daß Leben oder Tod eines Menschen enorme Veränderungen in der Geschichte bewirken konnten?

Was für ein verrückter Gedanke. Mochte ein einzelner Kieselstein in der Lage sein, den Lauf eines ganzen Flusses zu verändern? Angenommen, Alexander der Große wäre nicht im Alter von dreiunddreißig Jahren gestorben, sondern hätte noch ein zusätzliches Jahr gelebt ... Es gab Hunderte von entscheidenden Wendepunkten im historischen Gefüge der Menschheit. Eine Hand, die nach John Wilkes Booths Pistole griff, bevor er abdrücken konnte ... Anwar Sadat, der sich duckte und in Dekkung ging, anstatt seinen Mördern die Stirn zu bieten ... Yoradyl Young, die nicht etwa zwei Tage nach ihrer Rede vor dem vulkanischen Rat starb, sondern zwei Tage vorher ...

Gerade Raumschiffkommandanten wußten um die Bedeutung einzelner Personen. Manchmal blieb der Tod von Tausenden ohne direkte Folgen, während ein bestimmtes Individuum zum Angelpunkt einer neuen geschichtlichen Entwicklung wurde. Wie tragisch, sagten manche Leute, wenn sie an Alexander, Lincoln, Sadat, Young und Geltredi dachten – aber derartige Bemerkungen würden sich nie auf Edith Keeler beziehen. Sie sprach vom Frieden und hätte die Vereinigten Staaten davon abgehalten, sich im Zweiten Weltkrieg zu engagieren; doch wem etwas an der Zukunft lag, wäre wohl kaum bereit gewesen, sie zu unterstützen. Edith Keeler, die soviel verstand – und sich gegen die Erkenntnis sträubte, daß ein gutes Beispiel nicht genügt, um den Frieden zu sichern.

Eine Frau, die für den Pazifismus eintrat. Zur falschen Zeit.

Kirk zog unbewußt die Beine an. »Spock und ich haben uns geirrt«, sagte er. »Damals wäre die Entscheidung für den Frieden falsch gewesen. Unter gewissen Umständen muß man pazifistische Einstellungen aufgeben. Stalin ermordete Millionen von Menschen, und niemand hinderte ihn daran, weil die Welt den Kampf satt hatte. Im Vergleich zu ihm spielte Hitler nur die Rolle eines historischen Statisten. Aber weil die restliche Welt müde war, weil sie nicht mehr die Kraft aufbrachte, Recht und Moral zu verteidigen, dauerte die Schreckensherrschaft an. Ich frage mich, was Edith davon gehalten hätte«, fügte Jim hinzu. Irgendwo in seinem Bewußtsein flüsterte Edith Keeler nach wie vor die Worte der Hoffnung. »Ein klügerer Mann wäre sicher in der Lage gewesen, eine Alternative zu finden. Es kann nicht nur eine Entscheidung möglich gewesen sein, Pille.«

»Selbstvorwürfe bringen Edith nicht zurück«, sagte

McCoy und bemühte sich, ruhig zu sprechen. »Die Geschichte mußte in die richtigen Bahnen gelenkt werden, Jim.«

Kirks Blick reichte in die Ferne. »Hat sie wirklich gelebt? Oder existierte sie nur in unserer Vorstellung?«

McCoy preßte die Lippen zusammen. Auch ihm waren solche Gedanken durch den Kopf gegangen, obgleich sie ihn nicht so sehr belasteten wie den Captain. Die von ihnen erlebte Vergangenheit existierte nicht mehr, verschwand in dem Augenblick, als Edith Keeler starb. Die Geschichte wies den Ereignissen im Jahre 1930 eine völlig andere Struktur zu, und es gab überhaupt keine Anhaltspunkte dafür, daß sich ihre Erinnerungen mit irgendeiner Art von Realität verbanden. Nichts kehrte durch die temporale Pforte in die Gegenwart zurück. Nur der Schmerz.

Der Schmerz ...

Hier saßen sie nun und klammerten sich an der emotionalen Pein fest – dem einzigen Beweis dafür, daß Edith Keeler wirklich gelebt hatte. Eine tapfere Frau, mit großer Zuversicht und einem einzigartigen Weitblick. Es war nicht richtig, daß ihr Vermächtnis nur aus seelischer Qual bestand.

»Was willst du, Jim?« fragte McCoy hilflos. »Antworten? Du weißt doch, daß sie uns nicht begleiten konnte. Nur wir hatten die Möglichkeit, durch die Zeit zu reisen und in eine Gegenwart zurückzukehren, die für Edith der Zukunft gleichkam. Sie gehörte in eine andere Epoche. Sie lebte damals – und sie mußte *damals* sterben.«

Doch Kirks Ich weilte nach wie vor in jener Ära und weigerte sich, die Konsequenzen zu akzeptieren. Eine eher schlichte Frau, mit einer Dynamik ausgestattet, die sofort beeindruckte. Vor Jims innerem Auge wiederholte sich der Alptraum: Noch einmal hinderte er McCoy daran, Edith Keeler beiseite zu stoßen, als sich der Lastwagen näherte ... Er rollte über sie hinweg und bewahrte damit das historische Gefüge vor einer ebenso einschneidenden wie fatalen Veränderung. Edith drehte sich um und sah den Laster. Ihr blieb sogar noch Zeit genug, einen Schrei auszustoßen, bevor ...

Begriff sie, daß ich sie dem Tod preisgab? Fragte sie sich in jener letzten Sekunde, warum ich nicht eingegriffen habe, um sie zu retten?

»Der Preis des Heldentums ist zu hoch«, murmelte Kirk. »Habe ich nicht genug gebüßt? Für meine eigenen Fehler und auch für die anderer Leute?«

Stille schloß sich an, und innerhalb weniger Sekunden gewann das Schweigen eine bedrückende Qualität, berichtete von Schuld, Bestürzung und Betroffenheit.

»Auch für meine«, entgegnete McCoy schließlich. Es klang so reuevoll und zerknirscht, daß sich Kirk umdrehte.

»Du brauchst dir nichts vorzuwerfen, Pille.«

»Vielleicht nicht«, sagte McCoy. »Aber es geschah wegen mir. Ich gab den Anlaß.«

»Edith Keeler wäre ohnehin gestorben.«

»Ich spreche nicht von ihr. Ich meine dich. Du bist *mir* in die Vergangenheit gefolgt, und deshalb leidest du jetzt.«

Der Captain nickte, und Mitgefühl regte sich in ihm. »Wenn man unter der Wirkung einer Droge steht, kann man nicht klar denken.«

»Ich hätte den Injektor wegwerfen sollen«, brummte McCoy und schüttelte kummervoll den Kopf. »Wenn es drunter und drüber geht, darf ein Bordarzt nicht mit seinen Instrumenten herumspielen.« Er sah auf, und seine blauen Augen blickten niedergeschlagen und schuldbewußt. »Es war mein Fehler, Jim. Und es tut mir sehr leid.«

Plötzliche Wärme verdrängte die Kühle aus Kirk, und er erinnerte sich an eine andere Art von Bürde, die der Kommandant eines Raumschiffes tragen mußte. Er setzte sich für seine Crew ein, für die Föderation, für die ganze Galaxis. All die Entscheidungen, die er getroffen hatte, weil es die Umstände von ihm verlangten. Die vielen

Probleme, die er lösen mußte, so schwer es ihm auch fiel. Und fast ständig blieb er allein mit seinen Zweifeln, mit Ungewißheit und Schmerz ...

Nur selten bedankte sich jemand beim Captain. Die Aufopferungsbereitschaft galt als Teil seiner Pflicht. Man hielt sie für selbstverständlich.

Und das war nicht fair.

Aber ganz abgesehen davon: In diesem besonderen Fall gab es keine Möglichkeit für ihn, sein Leid mit jemandem zu teilen.

Kirk sah McCoy an. »Ich konnte dich nicht im Stich lassen«, sagte er langsam und spürte, wie sich das Band der Freundschaft zwischen ihnen festigte.

KAPITEL 15

Der Weltraum war nicht annähernd so schwarz und finster, wie immer wieder behauptet wurde. In diesem Bereich des Alls glühten natürliche Farben: bunte Plasmawolken, in denen das Licht von Protosternen schimmerte, das Blinken von Pulsaren, Gasschleier, die Strahlungen einfingen und mit geisterhaftem Leuchten darauf reagierten, die erhabenen Feuerräder ferner Galaxien, Inseln des Lebens im Universum. George Kirk steuerte die Raumfähre durch ein fremdes Sonnensystem und verglich es mit einem Zimmer, dessen Einrichtung aus typisch kosmischen Möbeln bestand: interplanetares Gas, das im Sonnenlicht wogte und wallte; Protonen, die in Magnetfeldern einen Teil ihrer Energie abgaben; das gestaltlose Phantom einer schillernden Korona. Irgendwo im interstellaren Raum breiteten sich ringförmige Nebel aus, und in ihrem Zentrum kam es zu einer nuklearen Metamorphose: Die Reste von explodierten Sonnen schrumpften, verwandelten sich in Weiße Zwerge. Das seidene Panorama zeigte sanftes Grün und flammendes Rot, und hinzu kamen orangefarbene und kobaltblaue Töne. Ätherische Schönheit bot sich Georges Blicken dar, und tief in ihm prickelte fast so etwas wie Neid. Er überlegte, warum die Bewohner eines solchen Sektors nach Eroberungen strebten.

Es handelte sich im wahrsten Sinne des Wortes um fremden Raum, und als sich Kirk dieser Erkenntnis stellte, spürte er einen Hauch Unsicherheit. Fremdes All, voller Gefahren. Voller Feinde.

Feinde?

Nun, es kommt ganz darauf an, welche Perspektive man sich zu eigen macht, dachte George, als er die Kontrollen des Shuttles bediente und einem kleinen Beiboot folgte, das Hoffnung trug.

Oder eine bittere Enttäuschung. Ja, das magische Wort hieß Perspektive. Hier war er der Fremde, der Eindringling, der potentielle Feind. Er zwang sich dazu, an dieser Erinnerung festzuhalten, eine mentale Verbindung mit Robert April zu bewahren, um nicht das Ausmaß seiner Verantwortung zu vergessen. Es fiel ihm schwer, sich auf die Bereitschaft zu besinnen, zumindest begrenztes Vertrauen zu schenken. Immer wieder kehrten seine Gedanken zu dem Massaker vor gut siebzig Jahren zurück, zu dem erbarmungslosen Angriff auf die Starbase Eins, der Vernichtung des Schiffes, das den Notruf empfing und die Raumstation anflog. Was erhofften sich die Romulaner davon? Erfüllte der Krieg bei ihnen eine Art Selbstzweck? Kämpften sie um des Kampfes willen?

Ein kleiner Bildschirm auf der Kommandokonsole zeigte den Raumbereich hinter der Fähre. Die Königin glänzte in elfenbeinernem Weiß, und der Umstand, daß es ihr an Hoheitszeichen und irgendwelchen Markierungen fehlte, wirkte plötzlich sehr verdächtig. Das romulanische Schiff schwebte dicht daneben. George spurte, wie seine Hände feucht wurden, und er bemühte sich, nicht dauernd auf den kleinen Monitor zu starren, statt dessen das Beiboot zu beobachten, dem er folgte.

Wie bin ich in diese Lage geraten? Warum stehe ich plötzlich im Mittelpunkt des Geschehens? Ich bin nicht einmal zum Ersten Offizier qualifiziert, und jetzt repräsentiere ich sogar die Föderation. Verdammt, ich bin kein Diplomat; ich komme nicht einmal mit meiner eigenen Familie zurecht. Auf was lasse ich mich bloß ein? Bin ich überhaupt nicht bei Sinnen? Was soll ich dem romulanischen Kommandeur sagen? Wie soll ich mich verhalten, wenn er wie eine Echse aussieht? Himmel, ich habe noch nie mit einem wirklichen Alien gesprochen. Vielleicht bin ich überhaupt nicht in der Lage, unsere Ideale jemandem zu erklären, der wie eine Echse denkt ...

Das Beiboot drehte plötzlich ab und steuerte einen grünbraunen Planetoiden an, hinter dem eine Gaswolke glühte. George sah kleine Meere und Ebenen, hier und dort zerklüftete Gebirge, an deren Hängen moosartige Pflanzen wuchsen. Es fehlten Wälder und Wüsten. Das Licht der Sonne fiel auf dünnen Atmosphärendunst, und das winzige romulanische Schiff glänzte wie Silber.

George folgte ihm in sicherem Abstand, und die beiden Flugkörper schwebten trügerisch langsam über mehrere Berge hinweg. Nach einigen Minuten änderte das Beiboot den Kurs, ging tiefer und landete in einem schmalen Tal.

Kirk lenkte das Shuttle über den Landeplatz hinweg und nahm eine gründliche Sondierung vor. Erst als er ganz sicher sein konnte, daß ihn keine unangenehmen Überraschungen erwarteten, flog er weiter, durch einen breiten Paß. Wenn Romulaner nicht ausgerechnet wie Felsen aussahen, waren sie völlig allein auf dem Planetoiden.

Trotzdem blieb das Mißtrauen in ihm. Man durfte Romulanern nicht vertrauen. Eine einfache Philosophie, die sich auf Erfahrung gründete.

George schätzte die Sensorreichweite des Beibootes ab, und als er glaubte, über den Ortungshorizont des romulanischen Schiffes hinaus zu sein, landete er in einer hügeligen Region, in der das Shuttle nur schwer entdeckt werden konnte.

Die Fähre schwebte einige Zentimeter über dem Boden und setzte dann mit einem leichten Ruck auf. Der Umgang mit den Bordsystemen fiel George leicht, aber es erschien ihm seltsam, allein in einer Kammer zu sitzen, die sieben Personen Platz bot. Es dauerte eine Weile, bis er herausfand, welche Befehle der Computer von ihm erwartete. Nach der Landung summte das Triebwerk noch einige Sekunden lang, bevor es sich automatisch abschaltete. Es folgte ein leises Zischen, als ein Druckausgleich mit der Atmosphäre des Planetoiden hergestellt wurde, und anschließend wechselte die Farbe der Kontrollen, zeigte Bereitschaft. George blieb stumm sitzen.

Er fühlte sich in die Enge getrieben — und begriff gleichzeitig, daß ihm keine Wahl blieb. Früher oder später mußte er das Shuttle verlassen, um dem Romulaner zu begegnen, mit ihm zu verhandeln. Er trachtete danach, seine Gedanken zu ordnen, rief sich ins Gedächtnis zurück, wieviel vom Gespräch mit dem Kommandeur abhing. Das Chaos hinter seiner Stirn blieb, weigerte sich hartnäckig, eine übersichtliche Struktur zu gewinnen. Immer wieder dachte George an die Dinge, die schiefgehen konnten. Hier ein Mißverständnis, dort eine falsche Interpretation — die Folgen mochten katastrophal sein. Er kämpfte gegen das äußerst unangenehme Gefühl an, daß sein Verhalten über einen interstellaren Krieg entschied — oder dauerhaften Frieden zwischen der Föderation und dem romulanischen Reich. Wer über die menschlichen Unzulänglichkeiten Bescheid wußte und einen Sinn für Demut hatte, wollte bestimmt nicht in einer solchen Situation sein.

In dieser Situation, verbesserte er sich. *Es handelt sich nicht um theoretische Überlegungen. Dies ist die Wirklichkeit.*

George biß die Zähne zusammen, und plötzlich wurde ihm seine Macht bewußt. Er war allein, mußte Entscheidungen treffen, die er in erster Linie vor sich selbst zu verantworten hatte. Mit anderen Worten: Zunächst kam es nur auf seine eigenen Maßstäbe an.

Er betätigte eine Taste, hielt sie länger gedrückt als unbedingt notwendig.

»Bordlogbuch, hier spricht Commander Kirk. Ich mache mich gleich auf den Weg zum Landeplatz der Romulaner. Meine wichtigste Aufgabe besteht darin, mich mit dem Kommandeur zu treffen und über seine Absichten Aufschluß zu gewinnen — in der Hoffnung, daß wir mit heiler Haut zur Föderation zurückkehren können. Ich bin bereit, mich zu opfern. Und ich habe Drake an Bord des Schiffes angewiesen, von allen Waffensystemen Gebrauch zu machen, wenn er keine andere Möglichkeit sieht. Es kommt vor allen Dingen darauf an, die Königin heimzubringen.« George zögerte und dachte über seine letzten Worte nach. Sie klangen aggressiv — und unvorsichtig.

Geistesabwesend strich er über die Konsole, so als sei das Shuttle sein einziger Vertrauter. In einem weniger scharfen und arroganten Tonfall fuhr er fort: »Für diesen Befehl übernehme ich die Verantwortung. Die Besatzung des Schiffes trifft nicht die geringste Schuld. Ich weiß, daß ich dadurch die Gefahr eines Krieges zwischen der Föderation und dem romulanischen Reich heraufbeschwöre. Den Botschaftern und Diplomaten, die sich später mit einem solchen Problem auseinandersetzen müssen, möchte ich folgendes mitteilen: Weder Starfleet noch die Föderation haben mich zu derartigen Anweisungen ermächtigt. Ich handle ausschließlich auf eigene Faust. Da die gegenwärtige Crew des Schiffes nicht aus militärischem Personal besteht, sondern nur aus Technikern, Wissenschaftlern und Ingenieuren, halte ich eine solche Order für fair. Soldaten wissen, in welche Gefahr sie sich bei einem Einsatz begeben, aber in diesem Fall war nur eine Rettungsmission geplant, und die Leute an Bord dürfen nicht aufgrund von technischen Fehlfunktionen sterben.« Während er sprach, spürte er immer deutlicher, daß seine Worte eine feste Überzeugung zum Ausdruck brachten. Er fühlte sich den Menschen an Bord des Schiffes und auch dem Starship selbst verpflichtet. Robert Aprils Ideale mußten zumindest eine Chance erhalten.

Und damit noch nicht genug. George Samuel jr. und James Tiberius verdienten es, sich voller Stolz an ihren Vater zu erinnern. Als Erwachsene sollten sie an jemanden denken, der nicht nur Sicherheitsaufgaben in einer Starbase wahrgenommen hatte. Kirk wollte ein konkretes Beispiel für das geben, was er ihnen in den Briefen zu vermitteln versuchte.

Er bemerkte seine Anspannung erst, als der Nacken zu schmerzen begann. Ihm lagen noch weitere Worte auf der

Zunge, und er sehnte sich danach, den beiden Jungen, seiner Frau und Robert alles zu erklären.

Zorn quoll in ihm empor, Wut auf seine Sentimentalität.

»Kirk Ende«, sagte er und schaltete das elektronische Logbuch aus.

Er stand so plötzlich auf, daß der Sessel erzitterte und von einer Seite zur anderen schwankte. George achtete nicht darauf, griff nach der Überlebensausrüstung, justierte den Strahler auf maximale Energiestärke, öffnete das Schott und sprang nach draußen. Als seine Füße den Boden berührten, begriff er, daß er ein unnötiges Risiko eingegangen war. Er hätte die Atmosphäre des Planetoiden auf Verträglichkeit für den menschlichen Metabolismus prüfen sollen. Statt dessen verließ er sich allein auf die Auskunft des Romulaners. *Wie dumm von mir!* dachte er verärgert. *Ich habe mir vorgenommen, dem Kommandeur nicht so ohne weiteres zu vertrauen und mir einen gesunden Argwohn zu bewahren. Aber dieses Prinzip ist bereits zum Teufel, obwohl mich noch mehr als zwei Kilometer von dem Romulaner trennen. Ich bin wirklich ein toller Diplomat.*

George prüfte das Gelände, um sicher zu sein, daß der Untergrund das Gewicht des Shuttles tragen konnte. Dann holte er einen Kompaß hervor, orientierte sich und marschierte los.

Zuerst führte der Weg durch einen sumpfigen Bereich, und daran schloß sich eine Landschaft aus geborstenen Felsen an. Das Spektrum der lokalen Fauna reichte von Käfern bis hin zu bärenartigen Geschöpfen. George brummte zufrieden. Die Präsenz der größeren Lebewesen bedeutete, daß es selbst mit guten Sensoren nicht so einfach sein konnte, einen Menschen zu identifizieren. Tatsächlich war Kirk froh, pelzige Gesichter zu sehen, die unter anderen Umständen Besorgnis in ihm geweckt hätten. Die Tiere starrten aus Höhlen und Felsspalten, doch keins von ihnen wagte sich näher. George beachtete sie kaum. Seine Überlegungen galten der bevorstehenden

Begegnung; er dachte an Föderationsgesetze, die beachtet werden mußten, legte sich Antworten zurecht, um auf alle Fragen des Feindes vorbereitet zu sein.

Des Feindes ... Irgend etwas in ihm hielt an dieser Bezeichnung fest, obwohl er sich um einen vorurteilsfreien Standpunkt bemühte. *Ich bin eben kein Diplomat. Ich kann mir keine Einstellungen zu eigen machen, an die ich nicht glaube, die ich nicht einmal verstehe. Robert ... Ich habe keine Ahnung, wie ich mich verhalten soll. Mir fehlen deine idealistischen Visionen. Ich bin einfach nicht imstande, wie du zu denken. Und ich weigere mich, auf alle meine Stärken zu verzichten. Ich kann mich nicht mit Leuten verbrüdern, die ein Massaker für völlig normal halten.*

Warum hatten die Romulaner ein Treffen vorgeschlagen? Was führten sie im Schilde? Bestimmt steckte mehr dahinter als nur eine angebliche kulturelle Notwendigkeit, Gesprächspartnern persönlich zu begegnen. In einem militärischen Kontext erschienen solche Behauptungen geradezu lächerlich. Neuerliches Unbehagen regte sich in George, und er beschloß, auf alles gefaßt zu sein.

Der Kompaß piepte leise: Er näherte sich dem Ziel.

Kirk ging in die Hocke, zog den Strahler und schob den Tornister mit der Überlebensausrüstung auf den Rükken. Dann schaltete er das kleine Ortungsgerät aus und setzte den Weg fort.

Kurz darauf sah er den silbernen Bug des romulanischen Beiboots. George schob sich geduckt an den Felsen vorbei, und schließlich entdeckte er den Feind.

»Eins steht fest: Es sind keine Eidechsen«, hauchte er und kniff die Augen zusammen.

Zwei Gestalten. Eine mit roter Schärpe; die andere trug eine blaue. Erleichterung durchströmte ihn, als er feststellte, daß es sich um Humanoiden handelte. Zumindest was ihr äußeres Erscheinungsbild betraf. Vielleicht floß in ihren Adern kein Blut, sondern Säure oder etwas in der Art. Zwei Arme, zwei Beine, jeweils ein Kopf.

Sehr beruhigend. Beide trugen Helme aus grauem Metall, und darunter bemerkte George dunkle Gesichter, die ihn an Klingonen erinnerten, obwohl die Haut nicht so sehr glänzte. Die Fremden waren schwerbewaffnet und wanderten auf und ab. Ganz offensichtlich warteten sie auf ihn. Wer mochte der Kommandeur sein? Die roten und blauen Schärpen ... Deuteten sie auf unterschiedliche Ränge hin?

George beobachtete die Fremden einige Minuten lang, aber keine der beiden Gestalten schien der anderen Befehle zu erteilen. Die Zeit verstrich, ohne daß irgend etwas geschah. *Du schiebst das Unvermeidliche nur hinaus,* dachte Kirk. *Zögere nicht länger.* Aber die Unsicherheit blieb. Nach einer Weile schlich er weiter, nutzte die Dekkung der Felsen und hoffte auf irgend etwas, das ihm Aufschluß gab.

Als er durch einen Spalt zwischen zwei moosbewachsenen Blöcken kroch und darauf achtete, daß ihn nicht sein eigener Schatten verriet, sah er plötzlich eine dritte Gestalt. Königsblaue Kleidung. Gelbliches Haar. Kein Helm.

Verwundert schob sich George noch näher heran und richtete seinen Blick auf den offenen Bereich neben dem romulanischen Beiboot. Und dort, kaum sechs Meter entfernt, saß jemand, mit dem er hier gewiß nicht gerechnet hatte.

»Ein Vulkanier!« entfuhr es ihm.

Der Klang seiner Stimme ließ ihn erzittern, und aus einem Reflex heraus preßte er die Lippen zusammen. Rasch duckte er sich wieder, und seine Gedanken rasten. Ein Vulkanier ... und die Vulkanier waren Verbündete der Föderation. *Die Romulaner haben ihn gefangengenommen! Deutliches Zeichen dafür, daß sie keine ehrlichen Verhandlungen mit uns im Sinn haben.*

Jetzt begriff er, warum der Kommandeur auf eine persönliche Begegnung drängte. *Er will seine Geisel zeigen und uns damit unter Druck setzen.*

Sofort traf er eine Entscheidung. George hielt den Atem an, schloß die Hand fester um seinen Strahler und kroch durch den Felsspalt.

Der Vulkanier sah ihn als erster, und Kirk empfand die Überraschung des Gefangenen als Kompliment. Sie bewies ihm, daß er kaum Geräusche verursacht hatte. Der Mann im königsblauen Umhang stand auf, doch bevor er irgend etwas sagen konnte, war George heran. Er packte den Vulkanier am Arm und zog ihn beiseite, so daß er nicht in die Schußlinie geriet.

Die beiden Romulaner standen in unmittelbarer Nähe des kleinen Raumschiffes, drehten sich um und zogen ihre Waffen. Doch sie erstarrten plötzlich und rührten sich nicht mehr von der Stelle, als George seinen Strahler auf sie richtete. Vielleicht sahen sie nun zum erstenmal einen Menschen, aber das spielte keine Rolle. Kirks grimmige Miene vermittelte eine deutliche Botschaft.

»Zurück« wandte er sich an den Vulkanier, gab ihm einen behutsamen Stoß und deutete zu den Felsen.

T'Cael sah die Entschlossenheit in den Zügen der beiden Wächter. Hastig hob er die Hand und bedeutete ihnen abzuwarten — bis sie mehr über die Absichten des Verrückten wußten. Der Mensch bemerkte seine Geste nicht. *Jemand, der ausgeschickt wurde, um mich von meiner Eskorte zu isolieren?* überlegte Kilyle verwirrt. *Oder ist es der Erste Offizier?* Hatte er es mit einem Irren zu tun? Möglich. Die Mündung des Strahlers zielte nicht etwa auf t'Cael, sondern bedrohte nach wie vor die beiden Wächter. Offenbar versuchte der Unbekannte, den Primus zu schützen. Aber warum? *Das ist doch Wahnsinn. In dem riesigen Raumschiff halten sich bestimmt viele Menschen auf. Aber ich muß unbedingt den Bordnarren kennenlernen.*

T'Cael seufzte lautlos und beschloß, zunächst einmal abzuwarten.

Er gab den Wächtern ein zweites Zeichen, forderte sie stumm auf, nichts zu unternehmen.

»Kommen Sie«, stieß der Starfleet-Offizier hervor, ergriff t'Cael am Ellenbogen, zerrte ihn an den Felsen vorbei und in eine kleine, granitene Nische, die sich leicht verteidigen ließ.

George stieß den Vulkanier durch die Öffnung, drehte sich dann um und sah in die Richtung zurück, aus der sie gekommen waren. Er rechnete damit, daß ihnen die Romulaner folgten.

»Sprechen Sie Englisch?« fragte er.

T'Cael zuckte andeutungsweise mit den Schultern. »Gut genug, glaube ich.«

»Sind Sie verletzt?«

»Verletzt? Nein ...«

»Sie hatten Glück. Vermutlich ließen die Romulaner Sie am Leben, weil sie sich einen gewissen Nutzen von Ihnen versprachen. Die Sache war mir von Anfang an nicht geheuer. Haben Sie irgend etwas herausgefunden, das uns helfen könnte?«

T'Cael runzelte die Stirn und wußte nicht, wie er diese Frage beantworten sollte. Es war ihm noch immer ein Rätsel, warum es der Mensch für erforderlich hielt, ihn zu ›retten‹. Als sich der Offizier zu ihm umdrehte, schüttelte Kilyle stumm den Kopf.

»Nein«, knurrte George. »Ich nehme an, die Roms haben Ihnen nicht viel gezeigt. Hier.« Er holte seinen Ersatzlaser hervor und reichte ihn dem Vulkanier. »Schießen Sie sofort, wenn sich einer von den verdammten Mistkerlen zeigt.«

Verdutzt starrte t'Cael auf den Strahler herab, den er nun in der Hand hielt. Entführt, beschützt ... und nun auch bewaffnet.

Der Starfleet-Offizier warf ihm einen kurzen Blick zu. »Seit wann sind Sie in Gefangenschaft?«

»Oh, seit einer ganzen Weile«, erwiderte t'Cael ausweichend.

»Hm, ich habe Gerüchte über Vulkanier gehört, die unweit der Neutralen Zone verschwanden. Bisher hatten wir keine Beweise dafür, daß Romulaner dahinterstecken. Ich schätze, jetzt wissen wir Bescheid, nicht wahr?«

»Vulkanier«, murmelte t'Cael. »Ich verstehe.«

»Wie?«

»Sind Sie der Erste Offizier des Schlachtschiffs? Der Mann, der sich bereit erklärte, hier mit dem Kommandeur zu sprechen?«

»Höchstpersönlich. Allmählich glaube ich, es wäre besser gewesen, das Angebot abzulehnen. Hier sind wir erheblich im Nachteil. Glück für Sie, daß ich gekommen bin.«

T'Cael lächelte, aber der Offizier ließ seinen Blick wieder über die Felsen schweifen. »Ja. Ich habe wirklich Glück.«

Eigentlich hätte George sofort Verdacht schöpfen müssen, denn Vulkanier glaubten nicht an die Göttin Fortuna und ihre unzuverlässige Gunst. Aber er war viel zu sehr überrascht, daß ihnen die Romulaner nicht folgten. Verzichteten sie einfach so auf eine Geisel?

»Wollen Sie Verhandlungen beginnen?« fragte der ›Vulkanier‹.

»Ich weiß nicht. Eigentlich bin ich mit einer solchen Absicht hierher gekommen, aber die Roms treiben falsches Spiel. Sie wurden mit keinem Wort erwähnt, und jetzt frage ich mich, was die Roms sonst noch verschweigen. Verdammt, ich kann mir keine Verwicklungen leisten.«

»Was haben Sie nun vor?«

George schnaufte. »Gute Frage. Ich könnte einfach mit Ihnen zum Starship zurückkehren und das romulanische Schiff vernichten.«

»Dazu wären Sie tatsächlich imstande?«

»Na klar. Aber dann bestünde die Gefahr eines interstellaren Krieges. Und den wollen wir vermeiden.«

»Wen meinen Sie mit ›wir‹?«

»Die Föderation, wen sonst? Das ›Wir‹ bezieht sich auch auf mich. Mir liegt nichts an einer Konfrontation mit dem romulanischen Reich.«

T'Cael legte sich die nächsten Worte mit besonderer Sorgfalt zurecht. »Soll das heißen, daß Sie selbst jetzt noch bereit sind, ehrliche Verhandlungen zu beginnen?«

»Mir bleibt wohl kaum eine Wahl. Wenn ich sicher sein könnte, daß die Roms ganz offen sind, würde ich es gewiß begrüßen, eine Übereinkunft mit ihnen zu treffen. Kriechen Sie tiefer in die Höhle. Ich möchte nicht, daß man Sie sieht.«

»Oh, entschuldigen Sie«, entgegnete t'Cael, duckte sich und nahm auf einem kleinen Vorsprung Platz.

»Schon gut«, brummte George, winkte kurz und beobachtete weiterhin die Umgebung. »Warum suchen die Kerle nicht nach uns?«

»Wie ich hörte, versagten die Navigationssysteme Ihres Schiffes«, sagte t'Cael versuchsweise.

Der Starfleet-Offizier nickte. »Eine ziemlich unangenehme Sache. Wir haben völlig neue Technologie an Bord und glaubten, uns auf sie verlassen zu können. Aber was geschieht? Plötzlich finden wir uns in einem unbekannten Raumsektor wieder, viele hundert Lichtjahre von der Heimat entfernt.« Er zögerte kurz und ließ nachdenklich die Waffe sinken. Sein Blick blieb auf die Felsen gerichtet, als er hinzufügte: »Ich schätze, die Romulaner hätten auch lieber auf einen solchen Zwischenfall verzichtet.«

»Selbst ein Volk von Kriegern hat irgendwann genug vom Blutvergießen«, bestätigte t'Cael.

»Hoffen wir, daß Sie nicht der einzige sind, der so denkt«, erwiderte George. »Glauben Sie, die Romulaner könnten das Feuer auf mein Schiff eröffnen, weil sie ihre Geisel verloren haben?«

»Das wäre möglich«, antwortete t'Cael vorsichtig. »Obwohl einige Leute bestimmt froh sind, daß ich fort bin.«

»Ich sollte Sie besser in Sicherheit bringen. Solange die Roms eine Möglichkeit sehen, Sie erneut gefangenzunehmen, sind sie sicher nicht bereit, mit mir zu verhandeln. Ich lasse Sie an Bord des Schiffes, und anschließend kehre ich hierher zurück.« George kletterte auf einen höheren Felsen und sah sich noch einmal um. »Wer weiß? Vielleicht ist dies die romulanische Art, sich über jemanden lustig zu machen.«

T'Cael lächelte. »Unter anderen Umständen fände ich Sie sehr witzig.«

»Ja, kann ich durchaus ver...« George brach jäh ab und hielt den Atem an. Witzig? *Witzig?*

Er wirbelte um die eigene Achse. Die angebliche Geisel sah zu ihm auf und schmunzelte mit offensichtlichem Humor.

Die beiden Männer starrten sich an.

»Sie sind kein Vulkanier«, brachte Kirk nach einer Weile hervor.

T'Cael schüttelte ruhig und gelassen den Kopf.

George hätte fast das Gleichgewicht verloren.

»Aber ... wer sind Sie dann?«

Kilyle spielte mit dem Gedanken, den Menschen zu belügen, um ihn vor einem Schock zu bewahren. Die Wahrheit mußte den Glauben des Terraners an seine deduktiven Fähigkeiten nachhaltig erschüttern, und t'Cael wollte vermeiden, daß sich sein Gesprächspartner wie ein Narr vorkam. Eine Demütigung brachte sie nicht weiter.

Dennoch entschied er, aufrichtig zu sein. Er straffte die Schultern, faltete die Hände im Schoß und vergewisserte sich, daß der Offizier den zweiten Strahler nicht als plötzliche Bedrohung empfinden konnte.

»Ich bin t'Cael Zaniidor Kilyle, Feldprimus des Zweiten Reichsschwarms in den Diensten des Prätors«, verkündete er, und seine Stimme klang gleichzeitig stolz und entschuldigend. »Wer sind Sie?«

Der Offizier erbleichte, lehnte sich an eine granitene Wand und riß die Augen auf. »Ich bin ein Idiot«, stöhnte er.

T'Cael lächelte erneut. »Dieser Meinung möchte ich mich nicht anschließen, wenn Sie gestatten.«

»Sie sehen wie ein ...«

»Allem Anschein gab es in fernster Vergangenheit eine genetische Verbindung zwischen uns und den Vulkaniern«, warf Kilyle ein. »Aber schon seit Jahrtausenden führt unsere Entwicklung in unterschiedliche Richtungen.«

Der Mensch hob plötzlich die Waffe, und seine Züge verhärteten sich. War er beleidigt? Aus welchem Grund?

T'Cael wurde etwas ernster, doch das Lächeln verschwand nicht ganz von seinen Lippen.

»Na schön«, knurrte George. »Also gut. Offenbar habe ich die Sache verhunzt, noch bevor sie begann. Es ... es bleibt mir nichts anderes übrig, als Sie zu meinem Gefangenen zu erklären.«

Erneut zuckte t'Cael kurz mit den Achseln. Bevor er Antwort gab, griff er betont langsam nach dem zweiten Laser und gab ihn zurück. »Wir sind gekommen, um zu verhandeln. Es ist noch nicht zu spät. Nennen Sie mir Ihren Namen.«

George spürte, wie ihm der Schweiß ausbrach. Widerstrebend näherte er sich dem Romulaner, riß ihm die Ersatzwaffe aus der Hand und richtete den Strahler auf das Herz des Feindes. Oder vielleicht die Lunge. »Kirk«, sagte er. »Amtierender Erster Offizier.«

»Sie sind also wirklich der Stellvertreter des Captains.«

George zog die Brauen zusammen. »Ja. Was erscheint Ihnen daran so seltsam?«

»Als wir eine Antwort vom Kommandanten Ihres Schiffes erwarteten und Sie sich meldeten, wurden einige meiner Offiziere argwöhnisch. Sie glaubten, der Captain schicke irgendein unwichtiges Besatzungsmitglied, weil er ein persönliches Risiko scheut.«

»Warum waren Sie trotzdem bereit, sich hier mit mir zu treffen?«

»Weil ich eine gewisse Autorität in Ihrer Stimme hörte. Sie gaben sofort Antwort, ohne mit jemandem Rücksprache zu halten. Daraufhin beschloß ich, an meinem Vorschlag festzuhalten.«

George spürte ein nervöses Prickeln, und es fühlte

sich an, als fließe elektrischer Strom durch seinen ganzen Leib. Auf einen derartigen Wortwechsel war er nicht vorbereitet, und eine seltsame Art von Verzweiflung erfaßte ihn. Er fragte sich, wie es Diplomaten lernten, auf welche Fragen und Antworten es ankam, wie sie Wahrheit von Lüge unterschieden. Er starrte den Mann an, der sich plötzlich vom Verbündeten in einen Feind verwandelt hatte. Vergeblich versuchte er, einen Blick hinter die Maske aus ruhiger Erheiterung zu werfen. George versuchte seit vielen Jahren, Gefühle und Meinungen so gut zu verbergen, daß sie zumindest nicht *sofort* zu erkennen waren, doch seine diesbezüglichen Bemühungen führten zu geringen Erfolgen. Leuten wie Robert April fiel es ganz und gar nicht schwer, tief in ihn hineinzublicken. T'Cael hingegen blieb völlig undurchschaubar für ihn. Die wenigen mimischen Signale, die er aussandte, bildeten einen viel zu komplexen Code, um innerhalb weniger Sekunden gedeutet zu werden.

»Ich bin nicht hier, um irgendwelche Kompromisse mit Ihnen zu schließen«, sagte Kirk. »Unser einziger Wunsch besteht darin, Ihren Raumbereich so schnell wie möglich zu verlassen. Und zu vergessen, was hier geschehen ist.«

Kilyle neigte nachdenklich den Kopf. »Ein interessanter Standpunkt. Erst recht dann, wenn man gewisse Vereinbarungen zwischen der Föderation und dem romulanischen Reich berücksichtigt. Danach ist Ihre Präsenz in diesem Sektor ein feindseliger Akt, der uns zu drastischen Gegenmaßnahmen berechtigt. Verlangen Sie im Ernst von uns, Ihr Eindringen in unser Raumgebiet einfach hinzunehmen, ohne auch nur eine Frage zu stellen?«

Das Prickeln in George verstärkte sich. »Ich versuche zu verhindern, daß sich dieser Zwischenfall zu einem interstellaren Konflikt auswächst. Die Föderation weiß nicht einmal, daß wir hier sind. Die Verantwortung trifft allein uns.« Er biß sich auf die Zunge und begriff den Fehler, der ihm unterlaufen war. Er hätte nicht zugeben dürfen, daß es niemanden gab, der ihnen helfen konnte.

Diese Information gab den Romulanern einen wichtigen Vorteil. Vielleicht hielten sie es für relativ ungefährlich, das ganze Schiff aufzubringen und die Besatzung als Geiseln zu nehmen – um dann noch größere Forderungen zu erheben.

Georges Hand schloß sich krampfhaft fest um den Kolben des Strahlers, und er setzte zu einer Bemerkung an, als plötzlich ein leises Piepen erklang. T'Cael stand abrupt auf und starrte zum Himmel hoch. Das rhythmische Summen stammte von einem kleinen Gerät an seinem Gürtel, und Kirk bemerkte nun auch das Blinken einer grünen Kontrolldiode.

Der Romulaner wandte sich jäh um. »In Deckung! Schnell!«

George rührte sich nicht von der Stelle und sah sich verwirrt um. Das Piepen wurde lauter, und ein rötliches Glühen kroch übers Firmament.

T'Cael ignorierte den Strahler in Kirks Hand, stürzte sich auf ihn, schlug die Waffe beiseite und riß den Menschen zu Boden.

Aus dem rubinfarbenen Glanz am Himmel wurde ein energetischer Orkan. Wenige Sekunden später ertönte ein schier ohrenbetäubendes Heulen, das jeden einzelnen Nervenstrang in George reizte und wie mit heißen Klingen seine Gedanken zerschnitt. Er preßte sich die Hände auf die Ohren, aber das akustische Inferno dauerte an. *Uiiieeeh-BAMM ... Uiiieeeh-BAMM ... Uiiieeeh-BAMM ...*

Das Donnern ließ den Boden erzittern, und jede Entladung fraß sich tiefer in die Kruste des Planetoiden, sterilisierte die Oberfläche und ließ totes, verbranntes Land zurück. Eine volle Minute lang folgte eine Zerstörungswelle auf die andere.

Die sich daran anschließende Stille wirkte gespenstisch. George ließ nur zögernd die Arme sinken und fürchtete, das Kreischen und Krachen könne sich jeden Augenblick wiederholen.

Das rote Glühen am Himmel verblaßte und wich einem trügerischen Blau.

Vorsichtig öffnete Kirk die Augen und beobachtete, wie sich der Romulaner in die Höhe stemmte. T'Caels Gesicht zeigte nun ganz deutlich Verblüffung.

George stand ebenfalls auf, und gemeinsam starrten sie über die verheerte Landschaft.

Der Erste Offizier winkte hilflos mit seinem Strahler. »Dafür sind ... wir nicht verantwortlich. Bitte glauben Sie mir.«

T'Cael stand so reglos wie eine Statue und zuckte mit keiner Wimper, als er den Kopf drehte und in das Tal hinabsah, in dem sein kleines Raumschiff gelandet war. Nur langsam abkühlende Schlacke erinnerte an das silbrige Beiboot. »Ich weiß«, flüsterte er, ließ sich langsam zu Boden sinken und blickte ins Leere. »Ja, ich weiß.«

George musterte den Romulaner und beobachtete, wie sich Verzweiflung in den markanten Zügen ausbreitete. Erst nach einer ganzen Weile spürte er das Zittern in seinen Knien und nahm auf dem Felsvorsprung Platz. »Ich verstehe nicht«, sagte er. »Was hat das zu bedeuten?«

T'Cael seufzte schwer, lehnte sich zurück und ließ den Kopf hängen. Er wirkte plötzlich müde, erschöpft und hoffnungslos.

Seine Worte klangen traurig und kummervoll, als er erwiderte: »Es bedeutet, daß ich nun allein bin.«

»Die Romulaner drehen ab, Mr. Reed!«

Floridas Stimme beendete die angespannte Stille auf der Brücke.

Drake drehte sich ruckartig um, verlor dabei fast das Gleichgewicht und fürchtete nichts mehr als eine Situationsveränderung, die ihn zwang, Anweisungen zu geben. Er sah gerade noch, wie eine flügelartige Erweiterung des romulanischen Schiffes am linken Rand des großen Wandschirms verschwand. »Erfassung umschalten«, sagte er.

Sofort veränderte sich das Bild und bot einen beunruhigenden Anblick. Das vogelartige Kampfschiff sauste davon, Blitze lösten sich vom Rumpf, rasten durchs All.

»Sie feuern auf den Planetoiden!« platzte es noch lauter und zorniger aus Florida heraus.

»George ...« Drake näherte sich dem Befehlsstand, blieb jedoch neben dem Kommandosessel stehen. Jener Platz gebührte ihm nicht. *Wie würde sich George jetzt verhalten?* dachte er. *Was für Entscheidungen träfe April?* »Es sind bestimmt keine harmlosen Salutsalven, da bin ich ziemlich sicher«, flüsterte er.

Florida drehte sich um und sah ihn fragend an. »Mr. Kirk ist da unten! Wir müssen etwas unternehmen!«

»Was denn, zum Beispiel?«

»Keine Ahnung ...« Die Hände des Steuermanns verharrten an den Kontrollen. Vielleicht dachte er an Robert April und seine Ideale, möglicherweise auch an George Kirks Order, die nur eine Verteidigung vorsah.

Drake lehnte für sich selbst derartige Beschränkungen ab. Er dachte in erster Linie an seine eigene Verantwortung und war nicht bereit, einen Freund zu opfern. »Wie wär's mit einigen Warnschüssen?« fragte er. »Zielen Sie zwischen den Planetoiden und die Romulaner. Sie sollen wissen, was wir von dieser Sache halten.«

Florida beugte sich mit grimmiger Miene vor. »Ja!« platzte es aus ihm heraus. Er gab einen neuen Navigationscode ein, betätigte mehrere Tasten und gab Schub auf die Impulstriebwerke. »Befehl bestätigt.« Erneut wandte er sich an Drake. »Laser oder Partikelkanonen?«

Reed blinzelte. »Was meinen Sie?«

Der Steuermann zuckte mit den Schultern.

»Die Roms sollten was spüren, nicht wahr?« überlegte Drake laut. »Laserentladungen sehen sie nur, aber mit Partikelstrahlen verhält es sich ein wenig anders, stimmt's?«

»Ja. Ihr energetisches Potential entfaltet eine gewisse Streuwirkung im Zielbereich.«

»Selbst wenn nichts getroffen wird?«

Florida musterte ihn und lächelte. »Ja.«

»Es handelt sich um eine Art Energieecho«, warf Bernice Hart ein, die nach wie vor am Pult der Subsysteme saß. »Die Korona des Strahls müßte das romulanische Schiff ordentlich durchschütteln, auch dann, wenn es sich nicht direkt im Fokus befindet.«

»Genau so etwas schwebt mir vor«, brummte Drake und winkte Florida zu. »Schütteln Sie die Roms. Und nicht zu sanft.«

»Volle Intensität?«

Reed starrte auf den Wandschirm. »Sie haben's erfaßt.«

»Ein Schuß?«

»Ein ...« Drake unterbrach sich und hielt den Blick auf das Projektionsfeld gerichtet. »Nein. Ich schlage vier vor. Vier Entladungen unmittelbar hintereinander, dicht neben und vor dem Schiff. Die Roms sollen nicht denken, daß auch unsere Zielerfassung ausgefallen ist.«

Floridas Lächeln verwandelte sich zu einem breiten Grinsen, und seine Hände huschten einmal mehr über die Tasten. Schließlich betätigte er den Auslöser.

Dunstige Energieblitze lösten sich vom unteren Bereich des Diskussegments, rasten durchs All und zuckten an der Kriegsschwalbe vorbei. Das romulanische Schiff erbebte, kippte zur Seite und entfernte sich vom Planetoiden.

»Hurra!« rief Florida, blickte auf den Schirm und schüttelte die Faust.

Drake sah dem geierartigen Raumer nach, und in seinen Augen blitzte es. »Na, wie hat euch das gefallen?« knurrte er triumphierend.

Dann fiel ihm George ein. Die Roms hatten bereits auf den kleinen Planeten gefeuert.

Er drehte sich zu Sanawey um. »Können wir eine Verbindung zu Commander Kirk herstellen?«

»Ich versuche es schon seit einer ganzen Weile. Entweder werden die Frequenzen von statischen Störungen in der Atmosphäre blockiert, oder ...« Der Indianer schnitt eine Grimasse. »Oder dort unten befindet sich niemand mehr, der unsere Signale empfängt.«

»Geben Sie nicht auf.« Drake starrte auf das Interkom des Befehlsstands herab, fand die richtige Taste und drückte sie. »Hallo, Krankenstation.«

Unter normalen Umständen hätte er sofort Antwort bekommen, aber es befanden sich zu wenige Personen an Bord, und deshalb verstrichen einige Sekunden, bevor es im Lautsprecher knackte. »Krankenstation, Poole spricht. Was wollen Sie?«

»Einen Rat, werte Dame.«

»Nein, er kann nicht zur Brücke zurückkehren.« Die Ärztin begriff sofort, worauf Drake hinauswollte, und ihre Stimme klang kummervoll. Sie gab Reed keine Gelegenheit, eine Frage zu stellen, sondern fügte hinzu: »Es blieb mir nichts anderes übrig, als ihn zu operieren — um den subduralen Druck zu verringern. Derzeit müssen Sie auf ihn verzichten. Überlassen Sie das Schiff Kirk. Er kommt sicher damit zurecht.«

»Ja, nun, äh ... Genau da liegt der Hase im Pfeffer, wie man so schön sagt. George ist leider ... verhindert.«

Wieder folgte kurze Stille. »Wo steckt er? Und warum befindet er sich nicht im Kontrollraum?«

»Er beschloß, einen kleinen Ausflug zu machen«, sagte Drake.

»*Was?*«

Reed rümpfte die Nase und fragte sich, was Dr. Poole von seinen nächsten Worten halten mochte.

Doch er bekam keine Gelegenheit, eine Antwort zu geben. »Soll das heißen, er ging auf den Vorschlag der Romulaner ein?« fragte die Ärztin.

»Ja, in gewisser Weise. Er, äh, vertritt den Captain.«

»Himmel, Captain April ist ausgebildeter Diplomat! Und bei George Kirk erscheint mir der Vergleich mit einer geschärften Bombe angemessen, die jeden Augenblick explodieren kann! Mit anderen Worten: Er wird sich selbst in die Luft jagen. Holen Sie ihn zurück!«

»Bedauerlicherweise bin ich dazu nicht imstande«, erwiderte Reed geziert. »Wie dem auch sei, Verehrteste: Ich möchte den Captain sofort sprechen, wenn er sich ein wenig erholt hat.«

»Mal sehen«, entgegnete Sarah knapp und unterbrach den Kontakt.

Drake wandte sich so plötzlich vom Kommandosessel ab, als fürchtete er, die Ärztin könne sich dort manifestieren und ihm eine schallende Ohrfeige versetzen. »Na schön, Geordie«, murmelte er. »Machen wir's auf deine Weise. Zeigen wir den Roms die Zähne.«

Melancholie erfüllte die kleine Höhle. Hier und dort glühte es noch immer am Himmel. Dunst bildete sich in den unteren Schichten der Atmosphäre, als die durch energetische Entladungen erhitzte Luft abkühlte.

George wußte, was eine militärische Niederlage bedeutete, aber die kummervollen, niedergeschlagenen Züge des Romulaners brachten etwas anderes zum Ausdruck. Die stumme Reglosigkeit des Kommandeurs berichtete nicht nur von Enttäuschung. Er wirkte mutlos und untröstlich.

Kirk fühlte sich nicht länger bedroht und ließ den Strahler sinken. »Haben Sie eine Erklärung dafür?« fragte er.

Der Kommandeur seufzte schwer. »Leider gleich mehrere«, sagte er.

George trat einen Schritt näher. »Ihre Gefährten werden das Feuer auf mein Schiff eröffnen, nicht wahr?«

»Meine Gefährten? Ja, ich glaube schon.« Es klang bedrückt.

George griff nach der Überlebensausrüstung und holte den Kommunikator daraus hervor. Er klappte das kleine Gerät auf, drehte die Regler und wählte eine Frequenz. »Hier spricht Kirk«, begann er und konnte nicht der Versuchung widerstehen, zum Firmament aufzublicken. »Die Romulaner greifen uns an. Verteidigen Sie sich. He, Drake verstehst du mich? Schütze die Königin, klar? Empfängt mich jemand? Verdammt ...« Er starrte auf den Kommunikator herab, lauschte dem leisen Knistern, das aus dem Lautsprecher drang.

»Wenn der Apparat nicht leistungsfähiger ist, als es den Anschein hat ...«, sagte t'Cael. »Ich fürchte, das elektrische Gefälle in der Atmosphäre schirmt die Signale ab.«

George ließ die Justierungsknöpfe los. »Was für ein elektrisches Gefälle?«

»Es entstand durch die Entladungen des Plasmastrahls in dieser Region.«

»Wie lange dauert es, bis ein Kom-Kontakt möglich wird?«

»Einige Minuten Ihrer Zeitrechnung, vielleicht auch länger. Ich weiß es nicht genau.« Der Romulaner gab erneut seinem Kummer nach und blickte zu Boden.

Kirk klappte das Gerät zu und verstaute es im Tornister. »Dann müssen wir zu meinem Shuttle zurück. Mit dem Bordsender sollten wir in der Lage sein, eine Verbindung zu meinem Schiff herzustellen.«

»Man wird uns anpeilen«, gab t'Cael zu bedenken. »Und dann müssen wir noch einmal mit einem Plasmastrahl rechnen.«

»Mag sein. Aber ich wette, meine Freunde legen dort oben nicht einfach die Hände in den Schoß. Außerdem treiben sich hier Tiere herum, die fast ebensogroß sind wie wir, und deshalb dürfte die Sensorerfassung nicht leicht sein. Ich schlage vor, wir brechen sofort auf.«

T'Cael erhob sich langsam und kämpfte gegen seinen inneren Schmerz an. »Nein. Verstehen Sie denn nicht? Ohne mich sind Ihre Chancen weitaus besser. Vermutlich ahnen Sie bereits, daß der Angriff in erster Linie mir galt.«

George nickte. »Ein Mordanschlag, ja. Irgend jemand möchte Sie aus dem Weg räumen.«

»Dann dürfte Ihnen auch klar sein, daß ich Sie nicht zu Ihrem Schiff begleiten kann.«

»Wenn Sie hierbleiben, sind Sie so gut wie tot.«

»Das trifft auch auf Sie zu.«

»Oh, ich verschwinde von hier. Und Sie kommen mit.«

T'Cael schürzte die Lippen und schüttelte den Kopf. Seine großen, dunklen Augen blickten trüb. »Wenn meine Flotte argwöhnt, daß ich mich an Bord Ihres Schlachtschiffes befinde, wird sie mit entschlossenen Angriffen beginnen.«

George lachte humorlos und preßte die Lippen zusammen. In seinen Pupillen funkelte es kalt. »Versuchen Sie nicht, mir irgend etwas vorzumachen. Früher oder später hätte man sich ohnehin für eine Offensive gegen uns entschlossen. Ich bezweifle, ob Sie oder die anderen Romulaner bereit gewesen wären, uns eine Rückkehr zur Föderation zu erlauben.«

Kirk beobachtete den Mann, der als Botschafter des Feindes gekommen war und sich ihm nun als Opfer einer Verschwörung darbot. Die restliche Besorgnis in ihm wich einer rationalen Erkenntnis, die alle Aspekte der gegenwärtigen Situation berücksichtigte. »Was ist eigentlich mit Ihren Leuten los? Warum schießen sie auf uns?« Er schnaufte leise. »Lieber Himmel, Sie werfen *uns* Feindseligkeit vor, nur weil wir uns durch einen Navigationsfehler in Ihrem Raumgebiet befinden, und sofort ist die Rede von Krieg. Verdammt, warum sollten wir auf einen Krieg aus sein?«

T'Cael lehnte sich an einen Felsen. »Viele Romulaner fürchten die Föderation.«

»Weshalb?« erwiderte George sofort. »Nennen Sie mir einen einzigen Grund! Die Föderation hat nie irgendwelche Welten erobert, und sie kämpft nur dann, wenn man sie provoziert. Sie achtet die Prinzipien der friedlichen Koexistenz. Wenn sich Föderationsschiffe auf ein Gefecht einlassen, so verteidigen sie sich oder kommen jemandem zu Hilfe, der sich von einem Feind bedroht sieht. Nie greifen wir als erste zu den Waffen.« Kleine Steine knirschten unter Kirks Stiefeln, als er durch die Höhle

Zwischendurch: [redacted] ... einige Minuten Ihrer Zeitmessung, vielleicht auch länger ... [redacted] So lange dauert es, bis ein Kom-Kontakt möglich wird. Zeit genug also für uns Irdische, unseren Magen zwischendurch zu kontaktieren – und ihm dann eine kleine warme Aufmerksamkeit zu schenken: Das dauert kaum länger als die technischen Probleme des Raumschiffs – denn wir haben ja die ... [redacted]

marschierte. »Wenn ein romulanisches Schiff ins stellare Territorium der Föderation geriete und Hilfe benötigte ... Wir wären sofort bereit, alle Schäden an Bord zu reparieren, den Roms auf die Schulter zu klopfen und sie mit unseren guten Wünschen nach Hause zu schikken. Aber wie empfängt man uns hier? Mit verdammten Plasmastrahlen!«

»Sie klingen bitter, Offizier Kirk.«

»Commander Kirk. Meine Güte, ich *klinge* nicht nur so. Ich *bin* es. Erscheint Ihnen das so seltsam? Ich habe keine Angst vor dem Tod, aber die Vorstellung, ausgerechnet romulanischer Kriegslust und Machtgier zum Opfer zu fallen, entzückt mich nicht besonders.«

T'Cael strich nachdenklich über die Felswand, und sein Blick reichte in die Ferne.

»Es ist nicht unbedingt Machtgier«, erwiderte er. »Eher Instinkt. Einem Volk von Kriegern fällt es sehr schwer, sich von angeborener Aggressivität zu befreien. Den Vulkaniern gelang das mit Logik, und sie mußten sich dafür von ihren Gefühlen trennen. Aber die Romulaner sind nicht bereit, ihre Emotionen aufzugeben. Wir haben versucht, unsere Neigung zum Kampf zu kanalisieren, ihr Potential anderweitig zu nutzen. Einige von uns konzentrierten sich darauf, das Universum zu erforschen, die Geheimnisse des Kosmos zu lüften. Doch solche Bemühungen führen nicht immer zum erhofften Erfolg. Unserer Kultur fehlt es an Reife. Ganz gleich, welche fremden Welten und Zivilisationen wir entdecken — fast immer finden wir einen Grund, zu unserer Eroberungssucht zurückzukehren. Das politische System des Reiches erhebt das Streben nach Macht in den Stand einer Tugend, und es gibt keinen Kontrollfaktor, der diesen Ambitionen Beschränkungen auferlegt. Vom einfachen Offizier bis hin zum Obersten Prätor — die Absicht, den eigenen Einfluß zu erweitern, steht immer an erster Stelle.«

»Offenbar war irgend jemand auf Ihren Posten scharf«, sagte George.

Das Schweigen des Romulaners genügte als Antwort.

»Was steckt dahinter?« hakte Kirk nach.

»Ich wollte Ihr Schiff vor der Vernichtung bewahren und Beziehungen zwischen unseren beiden Völkern herstellen.«

»Ein Wunschtraum, weiter nichts«, kommentierte George.

T'Cael hob den Kopf. »Eben wiesen Sie darauf hin, für die Föderation habe der Frieden höchste Priorität.«

»Soll das ein Vorwurf sein? *Ihre* Leute schossen auf uns, nicht meine. Wir wollen nur von hier verschwinden, in unsere Heimat zurück.«

»Ich hoffe inständig, daß Ihnen die Rückkehr gelingt. Wenn meine Flotte Ihr Schiff aufbringt, sind Verhandlungen mit der Föderation nicht mehr möglich. Dann gäbe es keine Chance mehr, einen dauerhaften Frieden zwischen unseren Zivilisationen zu schaffen. Nun, ich habe versagt. Die Entscheidungen werden jetzt von anderen Personen getroffen. Aber ein Vorteil bleibt Ihnen: Meine Leute halten mich sicher für tot.« Der Romulaner zögerte kurz. »Ich muß Sie warnen, Commander Kirk. Es sind weitere Kriegsschiffe hierher unterwegs. Eile ist geboten.«

»Ich kann Sie nicht einfach hier zurücklassen«, sagte George. Der Zorn in ihm verflüchtigte sich, und plötzlich empfand er so etwas wie Mitleid. Dieser ungewöhnliche Mann verdiente — und *brauchte* — seine Hilfe. »Spätestens nach einer Woche wären Sie tot.«

»Und wohin wollen Sie mich bringen? In der Föderation gibt es keinen Platz für einen Romulaner.«

»Ich glaube, da irren Sie sich. Sie stünden im Mittelpunkt des allgemeinen Interesses, und man würde Sie um Informationen über das Reich bitten. Militärische Stärke, Organisation, Kultur ...«

»Ich bin nicht bereit, über solche Dinge Auskunft zu geben.«

Diese Antwort verblüffte George, und einige Sekunden lang starrte er t'Cael groß an.

»Ich möchte nicht erleben, daß mein Volk einen Krieg gegen die Föderation beginnt«, fuhr der Primus fort. »Aber ich kann unmöglich zulassen, daß mich Ihre Regierung benutzt, um sich dem Reich gegenüber in eine bessere Position zu bringen.« Er hob die Hand. »Verstehen Sie jetzt das Problem? Lassen Sie mich hier sterben.«

»Kommt überhaupt nicht in Frage«, entgegnete George scharf. »Sie begleiten mich. Niemand braucht zu erfahren, wer Sie sind. Man wird Sie für einen Vulkanier halten.«

»Ich soll für den Rest meines Lebens in die Rolle eines Vulkaniers schlüpfen?« T'Cael hob die Brauen. »Das ist völlig ausgeschlossen. Ein Lächeln genügte, um mich zu verraten.«

Kirk hob seinen Strahler und richtete ihn auf die Brust des Romulaners. »Ihnen bleibt keine Wahl«, sagte er. »Sie sind noch immer mein Gefangener. Los, Bewegung!«

T'Cael seufzte, und in seinen Augen glänzte so etwas wie Erheiterung. »Ich danke Ihnen für Ihre Anteilnahme, Commander Kirk. Ihre Mimik macht deutlich, daß ich Sie nicht von der Notwendigkeit überzeugen kann, mich zu erschießen – obwohl das die beste Lösung für uns beide wäre. Bitte glauben Sie mir, daß ich es ernst meine. Ich ziehe es vor, hier auf dem Planetoiden zu bleiben und ganz allein die Konsequenzen meines Versagens zu tragen.«

Erneut ließ George die Waffe sinken und brummte verärgert. Er dachte nach, und schließlich deutete er mit dem Zeigefinger auf t'Cael. »Nun gut. Begleiten Sie mich wenigstens zu meinem Shuttle und geben Sie mir die Möglichkeit, eine Erklärung von Ihnen aufzuzeichnen. Weisen Sie darauf hin, daß sich mein Schiff passiv verhielt und Ihre Leute auf Sie schossen. Geben Sie weiterhin Ihre Überzeugung zum Ausdruck, daß wir die Neutrale Zone nicht absichtlich durchquert haben. Zumindest das sind Sie uns schuldig.«

In den dunklen Augen des Romulaners funkelte es kurz.

»Ich habe Ihnen gegenüber nicht die geringsten Verpflichtungen«, stellte t'Cael fest. »Aber um des interstellaren Friedens willen bin ich bereit, eine solche Erklärung abzugeben.«

Auf dem Weg zum Shuttle des Starfleet-Offiziers wuchs t'Caels Entschlossenheit. Die Aussicht, ein verbales Vermächtnis zu hinterlassen, erschien ihm immer verlockender. Vielleicht starb er doch nicht umsonst. Vielleicht bekam er eine Möglichkeit, seine ursprüngliche Absicht zu verwirklichen. Vielleicht gelang es ihm, mit einer Botschaft an die Nachwelt die Pläne des Senatsproktors Ry'iak zu durchkreuzen und Hoffnungen für die Zukunft zu bewahren. Innerhalb der nächsten Tage erwartete ihn der Tod, doch seine aufgezeichneten Worte mochten sich in ein Instrument verwandeln, das klügeren Männern von großem Nutzen sein konnte.

»Es ist nicht mehr weit«, sagte Kirk, als sie eine Hügelkuppe erreichten. Er warf einen kurzen Blick auf seinen Kompaß, orientierte sich und kletterte den Hang hinab.

T'Cael schwieg auch weiterhin und folgte ihm. Er wußte nicht, was er unter den gegenwärtigen Umständen sagen sollte, dachte immer wieder daran, was weit über ihnen geschah. Die vielen möglichen Szenarien schufen ein unentwirrbares Chaos hinter seiner Stirn, und schließlich verdrängte er diese Überlegungen, erinnerte sich kummervoll daran, daß die Ereignisse im All für ihn persönlich keine Rolle mehr spielten.

Das Starfleet-Shuttle stellte eine ziemliche Überraschung für ihn dar. Bei den Menschen spielte Ästhetik meist eine große Rolle, und er ging zunächst von der Annahme aus, die Fähre genüge den entsprechenden Anforderungen. Doch wie sich kurz darauf herausstellte, waren die von den Romulanern verwendeten Beiboote weitaus anmutiger. Der Primus sah ein häßliches, kastenförmiges Gebilde, dessen Farbmuster auf ausgeprägte Phantasielosigkeit hinwiesen. Die Größe der Raumfähre ließ nur einen Schluß zu: Sie bot zuviel Platz und Bequemlichkeit für zu viele Personen. Es erschien t'Cael rätselhaft, daß die Entwicklungsingenieure einerseits ein so prächtiges Schiff wie den elfenbeinfarbenen Riesen schufen – und andererseits in seinen Hangars derartige Shuttles unterbrachten.

Von einer kleinen Anhöhe aus blickte er auf den stählernen Kasten herab, und nach einer Weile vernahm er Kirks Stimme. »Worauf warten Sie?«

T'Cael drehte den Kopf und sah den Menschen, der einige Meter entfernt auf dem Geröll stand. »Bin schon unterwegs«, murmelte er und setzte sich widerstrebend in Bewegung.

»Geben Sie gut acht. Dort vorn rutscht man leicht aus.«

»Danke. Ich passe auf.«

Kilyle begann mit dem Abstieg, aber kurz darauf hielt er abrupt inne, als sein Gürtelsensor zu piepen begann. Einige Sekunden lang stand er wie gelähmt. Kirk beobachtete ihn, hörte ebenfalls das lauter werdende Warnsignal.

T'Cael hob den Arm. »Beeilen Sie sich.«

Der Starfleet-Offizier hastete über feuchten Fels und glitschiges Moos, hielt sich an scharfkantigen Vorsprüngen fest und griff nach der ausgestreckten Hand. Kilyle zog ihn hoch, und gemeinsam hasteten sie zu den nächsten Felsen.

Erneut glitt rotes, unheilvolles Glühen über den Himmel, und das tosende Heulen wiederholte sich. Energetische Entladungen krachten und donnerten, sangen ein Lied der Vernichtung. Dichte Rauchschwaden wallten, und es stank nach verbrannten Organismen. Diesmal kam die Glut wesentlich näher. George wurde von einer heftigen Druckwelle angehoben und an eine granitene Wand geschleudert. Entsetzt schnappte er nach Luft und spürte, wie Hitze in seinen Lungen brannte. Der Aufprall jagte ihm stechenden Schmerz durch den Leib; benommen sank er zu Boden, kniff die Augen zusammen und wartete auf ein Ende des Chaos.

Nach einer halben Ewigkeit kehrte wieder Stille ein, und das rote Leuchten verschwand vom Firmament. Langsam hob Kirk die Lider und sah sich benommen um. Er hockte auf den Knien, lag halb über einem von Flechten bewachsenen Felsen. Irgendwo in der Nähe bewegte sich etwas, aber die bunten Schleier vor seinen Augen hinderten George daran, mehr zu erkennen als nur verschwommene Konturen.

T'Cael half ihm auf die Beine, und erneut fühlte Kirk jähen Schmerz, der ihm die Kraft raubte. Er atmete mehrmals tief durch und wartete, bis sich die Pein auf ein erträgliches Maß reduzierte.

Der Romulaner schien unverletzt zu sein und stützte ihn weiterhin. George wandte sich ab und taumelte zur Anhöhe zurück. T'Cael zögerte zunächst, doch dann folgte er dem Terraner und hielt ihn am Arm fest, damit er nicht das Gleichgewicht verlor. Seite an Seite blieben sie auf der Kuppe stehen und sahen nach unten.

Wo noch vor einigen Minuten das Shuttle gestanden hatte, zischten halbflüssige Metallfragmente. In der Hitze geborstene Felsen kühlten mit leisem Knacken ab.

George ließ sich langsam zu Boden sinken, ignorierte die Taubheit in seiner linken Körperhälfte, zupfte an halb verkohltem Gras und blickte zu t'Cael hoch. »Ich schätze, wir müssen die Aufzeichnung Ihrer Erklärung auf einen späteren Zeitpunkt verschieben.«

KAPITEL 16

»Florida! Die Kerle sind uns durch die Lappen gegangen!«

Drake trat vor und sah auf den Wandschirm.

»Ich konnte sie nicht rechtzeitig abfangen«, erwiderte der Steuermann. »Die Romulaner manövrieren besser als wir. Sie durchstießen die obersten Schichten der Atmosphäre, und dadurch kamen sie an uns vorbei. Mit diesem Schiff ist so etwas nicht möglich!«

»Warum liegt den Roms soviel an einer Rückkehr zum Planetoiden?« fragte Sanawey.

»Um ihr Zerstörungswerk fortzusetzen«, brachte Florida hervor. Er machte kein Hehl aus seiner Verbitterung.

Drake nickte langsam und kniff die Augen zusammen. »Bestimmt geht es ihnen nicht nur darum, Zielübungen zu veranstalten. Vielleicht glauben sie, George sei noch am Leben. Und vielleicht stimmt das sogar.« Er lächelte und klopfte Florida auf den Rücken. »Was für eine Logik! Ich hätte als Vulkanier geboren werden sollen, nicht wahr? He, Kumpel, bringen Sie die Königin zwischen den Planetoiden und unsere Freunde dort draußen. *Sans humanité* heißt unsere Devise.«

»Klingt nicht besonders nett«, meinte Bernice Hart.

Reed zuckte mit den Achseln. »Ich fürchte, Sie gehen von falschen Annahmen aus, Teuerste. Es handelt sich um die kreolische Übersetzung eines Haussa-Begriffs. Der Ausdruck bedeutet: ›Du verdienst weder Mitleid noch Gnade, und außerdem geschieht es dir ganz recht.‹«

Der Steuermann zwinkerte. Drake grinste, zuckte noch einmal mit den Schultern und wandte sich an Sanawey. »Was Sie betrifft ... Bringen Sie Ihre Kommunikationsanlagen auf Vordermann. Können Sie trotz der Interferenzen eine Verbindung zu unserem lieben George herstellen?«

Der Indianer verzog skeptisch das Gesicht. »Vielleicht. Wenn wir die Entfernung zum Planetoiden reduzieren.«

Reed lächelte hintergründig. »Oh«, brummte er zufrieden. »Das ist kein Problem. Wir werden uns ihm soweit nähern, daß man nur die Hand auszustrecken braucht, um ihn zu berühren. Mr. Florida, ich glaube, wir haben da einige Dinge zu besprechen ...«

Im All gab es kein Kerzenlicht. Wer konnte sich einen solchen Luxus leisten, wenn es in erster Linie aufs Überleben ankam? Gefährliche Missionen boten nur wenig Gelegenheit zu Romantik.

Was natürlich nicht bedeutete, daß die Besatzung ständig um alle Gefahren wußte, die dem Raumschiff drohten. Oft erfuhr sie erst dann von einer Krise, wenn die Probleme längst gelöst waren.

Der Bordarzt hingegen stand immer in vorderster Front und sah die unmittelbaren Folgen: Verwundete und Verletzte, die behandelt werden mußten. Summende Diagnoseeinheiten, hier und dort leises Stöhnen. Doch die Routine hörte auf, wenn man den Captain einlieferte.

Sarah saß neben April und fragte sich, wo ihre Verantwortung lag — und wieso sie zuließ, daß Liebe zu Komplikationen führte. Sollte sie Robert wecken, obwohl er dringend Ruhe brauchte? War es richtig, ihn mit Medikamenten vollzupumpen, damit er die Brücke aufsuchen und dort Entscheidungen über die Zukunft aller Menschen an Bord treffen konnte? Und die Konsequenzen? Ein totaler physisch-psychischer Zusammenbruch?

Was ist wichtiger: Roberts persönliches Wohlergehen oder sein Schiff? dachte Dr. Poole.

Vergeblich versuchte sie, die Unsicherheit aus sich zu verbannen. Sie musterte das unbewegte, entspannte Gesicht des Captains, und erinnerte sich an seine zärtlichen Worte. Nach der ersten Begegnung mit ihm begann sie zu ahnen, daß ihr Leben nicht ohne Träume bleiben mußte, daß es allen Grund gab zu hoffen. Während Robert nun schlief, schien er den Frieden gefunden zu haben, den Sarah so gern mit ihm geteilt hätte. Und wenn sie ihn weckte ... Dann zerstörte sie vielleicht das zarte Gespinst der stummen Harmonie und schuf neue Distanz. Sarah konnte nicht die Vorstellung ertragen, April Kummer zu bereiten.

Sein Mut ... Nie bat er darum, beschützt zu werden. Nur ein sehr tapferer Mann war imstande, die grausame Realität der Galaxis hinzunehmen und dennoch von Frieden zu sprechen.

Sarah genoß es fast, ihn bei sich zu wissen, in ihrer Krankenstation. Irgendwie bewahrte sie das Besondere an ihm, das emotionale Engagement eines Captains, der sich nicht die herablassende Arroganz anderer Raumschiffkommandanten zu eigen machte, immer er selbst blieb. Seine Präsenz berührte etwas in ihr, und sie begriff inzwischen, welche Gefühle sie ihm entgegenbrachte: Sie gingen weit über Zuneigung und Sympathie hinaus. Manchmal war es geradezu unheimlich, wie gut er das Verhalten anderer Menschen zu deuten vermochte. Aber er nutzte diesen Vorteil nie aus, verharrte in seinem individuellen, wahrhaft einzigartigen Ich, ohne Kompromisse mit sich selbst zu schließen. Vor ihrem inneren Auge sah Sarah sein Lächeln, beobachtete, wie er lässig die Hände in die Taschen der Strickjacke schob. Ein Mann, der genau wußte, welchen Platz er einnahm, sich keinen Illusionen hingab, entschlossen den Weg beschritt, den er für richtig hielt.

Zögernd hob Sarah den Arm und berührte das Gesicht des Schlafenden. Sie vermißte seine bewußte Präsenz. Er befand sich hier in Sicherheit, und diese Erkenntnis beruhigte sie, tilgte alle Sorgen aus ihr. Aber gleichzeitig wünschte sie sich, daß er erwachte und ihr seine Wärme schenkte. Ihre Sehnsucht galt seiner phänomenalen Gabe, bis in die Seelen anderer Personen zu sehen und auf den ersten Blick zu erkennen, was sie bewegte.

»Sarah?«

Dr. Poole zuckte unwillkürlich zusammen, als sie ihren Namen hörte, und eine gewisse Verlegenheit erfaßte sie. *Seit wann ist er wach?* dachte sie. *Ich bin viel zu sehr in Gedanken versunken gewesen. Spürt er, was mir durch den Kopf geht?*

Sie fühlte Roberts Blick auf sich ruhen und zog die Hand zurück.

Das Kopfende der Liege war nach oben geneigt, und dadurch erweckte der Captain den Eindruck, in einem bequemen Sessel zu sitzen. »Donnerwetter! Es ist wirklich angenehm, in deiner Gesellschaft zu erwachen. Unter anderen Umständen wäre es noch weitaus reizender.«

»Donnerwetter? Deine Ausdrucksweise wird immer poetischer.«

April lächelte und wölbte die Brauen. »Ich stamme aus England«, sagte er, als sei das Erklärung genug. »Verbale Poesie gehört zu meinem genetischen Erbe. Warum fühle ich mich so groggy?«

»Du stehst nach wie vor unter der Wirkung eines Betäubungsmittels.«

»Hast du es mir verabreicht?«

»Ich glaube schon. Es sei denn natürlich, jemand hat dir eine Keule auf den Kopf geschmettert.« Dr. Poole wurde wieder ernst. »Ich mußte dich operieren. Nun, widerspenstige Patienten verdienen es nicht besser.«

»Ach, mußt du unbedingt die Ärztin herauskehren, Sarah?« April bewegte vorsichtig Rücken und Schultern, spannte versuchsweise die Muskeln.

»Schlaf weiter, Robert«, sagte Dr. Poole etwas leiser als beabsichtigt.

»Schenk mir einen schönen Traum, o Magierin.«

In Sarahs Augen blitzte es kurz auf. »Ich *bin* Ärztin. Dies ist keine Hexenkammer, sondern eine Krankenstation.«

April stöhnte leise und lächelte. »Du stehst mit beiden Beinen fest auf der Erde, nicht wahr? Besser gesagt: auf dem Deck. Genau das gefällt mir so gut an dir. Du bist echt, kein Traum.« Behutsam zog er die Beine an, um festzustellen, ob sie seinem Willen gehorchten. Die Bewegung erschöpfte ihn, aber sie regte auch den Kreislauf an. Der Captain atmete mehrmals tief durch und richtete seine Aufmerksamkeit wieder auf die Frau. »Heute siehst du besonders gut aus.«

Auf ein solches Kompliment war Sarah nicht vorbereitet. Sie senkte den Kopf und trachtete danach, ihre Unsicherheit zu verbergen. »Danke«, murmelte sie. »Du bist sehr nett.«

Das Funkeln kehrte in Aprils Pupillen zurück. »Immerhin eine Abwechselung. Für gewöhnlich bezeichnet man mich nur als ›umgänglich‹.«

Dr. Poole besann sich wieder auf ihre Pflichten als Ärztin. Ein wenig zu energisch griff sie nach Roberts Handgelenk, um den Puls zu fühlen. »Das eine schließt das andere nicht aus«, erwiderte sie.

»Ich glaube, ich sollte jetzt aufstehen.«

»Wenn du das versuchst, betäube ich dich noch einmal.«

»Wie wär's, wenn du mich statt dessen heiratest?«

Sarah versuchte, nicht zu lächeln, aber sie spürte ein Zucken in ihren Mundwinkeln. »Unmöglich«, sagte sie. »Ich kann mich nicht an jemanden binden, der ein völlig anderes Leben führt als ich.«

»Oh, ich glaube, du paßt sehr gut zu mir. Denk nur an meine Vorzüge. Ich bin nicht nur würdevoll und ehrenhaft, sondern auch reizend, unterhaltsam, witzig und großzügig. Hinzu kommt, daß ich bei jedem Bad darauf achte, mich zwischen den Zehen zu waschen.«

»Fußhygiene? Ich soll dich heiraten, weil du großen Wert auf Fußhygiene legst?«

»Das ist eine meiner besten Eigenschaften.«

Sarah strich mit den Fingerkuppen über die Thermodecke. »Ich wäre durchaus zu einer Ehe mit dir bereit, doch deine Rangabzeichen ...«

»Was hast du gegen sie?« fragte April. »Deine machen mir nichts aus.«

»Ich halte nichts davon, Bordärztin zu sein, Robert«, antwortete Sarah und sah weiterhin auf die Decke herab. »Ich habe keineswegs die Absicht, einige Jahre meines Lebens in einem Raumschiff zu verbringen. Das unterscheidet uns eben. Du *möchtest* Captain sein und bleiben.«

April lachte leise. »Wie kommst du darauf?«

Sarah musterte ihn erstaunt.

April deutete ihren Gesichtsausdruck und schmunzelte. »Glaubst du im Ernst, daß ich auch weiterhin das Kommando über die Königin behalten will?« Er vollführte eine Geste, die dem ganzen Starship galt.

»Etwa nicht?«

»So etwas käme mir nie in den Sinn.«

»Obwohl du soviel Arbeit in dieses Projekt gesteckt hast?«

»Das spielt in diesem Zusammenhang überhaupt keine Rolle.«

»Weißt du, manchmal bist du mir ein Rätsel ...«

Das Pochen hinter Aprils Stirn wurde stärker, und er ließ den Kopf aufs Kissen zurücksinken. »›Captain‹ klingt wundervoll, nicht wahr? Das Wort beschreibt nicht nur einen Rang, sondern deutet auf eine Philosophie hin, auf Autorität und Entschlossenheit und dergleichen. Leute wie ich sollten eigentlich nicht ›Captain‹, sondern ›Professor‹ oder ›Pfarrer‹ genannt werden. Das wäre weitaus angemessener.

»Was soll das heißen?« fragte Sarah verwirrt.

April hob kurz die Arme und versuchte, sich etwas klarer auszudrücken. »Es war nie meine Absicht, mit diesem Schiff zu Forschungsmissionen aufzubrechen. Von militärischen Einsätzen ganz zu schweigen. Nein, die Königin braucht einen Teufelskerl, einen Draufgänger, der das Leben der Personen schützen kann, für die er verantwortlich ist. Ein Mann, der sich nicht vor den unendlichen Weiten des Universums fürchtet, der in Bereiche vorstößt, die noch kein Mensch gesehen hat, der nicht zögert, wichtige Entscheidungen zu treffen und persönliche Opfer zu bringen. Ich meine die Außenseiter und Einzelgänger. George gehört zu ihnen.«

»George?« Sarah schüttelte den Kopf. »Er ist das genaue Gegenteil von dir, Robert. Du verabscheust den Kampf, während George Kirk viel zu rasch zu den Waffen greift.«

April zuckte mit den Schultern und zwinkerte benommen. »Nun, vielleicht hast du recht. Vielleicht ist George tatsächlich kein geeigneter Kommandant für dieses Schiff. Aber ich komme ganz bestimmt nicht in Frage.« In seinen blauen Augen glitzerte es humorvoll. »Ich bin ein Lamm, und die Königin braucht einen Löwen.«

Sarah konnte die Tränen nicht länger zurückhalten und spürte, wie sie ihr über die Wangen rollten. »Ich hatte recht«, brachte sie hervor. »Du bist ein Poet.«

»Ach, Sarah ...« April sah ihre Tränen und streckte die Hand aus, um sie fortzuwischen, beobachtete überrascht, wie sich die Frau vorbeugte und den Kopf auf seine Brust legte. Sie zitterte leicht, und er schlang die Arme um sie. »Sarah ...«

Die Tränen tropften auf seinen Pulli herab.

»Ich bin eine lausige Ärztin, Robert ...«

»Was?« April lachte. »Du gehörtest zu den fünfzehn besten Studenten deines Jahrgangs. Ein verdammt gutes Ergebnis, wenn du mich fragst.«

»Ich meine das nicht in einem medizinischen Sinne.«

»Wie denn?« Sie starrte in seinen Ärmel und war plötzlich dankbar dafür, daß ihm ihr Gesicht verborgen blieb. »Ich bin einfach nicht stark genug.«

»Oh, du hast eine Menge Kraft.«

»Nein«, beharrte sie und schluchzte leise. »Ich werde meinen Aufgaben nicht gerecht. Ein Arzt muß taktvoll sein, sich ständig in der Gewalt haben und eine gewisse Distanz zu seinen Patienten wahren. Ich stehe in krassem Gegensatz zu diesen Anforderungen.«

April strich ihr übers Haar. »Was für ein Glück. Gerade deshalb liebe ich dich so sehr.«

»Du bist verletzt«, erinnerte sich Sarah laut und schluchzte erneut. Roberts Arme schlossen sich fester um sie. »Es hätte nicht viel gefehlt, und ... Du darfst dich nicht noch einmal solchen Gefahren aussetzen, hörst du? Himmel, ich habe solche Angst um dich ...«

»Sarah ...«, hauchte April und überlegte, warum sie sich so sehr fürchtete. Dafür gab es doch überhaupt keinen Grund.

Einen Sekundenbruchteil später wußte er, wie sehr er sich irrte. Von einem Augenblick zum anderen erbebte das ganze Schiff, und Sarah mußte sich an der Liege festhalten, um nicht fortgeschleudert zu werden. Kurze Zeit später folgte eine zweite Erschütterung, und daraufhin konnte kein Zweifel mehr bestehen. Die Königin stand unter Beschuß.

Dr. Poole richtete sich auf und sah, wie April den Kopf drehte und an die Wand starrte, als biete sie ihm Antworten auf seine Fragen an.

»Was *war* das?« zischte er.

Sarah räusperte sich. »Was meinst du?«

Robert riß die Augen auf. »Lieber Himmel! Ich dachte, es sei nur ein übler Traum gewesen ...«

Er schwang die Beine über den Rand der Diagnoseliege, stemmte sich in die Höhe, kämpfte gegen einen Schwindelanfall an und tastete nach dem Kom-Anschluß.

»Leg dich sofort wieder hin!« platzte es aus Sarah heraus.

April achtete gar nicht auf sie. Nach zwei vergeblichen Versuchen traf sein Zeigefinger die Einschalttaste des Geräts. »April an Brücke. Hörst du mich, George?«

Aber es antwortete nicht etwa Kirk, sondern Drake. Im Hintergrund waren andere Stimmen zu hören, und sie klangen aufgeregt.

»Oh, Captain«, sagte Reed. »Hat Dr. Poole Ihren Kopf wieder zusammengeflickt?«

»Was ist los, Drake? Wo steckt George?«

»Tja, äh, wir haben da ein kleines Problem ...«

»Warum sehen Sie zum Himmel hoch?« Als George die Frage des Romulaners hörte, wandte er den Blick vom rosafarbenen und blauen Firmament ab.

»Ich versuche mir vorzustellen, was dort oben geschieht«, erwiderte er und blinzelte im Licht der Sonne.

T'Cael musterte den Menschen und entnahm seinem Gesichtsausdruck, daß Kirks unmittelbare Kampferfahrungen eher beschränkt waren. Er besann sich auf das bittere Wissen, das er durch eigene Erlebnisse gewonnen hatte.

»Eigentlich ist die Choreographie ganz einfach. Mein Schiff fliegt immer wieder den Planetoiden an, um uns – in erster Linie mich – zu lokalisieren. Ihre Gefährten wiederum versuchen, meine Leute an weiteren Salven zu hindern. Die Variablen heißen Entfernung, technologischer Unterschied, Manövrierfähigkeit und das militärische Geschick der Besatzung. Was meine Crew angeht, sollten Sie sich keine falschen Hoffnungen machen.«

George sah ihn an. »Ist sie so gut?«

Es beschämte t'Cael fast, bestätigend zu nicken. »Unserer Kultur mangelt es nicht an entsprechendem Enthusiasmus. Deshalb können wir es uns leisten, nur die besten Soldaten ins All zu schicken.«

George achtete darauf, seinen verletzten Arm nicht zu belasten. »Bitte entschuldigen Sie, aber Ihren Stolz darauf kann ich leider nicht teilen.«

Stolz? wiederholte t'Cael in Gedanken, blieb jedoch stumm. Er verstand Kirks Ärger; an seiner Stelle hätte er sicher ähnlich empfunden.

Der Primus senkte den Kopf, gab damit zu erkennen, daß er dem Terraner zusätzliche Informationen verweigerte. Er war kein Verräter und wollte sich auch nicht in eine Lage bringen, in der Verrat einen gewissen Reiz auf ihn ausübte.

Einmal mehr dachte er daran, daß ihn bald der Tod erwartete. Entweder gelang es der Crew seines Schiffes doch noch, ihn umzubringen, oder er starb an körperlicher

Auszehrung. *Nur eine Frage der Zeit,* fuhr es ihm durch den Sinn. *Dieser Himmelskörper bietet mir kaum Nahrung. Ich werde den topasfarbenen Himmel über meiner Heimatprovinz nie wiedersehen. Und was die Familie betrifft ... Welche Folgen ergeben sich für sie? Sind Ry'iak und die anderen gnädig genug, meinen Tod als ehrenhaft zu bezeichnen? Oder wollen sie behaupten, ich hätte mich über Reichsgesetze hinweggesetzt und sie dadurch gezwungen, gegen mich vorzugehen?*

Nun, eigentlich erübrigten sich solche Überlegungen; derartige Fragen ließen sich ohnehin nicht beantworten. Nur in einem Punkt herrschte völlige Gewißheit: Er hatte Ry'iak gründlich unterschätzt.

»Was machen Sie da?«

T'Cael sah auf. Kirk stand weiter oben, lehnte an einem Felsen, um die verletzte linke Körperhälfte zu entlasten. Verwirrt starrte der Mensch auf die Hände des Romulaners herab.

Pflanzensamen und Schotenteile klebten an Kilyles Fingern. Überrascht versuchte er, sich daran zu erinnern, woher sie stammten, und schließlich fiel es ihm ein. Er hatte sie sich während des Gesprächs mit Idrys in die Taschen geschoben. Die inkubatorartige Wärme darin sorgte für ein erstes Keimen.

Idrys ... Neuerlicher Kummer regte sich in ihm.

»Mein Hobby«, sagte er nach einer Weile. »Ich liebe Pflanzen, und sie hängen ebenfalls an mir, wie Sie sehen.« Er betastete einige heil gebliebene Hülsen und achtete darauf, sie nicht zu zerbrechen.« Ein vitaler Rhythmus, den wir nicht mehr verstehen. Er unterscheidet sich so sehr von unserem, daß wir in diesem Zusammenhang kaum mehr von ›Leben‹ sprechen.« Behutsam hob er eine Samenkapsel. »Dies hier könnte zu einer Zykadee werden.«

George versuchte, nicht zu schwach zu wirken, als er sich auf einen granitenen Vorsprung sinken ließ. »Sauriernahrung.«

»Auf der Erde, ja. Tatsächlich gehört diese Art zum irdischen Genreservoir, und durch Mikropropagation konnte sie sich auf einigen Kolonialwelten erhalten. Die Ursprungsspezies existiert leider nicht mehr. Ein unersetzlicher Verlust.«

In seiner derzeitigen Situation fiel es George recht schwer, den letzten Überbleibseln ausgestorbener Pflanzengattungen gegenüber so etwas wie Mitleid zu empfinden. Verwundert runzelte er die Stirn. Das Gesicht des Romulaners zeigte echte Anteilnahme. Wie seltsam.

T'Cael deutete auf etwas, das aussah wie ein kleiner Schimmelfladen. »Dieser Samen stammt von einer seerosenartigen Pflanze, die sich durch einen besonderen Sinn für Pünktlichkeit auszeichnet. Ihre Blüten öffnen sich, wenn die Sonne aufgeht, und die Bestäubung findet mittags statt. Bei Sonnenuntergang verschwindet sie im Schlamm und läßt fünf Schoten zurück.« Der Primus strich sanft über ein schwammartiges Objekt, das man für die Kreuzung zwischen einer Nacktschnecke und mehreren Reiskörnern halten konnte. »Daraus wird sich ein Farn entwickeln. Auf der Erde gibt es viele verschiedene Arten, aber keinen solchen Prospektorenfarn. Seine farblichen Veränderungen deuten auf Erzvorkommen unter der Oberfläche hin und erleichtern uns damit die Nutzung natürlicher Ressourcen. Während unserer industriellen Regenerationsphase stellte diese Pflanze eine große Hilfe dar. So kostbar – und doch nur eine Zelle dick.«

»Wieso wissen Sie soviel über die irdische Flora?« erkundigte sich George.

Das Glühen in t'Caels großen Augen verstärkte sich kurz, und er lächelte. »Meine Informationen stammen aus verschiedenen Quellen. Unsere Spione interessieren sich nicht nur für militärische Geheimnisse.«

Kirk brummte etwas Unverständliches.

»Aber warum ausgerechnet die Erde?«

T'Cael drehte sich um und begegnete dem Blick des

Starfleet-Offiziers. »Begreifen Sie das wirklich nicht?« entgegnete er fast vorwurfsvoll. »Selbst wenn ihr Menschen weit durch die Galaxis reist ... Ihr werdet kaum einen Planeten mit derart vielen verschiedenen Lebensformen finden.« Kilyle holte tief Luft und blickte über die eintönige, hier und dort von Moosen bewachsene Felslandschaft. »Zumindest in dieser Hinsicht ist Terra einzigartig. Denken Sie nur an die Vielfalt der menschlichen Spezies. Verschiedene Hautfarben, Größen und Staturen – wer Ihr Volk nicht kennt, käme vielleicht auf den Gedanken, es mit mehreren Gattungen zu tun zu haben. Und dann die Mannigfaltigkeit der irdischen Insekten und Tiere. Selbst in einer Art gibt es enorm viele Unterschiede. Zum Beispiel die Hunde. Hunderte, vielleicht sogar Tausende von verschiedenen Züchtungen, die untereinander gekreuzt werden können. Und Katzen. Manche klein und zahm, andere groß und wild. Nagetiere. Schmetterlinge. Allein die Welt der Insekten ist schwindelerregend komplex. Die Biotope Ihrer Heimat genügten, um ganze Forschergenerationen zu beschäftigen, und hinzu kommt, daß die Menschen in der Lage sind, in praktisch jeder ökologischen Nische zu überleben. Dann die Meere, das maritime Leben ... Mir fehlen die richtigen Worte, um die ungeheure Artenvielfalt in den Ozeanen zu beschreiben.« Der Romulaner brach ab, und George beobachtete ihn stumm, verlegen darüber, daß ihn ein Außerirdischer auf diese Dinge hinwies.

»Pflanzen sind das erste Stadium des Lebens«, fuhr T'Cael fort, sah auf und unterbrach sich erneut. »Eine solche Perspektive ist völlig neu für Sie«, stellte er fest.

»Ich ... ich habe noch nie darüber nachgedacht«, gestand George ein.

Kilyle schüttelte den Kopf. »Dafür gibt es keine Entschuldigung. Ihre Gleichgültigkeit ist es, die auf der Erde den Raubbau zuließ und zu ökologischen Katastrophen führte. Jetzt dringt ihr Menschen in die Galaxis vor, um diese Fehler auf anderen Welten zu wiederholen.«

Eine derartige Kritik wollte George nicht hinnehmen. »Die Erde hat sich keineswegs in eine globale Wüste verwandelt«, erwiderte er. »Meine Söhne kennen Wiesen und Wälder nicht nur von Bildern, und es gibt nach wie vor weite Dschungelgebiete, in denen Farne wachsen.« Er stand mühsam auf. »Sie gehören zu einem Kriegervolk, aber gewisse Dinge nehmen Sie bemerkenswert persönlich. Ich gebe offen zu, daß wir Menschen viele Fehler gemacht haben, doch wir sind auch bereit, aus ihnen zu lernen. Aus diesem Grund würden wir nicht gleich mit einem Krieg drohen, wenn eins Ihrer Schiffe durch Zufall ins Raumgebiet der Föderation geriete. Bisher habe ich leider nicht feststellen können, daß die Romulaner zu Großzügigkeit fähig sind. Sie bieten uns nur Argwohn und Mißtrauen an.«

»Und die hinterhältige Heimtücke einer auf der Lauer liegenden Spinne«, murmelte t'Cael mehr zu sich selbst. In Kirks Worten kam eine für ihn nahezu peinliche Wahrheit zum Ausdruck.

George musterte den Romulaner, und erneut regte sich Mitgefühl in ihm. Er wußte nicht genau, was t'Cael bewegte, aber er ahnte genug, um auf weitere Vorwürfe zu verzichten. Die Lage des Kommandeurs war noch aussichtsloser als seine eigene – vorausgesetzt natürlich, es handelte sich nicht um irgendeinen verrückten Test. Oder eine gut vorbereitete Falle.

Die plötzliche Paranoia weckte Schmerz in der verletzten Körperhälfte. Kirk brannte darauf, irgend etwas zu unternehmen, und um sich abzulenken, holte er den Kommunikator hervor, hielt ihn in der linken Hand, obwohl das Stechen immer heftiger wurde. Wenn es ihm gelang, ein ausreichend starkes Signal zu senden, wenn die Königin nicht zu weit entfernt war ...

Der Romulaner erhob sich abrupt, blieb steifbeinig stehen und hielt den Atem an.

George ließ das Gerät langsam sinken und musterte seinen Begleiter. »Was ist denn?«

T'Cael bedeutete ihm mit einem kurzen Wink, keinen Laut von sich zu geben. Er konzentrierte sich, schien zu lauschen.

»Jemand oder etwas schleicht sich an uns heran«, sagte er leise.

Kirk verharrte einige Sekunden lang, horchte ebenfalls, schob sich dann vor und spähte über den Rand des Felshanges. Ein gräßlicher Anblick bot sich ihm dar, und es lief ihm kalt über den Rücken, als er zurückkroch.

»Verschwinden wir von hier«, preßte er hervor. »Wir müssen höheres Gelände erreichen. Kommen Sie!«

T'Cael kniff die Augen zusammen. »Was haben Sie gesehen?«

»Los, bewegen Sie sich. Für Erklärungen bleibt uns später noch genug Zeit. Hoffe ich jedenfalls.« George gab dem Romulaner einen Stoß und deutete auf die moosbewachsenen Kippen, die vor ihnen emporragten. Er ging los und zog die Waffe.

T'Cael verdrängte seine Neugier auf das, was sich ihnen über den Hang näherte, folgte Kirk und begann mit dem Aufstieg. Die beiden Männer kletterten an einer immer steileren Felswand empor, und der Starfleet-Offizier hielt mehrmals inne, um nach Luft zu schnappen. Aber was auch immer er an der Böschung gesehen hatte: Es jagte ihm einen solchen Schrecken ein, daß er nur kurze Pausen einlegte und sich bereitwillig von Kilyle helfen ließ. Als sie nach einigen Minuten einen breiten Spalt erreichten, in dem der Mensch ausruhen konnte, drehte sich t'Cael um, blickte in die Tiefe – und erstarrte förmlich.

Es waren nicht die größten Tiere auf dem Planetoiden, aber bestimmt die abscheulichsten: dicht behaart und wolfsartig, massiger als ein Thrai; die Schultern breit und muskulös, die Beine dick und krumm. Der Kopf schien nur aus einem Rachen zu bestehen, in dem Dutzende von langen, nadelspitzen Zähnen darauf warteten, ein Opfer zu zerfleischen. Die Geschöpfe bewegten sich langsam und zielsicher, und das Rudel wurde rasch größer. Aus verborgenen Höhlen kamen weitere hungrige Mäuler hinzu. T'Cael zählte mehr als ein Dutzend und stellte voller Unbehagen fest, daß es den Wesen nicht schwerzufallen schien, den steilen Hang zu erklimmen. Während sie sich näherten, schienen winzige Quecksilbertropfen in ihrem Fell zu glänzen. T'Cael schauderte unwillkürlich, als er sich vorstellte, von solchen Tieren in die Enge getrieben zu werden. Die Stille wirkte immer unheimlicher. Vergeblich horchte der Romulaner nach dem Knacken eines dünnen Zweiges unter einer Pfote; es raschelten keine Blätter, und nirgends knirschten kleine Steine unter dem Gewicht der massigen Körper. Rote Augen starrten, und ihre Blicke klebten an den beiden Gestalten weiter oben fest. T'Cael wich zurück, preßte sich an die Felswand und hielt es für besser, nicht noch einmal nach unten zu sehen. »Eine interessante Lebensform«, murmelte er. »Ich würde gern mehr über sie erfahren.«

»Es sind Fleischfresser, und diese Erkenntnis genügt mir«, sagte George.

Kilyle preßte kurz die Lippen zusammen. »Sie greifen als Rudel an, und das bedeutet: Mit gewöhnlichen Waffen können wir nichts gegen sie ausrichten.«

»Warum nicht?«

»Wir haben es mit der typischen Rudel- oder Schwarmstrategie zu tun«, fügte t'Cael hinzu, und in seiner Stimme erklang eine gewisse Ironie. »Individuen müssen sich der Gemeinschaft unterordnen und werden nötigenfalls geopfert. Während wir gegen eins der Geschöpfe kämpfen, kommen die anderen noch näher heran. Mit anderen Worten: Unser Tod ist so gut wie sicher.«

»Da bin ich anderer Ansicht«, brummte George und stemmte sich in die Höhe. »Die letzte Rate meiner Lebensversicherung ist noch nicht bezahlt. Kommen Sie.«

»Klettern Sie nur weiter.« T'Cael sah die Verwirrung in Kirks Zügen und erklärte: »Ich habe kein Recht, Ihr Schicksal zu bestimmen, aber was mich selbst angeht ... Ich bin bereit, hier zu sterben.«

»Unsinn.«

»Ich meine es ernst, Commander Kirk. Ich sehe keinen Sinn darin, die Flucht fortzusetzen.«

»Verdammt, stehen Sie endlich auf!« George packte t'Cael am Arm und zerrte ihn hoch. »Bewegen Sie sich!«

Der Felsspalt bot nicht viel Platz, aber Kilyle wandte sich trotzdem ab und versuchte, sich aus dem Griff des Menschen zu befreien.

»Zum Teufel mit Ihnen«, knurrte George. »Wer auch nur einen Funken Verstand im Kopf hat, gibt nicht so einfach auf. Wir müssen nach oben. Kommen Sie endlich!«

Einige Sekunden lang starrten sie sich an, und dann glätteten sich t'Caels Züge. »Nun, ich möchte den Vorwurf vermeiden, es fehle mir an Intelligenz.« Er hob die Hand. »Nach Ihnen.«

Während sich George vorsichtig an der Felswand emporzog, kämpfte er dauernd gegen die Schmerzen in Hüfte und Schulter an. Bei jeder Bewegung wiederholte sich das heiße Stechen in seinen Muskeln, doch die stumme Präsenz der Raubtiere mobilisierte Kraftreserven in ihm, von denen er bisher überhaupt nichts geahnt hatte. Zentimeter um Zentimeter schob er sich in die Höhe, und seine Gedanken kehrten immer wieder zur weißen Königin zurück. Gelang es Drake, den Angriffen des feindlichen Schiffes standzuhalten? Diese Frage ließ sich kaum beantworten. Reed besaß nicht genug Kampferfahrung, und er hatte es mit einer gut ausgebildeten und zu allem entschlossenen romulanischen Crew zu tun. Andererseits: Drake war kühn und wagemutig, und diese Eigenschaften konnten sich als sehr wichtig erweisen. Darüber hinaus gab es in seinem Verhalten unberechenbare Faktoren. Vielleicht schaffte er es tatsächlich, das Starship vor der Vernichtung zu bewahren. Trotzdem wagte es George nicht, auf eine baldige Rettung zu hoffen. Ihnen blieb nur dann eine – geringe – Chance, wenn sie lange genug überlebten.

Er haßte es, sich auf dem Planetoiden zu befinden und

von hungrigen Tieren verfolgt zu werden, sehnte sich danach, im All zu sein, auf der Brücke des Schiffes. Noch nie zuvor in seinem Leben hatte er sich so hilflos gefühlt.

Er verharrte kurz und beobachtete die Tiere. Sie bewegten sich noch immer langsam, aber trotzdem verringerte sich die Distanz zu ihnen. Die gräßlichen Wesen waren jetzt nur noch fünfzig Meter entfernt.

George preßte die Finger in einen schmalen Riß, doch als er versuchte, sich auf einen Sims zu ziehen, verkrampften sich die Schultermuskeln, und er verlor den Halt. Er rutschte ab, und rauher Fels schabte ihm über die Wange. Aus einem Reflex heraus streckte der Romulaner die Hand aus, hielt Kirk am Gürtel fest und bewahrte ihn davor, in die Tiefe zu stürzen.

»Versuchen Sie es noch einmal«, sagte t'Cael.

George schnappte nach Luft und nickte nur. Erneut tasteten seine Finger nach dem Riß in der granitenen Wand, und er konzentrierte sich einzig und allein auf den Sims, auf eine Gelegenheit, auszuruhen und die Lage einzuschätzen. Vielleicht befanden sie sich inzwischen hoch genug. Vielleicht gab das Rudel bald die Verfolgung auf.

Er biß die Zähne zusammen und weigerte sich, der eigenen Schwäche nachzugeben. Wie in Zeitlupe zog er sich hoch, ignorierte dabei den heißen Schmerz, der ihn durchzuckte.

Langsam kam er dem Sims näher. Nur noch ein halber Meter, mehr nicht. Der Romulaner gab ihm einen Stoß, und daraufhin gelang es George endlich, sich über den Rand zu schieben.

Erschöpft rollte er auf die Seite und keuchte wie ein Asthmatiker. Sein Körper gierte nach Sauerstoff. Ausruhen, neue Kraft schöpfen, die Gefahr für einige Sekunden vergessen ...

Kirk gab dem Verlangen nicht nach, stemmte sich in die Höhe, kroch zum Sims zurück und griff nach der Hand des Romulaners. Was er weiter unten sah, ließ jähes Entsetzen in ihm entstehen. Rote Augen über aufgerissenen Rachen, die Zähne darin wie stählerne Spitzen, die sogar Granit zermalmen konnten. Die Wesen wirkten wie ein Alptraum, der plötzlich feste Substanz gewann, wie Dämonen aus den finstersten Gewölben der Hölle — organische Maschinen, nur darauf programmiert, zu fressen und zu zerfleischen. Von einem solchen Gegner durfte man keine Gnade erwarten. Gab es einen schrecklicheren Tod, als im Magen solcher Ungeheuer zu enden?

Das Rudel gab keineswegs auf. Es war noch größer geworden, bestand inzwischen aus dreißig Tieren.

»Beeilen Sie sich!« stieß George hervor.

T'Cael hörte das Drängen in der Stimme des Menschen und zog daraus die richtigen Schlüsse: Der Gegner näherte sich. Er versuchte, schneller zu klettern.

Kurz darauf vernahm er ein seltsames Knirschen, hob den Kopf — und starrte in die grauenhafteste Fratze, die er jemals gesehen hatte.

Das Geschöpf schob sich hinter einem Felsen hervor und hob Pranken, an denen fingerlange Krallen glänzten.

»Kirk!«

Es blieb George gerade noch Zeit genug, sich herumzurollen und einen Blick auf das Ungetüm zu werfen. Es hatte keinen Sinn mehr zu versuchen, den Strahler zu ziehen. T'Cael zögerte nicht und handelte. Er schwang sich über den Rand des Vorsprungs, sprang auf Kirk zu und riß ihn beiseite. Einen Sekundenbruchteil später spürte er den Hieb des wolfartigen Wesens. Die Tatze traf den Romulaner zwischen den Schulterblättern und schmetterte ihn an die granitene Wand.

George nutzte die Gelegenheit, riß seine Waffe hervor, legte an und feuerte. Dicht aufeinanderfolgende Energieblitze verbrannten den Pelz des Tiers, bohrten sich ihm tief in den Leib und erreichten das Herz. Das Wesen richtete die Schnauze gen Himmel, stieß einen zornigen, schmerzerfüllten Schrei aus, taumelte, verlor den Halt und fiel. Kirk vernahm ein dumpfes Pochen, als es weiter unten mehrmals an Felsen prallte.

Schließlich herrschte wieder Stille.

T'Cael sank zu Boden, kniff die Augen zu und erbebte am ganzen Leib.

George kroch an ihn heran. »Sind Sie verletzt?«

Die hellblaue Jacke des Romulaners war an mehreren Stellen aufgerissen. Die Klauen des Angreifers hatten sich auch durch den Stoff darunter gebohrt, lange Striemen auf der Haut hinterlassen und zwei tiefe Fleischwunden verursacht. Kirk fragte sich verwirrt, wie jemand einen solchen Schlag überleben konnte. Vor seinem inneren Auge wiederholte sich die Schreckensszene, und er stellte sich vor, wie die Pranke Kopf oder Nacken traf, glaubte zu hören, wie Knochen splitterten.

Er schauderte.

T'Cael machte kein Hehl aus seiner Pein. Einige Sekunden lang schien er sich der Umgebung überhaupt nicht mehr bewußt zu sein und spürte nur den Schmerz, der in seinem Rücken brannte. Der Sturz gegen die Felswand hatte ihm die Luft aus den Lungen gepreßt, und er versuchte, wieder zu atmen, sich aus dem Kokon der Benommenheit zu befreien. Seine Hände tasteten fahrig übers Gestein.

»Danke«, murmelte George.

Er bekam keine Antwort.

»Leider habe ich es versäumt, eine medizinische Notausrüstung mitzunehmen«, fügte Kirk hinzu und untersuchte t'Caels Wunden. Olivgrünes Blut quoll daraus hervor, und er wischte es vorsichtig mit dem Saum der zerrissenen Jacke fort. Es erschien ihm seltsam, daß ein Gesicht mit so auffallenden vulkanischen Zügen ganz deutlich Schmerz zeigte, und dieser Umstand weckte neuerliches Mitgefühl für den Romulaner.

Nach einer Weile sah George auf und beobachtete die Felsen. Glatt und steil ragten sie in die Höhe, boten nicht den geringsten Halt. *Wir sitzen fest,* dachte er betroffen. *Vielleicht wäre ich irgendwie in der Lage, diesen Vorsprung zu verlassen und noch höher zu klettern, aber dazu müßte ich den Kommandeur hier zurücklassen.* Er wandte sich wieder t'Cael zu.

»Es ist aussichtslos«, sagte der Romulaner, der ebenfalls begriffen hatte, in welcher Lage sie sich befanden. Mühsam stützte er sich an der Wand ab. »Aber versuchen Sie es trotzdem. Vielleicht sind die Tiere lange genug mit mir beschäftigt, um Ihnen die Möglichkeit zu geben, sich in Sicherheit zu bringen ...«

»Nein«, erwiderte George scharf und schüttelte den Kopf. »Das linke Bein behindert mich zu sehr.« Er wechselte die Ladekapsel des Strahlers und beobachtete noch einmal den Steilhang. »Ich glaube, weiter oben befinden sich einige lose Brocken. Wenn ich es richtig anstelle ... Vielleicht gelingt es mir, genügend Steinschlag zu verursachen.«

Kirk lehnte sich an kühles Gestein, schloß beide Hände um den Kolben der Waffe und zielte sorgfältig. Er spielte mit dem Gedanken, einen Blick in die Tiefe zu werfen, entschied sich dann aber dagegen. Er durfte sich jetzt nicht ablenken lassen. Zuviel stand auf dem Spiel: sein eigenes Leben. Und das seines Begleiters.

Ein heller Laserstrahl zuckte aus dem Lauf und kochte über die Felsen. Funken stoben, und geschmolzener Granit spritzte. George achtete nicht darauf und gab Dauerfeuer, bis er plötzlich ein dumpfes Knacken vernahm, das sich mehrmals wiederholte.

Rasch duckte er sich und kehrte zu dem Romulaner zurück. Steine regneten an ihrem Unterschlupf vorbei und klackten über den Hang. Größere Felsen folgten — eine Lawine, die ins Tal hinabdonnerte. George wartete eine Zeitlang, und als wieder Ruhe einkehrte, kroch er zum Rand des Vorsprungs und sah nach unten.

Nichts regte sich dort. Nirgends zeigte sich ein Tier.

»Sie sind verschwunden«, sagte er, und seine Stimme klang hoffnungsvoll.

»Das bezweifle ich«, erwiderte t'Cael. »Bestimmt geben sie nicht so einfach auf.«

Der Romulaner behielt recht. Erschrocken beobachtete George, wie sich pelzige Körper aus Verstecken schoben. Zehn. Zwanzig. Dreißig. Und es wurden noch mehr. Wie konnten sich so große Wesen in einer Felswand verbergen, in der es nur schmale Öffnungen gab?

Die Ungeheuer kletterten wieder empor und setzten die Jagd fort.

George hockte sich neben t'Cael, prüfte die Ladung des Strahlers und suchte nach einer weiteren geeigneten Stelle an der Felswand über ihnen.

»Sie vergeuden die Energie Ihrer Waffe«, sagte der Romulaner.

George bedachte ihn mit einem finsteren Blick. Er hielt es ebenfalls für sinnlos, einen zweiten Steinschlag zu bewirken, aber t'Caels Worte erinnerten ihn viel zu deutlich daran, mit welcher Situation sie konfrontiert waren. Es blieb ihm nichts anderes übrig, als zu warten, auf einzelne Angreifer zu schießen und zu hoffen, daß ihm genug Ladekapseln zur Verfügung standen.

Tief in ihm zitterte etwas, und er kam sich plötzlich wie jemand vor, der den Kopf unter eine Guillotine legte — und darauf wartete, daß die Klinge herabsauste.

»Wir hätten damit rechnen sollen«, fuhr t'Cael fort und zwang sich dazu, ruhig zu atmen. »Rudelstrategie. Die Wesen haben uns mit voller Absicht in die Falle gelockt.« Er lehnte sich an den Felsen zurück, und mehrere Sekunden lang dachte er an gar nichts. Er empfand es fast als erfrischend, sich allein dem Schmerz hinzugeben, schöpfte daraus neue Kraft.

Nach einer Weile lächelte er reumütig und lachte leise.

George runzelte die Stirn. »Halten Sie das alles für komisch?«

Der Romulaner sah auf. »Eher für eine Ironie des Schicksals«, erwiderte er. »Zwei Raumfahrer, die von Raubtieren gefressen werden.«

»Ich verstehe.« Kirk nickte langsam, holte tief Luft und seufzte.

Der Romulaner wölbte eine Braue. »Ihr Menschen habt keinen Sinn für Humor.«

Diese Bemerkung verblüffte George geradezu. Immerhin stammte sie von jemandem, der wie ein Vulkanier aussah.

Er schürzte die Lippen. »Ich habe Ihren Namen vergessen.«

»T'Cael.«

»Nun, t'Cael, Sie denken wie ein Opfer.«

»Wie bitte?« erwiderte Kilyle. In seinen Augen blitzte es.

»Sie haben bereits aufgegeben.«

T'Cael zuckte mit den Schultern. »Es wäre dumm zu kämpfen, wenn man nicht mehr die geringste Chance hat.«

George schüttelte den Kopf. »Und Sie wollen ein Romulaner sein?« fragte er spöttisch.

T'Cael drehte sich ruckartig um, und seine Züge verhärteten sich. Der Schmerz hatte den Benommenheitsdunst aufgelöst und seine Toleranz auf ein Minimum reduziert. »Was wissen Sie schon von Romulanern? Ihre beschränkten Kenntnisse stammen aus zweiter und dritter Hand, und daraus ziehen Sie Schlüsse, deren Bedeutung nicht über die von Vorurteilen hinausgeht. Ihre Ignoranz macht Sie arrogant und überheblich.« Tiefe Falten entstanden in seiner Stirn. »Sie beleidigen mich.«

George spürte einen zornigen, durchdringenden Blick auf sich ruhen, und er hielt den Atem an.

»Meine Informationen über Menschen habe ich durch direkte und unmittelbare Erfahrungen gesammelt«, fuhr t'Cael etwas ruhiger fort. »Aber Ihre Meinungen über mein Volk gründen sich auf Annahmen und Mutmaßungen. Sie glauben offenbar, ein schlechtes System bestehe aus Leuten, die es nicht besser verdienen, aber dabei verwechseln Sie Ursache und Wirkung. Niemand *will* eine Tyrannei — abgesehen von den Personen, die an den Hebeln der Macht sitzen und alle Vorteile genießen. Mein Volk leidet an der Eroberungslust, die der Prätor zu einer Ideologie erhoben hat. Unglücklicherweise fehlt uns die Möglichkeit, einen Wandel herbeizuführen.« T'Cael zuckte zusammen, als er sein Gewicht verlagerte. Er wandte den Blick von Kirk ab und beobachtete den seltsam gefärbten Himmel. »Ihre eigene Kriegsgeschichte beweist, wie leicht man einen falschen Weg beschreiten kann. Einige charismatische Personen genügen, um den Massen Sand in die Augen zu streuen, sie in willenlose Werkzeuge zu verwandeln. Manchmal reichen wenige gutklingende Worte aus, um Grauen und Chaos zu beschwören, um den Intellekt zu betäuben. Die Folge besteht aus einem Leid, das sich eine eigene Grundlage schafft, sich verselbständigt. Anders ausgedrückt: Die Unterschiede zwischen unseren beiden Völkern sind nur gering, Kirk.«

George musterte t'Cael und konnte es kaum fassen. »Wollen Sie wirklich behaupten, daß wir ebenso sind wie Sie?« Er beugte sich zu dem Romulaner vor, und seine Stimme klang vorwurfsvoll und anklagend. »Glauben Sie im Ernst, wir teilten Ihre Machtgier?«

T'Cael senkte den Kopf und schwieg eine Zeitlang.

»Nein«, erwiderte er schließlich. »*Ihnen* ist es gelungen, über den eigenen Schatten zu springen, sich von den Fesseln der Vergangenheit zu befreien und mit einer neuen Entwicklung zu beginnen.«

George zwinkerte verwirrt, und es dauerte eine Weile, bis er zu verstehen begann, was t'Cael meinte. Seine Hoffnungslosigkeit bezog sich nicht nur auf die persönliche Situation; sie galt auch der Lage seines Volkes, dem prätorialen Joch, unter dem die Romulaner leben mußten. Stumm saßen sie auf dem Felsvorsprung, starrten in die Ferne und beobachteten eine öde Landschaft. Ein trügerischer Frieden herrschte, aber George wußte, daß sich die Raubtiere weiter näherten. Es konnte nicht mehr lange dauern, bis sie den Sims erreichten.

Die beiden Soldaten warteten – zwei Feinde, die das Schicksal zusammengeführt hatte, damit sie als Verbündete starben.

KAPITEL 17

»Erstatten Sie mir einen Bericht, Drake.«

»*Fète du diable*, Sir. Zwar sind wir in ziemlichen Schwierigkeiten, aber wir haben eine wichtige Erfahrung gemacht.«

»Was für eine?« April nahm im Sessel des Befehlsstands Platz und sah auf den Wandschirm. Das romulanische Schiff raste gerade an der weißen Königin vorbei und näherte sich erneut dem Planetoiden.

»Es geht dabei um folgendes«, erwiderte Reed. »Wir können nur einen Teil unserer Deflektorkapazität verwenden, und im Vergleich mit der Kriegsschwalbe ist unsere Manövrierfähigkeit sehr begrenzt. Trotzdem hat sich herausgestellt, daß wir einige Trümpfe in der Hand halten.«

»Carlos, ich brauche einen zeitlichen Überblick.«

Florida räusperte sich. »Mr. Kirk ist um vierzehn Uhr auf dem Planetoiden gelandet. Er wollte sich dort mit dem romulanischen Kommandeur treffen, doch um vierzehn Uhr vierundfünfzig nahm das feindliche Schiff die entsprechende Region unter Beschuß.«

April wandte den Blick vom Projektionsfeld ab. »Soll das heißen, die Romulaner haben auf ihren eigenen Gesandten geschossen?«

»Es sieht ganz danach aus, Sir.«

»Es sei denn, es befand sich niemand an Bord des Beibootes«, warf Bernice Hart ein. »Vielleicht sollte Mr. Kirk in eine Falle gelockt werden.«

April strich sich mit dem Zeigefinger über die Unterlippe. »Es wäre möglich«, sagte er nachdenklich. »Ich frage mich nur, was den Romulanern an einer toten Geisel liegt. Das ergibt doch keinen Sinn.«

»Eins steht fest«, brummte Drake. »Geordie ist nicht gerade in einer beneidenswerten Lage.« Etwas leiser fügte er hinzu: »Wenn er überhaupt noch lebt.«

»Bisher haben die Roms zweimal das Feuer eröffnet, Sir«, beendete Florida seinen Bericht. »Wie Mr. Reed vorhin schon sagte: Sie sind manövrierfähiger als wir, und deshalb können wir den Planetoiden nicht wirkungsvoll abschirmen.«

»Zweimal?« April musterte den Steuermann und runzelte die Stirn. »Warum?«

»Keine Ahnung. Mr. Reed gab Anweisung, unsere Bordwaffen einzusetzen, um die Romulaner an einem neuerlichen Angriff zu hindern; aber solange wir auf Warpenergie verzichten müssen, ist unsere Feuerkraft begrenzt. Wenigstens funktionieren die Nahbereichssensoren. Ich glaube, wir haben unserem Gegner Respekt beigebracht, denn seit einigen Minuten wahrt er sichere Distanz.«

»Rechnen Sie damit, daß er noch einen Vorstoß unternimmt?«

»Davon müssen wir ausgehen, Sir.«

April beugte sich vor. »Warum sind die Romulaner so sehr bestrebt, den Planetoiden anzugreifen? Dafür gibt es nur eine Erklärung. Sie sind sich nicht ganz sicher, ob sie ihr Ziel erreicht haben – worin es auch bestehen mag.«

Drake verschränkte die Arme und lächelte, stolz darauf, schon vor einer ganzen Weile zu einer solchen Schlußfolgerung gelangt zu sein. »Mit anderen Worten: Vielleicht hat unser lieber George noch nicht ins Gras gebissen. Wenn es dort unten überhaupt Gras gibt.«

April seufzte nervös und überlegte. Ihm fehlte der Kampfinstinkt, um eine den gegenwärtigen Umständen angemessene Entscheidung zu treffen. Er ächzte innerlich, als er an die möglichen Folgen einer direkten Konfrontation mit den Romulanern dachte.

»Captain, das feindliche Schiff nähert sich!«

Floridas Warnung war kaum verhallt, als grelles Licht vom Wandschirm flutete. Ein Strahlblitz entlud sich an den Schilden, und die Königin erbebte. Ein lautes Donnern hallte durchs Diskussegment, und April hielt sich an den Armlehnen fest, um nicht aus dem Sessel geschleudert zu werden. Überrascht starrte er auf den großen Bildschirm und beobachtete, wie das geierartige Raumschiff abdrehte und aus der Erfassungsreichweite der Bugsensoren verschwand.

»Lieber Himmel!« Der Captain schnappte nach Luft. »Daß uns ein so kleines Schiff einen derartigen Schlag versetzen kann ...«

Drake schnaufte und richtete sich auf. »Es handelt sich um einen Jäger«, knurrte er. »Geballte Energie. Das Ding besteht nur aus Triebwerken und Kanonen.«

»Bei allen Raumgeistern! Offenbar habe ich die Romulaner unterschätzt.«

»Jetzt wissen Sie Bescheid.«

»Ja. Waffenstatus?«

»Energetisches Potential der Backbordsysteme zweiundsiebzig Prozent«, sagte Florida sofort. »Steuerbordwaffen sechzig Prozent. Die übrigen Laser und Partikelkanonen dreiundvierzig Prozent.«

Als alles still blieb, drehte sich der Steuermann um. Captain April gab keine Antwort. Seine Aufmerksamkeit galt dem romulanischen Schiff, das einige hunderttausend Kilometer entfernt auf Warteposition ging.

Drake trat an den Befehlsstand heran. »Die Königin ist stark«, sagte er. »Wird es nicht langsam Zeit, daß wir ihre Muskeln spielen lassen?«

April bedachte ihn mit einem kurzen Blick. »Das gefällt mir nicht.«

»Ich weiß, Sir. Es besteht jedoch eine große Wahrscheinlichkeit, daß die Roms George umgebracht haben.«

Der Captain stellte sich dieser bitteren Erkenntnis, und Kummer leuchtete in seinen Augen. »Ja ...«, flüsterte er. Plötzlicher Zorn erfaßte ihn, brodelte immer heißer. Die

Lachfalten in den Mund- und Augenwinkeln standen in einem seltsamen Kontrast zu der untypischen Härte, die nun in Aprils Zügen ihren Ausdruck fand. »Ich verstehe das nicht«, sagte er. »Wir haben deutlich darauf hingewiesen, daß wir keine feindlichen Absichten verfolgen, aufgrund eines bedauerlichen Navigationsfehlers hier sind und diesen Raumsektor so schnell wie möglich verlassen möchten. Warum behandelt man uns auf diese Weise?«

Drake sah den Captain an und spürte eine Mischung aus Mitleid und Sympathie. Er dachte an George und stellte sich vor, wie er auf solche Worte reagiert hätte. Wie sollte er April klarmachen, daß nicht alle Leute die Einstellungen eines modernen Mahatma Gandhi teilten? Manche Personen und Völker brachten es einfach nicht fertig, Vertrauen zu haben.

»Wir leben in einer gefährlichen Galaxis, Captain«, sagte Reed ernst. »Gelegentlich müssen wir ebenfalls gefährlich werden.«

April reagierte nicht sofort, starrte zunächst nur stumm ins All. Er entsann sich an Georges Hinweise, und nun glaubte er, eine bittere Wahrheit in ihnen zu erkennen. Was nützte die Föderation ihren einzelnen Mitgliedswelten, wenn sie zwar Macht hatte, jedoch davor zurückschreckte, Gebrauch davon zu machen? Wenn er zuließ, daß die Königin dem Feind zum Opfer fiel, konnten seine Träume niemals Wirklichkeit werden.

Er holte tief Luft.

»Ja«, erwiderte er düster. »In Ordnung. Was raten Sie mir, Drake?«

Reed musterte ihn verwirrt. »Sie bitten *mich* um Rat, Sir?«

April nickte nachsichtig. »Ja. Ich erwarte einen Vorschlag von Ihnen.«

»Äh ... Wie wär's, wenn wir die Roms passieren lassen und dann ihre Triebwerke aufs Korn nehmen?«

April beugte sich vor. »Würden Sie das bitte wiederholen?«

»Feuern Sie auf den Antrieb, wenn die Kriegsschwalbe an uns vorbeirast.«

»Oh, ich verstehe. Wir reduzieren die Einsatzfähigkeit des Schiffes, ohne daß irgend jemand zu Schaden kommt.«

»Sie haben's erfaßt, Sir.«

April straffte die Schultern. »Nun gut. Alle Mann auf Gefechtsstation.« Er sprach ganz leise, und seine Worte galten einer Brückencrew, die nicht aus Soldaten bestand. Deshalb dauerte es eine Weile, bis sein Befehl ausgeführt und Alarmstufe Rot veranlaßt wurde.

»Carlos ...«, sagte der Captain und rieb sich Schweiß von den Händen. »Bringen Sie die Königin zwischen das romulanische Schiff und den Planetoiden. Es geht los.«

T'Cael nahm den Gestank von verbranntem Pelz wahr und beobachtete, wie Kirk auf das sechste Tier zielte. Die energetische Kapazität des Strahlers erschöpfte sich rasch, und immer mehr hungrige Wesen kletterten zum Sims hoch.

»Himmel, Drake, bring endlich das Schiff hierher«, knurrte der Mensch und holte die letzte Erg-Kapsel hervor. Offenbar verschwendete er keinen Gedanken daran, wieviel Energie nötig war, um die Angreifer zu töten — die Ladung der bisher verwendeten Kapseln hätte ausgereicht, um eine ganze Armee zu vernichten.

T'Cael hörte, wie dicht unter dem Vorsprung lange, scharfe Krallen über harten Fels kratzten, und viel zu deutlich begriff er, daß sie gegen die Rudelstrategie der Ungeheuer auf Dauer überhaupt keine Chance hatten. Er wußte nicht, ob Kirk das leise Schaben ebenfalls vernahm — nach wie vor bewegten sich die Wesen fast völlig lautlos —, aber eigentlich spielte es auch gar keine Rolle. Bestenfalls blieben ihnen noch einige Minuten.

Während sich Kilyle innerlich auf den Tod vorbereitete, spürte er so etwas wie Bewunderung für den Terraner, der noch immer nicht aufgeben wollte. Als Kirk merkte, daß die Kapseln allmählich zur Neige gingen, versuchte er nicht mehr, die Tiere zu töten. Statt dessen schoß er auf ihre Augen. Vielleicht hoffte er, daß sie dadurch die Orientierung verloren und von ihrer Beute abließen. Eine riskante Taktik: Die getroffenen Geschöpfe gerieten vor Schmerz ganz außer sich. Das letzte lief immer wieder gegen die Felswand, bis es schließlich zusammenbrach; seine Pranken zuckten nur einen halben Meter neben den beiden Männern.

»Wir müssen weg von hier«, preßte Kirk hervor.

T'Cael schwieg auch weiterhin, sah keinen Sinn darin, ihn erneut auf die Aussichtslosigkeit des Kampfes hinzuweisen. Die Hartnäckigkeit des Menschen erstaunte ihn. Zwar gab es keine Hoffnung mehr, aber dennoch war Kirk nicht bereit, sich dem Schicksal zu fügen. Seltsam. Rihannsu hatten einen ausgeprägten Sinn für Disziplin, und damit einher ging die Bereitschaft, das Unvermeidliche zu akzeptieren. Der terranische Commander hingegen vertrat eine völlig andere Einstellung. Er zeichnete sich durch eine hartnäckige Sturheit aus, die Respekt verdiente.

Ein dünnes Lächeln umspielte t'Caels Lippen, als er an die hochmütigen Akademiker in seiner Heimat dachte, die alle fremden Lebensformen für minderwertig hielten. Er bedauerte es sehr, keine Gelegenheit mehr zu haben, mit ihnen über die unbestreitbaren Vorteile der menschlichen Starrsinnigkeit zu diskutieren.

Die Tiere ahnten natürlich nichts von einer solchen Philosophie. Sie wurden allein von Instinkten angetrieben. Und irgend etwas teilte ihnen mit, daß nun die Zeit für einen massierten Angriff kam.

Zu beiden Seiten des Felsvorsprungs kletterten pelzige Ungeheuer empor, starrten aus roten, gierig blickenden Augen. Speichel tropfte von ihren langen, spitzen Zähnen.

Kirk legte auf eins der Wesen an und feuerte, während sich weitere Tiere über den Sims schoben. T'Cael blieb völlig still, preßte sich jedoch fester an die granitene Wand, als die gräßlichen Geschöpfe herankamen.

Plötzlich verspürte Kilyle den Wunsch, Kirk Trost zuzusprechen. Der Mensch schien noch immer nicht bereit zu sein, den Tod hinzunehmen. Was empfand jemand, der unter keinen Umständen aufgeben wollte — und doch einsehen mußte, daß Widerstand keinen Sinn mehr hatte?

Zähne knirschten. Klauen kratzten. Fauliger Atem zischte. Und irgendwo piepte es.

Das rhythmische Summen stammte nicht etwa von t'Caels Warnsensor. Kirk hörte es ebenfalls und erstarrte.

Dann entfaltete er hektische Aktivität, holte so hastig den Kommunikator hervor, daß ihm das kleine Gerät fast aus der Hand rutschte. Rasch klappte er es auf.

Einige Augenblicke später bückte sich der Mensch und zerrte t'Cael mit einem jähen Ruck auf die Beine. Warum? Verlangte Kirk von ihm, daß er ebenfalls kämpfte? Sie konnten nicht fliehen, und in den wenigen Sekunden, die sie noch vom Tod trennten, traf bestimmt kein Rettungsschiff ein. Kilyle wollte sich wieder zu Boden sinken lassen, doch der Terraner hielt ihn an der blauen Jacke fest, hob den Kommunikator an die Lippen.

Kirk holte kurz Luft. »Nottransfer! Sofort!«

»Was soll das bedeuten?« T'Cael versuchte, sich aus dem Griff zu lösen. Verwirrung zeigte sich in seinen Zügen.

Das nächste Tier holte zu einem wuchtigen Hieb aus, und seine Tatze traf das Kom-Gerät, riß es dem Starfleet-Offizier aus der Hand.

»Kirk!«

T'Cael hörte das Zittern in seiner Stimme. Das Licht um ihn herum verblaßte. Hatte ihn der tödliche Prankenhieb eines Angreifers getroffen? Starb er nun? *Sonderbar*, dachte er. *Es ist überhaupt nicht schlimm. Ich habe mit weitaus mehr Schmerzen gerechnet.*

Plötzlich wankte t'Cael zurück und stieß an eine Wand. Sie bestand jedoch nicht aus Fels, sondern aus gekrümmtem Stahl. Eigentümliches Licht glänzte, warf keine Schatten.

Kirk hielt ihn noch immer fest, und der abrupte Szenenwechsel überraschte ihn ganz und gar nicht.

Der Mensch wandte sich an einen jungen, blonden Mann, der vor ihnen stand. »Wood! Benachrichtigen Sie die Brücke ...«

Aber Wood hörte ihn überhaupt nicht. Sein glattes Gesicht war kalkweiß, und aus großen, entsetzt blickenden Augen starrte er an Kirk vorbei. T'Cael fragte sich verwundert, ob er einen derart schrecklichen Anblick bot.

Der Starfleet-Offizier runzelte die Stirn, und dann begriff er plötzlich. »Das hat mir gerade noch gefehlt«, brachte er hervor.

Kirk wirbelte herum und hob den Strahler.

T'Cael verstand ebenfalls, als er den muffigen Geruch von feuchtem Pelz wahrnahm. Er drehte den Kopf — und blickte in ein Maul voller Zähne.

Der Transit hatte das Tier desorientiert, doch es erholte sich schnell von seiner Benommenheit. Als Kirk zielte, zuckten ihm lange Klauen entgegen.

Der Mensch schrie, schirmte sein Gesicht mit der Waffenhand ab. Die Pranken rissen den Strahler fort und gaben Kirk einen solchen Stoß, daß er von der Plattform fiel und zu Boden stürzte. Er fiel auf die verletzte linke Körperhälfte, und stechender Schmerz durchwogte ihn. Einige Sekunden lang konnte er sich nicht von der Stelle rühren.

T'Cael sah alles wie in Zeitlupe.

Das Wesen richtete sich auf, knurrte grollend und sprang in die Mitte des Zimmers. Moosfladen und kleine Lehmbrocken lösten sich aus seinem stinkenden Fell, als es verwirrt umherstampfte, dabei eine kleine Kontrollfläche neben der Tür berührte. Ein leises Zischen erklang, und das Schott glitt beiseite. Die alptraumhafte Gestalt duckte sich, und ihre Krallen kratzten über Metall. Sie stieß sich ab, stürmte durch die Öffnung und erreichte den Gang. Dort drehte sich das Ungeheuer um, und bevor sich das Schott wieder schloß, bemerkte t'Cael das zornige Gleißen in den großen, roten Augen.

»Verdammter Mist!« platzte es aus Kirk heraus. Er

stemmte sich wieder in die Höhe und wankte zum Kontrollpult. »Auch das noch! Jetzt haben wir ein Monster an Bord! Wo ist der nächste Interkom-Anschluß!«

Wood stand noch immer völlig reglos. Kirk packte ihn am Kragen und zerrte ihn herum. »Ich muß eine Warnung durchgeben!«

Der junge Mann blinzelte, hob dann die zitternde Hand und zeigte auf eine Taste. Der Starfleet-Offizier betätigte sie sofort. »Achtung, hier spricht der Erste Offizier! Ein gefährliches Raubtier durchstreift das Schiff! Halten Sie sich von den Korridoren fern! Ich wiederhole: Ein gefährliches Raubtier befindet sich an Bord! Meiden Sie die Korridore. Schließen Sie sich ein, bis die Entwarnung erfolgt!« Er zögerte, und als ihm keine weiteren Worte einfielen, schaltete er einfach ab. »Zum Teufel auch ...«, brummte er und sah zur Plattform.

Kilyle verharrte stocksteif an der Wand, als Kirk auf ihn zutrat. »Das Wesen ist verschwunden«, sagte er. »Es besteht keine Gefahr mehr, t'Cael.«

Der Primus bewegte nur die Augen und murmelte: »Sie haben Transporter.«

»Was?«

»Trans...porter.«

»Oh. Ja. Eine neue Technik. Kommen Sie.«

»Wir wußten nichts davon.«

»Bis vor kurzer Zeit erging es mir ebenso. Ich schlage vor, wir machen uns jetzt auf den Weg. Wood, Sie bleiben hier.«

»Sir«, sagte der junge Mann unsicher, als Kirk nach seinem Strahler griff und t'Cael zur Tür führte. »Die Brücke meldet sich.«

»Sagen Sie Drake, daß ich gleich dort eintreffe. Zuerst mache ich einen Abstecher zur Krankenstation.«

»Beeilen Sie sich. Ich brauche ihn im Kontrollraum.«

»Immer mit der Ruhe. Vulkanier behandle ich nicht gerade jeden Tag.«

»Ja, ja«, erwiderte George ungeduldig und warf t'Cael einen warnenden Blick zu, als Dr. Poole den Rücken des Romulaners untersuchte. Er zögerte kurz, wandte sich um und aktivierte einen Wandkommunikator. »Kirk an Maschinenraum.«

»Hier Maschinenraum. Chang spricht, Sir.«

»Ist bereits eine Suchgruppe zusammengestellt worden?«

»Ja. Sie besteht aus sieben bewaffneten Freiwilligen. Wir verwenden Sensoren, und sobald wir wissen, wo das Wesen steckt, geht die Jagd los.«

»Haben Sie an die Möglichkeit gedacht, Gas einzusetzen?«

»Ja, Sir«, lautete die Antwort. »Aber von der biologischen Abteilung erhielten wir die präzise Auskunft, das Belüftungssystem sei noch nicht für so etwas vorbereitet. Ich meine, mit den Luftschächten ist soweit alles in Ordnung, aber uns steht kein Betäubungsgas zur Verfügung.«

»Tja, dann bleibt Ihnen nichts anderes übrig, als das Biest aufzustöbern. Sie wissen doch, worauf es ankommt, oder?«

»Ich glaube schon, Sir.«

»Glaube allein genügt nicht. Sie müssen ganz sicher sein. Und Ihnen dürfen keine Fehler unterlaufen. Das Tier stellt eine enorme Gefahr dar. Töten Sie es, ohne irgendwelche Risiken einzugehen. Ich erwarte Ihre Meldung auf der Brücke.«

»Wir halten Sie auf dem laufenden. Chang Ende.«

George versuchte, zuversichtlich zu sein, aber die Vorstellung von sieben unerfahrenen Technikern, die auf der Suche nach dem Ungeheuer durchs Schiff schlichen, gefiel ihm nicht sonderlich. Er hoffte inständig, daß ihr ungebetener Gast in einen Zugangsschacht stürzte und sich das Genick brach.

Eine Zeitlang blieb er an der Wand stehen, starrte aufs Interkom und stellte fest, daß er sich keine allzu großen

Sorgen machte. Seltsam: Ein hungriges Raubtier durchstreifte die Korridore, doch er sah darin kaum mehr als einen banalen Störfaktor. *In den letzten Stunden ist einfach zuviel geschehen,* dachte er.

Das leise Summen des medizinischen Computers brachte George ins Hier und Jetzt zurück. Dr. Poole saß am Terminal, blickte auf den Monitor und beobachtete dann die Indikatoren des Anzeigenfeldes über der Diagnoseliege. T'Cael lag auf der Seite und musterte die Frau, wagte es jedoch nicht, ein Wort an sie zu richten. Er schien nicht mehr an so starken Schmerzen zu leiden, doch seine Bewegungen wirkten steif und unbeholfen, als er sich aufsetzte.

»Sind Sie endlich fertig?« fragte George. »Man erwartet uns im Kontrollraum.«

»Hmm ...«, machte die Ärztin, las die Untersuchungsergebnisse und runzelte verwirrt die Stirn.

»Was ist denn?« Kirk kam langsam näher und spielte mit dem Gedanken, Dr. Poole zur Seite zu stoßen und den Medo-Computer zu demolieren.

»Ich weiß nicht recht ... Vielleicht müssen die Instrumente neu justiert werden.«

George wechselte einen kurzen Blick mit t'Cael, als Sarah den Medo-Scanner in ein Interface des Computers schob, einen Abfragecode eingab und dann wieder auf den Schirm sah. Trübes, blauweißes Licht glitt über ihre Züge, und die Falten in der Stirn vertieften sich. Sie wiederholte den Code, achtete darauf, sich nicht zu vertippen. Die Datenkolonnen auf dem Monitor blieben unverändert.

Langsam drehte Dr. Poole den Kopf und musterte t'Cael.

George hielt unwillkürlich den Atem an.

Die Ärztin wandte sich erneut der Tastatur zu und gab eine andere Anfrage ein. Einmal mehr brachte ihr Gesicht Verwunderung zum Ausdruck, und diesmal zeigte sich auch ein Hauch Argwohn.

Schließlich schaltete Sarah das Terminal aus, verschränkte die Arme und drehte sich um.

»Na schön, Kirk. Erklären Sie's mir.«

George versteifte sich. »Was soll ich Ihnen erklären?«

Dr. Poole griff nach dem Medo-Scanner. »Die Ähnlichkeiten sind frappierend, aber ich bin trotzdem sicher, daß Sie mir keinen Vulkanier gebracht haben.«

Beide Männer gaben sich verblüfft, aber Sarah ließ sich nicht davon beeindrucken.

Sie sprach in einem sachlichen und kühlen Tonfall. »Die Unterschiede betreffen vor allen Dingen das Hautgewebe, die chemische Struktur des Blutes, einige Aspekte des Stoffwechselsystems und die Hirnströme. Nun? Ich warte noch immer auf eine Erklärung.«

Kurze Stille folgte.

»Eine besondere Diät«, sagte George.

»Eine Krankheit«, sagte t'Cael.

»Ja, er ist krank gewesen«, bestätigte Kirk.

»Sehr«, pflichtete ihm Kilyle bei.

»Unsinn!« kommentierte Sarah.

Sie legte den Medo-Scanner beiseite, schaltete den Diagnosemonitor der Liege ab und kam zu dem Schluß, daß die beiden Besucher nicht bereit waren, ihre Fragen zu beantworten. »Verschwinden Sie aus meiner Krankenstation.«

T'Cael stand auf, zog seine Jacke über und preßte die Lippen zusammen. George überlegte, ob der Romulaner aus Erheiterung schwieg — oder seine Anspannung zu verbergen versuchte.

»Können Sie sich ohne Hilfe bewegen?« fragte er den Primus.

T'Cael ging zur Tür. »Ich glaube schon«, sagte er.

Im Korridor blieben sie stehen.

»Dr. Sarah Poole hätte Sie fast durchschaut«, brummte George.

»Was mich nicht wundert — ich bin eben kein Vulkanier.« Kilyle zuckte mit den Schultern. »Wir könnten zurückkehren und ihr ›reinen Wein einschenken‹, wie es in Ihrer Sprache heißt.«

Kirk dachte darüber nach. »Eher wäre ich bereit, den Ungeheuern auf dem Planetoiden Gesellschaft zu leisten.«

Sie machten sich auf den Weg zur Brücke, und dem Ersten Offizier erschien das Schiff plötzlich seltsam leer und gespenstisch. Ihre Wanderung durch die Korridore wurde nur einmal unterbrochen, als sie einen Seitengang betraten und weiter vorn das Ungeheuer sahen. George und t'Cael blieben ruckartig stehen, und Kirk zog den Strahler. Er kam jedoch nicht mehr dazu, auf das Tier anzulegen. Es starrte sie aus roten, nun verängstigt und erschrocken blickenden Augen an, wirbelte um die eigene Achse und verschwand. Daraufhin begann George zu ahnen, was jenes Wesen fühlte: Es befand sich in einer völlig fremden Umgebung und war ständig auf der Flucht, ohne aus dem Raumschiff entkommen zu können. Seine Rolle kehrte sich um: Aus dem Angreifer wurde ein Opfer.

George warf seinem Begleiter einen kurzen Blick zu und versuchte, sich in t'Caels Lage zu versetzen. Ein Romulaner unter Menschen, von seinen eigenen Gefährten verraten, ebenso allein wie das Tier, das sich in sein Ambiente zurücksehnte. Aber im Gegensatz zu jenem Wesen zeigte er keine Furcht. Er hätte es vorgezogen, auf dem Planetoiden zu sterben, um nicht mit den Problemen konfrontiert zu werden, die ihn bei den Terranern erwarteten; doch jetzt schien er bereit zu sein, die neue Situation zu akzeptieren und es mit allen Schwierigkeiten aufzunehmen. Ein solcher Mut verdiente Anerkennung.

Kirk verdrängte diese Gedanken, als sie den Turbolift betraten. Während sie von der Transportkapsel durch den gewaltigen Leib des Raumschiffes getragen wurden, beschleunigte sich der Puls des Ersten Offiziers, und er fragte sich, was ihn im Kontrollraum erwartete.

Einige Sekunden später glitten die beiden Schotthälften auseinander.

T'Cael verglich das riesige Schiff mit einer Stadt im All. Soviel Platz, ein derartiges technisches Potential — es erschien ihm unvorstellbar, daß ein solches Gebilde als Schlachtschiff fungierte. Als sich die Lifttür öffnete, sprang Kirk sofort aus der Kabine, aber t'Cael blieb stehen und beobachtete zum erstenmal in seinem Leben die Brücke eines Föderationsschiffes. Ganz offensichtlich fehlten noch einige Installationen, doch die funktionelle Ästhetik beeindruckte ihn zutiefst. Im Vergleich zum Grau an Bord eines romulanischen Kreuzers bot sich ihm hier eine geradezu überwältigende Farbenpracht dar. Zwei verschiedene Decks geben der Crew Möglichkeit, sich die Beine zu vertreten, und der Befehlsstand befand sich offenbar genau in der Mitte: Wenn der Captain im Kommandosessel saß, kehrten ihm seine Offiziere den Rücken zu, und das gab ihm viele Vorteile. In dieser großen Kammer hätte jemand wie Ry'iak vergeblich nach einem Versteck Ausschau gehalten.

T'Cael verließ den Lift, betrat das obere Deck und überlegte, ob eine der anwesenden Personen die Aufgabe hatte, den Kommandanten im Auge zu behalten und Bericht über ihn zu erstatten.

Unterdessen eilte Kirk zum Sessel des Captains und griff nach der Armlehne.

April seufzte erleichtert. »George ... Freut mich dich wiederzusehen. Offenbar hast du einen interessanten Ausflug hinter dir.«

»Robert! Himmel, was machst du hier?«

April sah ihn an, lächelte und widerstand der Versuchung, George auf sein wüstes Erscheinungsbild hinzuweisen.

»Wir haben ihn in der Krankenstation gefesselt, Geordie«, warf Drake ein. »Aber der Kerl biß einfach die Lederriemen durch und kehrte zurück.«

Kirk sah Reed an. »Du hättest auch ein wenig früher eingreifen können«, knurrte er. »Wir waren ziemlich in Bedrängnis.«

»Ich wollte dir nicht den Spaß verderben«, entgegnete Drake und grinste. Der scherzhafte Tonfall täuschte nicht über seine eigene Erleichterung hinweg.

April berührte George am Arm. »Was ist mit dem ›gefährlichen Raubtier‹, das du per Interkom erwähnt hast?«

Kirk wollte darauf Antwort geben, aber plötzlich merkte er, daß niemand mehr auf ihn achtete. Die Blicke aller Anwesenden galten dem rückwärtigen Bereich der Brücke. April stand langsam auf, fasziniert von dem würdevollen Fremden, der unweit des Turbolifts stand.

George räusperte sich nervös. »Hast du einige Minuten Zeit?« fragte er vorsichtig.

April trat auf die kurze Treppe zu. »Ich denke schon«, erwiderte er, ging an seinem Ersten Offizier vorbei und deutete zum Lift. George folgte ihm, ergriff Drake am Arm und zog ihn mit sich.

Sanawey beugte sich vor. »Ein Vulkanier?« flüsterte er.

»Wir haben ihn gerettet«, antwortete George ebenso leise. »Bringen Sie ihn nicht in Verlegenheit.«

Sofort sah der Indianer wieder auf seine Konsole. »Ich verstehe, Sir.«

»Sagen Sie es auch den anderen, in Ordnung?«

»Ja, Sir.«

April und t'Cael standen bereits in der Kabine und musterten sich gegenseitig. George zerrte Drake durch die Tür und betätigte eine Taste. Als das Schott zuglitt, schaltete er den Lift auf Bereitschaft.

»Offenbar ist unsere Situation weitaus komplizierter, als ich dachte«, murmelte April.

»In der Tat«, bestätigte George und versuchte vergeblich, seine Gedanken zu ordnen. »Captain, dies ist der Kommandant des romulanischen Schiffes dort draußen.«

April hob die Brauen.

»Jemand anders nimmt jetzt meinen Platz ein«, sagte t'Cael und deutete eine Verbeugung an. »Wenn Sie gestatten ... Ich bin t'Cael Zaniidor Kilyle. Bis vor kurzer Zeit war ich Feldprimus des Zweiten Reichsschwarms. Ich wünschte, ich könnte Ihnen die Grüße meiner Regierung übermitteln, aber leider repräsentiere ich sie nicht mehr.«

Der Captain nickte. »Ich verstehe. Offenbar begegnen wir uns unter eher unangenehmen Umständen, Commander. Ist das Ihr Titel?«

»Titel und Ränge haben für mich ihre Bedeutung verloren«, erwiderte Kilyle. »Nennen Sie mich einfach t'Cael.«

»Wenn Sie durch unsere Präsenz in diesem Raumsektor in Schwierigkeiten geraten sind, so tut mir das sehr leid«, sagte April aufrichtig. »Ich nehme an, wir haben es mit einer Meuterei zu tun, oder?«

»Nicht wir, sondern ich. Ihr Problem besteht in erster Linie darin, daß Ihr Schiff für meine ehemaligen Gefährten eine verlockende Trophäe darstellt. Ich habe hier eine Technologie gesehen, von der die Wissenschaft meines Volkes nicht einmal zu träumen wagt. Nun, unser Geheimdienst ist außerordentlich leistungsfähig, und da mir bisher noch keine Berichte über solche Innovationen in der Föderation bekannt sind, vermute ich, daß es sich um eine selbst für Sie völlig neue Technik handelt.«

»Ins Schwarze getroffen. Wir müssen erst noch den Umgang damit lernen. Ich hoffe, es hat Ihnen keinen allzu großen Schock bereitet, als Sie hierher gebeamt wurden.«

T'Cael neigte den Kopf und lächelte. »Es war in jeder Hinsicht eine Überraschung.«

»Wenigstens hat der Transporter richtig funktioniert. Leider kann man das nicht von allen unseren Bordsystemen behaupten.« April erwiderte das Lächeln.

»Er meinte, es seien weitere Schiffe unterwegs«, warf George ein.

»Ach, tatsächlich?« entgegnete der Captain. »Wie viele?«

»Fünf«, sagte t'Cael. »Ich schlage vor, Sie beenden die

Reparaturarbeiten möglichst schnell und verlassen diesen Sektor. Kann Ihr Schiff bis auf Lichtgeschwindigkeit beschleunigen?«

George fühlte sich in seinem Stolz verletzt und bedachte den Romulaner mit einem finsteren Blick. »*Natürlich* sind wir in der Lage, bis auf Licht...«

»Unser Warptriebwerk ist derzeit nicht einsatzfähig«, sagte April. »Wir sind gerade dabei, es wieder in Ordnung zu bringen.«

T'Cael nickte. »Wenn Ihnen das gelingt, sind Sie wesentlich schneller als der Schwarm. Ich möchte noch einmal darauf hinweisen, wie wichtig es ist, daß Sie sofort Fahrt aufnehmen. Der Schwarm besteht aus kleinen Patrouillenschiffen, aber sie haben genug Feuerkraft, um Ihr Schiff zu zerstören.«

Drake schob sich zwischen April und George. »He, wir sind nicht völlig wehrlos, Sie Angeber«, sagte er und hielt den Zeigefinger dicht vor t'Caels Nase. »Ihr Vögelchen dort draußen weiß das bereits.«

George drängte ihn zur Seite. »Wir sollten Doktor Aufgeblasen im Maschinenraum Dampf machen, damit er endlich die Warpeinheiten in Ordnung bringt und ...« Er unterbrach sich plötzlich, starrte Drake an und wandte sich dann an April. »Was hat er gesagt? *Was* hat er gesagt?«

»Dir fehlen noch einige Informationen«, antwortete April. »Nach deiner Landung auf dem Planetoiden mußte Drake einige Angriffe der Romulaner hinnehmen. Wir konnten uns natürlich nicht einfach absetzen und dich im Stich lassen.« Er warf t'Cael einen kurzen Blick zu und schloß: »Jetzt wissen wir, warum unsere Gegner die Zähne zeigten, als Sie sich trafen.«

Kilyle nickte. »Die Meuterei. Jemand anders übernahm das Kommando und ließ die Waffen sprechen.«

»Ja. Nun, ich kam wieder zu mir, kehrte auf die Brücke zurück und ... Es blieb mir gar keine andere Wahl. Ich mußte den Befehl geben, das Feuer zu erwidern.«

»Herzlichen Glückwunsch!« George meinte es ernst.
»Ich bin nicht besonders stolz auf mich.«
»*Ich* schon.«
April winkte ab. »Unmittelbar nach deiner Rückkehr an Bord haben wir die Impulstriebwerke aktiviert. Es dürfte nicht mehr lange dauern, bis uns volle Impulskraft zur Verfügung steht, und dann erhöht sich auch die Kapazität der Deflektoren und Waffensysteme. Es ist wenigstens etwas, auch wenn uns noch immer Warpenergie fehlt. Das romulanische Schiff hat keine weiteren Vorstöße unternommen und wahrt einen sicheren Abstand. Offenbar ist es uns gelungen, die Kriegsschwalbe zu beschädigen, denn wir orten einige Strahlungslecks, aber sie folgt uns noch immer. Ich frage mich, was der Gegner plant.«

»Bestimmt will er den Schwarm über Ihre Position informieren«, warf t'Cael ein und machte sich damit die Terminologie des Captains zu eigen. Tiefe Niedergeschlagenheit erfaßte ihn, als er die Hoffnung aufgeben mußte, daß Idrys noch lebte. Der Befehl, das Schiff der Menschen anzugreifen, konnte unmöglich von ihr stammen. Sie hätte sich auch keineswegs zurückgezogen, nur weil die Terraner sich zur Wehr setzten. Nein, sie wäre in jedem Fall entschlossen gewesen, die Offensive fortzusetzen und gegebenenfalls ihr Leben zu opfern.

Das Abwarten und Belauern entsprach Ry'iaks Vorstellung von Tapferkeit. Der Senatsproktor wartete auf das Eintreffen des Schwarms, um dann den anderen Patrouillenschiffen zu befehlen, den weißen Riesen zu zerstören. Und bestimmt beabsichtigte er, den Sieg für sich zu beanspruchen.

Ry'iak verdiente keinen solchen Triumph. Wenn er das schaffte, das Schiff der Menschen aufzubringen ... Der Oberste Prätor würde die ›Trophäe‹ nutzen, um die ganze Galaxis seiner Herrschaft zu unterwerfen.

In t'Caels Magengrube krampfte sich etwas zusammen, als ihm diese Gedanken durch den Kopf gingen. Die Terraner ... Er war ein Feind für sie, und doch schenkten sie ihm Vertrauen. Selbst Kirk, der in erster Linie wie ein Soldat dachte, hatte ihn auf die Brücke geführt, ins Nervenzentrum des riesigen Raumschiffes. *Vielleicht ist das alles ein Trick,* fuhr es Kilyle durch den Sinn. *Vielleicht will man mich nur in Sicherheit wiegen.*

Er musterte die Gesichter der anderen Personen im Turbolift. Unter normalen Umständen hätte er einfach abgewartet und geschwiegen, doch die Menschen verhielten sich ihm gegenüber alles andere als aggressiv. Sie begegneten ihm mit Ehrlichkeit, und das weckte den Wunsch in ihm, sie zu schützen.

»Ich helfe Ihnen«, sagte er und glaubte zu fühlen, wie ein Kloß in seinem Hals entstand. April, George und Drake sahen ihn groß an, und daraufhin fügte er leise hinzu: »Ich weiß, wie Ihre Gegner denken.«

Der Captain musterte t'Cael einige Sekunden lang, als hoffe er, bis in die Seele des Romulaners blicken zu können. Schließlich wandte er sich an seinen Ersten Offizier.

George nickte nur. »Ich glaube ihm.«

Selbst Robert April, für den der Frieden an erster Stelle stand, konnte seinen Argwohn nicht ohne weiteres überwinden. Aber er vertraute Kirk, und das genügte. Er schürzte die Lippen und seufzte. »Na schön ... Was schlagen Sie vor?«

»Sie müssen umkehren und mein Schiff zerstören«, sagte t'Cael sofort.

April verzog das Gesicht. »Davon halte ich nicht besonders viel ...«

»Andernfalls senden meine ehemaligen Gefährten weitere Signale, was den Schwarm in die Lage versetzt, eine genaue Anpeilung vorzunehmen.« T'Cael wandte den Blick nicht vom Captain ab. »Wenn Sie das Patrouillenschiff vernichten, haben Sie vielleicht noch die Möglichkeit, diesen Sektor rechtzeitig zu verlassen.«

April starrte betroffen zu Boden.

»Wir ... sollten nach einer Alternative suchen, bevor wir eine derartige Entscheidung treffen«, sagte er nach einer Weile. »Wenn das Warptriebwerk repariert werden kann, verschwinden wir einfach, ohne uns auf weitere Gefechte einzulassen. Sie meinten doch, Ihre Schiffe seien nicht mit Hyperlichtantrieben ausgerüstet, oder?«

»Das stimmt. Die Schwarmeinheiten sind auf Sublichtmanöver beschränkt.«

»Also gut. Hoffen wir zunächst darauf, mit einem Warptransit verschwinden zu können.« April deutete auf die Tür, forderte seine Begleiter auf, in den Kontrollraum zurückzukehren.

Diesmal sah sich niemand um, und daraus schloß George, daß Sanawey den anderen Bescheid gegeben hatte. Ganz offensichtlich hielt man t'Cael für einen befreiten vulkanischen Gefangenen, und es erleichterte Kirk, daß niemand Verdacht schöpfte – abgesehen von Dr. Poole. Wie mochten Florida und die übrigen reagieren, wenn sie die Wahrheit erfuhren? Sollte er ihnen sagen, bei ihnen sei der Kommandant des Schiffes zu Gast, das sie mehrmals angegriffen hatte? Nein, derartige Hinweise schufen nur gegenseitiges Mißtrauen, und unter den gegenwärtigen Umständen konnten sie sich so etwas nicht leisten.

Auf dem Weg zum Befehlsstand taumelte Robert kurz – einziges Zeichen dafür, daß er sich noch nicht ganz erholt hatte. Er hielt sich an der Armlehne fest und schaltete das Interkom ein. »April an Maschinenraum. Dr. Brownell?«

Ein Techniker antwortete. »Einen Augenblick, Captain.«

Stille folgte.

»Hier Brownell. Was wollen Sie?«

»Doktor, unsere Lage hat sich ein wenig verändert. Wir brauchen unbedingt das Warptriebwerk.«

»Himmel, so einfach ist das nicht. Glauben Sie vielleicht, es ginge nur darum, Schrauben festzuziehen?«

Die vier Männer am Sessel des Captains wechselten kurze Blicke, und t'Cael runzelte verwirrt die Stirn. Dr. Brownells mürrischer Tonfall erstaunte ihn, und er fragte sich, wie die Kommandostruktur an Bord dieses Schiffes beschaffen war.

April seufzte schwer. »Ist es Ihnen wenigstens gelungen, den Defekt des Antriebs zu lokalisieren?«

»Es gibt überhaupt keinen Defekt«, lautete die Antwort.

»Wie bitte?«

Diesmal zögerte Brownell. »Ich glaube, Sie sollten besser hierherkommen.«

»Warum sagen Sie mir nicht einfach, was los ist?«

»Weil Interkom-Verbindungen nur schlecht abgeschirmt werden können«, erwiderte der Wissenschaftler. »Meine Informationen sind vertraulich.«

April sah auf den Wandschirm und beobachtete das romulanische Schiff, das ihnen nach wie vor folgte. »Na schön. Ich bin gleich bei Ihnen.« Er schaltete ab und vollführte eine Geste, die George, t'Cael und Drake galt. »Kommt mit. Carlos, wir sind im Maschinenraum. Wenn irgend etwas passiert ...«

»Benachrichtige ich Sie sofort«, kam ihm Florida zuvor.

Der Maschinenraum wirkte irgendwie kühler als die Brücke, fand George. Er ahnte, worauf sich dieser Eindruck gründete, rechnete nicht gerade mit einer herzlichen Begrüßung. Seine Erwartungen erfüllten sich: Dr. Brownell trat hinter einem magnetomischen Fokussierzylinder hervor, musterte die Gruppe durch fleckige Brillengläser, sah t'Cael und brummte ungehalten: »Wo haben Sie den Burschen aufgelesen?«

Kilyle blieb abrupt stehen und wußte nicht so recht, ob er die Worte des alten Mannes als Beleidigung verstehen sollte. April ignorierte die unfreundliche Bemerkung, stützte sich am Zylinder ab und holte tief Luft. »Was ist mit dem Warptriebwerk?«

»Ja, darum geht es, nicht wahr? Nun, wir haben die ganze Zeit über nach irgendwelchen Schäden gesucht.«

»Und?«

»Es gibt keine. Der Antrieb ist völlig in Ordnung.«

»Warum funktioniert er dann nicht?« fragte April verwundert.

»Es liegt am Computersystem. Das Steuerungsprogramm existiert nicht mehr.«

April blinzelte. »Was?«

Brownell zuckte mit seinen schmalen Schultern. »Weg. Verschwunden. Nicht ein einziges Byte ist übriggeblieben. Es gibt überhaupt keine Hinweise darauf, daß der Computer jemals ein Kontrollprogramm enthielt. Mit anderen Worten: Das Warptriebwerk *weiß* nicht, wie es funktionieren soll.«

»Wie ist so etwas möglich?«

»Irgend jemand hat ein Eliminierungsprogramm eingegeben.«

Aprils Hand schloß sich fester um den Rand des Zylinders. »Was hat es damit auf sich?«

Die Antwort stammte nicht von Brownell, sondern von George. »Es handelt sich um einen Code, der bestimmte Speicherbereiche löscht und nicht die geringsten Spuren hinterläßt.«

Der Wissenschaftler nickte. »Es wäre natürlich absurd zu versuchen, das Warptriebwerk manuell zu kontrollieren.«

»Wie konnte so etwas geschehen?« platzte es aus April heraus. »Und wann wurde der ... der Killercode eingegeben?«

»Vielleicht schon vor Monaten. Vielleicht erst gestern. Ein solches Programm bleibt inaktiv, bis es gestartet wird.«

»Was käme als Auslöser in Frage?« erkundigte sich George.

Brownell bedachte ihn mit einem durchdringenden Blick. »Himmel, praktisch alles! Lassen Sie Ihrer Phantasie freien Lauf. Ich vermute, es reagierte auf die energetischen Wechselwirkungen zwischen der Außenhülle und dem Ionensturm. Daraufhin spielte das Triebwerk verrückt. Die Konsequenzen bestanden in einem spontanen Transit und einer Gravitationsverschiebung an Bord. Offenbar kehrte das Eliminierungsprogramm anschließend zu den alten Werten zurück, denn immerhin sind wir alle noch am Leben. Aber es löschte alle Steuerungssequenzen aus dem Speicher, und damit wären wir bei der gegenwärtigen Situation. Nun, ich nehme an, der Killercode wurde eingegeben, bevor wir das Raumdock verließen.«

»Wie kommen Sie darauf?«

»Weil sich nur zwei Personen an Bord befinden, die alle Geheimnisse des Triebwerkscomputers kennen, Schlaukopf: Woody und ich selbst.«

April faßte sich wieder.

»Gibt es eine Möglichkeit, das gelöschte Programm zu ersetzen?«

Brownell lächelte plötzlich. »Sie können wirklich von Glück sagen, August. Unter gewöhnlichen Umständen säßen Sie ganz schön in der Patsche.«

April wartete geduldig. Der alte Mann nannte ihn ›August‹ und nicht etwa ›Captain‹ – es gab also noch Hoffnung. »Aber ...«

»Aber da dieses Schiff noch nicht völlig fertiggestellt ist, enthält das Installationslager gewisse Speichermodule für den Warpcomputer.«

»Läßt sich damit eine Neuprogrammierung vornehmen?«

»Ich habe doch gerade darauf hingewiesen, daß Sie ein verdammter Glückspilz sind, nicht wahr? Normalerweise könnten Sie nicht einmal auf meine Hilfe zurückgreifen und müßten selbst sehen, wie Sie zurechtkommen. Tja, dann wären Sie jetzt ganz schön arm dran.«

George drehte April jäh herum. »Es steckt mehr dahinter, Robert. Seit acht Jahren bin ich Sicherheitsoffizier, und in dieser Zeit habe ich ein gutes Gespür entwickelt. Mein sechster Sinn gibt Alarm. Der spontane Transit ins romulanische Reich ist mehr als nur ein Zufall. Jemand *wollte* uns hierher bringen.«

Das konnte der Captain nicht so ohne weiteres bestreiten. Er begann zu ahnen, daß George recht hatte, dachte nach und sah t'Cael an.

»Ich habe keine Ahnung«, sagte der Romulaner. »Falls meine Regierung einen solchen Plan entwickelt hat, wurde ich nicht informiert.«

April schritt langsam umher und ließ seinen Blick über die Schalttafeln schweifen.

»Wenn wir versagen, droht nicht nur uns der Tod«, sagte er ernst. »Dann sterben auch die Kolonisten der *Rosenberg.* Dann muß die Föderation einen Traum aufgeben. Dann fällt das Starship in die Hände des Feindes. Es steht eine Menge auf dem Spiel. Vielleicht hängt die Zukunft der ganzen Galaxis davon ab, welche Entscheidungen wir treffen.«

George spürte den inneren Konflikt des Captains und fürchtete plötzlich, daß er zuviel Zeit mit Überlegungen verlor. Seiner Ansicht nach kam es darauf an, sofort zu handeln.

»Wir müssen diesen Sektor so rasch wie möglich verlassen, Robert. Alles andere ist jetzt nebensächlich.«

April sah auf. »Gerade eben hast du mich darauf hingewiesen, daß wir es mit Sabotage zu tun haben, George. Schlägst du vor, daß wir sie ignorieren und von hier verschwinden? Oh, sicher, wir gehen sofort in den Transit, sobald wir dazu in der Lage sind; aber offenbar begreifst du nicht, was dein Verdacht bedeutet. Lieber Himmel ... Vielleicht befindet sich jemand an Bord, der mit dem Feind zusammenarbeitet – noch dazu jemand, der selbst den schärfsten Sicherheitsüberprüfungen standgehalten hat. Unfaßbar.«

Er strich sich über die Stirn und setzte seine unruhige Wanderung fort.

»Meine Güte, es wäre mir sogar lieber, wenn der Saboteur noch immer bei uns ist. Falls er im Raumdock sein Unwesen treibt, vielleicht sogar bei Federation Central ... Dort könnte er noch weitaus größeren Schaden anrichten.«

George trat auf ihn zu und griff nach seinem Arm. »Wir finden den Verräter, Robert, aber zunächst ... Hör mir zu. Allmählich mache ich mir deine Perspektive zu eigen. Das Leben ist mehr als nur die Phase zwischen Geburt und Tod. Wir brauchen Ideale, irgend etwas, das uns Kraft gibt. Das ist mir jetzt klar. Ich möchte zu den Leuten gehören, die etwas Besseres anstreben. Doch damit so etwas möglich wird, müssen wir *überleben.* Es wäre gewiß nicht schlecht, wenn alle Leute deine Einstellungen teilten, aber bei den Romulanern ist das leider nicht der Fall.«

April streckte wie flehentlich die Hand aus. »Was verlangst du von mir, George?«

Kirk straffte die Schultern.

»Beherzige t'Caels Rat«, erwiderte er offen. »Wir müssen kämpfen.«

Im akustisch gut abgeschirmten Maschinenraum gab es keine Echos, aber Georges Worte schienen dennoch widerzuhallen, während er auf eine Antwort wartete. Robert April fühlte sich innerlich hin und her gerissen; er bedauerte es zutiefst, sich nicht von der Bürde seiner Verantwortung befreien zu können. Die gegenwärtigen Probleme ließen sich wohl kaum mit Pazifismus und Friedenswillen lösen. Ihre Lage erforderte drastische Maßnahmen. Der Captain mußte entscheiden, ob seine Philosophie wichtig genug war, um Leben zu opfern — das Leben des Feindes.

Langsam öffnete er den Mund.

»Ich glaube ...«

Genau in diesem Augenblick heulten die Sirenen, und eine aufgeregte Stimme drang aus den Bordlautsprechern.

»Alarmstufe Rot! Alarmstufe Rot! Captain April, bitte kommen Sie umgehend auf die Brücke! Wir sind in großer Gefahr!«

Robert eilte zum nächsten Kom-Anschluß. »Hier April. Was ist los, Carlos?«

»Captain, wir bekommen Gesellschaft. Fünf weitere Patrouillenschiffe nähern sich.«

Es lief April kalt über den Rücken, als er die Stimme des romulanischen Commanders hörte.

»Der Schwarm«, sagte t'Cael tonlos.

VIERTER TEIL

Wo noch nie ein Mensch gewesen ist . . .

KAPITEL 18

Die Hühner auf dem Hof gackerten nervös, als sie das Piepen eines Kommunikators hörten. Es waren dumme Tiere, die keine Gelegenheit gefunden hatten, sich an moderne Technologie zu gewöhnen, und zunächst empfanden sie das seltsame Geräusch vom Heuboden als Bedrohung. Doch als nichts geschah, beruhigten sie sich wieder, pickten im Boden und suchten nach leckeren Würmern.

»Kirk an Brücke.«

»Brücke. Uhura spricht.«

»Bitte setzen Sie sich mit Starfleet Command in Verbindung, Lieutenant. Versuchen Sie, Admiral Ron Oliver zu ereichen. Ich möchte mit ihm sprechen.«

»Ja, Sir«, klang Uhuras Stimme aus dem kleinen Lautsprecher. »Es könnte allerdings eine Weile dauern, Captain. Einige Angehörige der Admiralität befinden sich derzeit in einer Konferenz, und vielleicht nimmt Admiral Oliver ebenfalls daran teil.«

»Ich verstehe. Nun, ich warte.«

»In Ordnung, Sir.«

McCoy saß noch immer auf der anderen Seite des Heubodens. Er beobachtete, wie Kirk aufstand und ... Nein, er marschierte nicht umher; er *bewegte* sich. Um seinen Gedanken zu entfliehen. Kurze Schritte, von einem kaum merklichen Zögern unterbrochen. Jims Schultern wirkten steif, und sein Blick reichte ins Leere, galt einem emotionalen Kosmos, der nur für ihn existierte. Nicht zum erstenmal erlebte McCoy ihn auf diese Weise. Normalerweise zeigte er ein solches Verhalten an Bord der *Enterprise*, während einer Krise – wenn er nach der Lösung eines Problems suchte, wenn er danach trachtete, mit den Gefahren des Alls fertig zu werden.

»Ich habe kein gutes Gefühl bei dieser Sache«, brummte McCoy schließlich. *Oh, Himmel, was für eine geistreiche Bemerkung. Fällt dir nichts Besseres ein?* »Jim, bist du ganz sicher? Möchtest du das Kommando wirklich jemand anders überlassen? Vielleicht solltest du noch etwas gründlicher darüber nachdenken.«

Kirk warf ihm einen kurzen Blick zu und seufzte leise. Er gab keine Antwort.

McCoy streckte die Beine. »Du kannst nicht ins Jahr 1930 zurückkehren, und für Edith ist es unmöglich, in ihre subjektive Zukunft zu reisen. Du solltest irgendeine Möglichkeit finden, in unserer Zeit ihrer zu gedenken.«

Kirks Lippen deuteten ein nachdenkliches Lächeln an. »Ein guter Vorschlag«, sagte er. »Aber es geht nicht nur um Edith, Pille, sondern um mein ganzes Leben. Ich bin egoistisch und selbstsüchtig gewesen. Der Ruhm des Raumschiffkommandanten und Helden ist mir zu Kopf gestiegen.«

»Wie kannst du dich nur als egoistisch bezeichnen?« erwiderte McCoy. »Nach all dem, was du für das Schiff und die Besatzungsmitglieder getan hast ...«

»Was habe ich denn für sie getan?« Kirk blickte über die friedliche Iowa-Landschaft. Sonnenlicht glänzte in seinem Gesicht, schuf eine helle, substanzlose Patina auf den Wangen, funkelte im blonden Haar. Nach einer Weile begegnete er McCoys Blick. »Spock sollte endlich auf sich selbst gestellt sein und ein eigenes Kommando übernehmen«, sagte er fest. »Das gilt auch für Sulu. Uhura lehnte eine ausgezeichnete Dozentenstelle an der Starfleet Akademie ab. Und Scotty ... Wer weiß, zu was es ein Mann mit seinen Qualitäten inzwischen gebracht hätte? Aber er beschränkt sich darauf, Kohle in meine Lokomotive zu schaufeln. Sie alle sind schon viel zu lange an Bord und verzichten nur deshalb auf ihre Karriere, weil sie glauben, einem gewissen Jim Kirk und seinem übertriebenen Stolz treu bleiben zu müssen.«

»Glaubst du das wirklich?« fragte McCoy.

»Natürlich. Ich bin endlich bereit, mich der Realität zu stellen. Das ganze Schiff ist auf mich fixiert. Denk nur an dich selbst. Wenn ich nicht wäre, könntest du in irgendeinem ruhigen Laboratorium medizinischen Forschungsarbeiten nachgehen und brauchtest dir um nichts Sorgen zu machen.«

»Wir sind ein Team, Jim. Du kennst doch unsere Einstellung.«

»Ja, genau darum geht es mir. Um den Teamgeist. Niemand möchte als erster aussteigen, selbst wenn es in seinem eigenen Interesse läge. Meine Pflicht besteht nun darin, euch die Freiheit zurückzugeben.«

Bevor McCoy antworten konnte, summte erneut der Kommunikator.

Der Captain klappte das kleine Gerät auf. »Hier Kirk.«

»Uhura, Sir. Ich habe Admiral Oliver erreicht und einen Kom-Kanal zum Hauptquartier von Starfleet geöffnet.«

»Gut. Stellen Sie die Verbindung her.«

»Bestätigung«, sagte Uhura. »Sie können sprechen, Admiral.«

»Jim, hier ist Oliver. Wollen Sie mich endlich zu einem Wochenende in den Bergen einladen?«

»Nein, noch nicht. Ich habe eine Bitte.«

»Ja?«

»Das Versetzungsangebot, das Sie mir vor einem Monat machten ... Ich möchte es annehmen.«

»Im Ernst?«

Der Captain zögerte kurz. »Ja.«

Einige Sekunden lang herrschte Stille. »Jim«, sagte Admiral Oliver, »ich habe Ihnen ein solches Angebot gemacht, weil ich mich dazu verpflichtet fühlte. Ich dachte nicht, daß Sie ...«

»Ich wäre Ihnen sehr dankbar, wenn Sie dafür sorgen könnten, daß mein derzeitiger Erster Offizier das Kommando über die *Enterprise* bekommt.«

»Immer mit der Ruhe, Jim«, klang die Stimme des Admirals aus dem Lautsprecher. »Spock ist ein ausgezeichneter Offizier, und sicher wäre er auch ein guter Captain. Aber er unterscheidet sich von Ihnen.«

»Genau.«

»Hören Sie, Jim: Warum verlängern Sie Ihren Urlaub nicht ein wenig? Nehmen Sie sich Zeit.«

»Nein«, sagte Kirk. »Derartige Entscheidungen fallen einem immer schwerer, wenn man zu lange damit wartet.«

»Es wäre mir trotzdem lieber, wenn Sie die Sache noch einmal überschlafen.«

»Bitte geben Sie die entsprechenden Anweisungen. Ich benachrichtige meine Offiziere.«

»Wie Sie meinen«, erwiderte der Admiral. »Herzliches Beileid.«

Der Captain lächelte und hatte das Gefühl, als wiche ein schweres Gewicht von seinen Schultern. »Ich danke Ihnen. Kirk Ende.« Abrupt unterbrach er die Verbindung und beschloß, sich später dafür zu entschuldigen. Zunächst wollte er nur dafür sorgen, daß es kein Zurück mehr gab.

»Das wär's dann wohl, nicht wahr?« platzte es aus McCoy heraus. »Das Ende einer Ära. Schwamm drüber. Einfach einen Schlußstrich ziehen. Ein neuer Name, der in den Geschichtsbüchern verzeichnet wird. Und ein neuer Grabstein. Vielleicht sollte ich jetzt die Gelegenheit nutzen, mich als erster bei dir zu bedanken, Jim. Oh, wie froh ich bin, daß du die Ketten von mir nimmst! Es fragt sich nur, was wir mit unserer Freiheit anfangen sollen.« Er begriff plötzlich, daß Sarkasmus überhaupt nichts nützte, und in seinen Augen blitzte es, als er sich vorbeugte. »Ist dir jemals in den Sinn gekommen, daß diese Angelegenheit vielleicht — nur vielleicht — etwas mit dem Schiff zu tun hat? Möglicherweise stellt die *Enterprise* etwas Besonderes und Einzigartiges dar, das wir nicht aufgeben möchten. Es ist ziemlich großspurig von dir anzunehmen, du seist für *alles* verantwortlich, auch für unser Leben und unsere Wünsche.« Es funkelte noch stärker in McCoys hellblauen Pupillen, als er hinzufügte:

»Ich bin erwachsen und durchaus imstande, selbst zu entscheiden.«

Kirk lehnte sich an die Heubodentür. »Das behauptest *du*.«

McCoy ging nicht darauf ein. »Ich möchte dir eine Frage stellen, über die du gut nachdenken solltest.« Er deutete auf die Blätter, die Kirk noch immer in der Hand hielt, und seine Geste galt auch den anderen Umschlägen, die im Heu lagen. »Haben dich die Briefe deines Vaters zu einer solchen Einstellung bewegt, Jim? Nein, antworte nicht sofort. Laß es mich anders formulieren. Glaubst du, dein Vater *wollte* dir eine solche Botschaft übermitteln? Hätte er dir überhaupt geschrieben, wenn ihm klar gewesen wäre, wie du reagierst?«

Das Lächeln verschwand von Kirks Lippen. Er blickte auf das zerknitterte Papier hinab, betrachtete die beiden kleinen Stapel zu seinen Füßen — und fragte sich, warum ausgerechnet er die Briefe aufbewahrt hatte. Seltsam: Eigentlich war sein Bruder Sam sentimentaler als er. Melancholische Niedergeschlagenheit erfaßte ihn, als er begriff, daß er überhaupt nicht genau wußte, was die niedergeschriebenen Worte bedeuteten. Der eigene Vater blieb ihm fremd. Selbst die Zeit, die sie zusammen verbrachten ... George Kirk kam nur zu Besuch, kehrte nicht *heim*.

»Ich möchte ein Zuhause, Pille«, sagte Jim leise, zog die Brauen zusammen und versuchte, seine Empfindungen in Worte zu fassen. »Du und die anderen ... Ihr sollt in der Lage sein, euch eine echte Heimat zu schaffen und die Erde nicht nur als einen Ort zu sehen, wo man seinen Urlaub verbringen kann. Ich möchte euch die Möglichkeit geben, festen Halt im Leben zu gewinnen. Um nur ein Beispiel zu nennen: Jeder von uns braucht eine Familie, damit die Gefühle Wurzeln schlagen.«

McCoy hob ruckartig die Hand und erhob sich. »Hör auf damit, Jim. Ich will nichts mehr davon hören.« Er trat auf den Captain zu und fuhr etwas sanfter fort: »Ist es denn so schlimm, zu einem Team zu gehören, Jim? Vielleicht eignen wir uns nicht für ein Familienleben. Vielleicht hat das Schicksal etwas anderes für uns vorgesehen. Wir alle haben geliebt und gelitten, doch letztendlich zogen wir es vor, alle Brücken hinter uns abzubrechen. Vielleicht ist das unsere Bestimmung.« Er zögerte und kam noch etwas näher. »Ganz gleich, was auch geschah: Immer blieben uns die *Enterprise* und die Gemeinschaft an Bord.«

McCoys Stimme klang plötzlich sehr ernst. »Das darfst du uns nicht nehmen.«

Eine solche Bemerkung erforderte keinen Kommentar, keine Erklärung. Die beiden Männer musterten sich gegenseitig, und jeder von ihnen wußte, wie der andere empfand.

Kirk erinnerte sich an die vielen Konflikte während der langen Jahre im All, an die häufigen Krisen in den zwischenmenschlichen Beziehungen, an Entscheidungen, die emotionale Opfer verlangten. Nur selten erforderten Gefühle eine Stimme, die sie deutlich zum Ausdruck brachte; doch wenn das der Fall war, konnte er immer auf McCoy zählen. Und wenn diesem die Worte fehlten, gab der Bordarzt keine Ruhe, bis jemand anders sie aussprach.

Ein leises Knarren weckte Jims Aufmerksamkeit.

Er drehte sich um und sah Spock, der die Leiter hochkletterte und sich am Rand des Heubodens festhielt. »Störe ich?« fragte er ruhig.

Kirk und McCoy wechselten einen kurzen Blick und antworteten wie aus einem Mund: »Ja!«

Spock blieb ungerührt. »Ihre Mutter sagte mir, daß Sie hier sind, Captain.«

»Haben Sie vergessen, wie man einen Kommunikator benutzt?« fragte McCoy.

»Ganz und gar nicht«, erwiderte der Vulkanier, zog sich hoch und trat auf den Heuboden. »Ich hielt es nur für angemessener, persönlich zu erscheinen. Immerhin hat der Captain Urlaub, und da es wichtige Schiffsangelegenheiten zu besprechen gilt, wollte ich mich direkt an ihn wenden.«

Kirk beobachtete ihn neugierig. »Haben Sie einen Bericht für mich, Spock?«

Der Vulkanier strich seine Uniform glatt. »Die *Enterprise* ist vollständig überholt, und alle Vorräte an Bord wurden erneuert. Die Wartungsingenieure haben sie für raumtüchtig erklärt, und wir warten nun auf die offizielle Genehmigung, Starbase Eins zu verlassen. Wir können aufbrechen, sobald die Crew zurück ist. Es gibt nur ein kleines Problem. Vor kurzer Zeit traf die *Kongo* ein und ersuchte um eine sofortige Reparatur aller Schäden an Bord. Mit Ihrer Erlaubnis geben wir die Wartungsbucht frei und legen an einem externen Dock an.«

Kirk nickte.

»In Ordnung. Teilen Sie Captain Toroyan mit, daß wir den Hangar innerhalb der nächsten Stunde räumen, und fügen Sie einen Gruß von mir hinzu. Ich möchte mit allen Senioroffizieren sprechen, sobald sie wieder an Bord sind. Und noch etwas: Sagen Sie Scotty, daß ich eine persönliche Unterredung mit ihm wünsche.«

»Ja, Sir. Ich treffe die notwendigen Vorbereitungen. Übrigens: Mr. Scott ist bereits zurückgekehrt.«

Der Captain brummte zufrieden und wandte sich an McCoy. »Wir sollten dem Beispiel des Chefingenieurs folgen, Pille — bevor er eine Suchgruppe ausschickt.« Er ging zur Leiter.

»Wenn Sie gestatten, Captain ...«, begann der Vulkanier.

Kirk drehte sich um. »Ja?«

Dünne Falten bildeten sich in Spocks Stirn. Er legte die Hände auf den Rücken, sah zu Boden und räusperte sich.

»Sir, ich ... hatte Gelegenheit, Ihrem Gespräch mit Admiral Oliver zuzuhören.«

»Ach?« Kirk hob die Brauen.

»Ich habe den entsprechenden Kom-Kanal angezapft«, gestand der Erste Offizier.

McCoy lehnte sich an die hölzerne Wand und verschränkte die Arme. »Wozu sind Freunde da?« warf er ein.

Kirk warf ihm einen scharfen Blick zu. »Ich fürchte, seit einiger Zeit bin ich viel zu leicht zu durchschauen.« Er näherte sich der Leiter, faßte nach der obersten Sprosse und begriff, wie schwer es jemandem wie Spock fallen mußte, die Privatsphäre einer anderen Person zu verletzen. *Offenbar habe ich meine Verzweiflung nicht annähernd so gut verborgen wie ich dachte,* überlegte er. »Ich verabschiede mich von meiner Mutter. Wir treffen uns an Bord der *Enterprise.*«

»Captain ...« Der Vulkanier kam heran und hielt sich ebenfalls an der Leiter fest. Kirk holte Luft. »Ja, Spock?«

»Was Miß Keeler betrifft ...«

»Ja.«

Der Captain preßte nachdenklich die Lippen zusammen und musterte seinen Stellvertreter, die einzige Person, die seine Erfahrungen in der Vergangenheit geteilt hatte. Das vulkanische Gesicht blieb ausdruckslos, eine steinerne Maske, aber Kirk glaubte trotzdem so etwas wie Betroffenheit darin zu erkennen. »Sie brauchen es nicht laut auszusprechen, Spock«, sagte er leise. »Ich weiß, was Sie denken.«

Spock schüttelte langsam den Kopf und unterstrich damit seine Entschlossenheit, zumindest einen Teil seiner Unerschütterlichkeit abzustreifen.

»Trotzdem«, erwiderte er. »Ich möchte Sie auf etwas hinweisen.«

Gefiltertes Sonnenlicht umgab Spock mit einem matt glühenden Halo. Ihre Schritte hatten feinen Staub aufgewirbelt, und nun standen sie in glitzerndem Dunst, zwei Männer, die verschiedene Welten repräsentierten, verschiedene Philosophien, verschiedene Schicksale.

»Ihre Präsenz in der Vergangenheit war nicht umsonst«, begann der Vulkanier und hielt den Blick auf Kirk gerichtet. »Sie stellten einen wichtigen Unterschied für Edith Keeler dar. In der unveränderten Vergangenheit lebte und starb sie. Doch im modifizierten historischen Gefüge wurde sie geliebt, bevor sie den Tod fand.«

Diese Worte stammten von Spock, und deshalb gewannen sie eine enorme Bedeutung.

Kirk nickte nur und wußte, daß der Vulkanier ihn verstand.

»Danke«, sagte er leise. »Von uns beiden.«

Die Leiter erzitterte, als er Sprosse um Sprosse hinter sich brachte. Einige Hühner gackerten und eilten davon, setzten kurz darauf ihr geduldiges Picken fort.

»Er macht einen Fehler«, brummte McCoy. »Er reagiert auf den Schmerz, nutzt ihn als Vorwand, um sich von uns allen abzuwenden.«

Es verstrichen einige Sekunden, bevor Spock antwortete: »Sein gutes Recht.«

»Ja«, bestätigte McCoy verärgert. »Aber er ist nicht mehr er selbst. Himmel, Spock, Sie haben keine Ahnung, was Kummer anrichten kann.«

»Da irren Sie sich, Doktor«, entgegnete der Vulkanier ruhig. »Ich verstehe durchaus, wie der Captain empfindet. Er sieht plötzlich keinen Sinn mehr in seiner Karriere und vergißt dabei, daß er Hervorragendes geleistet hat, daß wir nicht in dem Sinne eine Pflicht erfüllen, sondern ein Privileg genießen.« Spock zögerte und schien zu überlegen, ob er McCoy Einblick in seine innere Welt gewähren sollte.

Als er fortfuhr, ließ sich in seiner Stimme keine Unschlüssigkeit vernehmen.

»Was noch schlimmer ist: Er hat vergessen, daß die Föderation der direkten, unmittelbaren Manifestation einer menschlichen Überzeugung gleichkommt, nach der das Leben in jedem Fall einen Sinn hat.«

McCoy stand völlig reglos, und allmählich dämmerte ihm, was Spock meinte. Starfleet, die *Enterprise* und der

Captain bedeuteten dem Vulkanier weitaus mehr, als er jemals geahnt hatte.

»Spock, davon wußte ich nichts ...«, brachte McCoy verblüfft hervor.

»Kein Wunder«, erwiderte der Vulkanier. »Sie haben mich nie gefragt.«

KAPITEL 19

»Captain, die Fernsensoren funktionieren wieder.«

April nahm Floridas Meldung ernst entgegen, als er seine Begleiter aus dem Turbolift auf die Brücke führte. Die Sirenen heulten nicht mehr, aber das rote Pulsieren der Alarmlichter hüllte den Kontrollraum in eine Aura der Gefahr. »Ausgezeichnet. Peilen Sie bekannte Sterne an und berechnen Sie einen Kurs zur Föderation.«

»Erfassung beginnt«, bestätigte der Steuermann. »Aber solange wir das Warptriebwerk nicht verwenden können ...«

»Es müßte bald einsatzfähig sein«, unterbrach ihn April. Der Wandschirm zeigte fünf romulanische Raumschiffe, und sie schienen ebenso beschaffen zu sein wie t'Caels Patrouilleneinheit. »Wie weit sind sie entfernt?«

»Noch eins Komma sechs Astronomische Einheiten. Ohne die Fernsensoren könnten wir sie gar nicht orten.«

»Macht das einen Unterschied?« fragte George. Er stand auf dem oberen Deck, neben t'Cael und Drake, die keinen Ton von sich gaben.

Florida drehte sich kurz um. »Ich glaube schon, Sir. Wir gewinnen ein wenig Zeit. Wenn uns noch immer nur die Nahbereichssensoren zur Verfügung stünden, hätte der Gegner das Überraschungsmoment auf seiner Seite. Wenn die fünf Schiffe ihre derzeitige Geschwindigkeit halten ...« – er sah auf die Anzeigen seiner Konsole –, »... dauert es siebzehn Minuten, bis sie uns erreichen.«

»Eine ziemlich knapp bemessene Frist«, brummte George.

April näherte sich dem Befehlsstand. »Aber immer noch besser als gar keine. Mrs. Hart, was ist mit den Schilden?«

»Wir speisen die Deflektoren allein mit Impulskraft«,

antwortete die junge Frau sofort. »Wenn wir auf Warpenergie zurückgreifen können, erhöht sich ihre Kapazität um dreißig Prozent.«

»Sind Sie in der Lage, die gesamte derzeitige Deflektorenergie auf einen Schild zu konzentrieren?«

»Wenn Sie rechtzeitig Bescheid geben ...«

»Ich werd's versuchen«, sagte April. Er griff nach der Armlehne des Kommandosessels und versuchte, Kraft zu schöpfen. Seine Züge verhärteten sich, als er Befehle geben mußte, die er zutiefst verabscheute. »Alle Waffensyteme vorbereiten. Gefechtsstationen besetzen.« Er schaltete das Interkom ein. »Dr. Brownell, wie weit sind Sie mit der Neuprogrammierung?«

»Lieber Himmel, seit unserem Gespräch sind erst ein paar Minuten verstrichen.«

»Ich weiß. Aber ich brauche eine Zeitangabe von Ihnen. Wann sind Sie fertig?«

»Wenn ich fertig bin, Schlaukopf. Saffire arbeitet an der Sache, und Woody ist unterwegs, um ihm zu helfen. Die anderen sind zu blöd und würden uns nur behindern. Seien Sie gewiß, August: Wir beeilen uns.«

»Trotzdem, Doktor. Wieviel Zeit brauchen Sie? Zehn Minuten? Zwanzig?«

»Vierzig. Mindestens.«

»Danke. April Ende. Mr. Florida, geben Sie Schub. Wir verschwinden von hier.«

Sie alle wußten, daß sie praktisch gar keine Chance hatten, den Patrouillenschiffen zu entkommen. Solange sich die Königin allein mit Impulskraft bewegte, war sie viel zu träge und langsam, um den schnellen und außerordentlich manövrierfähigen romulanischen Kriegsschwalben zu erwischen.

Carlos Florida schob das Kinn vor und betätigte die Tasten des Navigationspults.

Unmittelbar darauf ertönte auf dem Oberdeck eine düstere Stimme. Sie klang selbstsicher und fest, unterschied sich völlig von dem sanften Tonfall Robert Aprils.

»Sie dürfen nicht fliehen, Captain.«

April drehte sich um und begegnete t'Caels Blick, als der Romulaner die kurze Treppe heruntertrat.

Kilyle zögerte, so als sei er nicht ganz sicher, ob er eine Erklärung hinzufügen sollte.

April musterte ihn, stützte sich noch immer auf den Sessel. »Haben wir eine andere Möglichkeit?«

»Sie müssen sich den Schiffen zum Kampf stellen, sie angreifen.«

»Ich möchte nur dann von den Waffen Gebrauch machen, wenn es sich wirklich nicht vermeiden läßt«, erwiderte April. »Wir müssen nur ein wenig Zeit gewinnen, bis der Kontrollcomputer des Warptriebwerks neu programmiert ist.«

T'Caels Augen blickten durchdringend, und er hob die Hand. »Captain, ich schwöre Ihnen bei meiner Ehre, daß ich jetzt nur drei Alternativen sehe. Erstens: Der Schwarm bringt Ihr Schiff auf. Zweitens: Der Schwarm vernichtet Sie. Oder drittens: Sie vernichten den Schwarm. Sie dürfen keine Rücksicht mehr nehmen.«

Bedrückendes Schweigen folgte diesen Hinweisen, und George beobachtete seine Gefährten. Florida, Sanawey, Hart, Graff ... Inzwischen ahnten sie sicher, daß der Fremde kein Vulkanier war, aber sie blieben trotzdem stumm und vermieden es, ihn zu neugierig anzusehen. Kirk bewunderte ihre respektvolle Zurückhaltung.

»Sie müssen sofort handeln«, sagte t'Cael. »Bevor ...«

In Aprils Augen blitzte es. »Ja?«

T'Cael zögerte erneut und spürte die Anspannung des menschlichen Captains. Er setzte zu einer Antwort an, doch die Worte blieben ihm im Hals stecken.

»Bevor *was* geschieht?« fragte April leise.

T'Cael kämpfte gegen den Zweifel an und verbannte ihn in einen entfernten Winkel seines Selbst. »Bevor das Mutterschiff eintrifft.«

George stand einige Meter abseits und stöhnte. »Das Mutterschiff ...«

Der Romulaner sah ihn an. »Es besteht aus mehreren Schwärmen, die eine viel zu große Übermacht für Sie darstellten.« Er wandte sich wieder an April und trat etwas näher. »Ich bin jedoch sicher, daß die Kommandanten der sechs Patrouilleneinheiten dort draußen nicht warten, bis Verstärkung kommt. Sie wollen Ruhm erringen, sehen in diesem Schiff eine Trophäe und versuchen bestimmt, es aufzubringen.«

April nickte langsam. »Anders ausgedrückt: Ihnen liegt nichts daran, die Königin zu zerstören. Das gibt uns einen Vorteil.«

Er wollte sich umdrehen, doch t'Cael hielt ihn am Arm fest.

»Machen Sie sich keine falschen Hoffnungen, Captain. Die Kommandanten *wollen* Ihr Schiff kapern, aber wenn sie keine Möglichkeit dazu sehen, werden sie nicht zögern, es zu vernichten.«

April akzeptierte t'Caels Worte als Wahrheit, ohne daß sich sein Gesichtsausdruck veränderte. Er gewann allmählich einen Eindruck von der Erbarmungslosigkeit des Feindes.

»Na schön. Was raten Sie mir?«

»Man wird versuchen, Ihre Triebwerkmodule zu lokalisieren und zu beschädigen. Vielleicht visiert der Gegner auch die Brücke an – wenn er feststellt, wo sie sich befindet. Denken Sie daran, wie ein Rudel kämpft: Die Taktik besteht aus koordinierten Angriffen. Wenn Sie fliehen und nicht entkommen können, bleibt Ihnen keine Chance. Verteidigen Sie sich, indem Sie das Rudel verwirren, es daran hindern, sich zu organisieren. Die Devise heißt: Vorstoß und Rückzug. Eine Flucht wäre fatal.«

April nickte. »Ja, ich weiß, was Sie meinen. Ich habe einmal einen Hirsch gesehen, der ein ganzes Wolfsrudel von sich fernhielt, indem er einfach stehenblieb. Er stampfte mit den Hufen und starrte den Raubtieren in die Augen; dadurch brachte er sie völlig aus dem Konzept. Sie waren daran gewöhnt, daß andere Tiere vor ihnen flohen, und sie wußten nicht, wie sie sich furchtloser Beute gegenüber verhalten sollten.«

T'Cael entspannte sich und atmete erleichtert auf. Offenbar verstand der Captain die besondere Problematik ihrer Situation.

April schloß beide Hände um die Armlehne des Kommandosessels, schürzte die Lippen und starrte eine Zeitlang zu Boden. Schließlich hob er den Kopf. »Ich bin bereit, Ihren Rat zu beherzigen, aber zunächst möchte ich Sie etwas fragen.«

Kilyle ahnte, was ihn nun erwartete.

»Sie scheinen nicht nach Rache zu streben«, fuhr April fort. »Es gibt also einen anderen Grund, der Sie veranlaßt, uns zu helfen. Was für einen?«

George beugte sich über die Brüstung vor, versteifte sich und widerstand der Versuchung, sich einzumischen. *Überzeugen Sie ihn, t'Cael. Uns bleiben nur noch wenige Minuten. Gewinnen Sie Roberts Vertrauen.*

»Nach dem Krieg gegen die Föderation kam es zu Veränderungen im prätorialen System«, begann der Romulaner. »Die Bevölkerung begriff, welch hohen Preis wir für den Kampf zahlten: natürliche Ressourcen, Männer und Frauen, Zeit. Aber was noch wichtiger ist: Wir wurden uns der Gefahr einer allzu zentralisierten Macht bewußt. Wenn eine kleine Gruppe alle wichtigen Entscheidungen trifft, kommt es manchmal zu Fehlern mit weitreichenden Konsequenzen, die das ganze Reich betreffen. Als der Krieg endete, schufen unsere Clans einen Repräsentantenrat, der fast vierzig Jahre lang regierte. Wir lernten Wohlstand kennen, und die Wissenschaft machte enorme Fortschritte. Der allgemeine Lebensstandard verbesserte sich, und unsere Kultur erblühte wie noch nie zuvor. Es wurde sogar vorgeschlagen, Beziehungen zur Föderation herzustellen.«

April runzelte die Stirn. »Was hinderte Sie daran, ein diplomatisches Korps zu entsenden?«

»Ein neuer Krieg«, sagte t'Cael dumpf. »Eine große

Streitmacht drang in die Raumsektoren auf der anderen Seite des Reiches vor und fügte uns schwere Verluste zu. Man machte den Rat dafür verantwortlich. Zuviel Frieden, so hieß es. Zu wenig Kampfbereitschaft. Die Clanrepräsentanten verloren ihren Einfluß, und die Macht des Prätoriats nahm zu. Plötzlich gab es wieder einen Alleinherrscher, den Prätor.«

»Ihnen fehlt eine Verfassung«, sagte April.

»Was meinen Sie damit?« fragte t'Cael verwundert.

»Sie brauchen eine Verfassung, so wie die Artikel der Föderation. Dabei handelt es sich um Gesetze, die allzu drastische und schnelle Modifikationen des politischen Systems verhindern. Manche Probleme erfordern viel Zeit, damit eine Lösung gefunden werden kann; einschneidende Veränderungen sollten nicht auf einer rein emotionalen Basis stattfinden.«

»Ja, da haben Sie völlig recht«, erwiderte t'Cael. Er dachte an seine letzten Bemerkungen und erinnerte sich daran, daß er eigentlich versuchen sollte, dem Captain seine Motive zu erklären. »Bitte entschuldigen Sie. Für gewöhnlich schweife ich nicht vom Thema ab.«

»Schon gut«, brummte April. »Vielleicht können wir unsere politischen Diskussionen irgendwann einmal unter günstigeren Umständen fortsetzen.«

T'Cael nickte. »Nun, wir bezahlen militärische Macht und den Ehrgeiz weniger Personen mit unseren traditionellen Werten. Inzwischen hält es mein Volk für ehrenhaft, fremde Welten zu erobern und zu plündern.«

George knirschte mit den Zähnen. »In dieser Galaxis ist militärische Schlagkraft notwendig, ob uns das gefällt oder nicht. Was geschähe mit uns, wenn wir keine Waffen hätten, um uns gegen Ihren Schwarm zu wehren?«

Ein eisiger Glanz entstand in den Augen des Romulaners, als er seinen Blick auf Kirk richtete. »Auch in meinem Volk gibt es Leute wie Sie«, sagte t'Cael kühl. »Gerade Ihre Denkweise ist es, die zu immer neuen Konflikten führt und dauerhaften Frieden unmöglich macht.«

George umfaßte die Brüstung, und in seiner Stimme zitterte Zorn, als er entgegnete: »Sie haben gerade auf die Machtgier und Eroberungslust des Reiches hingewiesen. Nur die militärische Stärke der Föderation hielt Ihr Volk davon ab, unsere Welten zu verheeren. Das wissen Sie ganz genau.« Er wartete keine Antwort ab, marschierte zur Kommunikationsstation, stieß Sanawey zur Seite und betätigte wahllos einige Tasten.

April und t'Cael sahen ihm nach, wandten sich dann wieder einander zu. »Manchmal kann er einem ganz schön auf die Nerven gehen, nicht wahr?« sagte der Captain und versuchte, die Anspannung ein wenig zu lindern.

T'Cael hob traurig die Brauen. »Offenbar versteht er nicht.«

»Vielleicht doch«, gab April leise zurück. »Denken viele Romulaner wie Sie?«

»Nein. Captain, ob ich lebe oder sterbe, spielt keine Rolle mehr für mich. Aber ob dieses Schiff aufgebracht wird oder nicht, entscheidet über die Zukunft unserer beiden Völker. Mich entsetzt die Vorstellung, daß sich meine Zivilisation die Denkweise von Piraten zu eigen macht. Das Reich sollte eine verlockende Trophäe verlieren, statt der eigenen Heimtücke zum Opfer zu fallen.«

April hob den Zeigefinger an die Lippen und dachte konzentriert nach. Mehrere Sekunden lang suchte er im Gesicht des Romulaners nach Hinweisen auf Durchtriebenheit, doch er rechnete gar nicht damit, welche zu finden. »Ich verstehe Ihre Motive«, entgegnete er. »Aber ich glaube, Sie sagen uns nicht alles.«

T'Cael spürte eine plötzliche Befangenheit. Er fühlte sich im Zentrum der allgemeinen Aufmerksamkeit, und Aprils Blick schien durch alle Gewölbe seiner Seele zu reichen. Die Intuition des Captains verblüffte ihn.

Unterdessen stand George an der Kom-Konsole und versuchte, nicht auf das Gespräch der beiden Männer zu achten. Er drückte weitere Tasten, aber das erhoffte Ergebnis blieb aus.

»Was ist mit dem Ding los?«

»Sie haben gerade den Decoder eingeschaltet und die Frequenzen des Subraum-Senders verändert«, erwiderte Sanawey geduldig. »Kann ich Ihnen irgendwie helfen?«

»Ich möchte mit der Suchgruppe reden.«

»Kein Problem.« Die Finger des Indianers tanzten übers Pult, und kurz darauf summte es leise.

»Hier Chang«, erklang eine Stimme aus dem Interkom-Lautsprecher.

»Haben Sie das Biest erwischt?« frage George.

»Wir treiben es allmählich in die Enge, Mr. Kirk. Es befindet sich auf dem J-Deck. Leider sind die Schotten auf den Decks H bis K noch nicht mit den Hauptkontrollsystemen verbunden, und dadurch hat das Tier eine Menge Bewegungsspielraum. Wir versuchen inzwischen, einzelne Räume abzuriegeln, aber das dauert eine Weile.«

»Wie ist das Wesen überhaupt bis zum J-Deck gekommen?«

»Offenbar lief es in einen Turbolift und berührte die Schalttafel. Aber so etwas wird sich bestimmt nicht wiederholen. Seien Sie unbesorgt, Sir. Ich halte es für unwahrscheinlich, daß unser ungebetener Gast plötzlich auf der Brücke erscheint.«

»Wirklich sehr beruhigend«, sagte George und schauderte unwillkürlich, als er an die spitzen Zähne und langen Krallen dachte. »Ich hoffe, Sie können bald einen Erfolg melden.«

»Das hoffe ich, Sir«, lautete die Antwort. »Ich ...« »Es ist soweit! Das Tier sitzt in der hydrologischen Abteilung fest. Bis später. Chang Ende.«

George schaltete ab, seufzte und richtete sich auf. Fast zögernd drehte er sich um und nutzte sein Vorrecht als Erster Offizier, zum Befehlsstand zurückzukehren, Captain April und t'Cael Gesellschaft zu leisten.

»Ich will ganz offen sein«, sagte Robert gerade. »Wir haben nicht mit einem solchen Zwischenfall gerechnet und deshalb auch keine Vorbereitungen getroffen. Uns fehlen militärische Ausrüstungen, und außerdem befinden sich nur rund fünfzig Besatzungsmitglieder an Bord; die normale Crew besteht aus mindestens zweihundert Personen. Unsere einzigen Soldaten sind George und sein Lehrling dort drüben.« Er nickte in Richtung Drake, der auf dem Oberdeck stand. »Vielleicht begreifen Sie nun, warum mir nichts an einem Kampf liegt.«

»Wenn ich Sie richtig verstehe, Captain«, erwiderte t'Cael, »hat Ihre Einstellung kaum etwas mit der Anzahl der Personen an Bord zu tun. Sie lehnen ein Gefecht aus ganz persönlichen Gründen ab.«

April lächelte zurückhaltend. »Nun, damit haben Sie durchaus recht. Wir sind mit einer Rettungsmission beauftragt, und sie hat oberste Priorität für mich. Es stehen noch andere Leben auf dem Spiel, Mr. t'Cael, und meine Pflicht besteht in erster Linie darin, die betreffenden Menschen vor dem Tod zu bewahren.«

»Ich möchte Ihnen helfen«, betonte der Romulaner noch einmal, sah George an und gab dadurch zu erkennen, daß sein Angebot auch ihm galt. Er wandte sich wieder an den Captain und fügte hinzu: »Ich fürchte, die Patrouillenschiffe werden eine Waffe einsetzen, die Sie in erhebliche Schwierigkeiten bringen könnte.«

April beugte sich ein wenig vor. »Worum handelt es sich?«

»Um das erste Ergebnis einer ganz neuen Technik. Derzeit sind die Wissenschaftler des Reiches damit beschäftigt, das entsprechende System zu verbessern, aber schon jetzt entfaltet die Waffe eine enorme Wirkung, wenn das Ziel nicht allzu weit entfernt ist. Man nennt sie ›Plasmamörser‹.« Er wartete, um festzustellen, ob er den Begriff richtig übersetzt hatte. Georges Gesichtsausdruck ließ keinen Zweifel daran. »Wenn Ihre Schilde davon getroffen werden, hüllt die Energie das ganze Schiff ein und entlädt sich schlagartig. Der Mörser muß aus unmittelbarer Nähe abgefeuert werden, und Sie können ihm nur entgehen, wenn Sie schnell genug manövrieren. Sorgen Sie dafür, daß Ihr Schiff ständig in Bewegung bleibt — um die gegnerischen Kanoniere an einer genauen Zielerfassung zu hindern.«

»Wir haben es mit sechs Patrouilleneinheiten zu tun, die unter den gegenwärtigen Umständen wesentlich schneller sind als wir«, entgegnete April voller Unbehagen. »Leider ist unser Schiff nicht für kosmische Akrobatik geeignet, und solange uns keine Warpenergie zur Verfügung steht ...«

T'Caels Mimik zeigte eine gewisse Ungeduld. »Ich schlage vor, Sie greifen die *Vernichter* an, mein Flaggschiff, von dem der Rest des Schwarms seine Befehle erhält. Vielleicht schaffen Sie es auf diese Weise, einer Manöverkoordinierung vorzubeugen.«

»Wie kommen Sie darauf?«

T'Cael zögerte, und vor seinem inneren Auge sah er ein arrogantes, hochmütiges Gesicht. Ry'iak mochte schlau und hinterhältig sein, aber bestimmt war er nicht bereit, sein Leben zu opfern. Als Soldat kannte Kilyle den Tod als ständigen Begleiter, doch dem Senatsproktor mangelte es an solchen Erfahrungen. Für ihn existierte nur die Gier nach Macht. Bei einem Angriff würde er zweifellos versuchen, sich in Sicherheit zu bringen.

T'Cael verdrängte den Zorn. »Ich weiß, wer die Anweisungen gibt. Der gegenwärtige Kommandant des Flaggschiffes wird den anderen Patrouilleneinhieten befehlen, ihn zu schützen.«

April dachte über die letzten Worte des Romulaners nach. »Ich verstehe«, sagte er nach einer Weile. »Vielen Dank für diese wichtige Information.« Er überlegte erneut. »Carlos?«

Florida sah auf die Anzeigen seiner Konsole. »Die Schiffe kommen ständig näher, Sir. Ich schätze, uns bleiben noch neun Minuten, bevor sie das Feuer eröffnen.« Er drehte sich um und sah April an. »Rückzug?«

Die Anspannung auf der Brücke wuchs. Die übrigen Anwesenden hatten das Gespräch der beiden Männer gehört und wußten daher, daß eine bedeutende Entscheidung anstand. Florida wollte nun wissen, ob er die letzte Order ausführen sollte. Er beobachtete den Captain und wartete.

April blickte auf den großen Wandschirm. Das Projektionsfeld zeigte fünf helle Punkte, die allmählich größer wurden. Eine Gefahr, die Gestalt annahm.

George und t'Cael schwiegen.

»Nein«, sagte Robert schließlich, und seine Stimme klang heiser. »Berechnen Sie einen Kurs zum feindlichen Flaggschiff. Und veranlassen Sie Gefechtsbereitschaft.«

In stummer Anerkennung legte George die Hand auf Aprils Arm. Der Captain sah ihn an, und sein Gesicht machte deutlich, wie schwer ihm eine solche Entscheidung gefallen war. Kirk suchte nach Worten, um Robert aufzumuntern, aber kein Laut löste sich von seinen Lippen. Er stellte sich Aprils innere Qual vor, den seelischen Schmerz angesichts der Erkenntnis, Leben auslöschen zu müssen. Es gab keine Möglichkeit, ihm Trost zuzusprechen.

Plötzlich schnappte Sanawey nach Luft.

Der Captain wandte sich um. »Was ist los, Kralle?«

Der Indianer schüttelte ungläubig den Kopf und starrte auf die Kontrollen. »Sir, ich ... ich habe gerade unsere Position festgestellt.«

»Und?«

»Wir ... Lieber Himmel!«

»Heraus damit«, sagte April.

Sanawey straffte die Schultern. Sein Mund öffnete und schloß sich mehrmals, bevor er Antwort geben konnte.

»Uns trennen nur wenige Lichtjahre von den romulanischen Zentralwelten!«

Sie befanden sich im stellaren Territorium des Feindes, ja ... Aber in den Innensektoren? Im *Herzen* der romulanischen Macht?

Die Blicke aller Anwesenden richteten sich auf Sanawey. Nach einigen Sekunden drehte April den Kopf und musterte t'Cael.

Kilyle ließ sich nichts anmerken. Wenn er überrascht war, so galt sein Erstaunen der menschlichen Reaktion. Offenbar begriffen die Terraner erst jetzt, was ihre Präsenz in diesem Raumbereich bedeutete, welche Bedrohung sie darstellten. Er beobachtete die verblüfften Gesichter, und schließlich zuckte er mit den Achseln. »Aus diesem Grund müssen Sie mit energischen Maßnahmen rechnen.«

»Mr. Kirk, Ingenieur Chang möchte mit Ihnen sprechen«, sagte Sanawey.

George kehrte aufs obere Deck zurück. »Hier Kirk.«

»Chang, Sir. Wir haben das Tier ... gefunden.«

»Gefunden? Wie meinen Sie das?«

»Es lief von Abteilung zu Abteilung, und die einzelnen Schotten öffneten sich automatisch. Doch dann ...«

»Ja?«

»Es geriet in eine Kammer, in der die Lebenserhaltungssysteme noch nicht funktionieren. Keine künstliche Schwerkraft. Und die Temperatur betrug nur acht Grad Kelvin. Vor dem entsprechenden Raum fehlten Sicherheitssiegel.«

George schauderte und krümmte das Schultern. »Soll das heißen ...«

»Das Wesen ist tiefgefroren.«

Kirk schnitt eine Grimasse und fragte sich, ob ein solcher Tod schlimmer sein mochte, als im Feuer von Laserstrahlen zu sterben. Ein gefährliches Geschöpf, ja – aber nur angetrieben von Instinkten, die Schuld ausklammerten.

»Na schön. Beseitigen Sie den Kadaver. Und wenn Sie schon dort unten sind ... Riegeln Sie alle Sektionen ab, die noch nicht an das Lebenserhaltunssystem angeschlossen sind. Wir sollten vermeiden, daß jemand aus der Besatzung das Schicksal des Tiers teilt.«

»In Ordnung, Sir«, bestätigte Chang.

»Gute Arbeit. Kirk Ende.« Er unterbrach die Verbindung. »Der Alarm kann aufgehoben werden«, sagte er zu Sanawey. Und: »Das Schiff ist wieder sicher, Captain.«

»Danke, George«, erwiderte April schlicht und schaltete das Interkom des Befehlsstands ein. »Dr. Brownell, unsere Waffenkapazität hat absoluten Vorrang.«

»Dann sollten Sie mir Graff schicken, damit die Neuprogrammierung des Warpcomputers fortgesetzt werden kann. Nur Saffire kennt sich gut genug mit den Steuerungsfrequenzen für die Bordgeschütze aus, und er muß dazu die Kammer der Zweiten Geschützkontrolle aufsuchen.«

Graff hatte alles gehört und ging bereits zum Turbolift. »Bin schon unterwegs, Sir«, sagte er zu April, als sich die Tür öffnete.

»Er trifft gleich bei Ihnen ein, Doktor«, erwiderte der Captain. »Mr. t'Cael, es tut mir leid, aber ich muß Sie um zusätzliche Informationen bitten. Können Sie uns irgend etwas mitteilen, das unsere Chancen dem Schwarm gegenüber erhöht?«

»Ich verstehe Ihre Lage«, entgegnete der Romulaner. Er versuchte, sich nicht wie ein Verräter zu fühlen, als er fortfuhr: »Die einzelnen Schiffe und ihre Kommandanten ... Die *Verwegen* steht unter dem Befehl von Llarl. Er verdankt seinen Posten keinen eigenen Leistungen, sondern politischen Beziehungen. Ich halte ihn nicht für besonders kompetent. Achten Sie vor allen Dingen auf die *Kriegsdorn.* Sie ist mit den modernsten Waffen ausgestattet, und die Kommandantin Zayn Z'ir hat umfassende Kampferfahrungen gesammelt. Ihre Tollkühnheit kennt kaum Grenzen, und außerdem scheut sie keine Risiken.«

April hörte aufmerksam zu und gab Sanawey ein unauffälliges Zeichen. Der Indianer schien damit gerechnet zu haben, nickte, aktivierte den Bibliothekscomputer und zeichnete t'Caels Hinweise auf. Sie dienten dazu, eine Gefechtsstrategie zu entwickeln.

»Die *Jäger* gehört zu den älteren Modellen unserer Kriegsschwalben«, sagte Kilyle. »Sie wurde noch nicht mit den neuesten Waffensystemen ausgerüstet.«

»Sie hat also keine Plasmamörser?«

»Nein. Ihre Manövrierfähigkeit ist begrenzt, und die Schilde haben keine sehr hohe Kapazität. Doch ihr Kommandant H'kuyu ist mehrmals ausgezeichnet worden und hat noch weitaus mehr Erfahrung als Zayn Z'ir. Man gab ihm den Befehl über die *Jäger,* um einen Ausgleich für ihr geringeres Kampfpotential zu schaffen. Es dürfte Ihnen sehr schwer fallen, ihn zu überraschen.«

»Achten Sie auf alle Einzelheiten, Kralle«, warf April ein.

»Die Daten werden sofort ins logistische Archiv aufgenommen, Sir.«

Der Captain nickte. »In Ordnung. Bitte fahren Sie fort, Mr. t'Cael.«

Kilyle nickte kurz und bemühte sich, Kummer und Selbsthaß aus sich zu verbannen. Er rückte die eigenen Beweggründe in den Fokus seines Bewußtseins. *Frieden, ja. Und in diesem Zusammenhang ist es durchaus ehrenhaft, den Menschen zu helfen. Ich sage ihnen nur das, was sie unbedingt wissen müssen, um sich zu retten. Mehr nicht.*

Bitterkeit umhüllte seine Gedanken. »Die Schilde der *Zukunftsfeuer* sind ebenfalls schwach, aber dafür verfügt sie über gute Waffen. Der Kommandant Tr'poll kennt keine Gnade, doch mit seiner Intuition steht es nicht zum besten.« T'Cael wölbte eine Braue und lächelte schief. »Er hat überhaupt keine Phantasie. Seien Sie unberechenbar. Das wird ihn verwirren.«

George stand auf dem Oberdeck, lauschte den Worten des Romulaners und versuchte, ihren Bedeutungsinhalt zu erfassen. Der Computer speicherte alle Informationen, elaborierte sie und entwickelte daraus eine Strategie, aber es behagte dem Ersten Offizier nicht, sich auf eine Maschine zu verlassen. Er wollte selbst Bescheid wissen, um alle Vorurteile zu nutzen, wenn es hart auf hart ging.

»Während des gegenwärtigen Einsatzes kam es an Bord der *Erfahrung* zu einer Fehlfunktion der Sensoren«, sagte t'Cael. »Die Geschütze müssen also manuell bedient werden. Nun, die Kommandantin h'Daera ist bereits daran gewöhnt. Sie kann auf eine Sensorerfassung verzichten, weil sie den Manövern des Feindes zuvorkommt. Allerdings neigt sie dazu, sich zu überschätzen, und diese Schwäche läßt sich ausnutzen, um sie zu Einschätzungsfehlern zu verleiten.«

»Was ist mit der *Vernichter?*« fragte April sanft. Bestimmt gab es einen Grund dafür, warum t'Cael bisher nicht über dieses Schiff gesprochen hatte.

»Die *Vernichter* ...«, wiederholte der Romulaner und seufzte. Er dachte an eine Frau, die dort den Platz des Commanders einnehmen sollte. »Der Kommandant heißt Kai, und auch ihm fehlt es an Vorstellungskraft. Aber er zeichnet sich durch große Entschlossenheit aus und gibt nicht so einfach auf. Früher hatte ich großes Vertrauen zu ihm.«

»Ist er für die Meuterei verantwortlich?«

»Nein. Ich habe sie einem Mann namens Ry'iak zu verdanken.« Neuerlicher Zorn quoll in t'Cael empor. »Ein Parasit, der sich in unseren Leib gefressen hat.« Verbitterung bildete einen dicken Kloß im Hals des Romulaners. »Ry'iak wird nichts unversucht lassen, um seine Ambitionen und sein Leben zu schützen. Ein Feigling, der nach Macht strebt und dabei über Leichen geht.«

»Klingt ganz nach einem Interessenkonflikt«, bemerkte April.

T'Cael sah ihn an. »Wie bitte?«

»Einerseits hängt er am Leben, und andererseits ist er sehr ehrgeizig.«

»Oh, ich verstehe. Ja, er könnte zu Kompromissen gezwungen werden. Nun, ich sehe einen Narren in Ry'iak, einen erbarmungslosen Narren. Er gehört zu den Leuten, die sich einen Spaß daraus machen, kleinen *Nei'rrh* Federn auszureißen und seine Überlegenheit zu genießen. Er hat genau den richtigen Charakter, um schnell die höchsten Sprossen der Karriereleiter zu erreichen.« T'Cael verschränkte die Arme und kochte innerlich. Es dauerte eine Weile, bis er die neugierigen Blicke der Brückencrew spürte.

»Offenbar ein recht unangenehmer Zeitgenosse«, murmelte April.

»Ein Schandfleck für das ganze Reich«, knurrte Kilyle. »Obgleich einige Leute im Prätoriat anders darüber denken.«

Der Captain lächelte, als er die Wut in t'Caels Zügen sah und die Offenheit des Romulaners bestätigt glaubte. »Wer bestimmt die Strategie des Schwarms?«

Mehrere Sekunden lang rührte sich Kilyle nicht von der Stelle. »Ich«, sagte er dann.

April preßte die Lippen zusammen. *Was für eine Ironie des Schicksals,* fuhr es ihm durch den Sinn.

»Noch drei Minuten, Captain«, sagte Florida. Seine Stimme bebte, und er blinzelte nervös.

»Wie unterscheiden wir die einzelnen Schiffe voneinander?«

T'Cael zuckte erneut mit den Schultern. »Kein Problem. Die schwingenartigen Erweiterungen der Patrouilleneinheiten tragen verschiedene Identifikationsfarben. Weiß für die *Verwegen.* Dunkelrot für die *Kriegsdorn.* Die *Zukunftsfeuer* ist blau, die *Jäger* gherru, die *Erfahrung* ...«

»Entschuldigen Sie bitte, aber was bedeutet ›gherru‹?« erkundigte sich April.

T'Cael zögerte, ließ seinen Blick durch den Kontrollraum schweifen und deutete auf Kirks Haar.

»Orangefarben«, sagte Drake.

»Kupferrot«, berichtigte der Captain taktvoll.

George verzog stumm das Gesicht und winkte ab.

»Die *Erfahrung* ist grau, und die *Vernichter* trägt goldene Markierungen.«

April nahm im Kommandosessel Platz und holte tief Luft. »Nun gut. Verlieren wir nicht noch mehr Zeit. Florida, bringen Sie uns zur *Vernichter.*«

»Robert ...«, begann George. Hinter seiner Stirn formten sich die ersten mentalen Konturen einer Idee.

Der Captain drehte sich um. »Ja?«

»Wie wär's mit einem Bluff? Die Schilde auf halbe Kapazität, Laser auf fünfzig Prozent, die Partikelkanonen nicht mehr mit Energie speisen. Dadurch wirken wir schwächer. Unser größter Vorteil besteht darin, daß die Roms nicht wissen, wozu wir in der Lage sind.«

»Vielleicht haben sie bereits eine Sondierung vorgenommen.«

»Vielleicht auch nicht.«

»Du möchtest sie aus der Reserve locken, sie in Sicherheit wiegen, nicht wahr?« April nickte langsam. »Ich schlage vor, wir gehen noch einen Schritt weiter. Carlos, feuern Sie mit halber Laserstärke auf die *Vernichter.*«

Florida runzelte die Stirn. »Die Entfernung ist noch immer recht groß. Der Gegner wird die Entladung kaum spüren.«

»Genau.«

»Die *Vernichter* hat unsere Laser bereits kennengelernt, als wir den Planetoiden abschirmten«, wandte der Steuermann ein.

»Ja, aber Kai und Ry'iak sollen glauben, daß unser energetisches Potential geringer geworden ist«, erwiderte April. »Ein Versuch kann sicher nicht schaden, oder?«

»Wir holen mit der Angel aus und werfen den Köder, Jungs«, warf Drake fröhlich ein und grinste von einem Ohr bis zum anderen. »Sollen die Roms glauben, wir hätten allen Grund zu ordentlichem Muffensausen.«

»Nun, ich zöge eine andere Formulierung vor, aber im Prinzip treffen Ihre Worte genau den Kern der Sache«, bestätigte April und beobachtete die *Vernichter* im Projektionsfeld des Wandschirms. Das Patrouillenschiff folgte ihnen noch immer.

»Eine höchste interessante Ausdrucksweise«, sagte t'Cael leise und musterte Drake.

»Typisch Lieutenant Reed. Am besten, Sie überhören ihn einfach.«

Der Captain spürte, wie etwas in ihm zu prickeln begann, als sich die Distanz zur romulanischen Kriegsschwalbe verringerte. Das Schiff war wesentlich kleiner als die weiße Königin, aber sein geierartiges Erscheinungsbild wirkte unheimlich und drohend.

Kurze Zeit später drehte die *Vernichter* ab, um einen sicheren Abstand zum Föderationsschiff zu wahren. Ohne die Unterstützung des Schwarms wollte sie sich offenbar nicht auf ein Gefecht einlassen.

April beugte sich vor. »Bleiben Sie am Ball, Carlos. Achtung – Feuer!«

Florida betätigte eine Taste, und daraufhin übernahm der Computer die Kontrolle. Zwei Blitze aus gebündelter Energie zuckten durchs All, trafen das feindliche Schiff und strichen über die Schilde. Aus dem matten Glühen der romulanischen Deflektoren wurde ein fast grelles Irrlichtern, das jedoch zu keiner Überladung führte. Die Kriegsschwalbe kippte zur Seite, geriet aus dem Fokus der Laserstrahlen, beschleunigte und raste davon.

»Verfolgungskurs«, sagte April.

Sanawey hob ein Kom-Modul ans Ohr. »Ich empfange codierte Subraumsignale, Captain.«

»Die *Vernichter* ruft um Hilfe«, stellte t'Cael fest.

»Wie wir es von ihr erwarteten«, brummte April. »Kompliment. Sie kennen Ihre Leute sehr gut.«

»Das ist meine Pflicht«, erwiderte Kilyle niedergeschlagen.

»Sie sind Pragmatiker, Mr. t'Cael. Nehmen Sie es nicht zu schwer. Ich wünschte, ich könnte mich ebensogut anpassen wie Sie.«

Florida versteifte sich plötzlich. »Die anderen Schiffe sind da!«

»George, komm hierher zu mir.«

Kirk löste sich aus seiner Starre und näherte sich dem Befehlsstand. Wie zwei Statuen verharrten t'Cael und er zu beiden Seiten des Kommandosessels. George wußte, was April von ihm erwartete, und eine seltsame Unsicherheit zitterte in ihm. Seine Entschlossenheit stand denen der Romulaner sicher in nichts nach, aber die Situation erforderte weitaus mehr. Wenn er die falschen Anweisungen gab, wenn ihm irgendein Fehler unterlief, wenn er nicht rechtzeitig reagierte ... *Zu viele Wenns,* dachte er und versuchte, sich von dem Zweifel an seinen eigenen Fähigkeiten zu befreien.

»Laß sie noch etwas näher herankommen«, sagte er leise. »Wir müssen verhindern, daß sie uns ausweichen können.« Etwas lauter fügte er hinzu: »Bereitschaft für volle Laserenergie.«

Der Wandschirm zeigte den Schwarm: fünf Patrouillenschiffe, nahe genug, damit man die romulanischen Hieroglyphen auf den Schwingen erkennen konnte. Nahe genug fürs Verderben.

»Volle Deflektoren!« befahl George. »Mr. Florida, hart Steuerbord. Zielerfassung!«

Floridas Finger sausten über die Tasten. Die Königin gehorchte, gab die Verfolgung der *Vernichter* auf und wandte sich drei Kriegsschwalben zu.

»Feuer!« Erneut glühten Laserblitze und entluden sich an den Deflektoren von zwei Schiffen. Ein weiterer Strahl verfehlte die dritte Patrouilleneinheit nur um wenige Meter, doch die Streustrahlung mußte an Bord zu starken Erschütterungen führen. Die beiden beschädigten Raumer trudelten mit flackernden Schilden.

»Ausgezeichnet«, murmelte t'Cael und klappte hastig den Mund zu. Er bedachte April und Kirk mit einem kurzen Blick, stellte erleichtert fest, daß sie ihn nicht gehört hatten. Die Manövrierfähigkeit des riesigen Raumschiffes erstaunte ihn. Er hätte es für unmöglich gehalten, daß es so anmutige und elegante Kurswechsel vornehmen konnte. Macht, ja. Aber auch Stil und Ästhetik.

»Wirklich gut, George«, lobte April.

Kirk räusperte sich. »Nur Glück.«

»Nein, Glück spielt in diesem Zusammenhang keine Rolle. Wenn es um solche Dinge geht, bist du außerordentlich intuitiv. Sonst stündest du jetzt nicht neben mir.«

»Meine militaristische Denkweise, nicht wahr?« erwiderte George verärgert. »Himmel, wenn du glaubst, daß ich ...«

Er brach ab und starrte wieder auf den Wandschirm. Der Schwarm sammelte sich, und die drei voll einsatzfähigen Einheiten flogen nun zwischen den beiden beschädigten Kriegsschwalben und dem Föderationsschiff.

»Achtung!« rief Florida, als der Gegner das Feuer eröffnete.

Grüne Flammen leckten über die bugwärtigen Deflektoren der Königin, und plötzlich erbebte das ganze Schiff in einem Mahlstrom tödlicher Energie. George verlor den Halt, wurde gegen den Befehlsstand geschleudert und hielt sich an der Armlehne fest. Das Deck unter ihm hob und senkte sich mehrmals.

»Plasmamörser?« keuchte April.

T'Caels Hände umklammerten die Brüstung. »Nein«, antwortete er. »Konzentrierte Ionenstrahlen aus den Triebwerken. Eine sehr wirkungsvolle Waffe.«

»In der Tat. Status?«

»Schilde stabil, Sir«, meldete Florida mit vibrierender Stimme. »Es grenzt an ein Wunder, daß die Deflektoren noch immer funktionieren.«

»Die Dinger können mehr vertragen, als Sie glauben, Carlos«, brummte der Captain mit gut gespielter Zuversicht. Seinen Gefährten mangelte es an militärischer Ausbildung und Erfahrung, aber wenn er sie davon überzeugte, daß die Königin stark genug war, kamen sie vielleicht mit heiler Haut davon. *Pessimismus fordert das Schicksal viel zu sehr heraus,* dachte April in einem Anflug von Selbstironie. *Wir müssen* glauben, *daß wir es schaffen.*

Ein schwarzes, keilförmiges Etwas mit kupferroten Schwingenspitzen zeigte sich auf dem Wandschirm.

»Die *Jäger!*« platzte es aus t'Cael heraus. Er sprang zur Navigationsstation, obwohl ihm die Kontrollen völlig fremd waren. »Halten Sie sich von ihr fern!«

»Abdrehen!« brachte George hervor — aber sein Befehl kam zu spät.

Die *Jäger* raste am Föderationsschiff vorbei, und eine purpurn und grün glühende Energieblase löste sich von ihrem Rumpf. Florida war kein taktisch geschulter Steuermann: Er lenkte das Starship genau in die falsche Richtung — direkt in das gespenstische Schimmern hinein.

Die peripheren Deflektoren gleißten.

Ein dumpfes Donnern hallte durch die weiße Königin, und die Decks und Schatten schienen sich plötzlich zu krümmen. George hatte das Gefühl, als schließe sich eine imaginäre Faust um seinen Leib und presse ihm die Luft aus den Lungen. Er prallte gegen Florida, fiel auf eine Konsole, rutschte zur Seite und blieb dicht neben dem Steuermann liegen. Noch immer dröhnte und krachte es um ihn herum; das gewaltige Raumschiff schüttelte sich wie in einem Krampf.

Eine halbe Ewigkeit schien zu vergehen, bis der ohrenbetäubende Lärm nachließ und Stille Erleichterung brachte.

»Herr im Himmel ...«, hauchte April und stemmte sich in die Höhe.

Neben ihm stand t'Cael auf und stützte sich am Kommandosessel ab. »*Das* war ein Plasmamörser.«

Er verbarg seine Überraschung darüber, daß sie noch immer lebten. Unfaßbar: Dieses Raumschiff hielt nicht nur der stärksten Waffe des romulanischen Reiches stand, sondern bewahrte auch seine Kampffähigkeit. Voller Genugtuung stellte er sich die Verblüffung der Schwarmkommandanten vor.

»Wirklich bemerkenswert«, schnaufte April und nahm wieder Platz.

»Auf kurze Distanzen eine sehr gute Waffe«, sagte t'Cael. Er starrte auf seine weißen Hände herab, zog sie von der Armlehne zurück. »Eines Tages sind wir vielleicht in der Lage, sie auch während des Hyperlichtfluges einzusetzen.«

»Ich hoffe inständig, daß Ihnen das nicht gelingt! George, ich glaube, die Burschen dort draußen meinen es ernst ... George? Wo steckst du?«

»Ich bin hier.« Kirk kroch hinter Floridas Konsole hervor und half dem Steuermann auf die Beine. »Partikelkanonen laden.« Er drehte sich um, und sein finsterer Blick galt dem Wandschirm, den Darstellungen der *Verwegen, Erfahrung* und *Zukunftsfeuer.* »Jetzt geht's euch an den Kragen. Angriffskurs!«

Sein Zorn erfaßte auch die anderen, und neue Entschlossenheit knisterte wie statische Elektrizität. Florida wandte sich sofort seinen Kontrollen zu, programmierte die Navigationskonsole mit Codesequenzen und armierte die Waffensysteme.

»Sie haben Llarl verwirrt«, kommentierte t'Cael und beobachtete ebenfalls das Projektionsfeld. Seine Schiffe, sein Schwarm ... »Er wartet auf neue Anweisungen von der *Vernichter.* Sie müssen handeln, bevor sich der Gegner neu formiert. Sie haben ihn daran gehindert auszuschwärmen; geben Sie ihm jetzt keine Gelegenheit für eine neue Gefechtskonfiguration. Ich schlage vor, Sie umfliegen den Schwarm in weitem Bogen und ... Was machen Sie da, Kirk?«

»Alle Waffen vorbereiten. Multiple Zielerfassung.«

»Kirk!«

»Die Partikelkanonen mit Energie beschicken.« George kostete das süße Aroma der Rache, hielt den Blick auf die feindlichen Schiffe gerichtet und ignorierte t'Caels Hand, die sich um seinen Arm schloß.

»Weichen Sie den Patrouilleneinheiten aus!«

»Von wegen ausweichen!«

»Die energetische Aktivität der *Verwegen* nimmt zu«, meldete Florida.

T'Cael griff noch fester zu. »Plasmamörser ...«

George achtete nicht auf ihn. »Feuer!«

Florida beugte sich vor, drückte zwei Tasten und verließ sich darauf, daß der Computer die Zieldaten lieferte.

Partikelblitze lösten sich vom Diskussegment des großen Raumschiffes und zuckten in zwei verschiedene Richtungen davon. Kirk hörte ein dumpfes Donnern, als sich die Geschütze entluden, und zufrieden beobachtete er, wie die *Verwegen* und *Erfahrung* voll getroffen wurden. Einen Sekundenbruchteil später glühten zwei neue Sonnen im All.

Er kniff die Augen zu, als das grelle Licht der Zerstörung vom Wandschirm glänzte. T'Cael wankte schockiert zurück, bis er die Brüstung am Rücken spürte.

Die Königin nutzte ihre duotronischen Systeme, glitt an den beiden Explosionswolken vorbei und setzte den Flug ungerührt fort.

Die restlichen vier romulanischen Einheiten feuerten auf das Föderationsschiff, konnten die Schilde jedoch nicht durchdringen. Daraufhin beschleunigten sie und gingen auf sichere Distanz.

Florida schnappte nach Luft. »Ich glaube, wir haben ihnen einen gehörigen Schrecken eingejagt.«

Captain April schüttelte langsam den Kopf.

T'Cael beobachtete die Manöver des Schwarms und versuchte, sich in die Lage der befehlshabenden Offiziere zu versetzen, in denen er nun Gegner sehen mußte. »Glauben Sie nur nicht, daß die Patrouilleneinheiten fliehen«, sagte er. Bevor er eine Erklärung hinzufügen konnte, schwenkten die vier Schiffe synchron herum. »Die *Hr'liighe*-Formation. Es ist sehr schwer, sich dagegen zu verteidigen. Simultaner Angriff von zwei Seiten.« Kilyle bemerkte noch etwas anderes und deutete auf das Projektionsfeld: »Sehen Sie nur, Captain: Die *Vernichter* bleibt ein wenig zurück. Ich nehme an, diese Konfiguration ist Kais Idee, denn Ry'iak versteht von solchen Dingen nichts. Vielleicht kam es zwischen ihnen zu einer Konfrontation.« Ruckartig drehte er sich zu April um. »Captain, Sie dürfen jetzt keineswegs einfach abwarten. Stören Sie die Formation, bevor die Schiffe angreifen können.«

April nickte. »Wo ist die Kriegsschwalbe mit den schwachen Schilden?«

»Die *Zukunftsfeuer,* in der linken oberen Ecke des Schirms.«

»Und die gefährlichste Einheit?«

»Sie meinen die *Kriegsdorn* mit den roten Markierungen. Sie befindet sich direkt darunter. Achten Sie vor allem darauf, daß Zayn Z'ir keine Gelegenheit bekommt, sich an Ihr Heck zu hängen. Sie könnten sie unmöglich abschütteln.«

»Das habe ich auch gar nicht vor«, erwiderte der Captain ruhig und dachte kurz nach. »Wie wär's mit einem kleinen Grillfest?«

»Ich verstehe nicht ...« T'Cael musterte April verwirrt.

»Mal sehen, wie es Kai und den anderen gefällt, gebraten zu werden. Carlos, nehmen Sie Kurs auf die Sonne. Minimale Distanz.«

George trat wieder an den Befehlsstand heran. »Eine gute Idee. Gleich wird sich erweisen, wie leistungsfähig die romulanischen Deflektoren sind.«

In t'Caels Augen glühte Aufregung. »Ja! Unter solchen Umständen können die Kommandanten nicht mehr feststellen, aus welcher Richtung Sie angreifen. Die Sensorerfassung wird von den solaren Interferenzen nachhaltig gestört.« Er preßte die Fingerspitzen aneinander und lächelte hintergründig. »Das ist ein militärisches Geheimnis. Hüten Sie es gut.«

»Ich verrate es niemandem«, versprach April und erwiderte das Lächeln.

»Eine ziemlich riskante Angelegenheit«, warf Florida ein.

»Nicht unbedingt. Wir dürfen uns nur nicht *zu* nahe heranwagen, Carlos. Lassen Sie sich von unserem Computer bei der Kursberechnung helfen. Dazu ist er schließlich da.«

George runzelte die Stirn. »Eine gute Idee«, wiederholte er dumpf. »Aber nicht ungefährlich. Ich teile Floridas

Bedenken. Wenn wir die Korona durchstoßen, kommt es bestimmt zu Strukturrissen in unseren Schilden. Das läßt sich gar nicht vermeiden. Welcher Belastung kann die Außenhülle standhalten?«

»Keine Ahnung«, entgegnete April. »Es wird sich herausstellen.«

»Das genügt mir nicht.«

»Es *muß* dir genügen, George. Noch nie zuvor hat jemand ein solches Manöver durchgeführt, und daher kann ich deine Frage nicht beantworten.«

Das stimmte natürlich. Ein Raumschiff, das noch nicht voll ausgerüstet war, in dem sich nur rund fünfzig Personen befanden, obwohl mehr als zweihundert gebraucht wurden, um alle Bordsysteme zu kontrollieren – und doch schufen sie bereits Präzedenzfälle.

»Na schön.«

George seufzte schwer. »Ich hoffe nur, daß wir nicht unserer eigenen Taktik zum Opfer fallen.«

»Carlos, verstärken Sie die Deflektoren auf der Backbordseite«, sagte April. »Und achten Sie um Himmels willen darauf, die Königin *rechts* an der Sonne vorbeizusteuern.«

Florida überprüfte noch einmal die Kursdaten, die er gerade eingegeben hatte. »In Ordnung.«

»Rechts oder links – was macht das für einen Unterschied?« warf Drake ein.

»Einen *heißen*«, sagte George.

Das weiße Raumschiff flog einen weiten Bogen, kehrte den vier romulanischen Kriegsschwalben das Heck zu und raste der Sonne entgegen.

»Sorgen Sie dafür, daß die Seitenschilde stabil bleiben«, erklang Aprils Stimme. Der Captain starrte auf den Wandschirm und beobachtete, wie der gewaltige Glutball rasch anschwoll.

»Ja, Sir«, bestätigte Florida. »Aber dadurch verringert sich die Kapazität der anderen Deflektoren.« Er hob den Kopf. »Unser Heck ist nicht mehr geschützt.«

»Ich weiß. Dadurch bilden wir ein verlockendes Ziel, nicht wahr? Ich hoffe, die Romulaner nehmen den Köder an.«

»Sie sind ein sehr einfallsreicher Mann, Captain«, sagte t'Cael.

April wollte eine geistreiche, humorvolle Antwort geben, blieb jedoch stumm, als seine Augen im grellen Licht zu tränen begannen.

»Die Temperatur der Außenhülle steigt schnell an, Captain«, meldete Bernice Hart und hatte Mühe, die Anzeigen ihrer Konsole zu erkennen. Die ganze Welt schien nur noch aus farblosem Gleißen zu bestehen.

Das Summen und Zirpen der Sicherheitssysteme bestätigte ihre Worte.

»Der Gegner nimmt jetzt die Verfolgung auf«, sagte Florida.

Grünes Feuer wogte dem ungeschützten Heck entgegen, und die Königin erbebte, als sich rote Linien auf einem Teil ihres Rumpfes bildeten. Glücklicherweise sorgte die Kälte des Alls für eine rasche Abkühlung.

»Die strukturelle Belastung nimmt immer mehr zu!« rief Hart, um das lauter werdende Sirren zu übertönen. »Hitzeabsorber auf Maximum ...«

»Die *Jäger* und *Vernichter* drehen ab, Captain«, berichtete Florida. »Sie können der Strahlungsflut nicht länger standhalten.«

»Temperatur der Außenhülle erreicht Toleranzgrenze ...«

»Auch die *Zukunftsfeuer* gibt auf. Jetzt folgt uns nur noch die *Kriegsdorn.*«

»Langsam wird's kritisch ...«, begann Hart.

Es knisterte und knackte in den Konsolen. Kompensationssysteme heulten. Die Königin ächzte und stöhnte in der solaren Hitze, und die Deflektoren irrlichterten unter der Belastung, der sie ausgesetzt waren.

April spürte, wie er sich verkrampfte, und vergeblich trachtete er danach, die angespannten Muskeln zu lokkern. Er verglich das Starship mit einem lebenden Wesen, das unerträgliche Qualen erlitt.

»Nur noch ein paar Sekunden«, sagte er und versuchte erneut, zuversichtlich zu klingen. Schweiß perlte auf seiner Stirn. Der Bordcomputer konzentrierte das Potential der Kühlsysteme in erster Linie auf die Außenhülle, und innerhalb weniger Sekunden herrschten auf der Brücke tropische Temperaturen.

Florida beugte sich vor, und in seiner Stimme erklang furchtsamer Triumph, als er verkündete: »*Die Kriegsdorn* dreht ebenfalls ab, Sir.«

George sprang mit einem Satz vor. »Traktorstrahl!«

Hart wirbelte herum. »Was?«

»Heckwärtiger Taktorstrahl! Wir dürfen das Schiff nicht entkommen lassen!«

April stand langsam auf. »George ...«

»Eine bessere Chance bekommen wir nie wieder!« platzte es aus Kirk heraus.

»Na gut, verdammt ...«, brummte April und nickte Hart zu.

»Traktorfokus.«

Hart riß die Augen auf. »Aber wenn wir Energie von den Kühlsystemen und Schilden abziehen ...«

April griff nach der Brüstung. »Befolgen Sie die Anweisungen!«

In dem lauten Summen und Sirren erklang plötzlich ein seltsames Jaulen, als sich ein Traktorstrahl auf die *Kriegsdorn* richtete und das gefährlichste Schiff des Schwarms noch näher an die Sonne heranzwang. Die Triebwerke der Kriegsschwalbe feuerten, aber sie konnte sich nicht aus dem Fesselfeld befreien. Drei Sekunden ... vier ... fünf ...

»Die Hülle des Patrouillenschiffes verbrennt«, meldete Bernice Hart und beugte sich so tief über die Konsole, daß ihre Nasenspitze fast eine Kontrollfläche berührte. »Energetische Struktur destabil ... Stahl schmilzt ...« Die Königin erzitterte, als der feste Körper aus dem

Traktorfokus verschwand. »Die *Kriegsdorn* existiert nicht mehr«, fügte Hart gepreßt hinzu. »Sie hat sich vollständig aufgelöst.«

»Traktorstrahl aus!« befahl April. »Und jetzt ... Weg von hier!«

Florida betätigte Tasten, und das Förderationsschiff kippte nach Steuerbord ab, entfernte sich immer weiter von der Sonne.

Der Captain war in Schweiß gebadet und atmete erleichtert auf, als sich das grelle Lodern im Projektionsfeld allmählich trübte. Die Königin raste erneut durch kaltes All und kehrte zu den restlichen romulanischen Einheiten zurück.

»Die Schilde sind geschwächt, Captain«, sagte Hart.

»Bleiben sie stabil?« fragte April.

»Ja, Sir.«

»Waffen einsatzbereit machen«, brummte George und zwinkerte mehrmals. Es dauerte noch einige Sekunden, bis sich seine Augen an die normale Helligkeit gewöhnten.

»Wir müssen das Feuer eröffnen, bevor der Feind seine Sensoren einsetzen kann.«

Vor ihnen schwebte die *Zukunftsfeuer* im Weltraum, und dicht dahinter wartete die *Jäger*. T'Caels Flaggschiff, die *Vernichter*, war etwas weiter entfernt.

George stützte sich an der Navigationskonsole ab und beobachtete den Wandschirm. »Noch etwas näher heran. Bis wir das Ziel nicht mehr verfehlen können. Ja, so ist es richtig ... Feuer!«

Nichts geschah.

»Feuer!«

Florida starrte auf sein Pult. »Sir, die Waffen funktionieren nicht!«

George trat neben den Steuermann und drückte auf die Auslösetaste. »Was ist passiert?«

»Keine Ahnung ... Die Lasergeschütze und Partikelkanonen bekommen keine Energie mehr.« Florida unterbrach sich kurz. »Himmel, die Romulaner visieren uns mit ihren Plasmamörsern an ...«

George erinnerte sich plötzlich an den Testflug und traf eine Entscheidung. *Meine Güte, vielleicht bringe ich uns alle um,* dachte er in einem Anflug von Panik, berührte die Kontrollen und änderte den Kurs.

»Volle Energie auf die Bugschilde!« rief er und hoffte, daß Bernice Hart rechtzeitig reagierte.

April begriff plötzlich, was sein Erster Offizier plante. »Kollisionsalarm!« entfuhr es ihm.

Die *Zukunftsfeuer* kam viel zu schnell näher und füllte das ganze Projektionsfeld aus. Der Captain sah die Markierungssymbole am Rumpf des feindlichen Schiffes, einige Brandspuren, die von ihren Lasern stammten. Er glaubte sogar, die Nieten und Bolzen zwischen den einzelnen Stahlplatten zu erkennen.

Dann der Aufprall.

Wie ein riesiges Geschoß durchstieß das Starship die romulanischen Deflektoren, zerschmetterte den schwarzen Rumpf und zerfetzte die *Zukunftsfeuer.* Die Atmosphäre an Bord entwich aus breiten Rissen; Funken stoben, als sich die Energie entlud; Treibstoff drang aus aufgeplatzten Tanks.

Die weiße Königin zerrte das Wrack mit sich durchs All, bis es schließlich am Diskussegment entlangschabte und in der Leere zurückblieb.

T'Cael starrte ungläubig auf den Wandschirm. Das Föderationsschiff hatte einen Aufprall überstanden, dessen Wucht ausreichte, um eine Kriegsschwalbe vollständig zu zerstören – einfach unglaublich. Fassungslos sah er den davontreibenden Resten der *Zukunftsfeuer* nach.

Damit blieben nur noch zwei Schiffe: die *Jäger* und die *Vernichter.* Sie jagten heran, versuchten dabei, eine Gefechtsformation einzunehmen. T'Cael drehte den Kopf und musterte den Mann, der sich über die Navigationskonsole beugte. Kirk schien zu begreifen, daß noch immer Gefahr drohte.

»Wenn wir unsere Waffensysteme nicht bald mit Energie beschicken können, sind wir erledigt«, brummte George. Zusammen mit Florida bediente er die Kontrollen, um herauszufinden, wo der Defekt lag.

Aber der Computer beantwortete ihre Anfragen nicht. Der Riese schlief wieder.

KAPITEL 20

George eilte zum nächsten Interkom.

»Saffire! Bringen Sie die Waffen in Ordnung!«

»Ich versuche es, Sir«, klang es aus dem Lautsprecher. »Die Lasergeschütze und Partikelkanonen bekommen einfach nicht genug Saft. Ich bin gerade dabei, das notwendige energetische Potential durch die Impulskonvektoren umzuleiten, aber wenn die Ausgleichssysteme nicht funktionieren, werden dadurch die Schilde geschwächt. Geben Sie mir einige Minuten Zeit.«

»In einigen Minuten sind wir tot!« George bebte vor Zorn, wandte sich um und richtete seine Aufmerksamkeit wieder auf den Wandschirm. Die beiden feindlichen Schiffe näherten sich schnell. »Das sollte ihm eigentlich klar sein, verdammt ...«

Hart runzelte die Stirn und sah auf die Anzeigen der Subsystemkonsole. »Das ist ja merkwürdig«, murmelte sie und drückte einige Tasten. George hörte sie zwar, schenkte ihren Worten jedoch keine Beachtung.

»Reg dich ab, George«, warf Drake ein. »Saffire gibt sich alle Mühe.« Er lachte leise. »Wenn ich mir vorstelle, daß unser Leben von jemandem abhängt, der bei seinen Mahlzeiten die einzelnen Bestandteile des Essens voneinander trennt ...« T'Cael kniff die Augen zusammen und drehte sich langsam um. »Wie bitte?«

Drake blinzelte verwirrt und rief sich seine letzte Bemerkung ins Gedächtnis zurück. Er zögerte kurz, hielt es für lächerlich, angesichts der besonderen Umstände etwas derart Banales zu erklären. »Wissen Sie, äh, Saffire ißt alles nacheinander, nie zusammen.« Reed zuckte hilflos mit den Schultern. »Ich wollte nur einen Scherz machen, um die Anspannung ein wenig zu lockern ...«

T'Cael wirbelte zu George herum. »Sie haben einen Romulaner an Bord.«

Der Captain hob die Brauen, blieb jedoch stumm.

Kirk begegnete Kilyles Blick. »Sie meinen, abgesehen von Ihnen?« vergewisserte er sich. »Nein, unmöglich. Es sind genaue physiologische Kontrollen durchgeführt worden. Unsere Besatzung besteht nur aus Menschen.«

T'Cael ließ nicht locker. »Mag sein«, sagte er. »Aber der Mann namens Saffire wuchs als Romulaner auf.«

Eisige Kälte entstand in George. *Wenn Kilyle recht hat, wenn sich wirklich ein menschlicher Rom an Bord befindet ...*

»Mr. Kirk!« rief Bernice Hart. »Die Zweite Waffenkontrolle ist für den Energieverlust verantwortlich!«

»*Lieber* Himmel!« hauchte George. Dann brüllte er: »Drake, Sanawey! Kommt mit.«

»Beeilt euch«, drängte April.

Sie stürmten los, und als sie der Turbolift durchs Schiff trug, merkte George plötzlich, daß sich ihnen auch t'Cael angeschlossen hatte.

Tief unter der Brücke, mitten im stählernen Leib der Königin, verließen die vier Männer den Lift und liefen zur Waffenkontrolle. Als sie sich dem Ziel näherten, hoffte Kirk, daß der Saboteur nicht so umsichtig gewesen war, die Tür zu verriegeln.

Glücklicherweise konnten sie darauf verzichten, sich gewaltsam Zutritt zu verschaffen — das Schott glitt sofort beiseite.

»Saffire!« donnerte George. Die Antwort bestand aus einem Erg-Blitz, der ihm entgegenraste. Offenbar hatte Saffire das Geschehen im Kontrollraum beobachtet und sie erwartet. Es zischte leise, und die energetische Entladung schleuderte Kirk an die Wand.

Doch um auf George zu feuern, mußte sich der Saboteur zumindest für einen Sekundenbruchteil von den anderen Männern abwenden. Drake nutzte den Vorteil, handelte sofort und schlug zu. Seine Faust traf den Techniker am Kinn, und mit der anderen Hand stieß er den Strahler beiseite. Dann war auch Sanawey heran und hielt Saffire an den Armen fest. Der Mann wand sich hin und her, trat nach Kirk und dem Kommunikationsoffizier. Vielleicht wäre es ihm tatsächlich gelungen, sich zu befreien, aber t'Cael hinderte ihn daran. Er trat vor und sagte scharf: *»Khoi'ha! Hwiiy'lou g'tu hwiiy.«*

Saffire erstarrte und begriff, daß man ihn durchschaut hatte. Er setzte sich nicht mehr zur Wehr, schnaufte voller Abscheu und erwiderte: *»Ssuaj'rekk.«*

George stemmte sich in die Höhe, wankte an t'Caels Seite und bedachte Saffire mit einem finsteren Blick. »Schafft ihn weg«, wies er Drake und Sanawey an.

Reed zerrte Saffire zur Tür. »Wir bringen dich in einer nagelneuen Arrestzelle unter, Freundchen«, brummte er. Zusammen mit Sanawey führte er den Saboteur ab.

George sah ihnen kurz nach, rieb sich den schmerzenden linken Oberschenkel und betrachtete die Anzeigen der Schalttafel. Wie hatte es Saffire angestellt, die Energieversorgung der Waffensysteme zu unterbrechen? Vorsichtig berührte er die Kontrollen und fragte: »Was haben Sie ihm gesagt?«

»Ich war mir nicht ganz sicher«, erwiderte t'Cael. »Bis ich seine Antwort hörte.«

»Welche Worte richteten Sie an ihn?«

Kilyle lächelte geheimnisvoll. »Nur einige wenige. Ich sagte ihm, er solle aufhören ... Nun, die Übersetzung lautet: ›Du bist, wer du bist, und wir wissen es.‹«

George begann damit, die Kontrollanlagen zu überprüfen und nach programmierten Fehlfunktionen Ausschau zu halten. Er war froh darüber, sich ablenken zu können, hätte es gerade jetzt nicht ertragen, t'Caels Blick zu begegnen.

»Die Sache ist mir ein Rätsel«, knurrte er. »Drakes Medoscanner hätte selbst chirurgische Veränderungen feststellen müssen.«

»Wahrscheinlich gibt es gar keine.«

»Ich bin ganz Ohr.«

Kilyle atmete tief durch. »In meiner Heimat legt man großen Wert auf ethnische Reinheit, und deshalb wissen nur wenige, daß einige Menschen bei uns leben. Angeblich gehörten ihre Vorfahren zur Besatzung eines Forschungsschiffes, das sich noch vor dem Krieg gegen die Föderation in unseren Raumbereich verirrte. Nun, offenbar scherte sich niemand um ihren Verbleib. Einige wurden mit chirurgischen Maßnahmen verändert, um ihnen das äußeren Erscheinungsbild von Rihan... von Romulanern zu geben. Ihre Kinder identifizierten sich mit der romulanischen Kultur. Unsere Regierung wußte sofort, welche günstige Gelegenheit sich dadurch bot. Leute wie Saffire sind ausgebildete Agenten, die jenseits der Neutralen Zone tätig werden. Der Saboteur sah offenbar einen Vorgesetzten in mir, und daraus schließe ich, daß er für unseren militärischen Geheimdienst arbeitet. Ich bin zutiefst beschämt und möchte mich bei Ihnen entschuldigen.«

Daraufhin hob George den Kopf. »Sie trifft keine Schuld.«

T'Caels Züge glätteten sich ein wenig. »Ich bin Romulaner, und dadurch trage auch ich einen Teil der Verantwortung.«

George spürte vages Unbehagen. »Nun, wenn Sie es so sehen ...« Er unterbrach sich, als das Schiff erbebte und ein dumpfes Grollen durch die Korridore hallte. »Sie mögen Romulaner sein, t'Cael, aber bestimmt gefiele es ihnen nicht, durch romulanische Waffen zu sterben.« Er konzentrierte sich wieder auf die Anzeigen. »Außerdem ... Wahrscheinlich hätten wir an Ihrer Stelle ebenfalls die Möglichkeit genutzt, Agenten auszuschicken.«

Seltsamerweise fiel ihm dieses Eingeständnis ganz leicht. George fragte sich überrascht, warum er sich so sehr an den Fremden gewöhnt hatte. An den *Feind.*

Es war nicht nur ihm gelungen, die Fesseln der Vorurteile abzustreifen.

»Ihr Raumschiff erstaunt mich«, sagte t'Cael. »Ich wußte nicht, welche Macht es verkörpert ...« Er sah George offen an. »Noch nie zuvor ist es einem einzelnen Gegner gelungen, einen Schwarm zu zerstören.«

Kirk versuchte, plötzlichen Stolz zu unterdrücken. Er wollte t'Cael nicht verletzen – obwohl es ihm bis vor kurzer Zeit kaum in den Sinn gekommen wäre, auf die Gefühle eines Romulaners Rücksicht zu nehmen. Er befand sich in einem noch *unvollständigen* Produkt der Föderation, das die schöpferische Kraft des Völkerbunds bewies, und eine gewisse Selbstgefälligkeit ließ sich nicht ganz aus seiner Stimme verbannen, als er erwiderte: »Wir sind zu weitaus mehr fähig.« Er betätigte weitere Tasten, beobachtete die Datenkolonnen auf den Monitoren und hielt nach Hinweisen auf Saffires Manipulationen Ausschau. Kurz darauf merkte er plötzlich, daß wieder Stille herrschte. George warf t'Cael einen kurzen Blick zu. »Die beiden Patrouilleneinheiten feuern nicht mehr auf uns. Vielleicht haben sie aufgegeben.«

Kilyle kannte den Schwarm weitaus besser, und deshalb konnte er sich dem Optimismus des Menschen nicht anschließen. Aber eins stand fest: Irgend etwas hatte sich verändert. Ob zum Besseren oder Schlechteren, mußte sich erst noch herausstellen.

Kirks Finger bewegten sich wie eigenständige Wesen an den Kontrollen, und verblüfft hob er die Brauen, als grüne Lichter aufleuchteten und verdeutlichten, daß die Waffensysteme wieder voll einsatzfähig waren. Offenbar hatte Saffire keine Gelegenheit, permanente Schäden zu verursachen. Glücklicherweise kannte sich George mit den Steuerungssequenzen recht gut aus; sie erschienen ihm nicht annähernd so fremdartig wie die Navigationsanlagen eines Shuttles. Trotzdem runzelte er überrascht die Stirn, als die Anzeigen Bereitschaft meldeten. Einige Sekunden lang starrte er auf die Konsole herab und zögerte, an seinen Erfolg zu glauben. Dann befreite er sich vom Zweifel und griff nach t'Caels Arm.

»Das wär's. Kommen Sie.« Die Verwirrung des Romulaners blieb ihm zunächst rätselhaft, und er begriff den Grund dafür erst, als sie wieder im Turbolift standen: Er hätte Robert noch von der Waffenkontrolle aus informieren sollen, daß die Lasergeschütze und Partikelkanonen funktionierten.

Kurze Zeit später öffnete sich das Schott, und Kirk sprang auf die Brücke. »Wir sind wieder gefechtsbereit, Captain ...«, begann er.

Geistesabwesend nahm er zur Kenntnis, daß t'Cael neben ihn trat. Seine Aufmerksamkeit galt in erster Linie den blassen Gesichtern Aprils und der anderen. Niemand von ihnen rührte sich. Alle starrten auf den Wandschirm, beobachteten zwei keilförmige Raumschiffe. Bernice Hart saß nicht mehr am Pult der Subsysteme, sondern bediente die Kontrollen der Kom-Station. *Warum ist die Kommunikation plötzlich so wichtig geworden?* überlegte George bedrückt.

Robert April wandte sich um. »Bernice, bitte machen Sie Mr. Kirk mit der Nachricht vertraut.«

Hart nickte und führte einige Schaltungen durch. Es knackte in den Lautsprechern, und die Computerübersetzung klang irgendwie düster.

»Diese Botschaft stammt vom Patrouillenschiff *Jäger.* Wir haben Ihre Deflektoren durchstoßen und zwei Sprengvorrichtungen auf der Außenhülle hinterlassen. Wenn Sie uns weiterhin Widerstand leisten, werden sie gezündet, und dann müssen Sie mit einer vollständigen Vernichtung rechnen. Desaktivieren Sie sowohl die Schilde als auch Ihre Waffensysteme. Wir geben Ihnen fünfzehn Minuten Ihrer Zeitrechnung, um zu kapitulieren.«

George näherte sich der jungen Frau wie in Trance, drehte sich dann ruckartig um und sah den Captain an. »Sind die Bomben bereits gescannt worden?«

»Ja.« April gab Hart ein Zeichen.

Bernice drückte mehrere Tasten, und ein zweiter, kleinerer Bildschirm erhellte sich, zeigte einen der beiden

Sprengkörper. George trat an den Monitor heran und sah eine Art dunklen Pfropfen auf der gewölbten, elfenbeinernen Hülle des Diskussegments. Drei klauenartige Schellen verbanden ihn mit dem Schiff. »Es handelt sich um Plasmaintrivium in einem Splittermantel«, erklärte Hart. »Die Ladung beträgt drei Megatonnen. Magnetische Kupplungsstutzen verbinden die Bomben mit dem Rumpf. Die eine befindet sich über uns, hinter der Brücke, die zweite in unmittelbarer Nähe der backbordwärtigen Sensoreinheit. Wenn sie gezündet werden, implodiert die obere Hälfte, und dadurch zielt die Druckwelle allein nach unten. Wenn sie gleichzeitig explodieren, wird der Diskus von beiden Seiten her durchstoßen, und die Vernichtungsfront reicht vermutlich bis zum Computerraum.«

»*Darum* hat Saffire unsere Waffen lahmgelegt«, sagte April und hob den Zeigefinger an die Lippen. »Wir konnten das Feuer nicht eröffnen, und das versetzte den Gegner in die Lage, uns einen solchen Streich zu spielen.« Seine Lippen bildeten einen dünnen Strich, als er t'Cael musterte. »Ihre Leute sind verdammt tüchtig.«

George wandte sich an Kilyle. »Es ist kein Bluff?«

T'Cael schüttelte kummervoll den Kopf. »Nein. Normalerweise wären noch weitere Bomben eingesetzt worden, aber es sind nur zwei Schwarmschiffe übriggeblieben. Ich nehme an, sie verfügten nur über diese beiden Sprengvorrichtungen. Aber sie reichen völlig aus. Sie sollten sehr, sehr vorsichtig sein.«

»Was geschieht, wenn wir uns ergeben?« fragte April. »Was passiert dann mit meiner Crew?«

»Man würde sie arrestieren, verhören ...«

»Und auch foltern?«

»Vielleicht. Obwohl das eigentlich nicht nötig wäre. Dieses Schiff beantwortet alle Fragen. Unsere Wissenschaftler lassen sich oft auf politische Intrigen ein, doch sie verstehen ihr Handwerk.«

George hielt mit langen Schritten auf den Befehlsstand zu. »Robert, du denkst doch nicht im Ernst daran ...«

»Ich muß alle Möglichkeiten berücksichtigen. Wenn ich uns retten kann, indem ich die Kapitulation anbiete ...«

»Captain ...«, warf t'Cael ein und kam ebenfalls näher. »Sie dürfen auf keinen Fall Ihr Schiff aufgeben. Sie *müssen* fliehen.«

Robert April musterte den exotischen Fremden eine Zeitlang, und die Blicke der beiden so unterschiedlichen Männer vermittelten etwas, das nur Kommandanten verstanden. Das Schicksal hatte sie zusammengeführt, und diese gegenseitige Abhängigkeit bestimmte nun ihr weiteres Handeln.

»Warum?« fragte April leise.

»Das habe ich Ihnen doch schon gesagt!« entgegnete t'Cael scharf. »Erinnern Sie sich nicht mehr an meine Ausführungen über den Prätor, das Krebsgeschwür in unserer Kultur ...«

»Doch, ich erinnere mich.« April nickte beschwichtigend. »Und ich glaube Ihnen. Aber ich weiß auch, daß Sie mir etwas verschweigen.«

T'Cael senkte den Kopf.

»Wenn ich unsere gegenwärtige Situation richtig beurteile, können wir nur zwischen zwei Alternativen wählen«, fuhr April fort. »Entweder geben wir auf, oder die Königin wird vernichtet, was für uns alle den Tod bedeutet.« George setzte zu einem Einwand an, aber der Captain winkte ab. »Sehen Sie eine dritte Möglichkeit?«

»Flucht«, erwiderte der Romulaner fast tonlos.

April beugte sich vor. »Warum?«

Kilyle verschränkte die Arme, eine Geste, die keineswegs entspannt wirkte, sondern eher verkrampft und schmerzvoll. Noch immer starrte er zu Boden und rang mit sich selbst. Er hatte sich geschworen, den Terranern nur das absolut Notwendige mitzuteilen, doch jetzt ...

Er überlegte, ob er schweigen und den Treueeid achten sollte, der einer Regierung galt, die er längst verabscheute. Er dachte daran, mit einer Lüge zu antworten, doch Aprils

Vertrauen verdiente Aufrichtigkeit. Er entsann sich an seine Prinzipien – und an Idrys.

T'Cael holte tief Luft.

»Haben Sie sich noch nicht darüber gewundert, daß nur wenige Schiffe in diesem Sektor patrouillieren? Haben Sie sich noch nicht gefragt, warum eine Meuterei gegen mich stattfand?« Er wählte seine Worte mit aller Sorgfalt. »Es ist alles andere als ehrenhaft, mit Routineaufgaben im Innenraum betraut zu werden, während das Reich ein angeblich ruhmvolles Unternehmen beginnt.«

»Was für ein Unternehmen meinen Sie?«

T'Cael wünschte sich, auf eine entsprechende Erklärung verzichten zu können. Warum mußte ausgerechnet er über die Eroberungspläne des Prätors Auskunft geben? *Weil ich hier bin, an Bord dieses Schiffes, in der Begleitung von Menschen,* dachte er. *Mir bleibt gar keine andere Wahl.* Aus einem Reflex heraus ballte er die Fäuste und fuhr fort:

»Die Reichsflotte sammelt sich in den Außensektoren, unweit der Neutralen Zone.«

»Invasion?« hauchte April.

Georges Hand schloß sich fest um t'Caels Arm, und die beiden Männer sahen sich an. Hier eine stumme Frage, dort eine lautlose Antwort. Als Kirk die Niedergeschlagenheit in den großen, dunklen Augen sah, bedauerte er plötzlich, daß ihnen Kilyle mit solcher Offenheit begegnete. Er hatte sich immer gewünscht, an historischen Ereignissen teilzunehmen und seinen Söhnen irgendwann einmal sagen zu können: »Ich war dabei.« Doch den Beginn eines interstellaren Krieges zu erleben ...

»Aber *warum?«* flüsterte April.

T'Cael wandte sich von George ab und beobachtete die Verzweiflung in den Zügen des Captains. »Mein Volk ist fest davon überzeugt, daß die Föderation mit der Absicht aufrüstet, romulanische Welten zu erobern.«

April schüttelte entsetzt den Kopf. »Das ist doch irrsinnig. Glauben Sie an so etwas?«

»Ich? Nein. Ich kenne die Denkweise der Menschen. Das heißt: Ich weiß um die in der menschlichen Gemeinschaft üblichen Verhaltensweisen. Doch das spielt keine Rolle. Mein Volk ist sehr aggressiv, und es läßt sich leicht davon überzeugen, daß diese Beschreibung auch auf andere Kulturen zutrifft. Der Prätor hat Gerüchte über Kriegsabsichten der Föderation in Umlauf gebracht, und nun tragen sie Früchte, wecken Argwohn und Mißtrauen. Ich muß eingestehen: Als ich zum erstenmal Ihr Schiff sah, so tief in unserem Raumgebiet ...«

»Zum Teufel mit Ihnen!« platzte es aus George heraus und schob sich zwischen April und t'Cael. »Wollen Sie etwa uns die Schuld geben? Wir sind wohl kaum dafür verantwortlich, daß Ihr Volk nicht mit der eigenen Furcht und Machtgier fertig werden kann.«

April stöhnte leise und drängte seinen Ersten Offizier beiseite. »Bitte, George ...«, murmelte er.

Die Anspannung auf der Brücke wuchs, erschien fast greifbar. Sanawey und die anderen hörten schweigend zu, beobachteten die Konfrontation zwischen Kirk und dem Romulaner. Aprils Blick blieb auf George gerichtet; stumm beschwor er ihn, endlich zu begreifen, daß t'Cael keine Schuld traf, daß er ebenso — oder vielleicht noch mehr — ein Opfer war wie sie selbst. Darüber hinaus stellte er ihre einzige Chance dar, zu überleben und die Föderation zu warnen.

Er brachte es nicht fertig, diese Gedanken in Worte zu fassen.

Kirks Bemerkungen ließen t'Cael völlig unbeeindruckt, und sein Gleichmut schürte das Feuer des Zorns in George.

Anklagend deutete er auf Kilyle. »Zeigen Sie uns einen Ausweg. Wenigstens dazu sind Sie verpflichtet.«

Der Captain schob sich noch etwas weiter in die Lücke zwischen den beiden Männern. Deutlich spürte er, daß Georges Körper wie die Sehne eines Bogens gespannt war, und er übersah auch nicht das Flackern der Wut in seinen Augen. T'Cael bildete einen krassen Kontrast zu Kirk. Die dunklen Pupillen starrten kalt und unbewegt. Der Romulaner schien nicht geneigt zu sein, sich auf eine direkte, physische Auseinandersetzung mit dem Ersten Offizier einzulassen, aber er hatte inzwischen die Arme gesenkt und hielt sie gespreizt – deutliches Zeichen seiner Verteidigungsbereitschaft. April stellte sich plötzlich einen George vor, der quer durch den Kontrollraum flog, an die Wand prallte und bewußtlos liegenblieb.

»Immer mit der Ruhe«, sagte der Captain, klopfte Kirk auf den Arm und gewann dabei den Eindruck, Granit zu berühren. »Ich brauche euch beide. Dreht jetzt nicht durch.«

»Es fällt mir verdammt schwer, einen kühlen Kopf zu bewahren«, knurrte George.

April gab ihm einen Stoß. »Reg dich ab. Wir sind hier nicht in einer verdammten Arena, klar?« Er verdrängte seinen eigenen Ärger und sah t'Cael an.

Noch immer glitzerte Eis in den Augen des Romulaners, aber allem Anschein nach wollte er sich nicht provozieren lassen. Wie in Zeitlupe rieb er sich die Hände, und langsam wich die Anspannung aus ihm.

»Sind Sie ein guter Schauspieler, Captain?« fragte er. »Können Sie die Kommandanten der beiden Schiffe dort draußen davon überzeugen, daß Sie aufgeben – bis es uns gelingt, die Bomben zu entschärfen?«

»Ist das möglich?«

»Im Sprengmantel gibt es kleine Schalteinheiten, die es erlauben, Kontrollsequenzen einzugeben. Der falsche Code führt zu einer sofortigen Explosion.«

»Kennen Sie den richtigen?«

»Ja, aber der Überwachungssensor ist auf die romulanische Physiologie justiert. Wenn jemand anders versucht, die Bomben zu entschärfen, werden sie unverzüglich gezündet. Normalerweise hätten Sie also nicht die geringste Chance. Zum Glück weiß der Gegner nicht, daß sich ein Romulaner an Bord Ihres Schiffes befindet.«

»Melden Sie sich freiwillig, Mr. t'Cael?« fragte April.

»Selbstverständlich.«

»Aber Sie können nur jeweils einen Sprengkörper unschädlich machen. Und wenn man Sie auf der Außenhülle bemerkt ...«

»Das halte ich für unwahrscheinlich. Derzeit befinden sich die Patrouillenschiffe nicht in unmittelbarer Nähe, und daher kann die Sensorerfassung keine genauen Daten liefern. Das hoffe ich jedenfalls.«

»Sie sind nicht ganz sicher?«

»Captain, Sie wissen ebensogut wie ich, daß die Leistungsfähigkeit eines Gerätes von der Person abhängt, die es bedient. Ich habe keine Ahnung, wer im Augenblick an den Sensorstationen sitzt, und daraus ergibt sich ein Unsicherheitsfaktor. Ein gewisses Risiko bleibt.«

April seufzte. »Ein ›gewisses‹ Risiko? Die Sache ist verdammt gefährlich.«

»Ich nehme an, Sie können mir die erforderliche Schutzkleidung zur Verfügung stellen, oder?«

»Ja.«

»Ich begleite Sie«, warf George ein, ging zum Turbolift und hörte t'Caels Schritte. Der Romulaner folgte ihm.

»Viel Glück!« rief April und beobachtete, wie sich das Schott schloß. »Für uns alle«, fügte er leise hinzu.

»Der photonische Codeselektor empfängt die sichtbaren Strahlungen naher Sterne. Solange er keine reflektierbaren Emissionen registriert, ist eine manuelle Entschärfung unmöglich.«

»Ja. Und?«

»Sie stehen mir im Licht.«

»Oh. Entschuldigung.«

Die Kälte des Weltraums strich über die peripheren Schichten der Schutzanzüge. Ein elektrisches Summen untermalte die Stimmen der beiden Männer, und ab und zu knackte und knisterte es in den kleinen Lautsprechern der Helmkommunikatoren. Langsam näherten sie sich einer der beiden romulanischen Bomben, einem dunklen Objekt auf dem Diskussegment, nicht weit von der Brückenkuppel entfernt. Es handelte sich um den gefährlicheren der beiden Sprengkörper, denn er bedrohte den Kontrollraum, das Nervenzentrum der Königin. Drei klauenartige Schellen hatten sich in die weiße Außenhülle gebohrt und hielten das konische Objekt fest. Das Ding ähnelte einem großen, stählernen Krebs, und in seinem Innern wartete destruktive Energie auf den Zündimpuls. T'Cael nahm sich den komplizierten Codeselektor vor, während George mit einer Brechstange hantierte und sie unter den ersten Kupplungsstutzen schob.

»Wir haben es mit einer Vorrichtung zu tun, die jeden Augenblick explodieren kann, Kirk.«

»Ja.«

»Man muß sehr vorsichtig damit umgehen.«

»Ja.«

»Sie bringen uns alle in große Gefahr, wenn Sie weiterhin so an dem Ding herumwerkeln.«

»Erledigen Sie Ihren Job«, erwiderte George. Seine Stimme klang gepreßt, als er die Muskeln spannte und die Brechstange als Hebel einsetzte. »Ich kümmere mich um meinen.«

»Wenn Sie nicht aufpassen, entstehen kleine Risse im Bombenmantel. Und falls die Sensoren einen Druckverlust registrieren — *Bumm!*«

»Ich will den Apparat von der Außenhülle lösen.«

»Das ergibt doch keinen Sinn. Sobald ich den Zünder desaktiviert habe ...«

»Ich will den Apparat von der Außenhülle lösen.«

»Na schön.« T'Cael preßte die Lippen zusammen und fand sich mit Kirks eklatantem Mangel an Pragmatismus ab. Offenbar kam es dem Menschen in erster Linie darauf an, einen ästhetischen Makel zu entfernen. T'Cael beobachtete die Bemühungen seines Begleiters mit wachsender Verzweiflung, aber in gewisser Weise verstand er den Terraner. Kirk sah in der Bombe einen persönlichen

Affront, eine Beleidigung, die ›der weißen Königin‹ und auch ihm selbst galt.

Kilyle seufzte lautlos und versuchte, nicht mehr auf Kirks Keuchen zu achten. Statt dessen konzentrierte er sich auf die farbig markierte Kontrolleinheit der Sprengvorrichtung und gab den Code ein. Er ließ sich von nichts ablenken, hielt nur kurz inne, als er die Stimme des Captains vernahm.

»George? Hier spricht Robert. Bist du da draußen, George?«

Kirk richtete sich auf und betätigte einen externen Schalter seines Kommunikators. »Wo sollte ich sonst sein?«

»Hörst du mich, George?«

»Zum Teufel auch, wo ist die richtige Taste?« Der Erste Offizier klemmte sich die Brechstange unter den Arm, preßte die magnetischen Stiefel fest an die Hülle des Schiffes und senkte den Kopf, bis er einen Blick auf die Brustplatte des Schutzanzugs werfen konnte. Mit dem Daumen berührte er einen anderen Schalter und sagte: »Ja, ich höre dich klar und deutlich.«

»Wie weit seid ihr?«

»Noch immer bei der Arbeit.« George zögerte kurz, als ihm der Romulaner ein Zeichen gab, nickte dann. »T'Cael ist fast fertig, und ich versuche noch immer, die Schellen zu lösen, die das Ding mit dem Diskussegment verbinden.«

»Hältst du das für unbedingt notwendig?« fragte April.

»Fang du nicht auch noch an. Zwei Kupplungsstutzen habe ich bereits entfernt; jetzt nehme ich mir den dritten und letzten vor.«

»Nun gut. Aber trödle nicht herum.«

»Halt mich über die beiden Patrouillenschiffe auf dem laufenden. Ich möchte nicht ausgerechnet hier von einem Angriff überrascht werden.«

»In Ordnung«, bestätigte der Captain. »Wir haben die meisten Bordsysteme abgeschaltet, um den Eindruck zu erwecken, als gäben wir tatsächlich auf ... Bisher wartet der Gegner einfach ab. Wir behalten ihn im Auge, aber bis ihr fertig seid, sind uns die Hände gebunden. Uns bleiben nur noch wenige Minuten, George. Beeil dich.«

»Kirk Ende«, antwortete der Erste Offizier, um in aller Deutlichkeit darauf hinzuweisen, daß er keine Zeit verlieren wollte. Er hatte sich vorgenommen, die Bombe von der Hülle zu lösen, bevor es t'Cael gelang, die vollständige Desaktivierungssequenz einzugeben. Er schaffte es, das selbstgesetzte Ziel zu erreichen, und nur wenige Sekunden später gab ihm Kilyle mit einem knappen Wink zu verstehen, daß der Sprengkörper entschärft war.

»Das wär's« brummte George und schob die Brechstange wie ein Schwert hinter den Instrumentengürtel. Behutsam hielt er das dunkle Objekt fest und verhinderte, daß es langsam fortschwebte. T'Cael griff ebenfalls zu.

»Möchten Sie diesen Vernichtungsapparat wirklich an Bord holen?« fragte der Romulaner. »Vielleicht sollten wir ihn dem All überlassen.«

»Stellt er jetzt bestimmt keine Gefahr mehr dar?«

»Ganz gleich, was ich darauf antworte ... Woher wollen Sie wissen, daß ich nicht lüge?«

George bedachte ihn mit einem finsteren Blick. »Sie haben recht. Nun, ich bin bereit, Ihnen zu vertrauen. Und was Ihre Frage betrifft: Ja, ich möchte das Ding behalten. Helfen Sie mir.«

Gemeinsam dirigierten sie den konischen Gegenstand zur nächsten Luftschleuse, die gerade genug Platz bot. Als sie die kleine Kammer betraten, richtete sich George auf und musterte t'Cael, dessen Züge hinter der Helmscheibe seltsam verzerrt wirkten. »Alles klar«, brummte er. »Jetzt die andere Bombe.«

Er wandte sich um und trat wieder nach draußen.

Einen Sekundenbruchteil später klang Aprils Stimme aus dem Kom-Lautsprecher. »George!«

»Hier Kirk.«

»Wir haben gerade Signale angemessen, die aus unserem Schiff stammen ...«

»Was? Bist du ganz sicher?«

»Kehrt sofort zurück! Kralle, stören Sie die Sendung! Peilen Sie ...«

George schaltete den Kommunikator ab, ergriff t'Cael am Arm und zerrte ihn in Richtung der Schleuse. »Los, Bewegung! Jemand an Bord der Königin setzt sich mit Ihren ehemaligen Freunden in Verbindung.«

»Das verstehe ich nicht«, erwiderte Kilyle verwirrt und stakte über die weiße Außenhülle. »Der Saboteur wurde doch gefaßt und befindet sich in einer Arrestzelle.«

»Vielleicht ist er ausgebrochen. Vielleicht ...«

»Wir müssen damit rechnen, daß der andere Sprengkörper ...«

Zu spät. Hinter dem Horizont des Diskussegments gleißte das Feuer der Vernichtung. Glut loderte vor dem Hintergrund des dunklen Universums, tastete mit fataler Zielstrebigkeit nach dem stählernen Leib des Raumschiffes. Die Königin erzitterte, als Metallplatten zerplatzten, und die Erschütterungen wurden so heftig, daß George den Halt verlor. Irgend etwas schmetterte ihn ans Schott, und die Brechstange preßte sich schmerzhaft fest an seinen Brustkasten. Unmittelbar darauf wirbelte er durchs All und beobachtete entsetzt, wie er sich vom Schiff entfernte.

Aus einem Reflex heraus bewegte er Arme und Beine, doch sie trafen nirgends auf Widerstand. Es gab keine festen Objekte, an denen er sich festhalten konnte.

Leere umgab ihn.

»Kirk ...« George vernahm eine vertraute Stimme und spürte etwas. Jemand berührte ihn am Arm. T'Cael ...

Ja, der Romulaner war noch immer bei ihm. Die Explosion der zweiten Bombe hatte sie zusammen fortgeschleudert. Ein Hoffnungsschimmer flackerte in ihm, verblaßte jedoch sofort wieder. *Ich sterbe also nicht allein,* dachte er. *T'Cael begleitet mich in den Tod.*

Er versuchte sich umzudrehen, verwendete Kilyles Körper als eine Art Angelpunkt, und schließlich sah er das Gesicht des Romulaners. Die Helmscheibe zeigte ein Spiegelbild des Starships, und George erinnerte sich daran, was für einen erhabenen Anblick es neben der dunklen Masse des Raumdocks geboten hatte.

Jetzt wirkte das Schiff noch weitaus prächtiger, umgeben von schwarzem Samt und den Diamanten ferner Sterne.

Wer behauptete, im Weltraum gebe es keine Geräusche? Kirk glaubte, den Atem der Königin zu hören: ein leises Zischen und Pfeifen, das ihm wie ein trauriger Abschied folgte.

»Mein Schutzanzug!« brachte er hervor, und mentale Kälte griff nach seinen Gedanken. »Ein ...«

Er krümmte sich, blickte an der Brustplatte vorbei und riß unwillkürlich die Augen auf, als er ein kleines Loch sah. Die Brechstange hatte das Isoliermaterial durchstoßen.

»Ein Leck«, stellte t'Cael fest und sprach ganz ruhig. »Bleiben Sie bei mir. Ich halte Sie fest ...«

Das Gefühl wich aus Kirks Leib, und eine tödliche Benommenheit tastete nach seinem Bewußtsein. Wie aus weiter Ferne hörte er das Fauchen der entströmenden Luft. Er zwinkerte mehrmals und glaubte zu sehen, wie sich t'Caels Mund bewegte. Irgend etwas schüttelte ihn, während das Prickeln in den Oberschenkeln allmählich nachließ und einer fast angenehmen Taubheit wich. *Ist dies der Tod?*«, flüsterte es irgendwo in ihm. *Ein sonderbarer Druck, der nicht nur dem Körper gilt, sondern auch den Gedanken? Als ertrinke man langsam ...* George erinnerte sich: Als Junge stürzte er in einen Fluß und wäre fast ertrunken.

»Meine Jungen ... Sprechen Sie mit meinen Jungen ...«

KAPITEL 21

»Ein kreislaufstabilisierendes Mittel.«

»Er ist noch immer bewußtlos.«

»Gut so. Wenigstens bleibt er still.«

Ein leises Zischen.

»Brücke an Captain.«

»Hier April.«

»Das Warptriebwerk wird vorbereitet. In den Materie-Antimaterie-Wandlern hat die Reaktion begonnen.«

»Wie lange dauert's, Carlos?«

»Fünfzehn Minuten bis zum Normniveau. Dann steht uns für alle Systeme volle Energie zur Verfügung.«

»Geben Sie mir rechtzeitig Bescheid. April Ende.«

»Er kommt wieder zu sich, Robert. Wenn du möchtest, gebe ich ihm ein Sedativ.«

»Nein, Sarah. Ich brauche ihn wach.«

»Na schön. Aber beschwer dich später nicht.«

»George?«

Von einem Augenblick zum anderen strömte Luft in seine Lungen. Er richtete sich abrupt auf und keuchte, glaubte plötzlich, aus einem gräßlichen Alptraum zu erwachen. George bebte am ganzen Leib und stieß die Hände beiseite, die ihn festhalten wollten. Er sah Robert. Und t'Cael. Und Sarah Poole. Seltsam. Schwebten sie ebenfalls im Weltraum? Nein, das ergab keinen Sinn. Kirk versuchte, sich auf seine Umgebung zu konzentrieren.

Eine matt glänzende Decke. Weiße Wände. Bunte Instrumentenanzeigen. Etwas Rundes unter ihm. Der Transporterraum. Georges Schutzanzug lag etwas abseits auf der Plattform. T'Cael streifte gerade seinen eigenen ab, und ein Medo-Assistent half ihm dabei. Zwei Techniker standen an den Transporterkontrollen.

»George, Gott sei Dank«, murmelte April. Seine blauen Augen blickten besorgt. Er trug noch immer den Kopfverband, der einen Teil des braunen Haarschopfs bedeckte; rote Flecken zeigten sich auf seinen Wangen. »Wir haben dich gerade noch rechtzeitig zurückgeholt.«

George blinzelte. »Zurück ... ich verstehe ...«

T'Cael überließ seinen Raumanzug dem Assistenten und ging neben Kirk in die Hocke. »Wie fühlen Sie sich?«

»Nicht besonders gut.«

»Können Sie gehen?«

»Äh ... wie weit?«

April runzelte die Stirn. »Sarah ...«

»Bin schon dabei.« Sie griff nach einem kleinen Injektor und lud ihn mit einer Kapsel. »Das bringt ihn wieder auf die Beine«, fügte sie hinzu und preßte das Gerät an Georges Arm.

Ein leises Zischen, das George viel zu deutlich an den Alptraum erinnerte – und einige Sekunden später hatte er plötzlich das Gefühl, gerade sechs Tassen Kaffee getrunken zu haben. Die Benommenheit verflüchtigte sich und wich einer vagen Übelkeit.

»Was ist geschehen?« fragte er, stützte sich an der Plattform ab und spannte versuchsweise die Muskeln. »Hat sich das Schiff in ein Wrack verwandelt?«

»Die Explosion der zweiten Bombe hinterließ ein Loch in der Außenhülle und zerstörte einige Sektionen«, antwortete April. »Wenn beide Sprengkörper detoniert wären, hätten wir kaum eine Chance gehabt. Nun, drei Besatzungsmitglieder kamen ums Leben, und einige weitere wurden verletzt, aber die Bordsysteme sind voll einsatzfähig. Der Computerraum blieb unbeschädigt.«

»Die Königin ist zäh«, brummte George und entsann sich an das Aufblitzen, an die heftigen Erschütterungen. Er wußte nicht, wieviel Zeit inzwischen verstrichen war. Offenbar nur wenige Minuten, denn immerhin befanden sie sich noch immer im Transporterraum. *Nur einige Mi-*

nuten, wiederholte er in Gedanken. *Aber Robert spricht so über den Tod von drei Crewmitgliedern, als seien sie schon vor Stunden gestorben.*

»In der Tat«, bestätigte April die letzten Worte seines Ersten Offiziers. »Nach der Explosion aktivierten wir die Impulstriebwerke, und seitdem bemühen wir uns, die beiden Patrouillenschiffe auf Distanz zu halten. Aber sie manövrieren besser als wir, und es wird sicher nicht mehr lange dauern, bis sie zu uns aufschließen. Ich hoffe nur, daß wir bis dahin volle Warpenergie haben. Kannst du aufstehen?«

»Ich kann es versuchen.«

April wollte George helfen, aber Sarah schob ihn mit sanftem Nachdruck beiseite, wies mit einem warnenden Blick darauf hin, daß er sich nicht anstrengen durfte. T'Cael trat näher, griff nach Kirks Arm und zog ihn vorsichtig hoch. George trachtete vergeblich danach, aus eigener Kraft zu gehen, mußte sich auf den Romulaner stützen. Noch vor einem Tag hätte er nicht einmal im Traum daran gedacht, die Hilfe eines Romulaners in Anspruch zu nehmen, aber jetzt ... *Himmel, es ist doch nur t'Cael. Er gehört praktisch zu uns.*

George räusperte sich und überlegte. »Hat jemand die Arrestzelle kontrolliert? Was ist mit Saffire?«

»Er befindet sich noch immer in seiner Kammer«, sagte April und zuckte mit den Schultern. »Die Signale können nicht von ihm stammen.«

»Dann haben wir noch einen zweiten Saboteur an Bord.«

»Das wäre durchaus möglich«, sagte t'Cael. »Romulanische Agenten arbeiten nur selten allein. Ich hätte daran denken sollen.«

»Machen Sie sich nichts draus«, erwiderte April und winkte ab. »Wir haben die Signale angepeilt – sie kamen aus dem Maschinenraum. Drake ging nach unten, aber er kann nicht einfach alle Techniker verhaften. Es muß uns irgendwie gelingen, den zweiten Agenten zu identifizieren. Kralle blockiert unterdessen die externen Frequenzen, um zu verhindern, daß der Gegner weitere Sendungen empfängt.«

Sie verließen den Transporterraum und betraten den Turbolift.

»Nun, der Unbekannte ist weiterhin imstande, die Bordsysteme zu sabotieren«, sagte George nach einer Weile. »Saffire will vermutlich keine Auskunft geben, oder?«

»Nein.«

»Vielleicht solltest du deinen Fragen Nachdruck verleihen.« Kirk stützte sich an der Wand ab und seufzte schwer. »Was ist mit Wood? Habt ihr ihn überprüft?«

»Brownells Assistent? Der Junge ist doch noch grün hinter den Ohren.«

»Eben.«

»Ich verstehe nicht ganz ...«

»Typische Infiltrationspsychologie. Man nehme einen jungen Mann, der sowohl begabt als auch leicht zu beeinflussen ist, der noch nicht genug Lebenserfahrung gesammelt hat, um alle Tricks zu kennen. Man übe Druck auf ihn aus, verwandle ihn in ein willfähriges Werkzeug. Wood hat Zugang zu allen Bereichen, und als Brownells engster Mitarbeiter kennt er sich bestens mit der neuen Technologie aus. Er bietet dem Gegner genau den richtigen Ansatzpunkt.« Georges Gedanken rasten, als er diese Worte formulierte, und Aprils Gesichtsausdruck machte deutlich, daß seine Besorgnis schlagartig zunahm. Kirk deutete mit dem Zeigefinger auf ihn. »Hinzu kommt: Woody sieht fast ebenso harmlos aus wie du.«

Überraschenderweise widersprach der Captain nicht. Erneut bildeten sich rote Flecken auf seinen blassen Wangen, und nach einigen Sekunden schaltete er das Interkom ein. »April an Lieutenant Reed.«

»Hier Reed.«

»Ist Wood im Maschinenraum?«

»Ich habe die junge Intelligenzbestie schon seit einer ganzen Weile nicht mehr gesehen, Sir.«

»Suchen Sie Woody und verhaften Sie ihn.«

»Im Ernst?«

George beugte sich vor. »Schnapp dir den Jungen, Drake. Es ist nur so eine Ahnung: Brownells Assistent erscheint mir einfach zu sauber. Er wirkt entschieden zu unschuldig.«

»Wenn das als Grund genügt, um Verdacht zu schöpfen, sollte ich mich selbst unter Arrest stellen.«

George gab keine Antwort, schaltete einfach ab und holte tief Luft. Er versuchte, seine Gedanken zu ordnen, Sorgen und Befürchtungen durch kühle Rationalität zu ersetzen. Die Vorstellung, daß sich Saffires Komplize irgendwo im Schiff herumtrieb und vielleicht gerade mit einem neuen Sabotageakt begann, ließ ihn innerlich erzittern.

T'Caels Hand blieb um den Arm des Ersten Offiziers geschlossen, als er verschiedene Alternativen gegeneinander abwog und eine Entscheidung traf. »Vielleicht bin ich imstande, das Problem zu lösen, Captain.«

April wandte sich ihm zu. »Wie?«

»Erlauben Sie mir, mit dem Kommandanten der *Jäger* zu sprechen. Er ist ein loyaler Offizier des Reiches, aber keineswegs ein Fanatiker. Vermutlich kennt er nicht die ganze Wahrheit.«

Die Kabine des Turbolifts hielt an, und das Schott glitt beiseite. Vor den drei Männern erstreckte sich die Brücke, und der Wandschirm zeigte nach wie vor die beiden romulanischen Kriegsschwalben. Ihre Entfernung zum Föderationsschiff verringerte sich allmählich, und wenn sie noch näher herankamen, ließen sich neuerliche Gefechte kaum vermeiden — bis volles Warppotential zur Verfügung stand und die Flucht ermöglichte.

April warf einen kurzen Blick auf die taktischen Monitoren, deren Diagramme die Position des Schiffes den beiden Verfolgern zeigten. »Wieviel Zeit bleibt uns?« fragte er.

»Wenn die Romulaner auch weiterhin allen unseren Manövern zuvorkommen ...«, entgegnete Florida zerknirscht. »Etwa acht Minuten.«

»Verdammter Mist.« April sah auf den Wandschirm, und es dauerte eine Weile, bis er die Bedeutung von t'Caels Vorschlag begriff. Offenbar war das Reich keine fest strukturierte und in sich geschlossene Einheit; allem Anschein nach gab es verschiedene Fraktionen, sowohl in der Regierung als auch an Bord der Patrouillenschiffe. *Bei den Romulanern finden Entwicklungen statt, die eine sorgfältige Analyse erfordern,* dachte der Captain und beobachtete t'Cael, der weitaus besser darüber Bescheid wußte — und sich anbot, den Menschen mit seinen Kenntnissen zu helfen. »In Ordnung«, sagte April schließlich und deutete auf die Kommunikationsstation. »Kralle, öffnen Sie einen Kanal für Mr. t'Cael. Er möchte mit der *Jäger* sprechen. Codierter Richtstrahl.«

Der große Indianer zuckte mit den Achseln »Ich will's versuchen. Obgleich die romulanischen Codes außerordentlich kompliziert sind.«

George folgte Kilyle und April, nahm von Sanawey ein Kom-Modul entgegen, griff nach einem zweiten und reichte es April. »Wir können mithören, wenn die automatische Übersetzung eingeschaltet ist.«

T'Cael drehte sich zu ihm um, und der Blick seiner dunklen Augen schien den ersten Offizier zu durchbohren. Er wirkte verletzt.

»Trauen Sie mir noch immer nicht, Kirk?«

George hielt das kühle Kom-Modul nachdenklich in der Hand. »Ich vertraue *Ihnen*«, sagte er fest. »Aber nicht den Roms dort draußen.«

Wie in Zeitlupe wandte sich t'Cael der Kommunikationsstation zu, doch er sah George lange genug an, um gegenseitiges Verständnis zu ermöglichen. Er lehnte sich an die Konsole, faltete die Hände und fixierte seine Gedanken auf das bevorstehende Gespräch mit dem Kommandanten der *Jäger*. Nach einer Weile nickte er Sanawey zu.

»*Vaed'rae hwaveyiir Zwaan*«, sagte er und wählte

seine Worte mit besonderer Vorsicht. *»Tiikhre'Urrt riov Kilyle'a.«*

Sanawey betätigte mehrere Tasten, und der Transkriptionscomputer reagierte rechtzeitig genug, um die Antwort zu übersetzen. Das Programm beschränkte sich nicht nur auf eine Bedeutungsanalyse der einzelnen Sätze, sondern fügte auch eine adäquate Klangfarbe hinzu, um die emotionalen Reaktionen des Romulaners zu verdeutlichen, mit dem t'Cael sprach.

»Primus! Unterzenturio Ry'iak teilte uns mit ...«

»Er behauptete, ich sei tot, nicht wahr? Nun, er hat sich geirrt. Ich schlage vor, Sie überprüfen mein Stimmuster.«

»Das ... ist bereits geschehen.«

»Wie aufmerksam von Ihnen«, sagte t'Cael und stellte sich das verlegene Lächeln des Kommandanten vor. H'kuyu gehörte zu den wenigen Leuten, die genau wußten, was er meinte.

»Befinden Sie sich in Gefangenschaft?«

»Nein. Ich verhandle mit den Menschen. Was hat man Ihnen sonst noch gesagt?«

Kurze Stille folgte, und als H'kuyu antwortete, deutete sein Tonfall darauf hin, daß er zu begreifen begann. »Nur wenig.«

Kilyle beugte sich vor. »H'kuyu, ich berufe mich auf unser *Mnhei'soh,* auf die besondere Beziehung zwischen uns.«

Wieder schwieg der Kommandant eine Zeitlang. »Ich verstehe. Einen Augenblick.« Die dritte Pause dauerte etwas länger, und die Zuhörer vernahmen einige Stimmen im Hintergrund, einen scharfen Befehl. Kurz darauf sagte H'kuyu: »Der Kom-Kanal ist jetzt abgeschirmt. Übermitteln Sie mir Ihre Botschaft.«

T'Cael starrte auf den Wandschirm, und fast wehmütig beobachtete er die Darstellung der *Jäger.* Er bedauerte es sehr, daß die Unterschiede zwischen den Rihannsu- und Föderations-Technologien einen visuellen Kontakt verhinderten. Vor seinem inneren Auge formten sich Konturen, die ihm H'kuyus kantiges Gesicht zeigten, sein langes, graues Haar. Wie viele Jahre lang hatten sie an Bord von Raumschiffen gedient, die im gleichen Sektor patrouillierten? Ein seltsamer Zufall in einer Flotte, deren Offiziere immer wieder versetzt wurden, um dauerhaften Freundschaften zwischen ihnen vorzubeugen. Normalerweise genossen nur sehr hochrangige Rihannsu das Privileg, sich einen Kreis von Vertrauten zu schaffen. T'Cael und H'kuyu kannten sich seit ihrer Zeit als Vorzenturionen und waren klug genug, niemanden darauf hinzuweisen.

Kilyle hielt seine Stimme unter Kontrolle und fuhr fort: »Um der Zukunft des Reiches willen ... Dieses Schiff darf nicht aufgebracht werden.«

»Möchten Sie, daß wir es zerstören, Primus?«

T'Cael lächelte reumütig, als H'kuyu seine Worte falsch interpretierte. »Es muß die Möglichkeit bekommen, zur Föderation zurückzukehren, und anschließend sollten wir den Zwischenfall vergessen. Um zu verhindern, daß der Oberste Prätor seine Pläne verwirklichen kann.«

»Sie verlangen eine Menge.«

»Das stimmt«, bestätigte t'Cael. »Aber ich kenne Sie. Ich weiß, daß Sie keine Absicht haben, sich Ry'iak zu unterwerfen. Wenn sich der Senatsproktor durchsetzt, droht unserer Zivilisation eine Katastrophe.«

»Ich werde darüber nachdenken«, versprach H'kuyu. »Das Mutterschiff ist fast in Kom-Reichweite. Ich berate mich mit dem Großen Primus und ...«

»Der Große Primus verdient kein Vertrauen.«

»Sind Sie sicher?«

»Leider ja. Ich weiß, auf welcher Seite er steht. Auf der falschen.«

»Captain ...«, warf Sanawey ein. »Das andere Patrouillenschiff setzt einen speziellen Peiler ein und zapft den Kom-Kanal an. Offenbar versuchen die anderen Roms, den Code mit einer Art Frequenzzerhacker zu knacken.«

»Wollen wir nur hoffen, daß ihnen das nicht gelingt«, murmelte April und klopfte Kilyle auf die Schulter. »Mr. t'Cael ...«

»Ich verstehe«, sagte der Primus und fügte auf Romulanisch hinzu: »Haben Sie mit Kai gesprochen?«

»Nein ...« H'kuyu zögerte, schien zu versuchen, Lüge von Wahrheit zu trennen und sich ein Bild von der Lage zu machen.

»Vielleicht ist er tot«, sagte t'Cael.

»Möglich ...«

»Unterhalten Sie Kontakte zur *Vernichter?*«

»Kaum. Soll ich Ihre Order weiterleiten?«

»Nein. Ry'iak weiß nicht, daß ich mich an Bord dieses Raumschiffes aufhalte. Vielleicht gibt er sich eine Blöße, wenn er mich weiterhin für tot hält. Vielleicht bekommen wir dadurch Gelegenheit, ihm das Handwerk zu legen. Seien Sie auf der Hut, mein Freund. Der Proktor ist gefährlich.«

»Ich versuche, mich mit Subcommander Kai in Verbindung zu setzen«, sagte H'kuyu.

»Wer hat den Befehl gegeben, die *Hja* zu zünden? Ry'iak?«

»Ich weiß nicht genau, Primus. Ein Rihannsu-Agent an Bord des Schlachtkreuzers übermittelte der *Vernichter* eine Nachricht, und daraufhin wies man uns an, die beiden Bomben zur Explosion zu bringen. Ich hatte keine Ahnung, daß wir Sie dadurch in Gefahr brachten.«

»Schon gut. Was den Agenten betrifft ...«

»Captain!« rief Florida. »Die *Vernichter* nähert sich.«

April wirbelte herum. »Ausweichmanöver!«

»Sie eröffnet das Feuer!«

T'Cael blickte auf den Wandschirm und versteifte sich plötzlich. Er bemerkte etwas, das der Aufmerksamkeit des menschlichen Captains und seiner Crew entging, eine seltsame Neigung der stählernen Schwingen. Er schnappte nach Luft und rief: »H'kuyu! *Ra'*Traikh *hu'yyak* ...«

Doch die Warnung kam zu spät. Zwei kleine Raumschiffe schwebten vor der Königin im All. Helle Strahlen rasten durch die Schwärze, und eine der beiden Patrouilleneinheiten verwandelte sich in einen Glutball.

Energie loderte und gleißte, riß die *Jäger* auseinander. Trümmerstücke segelten davon. April riß die Augen auf und konnte es einfach nicht fassen.

»Die Romulaner haben auf ihre eigenen Gefährten geschossen«, platzte es ungläubig aus Florida heraus. Seine Stimme vibrierte.

Das Projektionsfeld zeigte eine *Vernichter,* die langsam und wie triumphierend abdrehte.

Das grelle Schimmern entfesselter Vernichtungskraft verblaßte, und zurück blieb eine Wolke aus pulverisierter Materie.

Kummer und Zorn verzerrten t'Caels Gesicht. Er hatte gerade einen guten Freund verloren und stellte sich der bitteren Erkenntnis, daß nun das wahre Chaos begann: Rihannsu brachten sich gegenseitig um.

Als er beobachtete, wie die *Vernichter* davonraste, konnte er sich kaum mehr beherrschen. Deutlicher Schmerz spiegelte sich in seinen Zügen wider. H'kuyu, sein Schwarm ...

Er hätte es vorgezogen, kein Wort zu sagen, doch als er Captain Aprils mitfühlenden Blick spürte, teilten sich seine Lippen.

»Das Ende der Ehre«, sagte er leise. »Jetzt gibt es nur noch Schande.«

April trat einen Schritt auf ihn zu, brachte jedoch keinen Ton hervor.

Neben ihm schlug George mit der Faust auf die Brüstung. »Jetzt reicht's«, knurrte er. »Das Maß ist endgültig voll. Robert ...«

April schüttelte den Kopf. »Nein. Ich überlasse es dir.«

»Carlos! Warpenergie auf die Hauptbatterien. Die verdammten Miskerle sollen spüren, was es bedeutet, sich mit uns anzulegen.«

»Ja, *Sir!*«

George sprang aufs Kommandodeck und nahm im Sessel neben Florida Platz. Zusammen mit dem Steuermann bediente er die Kontrollen, und die Königin reagierte, neigte sich dem letzten Schiff des Schwarms entgegen.

KAPITEL 22

Das Starship nahm Kurs auf die *Vernichter* und erwachte wie ein Moloch, der bisher geschlafen hatte.

Der gegnerische Kommandant begriff sofort, welche Gefahr drohte. Die Sensoren der Patrouilleneinheit registrierten ein weitaus höheres energetisches Niveau, als Triebwerk und Verteidigungssysteme des weißen Schiffes auf Warpenergie zurückgriffen.

Die letzte Kriegsschwalbe des Zweiten Reichsschwarms beschleunigte jäh, vollführte ein korkenzieherartiges Manöver und floh mit voller Sublicht-Geschwindigkeit.

»Jetzt kriegen sie's mit der Angst zu tun«, zischte George. »Lauft nur, Feiglinge. Wir erwischen euch doch.«

T'Cael nickte grimmig und stellte sich einen Ry'iak vor, der einige sehr unangenehme Fragen des Großen Primus beantworten mußte. Wo befindet sich der Feldprimus? Was ist mit Ihrem Commander? Und der *Sub*commander? Und da wir gerade dabei sind: Warum besteht der Schwarm nur noch aus einer Einheit?

»Captain, ich orte ein anderes Raumschiff«, berichtete Sanawey. »Es nähert sich mit hoher Warpgeschwindigkeit. Scheint ein ziemlich dicker Brocken zu sein.«

»Bestimmt das Mutterschiff«, sagte t'Cael monoton und spürte eine sonderbare Benommenheit. Er hätte es nie für möglich gehalten, daß ein einzelnes Raumschiff einem voll ausgerüsteten Schwarm standhalten konnte, doch jetzt näherte sich der Große Primus, um das Schicksal der Königin zu besiegeln.

»Der Energieverbrauch muß enorm sein«, murmelte Bernice Hart und blickte auf die Anzeigen ihrer Konsole. »Offenbar legt der Kommandant des Mutterschiffes großen Wert darauf, möglichst schnell zur Stelle zu sein.«

Captain April saß im Sessel des Befehlsstands und schlug den Kragen seiner Strickjacke hoch. Er wirkte erschöpft, wie ausgelaugt. »Haben Sie irgendwelche Informationen für uns, Mr. t'Cael?«

Kilyle trat auf ihn zu. »Die romulanische Hauptflotte besteht aus Zerstörern, Kundschaftern, Patrouillen- und Überwachungseinheiten, Transportern und Schlachtkreuzern. Es gibt nur sechs Mutterschiffe, die auch als Truppentransporter fungieren. Jedes einzelne trägt sechs Schwärme. Sie sind zu Gefechten während des Hyperlichtfluges in der Lage, wohingegen die Kampfbereitschaft der Schwärme auf Sublichtgeschwindigkeiten beschränkt bleibt. Das Mutterschiff bringt sie ins Einsatzgebiet und setzt anschließend den Transit fort. Nun, die Waffensysteme und das Triebwerk solcher Trägerschiffe können auch mit der Energie der Kriegsschwalben gespeist werden, und daraus ergibt sich eine enorme energetische Reserve. Die Mutterschiffe sind besonders schnell, und ihre Offiziere haben lange Raumerfahrung. Bisher orten Sie nur eins, doch bestimmt sind auch noch andere unterwegs.«

April hatte mit einer solchen Auskunft gerechnet, aber trotzdem verspürte er neuerliche Niedergeschlagenheit. Nacheinander musterte er seine Gefährten, dachte an die anderen Personen an Bord. *Sie gehören zu den besten Technikern und Wissenschaftlern der Föderation,* überlegte er. *Sie haben das Starship gebaut und wissen daher, wozu es fähig ist. Es stellt eine Waffe dar, mit der sich ganze Planeten und Sonnensysteme vernichten lassen, aber bei der Entwicklung dachten wir an eine andere Bestimmung. Wir träumten von Forschungsmissionen, von der Entdeckung neuer Zivilisationen. Die Königin sollte zu einer Botschafterin des Friedens werden, nicht zu einem Damoklesschwert, das über der ganzen Galaxis schwebt. Wir wollten die Kolonisten der* Rosenberg *retten, aber nun sehen wir uns mit einem romulanischen Mutterschiff konfrontiert, mit der Notwendigkeit, erneut zu zerstören, zu töten.*

Krieg. Nur ein Wort. Aber es bedeutete soviel Leid, soviel Schrecken.

Bernice Hart drehte sich um, und es blitzte in ihren Augen, als sie t'Cael ansah. »Für Sie gibt es nur den Kampf, nicht wahr?«

»Nicht für *mich*«, erwiderte Kilyle bedrückt. »Ich strebe ebensosehr nach dem Frieden wie Sie. Aber der Oberste Prätor und seine Schergen denken anders. Sie nutzen jede Gelegenheit, um ihre Macht zu erweitern. Und sie betonen immer wieder, wie wichtig die Verteidigungsbereitschaft sei.«

»Bereitschaft zur Verteidigung«, preßte Kirk abfällig hervor. »Nur ein Vorwand, um jederzeit angreifen zu können.«

»George ...«, mahnte April.

»Er hat recht«, sagte t'Cael ruhig, und diesmal glühte in seinen Pupillen kein Zorn. »Ich habe Sie selbst darauf hingewiesen.«

April sah Sanawey an. »Kralle, wenn wir eine Nachricht senden ... Wie lange dauert es, bis sie Starfleet Command erreicht?«

»Wir sind nicht mehr in der Lage, der Föderation irgendwelche Botschaften zu schicken«, erwiderte der Indianer. »Das Mutterschiff ist nahe genug heran, um alle Frequenzen zu blockieren.«

»Jetzt wird's brenzlig«, sagte Florida und warf einen kurzen Blick auf die taktische Anzeige. Die Entfernung zum Mutterschiff schrumpfte rasch.

»Eine treffende Beschreibung unserer Situation«, bestätigte April und schnitt eine Grimasse. Er hatte das Gefühl, als laste ein schweres Gewicht auf seinen Schultern. Die Bürde des Kommandanten: Er war immer allein, wenn es darum ging, wichtige Entscheidungen zu treffen. Ein weiteres Gefecht stand ihnen bevor, ließ sich gar nicht vermeiden. »Nun, deine Wünsche sind in Erfüllung gegangen, George«, sagte er und machte keinen Hehl aus seiner Bitterkeit.

Kirk hob ruckartig den Kopf. »Das ist nicht fair, Robert.«

April strich sich mit den Fingerknöcheln über die Lippen und sah George an. Dann richtete er seinen Blick wieder auf den Wandschirm, ohne sich zu entschuldigen.

Er wußte nun, daß sie unter allen Umständen überleben mußten, um die Föderation vor der geplanten romulanischen Offensive zu warnen. Er stemmte sich in die Höhe, ignorierte das Zittern in den Knien. »Ich sage es nicht gern«, begann er, und niemand zweifelte daran, daß er es ernst meinte, »aber wir müssen das Mutterschiff so schnell wie möglich eliminieren und von hier verschwinden, bevor eine ganze Flotte eintrifft. Hat jemand eine Idee? Können wir den Gegner stark genug beschädigen, um uns mit Sublicht-Geschwindigkeit abzusetzen?«

T'Cael schüttelte langsam den Kopf und bedauerte seine Antwort. »Sie haben einen Schwarm zerstört«, erinnerte er April. »Mit anderen Worten: Der Kommandant des Mutterschiffes ist gewarnt und zu allem entschlossen. Er wird ohne zu zögern angreifen — und nicht davor zurückschrecken, sich und seine Crew zu opfern.«

Robert verstand, was ihm der Romulaner mitzuteilen versuchte: Vergessen Sie Ihren Altruismus. Seien Sie bereit, erbarmungslos zu töten. Tiefe Falten bildeten sich in seiner Stirn, als er daran dachte, daß noch einmal die Waffen sprechen mußten. Er hielt sich an der Armlehne des Kommandosessels fest und beobachtete die Darstellung des heranrasenden Mutterschiffes. Es wurde bereits von den Fernsensoren erfaßt und bot sich als ein gewaltiger Bumerang dar, an dem Kriegsschwalben kleine Buckel bildeten. Offenbar hatte es alle ausgesetzten Schwärme aufgenommen, bevor es diesen Sektor anflog.

»Vielleicht haben wir doch noch eine Chance.« Kirk stand steifbeinig auf, gesellte sich an Aprils Seite und bedachte ihn mit einem Blick, der Frage und Antwort in sich vereinte. »Wir setzen eine Waffe ein, mit der die Roms bestimmt nicht rechnen.«

Seine Stimme klang seltsam düster.

April musterte ihn eine Zeitlang. »Was meinst du damit, George?«

Sanaweys Schultermuskeln zuckten kurz, als er sich über seine Konsole beugte. »Die Deflektoren sind so beschaffen, daß sie Partikelstrahlen und gebündelte Energie abwehren ... Am Bug des Schiffes und im Bereich der Triebwerkssektionen sind die Schilde besonders stark. Es handelt sich um eine energetische Struktur, die polarisierte Wellenfronten absorbiert und ...«

»Was?«

Der Astrotelemeter hielt kurz inne und in Gedanken wiederholte er noch einmal die letzten Sätze. Schließlich sah er zum Ersten Offizier auf. »Schutzschirme müssen in der Lage sein, gewisse Dinge durchzulassen – zum Beispiel Licht und Kommunikationssignale –, während andere vom Schiff ferngehalten werden sollen: Hitze, kinetische Energie, Laserstrahlen.«

»Aber das gilt nicht für ...«, begann George hoffnungsvoll.

»Nein. Ich glaube, es läßt sich bewerkstelligen, Mr. Kirk. Was das Beamen angeht, stellen die gegnerischen Deflektoren kein Hindernis dar.«

»Warum auch?« George lächelte finster. »Bisher hatten die Romulaner nicht den geringsten Grund, sich vor Transportern zu fürchten.« Er trat an die Navigationskonsole heran und schaltete das Interkom ein. »Kirk an Maschinenraum. Wie weit sind Sie?«

»Wir schleppen das Ding gerade durch einen der breiteren Wartungsschächte«, tönte Dr. Brownells gelassen klingende Stimme aus dem Lautsprecher. Die ernste, angespannte Lage schien ihn überhaupt nicht zu beeindrucken. »Mußten Sie es ausgerechnet in einer Rumpfschleuse zurücklassen, Schlaukopf?«

»Ich heiße Kirk«, entgegnete George kühl, obwohl ein dünnes Lächeln seine Lippen umspielte.

»Wie schön für Sie.«

George seufzte lautlos und verzichtete auf eine scharfe Antwort. »In sechzig Sekunden muß der Apparat im nächsten Transporterraum sein.«

»Ich hoffe, Ihnen ist klar, auf was Sie sich einlassen.«

»Die Romulaner haben uns ein Geschenk gemacht, und diese freundliche Geste wollen wir erwidern. Der Code ist bereits eingegeben. Sagen Sie Ihren Leuten, sie sollen die blaue Taste drücken, sobald die Bombe auf der Transferplattform liegt. Dadurch wird der Zünder geschärft.«

»Wir verfügen jetzt wieder über Warpenergie«, stellte Dr. Brownell im Plauderton fest. »Warum verschwinden wir nicht einfach von hier?«

»Weil uns die Roms bestimmt verfolgen würden«, knurrte George verärgert.

April beobachtete, wie die Wangen seines Ersten Offiziers zu glühen begannen. »Doktor, hier spricht der Captain. Wir sitzen verdammt in der Klemme. Sie und Ihre Techniker müssen jetzt bei der Stange bleiben. Vergewissern Sie sich, daß alle notwendigen Vorbereitungen getroffen sind. Vielleicht werden wir ordentlich durchgeschüttelt.«

»Geschähe nicht zum erstenmal, August«, erwiderte der alte Mann. »Inzwischen haben wir alle Systeme auf Vordermann gebracht und die Königin in eine Kampfmaschine verwandelt. Zögern Sie nicht, Gebrauch davon zu machen.«

April verzog das Gesicht. »Danke, Dr. Brownell. Ich werde daran denken.«

»Sie sollen nicht denken, sondern handeln.«

»Wie Sie meinen. April Ende.« Er schaltete ab, bevor Brownell etwas hinzufügen konnte.

George stand an der Brüstung und beobachtete den Captain, sah deutlich, welche Wirkung die Worte des Wissenschaftlers auf ihn hatten. Emotionaler Schmerz zeigte sich in Aprils Zügen, und er versuchte, sich davon zu befreien, zu neuer Entschlossenheit zu finden. *Glaubt er wirklich, ich sei zumindest teilweise für unsere derzeitige Situation verantwortlich?* überlegte Kirk und spürte plötzliches Unbehagen. Er biß sich auf die Lippe, trat wieder aufs Kommandodeck und blieb neben dem Captain stehen. »Robert ...«, sagte er leise. »Vielleicht können wir ein Gefecht vermeiden. Wenn mein Plan funktioniert, machen wir uns einfach aus dem Staub.«

April seufzte. »Danke, George. Ich schlage vor, wir leiten jetzt den Warptransit ein.«

Als sich George abwandte und zu Florida zurückkehrte, wußte er, daß er April der Einsamkeit seiner Kommandopflichten überließ. »Alle Systeme auf Hyperlicht vorbereiten. Bugdeflektoren verstärken. Nehmen Sie Kurs auf das Mutterschiff.«

Sanawey stand abrupt auf. »Sir, der Transporter hat keine so große Reichweite wie unsere Waffen«, erinnerte er den Ersten Offizier. »Wir müssen ziemlich nahe heran.«

George nickte und gab Florida ein unnötiges Zeichen — der Steuermann gab bereits die Kursdaten ein. Gut. Das bewahrte Kirk davor, ausdrücklich einen Vorbeiflug in unmittelbarer Nähe zu befehlen.

»Warptransit beginnen«, sagte der Captain dumpf. »Wir fliegen dem Feind entgegen.«

Und bringen die Sache hinter uns.

April sprach diesen Zusatz nicht laut aus, aber alle hörten ihn. Und dachten: *Oder wir sterben.* Die Techniker und Ingenieure an Bord hatten nicht erwartet, in eine solche Lage zu geraten; aber sie begriffen nun, daß es vielleicht sogar besser war — besser für die Föderation —, wenn sie im romulanischen Reich ihr Leben ließen, wenn das Starship vollständig vernichtet wurde, anstatt einen verheerenden interstellaren Krieg auszulösen.

Floridas Finger tanzten über Tasten und Schalter, und die weiße Königin reagierte sofort, sang ein Lied geballter Kraft. Die Darstellungen des Wandschirms veränderten sich.

Mit Warpgeschwindigkeit raste das Schiff durchs All, und ferne Sterne verwandelten sich in bunte Streifen. Gewaltige Entfernungen schrumpften jäh zusammen, und innerhalb weniger Sekunden war das Mutterschiff heran. Voller Genugtuung stellte George fest, daß an dem keilförmigen Raumer einige Buckel fehlten; die leeren Deckmodule wiesen in aller Deutlichkeit auf einen zerstörten Schwarm hin.

T'Cael stand neben dem Befehlssstand und beobachtete sein ehemaliges Flaggschiff. Die *Vernichter* hatte wieder ans Mutterschiff angelegt, und bestimmt wurden dem Großen Primus gerade wichtige Informationen übermittelt. Aber wenn sich Kirks Plan schnell genug verwirklichen ließ, blieb ihm keine Zeit mehr für einen Angriff. Weder der Kommandant noch seine Offiziere ahnten, was ihnen bevorstand, denn sie wußten nichts von der entsprechenden Technologie.

Das Mutterschiff drehte ab, und in diesem Manöver erkannte t'Cael die Verwirrung der Crew. Die Besatzungen der einzelnen Schwarmeinheiten sahen sich plötzlich in die Defensive gedrängt, hatten sicher mit einer Flucht des Föderationsschiffes gerechnet.

Der Kommandant des riesigen Raumschiffs ließ sich jedoch nicht so einfach überraschen und gab Befehl, das Feuer zu eröffnen.

Mit unvorstellbarer Geschwindigkeit sausten die beiden Raumschiffe aneinander vorbei, und unter solchen Umständen waren nur Computer imstande, eine genaue Zielerfassung vorzunehmen. Dicke Energiebündel zuckten von den Schwingenspitzen des Gegners und zerstoben an den bugwärtigen Schilden der Königin.

Das Starship erbebte, wich jedoch nicht vom Kurs ab. Und der Bibliothekscomputer gab das Signal. Tief im Diskussegment wurden die Systeme des Transporterraums aktiv, und für einen kaum meßbaren Sekundenbruchteil entstand eine Strukturlücke in den Deflektoren. Ein konisches Objekt entmaterialisierte, verwandelte sich in eine energetische Matrix, die Raum und Zeit durchquerte und im Hauptreaktor des Mutterschiffes wieder feste Substanz gewann.

»Transfer beendet, Captain!« rief Sanawey, um das Donnern der Entladungen zu übertönen. Kompensationsmechanismen surrten und summten.

April nickte. »Also los, Carlos. Weg von hier!«

Destruktive Energie flackerte über die stark belasteten Schilde des Föderationsschiffes, als es zur Seite abkippte und sich schnell vom romulanischen Mutterschiff entfernte. George sah auf den großen Wandschirm und beobachtete, wie das Schiff die Verfolgung begann.

Er wartete, hielt unwillkürlich den Atem an.

Eine orangefarbene Flamme leckte aus dem Heckbereich des langen Keils, als die Bombe im zentralen Meiler detonierte. Ein mehrere Kilometer langer Geysir aus purer Energie bildete sich, und die Wucht der Explosion verlieh dem Schiff ein neues Bewegungsmoment. Manövrierunfähig hing es im All, drehte sich langsam um die eigene Achse. Hier und dort glühte es an der Außenhülle: Kettenreaktionen, die auch die Schwarmeinheiten betrafen.

T'Cael stellte sich vor, was nun an Bord des Mutterschiffes geschah: Nukleares Feuer zerstöre Kammern und Korridore, verbrannte Stahl und schutzlose Körper.

»Erstaunlich ...«, murmelte er, fühlte sich zwischen Bewunderung und Kummer hin und her gerissen.

»Geschwindigkeit auf Sublicht reduzieren«, sagte April und stand auf. »Mr. Sanawey, Sensorerfassung.«

Der Astrotelemeter schauderte und blickte auf seine Konsole. »Drastische Verringerung des energetischen Niveaus. Die Romulaner haben nicht mehr genug Energie, um die Schwarmeinheiten zu starten. Überall an Bord kommt es zu weiteren Explosionen. Das Warptriebwerk ist ausgefallen, ebenso Schilde, Waffen, Kommunikation ...« Er zögerte und nahm eine kurze Überprüfung der Instrumente vor, um ganz sicher zu sein, daß sie die richtigen Werte anzeigten. Als kein Zweifel mehr bestand, räusperte er sich und antwortete bestürzt: »Die Lebenserhaltungssysteme funktionieren ebenfalls nicht mehr.«

April wandte sich ihm zu. »O nein! Sind Sie sicher?«

»Ja, Sir.«

»Gott, so etwas habe ich nicht beabsichtigt. Kralle, stellen Sie eine Verbindung zu den Romulanern her. Teilen Sie ihnen mit, wir seien bereit, die Besatzung aufzunehmen ...«

Er unterbrach sich, als ihn t'Cael am Arm berührte.

Kilyle wartete einige Sekunden lang und überlegte. Er wollte nicht auf das Offensichtliche hinweisen – es konnten wohl kaum mehrere hundert Rihannsu-Krieger an Bord des Föderationsschiffes untergebracht werden, ohne daß sich dadurch erhebliche Sicherheitsprobleme ergaben –, dachte statt dessen an etwas anderes, das ihm plötzlich grauenhaft erschien. *Eigenartig,* fuhr es ihm durch den Sinn. *Ich halte die Konsequenzen der Niederlage erst für gräßlich, seit ich Robert April kenne.*

»Captain«, begann er. »Es tut mir leid, aber es gibt keine Möglichkeit für Sie, die Mannschaften des Mutterschiffes und der Schwarmeinheiten zu retten ...«

Im Projektionsfeld gleißte es, und das Lodern war so hell, daß selbst diejenigen geblendet wurden, die nicht auf den Wandschirm sahen.

»O Gott ...«, brachte April hervor, blinzelte und hob die Hand, um seine Augen abzuschirmen. »O mein Gott ...«

»Es tut mir leid«, wiederholte t'Cael. Er wagte es nicht, einen Blick auf den Bildschirm zu werfen, starrte zu Boden und dachte an die Ethik der Selbstaufgabe. Er hatte sie nie in Frage gestellt, und Robert Aprils Anteilnahme erschütterte ihn zutiefst. »Ein uralter Kodex meines Volkes. Sie spielen dabei überhaupt keine Rolle.«

Glühende Metallfragmente wirbelten durchs All – die einzigen Überbleibsel des zerstörten Mutterschiffes.

Der Captain schüttelte fassungslos den Kopf. »Wie können Sie so etwas behaupten?«

»Bitte glauben Sie mir. Die Traditionen des Selbstmords sind in grauer Vorzeit verwurzelt. Ich habe so etwas schon häufig erlebt.«

»Mein Gott ... Was für eine Verschwendung ... So viele Leben ...«

»Eine Verschwendung, ja«, pflichtete ihm t'Cael bei und hoffte, daß sich April keine Vorwürfe machte. Ihn traf nicht die geringste Schuld.

Der Captain atmete durch und versuchte, die Nachwirkungen des Schocks von sich abzustreifen. »Weiß noch jemand anders von unserer Präsenz in diesem Sektor? Glauben Sie, der Große Primus hatte Gelegenheit, die Flotte zu benachrichtigen?«

Einmal mehr bedauerte es t'Cael, April enttäuschen zu müssen. Einige Sekunden lang spielte er mit dem Gedanken, ihn zu belügen, doch schließlich entschied er sich für die Wahrheit. »Davon bin ich überzeugt. Vermutlich beobachten Dutzende von Kommandanten gerade eine schematische Darstellung Ihres Schiffes.«

Der Captain schüttelte den Kopf, sah wieder auf den Wandschirm und gab seine letzten Hoffnungen auf. »Jetzt glaubt das ganze romulanische Reich, die Föderation habe eine Schreckenswaffe geschaffen. Was für ein Wahnsinn! Wir befinden uns nicht an Bord eines Schlachtkreuzers; dies ist ein Forschungsschiff, ein Bote des Friedens.« Er faltete die Hände, und sein Blick reichte in die Ferne. »Der schlimmste meiner Alpträume — und er wird nun Wirklichkeit.«

George zögerte kurz. »Ich schlage vor, wir kehren heim, Robert.«

April nickte langsam. »Ja, du hast recht. Wir sind lange genug hier gewesen, um einen Krieg auszulösen. Laßt uns verschwinden, bevor wir noch mehr anrichten.«

Die traurige Erleichterung der übrigen Anwesenden war deutlich spürbar. Sie sehnten sich danach, zur Föderation zurückzukehren, aber sie hörten auch die Hoffnungslosigkeit in der Stimme des Captains. Ihre Absicht hatte darin bestanden, die Kolonisten der *Rosenberg* zu retten, doch nun befürchteten sie eine galaktische Katastrophe. Ja, sie würden nach Hause zurückkehren — um dort auf den Krieg zu warten.

»Captain ...«

T'Caels Stimme klang ein wenig gepreßt, und er schien mit sich selbst zu ringen. Als sich April und Kirk umdrehten, stellte der Romulaner kummervoll fest, daß der Captain und sein Erster Offizier inzwischen gelernt hatten, ihm zuzuhören. Doch diesmal wünschte er sich, sie wären nicht ganz so aufmerksam. »Sie sind jetzt imstande, zur Föderation zurückzukehren, Captain. Aber es gibt noch eine andere Möglichkeit.« Erneut zögerte er und suchte nach den richtigen Worten. Er ging einige Schritte, führte ein psychisch-emotionales Duell mit seiner Befangenheit. »Ich habe gute Kontakte. Sowohl bei der Flotte als auch in der Regierung. Ich kenne viele Leute, die eine Veränderung herbeisehnen. Einen drastischen Wandel.«

George trat näher und begann zu ahnen, worauf Kilyle hinauswollte. »Was meinen Sie mit ›drastisch‹?«

T'Cael blieb stehen. »Sie könnten positivere Einstellungen der Föderation gegenüber erwarten, die vielleicht zu Verhandlungen führen, zum Austausch von Botschaftern. Viele von uns sind bereit, einen hohen Preis zu zahlen. Sie kämen nicht als Aggressor, sondern als Befreier.«

»Das Verhalten Ihres Volkes deutet nicht unbedingt darauf hin, daß es befreit werden möchte.«

»Weil es noch immer nicht versteht, wie falsch es ist, nach Eroberungen zu streben, Kirk. Wenn es eines Tages keine fremden Opfer mehr gibt, kämpfen Romulaner gegen Romulaner, und das wäre der Anfang vom Ende. Wir können so etwas verhindern, indem wir sofort handeln.«

»Sie gehen recht großzügig mit dem ›Wir‹ um«, sagte George.

»Sie befinden sich in unmittelbarer Nähe unserer Zentralwelten, und dieses Schiff ist mächtig genug, um die fatale Entwicklung der romulanischen Politik in eine neue Richtung zu zwingen.«

George wandte sich ab.

T'Cael schloß die Hand um Kirks Schulter. »Sie gäben den Ausschlag!« zischte er. »Entmachten Sie das Prätoriat!«

»Einen Augenblick.« Robert April stand wieder auf, schritt näher und bedachte die beiden so unterschiedlichen Männer mit einem väterlichen Blick. »Was soll das heißen?« wandte er sich an t'Cael. »Ich kann einfach nicht glauben, daß Sie es ernst meinen.«

In den dunklen Augen des Romulaners funkelte es. »Ich fühle mich *verpflichtet*, eine solche Bitte an Sie zu richten. Obgleich ich weiß, was Sie über die Anwendung von Gewalt denken. Es bietet sich uns eine einzigartige Chance, die es wahrzunehmen gilt.«

»Lieber Himmel!« April ächzte leise. »Ist Ihnen eigentlich klar, was Sie vorschlagen?«

»Sie sind der Stärkere.«

»Es geht nicht darum, wer die besseren Waffen hat!« erwiderte April scharf. Er hob die Hand an den schmerzenden Kopf und versuchte, seine Gedanken zu ordnen.

»Captain«, begann t'Cael erneut und folgte dem menschlichen Kommandanten, als er zur Navigationskonsole ging. »Diese Sache fällt mir nicht leicht, glauben Sie mir. Es bereitet mir eine fast unerträgliche innere Qual, mit einem solchen Anliegen an Sie heranzutreten. Immerhin handelt es sich um eine Regierung, der ich viele Jahre lang treu diente. Aber ich habe beobachtet, wie sie vom Krebsgeschwür der Machtgier heimgesucht wurde, von einem Tumor, der nun im ganzen Reich Metastasen bildet. Vor einer Weile hätte ich nicht gezögert, für die Regierung einzutreten; doch nun halte ich es für erforderlich, sie zu stürzen.«

Kilyles Ausdrucksweise ließ keinen Zweifel daran, wie

sehr er litt. Und gleichzeitig wurde deutlich, daß er tatsächlich keine andere Alternative sah, daß er die militärische Intervention als eine absolute Notwendigkeit erachtete.

George berührte t'Cael am Arm. »Wissen Sie überhaupt, wovon Sie reden?«

Der Romulaner erzitterte und stieß Kirks Hand beiseite. »Ich fürchte, *Sie* verstehen nicht, worum es geht. Ich kenne die Intrigen und Verschwörungen, die auf dem Nährboden von gegenseitigem Mißtrauen wachsen — selbst in den Familien. Ich weiß, was es bedeutet, keine Freundschaften schließen zu dürfen, weil die Vorgesetzten darin eine Gefahr sehen. Mir ist auch bewußt, was nun droht: Das bevorstehende Massaker wird die Schrecken des Krieges vor rund siebzig Jahren Ihrer Zeitrechnung weit in den Schatten stellen. Glauben Sie wirklich, ich sei mir nicht über die Bedeutung meiner Worte klar, Kirk? Viele Jahre lang mußte ich immer wieder beobachten, wozu mein Volk in der Lage ist, und Ihre Präsenz in diesem Raumsektor kommt nun einem Zündfunken gleich, der das metaphorische Pulverfaß explodieren läßt. Möchten Sie, daß ich Ihnen das Grauen in allen Einzelheiten beschreibe — damit Sie wissen, was Sie zu Hause erwartet?«

George ließ die Hand sinken, und plötzlich lief es ihm kalt über den Rücken. T'Caels Bemerkungen klangen seltsam vertraut; er erinnerte sich daran, vor einigen Stunden ähnliche Hinweise an Robert gerichtet zu haben.

»Wir können unmöglich ...«

»Doch, *Sie* können«, unterbrach ihn Kilyle, und das Glühen in seinen dunklen Augen verstärkte sich.

»Nein! Wir dürfen nicht angreifen, nur weil wir die Macht dazu haben.« George schauderte, und seine rasenden Gedanken schienen Substanz zu gewinnen, ein Gewicht, das er immer mehr als Belastung empfand. Er kniff die Augen zu, wandte sich von t'Cael ab und ballte die Fäuste. Die Ausführungen des Romulaners schufen ein mentales Bild des Entsetzens, und er fragte sich, wer sterben würde ... Unschuldige Menschen und Romulaner. Bestimmt nicht diejenigen, die für das Grauen verantwortlich waren. Ein moralisches Dilemma: Durften bestimmte Regierungssysteme existieren, obgleich sie das Volk unterjochten, ihm die Freiheit vorenthielten? Hatte die Föderation das Recht, über die ganze Galaxis zu wachen? Hatte sie das Recht, eine solche Aufgabe *abzulehnen?*

So verlockend. So einfach. Man greife zum Skalpell und schneide das Krebsgeschwür aus der romulanischen Kultur.

War es richtig, dem Frieden die eigene Moral zu opfern?

»Es ist ... falsch«, brachte George schließlich hervor. Die Anspannung in ihm gewann ein schmerzhaftes Ausmaß. »Es ist falsch, als erster Gewalt einzusetzen.«

»Dieses Schiff wurde mit mächtigen Waffen ausgerüstet«, sagte t'Cael. »Warum?«

»Damit wir uns verteidigen können! Sie dienen *nicht* zum Angriff! Im vergangenen Jahrhundert fanden auf der Erde mehrere Kriege statt, die angeblich den Zweck erfüllten, Kriege zu verhindern, und dadurch hätte sich die Menschheit fast selbst vernichtet. Sie dürfen nicht darauf bestehen, daß wir Ihnen helfen.«

Einige Sekunden lang musterte t'Cael den Ersten Offizier stumm. »Selbst dann nicht, wenn wir imstande wären, eine bessere Zukunft zu schaffen?«

Kirk blieb dicht vor ihm stehen. »Einige Dinge sind *falsch* – ganz gleich, was sie bewirken. Ihr Volk glaubt, durch Eroberungen Ruhm zu erringen, und das möchten Sie ändern. Aber um Ihr Ziel zu erreichen, sind Sie bereit, ebenfalls aggressiv zu werden.« Er wirbelte um die eigene Achse und rechnete damit, daß ihm Robert beipflichtete. Irgend etwas verkrampfte sich in ihm, als er das Gesicht des Captains sah.

April hörte aufmerksam zu und schien über t'Caels Erklärungen nachzudenken. Erwog er tatsächlich, dem Romulaner Unterstützung zu gewähren?

»Was ist mit dir los?« platzte es aus George heraus, und er näherte sich dem Captain. »Himmel, Robert, weißt du nicht mehr, was dieses Schiff repräsentieren soll? Du hattest recht, verdammt! Die Königin muß unsere besten Ideale verkörpern, nicht wahr? Du kennst mich und meine Einstellungen, aber ich habe inzwischen verstanden, daß man nicht immer gleich zu den Waffen greifen darf. Gewalt erzeugt Gewalt, Robert. Auf diese Weise entsteht ein Teufelskreis, aus dem man nicht mehr ausbrechen kann.«

T'Cael kam ebenfalls heran. »Sie haben versucht, an Ihren Idealen festzuhalten, aber der Schwarm griff trotzdem an. Ihre Philosophie funktioniert nur dann, wenn Sie jemandem begegnen, der Ihre Denkweise teilt. Warum ist dieses Schiff bewaffnet, wenn Sie glauben, Frieden ließe sich allein mit guten Beispielen erreichen? Warum befinden sich Lasergeschütze und Partikelkanonen an Bord, wenn Sie sich bedingungslos Pazifismus zu eigen machen wollen?«

»Die Frage lautet, wann und unter welchen Umständen man die Waffen einsetzt«, hielt ihm George entgegen. »Sie begreifen das nicht, oder? Sie sehen überhaupt keinen Unterschied.«

Der Romulaner zog die buschigen Brauen zusammen und überlegte. »Eine schwierige Frage, Kirk.« T'Cael verschränkte die Arme, eine Geste, die keineswegs entspannt wirkte, und seine Stimme klang bitter, als er hinzufügte: »Wer in dieser Galaxis lebt, muß immer wieder problematische Entscheidungen treffen.«

Eine bedrückende Stille folgte diesen Worten.

April stand zwischen George und t'Cael, im Zentrum eines Konflikts, der sein Selbst erschütterte. Er mußte wählen: zwischen dem Tod von Millionen — und der Versklavung ganzer Völker. Gab es wirklich keine andere Möglichkeit? Blieb ihm nichts anderes übrig, als zu zerstören und zu töten, um einen verheerenden Krieg zu verhindern?

Als er Antwort gab, war seine Stimme kaum mehr als ein Flüstern. »Ich habe mir immer gewünscht, daß die Föderation zu einem wahren interstellaren Völkerbund wird, der Freiheit und Frieden gewährleistet. Doch jetzt ... Ich komme mir vor wie jemand, der sich mit seinem Nachbarn um etwas streitet, das eigentlich beiden gehören sollte. George ... Du hast mich darauf hingewiesen, daß wir eine starke Macht sein müssen und keine Angst davor haben dürfen, von allen unseren Mitteln Gebrauch zu machen. Aber gibt es keine Grenzen? Besteht die letztendliche Konsequenz darin zu töten, um Leben zu bewahren?«

April unterbrach sich, bestürzt von seinen eigenen Worten.

»Wenn Sie nicht handeln, ist der Krieg unvermeidlich«, sagte t'Cael ruhig. »Prüfen Sie Ihr Gewissen, Captain. Ich beschwöre Sie, die Herausforderung anzunehmen.«

»Entweder verursache ich den Tod von Millionen — oder ich *ermögliche* ihn, indem ich nichts unternehme«, hauchte April. »Darauf läuft es hinaus, nicht wahr?«

T'Cael beugte sich ein wenig vor. »Ihr Eingreifen wäre eine Investition in die Zukunft, Captain«, sagte er. »Ich dirigiere Sie durch das automatische Verteidigungsnetz der Zentralwelten. Mit den Patrouillenschiffen werden wir leicht fertig ...« Kilyle zögerte und erinnerte sich daran, was es für April bedeutete, Leben auszulöschen. Er selbst sah darin etwas, das sich nicht vermeiden ließ; bei ihm stand das erhoffte Ergebnis einer Intervention an erster Stelle. Doch wenn er den menschlichen Kommandanten überzeugen wollte, durfte er seine Philosophie nicht aus den Augen verlieren. »Ich bin sicher, Sie stoßen nur auf geringen Widerstand. Nun, die Präsenz dieses Schiffes wird zum Chaos führen. Sobald wir die planetaren Verteidigungsstellungen neutralisiert haben, setzen wir uns mit der Hauptstadt in Verbindung und fordern Friedensverhandlungen. Falls der Senat einverstanden ist, entlarven Sie den Obersten Prätor als Tyrannen. Es gibt viele Romulaner, die meine Ansichten teilen. Sie sind zweifellos bereit, Ihnen zuzuhören.«

»Und wenn nicht?« fragte April leise. »Was unternehmen wir, wenn der Senat beschließt, auf stur zu schalten? Sie haben eben das Wörtchen ›falls‹ benutzt, und ich nehme an, dafür gibt es einen guten Grund.«

»Meinem Volk bleibt gar keine andere Wahl, als unsere Botschaft anzunehmen. Unter gewissen Bedingungen kann es sehr pragmatisch und vernünftig sein.«

»Sie meinen, solange es sich von unseren Waffen bedroht sieht.« April runzelte die Stirn. »Selbst im besten Fall müßten Hunderte oder gar Tausende sterben. Und auch wenn es uns gelingt, die Regierung zu stürzen ... Anschließend bekämen wir es vielleicht mit dem Militär zu tun. Wie vernünftig sind romulanische Soldaten?«

»Captain, ich *bin* ein romulanischer Soldat.«

April blinzelte und schürzte die Lippen. »Ja ... Aber ich bezweifle, ob Sie in diesem Zusammenhang ein Musterbeispiel sind. Ich fürchte vielmehr, daß sich die Einstellungen der anderen Offiziere kraß von den Ihren unterscheiden.«

»Ganz abgesehen davon«, warf George ein. »Was ist, wenn uns Ihr Volk *nicht* zuhört? Nach dem Angriff auf Ihre Zentralwelten gibt es für uns kein Zurück mehr. Wir sähen uns dazu gezwungen, unseren Forderungen Nachdruck zu verleihen.«

T'Caels Schweigen genügte als Antwort.

April stand langsam auf und hielt sich am Befehlsstand fest. »Es bliebe mir nichts anderes übrig, als einige Städte zu zerstören. Aber welche? Himmel, solche Entscheidungen trifft man nicht innerhalb weniger Sekunden.«

Es handelte sich um keine der hypothetischen Situationen, wie man sie an der Starfleet-Akademie verwendete, um die Beurteilungsfähigkeit der Studenten und zukünftigen Offiziere zu prüfen. Nein, dies war die Realität. Wenn sich April wirklich zu einer Intervention entschloß ... Dann starben unschuldige Personen. Dann hatten die Historiker genug Arbeit für die nächsten Jahrzehnte. April schüttelte den Kopf und gestikulierte vage. »Ich muß gründlich darüber nachdenken ...« Er griff nach dem Geländer und wanderte wie in Trance an der Brüstung entlang.

»Wir dürfen t'Caels Ausführungen nicht einfach ignorieren«, fuhr der Captain leise fort. »Was er uns eben sagte ... Himmel, ich wünschte, ich hätte es nie gehört. Aus seinen Erklärungen ergibt sich ein neues Problem, und es ist noch weitaus komplexer als alle anderen, mit denen wir es bisher zu tun bekamen. Wenn wir in erster Linie an uns selbst denken, diesen Sektor verlassen und zur Föderation zurückkehren, kommt es zu einem interstellaren Krieg. Anders ausgedrückt: Mit einem solchen Verhalten leugnen wir unsere Verantwortung. Aber wenn wir auf t'Caels Vorschlag eingehen und die Zentralwelten angreifen ... Daraus ergäbe sich ein Chaos, das vielleicht Jahrzehnte dauert. Ganz gleich, welche Entscheidung ich treffe: Ich lade in jedem Fall Schuld auf mich.« April blieb stehen, drehte sich um und streckte wie flehentlich beide Hände aus. »Ich bitte nicht um einfache Lösungen. Das Schicksal hat der Königin einen bösen Streich gespielt. Sie sollte unsere Bereitschaft zu einem dauerhaften Frieden verkünden, doch nun bringt sie Tod und Verderben ... T'Cael fordert uns auf, das romulanische Prätoriat zu vernichten, und er führt Argumente an, die sich nicht so einfach widerlegen lassen. Es ... es widerstrebt mir sehr, aber ich muß ihm zustimmen. Er hat recht.«

George schauderte und starrte den Captain fassungslos an. Seine Lippen zitterten, aber er brachte keinen Ton hervor, als er Roberts Blick begegnete.

»Ja«, fuhr April fort und musterte seinen Ersten Offizier. »Ja, er hat recht. Man verhindert den Krieg, indem man seine Wurzeln zerstört. Ist das nicht richtig?«

Der Captain setzte seine langsame Wanderung fort, erreichte die Steuerbordseite der Brücke und blieb vor

George stehen, der ihn noch immer stumm und erschrokken ansah. Die beiden Männer musterten sich gegenseitig, und Kirk gewann den Eindruck, daß April von ihm eine Antwort erwartete.

George schluckte krampfhaft. »Bei einer solchen Entscheidung kann ich dir nicht helfen«, sagte er heiser. »Nein, unmöglich. Du würdest mich für den Rest deines Lebens hassen.«

April lehnte sich an die Brüstung und nickte. Seine Füße schienen aus Blei zu bestehen, als er die kurze Treppe hochging und sich dem Turbolift näherte.

»Halten Sie sich in Bereitschaft, bis ich zurückkehre«, wandte er sich an die Brückencrew und verharrte kurz vor dem aufgleitenden Schott. »Bis ich entscheide.«

Er schien hundert Jahre älter zu sein, als sich die Tür hinter ihm schloß.

George starrte ins Leere und konnte kaum einen klaren Gedanken fassen.

Irgendwo hinter ihm murmelte t'Cael: »Ich bedauere es, ihn vor eine solche Wahl gestellt zu haben.«

Kirk drehte sich nicht um. »Es war Ihre Pflicht.«

Der halbe Kontrollraum trennte die beiden Männer voneinander, und sie kehrten sich den Rücken zu. Der Zufall wollte es, daß t'Cael in Richtung Föderation blickte, während George den beiden Zentralwelten des romulanischen Reiches zugewandt war.

Nach einer Weile räusperte sich Kirk. »Haben Sie die Gefahr vielleicht ein wenig ... übertrieben?«

»Nein.« Die Antwort schloß jeden Zweifel aus. »Außerdem: Häufig kommt es zum Krieg, weil sich ein Volk nur bedroht *fühlt*.« T'Cael blieb nach wie vor ruhig stehen, starrte auf den Wandschirm und verschränkte die Arme. Er rührte sich nicht von der Stelle, erweckte den Eindruck, als seien Körper und Geist völlig voneinander isoliert. »Seit dem Exodus ist der Krieg ein ständiger Begleiter der Romulaner. Wir haben gegen fremde Zivilisationen und auch untereinander gekämpft, noch bevor wir ein Reich gründeten. Die Entwicklung der Technologie schreitet rascher voran als die Evolution unserer Kultur. Wir vernichten unsere Feinde — und wenn es so weitergeht, müssen wir irgendwann damit rechnen, von einem Gegner ausgelöscht zu werden. Verstehen Sie jetzt, warum ich so verzweifelt nach einer Alternative suche?«

Er sprach leise, fühlte sich schuldig, weil er April zu einer Entscheidung zwang, die das Schicksal der ganzen Galaxis betraf.

George seufzte niedergeschlagen. »Ich hasse diese ganze Sache«, brummte er. »Verdammt, ich verabscheue mich selbst, weil ich Robert keine bessere Hilfe anbieten kann.« Er zögerte kurz. »Ich wünsche nur, daß meine beiden Söhne in einer sicheren Zukunft aufwachsen.«

»Vielleicht müssen Sie eine solche Hoffnung aufgeben«, sagte t'Cael.

»Wer nicht mehr hofft, gibt sich selbst auf.«

Kilyle nickte ernst. »Lehren Sie Ihre Söhne Mut.« Er nickte in Richtung Turbolift. »Den Mut des Captains.«

Tief in Gedanken versunken durchstreifte Robert April das Schiff und ging in Richtung Krankenstation, ohne sich dessen voll bewußt zu sein. Er schob die Hände tief in die Taschen seiner Strickjacke und fühlte sich innerlich noch immer zerrissen. Als er durch die langen, stillen Korridore schritt, fiel ihm plötzlich auf, wie klein ein Raumschiff war. Die eigentlichen Ausmaße spielten dabei überhaupt keine Rolle: Die Größe wurde vom Fühlen und Denken der Besatzungsmitglieder bestimmt. Er sah sich als Gewissen der Königin — die Funktion des Captains. Der Stolz darüber, maßgeblich an der Entwicklung des Starship-Programms beteiligt zu sein, wich nun einer Bitterkeit, die an seiner Seele nagte. Das Schicksal hatte ihn um alle seine Erwartungen betrogen.

April sehnte sich danach, Sarahs Stimme zu hören. Bestimmt lehnte sie es ebenso wie George ab, ihm bei seiner Entscheidung zu helfen — das konnte er nur zu gut verstehen –, aber ein Gespräch mit ihr verschaffte ihm sicher emotionale Erleichterung.

Vor seinem inneren Auge zeichneten sich die Konturen verschiedener Szenarien ab. Sollte er seine Verantwortung leugnen, in die Heimat zurückkehren und das Problem jemand anders überlassen? Oder bestand seine Pflicht darin, zur Angriffsspitze einer Invasion zu werden, das Prätoriat zu stürzen und die Föderation zu zwingen, viel zu schnell zu wachsen? Eine dieser beiden Vorstellungen mußte eine reale Entsprechung finden.

George hat recht, dachte April. *Ebenso t'Cael. Wir sind an einem Wendepunkt angelangt. Ganz gleich, wie wir uns jetzt verhalten: Die Konsequenzen bestehen in jedem Fall aus Tod und Vernichtung.* Diese Erkenntnis verdoppelte das Gewicht der Bürde, die auf Aprils Schultern lastete und ihn zu zermalmen drohte.

Zu viele Dinge, die es abzuwägen galt. Er hatte zugehört, vielleicht zu aufmerksam. Hier die Freude darüber, daß sich Georges Perspektiven erweiterten – und dort Betroffenheit, weil April begriff, zumindest einige seiner pazifistischen Einstellungen aufgeben zu müssen. T'Caels Ausführungen konfrontierten ihn mit einem Wirrwarr aus Verpflichtungen und Alternativen, die eine andere Denkweise erforderten. Bisher war es ihm immer gelungen, klare Trennlinien zu ziehen, doch nun überlagerten sich Richtig und Falsch, schufen eine moralische Grauzone, die alle Prinzipien und Grundsätze in Frage stellte, keine deutlichen Unterscheidungen mehr ermöglichte. Wenn er sich gegen einen Angriff auf die romulanischen Zentralwelten entschied, wenn ein interstellarer Krieg begann, dem Milliarden von Menschen und Romulanern zum Opfer fielen ... *Kann ich mit einer solchen Schuld leben? Und wenn wir angreifen, als erste zuschlagen ... Zerstörte Städte. Massengräber. Unvorstellbares Leid. Und Zorn. Wut auf die Föderation. Ein Teufelskreis, wie George sagte.*

April schauderte, krümmte die Schultern und dachte

noch einmal an t'Caels Erklärungen. Er hätte nie damit gerechnet, in eine solche Situation zu geraten, in ein philosophisch-moralisches Labyrinth, aus dem es keinen Ausweg gab.

Ein Teufelkreis, flüsterte es in ihm.

»Wie durchbrechen wir ihn?« fragte er leise.

Und plötzlich ...

Ein Arm schlang sich ihm um den Hals und drückte zu. April schnappte nach Luft und spürte, wie ihn jemand in einen Nebengang zerrte. Er versuchte, sich aus dem festen Griff zu befreien, doch der Unbekannte hielt ihn fest. Der Captain schlug um sich, doch seine Fäuste trafen nur leere Luft. Wenige Sekunden später erstarrte er jäh, als er kühles Metall fühlte – der Lauf einer Laserpistole berührte ihn dicht über dem Ohr. Er kam nicht mehr dazu, eine Frage zu stellen.

»Wenn Sie auch nur eine falsche Bewegung machen, sind Sie tot, Captain«, erklang die Stimme eines Mannes.

KAPITEL 23

Die Brückencrew litt mit dem Captain, fühlte ebenfalls die ungeheure Bedeutungslast der Entscheidung, die er treffen mußte. Sanawey und die anderen glaubten, das Rasseln der Ketten zu hören, die April fesselten. Stille herrschte im Kontrollraum, nur unterbrochen vom elektronischen Zirpen der Konsolen. Das leise Summen schien einen akustischen Käfig zu schaffen, aus dem niemand entkommen konnte.

George mied die Nähe des Befehlsstands und nahm an der unbesetzten wissenschaftlichen Station Platz. Er stützte den einen Ellenbogen aufs Pult, die Hand ums Kinn geschlossen. Blicklos starrte er auf die farbigen Kontrollichter und Anzeigen, und hinter seiner Stirn wirbelten Gedankenfragmente umher.

T'Cael stand noch immer auf der anderen Seite der Brücke, verschränkte einmal mehr die Arme und gab keinen Ton von sich.

Alle warteten, und nach den jüngsten Aufregungen erschien ihnen die Ereignislosigkeit schier unerträglich. Sie versuchten sich abzulenken, indem sie die Bordsysteme überprüften und eigentlich unnötige Wartungsarbeiten durchführten. Sanawey, Hart und Florida vermieden es, George oder t'Cael anzusehen, konzentrierten sich statt dessen auf eher unwichtige Schäden: hier ein kleines Leck, dort ein Druckverlust. Normalerweise wurden solche Dinge den automatischen Kompensatoren überlassen. Ein Kurs mußte programmiert werden ... Nein, gleich zwei. Der eine führte zur Föderation zurück, der andere zu den beiden romulanischen Zentralwelten. Mit Hilfe des Computers nahmen die entsprechenden Berechnungen nur wenige Sekunden in Anspruch. Gelegentlich meldete sich jemand aus dem Maschinenraum, unter dem Vorwand, Statusmeldungen durchzugeben. Aber meistens wollten die Techniker nur in Erfahrung bringen, was auf der Brücke geschah und wie es nun weitergehen sollte. Niemand wußte eine Antwort auf solche Fragen. George gewöhnte sich allmählich an das Piepen des Interkoms und war froh, nicht an der Kommunikationsstation zu sitzen.

Wieder das Sirren. Kirk hatte es längst aufgegeben, die Anrufe zu zählen.

»Brücke. Sanawey.«

»Hier spricht Graff.«

»Was wollen Sie?« erwiderte der Indianer und klang so müde, wie George sich fühlte. Sanawey stellte eine knappe, direkte Frage – um eine knappe, direkte Antwort zu bekommen.,

»Wo ist Mr. Kirk?«

Der Astrotelemeter hob den Kopf, doch George reagierte nicht sofort. Erst nach einigen Sekunden ließ er mürrisch die Hand sinken und schaltete den nächsten Kom-Anschluß ein. »Hier Kirk. Worum geht's?«

»Ich habe den Captain.«

George runzelte die Stirn. »Was?«

»Ich habe den Captain. Er ist mein Gefangener.«

T'Cael drehte sich um; Florida und Hart sahen erstaunt auf. George zögerte, und es dauerte eine Weile, bis er begriff, was Graff meinte. Eine Zeitlang blickte er verwirrt auf die Kontrollen, und dann endlich ging ihm ein Licht auf. In seiner Magengrube breitete sich ein flaues Gefühl aus, und das Herz klopfte ihm plötzlich bis zum Hals empor. Er erhob sich mit einem Ruck. »Es ist Graff ...« Er desaktivierte das Mikrofon und wandte sich an Sanawey. »Verdammter Mist, Wood hat überhaupt nichts damit zu tun. Saffires Komplize heißt Graff! Und er hat Robert erwischt! Stellen Sie fest, wo er sich befindet.«

Sanawey nickte und nahm eine Sondierung vor.

George richtete seinen Blick wieder aufs Interkom, und

aus den Augenwinkeln sah er, daß t'Cael neben ihn trat. Er empfand die unmittelbare Präsenz des Romulaners als seltsam beruhigend.

»Können Sie mich hören, Graff?« begann Kirk, nachdem er den Kontakt wiederhergestellt hatte. »Was haben Sie vor?«

»Stellen Sie mir ein Shuttle zur Verfügung. Ich möchte das Schiff verlassen, und der Captain wird mich begleiten.«

»Warum?«

»Solange er bei mir ist, hüten Sie sich bestimmt davor, irgend etwas gegen mich zu unternehmen.«

Erneut betätigte George die Unterbrechertaste. »Sanawey, geben Sie Lieutenant Reed Bescheid und sagen Sie ihm, er soll Wood freilassen.«

Der Astrotelemeter bestätigte und nahm zwei Aufgaben gleichzeitig wahr.

Georges Hände schlossen sich um den gepolsterten Rand der Konsole. Er holte tief Luft, befeuchtete die Lippen und versuchte, seine Gedanken zu ordnen. »Na schön, Graff. Sie bekommen Ihr Shuttle. Wir können auf Leute wie Sie verzichten. Aber Sie werden den Captain zurücklassen, klar?«

»Für wie dumm halten Sie mich?« erwiderte Graff spöttisch. Offenbar fehlte es ihm nicht an Selbstsicherheit. »Ich mache mich jetzt auf den Weg zum Hangar, und ich hoffe für den Captain, daß ich dort eine startbereite Fähre vorfinde.«

»Woher sollen wir wissen, daß Sie April nicht umbringen, sobald Sie im All sind?«

»Nun, Sie können natürlich nicht ganz sicher sein. Aber wenn Sie mich aufzuhalten versuchen, ist er so gut wie tot. Mir liegt nichts daran, jemanden zu erschießen, Mr. Kirk, aber wenn Sie mich dazu zwingen ... Ich bin zu allem entschlossen.«

»Wir treffen uns am Hangar. Ich will den Captain sehen.«

»Was Sie wollen, ist mir völlig gleich. Denken Sie daran, in welcher Lage er sich befindet. Ein Shuttle, Mr. Kirk. Startbereit.«

»In Ordnung. Graff?«

»Ja?«

George beugte sich noch näher ans Mikrofon heran. »Wenn Sie Robert auch nur ein Haar krümmen, verfolge ich Sie bis ans Ende der Welt«, knurrte er. »Und irgendwann erwische ich Sie, darauf können Sie sich verlassen.«

Graff gab keine Antwort, und nach einigen Sekunden unterbrach er die Verbindung.

Mit einigen langen Schritten trat George an die Kommunikationsstation heran. »Haben Sie ihn und den Captain lokalisiert?«

»Ja«, bestätigte Sanawey und wechselte einen kurzen Blick mit Kirk und t'Cael. »Deck G. Unweit der Krankenstation.«

»Können Sie Graff und April im Auge behalten?«

»Das Schiff ist fast völlig leer. Unter diesen Umständen würden die Lebensindikatoren sogar auf eine Mücke reagieren.«

»Gut. Ich verfolge den Mistkerl. Bleiben Sie per Handkommunikator mit mir in Verbindung. Sorgen Sie dafür, daß Graff unsere Signale nicht empfangen kann. Wenn sich Reed meldet ... Erstatten Sie ihm Bericht. Sagen Sie ihm, daß ich seine Hilfe brauche.«

George trug noch immer den Instrumentengürtel, der ihn an seinen Abstecher zum Planetoiden erinnerte, und als er zum Turbolift lief, holte er sowohl den Kommunikator als auch die Strahlwaffe hervor. Bevor er das Schott erreichte, stieß er gegen t'Cael.

»Soll ich ...«, begann der Romulaner. Offenbar glaubte er, für die Entführung des Captains mitverantwortlich zu sein. Immerhin war Graff romulanischer Agent.

»Nein, bleiben Sie hier«, erwiderte George und knirschte mit den Zähnen. »Dies ist meine Aufgabe.«

»Sie sind jetzt im Lift, Sir«, klang Sanaweys Stimme aus dem kleinen Lautsprecher. »Auf dem Weg zum heckwärtigen Hangar, wie Graff sagte. Mr. Reed möchte mit Ihnen sprechen.«

»Ich höre«, brummte Kirk.

»Reed hier. Wo bist du, George?«

»Ich nähere mich dem Hangardeck und erwarte dich dort.«

»In Ordnung.«

Schweißfeuchte Finger schlossen sich um den Kommunikator, und das kleine Gerät wäre George fast aus der Hand gefallen.

»Mr. Kirk ...«, meldete sich Sanawey.

»Ja?«

»Ich verstehe das nicht ...«

»Was ist los?« fragte George ungeduldig.

»Graff kehrt um. Er ist nicht mehr zum Hangar unterwegs ...«

Kirk betätigte eine Taste der Schalttafel, und daraufhin hielt die Transportkapsel des Turbolifts sofort an. »Wohin geht er jetzt?«

»Keine Ahnung, Sir. Dort unten befinden sich keine wichtigen Installationen.«

»Himmel, Sanawey, ich benötige genaue Angaben!«

»Offenbar wollte Graff Sie auf eine falsche Fährte locken. Er ... Einen Augenblick. Er scheint ein neues Ziel gewählt zu haben. Eine Sechzehn.«

George preßte die Lippen zusammen und wartete unruhig, als sich mehrere Stimmen überlappten. Er hörte den Indianer, dann Hart und auch t'Cael, und der Wortwechsel betraf offenbar eine schematische Darstellung der betreffenden Sektionen.

»Die Nebenanlage der Klimakontrolle!« rief Kilyle. »Haben Sie verstanden, Kirk? Graff will das Lebenserhaltungssystem manipulieren, um uns alle umzubringen. Er wird das Schiff erst verlassen, wenn wir tot sind!«

George zögerte nicht und betätigte den Frequenzregler seines Kommunikators. T'Cael kannte die Taktik von romulanischen Einsatzagenten weitaus besser als er, und wenn er recht hatte, war sofortiges Handeln erforderlich. »Drake! Der Kerl hat uns reingelegt! Er plant, die Lebenserhaltungssysteme zu ...«

»Ich habe mitgehört«, antwortete Reed. »Bin wie der Blitz zur Stelle.«

»Das gilt auch für mich.« In Kirk brodelte Zorn darüber, auf einen Trick hereingefallen zu sein, als er dem Liftcomputer eine neue Anweisung gab. Die Kapsel setzte sich wieder in Bewegung, trug ihn nun in eine andere Richtung. Nervös hob George das kleine Kom-Gerät vor die Lippen. »Hart, können Sie ... Hören Sie mich, Hart?«

»Ja, ich bin ganz Ohr, Sir.«

»Sind Sie in der Lage, von der Brücke aus den Luftdruck in einer bestimmten Sektion zu verändern?«

»Ich weiß nicht. So etwas hat noch niemand versucht.«

»Es gibt immer ein erstes Mal. Erhöhen Sie den Druck in jenem Raum auf zehn Atmosphären.«

»Sie meinen die Kontrollkammer der Lebenserhaltungssysteme? Aber wenn jemand das Schott öffnet ... Oh, ich verstehe.«

Die Kabine hielt mit einem leisen Zischen an, und das Schott glitt auf. George klappte den Kommunikator zusammen und stürmte durch den Korridor, obgleich er nicht einmal genau wußte, wo sich der Kontrollbereich befand. Irgendwo in der Nähe. Ebenso wie Graff.

Er eilte durch mehrere Nebengänge, und nirgends regte sich etwas. Doch als er einige Minuten später um eine Ecke lief, sah er sich plötzlich dem Saboteur und Entführer gegenüber.

»Graff!« George schlitterte auf dem glatten Boden, blieb stehen und senkte den Laser.

Saffires Komplize hielt ebenfalls einen Laser in der Hand, und mit der anderen Hand zog er einen kabelartigen Strang an Aprils Hals zusammen. Er stand vor dem Schott der Kontrollkammer und gab gerade den Öffnungscode ein. Als er den Ersten Offizier sah, zerrte er an der improvisierten Schlinge, und der Captain keuchte, taumelte zurück.

»Ich erdrossele ihn«, warnte Graff.

»Davon rate ich Ihnen ab«, erwiderte George drohend. »Wenn April stirbt, erwartet Sie ein weitaus qualvollerer Tod.«

»Daran zweifle ich nicht, Sir. Deshalb wird er mich begleiten. Lassen Sie Ihren Laser fallen.«

»Nein«, sagte George.

»Wollen Sie das Leben des Captains aufs Spiel setzen, Sir?«

George trat vorsichtig näher, wandte den Blick von Graff ab und sah Robert an. »Ist alles in Ordnung mit dir?«

Die Schlinge schnürte April die Luft ab, aber trotzdem lächelte er schief. »Nicht unbedingt.«

»Halt durch«, sagte George. »Graff, was machen Sie hier? Ich dachte, Sie wollten zum Hangar.« Er schob sich noch einen Schritt näher.

Der romulanische Agent gab keine Antwort, hob seinen Laser und preßte den Lauf auf die Codetasten. Gleichzeitig bemühte er sich, Kirk im Auge zu behalten.

George versuchte, Graff zu verunsichern, indem er ihm direkt in die Augen sah, nur selten zwinkerte und die gleiche Entschlossenheit zeigte wie sein Kontrahent. Er brauchte nur zu warten, bis sich die Tür öffnete.

»Haben Sie es auf das Schiff abgesehen?« fragte er.

»Was glauben Sie?« entgegnete Graff wie beiläufig. Er glaubte noch immer, seine Absichten verwirklichen zu können.

»Sie haben mit Saffire zusammengearbeitet.«

Wieder schwieg Graff, mied den Blick des Ersten Offiziers und berührte einige weitere Tasten. Nur noch wenige Sekunden ...

Der Saboteur stieß noch einmal mit der Waffe zu, und daraufhin glitt das Schott beiseite. Sofort ertönte ein lautes Fauchen, und es klang so, als ströme die Luft aus einem gewaltigen Ballon. Graff und April wurden jäh von den Beinen gerissen und an die Korridorwand geschleudert, während alle losen Gegenstände in der Kontrollkammer — Folien, Schutzanzüge, Speichermodule, Isolierungsmaterial, Prozessorkarten, Stühle und für Konsolen bestimmte Verkleidungselemente — in den Gang wirbelten. Ein wirres Durcheinander entstand, als allmählich ein Druckausgleich hergestellt wurde.

George rollte zur Seite und stieß gegen einen Stahlschrank. Doch er genoß einen großen Vorteil: Er hatte sich innerlich auf den plötzlichen Sturm vorbereitet; das Überraschungsmoment war auf seiner Seite. Auf Händen und Knien kroch er durch ein fast ohrenbetäubendes Tosen, das Stunden zu dauern schien, obwohl nur wenige Sekunden verstrichen. Er fand April, zog ihn hinter die Korridorecke und ignorierte den Schmerz, der nun wieder in seiner linken Körperhälfte pochte.

Kurze Zeit später ließ das Zischen nach, und die umherschwirrenden Gegenstände fielen aufs Deck. Schließlich blieben nur noch einige leichte Folien, die langsam zu Boden sanken.

George stand behutsam auf, und April, der dicht neben ihm lag, streckte versuchsweise die Beine.

»Bist du verletzt?« fragte Kirk und half dem Captain hoch.

»Heute ist nicht gerade unser Glückstag, was, George?« erwiderte April, stützte sich mit der linken Hand an der Wand und mit der rechten an seinem Ersten Offizier ab. »Einige blaue Flecken, weiter nichts.«

»Kommst du allein zurecht? Ich möchte dem verdammten Mistkerl folgen. Er darf nicht entwischen.«

»Ja, mach dir keine Sorgen um mich. Aber paß auf. Graff ist ziemlich gefährlich.«

»Und wenn schon. Ich kann noch viel gefährlicher sein.«

April musterte ihn und schauderte, als er den Zorn in Kirks Zügen sah.

George zögerte kurz und vergewisserte sich, daß der Captain aus eigener Kraft stehen konnte. Dann hob er den Laser und spähte um die Ecke.

Von Graff weit und breit keine Spur.

»Er ist verschwunden.«

April trat neben ihn, lehnte sich an die Wand und atmete schwer. »Wir müssen ihn unbedingt finden, George. Er ist Ingenieur und kennt sich bestens mit den technischen Einrichtungen an Bord aus. Ich wage gar nicht, mir vorzustellen, was er anrichten könnte. Läßt sich sein Aufenthaltsort feststellen?«

George klappte seinen Kommunikator auf. »Sanawey!« stieß er rauh hervor. »Was zeigen die Indikatoren an?«

»Nur noch eine Person«, lautete die Antwort.

»Ja, ich weiß. Graff ist jetzt allein. Ich habe den Captain befreit. Drake, hörst du mit?«

Genau in diesem Augenblick kam Reed um die Ecke auf der anderen Seite und blieb abrupt stehen, als er das Chaos im Korridor sah. »Bei allen Raumgeistern! Was ist denn hier passiert?« Er erholte sich von seiner Überraschung und trat vorsichtig an Stühlen und anderen Dingen vorbei. »Oh, Captain. Alles gut überstanden?«

April setzte zu einer Antwort an, doch bevor er auch nur ein Wort sagen konnte, packte George Drake am Kragen und zerrte ihn durch den Gang. »Komm mit! Sanawey, wo steckt Graff?«

»Er ist wieder nach achtern unterwegs, Sir. Vielleicht will er diesmal wirklich zum Hangar.«

»Welche Ebene?«

»Achtzehn.«

»Na schön«, preßte George hervor. »Ich bleibe ihm auf den Fersen. He, Drake, du hast es gehört. Tu was für dein Gehalt.« Erneut griff er nach Reeds Kragen.

Drake stolperte ihm nach. »Ich verlange eine Zulage ...«, stöhnte er.

Erst jetzt, als erneut die Jagd auf den romulanischen Agenten begann, wurde sich Kirk der Größe des Schiffes bewußt. Ein Korridor folgte dem anderen – sie schienen überhaupt kein Ende zu nehmen. George fühlte sich wie eine Ameise in einem gewaltigen Bau, als sie Hallen und Kammern durchquerten, durch Wartungsschächte krochen und Leitern herabkletterten. Wahrhaft erstaunlich, daß die Menschheit ein so gewaltiges Raumschiff planen, bauen und durch den Weltraum schicken konnte. Allein die Tonnage war schwindelerregend.

Hinzu kam, daß sie unterwegs niemandem begegneten. Es befanden sich nur einige Dutzend Personen an Bord, obwohl die Königin Hunderten Platz bot. Alles blieb still und leer.

Doch irgendwo vor ihnen floh Graff. Bei jedem Meter, den George zurücklegte, erneuerte er sein Versprechen, das er sich noch auf der Brücke gegeben hatte – als ihm der Saboteur mitteilte, er habe den Captain in seiner Gewalt. Es erfüllte ihn mit unerschütterlicher Entschlossenheit, und er hielt an seinem Zorn fest, rückte Graff in den Fokus einer Wut, deren emotionale Energie nach einem Ventil suchte.

»Sir?«

George hob den Kommunikator. »Hier Kirk.«

»Offenbar hat Graff den Überblick verloren«, sagte Sanawey.

»Was soll das heißen?«

»Er hat sich mehrmals für die falschen Abzweigungen entschieden, und dadurch ist er zu Umwegen gezwungen. Hier und dort bleibt er unschlüssig stehen. Die schematischen Anzeigen deuten darauf hin, daß er vor jeder Sektion Zeit verliert, weil er die Zugangsschotten öffnen muß. Er ist jetzt im separierten Bereich, der aus Sicherheitsgründen abgeriegelt wurde. Ich schlage vor, Sie gehen durch den Korridor S-197-A und wenden sich an der Frachtkammer 3 nach links.«

»Alles klar. Können Sie ihn von der Brücke aus aufhalten, indem Sie die einzelnen Zugänge sperren?«

»Ich gebe mir alle Mühe, aber bisher gibt es nur wenige Verbindungen mit den Schaltkontrollen hier bei uns. Außerdem ist es Graff schon mehrmals gelungen, meine Signale einfach zu blockieren.«

»Versuchen Sie es weiterhin. Kirk Ende. Drake, wir teilen uns. Ich übernehme die Steuerbordseite, du die andere.«

»Wie du meinst.«

Reed verschwand im ersten Backbord-Korridor, und George lief durch die Steuerbordpassagen des Raumschiffes. Erneut gewann er den Eindruck, daß sich die weiten Tunnel kilometerweit erstreckten. Seine Stiefelsohlen knarrten leise auf dem Deck, und bei jedem Schritt hatte er das Gefühl, einen Berg aus Zorn zu erklimmen. Er stürmte weiter, durch leere Zimmer und Räume, und hinter jeder Tür, hinter jeder Ecke erwartete ihn ein neuer Hang der Wut. George wußte, daß Graff seine Empfindungen zumindest erahnte — und sich vor ihnen fürchtete.

Nach einer Weile summte sein Kommunikator, und er klappte ihn sofort auf.

»Was ist?« fragte er scharf.

»Sie nähern sich ihm«, berichtete Sanawey. »Aber die Anzeigen sind recht seltsam. Graff hat die Hauptkontrolle des Frachtbereichs auf Automatik umgeschaltet, näherte sich dann Kammer 9, trat ein und ... verschwand. Vielleicht ein Erfassungsfehler. Am Ende des Korridors, in dem Sie jetzt sind, Mr. Kirk. Dann nach links.«

George setzte sich wieder in Bewegung und spürte ein heftiger werdendes Stechen in der linken Körperhälfte — es erinnerte ihn an die Erlebnisse auf dem Planetoiden. Er versuchte, den Schmerz aus sich zu verdrängen, lief noch schneller. Frachtkammer 7 ... 8 ... Und dort die Nummer 9, am Ende des Korridors. Er glaubte, Schritte in einem Nebengang zu hören — Graff?

George schnaufte enttäuscht, als er das braune, vertraute Gesicht Drake Reeds sah, richtete seinen Blick dann wieder auf das breite, blaue Schott. Sanawey hatte ihm gerade mitgeteilt, die Hauptkontrolle sei von Graff auf Automatik umgeschaltet worden. Anders ausgedrückt: Die Tür sollte sich eigentlich für ihn öffnen.

Drake erreichte den Korridor von der anderen Seite her, aber Kirk schenkte ihm keine Beachtung, lief weiterhin auf das Schott zu.

»Achtung, George!« rief Reed plötzlich.

Zu spät. Der Türsensor reagierte auf die Nähe des Menschen, und die beiden Schotthälften glitten auseinander. Eiskalte Luft wehte Kirk entgegen, als er die Schwelle erreichte, und einen Sekundenbruchteil später war auch Drake heran und stieß George zur Seite. Er wurde in den Gang zurückgerissen, verlor den Halt und fiel. Reed landete dicht neben ihm, und Seite an Seite rutschten sie übers Deck, gefolgt von einer Kälte, wie man sie nur im All erwartete. Irgend etwas summte leise, und Kirk hörte, wie sich das Schott wieder schloß.

George zitterte wie Espenlaub und spürte, wie sich der Frost in seinem Körper ausbreitete, ihn langsam erstarren ließ und selbst nach den Gedanken tastete. Er erinnerte sich an den Winter in Iowa, aber eine derart tiefe Temperatur war unter natürlichen Umständen nirgendwo auf der Erde möglich, nicht einmal an den Polen. Die Heizgebläse an der Decke surrten laut. Rauhreif bildete sich an den Wänden. Kirk schnappte mühsam nach Luft und fürchtete plötzlich, langsam zu ersticken. Behutsam streckte er die taub gewordenen Glieder und stemmte sich in die Höhe.

»*V-verdammt!*« Er bebte am ganzen Leib, und der Atem wehte ihm als weiße Fahne von den Lippen. »Was ist passiert?«

Drake erhob sich ebenfalls und trat von einem Bein aufs andere. »Ich habe mit den Technikern gesprochen und erfahren, daß einige Sektionen des Schiffes nicht ans allgemeine Lebenserhaltungssystem angeschlossen sind. Aus diesem Grund wurden die entsprechenden Zugänge verriegelt. Die Temperatur dort drin beträgt ungefähr zweihundert Grad unter Null. Mal sehen, ob ich die Heizung einschalten kann.« Er trat an die Kontrolltafel heran und betätigte einige Tasten.

»Was ist mit Graff?« fragte George und setzte vorsichtig einen Fuß vor den anderen.

Langsam näherten sie sich dem Schott der Frachtkammer, bereit dazu, bei plötzlichen Temperaturwechseln sofort umzukehren. Das Surren der Kompensationssysteme wurde noch etwas lauter, und wärmere Luft wehte durch den Korridor. Trotzdem wagten sie es nicht, die Frachtkammer zu betreten, aus Furcht davor, erneut der Kälte zu begegnen. Sie konnten sich nicht darauf verlassen, daß alle Sicherheitssensoren aktiviert waren. George trat noch einen Schritt näher an die Tür heran, aber diesmal glitt das Schott nicht auf. Die elektronische Überwachung der Heizungskomponenten registrierte ein starkes Temperaturgefälle und blockierte den Öffnungsmechanismus. Sie würde erst nach erfolgter Ambienteanpassung Zutritt zur Kammer gewähren. Nur die Fenster boten Kirk eine Möglichkeit, Antworten auf seine Fragen zu finden.

Er sah einen leeren, saalartigen Raum mit mobilen Trennwänden. Auf dem weißen Boden zeigte sich nicht ein einziger Fleck.

»Wo steckt Graff?« brachte George hervor und fröstelte noch immer.

Drake stand neben ihm und schwieg.

Nach einigen Sekunden runzelte Kirk die Stirn, drehte den Kopf und musterte seinen Begleiter.

Reeds Gesicht spiegelte sich auf dem transparenten Aluminium des Fensters wider. Er starrte nach oben, und in seinen Pupillen funkelte Entsetzen.

George beobachtete die Decke.

»O Gott!«

Graff schwebte einige Meter über dem Boden, Arme und Beine wie zu einem letzten Sprint gekrümmt. Rauhreif bedeckte Haar, Brauen und Wimpern, glänzte auf den Wangen. Die Augen starrten trüb und glasig ins Leere, und die Züge brachten jenes Grauen zum Ausdruck, das den Mann in der letzten Sekunde seines Lebens erfaßt hatte. In der Schwerelosigkeit drehte sich die Leiche langsam um die eigene Achse.

George hörte, wie seine Zähne in der Kälte klapperten, preßte die Lippen aufeinander und kämpfte gegen eine plötzliche Übelkeit an.

»Bei der ewigen Verdammnis — wie schrecklich!« brachte Drake hervor. »Es erübrigt sich wohl, Graff zur Krankenstation zu bringen, wie?«

Eine Zeitlang sahen sie stumm in die Kammer und beobachteten, wie der erstarrte Körper langsam am Fenster vorbeischwebte, sich ihnen in allen Einzelheiten darbot.

Das Heizungssystem summte noch ein letztes Mal und schaltete sich automatisch ab. Unmittelbar darauf öffnete sich das Schott. George und Drake blieben auf der Schwelle stehen, nur knapp zwei Meter von dem Toten entfernt.

Schließlich seufzte Reed. »Ich schalte die künstliche Schwerkraft ein.«

Er trat noch einmal an die Kontrolltafel in der Wand heran, und nach kurzer Suche fand er die Tasten für das separate Lebenserhaltungssystem des Frachtbereichs.

George' Blick klebte an Graff fest, und er drehte sich erst um, als er das leise Piepen einer ihm vertrauten Codesequenz hörte. Plötzlich erinnerte er sich an Drakes Worte und griff nach dem Arm seines Gefährten. »Nein ...«

Irgendwo in der Wand klickte es, und die Schwerelosigkeit in der Frachtkammer 9 fand ein abruptes Ende.

Kirk wich gerade noch rechtzeitig zurück, um nicht unter den herabfallenden Leichnam zu geraten, der mit einem lauten Krachen auf den Boden prallte. Splitter aus steinhart gefrorenem Fleisch sausten wie kleine Geschosse umher, gefolgt von größeren Brocken. Überall prasselte und klirrte es.

Voller Abscheu verzog George das Gesicht, wandte sich ab und keuchte.

Reed schob sich an ihm vorbei und sah in den großen Raum. »Der Typ war noch nicht ganz aufgetaut, oder? Zum Teufel auch, wir sollten ihn zusammenfegen, bevor's *wirklich* scheußlich wird.«

George schmeckte Galle, schauderte und hob den Kommunikator. »Kirk an Brücke.«

»Hier spricht April, George.«

»Wie geht's dir?«

»Schon besser. Was ist mit Graff?«

»Er ... Ich erkläre es dir später.«

»George, du klingst irgendwie seltsam.«

Kirk ging einige Schritte und hielt den Blick zu Boden gerichtet, doch vor seinem inneren Auge sah er nach wie vor ein schreckliches Bild. »Hör mal, Robert ... Ich habe da eine Idee.«

»Himmel, das freut mich. Hoffentlich taugt sie was.«

»Wahrscheinlich klappt es nicht.«

»Schlimmer kann unsere Situation wohl kaum werden, George«, sagte April.

»Der Vorschlag ist echt nicht übel, Geordie«, warf Drake ein. »Eine kosmische Pokerpartie, Mann! Mal sehen, wer am besten bluffen kann.«

Die drei Männer beugten sich über die Kommunikationsstation, gaben Raum-Zeit-Koordinaten und andere Daten ein. T'Cael stand einige Schritte entfernt und beobachtete die Menschen mit wachsendem Erstaunen. Sie befanden sich in einer verzweifelten Lage, doch der Captain und seine beiden Begleiter wirkten plötzlich zuversichtlich.

»Es kommt auf die richtige zeitliche Abstimmung an«, brummte George und dachte an die Einzelheiten seines Plans. Drake hatte recht: ein Bluff. Gefährlicher als die Realität – so hoffte er jedenfalls. Was erzeugte mehr Angst: der Biß einer Kobra oder ihr Zischen?

»Captain, ich registriere zwei Ortungsreflexe an der Peripherie unserer Sensorerfassung«, meldete Sanawey. »Offenbar sind es Emissionen von Warptriebwerken.«

T'Cael drehte sich um. »Vermutlich die beiden Mutterschiffe, deren Aufgabe darin besteht, die Zentralwelten zu schützen. Sie haben den Kontakt mit dem Schiff verloren, das Sie zerstörten, und bestimmt sind inzwischen Berichte über Ihre Präsenz in diesem Sektor eingetroffen. Die Kommandanten haben zweifellos den Befehl, Sie so rasch wie möglich zum Kampf zu stellen.«

George warf ihm einen kurzen Blick zu. »Gut.«

Carlos Florida runzelte die Stirn. »Gut?«

»Sogar perfekt«, betonte der Erste Offizier. »Hoffen wir nur, daß wir weiterhin Glück haben.«

April musterte ihn skeptisch. »Daß wir *weiterhin* Glück haben, George? Himmel, was würdest du denn als Pechsträhne bezeichnen?« Er sah auf die Anzeigen und Monitoren, prüfte noch einmal alle eingegebenen Informationen und versuchte festzustellen, ob sie irgend etwas übersehen hatten. Es schien soweit alles in Ordnung zu sein. Nur noch ein wichtiger Punkt mußte geklärt werden. Der Captain ignorierte den Schmerz in seinem Leib, als er sich steif umdrehte. »T'Cael, könnten Sie uns mitteilen, welche Starfleet-Codes Ihr Volk in den letzten Jahren geknackt hat?«

Die Pupillen des Romulaners weiteten sich, und einige rosarote Verlegenheitsflecken bildeten sich auf seinen Wangen. Gleichzeitig empfand er einen gewissen Stolz. Er zögerte kurz, räusperte sich dann und erwiderte: »Wir ... wir haben sie alle entschlüsselt.«

George erstarrte für einige Sekunden. *»Alle?«*

T'Cael lächelte zaghaft. »Ja. Nun, wir könnten eine Menge von Ihren Schiffbauern und Entwicklungsingenieuren lernen, aber unsere Kryptographen brauchen sicher keine Nachhilfestunden.«

»Großartig«, bemerkte Kirk ironisch. »Wenn wir dies alles überstanden haben, beginnen wir mit einem Austauschprogramm.« Er gab sich alle Mühe, ernst zu bleiben, aber schließlich zuckte es auch in seinen Mundwinkeln, und die allgemeine Anspannung ließ sofort nach. Noch immer drohte ihnen der Tod, und die enorme Gefahr brachte sie alle einander näher, schuf eine feste, in sich geschlossene Gemeinschaft. »Na schön«, fügte George hinzu und starrte auf die blinkenden Lichter der Kom-Konsole. »Sanawey, jetzt sind Sie dran. Schicken Sie eine Nachricht und stellen Sie fest, daß die Romulaner kein einziges Wort überhören. Fragen Sie nach dem Status der Föderationsflotte im Bereich der Neutralen Zone.«

Tiefe Falten zerfurchten die Stirn des Indianers. »Dort gibt es doch gar keine ... Oh, ich verstehe. Eine gute Idee, Sir.«

»Also los.«

Sanawey preßte die Lippen zusammen und veränderte die Justierungen des Frequenzreglers, um den Kommunikationsoffizieren an Bord der beiden Mutterschiffe einen klaren Empfang zu ermöglichen. Kurz darauf nickte er. »Erledigt, Sir.«

»Ist es möglich, eine Botschaft zu senden und den Eindruck zu erwecken, es handele sich um eine *Antwort* auf unsere Anfrage?«

Sanawey überlegte kurz. »Ja, ich glaube schon. Wenn die Signale von einem Planeten zu uns reflektiert werden. Aber wir müßten mit starken Verzerrungen der Modulation rechnen, Sir. Bei so großen Entfernungen bleibt nicht einmal ein Richtstrahl stabil. Nun, vielleicht ist das sogar besser – es wird nach Statik klingen.«

»Ausgezeichnet, Kralle.« April klopfte dem großen Mann auf die Schulter. »Eine komplizierte Sache, ich weiß. Senden Sie eine Nachricht, die uns scheinbar von der Neutralen Zone erreicht und die dort wartende romulanische Flotte beschreibt. Die einzelnen Schiffe und ihre Raumsektoren. Formationen und solche Dinge. Geben Sie alle Einzelheiten hinzu, die Sie von Mr. t'Cael bekommen. Nennen Sie Details, von denen wir unmöglich etwas wissen könnten, wenn sich dort keine Föderationseinheiten befänden.«

Drake verschränkte die Arme. »Ein ziemlicher Schock für die Roms.«

»Ja«, bestätigte Kilyle schlicht. »Die Kommandanten werden sich fragen, wie eine ganze Flotte unentdeckt bleiben kann.«

George musterte ihn. »Wenn der Gegner von Ihrer Anwesenheit an Bord dieses Schiffes wüßte, wäre unser Plan aussichtslos. Wir müssen ihn davon überzeugen, daß er beobachtet wird.«

T'Cael zog die Brauen zusammen. »Wenn die romulanischen Offiziere genaue Beschreibungen ihrer Flotte hören, gelangen sie gewiß zu den von Ihnen beabsichtigten Schlußfolgerungen.«

»Stellen Sie sich vor, Sie begegneten einem Fremden, der Ihnen alle Einzelheiten Ihrer Wohnung schilderte«, sagte George. »Eine ziemlich unangenehme Erfahrung, nicht wahr?«

»Allerdings«, pflichtete ihm Kilyle bei.

»Nun, sorgen wir für ein wenig Unruhe.« Kirk nickte Sanawey zu, der daraufhin die zweite Nachricht sendete.

T'Cael sah George an. »Sie finden Spaß daran, nicht wahr, Kirk?« fragte er vorwurfsvoll.

Der Erste Offizier senkte den Kopf, spürte einen Hauch Betroffenheit und verdrängte seinen Enthusiasmus. »Es wäre mir lieber, nicht direkt daran beteiligt zu sein.«

Woraufhin die Züge des Romulaners so etwas wie Erheiterung zeigten. Die Taktik der Menschen erstaunte ihn, und er bedauerte nur, daß sich April gegen seinen Vorschlag entschieden hatte: Er war nicht bereit, die Zentralwelten anzugreifen und das Prätoriat zu stürzen.

George drehte sich um, starrte auf den Wandschirm und betrachtete das romulanische All. »Carlos, achten Sie auf die Anzeigen der Fernsensoren und geben Sie uns sofort Bescheid, wenn Sie irgendwelche Veränderungen in Hinsicht auf die beiden Mutterschiffe feststellen.«

»Ja«, sagte April. »Sie sind unser Barometer dafür, ob wir Erfolg haben.«

»Ihr Menschen seid sehr einfallsreich«, murmelte t'Cael und stellte sich vor, wie die Kommandanten und ihre Offiziere von Panik heimgesucht wurden. Rihannsu konnten einen solchen Trick nicht durchschauen; er bezweifelte, ob irgend jemand an Bord der beiden großen Trägerschiffe Verdacht schöpfte.

Drake trat einige Schritte vor. »George ist nicht auf den Kopf gefallen, Sir.«

»Aber auf einige andere Körperstellen.« Kirk ächzte übertrieben und preßte eine Hand an die linke Hüfte.

»Glücklicherweise befindet sich dein Gehirn nicht da unten, Geordie.«

April lächelte und wandte sich an Sanawey. »Wie sieht's aus?«

»Die Signale sind gerade reflektiert worden.« Der Astrotelemeter verzog das Gesicht. »Hoffentlich durchschaut uns der Gegner nicht, Sir.«

»Die Nachricht dürfte ihn zumindest verwirren. Alles klar für Phase Zwei?«

»Bist du bereit?« fragte George.

»Und ob.« Der Captain ging zum Befehlsstand, blieb neben dem Kommandosessel stehen und lege sich die Worte zurecht. Als ihm Sanawey das Zeichen gab, holte er tief Luft und begann:

»Achtung, Starfleet-Einsatzkontrolle«, sagte er so klar und deutlich, daß ihn die mithörenden Romulaner nicht falsch verstehen konnten. »Hier spricht der Captain des Kommandoschiffes im Delta-Sektor. Unser Tarnschirm ist defekt, und dadurch können wir von den Sensoren des Feindes erfaßt werden. Wir ziehen uns zurück, um nicht die Position der geheimen Flotte zu verraten und dadurch den Erfolg unserer Mission im romulanischen Raumgebiet in Frage zu stellen. Ich übergebe dem Zerstörer *Ambush* die Verantwortung für diesen Sektor — bis wir wieder in der Lage sind, uns mit dem

Tarnfeld vor Entdeckung zu schützen. Beim Angriff auf die romulanischen Zentralwelten dürfen nur Schiffe eingesetzt werden, deren Sensormasken stabil sind.« April legte eine kurze Pause ein und wechselte einen raschen Blick mit George, bevor er fortfuhr: »Achtung, Zerstörer *Ambush* und geheime Flotte. Hier spricht der Captain des Kommandoschiffes. Zwei romulanische Mutterschiffe verfolgen uns. Vernichten Sie die gegnerischen Einheiten, sobald sie den Beta-Sektor erreichen. Ein Mutterschiff ist bereits von unserer verborgenen Flotte zerstört worden. Handeln Sie unverzüglich, wenn die beiden anderen nicht abdrehen. Greifen Sie die Zentralwelten erst an, wenn die romulanische Flotte in die Neutrale Zone vorstößt. Andernfalls warten Sie ab, ohne etwas zu unternehmen. Ich wiederhole: Der Angriff auf die Zentralwelten findet *nur dann* statt, wenn romulanische Kriegsschiffe in der Neutralen Zone geortet werden. Verzichten Sie darauf, diese Order zu bestätigen. Der Feind darf keine Möglichkeit zu einer Anpeilung Ihrer Signale erhalten. Kommandoschiff Ende.«

April holte tief Luft, seufzte schwer und beobachtete Sanawey, der einige Tasten betätigte und die Mitteilung des Captains an eine imaginäre Flotte weiterleitete.

»Habe ich übertrieben?« fragte Robert.

George sah t'Cael an, aber der Romulaner hob nur die Brauen und zuckte mit den Schultern. Kirk warf einen Blick über Floridas Schultern. »Das wird sich gleich herausstellen. Verändern sich die Anzeigen?«

Der Steuermann behielt die Kontrollen im Auge. »Noch nicht. Die beiden Mutterschiffe nähern sich weiter und ... He, sie reduzieren ihre Geschwindigkeit und beenden den Hyperlichttransit.« George beugte sich zur Konsole vor und hielt unwillkürlich den Atem an.

»Captain ...« Sanawey hob ein Kom-Modul ans Ohr. »Intensive Kommunikationsaktivität zwischen den Mutterschiffen und einer der beiden Zentralwelten.«

»Ch'Rihan«, murmelte t'Cael und stellte sich den Wortlaut von Fragen und Antworten vor. Er versuchte, sich in die Lage der befehlshabenden Offiziere zu versetzen: Was hielte er von den empfangenen Meldungen?

»In Ordnung«, sagte April leise. »Carlos, Föderationskurs. Wir fliegen ganz gemütlich nach Hause. Wie wär's mit Warpfaktor zwei?« Er schnitt eine Grimasse. »Verschwinden wir von hier, bevor die Romulaner doch noch beschließen, uns den Garaus zu machen.«

Die Königin schwang anmutig herum und beschleunigte, ließ eine Phantasieflotte zurück, um den Feind an offensiven Maßnahmen zu hindern. War es wirklich möglich, den interstellaren Krieg mit einem gewagten Bluff zu verhindern?

Captain Aprils Blick blieb auf den Wandschirm gerichtet, als er aufs Oberdeck trat. Ganz vorsichtig setzte er einen Fuß vor den anderen, als befürchtete er, die Romulaner könnten den Trick durchschauen, wenn er irgendein Geräusch verursachte. Langsam näherte er sich t'Cael. »Was halten Sie davon?« fragte er leise, starrte weiterhin ins Projektionsfeld. Nirgends zeigten sich gegnerische Raumschiffe.

Kilyle verschränkte die Arme und dachte nach. »Mein Volk ist konservativ, Captain. Wir greifen nur dann an, wenn wir völlig sicher sind, den Sieg zu erringen. Andernfalls warten wir ab und verstärken unser militärisches Potential.«

»Soll das heißen, wir haben den Krieg nicht verhindert, sondern nur aufgeschoben?«

»Ich weiß es nicht«, erwiderte t'Cael ruhig. »Die Romulaner ...« – er sprach so, als gehöre er nicht mehr dazu –, »... scheuen Konflikte, bei denen sie unterliegen könnten. Wahrscheinlich bekommen die Wissenschaftler nun den Auftrag, so schnell wie möglich eine Tarnvorrichtung für Kampfeinheiten zu schaffen.«

»Raumschiffe können nicht einfach unsichtbar werden. Und wenn doch ... Die Entwicklung einer solchen Technik dauert sicher Jahre.«

»Hoffentlich viele Jahrhunderte.« Aus irgendeinem Grund richtete t'Cael die Worte an George Kirk, der auf dem Kommandodeck stand und beide Hände um das Geländer geschlossen hatte. Der Erste Offizier gab keinen Laut von sich, hörte stumm und aufmerksam zu.

Nach einigen Sekunden wandte sich der Captain ab und beobachtete einmal mehr den großen Bildschirm. Durch den Warptransit bildeten die Sterne seltsame Streifenmuster. April dachte an die zerstörten Schwarmeinheiten, an das vernichtete Mutterschiff, an die vielen toten romulanischen Männer und Frauen. Der Schrecken ließ sich nicht so einfach abstreifen, wurde zu einem gespenstischen Schatten, der dicht neben seinem Gewissen lauerte, ständig dazu bereit, Anklagen gegen ihn zu erheben.

»Vielleicht ist das ständige Mißtrauen jetzt noch stärker geworden.« April seufzte, und Seelenschmerz flackerte in seinen Augen. »Noch nie zuvor habe ich mich so sehr vor etwas gefürchtet, das überhaupt nicht geschah. Himmel, es wäre so einfach gewesen ... Und fast hätte ich mich dazu durchgerungen.«

George beugte sich ein wenig vor. »Was ist los mit dir, Robert?« frage er. »Jetzt ist alles vorbei. Wir haben es geschafft.« April mied den Blick seines Ersten Offiziers, setzte sich wieder in Bewegung. Der Wandschirm zeigte inzwischen die ferne Neutrale Zone, hinter der sich das stellare Territorium der Föderation erstreckte.

»Glaubst du?« murmelte er. Der hochgeschlagene Kragen seiner Strickjacke reichte ihm bis zu den Ohren empor, umgab das Gesicht mit einem hellen Rahmen. Hinter ihm glühten die Anzeigen einiger Monitoren. »Ich muß die Bürde meiner Entscheidung für den ganzen Rest meines Lebens tragen und werde mich ständig fragen, ob t'Cael recht hatte. Vielleicht habe ich den Krieg nur der nächsten Generation überlassen.«

»Nur noch wenige Minuten Flugzeit bis zur Neutralen Zone, Captain. Wir sind fast zu Hause.«

Floridas Worte klangen zufrieden und auch erleichtert. Die Brückencrew war sich nach wie vor der Gefahr bewußt: *Fast* bedeutete, daß sie noch immer mit einem Angriff rechnen mußten.

»Die Sensoren erfassen keine feindlichen Schiffe«, sagte Sanawey. Er sprach ganz leise, als wollte er vermeiden, Glück und Schicksal herauszufordern.

Captain April nahm die beiden Meldungen mit einem knappen Nicken entgegen. »Beschleunigen Sie auf Warpfaktor vier, sobald wir die Neutrale Zone erreichen.«

Seine Züge wirkten sehr ernst, und dadurch gewann die schlichte Anweisung eine ganz neue Bedeutung. Er saß wieder im Sessel des Befehlsstands — auf einem Thron, den er sich redlich verdient hatte —, und allmählich gelang es ihm, seine Empfindungen unter Kontrolle zu halten, Bestürzung und inneren Schmerz einzukapseln, aus seinem unmittelbaren Denken und Fühlen zu entfernen. Ein Teil des alten Glanzes kehrte in die Augen zurück, als er wieder zu seinem früheren Selbst fand. Nein, das stimmte nicht ganz. Die Erlebnisse im romulanischen Reich hatten ihn auf eine Weise verändert, die er erst noch ergründen mußte.

George war in gewisser Weise gezwungen worden, an der Mission teilzunehmen, aber auch er fühlte sich wenigstens zum Teil für die jüngsten Ereignisse verantwortlich. Dennoch brachte er es nicht fertig, einige aufmunternde Worte an Robert zu richten.

Als sich t'Cael langsam dem Captain zuwandte, erwachte Kirk aus seiner Apathie. Er blieb still, beschränkte sich darauf, die beiden Männer zu beobachten.

»Captain April«, begann t'Cael heiser.

Robert hob den Kopf. »Ja?«

»Ich muß mich bei Ihnen entschuldigen.«

»Warum?«

»Weil ich versucht habe, Sie zu einer Entscheidung zu zwingen, die Sie und Ihr Erster Offizier für falsch hielten. Ich hätte nicht von Ihnen verlangen dürfen, Ihre Moral aufzugeben, um meinem Volk zu helfen. Sie waren bereit, um jeden Preis an Ihren Prinzipien festzuhalten. Eine solche Einstellung kann der Föderation nur zum Vorteil gereichen. Ja, es war unangemessen, Sie zu einem aggressiven Verhalten aufzufordern. Ich bin beschämt.«

April schüttelte den Kopf. »Sie haben nicht den geringsten Grund, beschämt zu sein«, erwiderte er sanft. »Durch Ihre Hinweise konnten wir wichtige Erkenntnisse über uns selbst gewinnen, und dafür danke ich Ihnen ausdrücklich. Es kann bestimmt nicht schaden, ab und zu die eigenen Standpunkte aus einer gewissen Distanz zu prüfen. Unsere moralischen Grundsätze wurden außerordentlich stark belastet. Derartige Erfahrungen sind alles andere als angenehm, aber sie setzen einen wichtigen Reifeprozeß in Gang.« Robert drehte den Sessel ein wenig herum und sah Kirk an. »Was George und mich betrifft ...«, fuhr er schwermütig fort. »Ich glaube, unsere Perspektiven haben sich erweitert, und dadurch wird ein neues gegenseitiges Verständnis möglich. Wahrscheinlich ist es besser, durch die Mangel gedreht zu werden als in einem philosophischen Zölibat zu leben. Wir beide lernen, nicht wahr, George? Aber der zukünftige Kommandant dieses Schiffes braucht andere Fähigkeiten; vielleicht sollte er eine Mischung aus uns beiden sein. Gibt es jemanden, der unsere Qualitäten in sich vereint?«

»Im Laufe der Zeit läßt sich bestimmt ein solcher Mann finden«, sagte t'Cael. »Ich hoffe nur, daß die Zeit auch alle Schandflecken von der Kultur meines Volkes tilgt und ihm Weisheit ermöglicht. Auch mir gehen neue Gedanken durch den Kopf, und dafür danke ich Ihnen beiden.«

Verlegen trat der Romulaner aufs Oberdeck und wandte sich von George und April ab. Kirk sah ihm nach.

T'Cael blieb an der Schadenskontrolle auf der Steuerbordseite der Brücke stehen und beobachtete die Wandmonitoren. Sie zeigten das All hinter dem Schiff, den romulanischen Raumbereich, der nun rasch zurückblieb.

Kilyle dachte an die Welten seiner Heimat, und Wehmut erfaßte ihn.

George näherte sich ihm langsam und versuchte vergeblich, t'Caels Gesichtsausdruck zu erkennen. Der Romulaner bemerkte ihn aus den Augenwinkeln, doch sein nachdenklicher Blick galt weiterhin den Monitoren. Kirk musterte ihn eine Zeitlang, ohne ein Wort zu sagen, und plötzlich war er nicht mehr sicher, auf dem Planetoiden die richtige Entscheidung getroffen zu haben. *Vielleicht hätte ich ihn tatsächlich dem Tod überlassen sollen. Eine ungewisse Zukunft erwartet ihn, und er wird seine Heimat nie wiedersehen. Er hat völlig recht: Er kann nicht auf Dauer in die Rolle eines Vulkaniers schlüpfen; irgendwann durchschaut man ihn bestimmt. Es bleibt ihm also nur die Einsamkeit. Er muß die Kontakte zu Bürgern der Föderation auf ein notwendiges Minimum beschränken und seine wahre Identität verbergen, wenn er nicht verfolgt, verhört und eingesperrt werden will ...*

Von Leuten wie mir, fügte George in Gedanken hinzu, und er spürte, wie ihm das Blut ins Gesicht schoß. Betroffen senkte er den Kopf, und als er kurz darauf wieder aufsah, bemerkte er Melancholie in t'Caels Gesicht.

»Machen Sie sich keine Sorgen«, murmelte George so leise, daß es fast gleichgültig klang. Sofort bedauerte er seine Bemerkung. *Ich hätte überhaupt nichts sagen sollen.*

T'Cael rührte sich nicht von der Stelle. »Bei Ihnen bin ich ein Fremder«, erwiderte er ruhig und monoton. »Welchen Platz gibt es für mich?«

George trat noch etwas näher heran, und sein ernster Blick übermittelte eine Botschaft der Entschlossenheit. »Ganz gleich, welche Mühen es kostet und wie lange es dauert: Ich werde persönlich dafür sorgen, daß Sie in der Föderation eine neue Heimat finden. Dazu fühle ich mich verpflichtet.« Er fügte hinzu: »Tatsächlich bin ich Ihnen noch weitaus mehr schuldig.«

T'Caels Züge glätteten sich. Er beendete seine stumme Zwiesprache mit den Monitoren und sah George an.

»Das ist sehr freundlich von Ihnen. Aber es dürfte Ihnen schwerfallen, Ihr Versprechen einzulösen.«

George faltete die Hände und lehnte sich an die nahe Konsole.

»Nun, wir könnten auch zurückkehren und Sie zu dem Planetoiden bringen, auf dem Sie unbedingt sterben wollten.«

Ein Lächeln tilgte den Kummer aus t'Caels Miene, und er lachte kurz. »Ich möchte Ihnen wirklich keine Umstände bereiten.«

George fühlte die besondere Beziehung zwischen ihnen, hielt daran fest und lächelte ebenfalls. Er achtete sorgfältig darauf, sein Mitleid zu verbergen. Der Romulaner brachte den Mut auf, einen klaren Schlußstrich unter seine Vergangenheit zu ziehen und all die Dinge zurückzulassen, die ihm soviel bedeutet hatten. Er mußte sogar die Hoffnung aufgeben, seinem Volk zu helfen. Mit beeindruckender Tapferkeit stellte er sich einer Zukunft, die viele persönliche Opfer von ihm erforderte.

Nach einer Weile schaltete George das nächste Interkom ein.

»Kirk an Krankenstation.«

»Hier Krankenstation. Poole spricht.«

»Ich statte Ihnen gleich einen Besuch ab, Doktor. Um gewisse Probleme der kosmetischen Chirurgie mit Ihnen zu erörtern.«

»Möchten Sie ein neues Gesicht? Gute Idee. Ihr altes gibt nicht viel her.«

George hob die Brauen und sah, wie t'Caels Lächeln in die Breite wuchs.

»Leider muß ich Sie enttäuschen. Es geht nicht um mich. Wir sind gleich bei Ihnen.« Kirk unterbrach die Verbindung und klopfte Kilyle auf die Schulter. »Kommen Sie. Bestimmt wetzt Dr. Poole bereits ihre Messer.«

Sie hatten fast den Turbolift erreicht, als die Stimme des Captains erklang.

»Wohin willst du, George?«

T'Cael blieb vor der geöffneten Tür stehen, und Kirk drehte sich um. »Zur Krankenstation. Und anschließend ziehe ich mich für einige Minuten in meine Kabine zurück. Ich möchte meinen Söhnen einen Brief schreiben und einige Dinge richtigstellen. Es dauert nicht lange.«

April stand auf und musterte seinen Ersten Offizier. »Ich glaube, du hast etwas vergessen.«

George näherte sich der Brüstung. »Ich verstehe nicht ganz ...«

»Wir haben eine Vereinbarung getroffen.«

»Und worum ging es dabei?«

»Um einen Namen: Tiberius.«

»Oh ... Du erinnerst dich also daran.«

»Nun?«

George klappte den Mund auf, schloß ihn wieder und suchte nach den richtigen Worten: »Nun, es ist ... schwer zu erklären.«

»Versuch's.«

»Ich ... Himmel, ich kann es nicht.« Kirk seufzte und kehrte zum Lift zurück.

»Du hast es mir *versprochen!*«

George wandte sich noch einmal um. »Tut mir leid, Robert. Ich bringe es einfach nicht fertig.«

April trat auf das obere Deck. »Das kann doch nicht dein Ernst sein! Wir haben ein Abkommen, das es zu achten gilt.«

Kirk wirkte hilflos. »Tut mir leid«, wiederholte er. »Ich hätte mich gar nicht erst darauf einlassen sollen.« Er blieb im Turbolift stehen und fühlte Aprils enttäuschten Blick auf sich ruhen.

»Und was willst du Jimmy sagen?«

George gesellte sich an die Seite t'Caels, der die Wartetaste der Kontrolleinheit gedrückt hatte.

»Keine Ahnung«, erwiderte er zerknirscht. »Wahrscheinlich bleibt mir nichts anderes übrig, als ihn zu belügen. Ich behaupte einfach, es sei der Name meines Großvaters gewesen.«

»George!«

»Nun, ich kann ihm wohl kaum die Wahrheit sagen, oder?« Kirk nickte t'Cael zu, und daraufhin schloß sich das Schott.

»Woher soll *ich* das wissen?« jammerte April

KAPITEL 24

Der Erste Bioingenieur Jon Kupper nahm erschöpft vor seinem Schreibtisch Platz. Der Sessel neigte sich ein wenig nach hinten und bot dadurch ein hohes Maß an Bequemlichkeit, aber Kupper achtete nicht darauf. Hoffnungslosigkeit schuf eine seltsame Leere in ihm. Das Aussichtsfenster gewährte einen Blick auf die fatale Pracht des Ionensturms. Entfesselte Energie. Elektrokinetisches Chaos. Tödliches Feuer glühte im All; Funken stoben und umgaben das Spiegelbild des müden jungen Mannes mit einem gespenstischen Halo.

Er war erst einunddreißig, aber in den letzten Stunden schien er um Jahrzehnte gealtert zu sein. Die Anstrengungen zehrten ihn aus, und hinzu kam eine schreckliche Lüge, die ihn innerlich aushöhlte. Es fiel ihm sehr schwer, seine Verzweiflung vor den Kindern zu verbergen, die eine wahrhaft erstaunliche Aufmerksamkeit bewiesen und nicht annähernd so leicht hinters Licht geführt werden konnten, wie manche Erwachsene glaubten. Er dachte auch an die Eltern, die nicht genug von moderner Technik verstanden, um zu begreifen, daß ihnen überhaupt keine Chance blieb. Wenn es ihm gelang, ihre Zuversicht auch während der nächsten Stunden zu erhalten ... Vielleicht brachten sie anschließend nicht mehr die Kraft auf, ebenso zu verzweifeln wie er.

Kupper empfand es als Erleichterung, allein zu sein. Endlich konnte er die Maske fallenlassen und zumindest sich selbst die schreckliche Wahrheit eingestehen — nur noch wenige Stunden trennten sie vom Tod. Durch das Fenster beobachtete er die elektrostatischen Entladungen und gab sich Bitterkeit hin. Stumm starrte er ins Herz des Ionensturms, dessen bunte Schönheit ihn viel zu deutlich an das Unvermeidliche erinnerte. Wie sonderbar, daß eine Gefahr derart prachtvoll wirken konnte. Die eigentümliche Ästhetik des energetischen Mahlstroms machte alles nur noch schlimmer. Kupper fühlte sich von ihr verhöhnt.

Eine fast angenehme Apathie erfaßte seine Gedanken. Kupper bedauerte es, daß die *Rosenberg* nicht sofort explodiert war. Ein Blitz, der alles zerstörte. Ein schneller, schmerzloser Tod anstelle des langsamen Dahinsiechens. Er kam sich keineswegs wie ein Märtyrer vor, und es gefiel ihm auch nicht, daß die ganze Föderation das gräßliche Schicksal der Menschen an Bord des havarierten Schiffes beweinte. Es lag ihm nichts daran, zu einem Symbol für Expansionsdenken und die Kolonisierung neuer Welten zu werden. Er hielt das eigene Leid für schlimm genug, und die Vorstellung, daß Familienangehörige und Freunde durch die Kom-Verbindung daran beteiligt wurden, fügte noch mehr Qualen hinzu. *Gleich zu Beginn eine Explosion,* wiederholte er in Gedanken. *Warum zwingt uns das Verhängnis dazu, den Tod bewußt zu erleben?*

Ein zweites Spiegelbild erschien im Fenster — und es blieb Kupper gerade noch Zeit genug, wieder die Maske aufzusetzen.

»Ist alles in Ordnung, Jon?«

Der Bioingenieur vernahm die Stimme des Captains und rang sich ein Lächeln ab. »Oh, sicher. Ich verschnaufe nur ein wenig.« Er drehte den Sessel herum und sah die vertrauten Züge Anitas. Sie schien mindestens so erschöpft zu sein wie er selbst: Ihr pausbäckiges Gesicht war jetzt hohlwangig und blaß, und das braune Haar hatte seinen Glanz verloren. *Schon seit Tagen hat sie kaum mehr geschlafen,* dachte Kupper.

Anita versuchte ebenfalls, sich nichts anmerken zu lassen. Behutsam hob sie einen Säugling, die vor einigen Tagen geborene Tochter des Agroingenieurs.

»Das Kind schläft«, sagte die Kommandantin leise,

als sie Kuppers Blick bemerkte. Sie senkte ebenfalls den Kopf und sah auf das Mädchen herab. »Ich wollte den Eltern eine Ruhepause gönnen, mich irgendwie nützlich machen.« Sie seufzte und nahm in einem zweiten Sessel Platz. »Für den Captain gibt es derzeit nicht viel zu tun.«

»Ja, ich weiß«, erwiderte Kuper. »Nun, ich versuche gerade, eine Entscheidung zu treffen.«

»Worum geht's?«

»Die Hibernationskapseln müßten eigentlich getestet werden, aber ...«

»Aber dazu ist Sauerstoff notwendig.« Anita nickte langsam. »Sie haben sich alle Mühe gegeben, Jon. Und außerdem: Macht es einen Unterschied? Entweder funktionieren die Kapseln, oder ...« Sie zuckte mit den Achseln. Der Tod war längst zu einem ständigen Begleiter geworden, und irgendwann wich die Besorgnis gleichmütiger Benommenheit.

Der Bioingenieur biß sich kurz auf die Lippe. Einerseits sollte Anita als Captain die Wahrheit erfahren, doch andererseits ... Auch ihr waren die Hände gebunden. Sie hatte keine Möglichkeit, die allgemeine Situation zu verbessern.

Kupper widerstand der Versuchung, sich ihr anzuvertrauen. *Sie hat bereits genug Probleme,* überlegte er. *Und außerdem läßt sich nichts ändern.*

»Wir sparen Energie«, sagte die Kommandantin. »Alle Sensoren sind abgeschaltet. Es hat wohl keinen Sinn mehr, die Ionenaktivität zu messen.«

»Nein.«

»Ich hinterlasse einen ausführlichen Bericht«, fuhr Anita fort. »Darin beschreibe ich alle Einzelheiten – um zu verhindern, daß andere Raumschiffe in eine ähnliche Lage geraten. Ich weise deutlich darauf hin, daß alles meine Schuld ist ...«

»So ein Unsinn«, widersprach Kupper. »Hören Sie endlich auf, sich dauernd Selbstvorwürfe zu machen.«

»Sie brauchen mich nicht zu trösten, Jon.«

»So etwas liegt mir fern. Aber meiner Ansicht nach übertreiben Sie es mit dem Der-Captain-ist-für-alles-verantwortlich.«

»*Ich* habe beschlossen, die Gefahr zu ignorieren und in den Ionensturm zu fliegen.«

Kupper war so müde, daß er sich nicht einmal zu Anita umwandte. »Die Instrumentenanzeigen deuteten auf eine stabile energetische Struktur hin, aber als wir den Flug fortsetzten, kam es plötzlich zu starken Entladungen, die uns alle überraschten. Schicksal, Anita. Sie trifft nicht die geringste Schuld.«

»Das Schicksal sitzt wohl kaum im Befehlsstand und gibt Anweisungen.« Die Kommandantin lehnte sich zurück und blickte auf die kleine, rosafarbene Hand des Säuglings, die sich um ihren Zeigefinger geschlossen hatte.

»Na schön«, entgegnete Jon. »Ich möchte nicht ausgerechnet nach einem Streit mit Ihnen sterben. Wenn Sie sich unbedingt schuldig fühlen wollen ...«

Anita nahm die Brummigkeit des Bioingenieurs hin und gab keine Antwort. Ihr Blick reichte in die Ferne, weit über das Flackern und Gleißen des Ionensturms hinaus.

Nach einer Weile lächelte sie schief und entschied, Kupper von seiner Belastung zu befreien. »Übrigens: Sie haben Großartiges geleistet, als Sie den Kolonisten die Funktionsweise der Hibernationskapseln erklärten. Sehr überzeugend. Man hat Ihnen jedes Wort geglaubt.«

Jon starrte gedankenverloren aus dem Fenster und nickte. Einige Sekunden später blinzelte er verblüfft und sah Anita erschrocken an. »Sie wissen darüber Bescheid?«

Ihr Lächeln wurde zu einem Grinsen. »Meine Pflicht als Captain.«

»Herr im Himmel!« Kupper sank in die weichen Polster zurück und schnappte nach Luft. »Ich dachte ... Hat sonst noch jemand Verdacht geschöpft?«

»Nein, wahrscheinlich nicht. Bis heute morgen hatte ich selbst keine Ahnung.«

»Wie sind Sie dahintergekommen?«

»Ich habe im Lager nachgesehen. Die Kryo-Substanzen an Bord dieses Schiffes reichen nicht einmal für eine Fliege aus.«

»Oh, verdammt! Anita ...«

»He, wer macht sich jetzt Vorwürfe?«

»Ich wollte nur ...«

»Ich weiß. Und ich danke Ihnen für Ihre Bemühungen. Sie haben es den Kolonisten wesentlich leichter gemacht.«

Profunde Erleichterung durchströmte Kupper, und er hatte plötzlich das Gefühl, als wiche eine tonnenschwere Last von ihm. Endlich gab es jemanden, mit dem er sein Geheimnis teilen konnte. Er drehte den Sessel noch etwas weiter herum, blickte gemeinsam mit Anita ins All. Stille herrschte, aber er empfand sie keineswegs als bedrückend. Es gab keine Hoffnung mehr, doch er genoß nun einen lange ersehnten Frieden, der ihn in die Lage versetzte, den Tod ohne Furcht hinzunehmen.

Der Ionensturm glühte und irrlichterte, schien sie weiterhin zu verspotten.

Und dann veränderte sich etwas im lautlosen Wabern.

Ein fester Körper glitt durch die irrlichternden Entladungen, näherte sich dem havarierten Kolonistenschiff und nahm Konturen an.

Das riesige Gebilde schwebte heran: eine große, blutrote Sensorscheibe, hinter der sich ein dicker keulenförmiger Rumpf erstreckte. Und darüber ... ein gewaltiges Diskussegment, einer mobilen Raumstation gleich.

Anita und Kupper rissen die Augen auf.

Funken tasteten über ein weißes Raumschiff, das weder Hoheitszeichen noch irgendwelche Markierungen trug und direkt neben dem Aussichtsfenster verharrte. Energetischer Zorn entlud sich mit bunten Blitzen an stabilen Schilden.

Es dämmerte Kupper, daß es sich nicht um eine Halluzination handelte, die jeden Augenblick einer erbarmungslosen Realität weichen konnte. Ein Engel war gekommen, um sie aus der Hölle zu befreien.

»Du solltest uns sofort identifizieren, um zu vermeiden, daß die Kolonisten einen Schrecken bekommen.«

Captain April lächelte. »Danke für den guten Rat, George. Du hast völlig recht. Und ich überlasse dir die Ehre, für uns alle zu sprechen.«

Kirk ließ die Rückenlehne des Kommandosessels los und erwiderte das Lächeln. »Nein, diesmal nicht«, erwiderte er respektvoll. »Dies ist dein Traum. Du hast ihn verdient.«

Langes Schweigen folgte auf diese Worte. Alle Anwesenden wußten, daß die Königin nun einen Namen bekam, womit eine Legende begründet würde. April nickte, dankbar für die Ehre, die ihm nun zuteil wurde.

George bedeutete Sanawey mit einem Wink, die Kommunikationskanäle für den Captain zu öffnen. April sprach nicht sofort, wartete noch etwas länger, genoß den historischen Augenblick.

Seine Stimme hallte in Form von codierten Signalen durchs All, durchdrang das Wüten des Ionensturms und tönte aus den Bordlautsprechern des Kolonistenschiffes. Er traf eine Namenswahl, und sie brachte alle Erkenntnisse zum Ausdruck, die George und er gewonnen hatten.

»Achtung, *Rosenberg*. Hier spricht der Captain des Föderationsschiffes *Enterprise*. Treffen Sie Vorbereitungen für den Transfer Ihrer Besatzung. Wir bringen Sie nach Hause.«

Dr. Sarah Poole eilte mit langen Schritten durch den Korridor des G-Decks und kehrte vom Hangar zurück. Es trafen noch weitere Shuttles von der *Rosenberg* ein, aber mit den ersten Fähren kamen die Männer, Frauen und Kinder, die besonders schwere Verletzungen erlitten hatten. Die Ärztin wurde von einigen Medo-Assistenten begleitet, die Gravbahren schoben. In einem Arm hielt sie einen zweijährigen Jungen, und mit der anderen Hand hob sie einen Kommunikator vor die Lippen.

»Bringen Sie die Strahlungspatienten sofort in der Hauptstation unter. Die Behandlungskammern auf Deck Fünf stehen den Leuten zur Verfügung, bei denen Verbrennungen behandelt werden müssen. Untersuchen Sie alle Kinder, auch diejenigen, die völlig gesund wirken. Wenn wir die schlimmsten Fälle versorgt haben, nehmen wir auch die anderen auf. Die pädiatrische Abteilung richten wir in der Mannschaftsmesse auf dem F-Deck ein, und ...«

Sie unterbrach sich abrupt und blieb vor ihrem Büro stehen. Die Assistenten eilten an ihr vorbei und schoben die Bahren mit den Verletzten in eine große Diagnosekammer.

Das Kind in ihrem Arm schmiegte sich fest an Sarah, aber sie achtete nicht darauf, starrte in jenes Zimmer, das sie vor einer knappen Stunde verlassen hatte, um alle notwendigen Behandlungsvorrichtungen zu installieren.

Dr. Poole gewann plötzlich den Eindruck, durch einen Traum zu wandeln.

Kerzen.

Überall brannten Kerzen.

Die Leuchtplatten an der Decke des Büros glühten nicht mehr. Das Licht stammte ausschließlich von improvisierten Kerzen, deren Dochte aus dünner Gaze bestanden. Sie ragten aus den verschiedensten Behältern: aus Bechern, Teströhrchen, kleinen Flaschen, Arzneikrügen, Watte- und Petrischalen, Tassen und vielen anderen Gefäßen. Flackerndes Kerzenlicht im All, wärmer als das ferne Schimmern der Sterne.

Der kleine Junge stützte den Kopf auf ihre Schulter, als Sarah den Raum betrat und durch eine Sphäre der Romantik schritt.

Nach einer Weile bemerkte sie einen Zettel, der an einem der Gläser hing. Zögernd griff sie danach und las die Nachricht, die jemand auf Starfleet-Briefpapier geschrieben hatte.

Liebe braucht Kerzenlicht, und das gilt auch für die Heirat. Hier sind Liebe und Kerzenlicht, womit die Bedingungen erfüllt wären. Was hältst Du von Punkt drei?

Robert

KAPITEL 25

Die beiden Schotthälften des Turbolifts öffneten sich, und die Brücke bot einen ebenso vertrauten wie willkommenen Anblick. Es war, als kehre man heim.

Seltsam, dachte Jim Kirk. *Jetzt erscheint mir die Farm in Iowa fremd, während ich mich hier zu Hause fühle. Wie sich die emotionalen Perspektiven verschieben können ...*

Beruhigende Geräusche. Gesichter, die Freundschaft bedeuteten. Diesmal hörte er. Diesmal sah er.

Der große Wandschirm zeigte das Wartungsdock von Starbase Eins, das sie gerade verlassen hatten. Mitgefühl regte sich in Jim, als er beobachtete, wie die *Kongo* von zwei Schleppern in den riesigen Hangar gezogen wurde. Breite Risse klafften in einer der beiden Triebwerksgondeln, und Kirk fragte sich, welchen Gefahren Captain Toroyan in den Tiefen des Alls begegnet war.

Er wußte, wie der Kommandant des anderen Raumschiffes empfand, fühlte sich ebenfalls betroffen, wenn die *Enterprise,* das Flaggschiff der Föderationsflotte, beschädigt wurde. *Wie oft ist das geschehen?* überlegte er. *Wie oft sind wir in haarsträubende Abenteuer geraten? Wie oft ergaben sich Probleme mit irgendwelchen neuen Geräten und technischen Innovationen, die Starfleet zuerst in meinem Schiff ausprobierte? In* meinem *Schiff ...*

Er ließ seinen Blick durch den Kontrollraum schweifen, und die letzten Reste der Schwermut fielen von ihm ab.

Sulu saß an den Kontrollen des Steuermanns — eine Präsenz, die Sicherheit versprach. Seine Hände ruhten auf dem Pult, gaben durch nichts zu erkennen, wie geschickt sie das große Raumschiff lenken konnten. Seit vielen

Jahrhunderten verließen sich Kapitäne auf ihre Steuerleute, um ferne Ziele zu erreichen, und Kirk brachte Sulu — der in gewisser Weise noch unerschütterlicher war als Spock — absolutes Vertrauen entgegen. An der Navigationskonsole daneben hatte Chekov Platz genommen. Er war als junger, unerfahrener Mann an Bord gekommen und konnte damals kaum richtig Englisch sprechen; aber er verdiente sich einen Platz auf der Brücke, indem er eifrig lernte.

Auf der Backbordseite stand Chefingenieur Scott vor den Anzeigen der Subsysteme — *der zuverlässigste Mann im ganzen Universum*, fuhr es Kirk durch den Sinn. Er war geradezu in Technik verliebt und besaß nicht nur ein bemerkenswertes Improvisationstalent, sondern auch eine Intuition, die manchmal an Hellseherei grenzte. In seinem Arbeitsbereich entfaltete er fast magische Fähigkeiten, und außerhalb davon konnte man immer auf seinen Mut zählen. Wenn Maschinen für ihn Musik gleichkamen, so stellte die *Enterprise* sein *magnum opus* dar. Hinzu kam, daß er immer Zeit für seine Kollegen und Freunde fand. So wie jetzt: Er machte gerade einige junge Ingenieure mit Diagrammen und Schemata vertraut. Wie oft hatte er das Schiff gerettet und die Ehre dafür dem Captain überlassen?

Kirk beobachtete ihn eine Zeitlang. Rote Uniform, pechschwarzes Haar, ein zerfurchtes, wettergegerbtes Gesicht ... Er glaubte sogar, den schottischen Akzent zu hören. Normalerweise genügte ein Blick auf Scottys Miene, um sofort Aufschluß über den Status der *Enterprise* zu gewinnen. Wenn der Chefingenieur während einer angespannten Situation auf der Brücke blieb und nicht zum Maschinenraum eilte, wußte Jim, daß die Lage so kritisch nicht sein konnte. Scotts Abstand zu den Materie-Antimaterie-Wandlern und den Aggregaten beschrieb ziemlich genau das Ausmaß einer drohenden Gefahr.

McCoy stand am Geländer, das die beiden Decks voneinander trennte. Irgendwie war es ihm und Spock gelungen, den Captain zur Brücke zurückzuholen, und Kirk gewann den Eindruck, daß sie bereits auf ihn gewartet hatten. *Obwohl sie das bestimmt nicht zugäben.*

McCoy konnte eine lange Referenzliste vorweisen, aber trotzdem behauptete er immer wieder, sein größtes Talent bestehe darin, Glück zu haben. Er konnte – und wollte – sich nicht an das Leben im All gewöhnen, leistete jedoch schon nach kurzer Zeit wichtige Beiträge zur Raummedizin. Er nahm die Dinge einfach so, wie sie kamen, vertrat die Ansicht: Wenn ein bestimmter Organismus noch lebt, bringe ich ihn irgendwie auf die Beine. Oder auf die Tentakel. Er gewährleistete das physische Wohlergehen der Besatzung, und gleichzeitig befaßte er sich mit den psychologischen Auswirkungen einer künstlichen Umwelt. Daher seine Besorgnis in bezug auf einen bestimmten Heuboden.

Aber damit noch nicht genug. Wenn Chefingenieur Scott als Barometer für den Zustand des Schiffes fungierte, so war Leonard McCoy der persönliche Seismograph des Captains. Er trat als Doktor und Freund auf – und auch als Nervensäge. Kirk verglich ihn mit einem Igel: ganz glatt, wenn man in eine Richtung strich, stachelig in der anderen. McCoy zögerte nie, ihn mit unangenehmen Wahrheiten zu konfrontieren. Wenn er nervös und gereizt wurde – McCoy gab ihm Bescheid. Wenn er sich irrte – McCoy gab ihm Bescheid. Wenn er sich eine hochmütige oder arrogante Einstellung zu eigen machte, wenn er von falschen Annahmen ausging – McCoy gab ihm Bescheid. Er verzichtete nicht einmal dann auf einen Kommentar, wenn der Captain kein Wort von ihm hören wollte. Im Laufe der Jahre hatte Kirk seinen bärbeißigen und manchmal recht schroffen Bordarzt zu schätzen gelernt: Wenn er fehlte, schien die Brückencrew nicht vollständig zu sein.

Jim seufzte leise und unterdrückte ein Lächeln, als er feststellte, daß McCoy ganz bewußt seinen Blick mied.

Spock saß wie üblich an der wissenschaftlichen Station. Was ließ sich über ihn sagen? Die eine Hälfte seiner Gene stammte von der Erde, die andere von Vulkan – zunächst ein einsamer Mann, umgeben von Menschen, die sein Erscheinungsbild und Gebaren für seltsam hielten. Sie hatten sich inzwischen an ihn gewöhnt, was jedoch nichts an seiner Einzigartigkeit änderte. Seit einiger Zeit erhoben beide Kulturen Anspruch auf Spock, weil es allen Grund für sie gab, stolz auf ihn zu sein. Er hatte sich allmählich dazu durchgerungen, seine Freundschaft mit Kirk einzugestehen und sie auch zu zeigen, begriff dadurch, daß Scham zu den törichtsten aller Gefühle gehörte, die auf Vulkan als profan gelten. Als er zu dieser Erkenntnis gelangte, war er nicht länger beschämt, hielt jedoch an seinen anderen Wesensmerkmalen fest. Er blieb kompetent, kultiviert, gelassen und zurückhaltend. Er wirkte nur entspannter, weniger verkrampft und unnahbar. Ein Zeichen wahrer Weisheit: Er ließ sich von den Menschen Nachsicht lehren, kombinierte sie mit vulkanischer Disziplin, und dadurch wurde der kühle Fremde zu einer Art Vaterfigur, die Vertrauen einflößte und sich innerhalb eines selbstbestimmten Bereichs frei entfalten konnte.

Im Gegensatz zu McCoy sah Spock auf, als der Captain die Brücke betrat. Sein kurzes Nicken teilte mehr als viele Worte: Er übergab das Kommando und bestätigte sowohl den normalen Status des Schiffes als auch die stabile persönliche Synthese zwischen ihm und Jim Kirk.

Der Captain nickte ebenfalls und beobachtete Spock noch einige Sekunden länger. Das kurze Zucken in seinen Mundwinkeln kam einer Botschaft gleich.

Eine der gewölbten Brauen des Vulkaniers bewegte sich um wenige Millimeter, und die subtile Veränderung seiner Mimik fiel nur jemandem auf, der ihn sehr gut kannte.

Kirk näherte sich der Kommunikationsstation und der eleganten, dunkelhäutigen Frau, die dort saß. Sie bediente ihre Kontrollen mit der Virtuosität eines Pianisten, und wenn ihre klare Stimme aus den Lautsprechern der *Enterprise* drang, lauschten alle vierhundertdreißig Besatzungsmitglieder. Sie war imstande, dem Wörtchen ›Hallo‹ einen dramatischen Klang zu verleihen, und ihr Timbre gewann häufig die Qualität sanfter, melodischer Musik. Sie strahlte eine fast majestätische Würde aus, doch wenn es um ihr Pult ging, nahm sie es jederzeit mit der technischen Magie des Chefingenieurs auf. Sie konnte die Kommunikationsanlage problemlos demontieren und anschließend wieder zusammenbauen, wußte bestens um die Funktion jeder einzelnen Komponente Bescheid.

Als Kirk näher kam, drehte sich Uhura in ihrem Sessel um. Sie hatte die Beine diskret übereinandergeschlagen, ruhte in sich selbst, aber trotzdem gelang es ihr, an einem durch und durch weiblichen Selbst festzuhalten — feminine Kunst. Sie lächelte. »Willkommen an Bord, Captain. Starbase Eins hat uns Starterlaubnis erteilt.«

»Danke, Lieutenant«, erwiderte Kirk leise und nachdenklich. »Verbinden Sie mich mit Admiral Oliver.«

»Sofort, Sir.« Uhura wandte sich wieder der Konsole zu, und ihre geschickten Finger berührten mehrere Tasten. Einige Anzeigen veränderten sich.

Während Jim wartete, sah er sich noch einmal auf der Brücke um. *Ja, McCoy hat recht,* dachte er. Jeder einzelne Offizier stellte etwas Besondere dar. Manchmal blieb ihm nichts anderes übrig, als sie großen Gefahren auszusetzen, aber er hatte kein Recht zu entscheiden, was für ein Leben sie führen sollten.

»Admiral Oliver, Sir«, sagte Uhura.

Der Captain drehte sich um. »Ollie, hier ist Kirk.«

»Hallo, Jim.«

»Was die Versetzung betrifft ...«

»Ja?«

»Sind Sie bereit, mir einen Gefallen zu erweisen?«

»Klar.«

»Könnten Sie die entsprechenden Anweisungen eine Zeitlang auf Eis legen?« fragte Kirk.

»Klar könnte ich das.«

Der Captain zögerte kurz. »Sie haben darauf verzichtet, die Order weiterzuleiten, nicht wahr?«

»Klar habe ich das.«

»Ich nehme an, die Befehle sind noch nicht einmal zu Papier gebracht worden.«

»Klar sind sie das nicht.«

»Oliver, Sie sind ein verschlagener, hinterhältiger Mistkerl.«

»Klar bin ich das.«

Der Captain lachte leise. »Na schön. Besten Dank, Ollie. Kirk Ende.«

Grübchen bildeten sich in seinen Wangen, als er versuchte, nicht zu grinsen. Uhura schloß den Kommunikationskanal und wartete geduldig.

»Teilen Sie Starbase Command mit, daß wir uns jetzt auf den Weg machen«, sagte Kirk. »Verzeichnen Sie die Einzelheiten unseres nächsten Auftrags im Logbuch.«

»Ja, Sir.« Uhura schien froh zu sein, etwas zu tun zu haben.

Jim stellte fest, daß er sich nicht mehr mit anderen Dingen ablenken konnte, und daraufhin wandte er sich erneut zur Brückencrew um.

McCoy musterte ihn nun, und sein Gesicht brachte Mitgefühl und Neugier zum Ausdruck. Der Blick übermittelte eine deutliche Frage: *Was hat deine Meinung geändert?*

Kirk sah auf das Blatt in seiner Hand herab, auf den letzten, hastig geschriebenen Brief, der ihn damals, vor so vielen Jahren, erreicht hatte. Langsam hob er ihn und begann erneut zu lesen.

Lieber Sam, lieber Jim,

normalerweise spreche ich Euch anders an, aber da es Eure Namen sind, wird es Zeit, daß ich mich an sie gewöhne.

Es gibt viele Dinge, die ich verändern möchte, sobald wir wieder zusammen sind. Jimmy, es tut mir leid, daß ich nicht rechtzeitig zu Deinem Geburtstag heimkehren konnte. Damit Du nicht allzu böse auf mich bist, mache ich Dir einen Vorschlag. Weißt Du, ich habe meine Meinung geändert. Warum solltest Du nicht hierherkommen, zur Starbase? Das schließt Dich mit ein, Sam. Der Weltraum ist großartig, und das trifft auch auf die Projekte der Föderation zu. Man muß gute Gelegenheiten nutzen, wenn sie sich einem darbieten. Man fühlt sich einfach toll, wenn mam die Chance bekommt, Leben zu retten und unbekannte Raumsektoren zu erforschen. Das All fordert uns mit vielen Geheimnissen heraus, und es gibt hier eine Menge zu sehen, wenn man weiß, wonach es Ausschau zu halten gilt. Wir stehen dicht davor, zu einer wahren interstellaren Gemeinschaft zu werden, und das sollt Ihr ebenfalls erleben. Meine kleinen Probleme dürfen keine Hindernisse mehr bilden. Nun, vielleicht gelingt es uns sogar, Eure Mutter zu überreden, Euch hierherzubegleiten. Fragt sie für mich, in Ordnung?
Also gut. Kommt. Kommt in den Weltraum.
Ich erwarte euch.

Mit liebevollen Grüßen
Euer Vater

Kirk sah von dem Brief auf, als seine Augen zu tränen begannen. Behutsam faltete er das Blatt und hielt es an der Brust, als er aufs Kommandodeck trat und sich dem Befehlsstand näherte.

Kurz darauf spürte er Spock an seiner Seite.

»Willkommen, Captain. Sie haben Ihren Landurlaub vorzeitig beendet.«

»In der Tat.« Kirk beobachtete die samtene Schwärze des Alls, die sich jenseits der Starbase erstreckte. »Stellen Sie einen Kontakt mit Starfleet Command her. Lehnen Sie weitere Patrouilleneinsätze ab. Bitten Sie darum, daß man uns mit einer Forschungsmission beauftragt.« Er begegnete dem sanften, verständnisvollen Blick des Vulkaniers, nahm im Kommandosessel Platz und fügte hinu: »Ich möchte in Bereiche vorstoßen, wo noch nie ein Mensch gewesen ist.«

HOFFNUNG UND EINE GEMEINSAME ZUKUNFT

»Werte Freunde, für mich ist nun die Zeit gekommen, beiseite zu treten und die Zukunft dieses Projekts in verantwortungsbewußte Hände zu legen. Das Raumschiffprogramm der Flotte macht gute Fortschritte. Fünf Schiffe der Constitution-Klasse sind bereits fertiggestellt, und sieben weitere werden gebaut.

Sie alle haben militärisch klingende Namen: *Enterprise, Potemkin, Farragut, Excalibur* und so weiter. Aber wichtiger ist die Bedeutung der Klasse, zu der sie gehören: Wir gaben ihr die Bezeichnung ›Constitution‹. Wir sind jetzt bereit, die Errungenschaften der Föderation zu verteidigen, aber wir dürfen dabei nicht unsere Pflicht vergessen, den inneren Frieden zu gewährleisten. Schon die Präambel unserer Verfassung weist auf diese beiden Punkte hin. Nur wenn sie eine untrennbare Einheit bilden, können wir die Vorzüge der Freiheit genießen.

Der Frieden muß auch auf den Rest der Galaxis ausgedehnt werden, um allen Lebensformen die Möglichkeit zu geben, sich gemäß ihren eigenen kulturellen Maßstäben zu entwickeln.

Freiheit bedeutet auch Toleranz. Und manchmal erfordert sie Geduld.

Die Verfassung betrifft nicht nur uns selbst, sondern auch die Nachwelt. Mit anderen Worten: Wir sind dazu verpflichtet, die in ihr dargelegten Rechte zu bewahren und an unsere Nachkommen weiterzugeben. Dazu müssen wir eine friedliche und sichere Gegenwart schaffen — um unseren Kindern eine friedliche und sichere Zukunft zu ermöglichen. Das ursprüngliche Dokument ist inzwischen schon Jahrhunderte alt, und es war eine Investition in die Zukunft. Die Raumschiffe der Constitution-Klasse tragen seine Botschaft zu den Sternen, während die Föderation wächst und reift.

Die Menschheit gehört zu den ersten Völkern, die unsere Galaxis friedlich erforschen und darauf verzichten, Machtansprüche zu erheben. In den vergangenen Jahren haben wir viel über die Wechselwirkungen von Technik und Moral gelernt, und inzwischen kennen wir auch unsere Verantwortung. Wir dürfen uns nicht isolieren. Wir müssen offen bleiben, der Galaxis Gerechtigkeit anbieten, sie in die Lage versetzen, frei zu wählen. Was die Föderation und alle anderen Völker betrifft, die sich uns anschließen werden: Unsere Pflicht besteht darin, stark zu sein und den Mut aufzubringen, von unserer Stärke Gebrauch zu machen. Dazu ist es erforderlich, sich für Personen zu entscheiden, die tapfer für solche Prinzipien eintreten.

Der Rat hat meinen Vorschlag aufgegriffen, und es erfüllt mich mit Stolz, nun meinen Nachfolger als Captain unseres Flaggschiffes zu benennen. Ich bin in diesem Zusammenhang auf die Empfehlungen von zwei Beratern eingegangen, die ich sehr respektiere. Außerdem kenne ich den neuen Kommandanten auch persönlich und weiß daher, daß er sich genau durch die richtige Mischung aus Verantwortungsbewußtsein und Abenteuerlust auszeichnet. Hiermit trete ich den Befehl über die U.S.S. *Enterprise* an Captain Christopher Richard Pike ab.

Es handelt sich um ein besonderes Schiff mit einer besonderen Besatzung, und Captain Pike wird sich dessen bewußt sein, wenn er zu seiner ersten Forschungsmission aufbricht.

Ihn begleiten nicht nur unsere guten Wünsche, sondern auch die Hoffnungen auf eine Zukunft, die alle Völker der Galaxis vereint.

Eine grandiose Vorstellung, nicht wahr, Freunde? Der Weltraum — die letzte Chance. Unendliche Weiten. Dies sind die Reisen des Raumschiffs *Enterprise.* Fünf Jahre lang ist es unterwegs, um neue Welten zu erforschen, neue Zivilisationen, und dabei stößt es in Bereiche vor, wo noch nie ein Mensch gewesen ist.

Ich danke Ihnen allen. Leben Sie wohl.«

Captain Robert April

Grußwort an die Generalversammlung der Föderation der Vereinten Planeten

2. Oktober 2192

EPILOG

Der frühe Zwischenfall im romulanischen Reich wurde geheimgehalten und blieb nur jenen wenigen Personen an Bord der *Enterprise* bekannt, die um seine volle Bedeutung wußten. Man traf die Entscheidung, keine entsprechenden Logbucheinträge vorzunehmen – ganz offensichtlich waren die beiden Zivilisationen noch nicht reif genug, direkte Beziehungen zueinander herzustellen. Allein das Schicksal wußte, auf welche Weise sich die Föderation und das romulanische Reich schließlich begegnen mochten. Was die erste Reise der *Enterprise* anging, so berichteten die Aufzeichnungen nur über die Rettung der *Rosenberg*-Kolonisten.

Captain Christopher Pike übernahm das Vermächtnis von Robert Aprils Träumen und gab ihnen im interstellaren Raum eine reale Grundlage. Das von mutigen Raumschiffkommandanten geleitete Forschungsprogramm nahm maßgeblichen Einfluß auf die Entwicklung der Föderation und ermöglichte es ihr, zu einer starken Gemeinschaft zu werden. Die Verbindung zwischen Forschung und Verteidigung erwies sich von großem Nutzen für die praktischen Anwendungen der Föderationspolitik und wurde zu einem der attraktivsten Elemente für Zivilisationen, denen man eine Mitgliedschaft im Völkerbund vorschlug.

Ein Berater aus dem privaten Sektor, der Botaniker Cale Sandorsen, erwarb große Verdienste bei der Entwicklung interplanetarer Politik. Fast allein legte er die Grundlagen für das diplomatische Verständnis zwischen den einzelnen Kulturen. Sein Beispiel machte die Menschheit zu einem wirklich ehrenhaften und aufgeschlossenen Volk, dem man großen Respekt entgegenbrachte. In eingeweihten Kreisen bezeichnete man ihn als Vater des Föderationsrechts.

Robert April nahm an mehreren Forschungsmissionen teil und entdeckte viele neue Zivilisationen; einige von ihnen konnte er dazu bewegen, der Föderation beizutreten. Sarah Poole-April leistete ihm dabei Gesellschaft, obwohl sie das Leben auf einem Planeten vorgezogen hätte. Mit ihrer Arbeit schuf Sarah das Fundament für die Raummedizin, erweiterte sie auf fremde Organismen und ungewöhnliche biologische Funktionsstrukturen.

George Kirk blieb bei Starfleet, stand Sandorsen als Berater und militärischer Adjutant zur Seite. Dadurch konnte er auf oder zumindest in der Nähe der Erde arbeiten — bis sein ältester Sohn, George jr., das Studium der Biowissenschaften begann und James sich für die Starfleet Akademie entschied. Kurz darauf verließ er das Sonnensystem mit einem speziellen diplomatischen Auftrag. Er kehrte nie zurück: Das Raumschiff und alle Besatzungsmitglieder an Bord verschwanden unter mysteriösen Umständen.

Die *Enterprise* setzt ihre Reise fort.

Über die Würde der Forschung

Der Weltraum trat als Hebamme bei der Geburt eines neuen globalen Bewußtseins auf. Als ich vor zwei Jahrzehnten zum erstenmal einen Satelliten sah, gehörte ich zu den wenigen Glücklichen, die für einen Augenblick von dieser Philosophie berührt wurden. Die Kinder der Zukunft genießen den großen Vorteil, mit den Lehren des Raumfahrt-Zeitalters aufzuwachsen ... Mit dem neuen Wissen können wir unseren Nachkommen weitaus mehr Glück gewähren und ihnen Erkenntnisse ermöglichen, die sich der bisherigen menschlichen Erfahrung entziehen. Wenn sie in ihren Raumschiffen unterwegs sind, die wie neue Sterne in der Nacht wirken, beobachten sie vielleicht die Erde und denken voller Ehrfurcht an all das Leben auf dem blauen Planeten.

Jacques-Yves Cousteau

Über die Verfassung der Vereinigten Staaten

Die Verfassung stellt mehr dar als nur Literatur, doch als literarisches Werk zeichnet sie sich in erster Linie durch Ideenreichtum aus. Sie schuf die Vorstellung von einem großen, freien Staat, und allein das ist schon phantastisch genug. Aber hinzu kommt, daß sie auch freie, phantasievolle Menschen berücksichtigte. Die anspruchsvollen Artikel und Bestimmungen lassen nicht nur Platz für die Entfaltung des Individuums, sondern ermutigen sogar dazu und geben Hilfestellung. Die Verfassungsväter versetzten uns alle in die Lage, zu einer echten Selbstverwirklichung zu finden.

Roger Rosenblatt, *Time Magazine*

Über die Moral der Verteidigung

Niemand darf als *erster* physische Gewalt gegen jemand anders einsetzen. Niemand hat das Recht, sich das Verhalten eines Verbrechers zu eigen zu machen und andere Menschen mit der Androhung von Gewalt unter Druck zu setzen — dieses Prinzip gilt auch für Gruppen oder Regierungen. Menschen haben *nur dann* das Recht, physische Gewalt anzuwenden, wenn sie sich gegen einen *Angriff* wehren. Dieser ethische Grundsatz ist ebenso schlicht wie wichtig: Er bildet den Unterschied zwischen Mord und Notwehr.

Ayn Rand

STAR TREK™

in der Reihe
HEYNE SCIENCE FICTION & FANTASY

STAR TREK: CLASSIC SERIE

Vonda N. McIntyre, Star Trek II: Der Zorn des Khan · 06/3971
Vonda N. McIntyre, Der Entropie-Effekt · 06/3988
Robert E. Vardeman, Das Klingonen-Gambit · 06/4035
Lee Correy, Hort des Lebens · 06/4083
Vonda N. McIntyre, Star Trek III: Auf der Suche nach Mr. Spock · 06/4181
S. M. Murdock, Das Netz der Romulaner · 06/4209
Sonni Cooper, Schwarzes Feuer · 06/4270
Robert E. Vardeman, Meuterei auf der Enterprise · 06/4285
Howard Weinstein, Die Macht der Krone · 06/4342
Sondra Marshak & Myrna Culbreath, Das Prometheus-Projekt · 06/4379
Sondra Marshak & Myrna Culbreath, Tödliches Dreieck · 06/4411
A. C. Crispin, Sohn der Vergangenheit · 06/4431
Diane Duane, Der verwundete Himmel · 06/4458
David Dvorkin, Die Trellisane-Konfrontation · 06/4474
Vonda N. McIntyre, Star Trek IV: Zurück in die Gegenwart · 06/4486
Greg Bear, Corona · 06/4499
John M. Ford, Der letzte Schachzug · 06/4528
Diane Duane, Der Feind – mein Verbündeter · 06/4535
Melinda Snodgrass, Die Tränen der Sänger · 06/4551
Jean Lorrah, Mord an der Vulkan Akademie · 06/4568
Janet Kagan, Uhuras Lied · 06/4605
Laurence Yep, Herr der Schatten · 06/4627
Barbara Hambly, Ishmael · 06/4662
J. M. Dillard, Star Trek V: Am Rande des Universums · 06/4682
Della van Hise, Zeit zu töten · 06/4698
Margaret Wander Bonanno, Geiseln für den Frieden · 06/4724
Majliss Larson, Das Faustpfand der Klingonen · 06/4741
J. M. Dillard, Bewußtseinsschatten · 06/4762
Brad Ferguson, Krise auf Centaurus · 06/4776
Diane Carey, Das Schlachtschiff · 06/4804
J. M. Dillard, Dämonen · 06/4819
Diane Duane, Spocks Welt · 06/4830
Diane Carey, Der Verräter · 06/4848
Gene DeWeese, Zwischen den Fronten · 06/4862
J. M. Dillard, Die verlorenen Jahre · 06/4869

STAR TREK™

Howard Weinstein, Akkalla · 06/4879
Carmen Carter, McCoys Träume · 06/4898
Diane Duane & Peter Norwood, Die Romulaner · 06/4907
John M. Ford, Was kostet dieser Planet? · 06/4922
J. M. Dillard, Blutdurst · 06/4929
Gene Roddenberry, Star Trek (I): Der Film · 06/4942
J. M. Dillard, Star Trek VI: Das unentdeckte Land · 06/4943
David Dvorkin, Die Zeitfalle · 06/4996
Barbara Paul, Das Drei-Minuten-Universum · 06/5005
Judith & Garfield Reeves-Stevens, Das Zentralgehirn · 06/5015
Gene DeWeese, Nexus · 06/5019
D. C. Fontana, Vulkans Ruhm · 06/5043
Judith & Garfield Reeves-Stevens, Die erste Direktive · 06/5051
Michael Jan Friedman, Das Doppelgänger-Komplott · 06/5067
Judy Klass, Der Boacozwischenfall · 06/5086
Julia Ecklar, Kobayashi Maru · 06/5103
Peter Morwood, Angriff auf Dekkanar · 06/5147
Carolyn Clowes, Das Pandora-Prinzip · 06/5167
Diana Duane, Die Befehle des Doktors · 06/5247
V. E. Mitchell, Der unsichtbare Gegner · 06/5248
Dana Kramer-Rolls, Der Prüfstein ihrer Vergangenheit · 06/5273
Michael Jan Friedman, Schatten auf der Sonne · 06/5179 (in Vorb.)
Barbara Hambly, Der Kampf ums nackte Überleben · 06/5334 (in Vorb.)
Brad Ferguson, Eine Flagge voller Sterne · 06/5349 (in Vorb.)

STAR TREK: DIE NÄCHSTE GENERATION

David Gerrold, Mission Farpoint · 06/4589
Gene DeWeese, Die Friedenswächter · 06/4646
Carmen Carter, Die Kinder von Hamlin · 06/4685
Jean Lorrah, Überlebende · 06/4705
Peter David, Planet der Waffen · 06/4733
Diane Carey, Gespensterschiff · 06/4757
Howard Weinstein, Macht Hunger · 06/4771
John Vornholt, Masken · 06/4787
David & Daniel Dvorkin, Die Ehre des Captain · 06/4793
Michael Jan Friedman, Ein Ruf in die Dunkelheit · 06/4814
Peter David, Eine Hölle namens Paradies · 06/4837
Jean Lorrah, Metamorphose · 06/4856
Keith Sharee, Gullivers Flüchtlinge · 06/4889